国家出版基金项目

曹道衡文集

袁行霈书题

曹道衡文集

卷六

南北朝文学史

曹道衡　沈玉成　著

中州古籍出版社
·郑州·

本卷说明

  曹道衡先生、沈玉成先生合著的《南北朝文学史》,断限上起刘宋,下迄隋代。是书以若干专题为基础,相互勾连,全面系统地评价这一时期的重要作家、作品以及文学流派的重要成果,是一部详尽的、成体系的南北朝文学史著作。编选《曹道衡文集》时,对原书中的引用文献、纪年等疏误进行了订正;对其中的繁体字、异体字等,依据《通用规范汉字字典》(商务印书馆2013年版)进行了规范处理;对作者于古地名后所加注之今地名,近年行政区划发生改变的,以最新地名改之。文辞方面,作者自有其文字风格,各时代均有其语言习惯,故除非确实错讹者,一般不按现行用法、写法及表现手法进行改动,原则上保留作者的写作风格。特此说明。

中州古籍出版社
2017年12月

目 录

第一章 南朝文学概说 ………………………………………… 1
 第一节 南朝的社会和文化/1
 第二节 南朝文学的繁荣/8
 第三节 南朝文学的特色/15
 第四节 各体文学的发展/21

第二章 晋宋之间诗文风气的嬗变 …………………………… 30
 第一节 玄言和山水/30
 第二节 题材的多样化/36
 第三节 艺术形式的发展/40

第三章 谢灵运和谢惠连 ……………………………………… 44
 第一节 谢灵运的生平/44
 第二节 谢灵运的政治态度和思想性格/47
 第三节 谢灵运的山水诗和其他作品/54
 第四节 谢惠连/65

第四章　颜延之和谢庄 ……………………………………… 69
第一节　颜延之的生平和思想/69

第二节　颜延之的诗文/73

第三节　谢庄/80

第五章　鲍　照 …………………………………………………… 86
第一节　鲍照的生平/86

第二节　鲍照的乐府诗和其他诗歌/90

第三节　鲍照的赋和文/99

第四节　鲍照的影响和鲍集的版本/104

第五节　鲍令晖/107

第六节　汤惠休/108

第六章　江　淹 …………………………………………………… 111
第一节　江淹的生平/111

第二节　江淹的诗歌/115

第三节　江淹的拟古诗/119

第四节　江淹的赋和文/125

第七章　永明诗风的新变 ……………………………………… 132
第一节　从元嘉到永明/132

第二节　"永明体"的特色/134

第三节　诗歌声律的探讨/139

第四节　新体诗/144

第八章　谢朓和王融 149

第一节　谢朓的生平和思想/149

第二节　谢朓的诗歌/155

第三节　谢朓的辞赋和骈文/166

第四节　谢朓的影响/168

第五节　王融/171

第九章　沈约及范云、任昉 176

第一节　沈约的生平/176

第二节　沈约的文学主张和作品/180

第三节　范云/188

第四节　任昉/192

第十章　王俭、张融、孔稚珪和齐代其他作家 196

第一节　王俭和齐初文人/196

第二节　虞炎、虞羲及其他诗人/199

第三节　张融/204

第四节　孔稚珪和刘绘/207

第十一章　何逊、吴均、柳恽和梁代前期作家 213

第一节　何逊/213

第二节　吴均/219

第三节　柳恽及其他作家/226

第十二章　《文选》 236

第一节　总集的出现和《文选》的编定/236

第二节 《文选》的选录和分类/239
第三节 《文选》的影响和后人对《文选》的研究/246

第十三章 从"永明体"到"宫体" ………………………… 251
第一节 宫体诗的出现/251
第二节 宫体诗出现的原因和对它的评价/256
第三节 萧衍父子/259
第四节 庾肩吾和刘孝绰兄弟/272

第十四章 徐陵、阴铿和梁陈之间文学 ………………… 278
第一节 徐陵的生平和作品/278
第二节 《玉台新咏》/285
第三节 阴铿/290
第四节 沈炯、周弘正和陈初作家/294

第十五章 江总和陈代其他作家 ………………………… 298
第一节 陈代诗风的变化/298
第二节 张正见、刘删、祖孙登/301
第三节 江总、姚察/304
第四节 陈后主及其侍从文人/309

第十六章 南朝乐府歌辞 ………………………………… 312
第一节 南朝乐府新声的兴起和发达/312
第二节 "吴声"和"西曲"/316
第三节 南朝乐府歌辞的文学特色/320

第十七章 《文心雕龙》和《诗品》 …… 332
第一节 刘勰和《文心雕龙》/332
第二节 《文心雕龙》的创作论/337
第三节 《文心雕龙》的文学史观和文学批评史观/344
第四节 钟嵘和《诗品》/349

第十八章 北朝文学概说 …… 356
第一节 北朝的社会和文化/356
第二节 北朝文学的发展和分期/361
第三节 北朝文学的特色/366

第十九章 "十六国"文学 …… 372
第一节 "十六国"文学概况/372
第二节 王嘉和《拾遗记》/376
第三节 苏蕙、苻朗和僧肇/380
第四节 张骏和李暠/384
第五节 汉族民歌/386

第二十章 北魏和北齐文学 …… 388
第一节 北魏初期文学/388
第二节 北魏中后期文学和温子昇/393
第三节 邢劭、魏收和北齐作家/403

第二十一章 《水经注》、《洛阳伽蓝记》和《颜氏家训》⋯⋯⋯⋯ 410

第一节 《水经注》/410

第二节 《洛阳伽蓝记》/418

第三节 颜之推和《颜氏家训》/425

第二十二章 庾信 ⋯⋯⋯⋯⋯⋯⋯⋯⋯⋯⋯⋯⋯⋯⋯⋯⋯⋯⋯⋯ 433

第一节 庾信的生平和思想/433

第二节 庾信前期的作品/440

第三节 庾信后期的作品/444

第四节 庾信的成就和影响/456

第二十三章 王褒和西魏北周文学 ⋯⋯⋯⋯⋯⋯⋯⋯⋯⋯⋯⋯⋯ 460

第一节 西魏的文化和文学/460

第二节 王褒/463

第三节 北周其他作家/468

第二十四章 北朝乐府和歌谣 ⋯⋯⋯⋯⋯⋯⋯⋯⋯⋯⋯⋯⋯⋯⋯ 472

第一节 北歌的创作和流传/473

第二节 北歌所反映的社会生活/478

第三节 《木兰诗》和《敕勒歌》/484

第二十五章 《世说新语》和南北朝志怪小说 ⋯⋯⋯⋯⋯⋯⋯⋯ 492

第一节 小说在南北朝的发展/492

第二节 《世说新语》/494

第三节 志怪小说/503

第二十六章　隋代文学 ······ 510

第一节　隋代文学鸟瞰/510

第二节　卢思道/515

第三节　薛道衡/521

第四节　孙万寿和由北齐入隋的文人/526

第五节　隋代的南方文人/528

第六节　杨素和隋炀帝杨广/532

第七节　民歌和农民起义的诗文/539

第二十七章　南北文风的融合 ······ 543

第一节　南北文风的区别/543

第二节　南北文风的融合过程/550

后　记 ······ 559

第一章　南朝文学概说

第一节　南朝的社会和文化

我国历史上的南北朝时期,一般是从宋武帝刘裕代晋(420)起算,至隋文帝开皇九年(陈后主祯明三年,即公元589年)为止,共一百七十年。自从东晋南迁,汉族的政权偏于江南一隅;长江以北的广大地区已经在少数民族的统治之下,但还没有形成统一的政权。北魏太武帝拓跋焘陆续消灭北燕、北凉,统一北方,才正式形成南北朝的对峙,时当宋文帝刘义隆元嘉中期(436~439),上距刘宋开国仅十余年。所以,把刘裕代晋作为南北朝这一历史时期的开始,是符合实际的。

东晋南渡加速了江南的开发,特别是带海、傍湖和沿江的地区发展更快。《宋书·孔季恭传论》:

> 江南之为国盛矣。……地广野丰,民勤本业,一岁或稔,则数郡忘饥。会土带海傍湖,良畴亦数十万顷,膏腴上地,亩值一金,鄠、杜之间,不能比也。荆城跨南楚之富,扬部有全吴之沃,鱼盐杞梓之利,充仞八方,丝绵布帛之饶,覆衣天下。

江南的水乡泽国,开发较晚。《禹贡》九州,荆、扬二州排在最后,"厥田惟下中"、"下下"。自东晋至陈亡二百七十余年间,才逐步把江南建设成"良畴美柘,畦畎相望"(《陈书·宣帝纪》),荆、扬两州成为南朝的经济中心,也是全中国最富庶的区域。《宋书·何尚之传》说"荆、扬二州,户口半天下","树根本于扬越,任推毂于荆楚",两州刺史,多半以皇弟或皇子充任,一些主要的城市也大多集中在这两州。自给自足的庄园经济虽然仍是经济中的主要成分,但以城市为中心的商品经济却有了长足的发展。北来的豪门和南方的土著地主不遗余力地经营自己的庄园。陈郡谢氏在始宁的庄园地包南北二山(谢灵运《山居赋》),会稽孔氏在永兴的庄园周围三十三里(《宋书·孔灵符传》),都是著名的例子。江南优越的自然条件,从此而得到充分的利用。从整个情况来看,社会经济只要不遭战乱的破坏,始终处在上升发展的过程中。《南史·循吏传序》概括宋、齐、梁三代的"盛况"时说,宋文帝时代"家给人足","凡百户之乡,有市之邑,歌谣舞蹈,触处成群,盖宋世之极盛也";齐武帝时代"十许年中,百姓无犬吠之惊,都邑之盛,士女昌逸";梁武帝前期务从节俭,废齐末苛政,"四海之内始得息肩"。以唐朝人而修南朝史,不会有过分的虚美隐恶,今天来看,只能认为这些记载可能失之片面夸饰,却并非无中生有。经济的繁荣或者萧条,时局的安定或者动乱,并不能决定文学创作的质量,却可以影响文学创作的面貌。南朝时代的元嘉、永明、天监三朝正是南朝文学创作的旺盛时期,这当然不是偶然的现象。

从社会学的角度来观察,南朝时代对文化和文学具有直接影响的社会矛盾是世族与寒门之间的矛盾。

世家士族对社会的统治在东晋以后已经逐渐削弱,但仍然在顽强地保持既得利益,不肯放松经济、政治上的垄断。然而作为政权最主要的支柱即军队,南朝时代却一直为非高门出身的将帅所掌握。长期习于逸乐的高门世族不论在观念上或实际上都不愿意再像谢安、谢玄那样去组建北府兵①,而寒门庶族的子弟要获得进身之阶,军功几乎成为唯一的途径。掌握了军事大权,再跨前一步就可成为皇帝。南朝四代的开国之君都出身于"布衣素族",又同样通过军事力量而迫使前朝皇帝逊位。于是,皇室和世族之间互相依存又互相矛盾的局面始终是左右南朝政局的一种最重要的因素。

高门世族鄙视武人,而一旦武人登上帝位,他们又不得不出来表示拥护捧场,宋、齐、梁、陈四代的"禅让"大典,领衔主事、奉玺进绶的都是高门,特别是琅邪王氏的代表人物。这种态度,一则是维持既得利益需要武力的保护,二则是保家重于殉国,他们对改朝换代的态度,往往决定于本家族甚或家庭的利益,反映在道德伦理上的忠孝之辨,正是这种情况的折射。② 他们企图继续垄断政治,而长期以来的特权和社会风气已使他们不需要依仗实际的才能而自能坐至高位,入仕之后又以不问政事为清华高贵,"当官者以望空为高而笑勤恪"(干宝《晋纪·总论》),以致出现了王敬弘做尚书仆射而不解"讯牒"的现象(《南史·王裕之传》)。

南朝诸帝对付高门的办法是颇具针对性的。他们需要高门世族这一重要社会基础,给予其充分的礼遇和经济上的实利,但尽可能限制他们的政治权力。黄门侍郎、散骑侍郎、秘书丞一类"清贵"之官,还保持着由高门独占的局面。既名"清贵",在某种程度上就意味着

---

① 参看赵翼《廿二史札记·江左世族无功臣》。
② 参看唐长孺《魏晋南北朝史论拾遗·魏晋南朝的君父先后论》、拙著《谢灵运的政治态度和思想性格》(文载《社会科学战线》1987年2期)。按:本书提到我们两个人的意见均称拙著,下同。——曹道衡、沈玉成

实权的被剥夺。高门所控制的唯一有实权的高位是吏部尚书。但从宋文帝以来,真正接近皇帝、典掌机要的中书通事舍人却几乎都由出自寒素而有实际行政能力的人来担任。在高门世族还控制着舆论标准的南朝,这些人多被目为"小人"、"细人",所以《宋书》《南齐书》分别把他们归入《恩幸传》、《幸臣传》①。

南朝四代的统治时间都比较短,宋五十九年、齐二十三年、梁五十五年、陈三十二年。各朝历代,帝王都以争夺政权和巩固政权为最主要的目的。皇室和门阀之间的利益,既有一致,又有差异。争取门阀的拥护而又削弱他们的力量,始终是关心政务的君主所注意的焦点。从总的趋势来说,东晋时代皇室完全依赖门阀支撑的局面在南朝已经逐步改变,皇权在一定程度上得到加强。晋宋之际发生过谢氏家族和刘裕父子之间矛盾的激化,结果是以刘氏皇室取得全面胜利而告终。宋文帝时代,谢晦举兵反抗,把他杀掉固然名正言顺;谢灵运桀骜不驯,欲加之罪还必须诬以"谋逆";宋孝武帝杀王僧达,同样也要把他和高阇的武装叛乱硬扯在一起。但到宋明帝杀王彧,则干脆不用再找任何借口。这些事实也许可以从一个方面反映皇室和门阀势力之间的消长。到梁武帝统治的四十八年间,高门在政治上的力量已不如从前,偏于自保;梁武帝也吸取前代的经验,"代谢必相诛戮,此是伤于和气,所以国祚例不灵长"(《梁书·萧子恪传》),杀戮知名士人的事已不再出现。原因之一在于这些高门子弟中,已经缺少真正有能力的从政人才,构不成对皇室的威胁,实际政务已经归于中下层士人,所以《颜氏家训·涉务》才会从另一角度说"举世怨梁武帝父子爱小人而疏士大夫"。世家子弟在政治上但求和皇室合

---

① 参看《通鉴》卷一二八、一三二,《梁书·朱异传》,《隋书·百官志》中的有关论述以及赵翼《廿二史札记·南朝多以寒人掌机要》。

作,平流进取加上经济上的稳定,于是自然而然地有更多的精力投入文学创作。

皇室和门阀之间的矛盾趋向缓和,但皇室内部的矛盾在宋、齐两代却极为尖锐。宋初有刘裕诸子之争,宋文帝为其子刘劭所弑,宋孝武帝、前废帝、宋明帝三朝,皇族内部的骨肉相残达到了骇人的程度①;而在齐代,齐明帝几乎杀尽了"高、武子孙"。这种剧烈的政治动荡不能不影响到文人的命运、思想,并在创作中有所反映。谢灵运、鲍照、范晔、颜竣、王融、谢朓的死于非命,都和皇室内部的争斗有直接或间接的关系。梁武帝处理上层集团之间的各种关系采取比较缓和的政策,四十多年的安定给文学带来了某种畸形的繁荣,但发生在他末年的侯景之乱造成的全社会性的破坏,又把这种繁荣摧残以尽。

魏晋时期是中国文化史上一个重要的转折时代,其主要的表现形式为经学的衰微、玄学的兴起,并导致了哲学、文艺领域里普遍的对人生意义的思索和探讨。佛学的西来为思辨哲学增添了一支异军,而且到东晋时期由玄学的附庸而蔚为大国,最终与玄学交融而形成中国化的佛学。

到南朝,思辨哲学在意识形态领域里唯我独尊的局面又有所变化。有关玄言佛理的清谈还在继续,但其盛况毕竟是和东晋时代不能并比了。在高门华胄中,它还作为一种传统的形式被保留了一段时期,比如《南史·徐羡之传》记徐羡之与谢晦、傅亮聚会,"亮、晦才学辩博,羡之风度详整",《王惠传》记谢瞻才辩有风气,尝与兄弟群从造惠,谈论锋起。史臣没有详记谈论的内容,但从所使用的语言接

---

① 据清人汪中《补宋书宗室世系表序》的统计,刘宋六十年,皇族129人中被杀者有121人,其中骨肉相残者80人。

近于《世说新语》来推测,内容当亦不离"三玄"一类的题旨。比较详尽的记载见于王僧虔的《诫子书》,他告诫儿子要懂得清谈之不易:"汝开《老子》卷头五尺许,未知辅嗣何所道,平叔何所说,马、郑何所异,指例何所明,而便盛于麈尾,自呼谈士,此最险事。设令袁令(粲)命汝言《易》,谢中书(庄)挑汝言《庄》,张吴兴(邵)叩汝言《老》,端可复言未尝看邪①?"书作于刘宋时代,可见当时清谈仍以"三玄"为主要内容。刘宋以后,尽管还有一些专治"三玄"的学者,但专门探讨玄理的清谈则更少见,士人聚会,讲论的内容逐渐转到儒家和佛家的经典上。

儒学在南朝的重新被提倡是一个值得注意的现象。玄学崇尚自然,有反抗名教伦理的积极一面,但也有避世、颓废的消极一面,末流所及,则是为极端的放浪和纵欲提供了理论依据。玄学思想用之于经世治国,就要求尽可能不去人为地激化社会矛盾而听其自然缓解,王导的"务在清静"(《晋书》本传)和谢安的"去其烦细"(《世说新语·政事》注引《续晋阳秋》),都是"无为而无不为"的体现。这种治国方略可以苟安自保于一时,却难有积极的作为。东晋后期的内忧外患造成的严重危机,迫使当国者对"清言误国"的现象进行反思。本来,所谓经学即儒学的衰微不过是相对于东汉时期的极盛而言的,它并没有真正消歇。即使在玄学风靡全部上层社会的两晋,仍然得有太学、国子学的建制,还有经学博士。而经过魏晋两代的比较鉴

---

① 《南史》本传记粲"负才尚气,爱好虚远","郡南一家颇有竹石,粲率尔步往,亦不通主人,直造竹所,啸咏自得",实即《世说新语·简傲》所记王徽之事迹的翻版。这种典型的"通脱",刘宋时代已属于在少数甲族士人中保存的"前辈风范"。又,《宋书》、《南史》本传均不记袁粲等人精于"三玄",可见谈玄之风已远不如在晋代之为人重视。

别,证明儒学仍然是更适合的统治思想。所以南朝时代又形成了儒学重新振兴的趋势,官学之外,私家讲授儒学也相当普遍。《宋书·雷次宗传》记元嘉十五年立儒、玄、文、史四馆,《南史·宋本纪》记明帝泰始六年,立总明观,置东观祭酒,分儒、道、文、史、阴阳五部学,儒学、文学都为官方所承认,这是值得注意的事实。梁武帝佞佛,但在思想统治上更多的是以儒学为宗,教育皇族子弟也以儒学为本。南朝的儒学在梁代最为兴盛。《隋书·经籍志》经部著录魏晋南朝的学术著作,除《周易》而外,绝大部分出于南朝人之手,南朝人中又以梁代为多,这也可以从一个方面说明儒学在南朝的振兴情况。

佛教在南朝有很大发展,帝王和高门华胄奉佛者极多。帝王中有宋文帝、江夏王刘义恭、齐文惠太子、竟陵王萧子良、梁武帝父子等,世族中有王、谢、何、周、颜、张各氏,一些社会地位很高的文人如谢灵运、颜延之、谢庄、王僧虔、张融、谢超宗等都有和僧人交往的记录。这一种外来的唯心哲学到南朝已经更加中国化,由于教义的精致深奥,东晋南朝时代有大量的文人为之倾倒。东晋时代开始的儒、玄、佛合流的倾向在刘宋以后更加明显[①]。在南朝时代,大体上说,传统的儒家思想作为深厚的文化积淀仍然对创作实践和理论起着指导作用;而玄言佛理,在经过东晋玄言诗这一阶段以后,也以更加和谐的姿态在文学领域里发挥影响,甚至达到了溶着无迹的程度。

[①] 东晋名僧支遁、慧远都是这方面的代表人物。刘宋时代,谢灵运、颜延之都做过这方面的努力。南朝僧人中,僧慧"善老庄",昙斐"老庄儒墨,亦颇披览",僧宗"任性放荡,亟越礼法。得意便行,不以为碍",俨然魏晋名士。(均见《高僧传》)僧人能文、有集者如慧观、昙谛、慧静、法安等,也为数不少。

第二节　南朝文学的繁荣

汉代以来，文学创作曾经形成过两次高潮，一在汉末魏初，即建安时期，一是晋初的太康时期。之后就因为战乱频仍和士人们倾心于清言玄理，文学创作缺乏有影响的作家和高质量的作品。及至南朝，文学创作出现了"复苏"的局面，而且日见其繁荣。

在封建社会里，思想意识领域中的热点常常是随着统治阶级的爱好而转移的。晋代的清谈玄理之风，在晋室灭亡以后成了强弩之末，高门世族对文化的兴趣更多地集中在文学，品藻人物的重要标准也从风度、言语而转移到文学才能方面，"善属文"、"辞藻遒艳"这一类叙述评价成了史书中的常用语言。如前所述，高门华胄对于政治的控制在南朝逐渐减弱，但对整个社会风气却仍然起着决定性的影响。他们有经济上的特权，有世代相传的文化积累，南朝的文士绝大部分都出身于这一阶层，这就构成了对文学创作的垄断。人以文显，文以人显，世族子弟要获取社会声誉，文学创作是一条既现实又便捷的道路。《诗品序》说"今之士俗，斯风炽矣。才能胜衣，甫能小学，必甘心而驰骛焉"，正是刘宋以来社会风气的写照。

高门中的文士，自然首先使人想起王、谢二家。《梁书·王筠传》记筠与诸儿书："史传称安平崔氏及汝南应氏，并累世有文才，所以范蔚宗云崔氏'世擅雕龙'。然不过父子两三世耳，非有七叶之中，名德重光，爵位相继，人人有集，如吾门世者也。"琅邪王氏，特别是王导到王珣一支，累世富贵，所谓"人人有集"，只能反映这一家族的社会地位和从事文学创作人数之多，而并不意味着产生过很多优秀作家。从事实来看，王导、王珣一支中，较有成就的作家不过王融和王筠，而陈郡谢氏却有谢灵运、谢惠连、谢庄、谢朓这些大家和名家。明代胡应麟注意过这个事实,他说:"王、谢江左并称,诸谢纵横《文选》,而王氏一何寥寥也?"(《诗薮·外编》卷二)除王、谢两族而外,还有兰陵萧氏和彭城刘氏。《梁书·萧子恪传》:"子恪兄弟十六人,并仕梁。有文学者子恪、子质、子显、子云、子晖五人。"《刘孝绰传》:"孝绰兄弟及群从诸子侄,当时有七十人,并能属文,近古未之有也。"萧氏是南齐皇族,刘氏亦为彭城望族,所以才出现了这种历史上不多见的"一门能文"的现象。至于出身贫贱的作家,知名度较大的仅鲍照、吴均二人。鲍照的作品在当时就有相当大的社会影响,《南齐书·文学传论》以之与谢灵运并称,列为"三体"之一,但是他并没有什么社会地位,《诗品》说他"取湮当代",当是指人而不是指作品①。《梁书·江淹传论》说:"观夫二汉求贤,率先经术;近世取人,多由文史。"《南史·徐广传》记何法盛窃取郗绍的《晋中兴书》手稿前,对郗绍说:"卿名位贵达,不复俟此延誉。我寒士,无闻于时,如袁宏、干宝之徒,赖有著述,流声于后。宜以为惠。"何氏并非寒族,对真正的寒门庶族来说,以文史延誉还有可能达到目的,以之干禄仕进,则百不获一。

  文学才能在世族中成为一条衡量社会价值的重要尺度,出身于寒门庶族的帝王也以极大的努力跻身于文人的行列里。帝王可以在政治、军事上统率世族,但是在社会观念上却始终唯世族的马首是瞻。宋文帝奉佛,政治上的目的是"若使家家持戒,则一国息刑";心

---

① 王瑶《中古文学史论·政治社会情况与文士地位》指出:"文人学士的社会地位,只决定于他的官爵,而并不一定在于他所构诗文的优劣高下。"不论鲍照的诗多么高明,沈约撰《宋书》绝不能为他立专传。而《宋书》又不列《文苑》或《文学》传,所以鲍照的事迹只能在《刘义庆传》里附上寥寥几行。

理上的因素则是因为范泰、谢灵运、颜延之这些著名的人物都信仰佛教,他对何尚之说"不敢立异者,正以卿辈时秀率所敬信故也"(《高僧传·慧严传》),可以算是相当坦率的自白。出于这种心理状态的支配,他们不仅爱好文义,礼遇文士,而且亲自动手写作诗文。从宋文帝直到陈后主,终南朝之世,这种趋势有增无已。据《隋书·经籍志》,南朝诸帝有集者有宋武帝、文帝、孝武帝、梁武帝、简文帝、元帝、陈后主①,其中梁简文帝以下三人更以提倡和创作诗文为务。从存世的作品看,大都具有相当的水平。诸王中好文学、能创作的为数更多。

汉代的帝王对文士"俳优蓄之",汉魏之际,曹操父子不仅凭自己的政治地位,同时又凭自己的创作实践领导文坛,创作的潮流多以他们的意向为归依。南朝帝王与文士的关系则有所不同。四朝的开国之君,除梁武帝以外,其他都起自下层,出身行伍,他们和他们的子弟对文人怀有鄙视和企羡的双重心态。例如齐武帝萧赜就常说:"学士辈不堪经国,唯大读书耳。经国,一刘系宗足矣,沈约、王融数百人,于事何用?"②然而就是在他统治的永明年间,文学的创作和理论都有重要的发展。而且,这种鄙视在多数情况下还是被鄙视的一种逆反,在主要方面,仍然是表现为对文学的爱好。宋武帝刘裕并没有什么文化素养,但在北伐胜利、大会彭城祝捷的时候,也忍不住"命纸笔赋诗"。谢晦唯恐刘裕出丑丢人,乃主动代作,事见《南史·谢晦传》。帝王身体力行,还要求武人也要作诗:

---

① 《隋书·经籍志》尚录有"齐文帝集一卷",文帝即文惠太子萧长懋,未及即位而卒。无文集而有诗作存世的,尚有齐高帝、武帝。
② 据《南史·恩幸·刘系宗传》。《南齐书》作齐明帝语。按,明帝即位前,王融已被杀,似不必再言及王融,故从《南史》。

> 上(宋孝武帝)尝欢饮,普令群臣赋诗。庆之手不知书,眼不识字。上逼令作诗。庆之曰:"臣不知书,请口授师伯。"上即令颜师伯执笔,庆之口授之曰:"微命值多幸,得逢时运昌。朽老筋力尽,徒步还南岗。辞荣此圣世,何愧张子房!"上甚悦,众坐称其辞意之美。
>
> ——《宋书·沈庆之传》

不识字而能作出一首颇为得体的"颂圣"之作,决不是沈庆之有什么天才,而是在十分普遍的写诗风气中耳濡目染的结果。在武人方面,也有不少人力图挤入风雅之列。梁武帝天监六年,大将曹景宗破北魏军,凯旋班师:

> 帝于华光殿宴饮连句,令左仆射沈约赋韵。景宗不得韵,意色不平,启求赋诗。帝曰:"卿伎能甚多,人才英拔,何必止在一诗?"景宗已醉,求作不已,诏令约赋韵。时韵已尽,唯余"竞"、"病"二字。景宗便操笔,斯须而成,其辞曰:"去时儿女悲,归来笳鼓竞。借问行路人,何如霍去病!"帝叹不已,约及朝贤惊嗟竟日,诏令上左史。
>
> ——《南史·曹景宗传》

这是武人不服而取得成功的例子。短短四句,不失豪迈本色,比当时一些恹恹无生气的作品要高明得多,无怪乎要引起萧衍、沈约等人的震动。另外一位胡僧祐则因喜好附庸风雅而出丑,《梁书》本传说他"性好读书,不解缉缀,然每在公宴,必强赋诗,文辞鄙俚,多被嘲谑。僧祐怡然自若,谓己实工,矜伐愈甚"。至于以军功贵显而子孙以文学著名的情况,更不乏其例。如刘勔子刘绘即为竟陵王西府文士,孙刘孝绰一辈更人才济济;柳世隆到晚年就以"谈义自业",完全是文士的风度,子柳恽兄弟数人并为文人;到彦之后人到溉、到洽,在梁代也以文才有声于时。

对文学的爱好导致了帝王与文士的争胜,这种情况是前所未有的①。《宋书·临川武烈王道规传》记刘义庆爱好文义,为宗室之表,出镇江州,宋文帝与义庆书,"常加意斟酌"。不仅如此,孝武帝时,鲍照为中书舍人,"上好为文章,自谓人莫能及。照悟其旨,为文多鄙言累句,咸谓照才尽"。人君之尊,本来可以视寒士为无物,而鲍照竟有这样的不安全感,这也是一种"匹夫无罪,怀璧其罪"的心理。梁武帝对宗室、功臣和士人在政治上都相当宽大,唯独在文学上寸步不让,有两件同类的事例:

> 武帝每集文士策经史事,时范云、沈约之徒皆引短推长,帝乃悦,加其赏赉。会策锦被事,咸言已罄,帝试呼问(刘)峻。峻时贫悴冗散,忽请纸笔,疏十余事,坐客皆惊,帝不觉失色。自是恶之,不复引见。
>
> ——《南史·刘峻传》

> (沈)约尝侍宴,值豫州献栗,径寸半。帝奇之,问曰:"栗事多少?"与约各疏所忆,少帝三事。出谓人曰:"此公护前,不让即羞死。"帝以其言不逊,欲抵其罪,徐勉固谏乃止。
>
> ——《梁书·沈约传》

---

① 广义来说,应该是文化素养上的争胜而不止文学。例如《南齐书·王僧虔传》所记宋孝武帝欲擅书名,而王僧虔只好用掘笔书;齐高帝自以为书法高明而竟与王僧虔比赛。

刘峻露才扬己，自绝上进之路；沈约是梁武帝的老友，深知其为人，"此公护前"云云也说得过于刻薄，使梁武帝大失面子，所以不念旧情而要加之以罪。梁武帝还讨厌吴均、何逊，说过"吴均不均，何逊不逊"的话。讨厌吴均主要是因为吴均在《齐春秋》里不肯为尊者讳，碰到了梁武帝的痛处；至于何逊，很可能是不愿像鲍照那样自污，所以才招来了"不逊"的考语。不过梁武帝毕竟不是暴君，他的忌妒也止于不给人以升官的机会，到后来隋炀帝，就发展到了借故把他的忌妒对象置之死地①。

上面所举的事例都意在说明文学创作在南朝当权者心目中所占的分量。从这一点出发，帝王挟其经济、政治上的力量，招纳文士。从宋初到陈末，规模较大的文士集团不断出现，领袖人物分别为：宋临川王刘义庆、齐文惠太子萧长懋、竟陵王萧子良、梁昭明太子萧统、简文帝萧纲、元帝萧绎、陈后主陈叔宝。其具体情况，在以下的有关章节中将分别论述。

南朝以前号称文人集团的，有汉魏之际的"建安七子"和西晋的贾谧"二十四友"②。建安文人是在战乱中逐渐归于曹氏父子周围的，又经常随同出征，真正云集邺下，"怜风月，狎池苑"，仅仅是建安十五年以后几年间的事。足以代表建安风骨"慷慨以任气，磊落以使才"的作品，恰恰又大多不是在聚居邺下时期写作的。至于"二十四友"，实际上是一个政治集团，其中有的人并非文士。而南朝的文人

---

① 请参看第二十六章《隋代文学》中有关薛道衡的叙述和注释。
② 曹丕在《典论·论文》中为纪念已故文人，举出王粲以下七人，由此为后人习惯使用。其实孔融的年辈、作风和其他文士都不一致，而不入"七子"的杨修、吴质、繁钦却是真正的文士。

集团则有所不同。第一,他们聚集在一起,互通声气,互为汲引,切磋文义,倡和争胜①。同时又在领导人物(一般是皇子)的主持下编纂各种有关文学的书籍,他们所主要从事的是文学活动。例如晋末谢氏子弟常在一起以"文义赏会"(《宋书·谢弘微传》);萧子良"夏月客至,为设瓜饮及甘果,著之文教。士子文章及朝贵辞翰,皆发教撰录",又命门下士抄五经、百家,编《四部要略》(《南齐书·武十七王传》);萧统"恒自讨论篇籍,或与学士商榷古今",又编纂《文选》(《梁书·昭明太子传》);梁初有一部分文人还经常在任昉家中聚会,号为"龙门之游"(《南史·陆倕传》);萧纲"引纳文学之士,赏接无倦,恒讨论篇籍,继以文章"(《梁书·简文帝纪》);至于齐梁文人诗题中的"奉和"、"奉酬"、"应令"、"应教"、"赋得",数量之多,也足以说明聚会赋诗之盛。第二,这些文人集团操纵着文风的转变,有比较一致的主张。永明声律论的产生及鼓吹,就来自萧子良幕下的"竟陵八友";萧统领导的文人集团,大体上代表了梁代前期的诗风,他在《答湘东王求文集及〈诗苑英华〉书》中提出的"文质彬彬",可以算作纲领性的意见;至于萧纲集团,萧纲自己的"放荡"说与萧绎的"绮縠纷披,宫徵靡曼,唇吻遒会,情灵摇荡"(《金楼子·立言》)十六字主张也无疑是宫体诗风的理论指导。魏晋时代虽然也有曹丕的《典论·论文》和陆机的《文赋》,但前者写作于建安末年建安七子死后,对建安时代的文学创作只能是总结而不能是指导;后者主要是一篇创作论,而且是陆机个人的意见,对太康文风并没有起到多大的影响。而沈约、萧统、萧纲等人,多少是以文坛领袖的身份在鼓吹这些理论,对当时的创作现实曾起过显著的推波助澜的作用。前人认为,

---

① 文人争胜,自免不了如前所说的倾轧、嫉忌,但也有互相切磋的风气。《颜氏家训·文学》说:"江南文制,欲人弹射,知有病累,随即改之。"

南朝文学之所以繁荣,帝王的提倡是一个重要的因素,例如《南史·文学传序》就说:"自中原沸腾,五马南渡,缀文之士,无乏于时。降及梁朝,其流弥盛。盖由时主儒雅,笃好文章,故才秀之士,焕乎俱集。"这当然符合事实。不过帝王的好尚仍然以士族的风气为归依,这种风气又决定于整体的文化发展和文学本身发展的因素,上述的一些例子都可以在一定程度上说明这个问题。

第三节　南朝文学的特色

南朝文学具有鲜明的特色,过去的文论家把它概括为华丽绮靡,近几十年又目之为形式主义。这样的概括有正确的一面,但不免失之笼统和偏颇。从宋初到陈末,文学发展的总体趋向是社会功能逐步淡化,而美学价值却为所有的作家所追求。应当认为,这种情况标志了中国文学史上一个重要的发展和转折,但在发展和转折之中又混杂了相当严重的不健康的成分。

两汉的经学家把文学变成政治和伦理的附庸,东晋的玄学家又让文学作为哲理的说明辞。晋、宋之交,文学由歧路上回归,从历史的桎梏中解脱,在整个社会的呼喊奖励之中,以轻快的步伐前进。文学作品中"情性"的空前强调和语言技巧的刻意追求是这一代文学最引人注目的两个方面。

文学,特别是诗歌,最主要的功能是言志缘情。在先秦时代,所谓"诗言志"、"诗以言志","志"的意义是指怀抱,换言之,也是"情"的同义词①。但是儒家说诗,又经常与教化联系在一起,到汉代经生

---

① 请参看朱自清《诗言志辨》。

手里,又把这一面绝对化,三百篇诗成了美、刺的产物,而且比附史事,言之凿凿,导致了诗歌创作的教条化、伦理化①。汉末魏晋对儒学的冲击,形成了陆机《文赋》中"诗缘情而绮靡"的主张。这一主张并非陆机的独创,不过由于提法上的概括和明确,所以就为南朝人公认为创作中的指导原则,加以继承和发展。

南朝人否定了玄言诗,却不否定玄学所倡导的个性自由,不过表现方式和晋朝人有所不同。晋朝人重视玄言隽语,追求通脱、潇洒的风度,把人生玄理化;南朝人重视诗意文心,相对地要显得人情化、世俗化。晋朝人标榜"自然",纵情任诞,留给后人的印象有时不免矫情变态;南朝人倡言情性,反而使人感到现实、平易。晋、宋之交的两大诗人陶渊明和谢灵运,思想、经历、作品风格都迥不相同,然而作品中所反映的适性顺情、崇真斥伪,却殊途而同归。于是,我们就看到了谢惠连的《秋怀》:"未知古人心,且从性所玩。宾至可命觞,朋来当染翰。"鲍照的《答客》:"专求遂性乐,不计缉名期。欢至独酌酒,忧来辄赋诗。"谢朓的《晚登三山还望京邑》:"佳期怅何许,泪下如流霰。有情知望乡,谁能鬓不变。"何逊的《早朝车中听望》:"暂喧耳目外,还保性灵中。方验游朝市,此说不为空。"如此等等。或是贵公子的达性,或是寒士的不平,或是羁旅的愁思,或是登仕的喜悦,不论其感情的深厚、浅薄,总都是真实的坦露。感情要宣泄于文学,文学必须有感情,这种关系已经如水乳之不可分。

创作中对"情性"、"缘情"的重视,在理论上得到进一步的阐发和鼓吹。文学理论的巨制《文心雕龙》专设《情采》一篇论述感情和

---

① 《毛诗序》开头两段就分别提出"风以动之,教以化之"和"在心为志,发言为诗",可以看作儒家说《诗》的最概括而有代表性的主张。《毛诗序》大约也出自汉人,不过在每一首诗的解释中却不谈情志而专谈风教。

文采的关系，而且在《明诗》、《诠赋》、《神思》、《体性》等各篇中一再强调，从不同角度加以说明。《诗品》反对用堆砌典故即"补假"的手段来掩盖感情的贫乏，目的是要求诗歌作者做到真正的"吟咏情性"。散见在他处，如"直举胸情，非傍诗史"（沈约《宋书·谢灵运传论》），"文章者，盖情性之风标，神明之律吕"（萧子显《南齐书·文学传论》），"吟咏性灵，岂惟薄伎，属词婉约，缘情绮靡"（王筠《昭明太子哀册文》），"九日登高，时有缘情之作"（徐陵《玉台新咏序》），更难胜数，而且对缘情范围的理解也超过陆机，扩大到了"体物浏亮"的赋里①。

"言志"与"缘情"在后世某些理论家那里变成了两个相对立的概念。即便如此，按照今天的理解，"志"主要指思想中的理性活动，而"情"主要指感性活动，在创作实践中两者仍然有切不断的联系沟通。南朝时代，"缘情"的主张主导文坛，文人对"情"、"志"之间的关系也有两种不同的认识。一种以萧统、刘勰为代表。萧统在《文选序》里直抄《毛诗序》的话，"诗者，盖志之所之也，情动于中而形于言。《关雎》、《麟趾》，正始之道著；桑间濮上，亡国之音表"。刘勰在《文心雕龙·附会》中继范晔《后汉书·文苑列传赞》"情志既动，篇辞为贵"的命题，进一步要求"必以情志为神明"；颜之推在《颜氏家训·文章》中遥为应答，说"文章当以理致（义理情致）为心肾"。这一派的意见认为"情"必须受到"志"的一定规范，在评价到南朝作家的时候，《文选》中选录谢灵运、颜延之、鲍照、谢朓的作品都占较大的比例。另一种以萧纲兄弟为代表，主张"情性"就是不受任何约束的

---

① 《诗·定之方中》把"升高能赋"作为大夫的九种条件之一，但赋指赋诗；《三国志·武帝纪》注引《魏书》说曹操"登高必赋，及造新诗"，赋似指赋体。刘勰说"原夫登高之志，盖睹物兴情"，这是《诠赋》中的话，徐陵所谓"九日登高"的"缘情之作"自亦指赋体。

表现自我,萧纲的"文章且须放荡"(《诫当阳公大心书》),萧绎的"情灵摇荡"(《金楼子·立言》),都是这一派的纲领。萧纲和裴子野的一场论战,就是围绕着"情性"而展开的。裴子野在《雕虫论》中谴责"摈落六艺,吟咏情性",其指导思想仍然是汉儒的敷扬政教,当然是倒退的理论,但他指出"深心主卉木,远致极风云,其兴浮,其志弱",又正击中了萧纲一派的要害。萧纲等人不仅提倡"纯情",而且要求这种"情"委婉和平,至多只能怨而不怒。所以萧子显在《南齐书·文学传论》中对刘宋谢、颜、鲍三大家都表示不满,对谢灵运的批评是"典正可采,酷不入情",对鲍照的批评是"险急"、"淫艳"、"倾炫心魂"。谢、鲍的诗大多是真性情的表现,之所以招致这样的批评,主要是因为他们的"情"不合后来的标准;而对谢朓,则不论萧统、萧绎都能认可推崇,其中消息不难窥见。

强调情性,反对文学作品的伦理化和玄言化,在创作中起了正本清源的作用。在"缘情"、"吟咏情性"的思想指导下,作家们倾其全力以求的是作品的美学价值。然而终南朝之世,并没有出现强烈地激动人心或者深刻地感染人心的作品,作家所追求和创造的,大抵是那种精致、华丽和轻柔之美,这必须要联系时代和社会的因素来做出解释:

第一,南朝偏安江左,国家的力量、气魄远不能和汉朝相比,统治集团很少有宏图远略,唯以保持一时的安定承平为治国的根本方针。在这样的时代气氛里,文学作品中自然很少再能见到西汉的闳大、建安的慷慨。文学格局的小巧正是时代格局的反映。

第二,作家多数出身于上层门阀。门阀制度到南朝开始走向下坡,但依然保有巨大的惯性影响。高门大姓但求维护既得的经济、政治利益,出身于这个阶层的子弟随之失去了进取的锐气。传统中一些积极的精神面貌,诸如建功立业、济世安邦,已经消退殆尽。他们很少经历过时世的剧烈动荡,所感兴趣的,只是凭借富裕的生活条件和深厚的文化积累去领略自然界的秀美,咀嚼人世间的悲欢,以及在声色中寻求感官的刺激。他们的气质一般都比较平和纤细,笔下自然难于创造雄奇、壮阔的美学境界。这就是前人所批评的"气格卑弱"[①]。

第三,宋、齐两代,由于皇室内部的残酷争斗,祸及文人,在宋代产生过一些比较愤激不平的作品,在齐代的反映就要曲折委婉得多。此后,文人很少再受迫害,生活、思想愈益狭窄,作品的题材总离不开月露风云、闺房衽席,所标榜的情性,即使真挚,却大都细琐轻浮。以宫体诗为代表的秾丽精致的风格,是在特定的创作环境中主客体融合的必然结果。同时,文人的审美趣味形成单一化,陶渊明不受重视,鲍照被讥为"险俗",到梁中期以后的文学作品中,已经难于看到作家个性的差别。

总之,南朝文学强调情性,自觉地倾心于美的创造,这都大大地超越了前代。南朝文学的根本弱点,不在于作品题材的狭窄和细小,也不在于感情的强烈或平和,最致命的还是作家缺乏远大的理想,高尚的胸襟,致使作品缺乏深厚的内蕴。自然,这只是就一代文学的总倾向而言,具体到每个作家,还必须作具体的分析。

《南齐书·文学传论》指出当时文学创作的风气是"若无新变,不能代雄"。由于上面所说生活和思想的局限,作家们要互争雄长,就只能在形式技巧上呕心沥血。过去的论述,多从声律、用事、对偶这些方面的发展着眼,这虽然都是值得注意的问题,但是更重要的,

---

① 南朝作家在作品中表现了慷慨激烈感情的,有鲍照和吴均,但他们都出身孤贫寒贱。高门出身的谢灵运,其愤懑不平主要出于家族被打击和个人仕途的失意。

还是文学语言的提炼①。

南朝在宋文帝元嘉时期,文学语言开始走向密丽,但仍不脱拙涩典雅,到齐武帝永明前后发生了明显的转折,一变而为轻浅明快。元嘉时期的涩和雅,大致有两方面的原因:一、文风较多地上承西晋陆机、潘岳的风格。陆机、潘岳的作品,句法渐入排偶,字法渐入雕琢,这本来是文学形式由简单到复杂的正常发展,但是到了南朝却演变为非对不发、出语尽双,谢灵运、颜延之的诗里就有不少通篇排偶之作。不论谢、颜才学兼备,要把这种形式安排得十分妥帖,确实有很大的难度,所以作品中出现了强为之对的情况,甚至不成语句,像谢的"极目睐左阔,回顾眺右狭"、"眷西谓初月,顾东疑落日",颜的"虞风载帝狩,夏谚颂王游"、"夜蝉当夏急,阴虫先秋闻",等等,都上下一义,即后人所谓合掌。鲍照的诗里,这种情况也并不少见。左右对称本来易于呆板,技巧还不完全成熟更难免弄巧成拙。二、作家虽然已经在摆脱伦理、玄言,但传统的以雅正为宗的观念还在有形无形地起作用。谢诗中某些语言照搬《老》《庄》《周易》,颜诗中某些作品有似典谟诰誓,后来读者感到的生涩典奥,也许当时作者正以为是素养的展布。

文学语言的风格从元嘉到永明的转变,通过两个方向而殊途同归。一方面是通过精雕细刻而达到了和谐平易,即沈德潜评谢灵运的"经营惨淡,钩深索隐,而一归自然"(《古诗源》卷十)。"池塘生春草"、"明月照积雪"是情景"猝然相遇","林深响易奔"、"白云抱幽石"则是雕琢的精品。颜诗里也有这种情况,不过达不到谢灵运的

---

① 关于这个问题,葛晓音的《论齐梁文人革新晋宋诗风的功绩》作了比较深入的阐述,文载《北京大学学报》1985 年第 3 期。本节中的论述曾参考采用了这篇文章的意见。

境界。另一方面是南朝民歌进入上层,文士们为它的明丽天然所吸引,竞加仿作,鲍照不必说,谢灵运的《东阳溪中赠答》两首毫无雕琢之痕,连宋孝武帝等人也有相当出色的作品。这两个方面在宋代为文学语言风格的转变作了充分的准备,到永明时期,终于由沈约总结出了"三易",即"易见事,易识字,易读诵"的原则,由谢朓提出了"圆美流转如弹丸"的标准。文学语言风格的转变和声律说的形成,是永明新体诗的两个重要标志,影响极为深远。

语言趋于平易,为炼字琢句增加了难度,各种手段乃向更高的层次发展,致力于对仗的工巧、声调的和谐、动词(在句中通常是"句眼")的锤炼、词性的活用、词序的倒装、字面声色的选择、用词压缩而力求在五个字中容纳更多的内蕴,诸如此类。"文章殆同书钞"和"竞须新事"的风气,永明以后在骈文中变本加厉,而在诗歌中却得到缓解。因为典故的填塞极易成为通向清新流丽的障碍,所以齐梁以后真正的名篇佳句多出"直寻"而少"补假"。与此同时,"神"、"韵"、"境"、"味"这些哲学或艺术上的新概念逐渐渗透到创作领域中。炼字琢句的种种技巧要为构成作品的韵味、境界服务。这在当时作家的意识中虽未必完全明确,但在实践上却已进入了一个远较太康时代更为丰富、复杂的艺术领域。

第四节 各体文学的发展

南朝和唐朝一样,各体文学中诗歌最受重视,骈文和辞赋也有相当的成绩;由于文学创作的繁荣,文学理论和批评也趋于成熟。其纵向发展可以分为三个阶段,第一阶段是刘宋时代,第二阶段从齐初至梁中期,第三阶段从梁中期至陈末。

在诗歌发展中,三个阶段分别以元嘉体、永明体、宫体为特征。东晋中晚期,庾阐、殷仲文、谢混等人在流行的玄言诗中增加了更多的山水成分,诗风有所变化。刘宋时代的代表作家是谢灵运、颜延之和鲍照,后人称为"元嘉三大家"。这三位作家的风格有很大的不同。谢灵运由政治上失意而寄情山水,经过他的精心刻画,诗作开一代风气,标志了山水诗的形成和玄言诗的结束。颜延之的成就不能和谢、鲍相比,擅长庙堂应制之作,但颇受宋、齐两代上层人士的欣赏,诗风凝重而尚雕绘。鲍照的主要成就在乐府和拟古,是南朝作家中少数关心重要社会现实的诗人之一,笔力雄健,情调慷慨,也有一部分比较活泼自然的作品。除"三大家"之外,谢惠连、谢庄、汤惠休和鲍令晖等作家也各有优秀之作。另外,列入《梁书》的江淹,大多数诗篇写作于刘宋时期,诗风也与元嘉诗人相近。这一阶段上承西晋,下启永明,艺术经验正在迅速积累,可以说是"诗运转关"的准备时期。永明体阶段又可以分为前、后二期。前期以谢朓、沈约为代表。沈约的诗作最多,提出过重要的理论主张,由于他的年寿长而政治地位又高,俨然是文坛领袖。谢朓在创作上的成就超过沈约,是齐、梁、陈三代最优秀的诗人,以写山水风光、羁旅之情、忧生之嗟最为出色,风格秀逸。王融、范云、丘迟等的诗风和沈、谢相近,也是比较优秀的诗人。在永明作家们的努力下,诗歌语言由雅正而趋平易,同时又在理论上完成了声律说。后期的代表作家是何逊、吴均、柳恽。何逊的诗风步武谢朓而更纤细,吴均受鲍照的影响较多,风格清拔有古气,诗作中有不少边塞的题材。永明时期是中国诗歌史上的一大转折,开始酝酿并逐步形成在体制、题材、语言上都与汉魏古诗不同的近体诗。宫体是在永明体基础上诗歌形式更求华美、秾丽的一种诗体,由于萧纲继萧统立为太子后大力提倡而得名。内容多是艳情、游宴、相思,反映了上层社会中生活的空虚和感情的苍白,但从技巧上说,则较永明体更加精巧细密。这一派诗体的主要作家是萧纲、萧绎以及围绕在他们周围的徐摛、庾肩吾、徐陵、刘孝绰等,庾信在入北以前也是宫体诗的重要作家。梁末虽经侯景之乱,易代后的陈后主陈叔宝及其"狎客"文人江总等人仍以酒色风月为事,诗风仍是宫体。诗人中稍有个人风格的是阴铿和张正见。总的来说,宫体诗是完全贵族化了的诗歌,但其中也有一些清丽可读的作品。

论述南朝诗歌必须涉及乐府民歌。其原因一则是这些作品本身就是南朝诗歌中的一个重要组成部分,二则是对文人创作起过重要的影响。南朝乐府民歌有鲜明的特色,内容上十之八九都是情歌,而多数又是男女私情;语言婉转清新,天然本色,而且大量使用谐音双关隐语;篇幅上则短小精练,多属四句的小诗。它对文人创作的影响也很明显,永明体的语言和体制是诗歌发展中诸多因素汇合的结果,其中民歌营养所起的作用灼然可见。宫体诗多写艳情,和当时上层社会耽于乐府新声也有不可分离的关系。南朝文人的诗作中有相当数量的拟乐府,其中乐府古题仍多沿袭传统的题材,而风格则趋于流宕和华丽。另有不少模仿吴歌、西曲的作品,有一部分写得相当出色,如果不署作家主名,简直和民歌很难区分。南朝民歌常在同一曲调中有多首歌辞,如《子夜歌》、《子夜四时歌》、《华山畿》、《读曲歌》等,自非一人一时之作。诸多作品中最成熟精致的一首是《西洲曲》,它与北朝的《木兰诗》为后人并称"双璧"。

诗歌各体形式在南朝有很大的发展。五言诗仍是主要的体裁,名篇名句几乎全是五言。永明时期的"四声"、"八病"说,也只是对五言诗声律所作的探讨。不过从永明到梁末只论四声而不论平仄,"八病"之说对诗歌格律的约束极严,实际上难以做到。沈约等人在声律中注意了诗中奇、偶句之间的"对"而忽略了偶、奇句之间的"粘"。在实践中,从谢朓、沈约到徐陵、江总,五言诗中短制的格律越来越近于唐人规范的五言律诗。诗人在自觉或不自觉地摸索这一格律，但终南朝之世，也未能总结出五言律诗的标准规格，只能留待唐朝人去完成。绝句的起源，历来的说法颇多分歧，但可以肯定两点：一、南朝时代五言四句的小诗正在形成固定。绝句之名，最晚起于梁代。《玉台新咏》卷十专收这样的小诗，开宗明义即标"古绝句"为题，所收吴均诗又有"杂绝句"；《南史·梁本纪》载梁简文帝被囚时有"诗四篇，绝句五篇"，元帝临死前"制诗四绝"，都是明证。二、绝句是否从民歌中来，很难确说，但南朝人写五言四句的小诗，很明显是接受了民歌的影响。徐陵也承认这一点，《玉台新咏》卷十除选录作家的小诗以外，又录有"吴歌"，可作旁证。至于七言诗，发展得要比五言为晚，鲍照以后，宫体诗人有不少七言，但七言律、绝在南朝时期尚未成型。

　　骈文在南朝文学中的繁荣仅次于诗歌，在使用范围广泛上却超过了诗歌。南朝时期的文章，除一部分奏疏论议和史学著作以外，几乎都是语句骈偶、声调铿锵的骈文。骈文在南朝的发展，和诗歌的发展大致同步。刘宋时期的文章，骈俪的程度超过两晋，但散句还比较多，同时声律论尚未提出，文章中讲究字对，忽略声对。"元嘉三大家"中，谢和颜的文章骈俪的程度不如鲍照。现存鲍照的文一律是骈文，即或家书也不例外。颜延之的家训《庭诰》，虽用偶句而少雕琢，鲍照的《登大雷岸与妹书》描写大江风景，烟云变幻，在语言上则仍然多用古奥奇崛的字面。《石帆铭》和《瓜步山楬文》也是鲍照的名作。谢庄的不少表章都是成熟的骈文，《上搜才表》中大段全用偶句，而且几乎每句用典。这一时期，散体的文字还占一定比例。骈文一般被认为是典雅的文体，多在正式场合使用，这从当时的诏令中也可以看出一些迹象。宋文帝、宋孝武帝等写给几个兄弟的信，名义上是诏，而实则为家书，所以用散体，而正式公告国人的诏书都用骈体。齐代以后,骈文的使用更加普遍,即使给朋友或家属的书信也用骈体,甚至还出现过丈夫请人用艳丽的骈文捉刀寄内的怪现象①。史传和志怪小说等叙事文和理论性的文章多半还用散体,像《文心雕龙》全部用骈文写作的理论文字是少见的例外。在陈代,连历史和哲学著作,如何之元《梁典总论》、傅縡《明道论》等都用骈体。同时,和诗歌一样,对声调、对偶的讲求也更趋严格,虽然用事更多,选词用语却更平易。宋末的骈文名篇有江淹的《诣建平王上书》、《报袁叔明书》、《与交友论隐书》等,骈俪中而间单行散语,不事秾艳,气格高出时辈。梁代的佳作有陶弘景《答谢中书书》,吴均《与朱元思书》、《与顾章书》,都是简洁精致的山水小品。丘迟《与陈伯之书》,喻之以理,动之以情,也为历来所传诵。刘峻的《辨命论》和《广绝交论》是以骈体作议论的典范。《广绝交论》列举五交三衅,虽为任昉身后而发,而笔锋所及,已扩大到社会上所有的势利现象。徐陵是南朝最后一位骈文大家,《玉台新咏序》体现了五色相宣、八音迭奏的华美特色,素为后世所称道;《与齐尚书仆射杨遵彦书》,感情深挚,隶事工而论事畅,可推为集中压卷之作。另外,南朝时代继承晋代作风的俳谐之文,如袁淑《驴山公九锡文》、孔稚珪《北山移文》、沈约《修竹弹甘蕉文》等,都笑骂戏谑,别成一体。

南朝是骈文发展的高潮时期,到中、后期,已多以四、六言为主,

---

① 例如何逊有《为衡山侯与妇书》、伏知道有《为王宽与妇义安公主书》。在诗歌中从晋代开始就有这种现象,骈文中这种现象的出现似较晚。更有意思的例子是庾信有《为梁上黄侯世子与妇书》,世子即萧悫,曾有过"芙蓉露下落,杨柳月中疏"这样的好诗,但写寄内的骈文却要倩人代笔,可能是仅仅工于诗而不工于文之故。也许还可以有另外一种解释,即这一类作品和《拟古》相似,是文士"拟今"的游戏笔墨,但缺乏有力的证据,所以这里还是采用前一种看法。

参以三、五、七言,规整而有错综,疏朗而不板滞。其中的优秀之作,无论抒情、叙事、议论,都能把裁对隶事、选声调色的技巧运用自如,充分体现这一文体的形式美。由于这种形式限制比较严格,才力不胜,即易成为桎梏,所以即使在一些大作家的作品中,也难免有文意肤泛,语句复沓,甚至破碎不通,招来后人理所应当的指责。

辞赋在南朝人的观念中依然是重要的传统文学形式。《文选》各体以"赋"居首,《文心雕龙》论文体二十篇,《诠赋》列为第三,仅居《明诗》、《乐府》之后。从建安以来,堂皇凝重,铺陈都邑之美、功业之盛的大赋逐渐为抒情小赋所代替,体格和技巧上都有创新。刘宋时代的辞赋较前代渐趋精美而仍不脱古拙的余味。谢灵运的作品中,《山居赋》、《撰征赋》属于长篇巨制,前者写始宁别业的风物,但见学不见才,远不如他的山水诗精彩动人。颜延之的《赭白马赋》,写作技巧上颇有可取之处。鲍照的成就最高,《芜城赋》写迭经兵燹以后的广陵,通过劫前劫后的对比,以奇峭雄健之笔发抒人事沧桑的感慨;他的《舞鹤赋》、《野鹅赋》、《尺蠖赋》诸作,也都寄托深远。谢惠连和谢庄,所存辞赋几乎全是咏物之作。谢惠连的《雪赋》和谢庄的《月赋》,都沿用假托主客的传统形式,分赋雪、月,抒情述志,隽永清新。宋、齐之间最大的辞赋作家是江淹,现存作品四十篇左右,题材比其他作家广阔,像《待罪江南江北赋》、《横吹赋》,都是南朝赋作中很少见的。最著名的作品自然是《恨赋》和《别赋》,利用惊心动魄的场景、形象,具体地描写了人世间这类普遍的感情。齐代的赋作比较少,质量也不高,仅张融《海赋》中部分写景的片段比较精彩。梁代是南朝辞赋的全盛时期,作家、作品的数量都超过前代,宫体诗人写的赋,题材、情调与宫体诗完全一致,不妨称之为"宫体赋",萧纲存世的赋作数量较多,仅次于江淹。其《晚春赋》、《对烛赋》、《采莲赋》等诸题,又同时见于萧绎和庾信集中,可见当时文士之间,在辞赋上也和建安时代一样，有一题同作的情况。沈约也是梁代有名的辞赋作家，《愍途赋》、《悯国赋》等篇风格近于江淹，《丽人赋》则属于轻绮一派。陈代的赋作存留较少，以徐陵的《鸳鸯赋》较为精丽。梁、陈赋作篇幅短小，多用五、七言句夹杂四、六言句，类似于诗赋的混合。这种体格滥觞于魏、晋时代，但多是骚体，到谢庄的《山夜忧吟》、《怀园引》和沈约的《八咏》而有发展，在梁、陈时代应用得更为广泛，赋中有些片断已类似初唐的七言歌行，在文体发展史上是一个值得注意的现象。南朝抒情小赋之所以兴盛，也正是强调情性的结果，从内容到形式都和诗歌发展密切相关，可以看作是赋的诗化。

南朝时代的小说并不发达，大致可分轶事和志怪两类。见于著录的有二十余种，但大多亡佚，其中有的著作后代尚辑有佚文。轶事小说中价值最高的是刘义庆的《世说新语》，记述汉末至晋末名士们的言行风貌，文字隽永传神，名士风度和文章风格融合无间，因此获得古今评论家的称赏。已经散佚而有辑本的殷芸《小说》，也属轶事的性质，系杂抄各书而成，自秦汉以迄晋宋人物都有涉及。志怪小说中值得提到的有刘义庆的《幽明录》和刘敬叔的《异苑》，前者有辑本，后者今存；其他如吴均的《续齐谐记》也为后世治小说史者所重视。不论轶事或志怪，其主要价值都在于直接或间接地反映了社会生活，和文采斐然的唐人传奇相比，除《世说新语》以特有的风韵取胜以外，其他一般还处于比较粗糙的阶段。

创作的繁荣发展需要理论的总结和指导。文学理论批评在南朝有大幅度的发展。体大思周的《文心雕龙》出现在齐、梁之际，为中国古代文论开创了一个新的时代。《文心雕龙》是中国文论史上最系统、最重要的著作，从文体论、创作论、文学批评三方面对文学创作中许多根本性问题作了细致的探讨，洪纤并举，意见深刻精辟，对后世发生了重要的影响。钟嵘的《诗品》专论五言诗，以形象的语言阐述作家的风格和传承关系，反对当时文坛上专骛隶事、声律的倾向，是最早的诗歌批评的专著。在南朝文论中提出的许多新问题中，比较集中的是"文笔说"和"声律论"。对文、笔概念的辨析，使过去广义的"文学"概念逐渐接近于今天所谓的文学；声律论的作用，则在揭破了汉语语音中的声调秘密，为文学创作中的"八音协畅"奠定了理论基础。

伴随着创作的繁荣和理论的发展，选本总集的数量大大超过前代。萧统的《文选》和徐陵的《玉台新咏》是两部在不同观点指导下的选集，也是南朝时代留存至今的仅有的两部选集，无论在保存材料或是有助于今天理解当时的风气上，都有重要的价值。

南朝是中国文学发展史上一个重要的时代，发展的规模、速度和成果都超越前代，也超越同时代的北朝。文学摆脱了哲学和伦理的束缚，强调情性，重新按照本身的规律自由发展，审美价值的创造，艺术技巧的积累，创作理论的探索，等等，都是这一时代的重要收获；作家思想的相对贫乏，生活面的狭窄，对文学社会功能的轻视，又造成了这一时代的严重缺陷。从隋代伊始，作家们从南朝的文学遗产中吸取营养，然后反戈一击，在理论上提出尖锐批评。导致这些批评的根本原因是不同时代中文学观念的差别，但批评者的观念并不一律正确，所以对从隋代李谔直到现代的各种评论，都有必要重加审视。各种评论中，比较符合实际的是清初人叶燮的概括：

> 彼虞廷"喜""起"之歌（按：指《尚书·益稷》中"帝"所作的歌），诗之土簋、击壤、穴居、俪皮耳。一增华于"三百篇"，再增华于汉，又增华于魏，自后尽态极妍，争新竞异，千状万态，差别井然。苟于情、于事、于景、于理随在有得，而不戾乎风人"永言"之志，则就其诗论工拙可耳，何得以一定之程格之，而抗言风雅哉！
>
> ——《原诗》

叶燮还指出文学的发展"踵事增华,因时递变","不读'三百篇',不知汉魏诗之工也;不读汉魏诗,不知六朝诗之工也"。尽管以简单的进化观点为基础,但他认为"于情、于事、于景、于理随在有得",即不是拘执一端,而是有真实感受的诗歌,就不要用什么理论上的成见去加以限制。比之于古人和今人中的简单化,叶燮的看法中还具有相当辩证的观点。在今天,我们将力图在马克思主义基本原理的指导下,把南朝文学和同时代的北朝文学作为特定文化背景中一个组成部分,注意作家的经历、思想、性格等方面对作品的制约、影响,对这一时代作品所创造的审美价值有更为妥当的估价,同时尽量吸取过去研究者的有益成果,以求对各种文学现象做出比较实事求是的说明和评论。

第二章　晋宋之间诗文风气的嬗变

第一节　玄言和山水

晋、宋之间的文学创作,特别是在诗歌中发生的一个明显变化是玄言诗向山水诗的过渡。这一现象在刘宋时代就已经被人承认。檀道鸾《续晋阳秋》说:

> 正始中,王弼、何晏好《庄》、《老》玄胜之谈,而世遂贵焉。至江左李充尤盛①,故郭璞五言始会合道家之言而韵之。(许)询及太原孙绰转相祖尚,又加以三世之辞,而《诗》、《骚》之体尽矣。询、绰并为一时文宗,自此作者悉体之,至义熙中,谢混始改。
> ——《世说新语·文学》注引

之后不久,就有刘勰、钟嵘的著名概括:

---

① "至江左李充尤盛",各本俱作"至过江,佛理尤盛"。余嘉锡《世说新语笺疏》据《文选集注》卷六二引檀氏《论文章》校改。

> 自中朝贵玄，江左称盛，因谈余气，流成文体。是以世极迍邅，而辞意夷泰，诗必柱下之旨归，赋乃漆园之义疏。故知文变染乎世情，兴废系乎时序。
>
> ——《文心雕龙·时序》

> 宋初文咏，体有因革，《庄》、《老》告退，而山水方滋。俪采百字之偶，争价一句之奇，情必极貌以写物，辞必穷力而追新，此近世之所竞也。
>
> ——《文心雕龙·明诗》

> 永嘉时，贵黄、老，稍尚虚谈，于时篇什，理过其辞，淡乎寡味。爰及江表，微波尚传。孙绰、许询、桓（温）、庾（亮）诸公诗，皆平典似《道德论》，建安风力尽矣。先是郭景纯用俊上之才，变创其体；刘越石仗清刚之气，赞成厥美。然彼众我寡，未能动俗。逮义熙中，谢益寿斐然继作。元嘉中，有谢灵运，才高词盛，富艳难踪，固已含跨刘、郭，陵轹潘、左。
>
> ——《诗品序》

《宋书·谢灵运传论》、《南齐书·文学传论》也有类似的意见，可见在南朝时代对这一问题的看法基本上是一致的。

刘勰在一千五百年前一针见血地指出了"文变染乎世情，兴废系乎时序"，的确是卓越的识力。魏、晋以来清谈玄理之风的兴起，有许多复杂的因素，但是归根到底，政局的黑暗、动荡促使苦闷、彷徨的文人到老、庄哲学中去寻求逃遁和解脱，则是最主要的原因。玄学对儒学的冲击，集中表现为"自然"与"名教"之争。这两种不同的哲学体系产生于相同的封建社会土壤中，因而在对立中又有调和的一面。

但不论对立或者调和，也不论不同派别，如王弼、何晏或者向秀、郭象，玄学在本体论和人生观上主张回归自然，却是一个得到公认的命题。这种哲学思想的风行引起了人们美学情趣的重大变化，从仪表风神到文学艺术都追求一种自然、真率、萧散、清峻的美感。

"世情"、"时序"的变化给诗歌创作带来的直接影响是出现了玄言诗。早在嵇康、阮籍的诗中就显露了玄理的成分。这一类诗作有其消极的一面，但多数仍表现出对世俗的憎恶和对人生意义的积极探求，在冲淡的背后隐藏着强烈的感情。西晋玄风大炽，但在诗歌中占主要地位的却是陆机、潘岳追求绮丽的一派。直到南渡以后，玄言诗乃蔚为风气。东晋的玄言诗中已不再能看到嵇、阮的激情，有一类属于纯理论的探讨，直接用哲学的语言阐明玄理，有一类则在哲学语言之外借助于对大自然的形象描写来体现玄理。

文学本身有它自己的发展规律。诗歌和说理并不绝缘，像后来的宋诗中就不乏成功的作品，关键是生发"理趣"还是坠入"理障"①。东晋玄言诗中属于纯理论探讨的那一类，实际上是《老》、《庄》的有韵注疏，如果融合佛理，则又类于佛经中的偈语。这些诗歌质木无文，既谈不上缘情言志，更谈不上风华辞采，完全缺乏生命力。借助自然形象以明道说理的一类，尽管在多数情况下，自然风物是被黏附在玄理之上，但是这毕竟是一个可喜的契机，如同在近于僵化的母体中孕育着一个新的、健康的胚胎。

玄学家在人生态度上崇尚自然，摆脱"经世致用"的"俗务"而寄情于求仙、隐逸。在他们眼里，自然界的现象和变化都能体现"道"和"理"，或者干脆就是"道"和"理"所衍化派生。这种现象在郭璞的《游仙诗》中已经有所体现。例如"旸谷吐灵曜"一首，作者从仙境般

---

① 请参看钱锺书《管锥编》第三册 1144~1146 页。

的自然风光中悟出了"明道虽若昧,其中有妙象"。玄言诗人孙绰最得意的《游天台山赋》,在创作意图上是借写景以明道,把观感升华为哲理。赋的一开头就说:"太虚辽廓而无阂,运自然之妙有,融而为川渎,结而为山阜。"自然是道的外化,写了自然也就阐发了道。在极写天台山的幽美景色以后,一结又归到"泯色空以合迹,忽即有而得玄","浑万象以冥观,兀同体于自然",除了玄言之外还加上了佛理。到稍后的宗炳,对这一层道理说得更加明确:"夫圣人以神法道而贤者通,山水以形媚道而仁者乐。"(《画山水序》)他直到晚年,以疾还江陵后还说:"老疾俱至,名山恐难遍睹,唯当澄怀观道,卧以游之。"(《宋书·宗炳传》)不论诗人画家,他们发现眼前的一丘一壑和哲理中玄妙虚无的境界居然可以契合得如此浑然一体,有形的山水完全可以用来表达无形的道,于是,不论在阐发玄理之中点缀以山水,还是在摹写山水之中领悟到玄理,实际上都是一回事。

摹写山水需要审美能力的提高和艺术技巧的积累。审美能力是社会文化水平的重要标志之一,最终又决定于社会的经济和政治生活。在"饥者歌其食,劳者歌其事"的时代,人们没有条件对自然界的美加以咀嚼品味。强盛的汉王朝主要是儒家思想的一统天下,占统治地位的文学形式大赋,描写的是都市的繁荣和园囿的富丽,意在歌颂威严,宣扬富足,其中对自然景物的描写,也多半与这一创作意图相一致,是某种宏观想象的产物。东汉以后,才有作家比较认真地在作品中描绘自然风物。可以说,对自然美的感受能力和表现技巧,到东晋时代才有了相当丰富的积累。同时,人们的美学趣味从汉代的典重华丽转变到魏晋的萧散俊逸,而江南地区的自然风貌正好和这种美学趣味相合拍。

从现存的作品以及上面的分析可以得出结论,即自然界的山水景物作为主要的审美对象出现于作品中,形成了下启历代的山水文学,这是一个发展的过程。这一过程开始于东晋,完成于刘宋之初。在这一过程之中,对山水的描摹刻画大部分仍然和玄言杂糅,尽管这二者的比例轻重时有所异。玄言真正从诗文中分离出来,则要到谢灵运之后。如果这一看法得到承认,那么,探讨山水诗起自郭璞、庾阐,还是像前人所说的起自殷仲文、谢混,意义就并不是很重要了[①]。值得注意的倒是诗文中山水成分的增加和描摹技巧的提高。几位以玄言著称的诗人如庾阐、孙绰、许询,都曾写出过相当漂亮的模山范水之作。例如庾阐的《三月三日临曲水诗》、《观石鼓诗》,"临川叠曲流,丰林映绿薄","翔霄拂翠岭,绿涧漱岩间",都足称名句;孙绰的《游天台山赋》"赤城霞起而建标,瀑布飞流以界道","藉萋萋之纤草,荫落落之长松",秀峭流畅,尤为历来所称;许询的诗留存极少,但除两句诗是玄言以外,其他均属写景:"清松凝素髓,秋菊落芳英","丹葩耀芳蕤,绿竹荫闲敞","曲櫩激鲜飚,石室有幽响"[②],都说得上是绘声绘色之作。钟嵘《诗品序》说他们的诗"平典似《道德论》",是从整体诗风上着眼的批评。实际上,那些平典质木的诗少见流传,而被保存下来的恰恰多是这些写景的句子,于此也可见历史筛洗的公正。

晋、宋之交,对山水诗做出贡献的是殷仲文、谢混。沈约在《宋

---

① 这一问题之所以难于探讨,除了山水诗的发展是一个相当长的过程以外,还有一个重要的原因是今天所能看到的材料较之前人要少得多。例如殷仲文有集七卷,今天所存完整的诗仅一首;谢混有集五卷,今天仅存诗四首。仅凭这些材料,无法确定他们在山水诗发展中的地位和作用,所以只能尊重檀道鸾、刘勰、钟嵘的意见。
② "丹葩"两句,"曲櫩"两句,《先秦汉魏晋南北朝诗》失收。许文雨《钟嵘诗品讲疏》中《诗品序》注20据《剡溪诗话》辑补。

书·谢灵运传论》中特别提出"仲文始革孙、许之风,叔源大变太元之气",可见山水题材在他们的诗作中已经成为主要的部分。殷、谢的才力较弱,在诗风变革中并没有作出决定性的突破,所以萧子显评为"仲文玄气,犹不尽除;谢混清新,得名未盛"(《南齐书·文学传论》)。二人所存诗极少,今天已难具体评论。但谢混是谢灵运的族叔,谢家的文士在建康经常"以文义赏会",谢混在政治上和文学创作上对谢灵运都有不可忽视的影响。他的《游西池诗》"惠风荡繁囿,白云屯层阿。景昃鸣禽集,水木湛清华",明显是谢灵运"岩高白云屯"(《入彭蠡湖口》)所本。

  陶渊明和谢灵运的出现是晋、宋之间"诗运转关"(沈德潜《说诗晬语》)的重要标志。他们的出身、经历、思想和作品风格都有很大不同,但后代的诗人常把他们并称"陶谢"①,这多少说明了在不同之中又有某种共同。主要的一点,是他们殊途同归,使诗歌融合于大自然。陶渊明在平淡、若不经意之中,把自己和田园融为一体;谢灵运则是以全部的心力在刻画山水。谢灵运的诗并没有从根本上摒弃玄言,但是,第一,诗人的意图虽仍在通过山水说明玄理,在客观效果上,清新明净的大自然形象对读者的吸引力却远远超过了那些艰涩的玄理;第二,谢灵运以前的山水诗,诗人的主观色彩一般比较淡漠,谢灵运刻画山水带有鲜明的感情,以情为景、理之间的介体,情、景、理往往能结合得比较成功。谢灵运的山水诗保存了玄言的外貌,但实际上已经是一种新的机体,是从东晋到南朝玄言诗发展过程中的一次质变。如果说,谢灵运以前的庾阐、孙绰、许询的诗作中山水依

---

① 例如杜甫《江上值水如海势》"焉得思如陶谢手,令渠述作与同游",王安石《示俞秀老》"未怕元刘妨独步,每思陶谢与同游",陆游《读陶诗》"陶谢文章造化侔,篇成能令鬼神愁"。

附于玄言,那么,在谢灵运的诗作中则是玄言依附于山水。在这一意义上,陶渊明和谢灵运从不同的方面共同结束了玄言诗,在他们以后,大自然的风光成了独立的审美客体,山水田园诗中就几乎再也看不到纯思辨性的玄理了。

这种情况的出现,可以理解为玄言诗的彻底没落。在谢灵运的诗里,《庄》《老》固然并未"告退",但综观刘宋元嘉时期有关山水描写的诗文,玄言的成分确实已经完全褪色,至多留下一点淡淡的痕迹。这个时期一些诗人的山水之作,像宗炳的《登半石山》《登白鸟山》,鲍照的《登庐山》《从庾中郎游园山石室》,风格上反倒接近于游仙、招隐一类。例如:

清晨陟阻崖,气志洞萧洒。嶰谷崩地幽,穷石凌天委。长松列竦肃,万树巉岩诡。上施神农萝,下凝尧时髓。

——宗炳《登半石山》

宗炳提出过"以形媚道"的理论,他的诗今存二首,由此得出结论,也许是以偏概全。不过像其他流传至今的诗歌,如谢瞻、颜延之、谢庄和宋文帝刘义隆一些描摹自然风物的诗,也都看不到什么玄言。可见这确实是一种时代风气的转移,顺着这条线发展,到南齐时代就有了谢朓那样形式技巧上更臻圆熟的诗歌。

第二节　题材的多样化

从整个时代风气来说,晋人对政治生活的态度比较淡漠。西晋时代还有一些激楚之音,到东晋,文人的精神世界在自然和玄理之中得到进一步的满足,在诗文中追求的是"宅心象外"的情致。即使是"坎壈咏怀",也要寄托于"列仙之趣"。总之是创作距离社会生活愈来愈远,刘勰所谓"世极迍邅而辞意夷泰"(《文心雕龙·时序》),确实是当时的实际情形。

对东晋的诗文不能一笔否定。对大自然的描摹已为后世的创作积蓄了有益的经验,而像在刘琨、郭璞的作品中,也仍然体现了对社会的愤慨和对世事的关心。不过这毕竟是少数,多数作家醉心于物质上的享受和精神上的自我完善,形之于诗文,不仅看不到"风"、"骚"的热烈,建安的慷慨,也看不到太康作家对艺术技巧的辛勤探索。历来的文论家对这近百年来的文学创作给予尖锐的批评是完全有理由的。

晋、宋之际文风开始转变,到宋文帝元嘉时代(424~453),所谓"体有因革",最明显的现象是文学摆脱了形而上的思维而重新注目于日常生活,再度恢复了缘情言志的功能。

文人的视野开始从庄园、山林中转向现实,在诗文中又有了对于功业的追求和对社会的不平、愤懑。这一转变,是刘裕两次北伐振作国威,义熙到元嘉间近四十年农村和都市经济的发展,寒门开始有机会参与机务,以及儒学在一定程度上的复兴等综合作用的结果。被称为"江左三大家"的谢灵运、颜延之、鲍照,他们的作品内容,由于出身、性格、经历等不同而相当不一致,不过却共同表现了对人生比较强烈的思想感情,和东晋人的淡漠迥异其趣。谢灵运是高门甲族中最有才华的诗人,在政治生涯中屡遭蹉跌而最终被杀,但他始终不满意刘宋王朝把他摆在文学侍从的地位上,他在诗歌里所流露的傲岸、忧虑、焦躁,其浓烈的程度,不仅在东晋一百年的诗歌中绝无仅有,下及齐、梁,也极为少见。他的族弟谢晦,原先在政治上风云得意,宋文帝元嘉三年在荆州抗拒朝廷,战败后被捕,在械送入京途中,作有《悲人道》这首介于诗、赋之间的作品:"哀人道之多险,伤人道之寡安",同样也是被现实吞没的一曲悲歌。袁淑的《效曹子建〈白马篇〉》、《效古诗》,显然在力追建安的慷慨之音。颜延之的《五君咏》,重弹多年来濒于绝响的清峻急切的调子,公然歌唱鸾翮虽铩而龙性难驯;他的《北使洛》、《还至梁城作》,缅怀往昔,颇多凄怆之辞。类似的作品,像谢瞻的《经张子房庙》、范泰的《经汉高庙》,也都是借怀古以咏时事。至于"才秀人微"的鲍照,作品中对社会腐朽的批判,其深刻和激烈,无疑是终南朝之世并无第二的。他的乐府诗感情奔放,骨力强劲,属于时代中的变徵之音;辞赋中的《芜城赋》,骈文中的《登大雷岸与妹书》、《瓜步山楬文》,感慨苍凉,都是历代传诵不衰的名篇。何承天的乐府《鼓吹铙歌十五曲》中,像《巫山高》、《将进酒》、《雉子游原泽》等,所透露的对现实的关心,也和过去同类作品的一味歌功颂德大异其趣。

爱情、友谊、乡思,这些人生中最普遍的感情,在这一时期的诗歌里大量出现。例如王微《杂诗》二首写征人思妇,虽然不见高明,却是阔别已久的题材。刘义恭、刘骏、颜师伯都有《自君之出矣》的小诗,又题作《拟徐幹》、《拟室思》,都是摹拟徐幹《室思》之三的后四句,末二句用一种具体事物来比拟思绪之长而且深。咏牛女七夕的诗,现在能见到的就有谢灵运、谢惠连、刘铄、刘骏、颜延之、谢庄、王僧达等人的作品。其中宋孝武帝刘骏是一个暴君,然而在即位前写的一些诗却都有情致,《七夕》中"秋风发离愿,明月照双心。偕歌有遗调,别叹无残音",即使在大小谢的七夕之作中也很难找到这样清新流丽的句子。他的《丁督护歌》六首之五:"督护初征时,侬亦恶闻许。愿作石尤风,四面断行旅①。"想象新奇细腻,当然是学习民歌的产物。曾经做过和尚的汤惠休,今存的诗作绝大部分都是情歌,钟嵘说"惠休淫靡,情过其才",确是一语中的之论。他的《江南思》"垂情向春草,知是故乡人",是思乡作品中的名句。颜延之和谢灵运、王僧达之间的酬赠诗篇,颜延之的《陶征士诔》,则表现了朋友之间的真挚感情。

咏物诗的出现也是一个值得注意的现象。谢惠连有《咏螺蚌》,袁淑有《咏寒雪》、《啄木诗》,鲍照有《白云诗》、《咏白雪》,等等,与此相应,咏物小赋的数量也较前有所增加。另外,在小品文方面,袁淑等人的作品中有一些俳谐之作,虽然渊源于鲁褒《钱神论》一类文字,但晋人在俳谐中多寓讽刺,而袁淑的《鸡九锡文》、《劝进笺》、《驴山公九锡文》等,则纯属幽默文字②。这说明了作家的情趣转移到了普通的现实生活里,诗文的题材正在扩大,艺术表现手法上也正在趋于多样化。

---

① 这五首《丁督护歌》,《宋书·乐志》不著作者,《玉台新咏》卷十题为宋孝武帝作,《乐府诗集》卷四五据《唐书·乐志》题为宋武帝作。按,《宋书·乐志》所记仅仅是这一曲调的由来,又说"其声哀切,后人因其声,广其曲焉",并没有否定刘骏据这一曲调作过歌辞。宋武帝刘裕出身行伍,文化修养不高,戏马台之会,谢晦恐怕他作诗出丑而为之代作,所以不大可能写出这五首诗来。作者仍宜题作刘骏即宋孝武帝为是。《唐书·乐志》可能脱去"孝"字。
② 《初学记》卷二九、《太平御览》卷九〇一引录这些俳谐文字,出处题作袁淑《俳谐集》,可见同类的文章不止今天所见于类书的那几篇。张溥在《袁忠宪集》题辞中还盛称其《防御索虏议》,称"文采遒艳,才辩鲜及"。

第三节　艺术形式的发展

宋初诗文风气的转变,在形式上的发展更为明显,它直接继承了西晋太康时期的轻绮,从文学本身早期的发展规律来看,在与哲学、史学分离以后,由简到繁,由粗到细,正是必然的趋势。建安、太康时代开始呈现的欣欣向荣的局面,中间经过玄风的阻遏而中断了一百多年,至此而重新获得生机,并且得到巩固、提高。文学作为独立的艺术形式,在刘宋初期得到进一步肯定。《宋书·雷次宗传》记载,宋文帝"留心艺术",下诏令雷次宗立儒学、何尚之立玄学、何承天立史学、谢元立文学,四学各建学馆,正式以行政命令明确了"文学"这一观念的含义。随后,颜延之提出"文"、"笔"对举的说法,标志了当时文士对文学观念的辨析较之前代的曹丕、陆机更趋细致,实际上区分了纯文学和应用文学。

前人综论这一时期文学创作总的风格,大体不外乎两点:一、密丽新巧。《诗品》论谢灵运"尚巧似"、颜延之"体裁绮密"、鲍照"訦诡、靡嫚",《南齐书·文学传论》说谢灵运、鲍照的影响"巧绮"、"淫艳",基本上都是这一个意思。明、清两代的批评家也大多肯定这一点。二、古拙生涩。这主要是明、清人的结论,这可以用陈祚明批评颜、鲍的话作代表:"延年本有风藻,亦娴古调。《五君》五咏,苍秀高超。……其它繁掞之作,间多滞响。"(《采菽堂古诗选》卷十六)"鲍参军……乐府则弘响者多,古诗则幽寻者众。然弘响之中,或多拙率;幽寻之内,生涩病焉。"(同上卷十八)沈德潜也有类似的意见。这两种相反的评价,正是当时诗文风格的两个侧面。作者言情状物,可以直接从太康文学中吸取经验,不过毕竟时代的美学风尚不同,描写的对象不同,要极貌状物,必须穷力追新。所以这一时期的诗文作品无不极意雕琢,终而导致了"声色俱开"(陆时雍《诗镜总论》)。在诗文中注意情采、声律、排偶,发展了西晋的轻艳之风,为永明的新变体唱出了前奏曲,这是密丽的一方面;不过和齐、梁的圆熟细腻相比,不免又呈现出质重古拙。这不仅是诗歌,骈文也是如此。鲍照的《登大雷岸与妹书》为写景名作,宋文中可推压卷,试和吴均、陶弘景的同类作品比较,时代风格上的差异不难立见。同样在前所未有的争奇斗胜之中,"密会者以意新得巧,苟异者以失体成怪"(《文心雕龙·定势》),新巧和生涩,读者固然易于分辨,而在作者却是得失之间并无鸿沟可寻。同时,在吸取潘、陆等人艺术技巧的基础上又加创新,和前人相比,自然渐臻成熟,因而可以誉为新巧;和后人相比,则尚处于一个探索的阶段,炼字琢句,难免显得生涩。可以这样说,晋、宋之际的三四十年,是诗文形式新巧的一个探索转变的时期。

具体而论,诗歌中的用事、排偶、声律,开始成为作家有意识追求的技巧。据事类义,援古证今,汉初已发其端。这种修辞方法使用得适度、自然,可以增添色泽,开拓联想。宋初诗人谢灵运、颜延之、谢庄都博极群书,具有充分的条件竞用新事。然而诗歌大量写作,诗才情思不够,迫不得已而用古事古辞加以填充,钟嵘所谓"补假"的弊病,在这一时期已经比较严重。"颜延、谢庄,尤为繁密,于时化之"(《诗品序》),可见已经蔚为风气。排偶和声律是汉字汉语内部规律的产物,"俪采百字之偶,争价一句之奇"(《文心雕龙·明诗》)的风气,大体上是从刘宋初期开始的;对于音律,最晚也在元嘉、大明间就有人在探索规律,范晔《狱中与诸甥侄书》论声律,谢庄能辨别双声叠韵,都是明证。以谢灵运诗为例,像"白云抱幽石,绿筱媚清涟"(《过始宁墅》)、"云日相辉映,空水共澄鲜"(《登江中孤屿》),不仅已经符合刘勰所说"反对(以不同的事物作对偶)为优"的尺度,而且音节也大体和谐协调。自然,为对偶而对偶,像"扬帆采石华,挂席拾海月"(《游赤石进帆海》)、"千念集日夜,万感盈朝昏"(《入彭蠡湖口》),则又属于刘勰所说的"骈枝",后人所说的"合掌"。至于"蘋萍泛沈深,菰蒲冒清浅"(《从斤竹涧越岭溪行》),上句双声叠韵,下句叠韵双声,恐怕也是一种有意识的尝试。其后,沈约等人总结经验,提高为理论,推动了古体诗向格律诗的发展,元嘉时期诗歌创作的成功和失败的经验,都对理论的形成具有重要的意义。

作家之间的切磋赏析,也是文学技巧得以迅速提高的原因。刘裕彭城之会,诸文士都作诗纪盛;谢氏家族中的谢混和他的族侄谢灵运、谢瞻等经常"以文义赏会"(《南史·谢弘微传》);刘义庆招聚文学之士,幕下有袁淑、陆展、何长瑜、鲍照等,"并为辞章之美"(《宋书·临川武烈王道规传》)。可以想见,晋人的金谷、兰亭之会在这一时期会更加经常化。争奇斗胜,自然要殚思极虑。前面提到的《七夕》、《自君之出矣》这类多人一题的诗歌,虽未必是一时之作,但作家同在建康,作品流传即时可见,而偏还要写同一题目,多少是有意识地在竞争。

拟古诗和拟乐府诗在这一时期大量出现。拟古和拟乐府之作,意在通过对不同风格的学习以提高艺术技巧,这一方法在宋初被普遍使用,其中数量最多、质量最高的是鲍照。南平王刘铄青年时代有拟古诗三十余首,时人比之为陆机,《玉台新咏》中录有三首,在追摹古调之中又得流宕之趣。同书还录有荀昶的拟古诗二首。谢灵运的《拟魏太子邺中集》八首,更为人所熟知。摹拟乐府,鲍照以外,谢、颜、刘铄、何承天都有这类作品,不过所拟的多是古题。当时已经流行的吴歌西曲,还较少为文人所普遍重视①,《乐府诗集》所录《石城乐》、《乌夜啼》、《襄阳乐》、《寿阳乐》等,虽题为臧质、刘义庆、刘诞等人所作,但真正的著作权还值得讨论(参见本书第十六章《南朝乐府歌辞》)。可以确切认定的吴歌西曲的拟作,只有谢灵运《东阳溪中赠答》、鲍照、汤惠休、刘铄等几个人的作品。吴歌西曲中轻丽缠绵的风格,短小的体制和特有的表现手法,对文人创作发生的作用是明显的,这在以后的有关章节中还要作进一步的论述。

---

① 汤惠休摹仿民歌的作品,被颜延之讥为"委巷中歌谣"(《南史·颜延之传》),于此可见一斑。

第三章 谢灵运和谢惠连

第一节 谢灵运的生平

谢灵运(385~433),原籍陈郡阳夏(今河南太康),出生在会稽始宁(今浙江嵊州)。他出生不久就寄养在钱塘杜明师的道馆里,十五岁才回建康,所以小名客儿,后人习称谢客。又因为他袭爵康乐公(入宋后降为侯),所以又被称为谢康乐。

王、谢两族是东晋王朝北来世族中的冠冕。晋孝武帝宁康元年(373),桓温病死,谢氏家族的代表人物谢安当国,在政治上竭力调和统治阶级的内部矛盾,"镇之以和静";在军事上任命兄子谢玄在京口即北府(今江苏镇江)招募士卒,加以训练,号为北府兵①。北府兵是东晋后期中央政权直接控制的部队,太元八年(383)淝水一战,以寡敌众,击退了苻秦的百万大军,使南北对峙的局面得以相对稳定,之后又逐渐发展为东晋王朝内部的一支举足轻重的力量。

---

① 京口一带聚居南徐州、南兖州的侨户,人多劲悍。桓温生前就说过"京口酒可饮,兵可用"的话,见《晋书·郗超传》,并参看陈寅恪《述东晋王导之功业》(见《金明馆丛稿》)。

谢灵运出生在谢氏家族鼎盛赫奕的时期。他的祖父就是谢玄。父瑍,生而不慧,谢灵运却生而颖悟,为此,谢玄曾经感叹说:"我乃生瑍,瑍那得生灵运!"

　　青少年时代的谢灵运接受了良好的文化教育,十五岁回到建康,很快就受到族叔谢混的赏识。谢混是当时政界和文坛的重要人物,为了自己家族的利益,一贯注意于本家族子弟的培养,经常和谢灵运、谢弘微、谢瞻、谢晦、谢曜等在一起"以文义赏会"①(《南史·谢弘微传》)。就在这种熏染切磋之中,谢灵运的文学才能很快脱颖而出。大约在元兴元年(402),谢灵运承袭了谢玄的封爵②。义熙元年(405),他开始入仕,为琅邪王司马德文大司马行参军,时年二十一岁,不久又转为抚军将军刘毅的记室参军。

　　当时东晋王室的力量已经十分衰微。义熙以后,北府兵将领刘裕的力量日趋壮大,浸成代晋之势。面对这一形势,门阀内部出现了拥护刘裕和反对刘裕的两派。王氏宗族大多拥护刘裕;谢氏宗族的谢晦、谢景仁拥护刘裕,谢混、谢纯、谢灵运则反对刘裕而拥护另一北府兵的将领刘毅③。双方斗争日趋激烈。义熙八年(412)刘裕击破

―――――――――――

① 诸谢均能文。弘微、瞻、晦,《宋书》、《南史》有传。《诗品》列瞻于中品。义熙十四年刘裕在彭城戏马台设宴送别孔靖,谢瞻、谢灵运都曾参与。与会文人都有诗,以谢瞻之作最受称赏。晚唐曹邺有《和谢豫章从宋公戏马台送孔令谢病》,可见此诗的影响。
② 谢灵运袭爵的具体时间,史无明文。《宋书》本传记谢灵运"以国公例,除员外散骑侍郎,不就,为琅邪王大司马行参军"。这之前适逢桓玄篡逆,前后历经两年。由此以推,袭爵当在元兴元年(402)左右。
③ 刘毅具有豪爽的性格,爱才好士,颇得一部分士族的好感,"缙绅白面之士辐凑而归"(《南史·胡藩传》)。杜甫也说过"君莫笑刘毅从来布衣愿,家无儋石输百万"(《今夕行》)。

刘毅、谢混被杀,谢灵运则被刘裕授为太尉参军,改秘书丞,旋又被免职。义熙十二年,刘裕北伐,刘道怜留守建康,起用谢灵运为谘议参军,转中书侍郎。同年,刘裕又任他为宋国黄门侍郎,但很快又借故将他免职①。

是年,刘裕以接受"禅让"的形式建立刘宋王朝,在位两年而卒,长子义符继位,是为少帝。刘裕在位时一度曾有意立次子庐陵王义真为继承人,谢灵运免官后滞留建康,和颜延之、释慧琳等依附义真,极见亲信。少帝即位后,谢灵运即以"构扇异同,非毁执政"的罪名出为永嘉(治今浙江温州)太守。他在永嘉不理政事,肆意遨游,游踪遍及郡治各县。刚满一年,即称病去职,回到老家始宁。

谢家在始宁有一个大庄园。谢灵运罢官家居,以整治庄园为生活的主要内容,亲自擘划,并且写了一篇《山居赋》,以记述庄园的规模形胜。他和名僧隐士来往,又到会稽和他的族弟谢惠连见面,同时仍然四处游览。在永嘉和始宁期间,他写了不少山水诗。

在谢灵运罢官居始宁的两年多时间里,刘宋王朝的内部斗争日益激化。顾命大臣徐羡之、傅亮、谢晦废少帝,杀庐陵王义真,拥立义隆即位,是为文帝。元嘉三年(426),文帝杀徐、傅、谢晦,并征召谢灵运入都,授为秘书监,迁侍中,命令他整理秘阁书籍和修纂《晋书》。谢灵运不满于文学侍从的地位,经常称疾不朝,唯以修治园林、出郭游览为务。宋文帝乃示意他告病归里。

谢灵运再度回到始宁,一仍故态,招摇横肆。会稽太守孟𫖮表奏

---

① 免职的理由是谢灵运杀死了和他小妾通奸的门人桂兴,见《宋书》本传、《王弘传》。南朝的门人地位很低,而且在当时来说,桂兴也有其取死之道。弹章甫上,免职之令即下。加之王弘是刘裕父子的亲信大臣,这样的参劾,多少反映了执政者的态度。

谢灵运意存不轨。谢灵运驰赴入都上书辩解，宋文帝不加罪而外放他为临川(治今江西临川)内史。不久，又为人所劾，被执，徙付广州。到达广州不久，终于又以谋逆的罪名被杀①。时为元嘉十年(433)，卒年四十九岁。子凤，早卒。孙超宗，能文，性格也近似谢灵运，《南齐书》有传。

第二节 谢灵运的政治态度和思想性格

  魏晋南北朝时期，文化艺术多为地主阶级上层所垄断，文人与政治的关系远较隋唐以后为密切。谢灵运一生在政治风浪中颠簸，终于被杀，今天要理解他的作品，不能不首先着眼于他的政治态度。谢灵运曾经参与过反对刘裕和刘义隆的政治活动。后来形格势禁，又不得不跻身于刘氏朝臣的行列。刘裕起自下层，出身行伍，深知和门阀世族之间的关系处理得是否妥当，将有关于事业的成败。因此，他在诛杀谢混以后，仍然对谢灵运表示宠信。谢灵运自己说"愧微刀笔，颇预游止。垂幕侍讲，接筵餐理"(《武帝诔》)，可见当时情状。文帝即位之初，笼络方式也和刘裕并无二致。在表面的优礼下掩藏着的是两代统治者的深刻疑忌，他们不可能信任这个两次反对过他们的门阀世族的代表人物。

  但是，反对过刘裕父子还不是造成谢灵运一生悲剧的根本原因。颜延之的经历和谢灵运大体相同，最终却得保天年。谢灵运之不能见容于刘氏王朝，根本原因在于他对刘氏王朝始终采取不合作以至

---

① 关于"谋逆"的前后情况，见《宋书》本传。揆时度势，当时的谢灵运很难有这种可能，而且本传所载的细节也颇为离奇，所以这一罪状很可能出于横加虚构。

抵制的态度。这种态度又和谢灵运的出身、性格有密切的关系。南朝的世家大族在政治上具有特权,"甲族以二十登仕"(《梁书·高祖纪》),只要不是过于低能,可以平流进取而坐致公卿。作为"乌衣子弟"的谢灵运,"幼便颖悟","少好学,博览群书"(《宋书》本传),"文藻艳逸"(《晋书·谢安传》),具有在政治上腾达的各种条件。试比较稍后于谢灵运的王僧达,"自负才地",授尚书右仆射后,"一二年间便望宰相"(《南史·王弘传》),他的孙子王融同样是"自恃人地,三十内望为公辅"(同上),就不难想见谢灵运的抱负。由于仕途失意,谢灵运的作品中已经找不到那样自负的语言,但是在《述祖德》、《永初三年七月十六日之郡初发都》、《登池上楼》这些诗篇中,还多少透露过类似的消息。

在政治斗争中两次失败,谢灵运不得不屈心降志,去依附于他这个阶层所一贯鄙视的武人;而且,刘裕原来就是谢氏门下的"老兵"、"劲卒"①,这自然更加令人难堪。谢灵运是一位放荡任性的文人,史称其"多愆礼度"(《南史》本传),谢混评论他"博而无检"(《南史·谢弘微传》),还让谢瞻加以劝告裁折(《宋书·谢瞻传》)。但这种劝告收效甚微,谢灵运狂傲的性格一仍其旧,虽经打击而不知收敛。

> (灵运)既自以名辈,才能应参时政,初被召,便以此自许。既至,文帝唯以文义见接,每侍上宴,谈赏而已。王昙首、王华、殷景仁等,名位素不逾之,并见任遇。灵运意不平,多称疾不朝直。穿池植援,种竹树堇,驱课公役,无复期度。出郭游行,或一

---

① 南朝的高门一贯鄙视武人,史籍中多有记载。谢灵运的曾祖谢奕称桓温为"老兵",见《晋书·谢安传》;谢奕的弟弟谢万称部下将领为"劲卒",见《世说新语·简傲》。

日百六七十里,经旬不归,既无表闻,又不请急(请假)。

尝自始宁南山伐木开径,直至临海,从者数百人。临海太守王琇惊骇,谓为山贼,徐知是灵运乃安。……在会稽亦多徒众,惊动县邑。太守孟顗事佛精恳,而为灵运所轻。尝谓顗曰:"得道应须慧业,丈人生天当在灵运前,成佛必在灵运后①。"顗深恨此言。

——《宋书》本传

寄情山水,借大自然的风光来冲淡抑郁,一般都意味着在现实面前退却逃遁,然而谢灵运的举动却更多地带有负隅抗拒的成分,那种骄纵恣肆,蔑视法度,可见其不平和愤懑的难于自制。他甚至敢于向宋文帝当面挑衅。被召入京,宋文帝问他:"自南行来,何所制作?"他回答说:"《过庐陵王墓下作》一篇。"(《文选·过庐陵王墓下作》之李善注)这种取决于一时的答对表明谢灵运性格的偏激而又单纯。《南史》本传评论说:"灵运才名,江左独振,而猖獗不已,自致覆亡。"张溥说:"夫谢氏在晋,世居公爵,凌忽一代,无其等匹。何如下帏徒步,乃作天子,客儿比肩等夷,低头执版,形迹外就,中情实乖。……盖酷祸造于虚声,怨毒生于异代,以衣冠世族,公侯才子,欲倔强新朝,送龄丘壑,势诚难之。"(《谢康乐集》题辞)这都相当程度地说出了事情的本质。

政治上的失意造成的苦闷牢骚,以及后来由于周围环境日趋险恶引起的焦虑恐惧,是谢灵运作品思想内容的一个重要方面,而且可以清楚地看到发展的脉络。

在永嘉和被召入建康的一段时期,反映在他作品中的主要是怀

---

① "丈人",《宋书》作"文人",属上读。此处据《南史》。

才不遇和年华易逝的感慨，以此来曲折地宣扬对刘宋王朝的不满。

> 李牧愧长袖，郤克惭跚步。良时不见遗，丑状不成恶。曰余亦支离，依方早有慕。生幸休明世，亲蒙英达顾。空班赵氏璧，徒乖魏王瓠。
>
> ——《永初三年七月十六日之郡初发都》

> 未厌青春好，已睹朱明移。戚戚感物叹，星星白发垂。
>
> ——《游南亭》

其辞若有憾焉，而傲岸之气并未减杀。他联想到李牧、郤克，自己的才能不让古人，却偏偏生不逢时。不过更典型地反映了这种思想情绪的，仍然是他的名作《登池上楼》：

> 潜虬媚幽姿，飞鸿响远音。薄霄愧云浮，栖川怍渊沉。进德智所拙，退耕力不任。徇禄反穷海，卧疴对空林。衾枕昧节候，褰开暂窥临。倾耳聆波澜，举目眺岖嵚。初景革绪风，新阳改故阴。池塘生春草，园柳变鸣禽。祁祁伤豳歌，萋萋感楚吟。索居易永久，离群难处心。持操岂独古，无闷征在今。

以潜虬、飞鸿托物起兴，虬以深潜而自媚，鸿能奋飞而扬音，出处虽殊，都能各得其所。虬是古人心目中的神物，鸿则是一举千里、横绝四海的健翮，以这样的形象起兴而兼自比，怀抱不言可喻，而决不只是失意颓丧。"徇禄"云云，本不是高门甲族如谢灵运的事，尽管是用典，却正在于貌似世俗以反衬自身的高华。"初景革绪风"四句写眼前实景，大地春回，也给久病的诗人带来了欣欣生意。以下又感伤于

《豳风·七月》和《楚辞·招隐士》，因而有了离群索居的烦闷。按照传统的理解，前者是"周公遭变故，陈后稷先公风化之所由，致王业之艰苦也"（《诗》毛传），后者是"小山之徒，闵伤屈原"（《楚辞章句》）。提到周公和屈原，表面上似乎忧谗畏讥，实则是从字里行间透出了桀骜不驯。

孟𫖮的诬奏谋逆，使谢灵运真正意识到了处境的险恶。在驰入建康辩罪以后，他变得比较敛迹。出为临川内史，这才意识到已经在走向末路。本传说他在临川游放"不异永嘉"，其实，在他的内心世界中，临川和永嘉两个时期是存在很大差异的。在永嘉的"肆意游遨"具有反抗的意味，在临川的"游放"则已近于明知不起的病人在做最后的享乐。试看前往临川道中的诗：

> 故山日已远，风波岂还时。迢迢万里帆，茫茫终何之！
>
> ——《初发石首城》

> 凄凄明月吹，恻恻广陵散。殷勤诉危柱，慷慨命促管。
>
> ——《道路忆山中》

> 千念集日夜，万感盈朝昏。
>
> ——《入彭蠡湖口》

用字的沉重和气氛的凄厉，都是前一时期的作品中所看不到的。

如果谢灵运只是毫无控制的愤懑和焦虑，他就不可能生活到元嘉十年。他的思想中还有另外一面，即"达生幸可托"（《斋中读书》）、"处顺故安排"（《登石门最高顶》）的自我解脱。

东晋时代，清谈玄理的风气仍然不稍衰歇。太元以后，谢氏家族以其政治上的地位而在清谈界执麈尾,谢安、谢玄本人都是颇负盛名的玄学家。谢灵运幼承家学,通玄理,虽然很少有明文记载①,但在他作品中俯拾即是的来自"三玄"的哲理和语言,就是有力的证据。当时,佛学已从附庸于玄学的地位而主客易处,融合了儒学和玄理,成为唯心主义哲学中的大宗。随着佛教影响的日益扩大,谢灵运又转而奉佛,先后和名僧慧琳、慧远、昙隆、慧严、慧观、慧睿等人来往。从收录在《广弘明集》中的《佛影铭》和《辩宗论》可以看出,谢灵运对于佛学也具有相当深湛的研究。

玄学和佛学之所以能够合流,主要是由于这两种唯心主义哲学体系在"有"、"无"这一重要命题上的某种一致。从本无、空无的本体论出发,进入到人生的领域里,便是崇尚无为和回归自然。这种理论在政治上旨在缓和矛盾,在思想上则是放浪形骸的兴奋剂和克制躁热的镇静剂。谢灵运在仕途中屡经蹉跌,如果没有玄学和佛学的化解,势必会更早地不为刘裕父子所容或者陷于精神上的自我崩溃。

表现在谢灵运作品中的思想情绪,有竞进的热中和失志的愤慨,但更为普遍的却是对嘉隐肥遁的向往和满足。从上面的简单分析可以理解这种矛盾现象。他被刘裕外放永嘉,离开建康时写了《永初三年七月十六日之郡初发都》和《邻里相送至方山》两首诗,刚刚发完"空班赵氏璧,徒乖魏王瓠"的牢骚,紧接着就说"从来渐二纪,始得

---

① 《南史·王惠传》记谢瞻尝与兄弟群从访王惠,"谈论锋起,文史间发,惠时相酬应,言清理远,瞻等惭而退","素不与谢灵运相识,尝得交言,灵运辩博,辞义锋起,惠时然后言。时荀伯子在座,退而告人曰:'灵运固自萧散直上,王郎有如万顷陂焉。'"可见谢灵运也不时参加清谈,不过由于时代风气的转变,清谈的内容,于辨析名理之外又间以文史。

傍归路"、"积痾谢生虑,寡欲罕所阙。资此永幽栖,岂伊年岁别",似乎真有一点得赋《遂初》的样子。这种思想,在永嘉一的年和回到始宁以后,几乎在每一篇作品中都不厌其烦地加以阐述:"荣悴迭去来,穷通成休戚。未若常疏散,万事恒抱朴。"(《过白岸亭》)"始信安期术,得尽养生年。"(《登江中孤屿》)"恬如既已交,缮性自此出。"(《登永嘉绿嶂山》)诸如此类,显然是玄趣佛理发挥了应有的功能。即使他曾经想到"牵犬之路既寡"、"听鹤之途何由"(《山居赋》),从李斯、陆机的下场中隐约看到了自己的将来,但仍然在"柱下之经"和"濠上之篇"中找到排遣。另外,传统的"不义而富且贵,于我如浮云"、"穷则独善其身"这些原则也是借以寄托精神的避风港。他不止一处地提到鲁仲连"鲁连轻齐组"(《游赤石进帆海》),"鲁连谢千金"(《入东道路诗》)。鲁仲连和他并非同一流人物而不惜牵扯比附,也正是为了解脱的需要。

综上所述,可以得出几点结论:第一,谢灵运的政治态度和思想性格,都是他所出身生活的那个甲族阶层的产物。他是统治集团内部的牺牲者。他的一生是一个悲剧,这是从一个文学天才、一个有价值的生命遭到毁灭的角度而言的,并不意味着被扼杀的是一个具有进步理想的诗人。第二,谢灵运的作品没有反映什么重大的时代矛盾,他的抑郁和愤激不同于鲍照的"对案不能食,拔剑击柱长叹息";口口声声的隐逸,更不同于陶渊明的"实迷途其未远,觉今是而昨非"。但由于才士失志乃是封建社会的普遍现象,优秀的文艺作品具有的高度概括力又使作品突破作家本人和他所属这一阶层的圈子,所以,尽管在深度和广度上都有所局限,谢灵运作品中的这些思想感情还是引起了后代读者的共鸣。第三,谢灵运是一个坦率任性的人。反映在作品中"达生知命"、"轻世肆志"的情绪,是行藏出处的矛盾在思想中得到暂时解决以后的流露。对谢灵运所处的时代和所处的社会地位来说,仕隐之间本来不过相去一间,然而具体到谢灵运本人,他的幽栖和谢安的高卧已经有了根本不同。刘裕父子的种种措施,使谢灵运认识到自己的抱负已经很难再有机会施展。于是,借助于玄言佛理,他找到了思想上的退路。而不论建康、永嘉还是始宁,一方面有明媚的山川可资游览,从解忧进而悟道;另一方面,仕途的挫折并没有影响经济生活,他依然可以席丰履厚,用不着居陋巷,一箪食一瓢饮。在这种条件下,出现思想上一时的和谐宁静,正是人之常情而不是矫情虚饰。

第三节　谢灵运的山水诗和其他作品

谢灵运对中国文学史所做出的主要贡献,在于他创作了为数众多的、具有高度美学价值的山水诗。他以严肃的态度从事山水诗的创作并在数量和质量上都开出生面,在今存的一百多首诗中①,其中近半数都有对于山水的描摹刻画,创作的时期则集中在永嘉、始宁、临川三个时期的近十年间。

谢灵运的山水诗是仕途迍遭的产物,又是玄言诗的继续。白居易《读谢灵运诗》:

> 通乃朝廷来,穷即江湖去。谢公才廓落,与世不相遇。壮志都不用,须有所泄处。泄为山水诗,逸韵谐奇趣。大必笼天海,细

---

① 据逯钦立《先秦汉魏晋南北朝诗》,谢灵运诗共 101 首,其中有一部分是断句,个别诗的真伪也值得研究。又,近年来国内外学者又陆续从方志中发现了好几首佚诗,尚未经考订整理。

不遗草树。岂惟玩景物,亦欲摅心素。往往即事中,未能忘兴谕。
——《白氏长庆集》卷七

这也许是最早的把谢诗的风格联系内容而所作的中肯评论。后来的陆游在《澹斋居士诗序》里也有类似的意见,说谢灵运和苏武、李陵、陶潜、李白、杜甫一样,"激于不能自已",所以写诗而且能为百代所宗法。其实,无论"天海"还是"草树",在诗人的主观中往往是玄理的外化,或者说是接触玄理的媒介,同时"壮志"未酬的牢骚往往隐藏在玄理背后,或者已为玄理化解。诗人寻幽探胜,在自然美中获得精神上的快感,进而契合于超人间的玄冥之境。所以就整体而言,谢灵运的山水诗仍然是玄言诗的继续。不过自然界的诸般形象一旦通过诗人精心观察而且得到完善的表达,对读者来说,就是独立存在的审美客体,它是谢诗中最动人的部分。

诗歌用来说理,必须有感情和形象,后来两宋的某些说理诗就具备这两方面的特征而与玄言诗迥异。谢灵运的山水诗尽管有玄言,但其中成功的作品却总是寓理于情,融情入景。《登池上楼》之所以成为传诵之作,不仅因为"池塘生春草"这一联妙手偶得的名句,而且是由于通篇情景交融,比兴杂出,景物的变化紧紧结合着诗人情绪的变化。类似这样的诗在谢灵运的作品中占有相当的比重。例如《石壁精舍还湖中作》:

> 昏旦变气候,山水含清晖。清晖能娱人,游子憺忘归。出谷日尚早,入舟阳已微。林壑敛暝色,云霞收夕霏。芰荷迭映蔚,蒲稗相因依。披拂趋南径,愉悦偃东扉。虑淡物自轻,意惬理无违。寄言摄生客,试用此道推。

诗是辞官后始宁家居时所作。李善注引谢灵运《游名山志》："湖三面悉高山,枕水渚山,溪涧凡有五处,南第一谷今在所谓石壁精舍。"此诗先写石壁,后写湖中景色,最终又归于说理。"清晖能娱人"二句,也是谢诗中难得的不事雕琢的好句,前人多以为不减"池塘生春草"。自然景色排遣了躁热烦忧,诗的基调宁静轻快。"林壑"二句写舟中回望远山,落霞暮霭,舟旁芰荷映蔚,蒲稗因依,正是夕阳中景色。眼前景和心中情和谐一致,一气而下,自然流丽。及至返归,兴尽偃息,心中又涌出了对人生的思索,悟到"虑淡物自轻,意惬理无违",总是得之于山光水色的助力。谢诗中景、情、理三者的关系,大体不外乎这一思维模式。同样,《于南山往北山经湖中瞻眺》:

  朝旦发阳崖,景落憩阴峰。舍舟眺回渚,停策倚茂松。侧径既窈窕,环洲亦玲珑。俯视乔木杪,仰聆大壑淙。石横水分流,林密蹊绝踪。解作竟何感,升长皆丰容。初篁苞绿箨,新蒲含紫茸。海鸥戏春岸,天鸡弄和风。抚化心无厌,览物眷弥重。不惜去人远,但恨莫与同。孤游非情叹,赏废理谁通!

此诗和前一首作于同一时期。谢灵运在始宁经营老宅庄园,南山北山都属于谢氏庄园的一部分。诗的前半平平,自"解作竟何感"以下始见警策。"解作",用《易·解》"天地解而雷雨作";"感",意为动。自然界在一场春雨之后,现出了欣欣生意。"初篁"以下四句,色泽容声,献妍呈态,外物与自我在充满活力的大自然中融成一片。所以方东树评为"兴象华妙,冠绝古今。上嗣楚骚,绝殊浮艳"(《昭昧詹言》卷五)。此诗中写景的比重多于抒情说理,另一首《过白岸亭》则说理抒情多于写景:

> 拂衣遵沙垣，缓步入蓬屋。近涧涓密石，远山映疏木。空翠难强名，渔钓易为曲。援萝聆青崖，春心自相属。交交止栩黄，呦呦食苹鹿。伤彼人百哀，嘉尔承筐乐。荣悴迭去来，穷通成休戚。未若长疏散，万事恒抱朴。

近涧远山，在诗人笔下都包孕了深刻的哲理和感慨。"春心"用《楚辞·招魂》，"人百哀"用《诗·秦风·黄鸟》，都不像泛用典故，而很可能是对庐陵王义真的哀悼。以上这些作品，理、情、景三者糅合在一起，并无游离、黏附之感，关键在于以情驭理，以情入景，强烈真挚的感情如同触媒或溶剂，使纯客观的山水感染了作者的哀乐，也使纯理性的玄言带上了亲切的人情味。王夫之说谢诗中的优秀之作"情不虚情，情皆可景；景非滞景，景总含情"（《古诗选评》卷五），沈德潜说谢诗"流览闲适中时时浃洽理趣"（《说诗晬语》），都可以看作是恰当的评语。

应该说，谢诗中有相当数量的作品不能达到上述的境界。这些诗篇以说理为主，只在发端或中间有几句对山水的描写，例如《晚出西射堂》、《初去郡》、《七里濑》等，虽也不失为名作，然而由于所说的理大抵属于陈言，在谢诗中又重复迭出，而山水的描写却往往新奇可喜，因而客观上带给读者的深刻印象倒是作者主观上认为次要的部分。

和谢灵运同时代的两位诗人曾使用同一比喻评论谢诗。鲍照说："谢五言如初发芙蓉，自然可爱。"（《南史·颜延之传》）汤惠休说："谢诗如芙蓉出水[①]。"（《诗品》中）仅就谢诗风格鲜丽清新这一特点来说，"初发芙蓉"不失为贴切的比喻。这一风格的形成和他所描写的客观实体——江南山水有关。永嘉和上虞的山水都以幽峭秀

---

① 鲍照、汤惠休的评论都是意在把颜延之和谢灵运作对比。请参看本书第74页注①。

丽见胜,准确地捕捉住自然界的种种形象,就为谢灵运的山水诗带来了清新的气息。但是更重要的原因在于诗人的精神面貌。谢灵运一生中,除了最后几年以外,始终没有丧失他的傲岸之气。他从自然界中悟出的"道"冲淡了抑郁和愤激,从而能以喜悦的心情来领略自然美。这样,在他的多数作品里的自然景色,不论是幽深还是绚丽,都具有新鲜和欢愉的姿态,借用他自己的诗句来作比喻,就是"云日相辉映,空水共澄鲜"(《登江中孤屿》)。到达这样的境界还需要高度的艺术技巧。写作的对象是新的事物,过去的作品中没有多少现成的技巧可资借鉴,必须自铸新辞,精心刻镂。后代评论谢诗的人,对鲍照所说的"自然可爱",意见颇有出入,但谢灵运在创作中"经营惨淡,钩深索隐","匠心独运,少规往则"(《古诗源》卷十)这些特点,则得到一致公认。其实二者是可以统一的。陈绎曾《诗谱》论谢诗"以险为主,以自然为工",持论比较公平。像前面引用过的"池塘生春草"、"清晖能娱人",以及《岁暮》中的"明月照积雪,朔风劲且哀",都能"自然"而不见斧凿之痕,如王夫之所说"心中目中与相融浃,一出语时,即得珠圆玉润,要亦各视其所怀来(怀抱)而与景相迎者也"(《夕堂永日绪论》)。用现代的语言来说,就是主体与客体的相遇、冥合、交融。这样的境界,在谢灵运的诗里寥寥无几,也可以说属于可遇不可求的情况。鲍照所谓"自然可爱",敖陶孙所谓"东海扬帆,风日流丽"(《诗评》),一则是谢诗中确实存在鲜丽清新的风格,另外也是和颜延之的"雕繢满眼"相对比而言的。在多数情况下,谢灵运的摹山范水,仍以新、奇、险取胜,"一归于自然",不过是穷力追新、千锤百炼而获得的结果,如同大匠琢玉,随物赋形而终可以见出刻镂的痕迹;至于其中不成功的部分,则流入险奥生涩。古人对谢诗的评论,今天需要作历史的、全面的分析,庶几可免流于一偏。

谢灵运的山水诗中值得注意的艺术技巧很多,这里就下列三点加以说明。

首先值得注意的是声色的描绘。谢灵运具有多方面的艺术才能,除诗文而外,又工书善画。王僧虔《论书》曾记谢灵运用自己的摹本调换过王献之的真迹(《全齐文》卷八),张彦远《历代名画记》卷二记浙西甘露寺有谢灵运画菩萨六壁。这样一位艺术家,对形象、色彩、线条、距离、音响等的感受当然会特别灵敏。比如:

> 远岩映兰薄,白日丽江皋。原隰荑绿柳,墟囿散红桃。
> ——《从游京口北固应诏》

色彩明丽,由远及近,秾丽而不伤于俗艳。又如:

> 春晚绿野秀,岩高白云屯。
> ——《入彭蠡湖口》

> 连嶂叠巘崿,青翠杳深沉。晓霜枫叶丹,夕曛岚气阴。
> ——《晚出西射堂》

同样是绿色,却有明暗浓淡的不同。两种不同的绿色构成了暮春和深秋两幅不同的画面。"晚霜"两句再次利用明暗的对比,而由于色彩不同,使前后紧接着的四句并不显得重复。唐代诗人的"漠漠水田飞白鹭,阴阴夏木啭黄鹂"和"枫落吴江冷",表现的手法与此相同。"时竟夕澄霁,云归日西驰。密林含余清,远峰隐半规"(《游南亭》),又仿佛后来的水墨画。雨后山林,清朗明净,形容落日不从热烈的赤红色着眼,而只是轻轻勾出半圆的线条,也和整体的淡色调取得了调和一致。

谢灵运不但善于写有形的"色",而且善于写无形的"声"。"鸟鸣识夜栖,木落知风发。异音同致听,殊响俱清越。"(《石门岩上宿》)大夜沉沉,鸟鸣声、落叶声格外清越,写有声的动态正是为了反衬无声的静态,使人极易想起后来王籍"蝉噪林愈静"的名句。"林深响易奔"(《石门新营所住》),着一"奔"字而使林间的回响令人如同目睹。

其次是拟人的修辞技巧。从玄理出发,大自然不过是思辨的对象。但是谢灵运毕竟是一位诗人,除了观察和欣赏以外,他又用感情去融和大自然,自然界的一切仿佛同自身一样,既有生命,又有哀乐。

白云抱幽石,绿筱媚清涟。

——《过始宁墅》

白芷竞新苕,绿蘋齐初叶。

——《登上戍石鼓山》

林壑敛暝色,云霞收夕霏。

——《石壁精舍还湖中作》

明月照积雪,朔风劲且哀。

——《岁暮》

"心通其物,物即通玄。"(日释空海《文镜秘府论·论文意》)云露朔风,绿竹白芷,似乎不是作者用神工鬼斧雕琢了它们的形象,而是它们自己在活动。中国文学史上有意识地大量运用拟人手法而取得成功者,谢灵运应当是最早的一位作家。

第三,使用古代典籍中的语言,多而且熟练。许多成功的例子表明,谢灵运不同于前此的拾缀玄言,也不同于后来的隶事数典,而是化陈旧为新奇,以使形象更加深厚。上面举出的《过白岸亭》,本来是山光空翠,不可名状,却随手拈来《老子》的"吾不知其名,字之曰道,强为之名曰大";从清波而想起垂钓,又引申到《老子》的"曲则全"。当时的文人熟读"三玄"有如明清儒生的熟读"四书",他们很容易理解"空翠难强名,渔钓易为曲"的丰富内涵;对后来不熟悉"三玄"的读者来说,这样朴素自然的形象也无妨于欣赏。其他如"涨溟无端倪,虚舟有超越"(《游赤石进帆海》)用《庄子》,"鸎鸎翠方雏,纤纤麦垂苗"(《入东道路诗》)用《诗经》,"孟夏非长夜,晦明如岁隔。瑶华未堪折,兰苕已屡摘"(《南楼中望所迟客》)用《楚辞》,却能做到工巧浑成。北宋江西派主张"点铁成金",奉杜甫为开山祖师,但进一步探究,他们的远祖还可以追溯到谢灵运。

在谢灵运的时代,山水诗究竟还处于兴起的阶段而没有臻于成熟。谢诗中通篇完整的写景之作并不很多,原因有两点。一、念念不忘于玄趣,总是模山范水的无形桎梏。理和情、景在多数的诗中并不能总是结合得那么完美,因而有的诗篇给人以沉闷乏味的感觉。这是山水诗从玄言的母胎中带来的先天病态,只有在以后的发育成长之中才能逐步消除。二、根据《诗品》的说法,谢灵运"兴多才高,寓目辄书"。然而大自然的风物千姿百态,诗人无论多么高才博学,总不可能表达无遗。登临山水是谢灵运生活的主要内容,他难于有那么多精致工巧的佳句来一一刻画眼前的景物,因而不得不借助于铺陈排比,造成了颇为累赘的"繁富";好用成句或者填塞典故,只能见出学问而会损害情趣,以致招来"杂凑牵强"、"芜累寡情"这样的指责。

谢灵运还约有半数诗作不属山水诗的范围,相对于山水诗,其重要性要小得多。但论及全人,也有必要作简单的说明。

　　作为高门华胄,谢灵运的性格放纵,生活奢侈①。不过他自以为应当参预国家的机要,不屑为文学侍从之臣,即具有所谓"济世"之志,所以他的作品里也有一些流露出对国家前途和百姓生计的关心。在建康被迫辞官返始宁,曾上表建议再度北伐,表中有"久欲上陈,惧在触置"之语。他的诗作也有几首接触到一般的社会矛盾,《燕歌行》、《上留田行》中所反映的思妇征人,属于乐府的传统调子,值得注意的是在永嘉任上所作的《白石岩下径行田》、《种桑》:

　　　　小邑居易贫,灾年民无生。知浅惧不周,爱深忧在情。
　　　　　　　　　　　　　　　　　　　　——《白石岩下径行田》

　　　　诗人陈条柯,亦有美攘剔。前修为谁故,后事资纺绩。常佩知方诫,愧微富教益。
　　　　　　　　　　　　　　　　　　　　——《种桑》

虽是儒家的说教,出现在谢灵运的笔下,也还是难能可贵的。

　　谢灵运也有写男女之情的诗。《七夕咏牛女》,在《古诗十九首》一直到南朝齐梁同类题材的作品中,并不是高质量的作品。给人以鲜明感受的是《东阳溪中赠答》小诗两首:

　　　　可怜谁家妇,缘流洗素足。明月在云间,迢迢不可得。

---

① 《宋书·五行志》:"谢灵运有逸才,每出入,自扶接者常数人,民间谣曰'四人絜衣裙,三人捉坐席'是也。"他还讲究饮食,在《游名山志》的逸文中就有对于海产食品津津有味的评述。

可怜谁家郎,缘流乘素舸。但问情若为,月就云中堕。

这两首诗显而易见是摹仿吴歌之作,想象新巧,情调明快,又较《子夜歌》要蕴藉典雅。谢诗中风情旖旎之作仅此二首,牛刀小试,可以证明谢灵运确实是一位天才的诗人。这种类似的摹仿还有《拟魏太子邺中集诗》八首,分拟曹丕、王粲、曹植等八位作家,颇能肖似。这类诗应该都是诗人在"转益多师"中所做的努力。写亲友之情的诗,以与谢惠连酬唱的几首最为动人,《南楼中望所迟客》则似有寄托。《庐陵王墓下作》以真挚的感情抒写了知遇之感,可以和《与庐陵王笺》、《庐陵王诔》比照参看。

谢灵运文的成就远不如诗。今存文四卷,除佛学论文外,大多是赋,其中《山居赋》、《罗浮山赋》、《岭表赋》等都以写景为主,但很少能见到像五言诗中那样的精彩刻画。《山居赋》不是一篇成功的文学作品,但由于它详细描述了始宁谢氏庄园的规模、形胜、物产,却为今天研究东晋以来的庄园制度留下了一份重要的资料。

谢灵运在南朝享有极高的声誉,《宋书》本传说他罢官居始宁,"每有一诗至都邑,贵贱莫不竞写,宿昔之间,士庶皆遍,远近钦慕,名动京师"。其影响所及,效法者极多,以至有"谢灵运体"、"谢康乐体"的专名(《南齐书·武陵昭王晔传》、《南史·伏挺传》)。谢灵运的诗作开了一代的风气,《南齐书·文学传论》把当时的诗文分为三体,第一体的代表就是谢灵运;钟嵘《诗品》刘宋以后列于上品者仅谢灵运一人。不过一种诗风的新变,总有人会持异议,齐高帝萧道成告诫儿子萧晔说谢诗"不辨首尾",不可以学习;萧子显评论谢诗"典正可采,酷不入情";萧纲说谢灵运"吐言天拔,出于自然,时有不拘,是其糟粕"。这样的议论有切中谢诗缺陷的一面,也有出于风气、标准的不同而见仁见智的一面。南朝学谢灵运的诗人,比较著名的有王籍、伏挺、谢朓、阴铿、何逊。唐人批评六朝,但对二谢却并无苛责,大诗人中受谢灵运影响比较明显的是王维、孟浩然、韦应物和柳宗元。李白推崇谢灵运,而且直用谢诗,《劳劳亭歌》:"我乘素舸同康乐,朗吟清川飞夜霜。"《酬殷明佐见赠五云裘歌》:"故人赠我我不违,著令山水含清晖。顿惊谢康乐,诗兴生我衣。襟前林壑敛暝色,袖上云霞收夕霏。"杜甫"熟知二谢将能事"、"焉得思如陶谢手",后世论谢诗几乎无不加以引用。杜诗中一部分写山水的五古多有从谢诗脱胎的,比如《渼陂西南台》一诗,朱鹤龄就指出"全本谢康乐"。唐以后对谢灵运的评论更多,也更为深入,毁誉不一,总的来看是肯定多于否定。

从刘宋历经齐梁以迄唐代,山水诗终于形成了一个流派。开辟这一条新路,谢灵运曾经做出过重大的贡献。然而如前所说,在谢灵运的主观思想中,山水往往是悟道的手段。从玄理出发,又要回到玄理,总是诗歌创作中的一道障碍,总会影响诗人的感情和大自然融洽无间。所以,谢灵运笔下的山水,多数情况下属于欣赏和思辨的对象,还没有跳出王国维所说的"有我之境"。真正的"物我合一",情景浑然一体的境界,要在三百年后的盛唐时代才普遍出现。

谢灵运的诗歌创作中许多新的、成功的经验,为后来者提供了有益的借鉴;而种种缺点和不足,则无疑是诗人在探索中付出的代价。这正是文学史上的一般现象,不必求全责备。

谢灵运集《隋书·经籍志》录有十九卷,北宋以后散失。明代李梦阳等从《宋书》、总集以及类书中辑出谢灵运的作品,由焦竑刊刻为《谢康乐集》。明末张溥《汉魏六朝百三名家集》中有《谢康乐集》,明人的转录多有疏漏,至严可均的《全宋文》、逯钦立的《先秦汉魏晋南北朝诗》,辑录始较完备。近人黄节有《谢康乐诗注》,征引出处,详赡博洽，可资参考。此外，《隋书·经籍志》尚录有谢灵运撰作或辑集的著作十余种，惜均亡佚。

谢灵运在元嘉年间曾奉诏撰《晋书》，《宋书》本传说"粗立条流，书竟不就"。但《隋书·经籍志》录有谢灵运撰《晋书》三十六卷，其《武帝纪论》见《太平御览》卷六九，可见并不止于草创，不过是未竟全功而已①。此外，他还和僧人慧严、慧观共同润色了《大般涅槃经》昙无谶的译文。经过润色后的译文比原译远为流畅优美，世称南本，原译则称北本②。还有《金刚般若经注》，也早已亡佚。

第四节　谢惠连

谢惠连(407~433)，谢灵运的族弟。十岁能文。行止轻薄不检，不为其父谢方明所喜，但颇受谢灵运的赏识，与何长瑜、荀雍、羊璿之四人在永嘉常同谢灵运一起寻幽探胜，诗文酬唱，时人称为"四友"。元嘉七年(430)，为彭城王刘义康法曹参军。十年，卒。年二十七③。后人把谢灵运和他并称"大小谢"，又和谢朓并称"三谢"。但由于谢朓也被称为"小谢"而成就远过谢惠连，所以在多数情况下"小谢"还

---

① 《梁书·止足传》："谢灵运《晋书·止足传》，先论晋世文士之避乱者，殆非其人；唯阮思旷遗荣好遁，远殆辱矣。"按纪传体史书通例，本纪列最前，《止足传》一类传记列最后，可见此书已完成了绝大部分。
② 见《高僧传·慧严传》。请参看汤用彤《汉魏两晋南北朝佛教史》中的有关论述。
③ 《宋书》本传作"三十七"，中华书局本据《文选·雪赋》李善注改，是。又按《谢方明传》记元兴元年(402)卞范之欲以女嫁谢方明，谢惠连的出生，最早也当在元兴至义熙(404~405)间，至元嘉十年绝不能到三十七岁。

是指谢朓。

　　谢灵运和谢惠连之间的感情很深。《诗品》卷中谢惠连条引《谢氏家录》:"康乐每对惠连,辄得佳语。后在永嘉西堂,思诗竟日不就,寤寐间忽见惠连,即成'池塘生春草'。故尝云:'此语有神助,非我语也。'"这不一定是故神其说,因为灵感借助于某种触发而获得,正是诗歌创作中的常见现象。二谢之间的一赠一答,现存谢惠连的《西陵遇风献康乐》五章和谢灵运的《酬从弟惠连》五章。谢惠连当时离开始宁赴建康,行至钱塘西陵,写诗寄谢灵运,诗的情调低沉。第三章"凄凄留子语,眷眷浮客心。回塘隐舻栧,远望绝形音",造语比较新巧;第四章"屯云蔽层岭,惊风涌飞流。零雨润坟泽,落雪洒林丘。浮氛晦崖巘,积素惑原畴",则语句、情调都重复单调。谢灵运的五章虽是答诗,而且写在两度罢官之后,情调却较赠诗明朗舒畅,形式上则摹仿曹植的《赠白马王彪》,次章用前章末句中两个字起句,顶真续麻,绾合自然。

　　谢惠连的诗以《秋怀》、《捣衣》为最有名。钟嵘说过这两首诗"虽复灵运锐思,何以加焉",《文选》又加选录,就引起了读者的特别注意。《秋怀》抒发抱负不伸,起句"平生无志意,少小婴忧患",大约指孙恩攻会稽,其父方明被迫逃亡,家业毁损一事。"虽好相如达,不同长卿慢。颇悦郑生偃,无取白衣宦",反映了谢惠连虽然生活上放荡,却不同于谢灵运的狂傲热中。诗的后半归于及时行乐。诗中的情绪也许正是谢氏家族在晋、宋之交政治上受到打击的一种折射。捣衣在唐人诗中常见,谢惠连这一首不仅是同类题材中较早的作品,而且情态毕呈,无愧于钟嵘的赞赏:

　　　　衡纪无淹度,晷运倏如催。白露滋园菊,秋风落庭槐。肃肃莎鸡羽,烈烈寒螿啼。夕阴结空幕,霄月皓中闺。美人戒裳服,端饰相招携。簪玉出北房,鸣金步南阶。櫩高砧响发,楹长杵声哀。微芳起两袖,轻汗染双题。纨素既已成,君子行未归。裁用笥中刀,缝为万里衣。盈箧自余手,幽缄俟君开。腰带准畴昔,不知今是非。

从诗中"裁"、"缝"来看,诗题当用"捣素"或"捣练"更为切合。诗先写秋色秋声,闺中念及行人,于是捣素,裁衣远寄。此诗的特色是深挚细腻,"微芳起两袖,轻汗染双题",丽而不流于亵,历来称为名句。"纨素"以下写情,结语两句,深挚蕴藉,谭元春评为"千古捣衣妙诗,不能出二语范围"(《诗归》卷十一)。全诗的风格还不离古拙,然而华美的趋向已清楚可见;"霄月皓中闺"中"皓"字的用法着意锻炼,则和谢灵运的作风相近。

东汉以后,咏物抒情的小赋逐渐兴起。谢惠连的《雪赋》和谢庄的《月赋》并称六朝小赋的代表作。这篇赋沿用了汉赋中自设主客的形式,假托梁孝王在冬日于兔园召集邹阳、枚乘、司马相如,让司马相如作《雪赋》,邹阳接着作《积雪之歌》,枚乘又作乱辞。赋以"岁将暮,时既昏。寒风积,愁云繁"三言四句发端,惊挺险急。其中从酝酿降雪写到雪霁天晴,展开了一幅素净而奇丽的画面。试看其中对瑞雪初降的描写:

于是河海生云,朔漠飞沙,连氛累霭,掩日韬霞。霰淅沥而先集,雪纷糅而遂多。其为状也,散漫交错,氤氲萧索。蔼蔼浮浮,瀌瀌弈弈,联翩飞洒,徘徊委积。始缘甍而冒栋,终开帘而入隙。初便娟于墀庑,末萦盈于帷席。

"便娟"、"萦盈",白雪似乎具有了生命和感情。最后的"乱辞",像谢

灵运山水诗的调子一样,归入玄理:

> 节岂我名,洁岂我贞?凭云升降,从风飘零。值物赋象,任地班形。素因遇立,污随染成。纵心皓然,何虑何营!

随遇任化,纵然由素而污,精神却仍然保持高洁,最终还是在玄理中得到了心灵上的解脱。他还有一篇《祭古冢文》,序言中关于古冢形制的描写,可以看成我国考古史上最早的发掘报告。

《隋书·经籍志》载谢惠连有集六卷,今存诗三十余首,相对来说,在刘宋作家中保存得算是较多的。但梁简文帝萧纲有《戏作谢惠连体十三韵》,风华绮靡,在宫体诗中也属于最秾丽的一流,今存谢惠连的诗作不见此体,可能就在散佚之列。他的文除《文选》中选录的上述两篇以及《艺文类聚》中的四首《连珠》外,其他都属断句残篇。明人张溥编有《谢法曹集》,收入《汉魏六朝百三名家集》中。

第四章　颜延之和谢庄

第一节　颜延之的生平和思想

颜延之(384~456),字延年,祖籍琅邪临沂(今属山东),出生于建康①。父颜显,在东晋做过护军司马,早亡。颜延之幼年家境贫寒,发愤勤学,于书无所不览。二十岁以后,出仕为后将军、吴国内史刘柳的行参军、主簿、后军功曹,前后约十年②。

晋安帝义熙十一年(415),刘柳迁江州刺史,颜延之随至江州,所居与弃官归田的陶渊明相距不远。两位诗人来往盘桓,情好甚笃。

---

① 颜延之为颜之推五世族祖。延之曾祖颜含随晋室南迁,定居建康。颜之推《观我生赋》:"去琅邪之迁越,宅金陵之旧章","经长干以掩抑(自注:长干旧颜家巷),展白下以流连(自注:靖侯以下七世故茔皆在白下)"。据此,颜家老宅在建康长干里。
② 《宋书》本传说颜延之"年三十,犹未婚。妹适东莞刘宪之,穆之子也。穆之既与延之通家,又闻其美,将仕之,先欲相见,延之不往也。后将军吴国内史刘柳以为行参军",似乎出仕在三十岁以后。据《晋书·王凝之妻传》、《宋书·谢瞻传》,刘柳为吴国内史在晋安帝义熙元年前后,旋即入为尚书右仆射。其时颜延之刚过二十岁。本传所记殊嫌含混。

次年,刘裕北伐长安。年底,颜延之奉使到洛阳,作《北使洛》、《还至梁城作》二诗,是今存诗中可以确考写作时间的最早两篇。刘裕代晋建宋,授为太子舍人,和"寻阳三隐"之一的周续之在刘裕前论辩《礼记》中的一些问题,以此为刘裕所赏识。当时刘裕次子庐陵王义真受到宠信,颜延之和谢灵运、僧人慧琳等依附义真。少帝义符即位(422),义真失势,谢灵运于当年被外放永嘉太守。景平二年(424),颜延之也被徐羡之、傅亮排挤,外放为始安太守①,由建康溯江西上,道经寻阳,与陶渊明再度聚首畅饮,临行时还给陶渊明留下二万钱。两位诗人之间的友谊是六朝文学史上的一段佳话。元嘉四年陶渊明病卒,颜延之写了《陶征士诔》,歌颂了陶渊明的高行峻节,也是现存最早的有关陶渊明的记载。在去始安途中,他还为湘州刺史张邵写了《祭屈原文》。

宋文帝元嘉三年(426),徐、傅被杀,颜延之和谢灵运先后被征还建康。颜延之授中书侍郎,作《和谢监灵运诗》。不久,又领步兵校尉。当时彭城王义康和刘湛、殷景仁当政专权,不能容忍颜延之的耿直放诞,在元嘉十一年再次宣布外放他为永嘉太守。就在前一年,谢灵运被杀,而谢灵运的厄运又恰好是从外放永嘉开始的。对这种威胁性的暗示,颜延之极为不平,写作了著名的《五君咏》以宣泄愤慨。义康见到这五首诗,大怒,准备把他放黜到比永嘉更远的地方。由于宋文帝的宽容,颜延之没有被放黜,仅仅罢官家居。史称其罢官时

---

① 始安即今广西桂林,当时属湘州。《祭屈原文》一开头就说"惟有宋五年月日",其外放始安,当在景平二年。有的研究者怀疑"五"字为"三"字之误,似乏确证,参见拙作《关于颜延之的生平和作品》(《西北师大学报》1989年4期)。

"不豫人间者七载",但实际上并未忘情世事①。他在赋闲家居的时期里,作有《庭诰》。元嘉十六年,义康由于擅权太过而招致宋文帝的猜忌;十七年十月,刘湛被杀,义康外放江州刺史。不久,颜延之被重新起用为中庶子、御史中丞。

儒学在两晋受到玄学冲击,到刘宋时代而有重新复兴的趋势。元嘉十九年重建国子学以后,颜延之继何尚之任国子祭酒,因故被参免官,旋又任为秘书监、光禄勋、太常。元嘉三十年致仕。是年太子刘劭弑宋文帝,江州刺史刘骏等领兵入讨,攻破刘劭,刘骏继位,即宋孝武帝。颜延之长子颜竣是刘骏的谋主而兼书记,以入讨之功权倾朝野,而颜延之却恬然如故。孝建三年(456)卒,年七十三。谥宪子。卒前官金紫光禄大夫,后人因此习称"颜光禄"。

同谢灵运一样,颜延之的性格里有十分傲岸的一面。所不同的是,颜延之的门第比较低,政治上的追求并不过于热衷躁进,立身处世则以佯狂掩盖狷介而又有和光同尘的一面。在当权者的心目中,他不是一个带有很大危险性的人物,所以虽然屡经蹉跌,却仍然得保天年,富贵以终。

颜延之早年依附庐陵王义真,看来并无复杂的政治背景。其所以外贬始安,一则是皇室内部的权力之争,覆巢之下,难免波及;二则是出于当权者傅亮的嫉忌:"时尚书令傅亮自以文义之美,一时莫及。延之

---

① 作于罢官后不久的《重释何衡阳达性论》中说:"薄从岁事,躬敛山田。田家节隙,野志为俦。言止谷稼,务尽耕牧。"这当然是隐士作文的套语,但多少可以窥见他生活的一面。不过他未能忘情世事,世事也未能忘情于他。元嘉十二年名僧求那跋陀罗自广州抵建康,颜延之"束带造门"(《高僧传》卷三);元嘉十三年晋恭帝褚皇后卒,有人想到要他去装点丧仪;元嘉十七年宋文帝袁皇后卒,诏令作"哀册文"。

负其才辞,不为之下,亮甚疾焉①。"及至元嘉三年返回建康后,又由于"好酒疏诞",而不为新的当权者所喜。元嘉十一年罢官家居,颜延之的生活态度开始有所转变,这在《庭诰》里反映得比较清楚。其后为御史中丞,"在任纵容,无所举奏",则显然是思想上的转变见之于实践。到他的晚年,刘劭杀宋文帝自立,刘骏讨伐的檄文出自颜竣的手笔。刘劭质问颜延之"言辞何至乃尔",他回答:"竣尚不顾老父,何能为陛下。"(《宋书》本传)后来又看到颜竣骄盈而斥其"出粪土之中,而升云霞之上,傲不可长,其能久乎"(《南史》本传),这已经是在人生道路上屡遭颠顿之后的"见道之言"了。不过即使如此,颜延之耿介不合流俗的一面始终没有泯灭,正如《宋书》本传所说,他在晚年仍然"肆意直言,曾无遏隐","居身清约,不营财利,布衣蔬食,独酌郊野"。如果用前人作比,谢灵运的性格近于嵇康,而颜延之则近于阮籍②。

　　颜延之主要接受儒家的传统。在时代风气的影响下,他也信奉佛教,和一些著名的僧人来往。元嘉十二年,颜延之与何承天之间展开了一场关于"达性论"的争辩。何承天精于天文、历算等自然科学,倾向于唯物主义观点,推尚儒学,反对佞佛,著《达性论》,以为天地人"三才同体,相须而成","人"不能等同于"众生";在形神生死的问题上,"有生必有死,形毙神散,犹春荣秋落"。颜延之不同意何承天的论点,两

---

① 谢晦和徐、傅关系密切,是贬斥庐陵王的主要策划者之一,但同情颜延之,说:"昔荀勖忌阮咸,斥为始平郡,今卿又为始安,可谓'二始'。"

② 张溥《颜光禄集》题辞:"颜延之饮酒祖歌,自云狂不可及","玩世如阮籍,善对如乐广"。《南史》本传记:"文帝尝召延之,传诏频不见,常日但酒店裸祖挽歌,了不应对,他日醉醒乃见。帝尝问以诸子才能,延之曰:'竣得臣笔,测得臣文,㚟得臣义,跃得臣酒。'何尚之嘲曰:'谁得卿狂?'答曰:'其狂不可及。'"这种态度十分近似于《世说新语》中所记载的阮籍饮酒佯狂。

次致函何承天,反复论辩。颜延之的本意在折中儒释,实际上却为唯心主义作了辩护①。思想上企图兼综儒释,在南朝文士中属于常见的现象,但总的看来,颜延之的思想体系仍属于儒家。

第二节　颜延之的诗文

刘宋前期的文坛上,颜延之与谢灵运并称"颜、谢"。"爰及宋氏,颜、谢腾声"(《宋书·谢灵运传论》),"颜、谢重叶以凤彩"(《文心雕龙·时序》),"爰及江左,称彼颜、谢"(裴子野《雕虫论》),这些提法都可以看出两位诗人在当时人心目中的地位。不过颜与谢之不能敌体,并不完全需要等待历史的检验,在同时代有见识的批评中就已经透露了消息。《南史·颜延之传》记:

延之尝问鲍照己与灵运优劣。照曰:"谢五言如初发芙蓉,

---

① 当时反对何承天的还有宗炳。《弘明集》中收录了颜、宗、何三人的议论书函,可以参看。这件事曾经惊动了宋文帝,曾向何尚之、羊玄保等表示他自己对佛经读的不多,"三世因果,未辨厝怀,而复不敢立异者,正以卿辈时秀,率所敬信故也"。接着他又提到范泰、谢灵运、颜延之、宗炳都能出入儒佛,颜延之驳斥《达性论》,宗炳非难《白黑论》,尤足给人以启发。"若使率土之滨,皆纯此化,则吾坐致太平,夫复何事?"(见《高僧传》卷七《慧严传》、《弘明集》卷十一何尚之《答宋文帝赞扬佛教事》)宋文帝的一段话,足以说明当时君主和上层人士提倡佛教的目的。使人意外的是,曾经和谢灵运、颜延之一起依附庐陵王的僧人慧琳,却反戈一击,成为佛门的异端。他的《均善论》(即《白黑论》,见《宋书·夷蛮·天竺迦毗利国传》)指责佛教徒"大其言矣"、"所务之乖",但同样得到宋文帝的信任,同时招来颜延之的愤慨。由此可见,宋文帝提倡佛教并不出于信仰而在于致用。

自然可爱;君诗若铺锦列绣,亦雕缋满眼①。"

谢灵运和颜延之都重视雕琢刻镂,但谢灵运致力在山水风光的形象捕捉,景中融情,突破了玄言诗的樊篱,使人一新眼目;颜延之则主要着意于用事和谋篇琢句,长处在于谨严厚重,短处则是缺乏自然生动的韵致,甚至流于艰涩。《诗品》"颜延之"条:

> 其源出于陆机。尚巧似。体裁绮密,情喻渊深,动无虚散,一句一字,皆致意焉。又喜用古事,弥见拘束。虽乖秀逸,是经纶文雅才。雅才减若人,则蹈于困踬矣。

《诗品》论诗人的源流,有的不易理解,但是说颜延之源出于陆机,却是很中肯的。钟嵘以为陆机"才高词赡,举体华美","尚规矩",五言诗中的排偶雕琢,到陆机而有进一步的发展。东晋崇尚清峻,不求繁缛,在这一意义上,可以说颜延之直接继承了太康诗风。颜延之和陆机同样具有规矩、典雅、华而不靡的特色,和永明以后的轻艳之风相比较,颜延之的诗"虽乖秀逸"而能古拙劲健,这就是钟嵘所以赞赏的原因。

颜延之诗的另一个特点是好用古事。所谓"铺锦列绣"或"错彩镂

---

① 鲍照对颜、谢的评论,《诗品》"颜延之"条引作汤惠休语,文字小有出入:"谢诗如芙蓉出水,颜诗如错彩镂金。"凑巧的是鲍照和汤惠休也被人合称"休、鲍"(《南齐书·文学传论》),所以对颜、谢诗风的同一形象比喻,究竟是二人所见略同,还是一人引用了另一人的创见,已经难于确定。《诗品》"齐惠休上人"条还记载颜延之"忌照之文,故立休、鲍之论",言下似乎颜延之是以牙还牙,鄙薄汤惠休的"委巷中歌谣",也同时鄙薄了鲍照。

金",就包含有这一方面的内容。作为汉语文学中修辞技巧的特征之一,属辞比事本来是比兴的一个旁支,意在为作品增添色泽,但流弊所及,往往被用来掩盖内容的空虚和情趣的贫乏。"诗以用事为博,始于颜光禄而极于杜子美。"(张戒《岁寒堂诗话》卷上)由于刘宋初期诗文中属辞比事的技巧还不像后来那么成熟,颜延之本人也并不完全像钟嵘说的具有那么多的"经纶文雅才",相反,却是才不胜学,所以颜诗中用典往往显得拘束、滞塞。比如《赠王太常(僧达)》,几乎"无一字无来历",但被何焯评为"拉杂而至,亦复何趣"(《义门读书记》卷四六)。颜诗多庙堂应制之作,这些诗更需要典重的词语装点。像《车驾幸京口三月三日侍游曲阿后湖作》,辞藻华丽,颇能反映"元嘉之治"的气象,以"虞风载帝狩,夏谚颂王游"领起全诗,尚能协调匀称;而《车驾幸京口侍游蒜山作》开头所写的"玄天高北列,日观临东溟。入河起阳峡,践华因削成。岩险去汉宇,衿卫徙吴京",则和低矮的蒜山了不相涉,纯属敷衍成文了。

  颜诗中历来为人所称的是《北使洛》、《还至梁城作》、《五君咏》和《秋胡诗》。据《宋书》本传,义熙十二年刘裕北伐,授宋公,颜延之授命去前线祝贺,"道中作诗二首,文辞藻丽,为谢晦、傅亮所赏"①。这两首诗就是去洛阳途中所作的《北使洛》和返回梁城后所作的《还至梁城作》。《北使洛》诗:

    阴风振凉野,飞云瞀穷天。临途未及引,置酒惨无言。隐悯

---

① 据《南史·宋本纪上》,刘裕受命为宋公在此年年底,颜延之奉使北行,刘裕尚在彭城且未受封。他到洛阳当是至彭城以后奉刘裕之命前去祝捷。《宋书》本传的记载又嫌含混。又,二诗情调悲凉而史称"文辞藻丽",可见"藻丽"的概念和"锦绣"、"金玉"的比喻一样,含有工致、繁富的意思,不同于齐、梁以后的华靡。

徒御悲,威迟良马烦。游役去芳时,归来屡徂愆。蓬心既已矣,飞薄殊亦然。

东晋以来,洛阳屡次失陷,朝廷已把它置之度外。刘裕北伐,一战而捷,收复洛阳,然而颜延之在奉使赴洛途中,却并没有欣喜之情。即目所见,中原残破,故国之思结合行役的艰辛,形成了悲凉沉重的气氛。全诗一气呵成,有异于其他一些诗篇的艰涩,在手法和情调上都近于陆机的《赴洛道中作》。《还至梁城作》是《北使洛》的姐妹篇,在以"故国多乔木"等六句抒发了黍离之感以后,诗人又以怀古伤时作结:

惟彼雍门子,吁嗟孟尝君。愚贱同埋灭,尊贵谁独闻。曷为久游客,忧念坐自殷!

忧伤而终归于譬解,本来是诗文中的常套,但由于感情真挚强烈,所以读来并没有虚矫自饰、为文造情的感觉。

《五君咏》突出地反映了颜延之人格中的耿介和性格中的傲岸一面。五篇分咏阮步兵(籍)、嵇中散(康)、刘参军(伶)、阮始平(咸)、向常侍(秀),在"竹林七贤"中取五人而遗落贵显的山涛、王戎,这本身就是一种态度。《宋书》本传说其中咏阮咸、刘伶两首的"屡荐不入官,一麾乃出守"、"韬精日沉饮,谁知非荒宴"是作者的"自序",其实通观五篇,莫不是颜延之思想境界的自我写照:

阮公虽沦迹,识密鉴亦洞。沉醉似埋照,寓辞类托讽。长啸若怀人,越礼自惊众。物故不可论,途穷能无恸!

——《阮步兵》

中散不偶世，本自餐霞人。形解验默仙，吐论知凝神。立俗
连流议，寻山洽隐沦。鸾翮有时铩，龙性谁能驯！

——《嵇中散》

陈祚明以为："五篇别为新裁，其声坚苍，其旨超越。每于结句凄婉壮激，余音诎然，千秋乃有此体。"(《采菽堂古诗选》卷十六) 虽然稍嫌夸大，尚能近实。还有一点，五首诗皆为五言八句，中间两联排偶相对。这一现象也许出于偶然，不过它出现在永明新体诗之前五六十年，是很值得注意的。这五首诗在后世也有一定影响，被视为颜延之的代表作。李白《酬王补阙惠翼庄庙宋丞泚赠别》"鸾翮我先铩，龙性君莫驯"，显然是套用《嵇中散》一诗结语。

《秋胡诗》是一首叙事诗，本事出于《列女传》和《西京杂记》，叙述鲁国秋胡娶妻后几天就到陈国做官，五年后归家，见路旁有美妇人采桑，赠之以金，不受；回家，才发现美妇人就是自己的妻子。妻子责以大义，然后投河而死。这一故事在某种程度上和《陌上桑》有一致之处，齐梁以后，就有人把这两段故事合二为一①。颜延之的《秋胡诗》分九章，第一章写秋胡娶妻的欢愉；第二章写夫妇离别；第三、四章写妻子对秋胡的思念，继承《诗·周南·卷耳》的手法，作设身处地之语；第五章写秋胡返家途中遇妇于桑下；第六章写赠金不受；第七章写返家见母见妻；第八章写妻子申言离居之苦；第九章写妻子责以大义。全诗章法谨严，叙事有序，足以体现"体裁明密"(《宋书·谢

---

① 王筠《陌上桑》："秋胡始停马，罗敷未满筐。"李白《陌上桑》："使君且不顾，况复论秋胡!"稍后于颜延之的丘巨源也作有《秋胡诗》，讥刺作吴兴太守的萧鸾(齐明帝)，事见《南齐书·文学传》。丘诗已佚，但既然语含讥刺，应当和调戏或霸占妇女有关。

灵运传论》)这一特点。

颜诗中有一些诗句轻快流丽,如"春江壮风涛,兰野茂荑英"(《车驾幸京口侍游蒜山作》),"流云蔼青阙,皓月鉴丹宫"(《直东宫答郑尚书道子》),"庭昏见野阴,山明望松雪"(《赠王太常》);也有一些诗句悲凉壮阔,如"故国多乔木,空城凝寒云"(《还至梁城作》),"凄矣自远风,伤哉千里目。万古陈往还,百代劳起伏"(《始安郡还都与张湘州登巴陵城楼作》)。遗憾的是这些佳句数量并不很多,而全篇的其他部分也往往不能相称。

颜诗典雅重拙的风格,对同时代和稍后的诗人有一定影响。《诗品》下论谢超宗、丘灵鞠、刘祥、檀超等七人,说他们"并祖袭颜延,欣欣不倦,得士大夫之雅致乎"。这些诗人中有人已无作品存世,从现存的作品来看,确有学习颜延之的痕迹。

颜延之的散文和骈文都有相当的成就,是刘宋前期的大手笔。据现存史料,他是最早提出"文"和"笔"对举的作家(参见本书第72页注②)。作品录入《文选》的有《三月三日曲水诗序》、《阳给事诔》、《陶征士诔》、《宋文皇帝元皇后哀册文》①、《祭屈原文》。但影响较大而写法上又有特色的是《庭诰》和《赭白马赋》。

《庭诰》意即家诫、家训。从刘邦《手敕太子文》②、马援《戒兄子书》、郑玄《戒子益恩书》、诸葛亮《戒子书》,一直到明、清之际朱用纯(柏庐)《治家格言》,两千年来,形成了一种文体。这一类文章的目的都在于把自己的人生经验告诉子弟,通常都写得平易坦率,于朴素

---

① 《宋文皇帝元皇后哀册文》作于元嘉十七年,其时文帝健在,文中又称"大行皇后",足见文题为后人代拟。
② 《手敕太子》见《古文苑》卷十。《古文苑》中所收的某些文章的可靠性,研究者多持谨慎态度,但《文心雕龙·诏册》中提到过此文,可见其流传已久。

中见出作者的真性情。颜延之在《庭诰》中谆谆告诫子弟,立身处世必须收敛锋芒,甚至谨小慎微。他说"言高一世,处之逾默"、"不以所能干众,不以所长议物"的,是"士之上也";"敬慕谦通,畏避矜踞"、"文理精出,而言称未达"的,"此其亚也";如果"言不出于户牖,自以为道义久立,才未信于仆妾,而曰我有以过人",这就是"千人所指,无病自死"之流,最不足取。他甚至连生活中的小节都设想到了:"抃博蒲塞,会众之事,谐调哂谑,适坐之方。然失敬致侮,皆此之由。"这些都很容易使人联想起嵇康的《家戒》和阮籍不让儿子任性放诞。三位诗人同样龙性难驯,不甘与浊世合污,然而又深知在世道上随处潜伏杀机,因此不希望子弟学样模仿,成为狂狷。这正是他们内心世界的矛盾和痛苦。此外,颜延之在《庭诰》中还提出了对诗歌的某些看法,认为古诗中不见九言,原因是"声度阐诞,不协金石",并且怀疑"李陵众作,总杂不类,元是假托,非尽陵制。至其善写,有足悲者",都是很有价值的意见。

《赭白马赋》作于元嘉十八年。赋中对马的形体、神态、速度有形象的描写:

> 附筋树骨,垂梢植发,双瞳夹镜,两权协月,异体峰生,殊相逸发。超摅绝夫尘辙,驱骛迅于灭没。简伟塞门,献状绛阙。旦刷幽燕,昼秣荆越。……眄影高鸣,将超中折,分驰迥场,角壮永埒。别辈越群,绚练夐绝。

"旦刷"两句,通过早晚在不同的地点刷马、喂马,以显示赭白马一日之间的行程。钱锺书指出:"按前人写马之迅疾,辄揣称其驰骤之状,追风绝尘。《全宋文》卷三四谢庄《舞马赋》'朝送日于西版,夕归风于北都',亦仍旧贯,增'朝'、'夕'为衬托。颜氏之'旦'、'昼',犹

'朝'、'夕'也,而一破橐曰,不写马之行路,只写马之在厩,顾其过都历块,万里一息,不言可喻。文思新巧,宜李白、杜甫见而心喜。李《天马歌》'鸡鸣刷燕晡秣越',直取颜语;杜《骢马行》'昼洗须腾泾渭深,夕趋可刷幽并夜',稍加点缀,而道出'趋'字,便落迹著相。"(《管锥编》第四册1305页)宋朝人王得臣在《麈史》中虽已注意到了《天马歌》、《骢马行》用《赭白马赋》的手法,但远不如钱说精博。除了《骢马行》以外,杜甫在《高都护骢马行》、《魏将军歌》、《瘦马行》等诗篇中也屡屡化用这篇赋中的词语,可见其影响之深。

颜延之有集三十卷,早佚。明人拾缀遗文辑为一卷,汪士贤《汉魏六朝二十二名家集》中有《颜延之集》,张溥《汉魏六朝百三名家集》中有《颜光禄集》。他曾注释过《论语》,见皇侃《论语义疏》引;并早于沈约注释了阮籍《咏怀》,见《文选》李善注引。

第三节 谢庄

谢庄(421~466),字希逸,祖籍陈郡阳夏(今河南太康),出生于建康。他是谢弘微的儿子,谢灵运的族侄。七岁能作文。二十岁左右入仕,在东宫任过洗马、中舍人。稍后,在江州任庐陵王刘绍南中郎谘议参军。宋文帝元嘉二十六年(449),又随同雍州刺史随王刘诞去襄阳①,领记室。次年,北魏使者在彭城和刘宋谈判,曾经问起谢庄的情况,可见其声名远布。

---

① 谢庄有《侍宴蒜山诗》。元嘉二十六年春,宋文帝曾经衣锦还乡,回到丹徒,并游览了京口蒜山,颜延之也有诗纪事。可见这年春天谢庄在建康。秋天,随王刘诞迁镇雍州,谢庄由建康溯江而上至襄阳,《怀园引》前半即记其事。

谢庄于元嘉二十八年返回建康,授太子中庶子。其年奉诏作《赤鹦鹉赋》,袁淑见赋叹服。宋孝武帝即位,授侍中,迁左卫将军,上表请下诏求贤。孝建元年(454),授吏部尚书,其后屡有迁转。大明二年(458),河南献舞马,谢庄又奉诏作《舞马赋》、《舞马歌》。大明六年,宋孝武帝宠爱的殷氏病卒,谢庄作《殷贵妃诔》,有"赞轨尧门"之语。两年以后宋孝武帝病卒,太子刘子业即位,认为谢庄以汉昭帝生母钩弋夫人比殷贵妃,是对自己的轻视(刘子业系王皇后所生),于是把谢庄下狱,准备让他受尽苦难以后处死。刘子业残暴昏乱,即位仅一年多即被杀,宋明帝即位,赦谢庄,升授中书令。泰始二年(466)卒。

谢氏家族在晋、宋之际的政治斗争中受到过不小的打击。谢混、谢灵运以反对刘裕父子先后被杀,谢晦作为刘宋的"佐命之臣",又由于擅权过甚,也遭到同样的命运。谢庄的父亲谢弘微,史称其严正恭谨,口不言人之短,以此保持了一身和一家的富贵。谢庄的处世哲学受谢弘微的影响很深,与世敷衍,随俗浮沉。在吏部尚书任内,即使不能满足求官者的要求,也总是以"欢笑答之",时人称为"谢庄笑而不与人官"(《宋书·颜竣传》)。他曾经对颇有一些风骨的沈怀文作过劝诫:"卿每与人异,亦何可久?"(《宋书·沈怀文传》)这些言行清楚地说明他的人生态度,这种人生态度又不能不常给他的诗文创作以明显的影响。

谢庄在刘宋诗坛上享有相当的声誉。江淹《杂体诗》拟刘宋作家七人中就有谢庄,钟嵘《诗品》评谢庄"气候清雅,不逮于王(微)袁(淑),然兴属间长,良无鄙促也"。到南齐,齐武帝问王俭"当今谁能为五言诗",王俭举出江淹和谢庄的儿子谢朏,说"谢朏得父膏腴"(《南齐书·谢瀹传》)。他存世的五言诗有十余首,其中一部分随侍应诏之作,如《烝斋应诏诗》、《和元日雪花应诏诗》等,用事过多,显得平板而缺乏生气。钟嵘批评元嘉以来的诗人堆砌典故,"颜延、谢庄,尤为繁密,于时化之。故大明、泰始中,文章殆同书抄",指的就是谢庄的这一部分诗歌。至于他的一些写景诗,则不乏幽雅之作,例如《北宅秘园》:

> 夕天霁晚气,轻霞澄暮阴。微风清幽幌,余日照青林。收光渐窗歇,穷园自荒深。绿池翻素景,秋槐响寒音。伊人傥同爱,弦酒共栖寻。

其中的"澄"、"清"、"翻"这些字,都经过刻意锤炼,有着模仿谢灵运的痕迹。从全诗来看,则已完全摆脱了玄言的影响,风格更接近晚于他的谢朓。

谢庄注意诗歌的声律。《南史》本传所记他回答王玄谟"玄护为双声,碻磝为叠韵"(《文镜秘府论·文二十八种病》记此事,"玄护"作"悬瓠",皆地名,似较胜),是关于双声叠韵最早的记载,范晔《狱中与诸甥侄书》中说自己"性别宫商,识清浊",古今文人大多不理解声律的重要,在后辈中"谢庄最有其分"。《诗品序》引用王融的话说"宫商与二仪俱生","唯见范晔、谢庄颇识之耳"。按之谢庄诗作的实际,像"林远炎天隔,山深白日亏"(《游豫章西观洪崖井》),"翔州凝寒气,秋浦结清阴"(《自浔阳至都集道里名为诗》),"陆离迎宵佩,倏烁望昏簪"(《七夕夜咏牛女应制》),对仗声律都已经接近于近体诗。根据范晔、王融的评论,可以认为这种现象并不是完全无意的偶合,而是有意探索的结果,它是永明新体的先导和前奏。

谢庄的诗中更值得注意的是几首杂言诗,《怀园引》是其中的代表作:

> 鸿飞从万里,飞飞河岱起。辛勤越霜雾,联翩溯江汜。去旧

国,违旧乡,旧海悠且长。回首瞻东路,延翩向秋方。登楚都,入楚关,楚地萧瑟楚山寒。岁去冰未已,春来雁不还。风肃幌兮露濡庭,汉水初绿柳叶青。朱光蔼蔼云英英,离禽喈喈又晨鸣。菊有秀兮松有蕤,忧来年去容发衰。流阴逝景不可追,临堂危坐怅欲悲。

形式用三、五、七言又杂以骚体,较之湛方生的《怀归谣》一类杂言,在体裁上又有所创新。这种形式的作品介于诗赋之间,从建安开始就已经出现,很难确定其属性,后人编纂诗总集或文总集都加收录。从《怀园引》和另一篇《山夜忧》的具体情况来分析,似更近于诗,特别是《山夜忧》中的"南皋别鹤伫行汉,东邻孤管入青天。沉疴白发共急日,朝露过隙讵赊年",已经透露了唐人七言歌行的风味,后来沈约的《八咏》就完全是学的这一体。总的来说,在谢庄的诗歌里完全看不到谢灵运的焦虑和颜延之的激昂,仅有的一点乡思,也没有超出怨而不怒的范围,有一些好诗写得流丽凄婉,毫无窘涩之态,颇足体现作为门阀领袖的大家风范。

相对于诗来说,谢庄文的成就要更高一些。齐梁时代最推崇他的诔文,"谢庄之诔,起安仁之尘"(《南齐书·文学传论》),沈约称赞萧几的《杨公则诔》,就说"不减希逸之作"(《梁书·萧几传》)。谢庄最著名的诔文是前面提到的《殷贵妃诔》,不过仍然是陈辞旧调,并无多少精彩之处,只是因为殷氏宠冠后宫,谢庄又差一点为此丧生,所以才特别为人注意①。今天来看,谢庄的辞赋显然超过诔文,为历来所传诵的是《月赋》。《月赋》的安排结构

---

① 宋孝武帝有《悼殷贵妃赋》,拟汉武帝的《李夫人赋》,倒是颇具真情实感,像"俯众胤而恸兴,抚藐女而悲生。虽哀终其已切,将何慰于尔灵",更能比堆垛辞藻的诔文要感人。赋见《宋书·孝武十四王传》。

取法于谢惠连的《雪赋》,拟托曹植在清夜怀念亡故的应场、刘桢,命王粲作赋①。赋的抒情气氛很浓厚,先写皓月东升,"白露暧空,素月流天",被前人评为"神来之笔,看似平淡而实精缛"(《六朝文絜》)。接着描写月光秋色:

> 若夫气霁地表,云敛天末,洞庭始波,木叶微脱。菊散芳于山椒,雁流哀于江濑。升清质之悠悠,降澄辉之蔼蔼。列宿掩缛,长河韬映。柔祇雪凝,圆灵水镜。连观霜缟,周除冰净。

月光下的秋色更加凄清,秋色中的月光分外明澈,用笔空灵,不着痕迹。在这样的环境中,融进了忧愁幽思,就倍增悄然神伤之感:

> 若乃凉夜自凄,风篁成韵,亲懿莫从,羁孤递进。聆皋禽之夕闻,听朔管之秋引。于是弦桐练响,音容选和,徘徊《房露》,惆怅《阳阿》,声林虚籁,沦池灭波。情纡轸其何托,愬皓月而长歌。

谢庄把这种轻淡的哀愁表现得如此美妙,和他的诗歌中的情调也正相一致。最后以两首歌作结,"美人迈兮音空阕,隔千里兮共明月",从最平凡的事实中搜寻出来的诗情画意②,生发了"海上生明月,天涯共此时"(张九龄《望月怀远》)和"但愿人长久,千里共婵娟"(苏

---

① 王粲之卒稍早于应场、刘桢。辞赋中这种情况常见,不能胶柱鼓瑟。
② 《南史·谢庄传》载:庄有口辩,孝武尝问颜延之曰:"谢希逸《月赋》何如?"答曰:"美则美矣,但庄始知'隔千里兮共明月'。"帝召庄以延之答语语之,庄应声曰:"延之作《秋胡诗》,始知'生为久离别,没为长不归'。"两位作家从生活中最常见、最平凡的事物中炼出名句,不假雕饰,即钟嵘所谓"直寻"。

轼《水调歌头》)以及后代的许多名句。

谢庄除《月赋》以外,还有《赤鹦鹉赋》、《舞马赋》和《曲池赋》(残篇),其中都有一些可读的好句。

《宋书》本传称谢庄"所著文章四百余首,传于世",《隋书·经籍志》记《谢庄集》作十九卷,早佚。明张溥《汉魏六朝百三名家集》中辑有《谢光禄集》一卷。

第五章 鲍　照

第一节　鲍照的生平

鲍照(？~466)[①],字明远,祖籍东海(晋代郡名,治所在今山东

[①] 关于鲍照的生年有几种推测:吴丕绩《鲍照年谱》采用清人陈沆《诗比兴笺》的说法,认为《拟行路难》第七首("愁思忽而至")是哀悼宋庐陵王刘义真之作,推测此诗作于元嘉元年(424);又根据《拟行路难》第十八首有"余当二十弱冠辰"一语,断言元嘉元年鲍照二十岁。由此推论,认为鲍照生于晋安帝义熙元年(405)。其实《拟行路难》并非一时之作,其第七首也未必是哀悼刘义真的诗;第十八首只不过说明鲍照写这一首诗时,年当二十左右,不能作为鲍照此时定为二十岁的确证。清人陆心源《三续疑年录》则认为鲍照生于宋武帝永初年间(420~422),但未提出证据。按,此说与南齐虞炎《鲍照集序》所说的"时年五十余"不合,恐不可信。钱仲联《鲍照年表》据鲍照《在江陵叹年伤老》诗,认为古人一般以五十岁称"老",推测这首诗大约作于大明七年(463)。根据这种推测,鲍照得年五十三岁,和虞炎的说法相近。据此,鲍照的生年当为晋安帝义熙十年(414)左右。从情理而论,论据较妥,但毕竟只是推测。

郯城)人①。他的生平事迹由于史料缺乏,可以考定的很少。从他的诗中看,他的青少年时代,可能是在京口(今江苏镇江)一带度过的②。他在不少文章中自称"孤门贱生"(《解褐谢侍郎表》);"北州衰沦,身地孤贱"(《拜侍郎上疏》),可见他出身比较低微,在当时颇受歧视。他在青年时代自负才学,很想一显身手,因此向临川王刘义庆"贡诗言志",得到赞赏,被任为国侍郎。这是元嘉十六年(439)的事。当时刘义庆正任江州刺史,这一年秋天,他离家赴任,在刘义庆的幕下历六年,直到元嘉二十一年刘义庆死后才离职。

刘义庆在刘宋诸王中以才学著称,他的儿子刘烨和鲍照的关

---

① 据虞炎《鲍照集序》说,鲍照是上党(治今山西长治一带)人;而《宋书》、《南史》却说他是东海人。自宋代陈振孙《直斋书录解题》对虞炎之说提出怀疑以来,不少人都否定虞说。其实虞说与《宋书》、《南史》并不矛盾。因为据《元和姓纂》,东海鲍氏的祖先是东汉的鲍德,从上党迁居东海。南北朝人讲籍贯,往往说的是祖籍,所以也可以说"上党人"。请参看拙作《魏晋南北朝文学史札记·上党鲍氏与东海鲍氏》(见《中古文学史论文集》第450页)。

关于鲍照是东海郡哪一县的人,张志岳《鲍照及其诗新探》(《文学评论》1979年第1期)据《元和姓纂》说梁代的鲍泉为东海郯人,因此推测鲍照也是郯人。文中用晋代的东海郡来解释鲍照的籍贯,而指出过去不少人认为东海郡在今江苏灌云之说是误据东魏所置郡名,这是正确的。但东海鲍氏是否聚居于郯,尚难确定。

② 鲍照《从拜陵登京岘》诗有"衰贱谢远愿,疲老还旧邦"之句。刘宋皇室的祖坟在京口,而京口正是南朝的南徐州刺史驻地,东海郡属徐州,西晋末年徐州各郡流民大抵南迁于京口一带。所以鲍照生长在京口的可能性很大。他的《秋夜》二首是赋闲家居时所作,有"霁旦见云峰,风夜闻海鹤"之句,"云峰"即京口岘山的山峰。晋宋时代,长江东流过京口即陡然宽阔,所以人们往往认为京口以东即海,如《世说新语·言语》:"荀中郎(羡)在京口,登北固望海。"这可作为鲍照生长京口之证。

系也比较好,因此鲍照曾兼任临川国的郎中令,迁为左常侍①。同僚中有人嫉妒他的才能和歧视他的出身,也曾使他受过打击②。这说明刘义庆纵然欣赏鲍照的文学才能,却并非真正的"知音"。

刘义庆死后,鲍照曾一度赋闲家居。据有的学者考证,在这期间,他曾任衡阳王刘义季的幕僚,并随义季到过梁郡、彭城一带③,但史书上并无明文记载。此后,据虞炎《鲍照集序》说,他曾在始兴王刘濬幕下任侍郎,今存鲍集中有《拜侍郎上疏》及《奉始兴王〈白纻舞曲〉启》。元嘉二十七年,宋、魏之间爆发战争,次年,刘濬奉命在瓜步筑城,鲍照曾随同前往。元嘉二十九年春天,他多少觉察了刘濬和太子刘劭反对宋文帝的密谋,就称病去职。大约在当年春夏间,在今湖

---

① 鲍照《皇孙诞育上表》自称"兼郎中令侍郎臣照言",《转常侍上疏》称"即日被中曹板,封臣为左常侍"。这两篇表疏的写作年代,不易具体考定。但"皇孙"系指刘劭的儿子,刘劭出生于宋文帝即位之初,古人早婚,大约在十六岁到二十岁左右即可有子。以此下推,正好是鲍照在刘义庆幕中之时。至于《转常侍上疏》中可以看出他和那位藩王关系颇深,而鲍照在刘濬幕下只做到侍郎,有《侍郎报满辞阁疏》可证。至于清钱振伦说的鲍照曾入刘义季幕下一事,史无明文,官职不详,且时间较短,此一表一疏只有在刘义庆幕下时作,才较近情理。
② 鲍照的《谢随恩被原疏》中提到"孱臣悴贱,可侮可诬",又说到"然古人有言,杨者易生之木也,一人植之,十人拔之,无生杨矣"等语。这篇文章当亦作于刘义庆幕下。因为作者在《野鹅赋》中以野鹅自比,与别的鸟不能为群,说到"空秽君之园池,徒惭君之稻粱",显然暗喻和同列不能相处。这篇赋有序,说明是在临川王世子处作。《转常侍上疏》中也说到"前后轻重,辄得原恕",说明他在刘义庆幕下确曾受过打击。
③ 见钱振伦《鲍参军集注》中《见卖玉器者》诗注。

北随州一带任永安令①。次年年初,刘劭弑文帝自立,刘濬是同谋。孝武帝刘骏起兵攻克建康,杀刘劭,继位。鲍照因为曾任刘濬幕僚,所以受到株连,但后来查明他和篡逆事件并无瓜葛,所以重新被起用为海虞令,以后又任太学博士兼中书舍人。此后又任秣陵令、永嘉令等职。

孝武帝大明五年(461),他在临海王刘子顼幕中任职,次年又任刘子顼前军刑狱参军,随子顼前往江陵。大明八年(464),刘骏卒,前废帝刘子业继立。次年,明帝刘彧杀子业自立,刘骏之子晋安王子勋起兵反,子顼也站在子勋一边。明帝泰始二年(466)子勋战败,子顼被赐死。江陵人宗景等起兵掠城,鲍照为乱兵所害,卒年五十余。

鲍照的文艺才能是多方面的,诗歌、辞赋和骈文都有传诵的名篇,对书法、绘画等艺术也有一定的理解。但是由于社会地位低微,毕生为衣食奔走,寄人篱下,这些才能没有得到充分发挥。据说,孝武帝刘骏对自己的文章很自负,不愿意臣下的成就超过自己,鲍照体察到这种心理,写文章就"多鄙言累句",以免遭到嫉忌而致祸。从他现存的骈文看,作于元嘉年间的占大多数,而孝建、大明年间的则较少,可见此说当有一定根据。

由于仕途的险恶以及个人的不得志,鲍照曾有过归隐和求仙的

---

① 鲍照有《谢永安令解禁止启》一文,自称"沦节雪飚,沉诚款晦",又有"洗胆明目,抃手太平,重甄再造,含气孰比"等语,从文义看,当是孝武帝初平刘劭之乱后所作。因为鲍照在元嘉后期曾入刘濬幕下,所以受到"禁止",后来证明无罪,才有解禁止的事。鲍照还有《采菱歌》七首,其第五首有"空抱琴中悲,徒望近关泣"之句。黄节等学者的注释,都以为是对时事有感而作。联系《谢永安令解禁止启》看,似鲍照对刘濬和刘劭的密谋有所觉察,所以用了《左传·襄公十四年》孙文子得罪卫献公,"遂行,从近关出"的典故自比。

想法。但由于生活所迫,他始终不可能离开屈辱的幕僚生涯。才秀人微,沉于下僚,因此在他的作品中才会出现南朝时代所仅见的强烈的抑郁不平。

第二节　鲍照的乐府诗和其他诗歌

鲍照的作品以诗歌的成就为最高,而在他的诗歌中,乐府诗所占的地位尤为突出。《宋书》和《南史》都提到鲍照"尝为古乐府,文甚遒丽"的话,历来评论鲍照的人也都很重视他的乐府诗。确实,在南北朝诗人中着力于乐府诗的写作,并取得杰出成就的无过于鲍照。从现存的作品来看,鲍照曾经拟作的乐府诗,大部分是"相和歌辞"、"杂曲歌辞"、"杂歌谣辞"以及被称为"清商曲辞"的"吴声歌"、"西曲歌"之类①。至于宗庙、朝廷所用的"雅乐",则很少仿作②。这种情形,和他的地位、性格都密切有关。

---

① 《乐府诗集》中的"相和歌辞"一类中,包含有魏晋所奏"清商曲"。这一分类法曾有人提出非议。如近人梁启超在《中国之美文及其历史》中认为郭茂倩把"清商三调"归入"相和歌辞",而把"吴声"、"西曲"称为"清商曲辞",系承袭郑樵《通志》之误。但黄节不同意此说。他认为汉代"清商曲"久已不传,魏晋"清商曲"中包含"相和歌"十一曲。所以郑樵仅录南朝乐府民歌。(见《〈宋书·乐志〉相和与清商三调歌诗为郑樵〈通志·乐略〉相和歌及相和三调之所本》及《答朱佩弦先生论清商曲书》)至于《乐府诗集》中把"吴声"与"西曲"称"清商曲辞",学术界也有不同看法,见孙楷第《清商曲小史》(载《文学研究》1957 年第 1 期)。

② 鲍照不但没有用这些曲调写诗,而且在其他诗歌中,应制一类的诗也很少,所以清人何焯说他"不娴于朝庙之制"。

当时一些批评家常常以"险俗"二字来批评他的作品①。所谓的"俗",从内容方面看,就是指他大量地写作了征夫、思妇以及像他自己那样在仕途上极不得志的下层士人的思想、感情和生活。这些题材与当时另一些文人之多写歌功颂德的庙堂诗以及游山玩水、谈玄理、慕神仙的作品有着很大的不同。从形式方面说,他的许多乐府诗,也努力学习民歌刚健清新的风格,很少用典,而且语言华美却又自然。如《拟行路难》的第十三首:

> 春禽喈喈旦暮鸣,最伤君子忧思情。我初辞家从军侨,荣志溢气干云霄。流浪渐冉经三龄,忽有白发素髭生。今暮临水拔已尽,明日对镜复已盈。但恐羁死为鬼客,客思寄灭生空精。每怀旧乡野,念我旧人多悲声。忽见过客问何我,宁知我家在南城。答云我曾居君乡,知君游宦在此城。我行离邑已万里,今方羁役去远征。来时闻君妇,闺中孀居独宿有贞名。亦云悲朝泣闲房,又闻暮思泪沾裳。形容憔悴非昔悦,蓬鬓衰颜不复妆。见此令人有余悲,当愿君怀不暂忘。

这首诗里的游子,和鲍照本人的生活经历比较近似。这里有对故乡和家人的亲切思念,有对身世坎坷的悲愤,也有对人生短促的感叹。诗的语言朴素,很少用典,接近汉魏乐府诗的特色;文辞上有所雕润,音节比较优美,则类似晋代以后盛行于南方的《白纻歌》。所以这类诗实际上是兼熔两者于一炉,为后来的七言歌行开出了一条新路。

---

① 钟嵘《诗品》说鲍诗"颇伤清雅之调,故言险俗者多以附照"。萧子显《南齐书·文学传论》说鲍诗"发唱惊挺,操调险急,雕藻淫艳,倾炫心魂,亦犹五色之有红紫,八音之有郑卫"。

有的评论家甚至认为七言诗的成熟应当归功于鲍照,其前"虽有作者,正荒忽中鸟径耳"①。

在《拟行路难》中还有一些抒写个人仕途失志的篇章,往往慷慨悲凉,具有强烈的感染力。如第六首:

> 对案不能食,拔剑击柱长叹息。丈夫生世会几时?安能蹀躞垂羽翼。弃檄罢官去②,还家自休息。朝出与亲辞,暮还在亲侧。弄儿床前戏,看妇机中织。自古圣贤尽贫贱,何况我辈孤且直!

这样炽烈而奔放的悲愤是作者长期在门阀制度压抑下的产物。在南北朝的诗歌中,这样痛快淋漓地对不合理的等级制度所作的控诉是很少见到的。

《拟行路难》十八首包含多方面的内容,绝非一时一地之作③。其中有的可能是他出仕前所作,对仕途尚存有幻想,如第十八首"诸君莫叹贫";而像上引的第六首,则显然是罢官以后所作。《行路难》本是汉魏时代流行于中原的民歌,本辞据说颇为"疏质"④,东晋时的袁山松爱好这种乐曲,并对歌辞加以润饰,但一般士大夫都不大重

---

① 见王夫之《古诗评选》。
② "弃檄罢官去","檄"本集作"置",依《乐府诗集》改。
③ 陈徐陵《玉台新咏》卷九选录《拟行路难》四首。第一首是"中庭五株桃",在本集中列为第八首;第三首是"奉君金卮之美酒",在本集中是第一首。可见他所见的版本次序不同于今本。原因就在这十八首诗并非一组整体,后人搜集遗文,就有了排列次序的不同。
④ 见《世说新语·任诞》注引檀道鸾《续晋阳秋》语。

视。只是经过鲍照拟作之后,才成为后代诗人经常采用的诗题。

除了《拟行路难》外,《梅花落》也是鲍照七言乐府诗的名作。《梅花落》本是汉代的笛曲,在鲍照以前的歌辞今已不存。鲍照在这首诗中称赞了梅花能在严寒中开放,又叹其不能长久,比喻所指和感慨所寄,都明白可见。

鲍照的乐府诗不但以七言和杂言著名,他的五言乐府诗也颇具特色。在这些诗中,《代出自蓟北门行》可以认为是代表了前人所说"险"的一面①。所谓"险",从积极的意义上说,应当是指能用新奇的想象和独特的语汇创造别开生面的意境。如:

> 羽檄起边亭,烽火入咸阳。征骑屯广武,分兵救朔方。严秋筋竿劲,虏阵精且强。天子按剑怒,使者遥相望。雁行缘石径,鱼贯度飞梁。箫鼓流汉思,旌甲被胡霜。疾风冲塞起,沙砾自飘扬。马毛缩如猬,角弓不可张。时危见臣节,世乱识忠良。投躯报明主,身死为国殇。

这种激昂高亢的情绪和瑰丽的文辞,一望而知与建安诗人特别是曹植的某些作品有很深的继承关系。在这类诗中,还有《代陈思王〈白马篇〉》等。后来江淹在《杂体诗三十首》中,拟鲍照的那一首,就是仿作这类诗的。可见在江淹看来,它们最能代表鲍诗的特色②。这些

---

① 《乐府诗集》卷六十一引《乐府解题》:"'出自蓟北门行',其致与《从军行》同,而兼言燕蓟风物,及突骑勇悍之状。""出自蓟北门"本曹植《艳歌行》残句。"代出自蓟北门行"意即"拟出自蓟北门行"。鲍照此首可能即拟曹作。
② 《南史·吉士瞻传》载,吉士瞻为了表示自己不愿做皓首穷经的"竖儒",念了两句鲍诗,其实这两句是江淹的拟作。

诗和曹植等人的不同即在于"险"。像"马毛缩如猬,角弓不可张"一类句子,想象新奇,前人称之为"险仄",尽管有的批评家不大赞成这种格调①,但毕竟在文学史上别开新路,丰富了诗歌创作的技巧。

鲍照的五言乐府诗中还有许多名篇,写出了多样的社会生活,也显示了多样的艺术风格。例如《代白头吟》,突破了古辞《白头吟》的题材,把描写弃妇哀怨的内容改成了暴露正直的人不容于世;《代东武吟》一变陆机《东武吟》那种消极的游仙题材而写一个退伍的下级军官诉说自己不幸遭遇。比起曹操诗歌中对士兵表现的同情,鲍照的感情和所描写的对象更为贴近,上承古诗《十五从军征》的传统,下开杜甫《无家别》的先声。又如他的《代苦热行》,据《乐府诗集》卷六十五说,是拟曹植《苦热行》而作。但曹植之作仅写南方酷暑之苦,鲍照此首则显然以元嘉二十二年檀和之等人伐林邑的事件为背景,诗中化用了《楚辞·招魂》中的奇特幻想与当时传说,使辞藻更为瑰丽。《代贫贱苦愁行》则纯用白描,写贫穷者生活的艰难和处境的屈辱,似乎是作者的自我倾诉。诗中"俄顷不相酬,恶忾面已赤。或以一金恨,便成百年隙。心为千条计,事未一见获"诸句,相当生动地显示出当时贫苦士人生活中的种种艰难,质直古朴,在鲍诗中别具一格。

鲍照不但善于用乐府诗反映各种社会生活,而且有时甚至用它来直接讥刺统治者。他的《代陆平原〈君子有所思行〉》写到"筑山拟蓬壶,穿池类溟渤",并非泛论而是实指。据《宋书·何尚之传》载,元嘉二十三年(446),宋文帝刘义隆曾下令造玄武湖,"欲于湖中立方丈、蓬莱、瀛洲三神山"。全诗以"器恶含满欹,物忌厚生没。智哉众多士,服理辨昭昧"四语作结。借古讽今如此尖锐,在南北朝诗中可谓绝无仅有。

---

① 如日释空海就有这种主张,见《文镜秘府论·南卷·论文意》。

像"吴声"、"西曲"这些乐曲,本来都是短诗,题材比较狭窄,而且一般都是情歌。鲍照的拟作也有所突破,表现了他对时事的感慨。如《采菱歌》其五,就是一例①。至于其七中"思今怀近忆,望古怀远识。怀古复怀今,长怀无终极",这种苍凉的情调,已经和"吴声"、"西曲"大异其趣了。

鲍照除了乐府诗以外,其他诗歌也不乏名作。这些诗具有各种不同的内容和风格。其中有很多拟古诗,不论从思想内容和艺术手法上说,都和他的乐府诗比较相近。如《拟古八首》的第六首:

束薪幽篁里,刈黍寒涧阴。朔风伤我肌,号鸟惊思心。岁暮井赋讫,程课相追寻。田租送函谷,兽藁输上林。河渭冰未开,关陇雪正深。笞击官有罚,呵辱吏见侵。不谓乘轩意,伏枥还至今。

诗中所写的主人公,和作者一样具有"乘轩"的愿望,但在实际生活中则是受到官吏的压榨和欺凌。这种处境正是南朝包括作者在内的寒门知识分子的实况。据《宋书·恩幸传》载,刘宋自孝建迄泰始时代,孝武帝和明帝都执行"主威独运"的政策,因此"耳目所寄,事归近习",由此带给了寒门出身的知识分子以"乘轩"的希冀。但是能跻身近臣之列像戴法兴、戴明宝,毕竟是极少数,而多数寒门士人,事实上并不存在一条到达上层的通途。这种社会现象,在封建等级的社会里带有普遍性,因此,从"坎壈兮,贫士失职而志不平"(宋玉《九辩》)、"世胄蹑高位,英俊沉下僚"(左思《咏史》)到鲍照的这一类诗,才会震荡百代以下士人的心扉。在唐代以前,反映士人这种心态的诗,以鲍照的作品数量最多,感情也最强烈。这首诗的文字比较质

---

① 参阅本书第 89 页注①。

朴,存有汉魏诗的气息,但对仗已渐趋工整,又与时代的诗风相近。他还有一些拟刘桢、阮籍和陶渊明的诗,颇能接近被拟作者各自不同的特色。如《学刘公幹体五首》其三:

　　胡风吹朔雪,千里度龙山。集君瑶台上,飞舞两楹前。兹辰自为美,当避艳阳年。艳阳桃李节,皎洁不成妍。

起句气象宏大有力,颇与建安的气格相似,而从全诗看来,却毕竟又是南朝前期的风韵。至于他的《答客》诗,虽不以"拟古"为名,而从意境到文辞,都接近阮籍、陶渊明的诗风。

鲍照诗善用比兴以抒写自己心中的不平,如《赠傅都曹别》一首,以鸟喻人,用"短翮不能翔,徘徊烟雾里"来写自己的不得志和对朋友的惜别之情;《赠故人马子乔六首》的末首,用张华双剑的典故来比喻依依不舍的离情,也写得很真挚,构思新颖而风格刚健。

鲍照的写景之作,前人认为受谢灵运的影响,但比谢诗有所逊色。其实两人的诗风不同。谢灵运纵情山水,通过对山水的描写来表现他的哲学观点和对刘宋王朝的不满。鲍照出身寒门,对晋宋的易代并无多少感慨。他那些游览的诗篇,不过是在寄人篱下的幕僚生涯中奉命而作,不免强颜欢笑;所以像《登庐山》等作品,确如清方东树等人指出的那样,换一座山、换一个人来写也并无不可,从中看不出作者的个性和所写景物的特色。真正能代表鲍照风格的写景诗是另外一类,如《行京口至竹里》:

　　高柯危且竦,锋石横复仄。复涧隐松声,重崖伏云色。冰闭寒方壮,风动鸟倾翼。斯志逢凋严,孤游值曛逼。兼途无憩鞍,半菽不遑食。君子树令名,细人效命力。不见长河水,清浊俱不息。

这首诗的情调沉郁,山川在他的眼里也只显得险峻和萧条,与谢灵运"山水含清晖"的意境几乎完全相反。此诗前半篇风格苍劲,末四句尤见古朴,颇有汉魏古诗的遗意。又如他的《发后渚》:

> 江上气早寒,仲秋始霜雪。从军乏衣粮,方冬与家别。萧条背乡心,凄怆清渚发。凉埃晦平皋,飞潮隐修樾。孤光独徘徊,空烟视升灭。途随前峰远,意逐后云结。华志分驰年,韶颜惨惊节。推琴三起叹,声为君断绝。

情绪与前一首同样萧瑟,而景象又自不同。"孤光"二句是写景,也是暗喻人生的无常及年命的短促;"途随"二句情景交融,写惜别之情尤为工致。"华志分驰年"句用辞险怪,颇有"横空盘硬语"之致。全诗琢句颇工,确如陈祚明所说"宁生涩而必不凡近",在鲍诗中别成一格。

鲍照还有一些诗,对仗工整而能笔力遒劲,如《上浔阳还都道中作》:

> 昨夜宿南陵,今旦入芦洲。客行惜日月,崩波不可留。侵星赴早路,毕景逐前俦。鳞鳞夕云起,猎猎晚风遒。腾沙郁黄雾,翻浪扬白鸥。登舻眺淮甸,掩泣望荆流。绝目尽平原,时见远烟浮。倏悲坐还合,俄思甚兼秋。未尝违户庭,安能千里游。谁令乏古节,贻此越乡忧。

虽然也写旅人的苦闷,但风格和前两首又有区别。前两首用辞比较生涩,格调更近汉魏;而这一首则华美流畅,用了大量对仗,透露了从元嘉到永明诗歌发展的契机,已近似沈约《早发定山》及刘孝绰、陆倕的赠答之作。至于《玩月城西门廨中》一诗，更可以看出他在一首诗中既代表元嘉又下开永明的风气：

> 始见西南楼，纤纤如玉钩。末映东北墀，娟娟似蛾眉。蛾眉蔽珠栊，玉钩隔琐窗。三五二八时，千里与君同。夜移衡汉落，徘徊帷户中。归华先委露，别叶早辞风。客游厌苦辛，仕子倦飘尘。休浣自公日，宴慰及私辰。蜀琴抽白雪，郢曲发阳春。肴干酒未阕，金壶启夕沦。回轩驻轻盖，留酌待情人。

前四句力求形似，代表了元嘉诗人"情必极貌以写物"的风气，可以和谢灵运《游南亭》中的"密林含余清，远峰隐半规"媲美。白居易《与元九书》中提到"归华先委露，别叶早辞风"（白书记作"离华先委露，别叶乍辞风"），"丽则丽矣"，不过归根结底是"嘲风雪、弄花草而已"。这种指责的片面性可以不论，但恰好从反面说明了它深深映在唐朝人的记忆中。这两句不论声律、对仗以至意境，都已和后来谢朓的某些诗句相近①。全诗以"回轩驻轻盖，留酌待情人"作结，言已尽而意有余，得悠远之致。清人沈德潜在《古诗源》中认为杜甫评鲍诗为"俊逸"，指的就是这种情况。

总之，鲍照身处诗风转变时期，他的诗既有古朴的一面，也有华美的一面。两种风格，各有所长。至于他另一些力求典雅庄重的作品，如一些陪伴贵人游山的诗，则大多失去了他固有的活泼自然的特点。此外，他还有像《数名诗》、《建除诗》和《字谜》等，是把诗歌作为

---

① 谢朓有些诗句，显然取鲍诗句意。如《晚登三山还望京邑》中"白日丽飞甍，参差皆可见"句，即变用鲍照《还都至三山望石头城》中"攒楼贯白日，摘堞隐丹霞"句意境。但景色有早晚之异，而谢诗流丽圆转，与鲍诗之险峭不同。

文字游戏的始作俑者之一。

第三节 鲍照的赋和文

鲍照不但是一位杰出的诗人，而且也是著名辞赋家和骈文家。他的辞赋以《芜城赋》最为脍炙人口。这篇赋的写作年代很难确考，因此人们对它的解释也颇多分歧。一些研究者认为它作于宋孝武帝大明年间，是凭吊大明三年孝武帝派沈庆之平定竟陵王刘诞之乱后广陵城残破的景象而作。这种说法是否可信，很难确定①。像这样的抒情小赋，似乎不一定针对某一历史事件而发。它所给予读者的感

---

① 对《芜城赋》写作用意提出解释的以《文选》五臣注中李周翰之说为最早。李氏认为是借西汉吴王濞故事对临海王刘子顼进行讽谏。但临海王子顼在当时还是个小孩，不可能有背叛的密谋。清人何焯看出了李说的谬误，所以另立一说，认为是凭吊刘诞之乱后广陵城残破的景象。吴丕绩、钱仲联等均基本采用何说，认定此赋作于大明四至五年。他们认为鲍照《日落望江赠荀丞》的"荀丞"，即《宋书·礼志》中所提到的尚书左丞荀万秋，并根据诗中"延颈望江阴"一语，推测当时鲍照曾客居江北，回顾江南。其实，"荀丞"不一定指荀万秋，因为元嘉末年，荀万秋的族人荀赤松也任尚书左丞。荀赤松和当时掌权的徐湛之是一党，为刘劭所杀。徐湛之一党在元嘉末年很得势，和诗中所说"君居帝京内，高会日千金"的情况似更符合。至于鲍照本人，元嘉末年确在江北，而大明四、五年左右，却并无客居江北的明文记载。所以"荀丞"指荀赤松的可能似比指荀万秋更大。再，"江北"既不等于广陵，而刘诞之乱平定于大明三年，事隔一二年后鲍照就写文章凭吊广陵的残破，政治上的风险不言可知。看来还是《文选》李善注说的对。善注引"集云登广陵故城"，即汉代广陵城旧址。这种吊古之作，不必确指具体年月。而且古代的遗址，也不一定在南北朝的广陵城内。

受是历史的盛衰无常,"万祀而一君"不过是一场迷梦。赋中描写了西汉时吴王刘濞建都广陵时的繁华,在夸耀了当年盛况之后,笔锋一转,就写出了他所目睹的广陵故城残破的景象:

> 泽葵依井,荒葛罥涂。坛罗虺蜮,阶斗麇鼯。木魅山鬼,野鼠城狐。风嗥雨啸,昏见晨趋。饥鹰厉吻,寒鸱吓雏。伏虣藏虎,乳血餐肤。崩榛塞路,峥嵘古馗。白杨早落,塞草前衰。棱棱霜气,蔌蔌风威。孤蓬自振,惊沙坐飞。灌莽杳而无际,丛薄纷其相依。通池既已夷,峻隅又已颓,直视千里外,唯见起黄埃。凝思寂听,心伤已摧。

这里所写的景象,很多出于夸张和想象,不但"木魅山鬼"不存在于现实世界,就是"伏虣藏虎"也未必是广陵这样的重镇所能存在的现象①。这篇作品所以吸引读者的原因,正在于通过想象和夸张,突出地显示了前盛后衰的对比。有些句子读起来似乎使人感到身历其境,如"饥鹰厉吻,寒鸱吓雏"诸句,通过一个简单的动作,描写那些鸷鸟的凶残,不作细致的刻画,却使人觉得如在目前。"孤蓬自振,惊沙坐飞",更显得萧瑟阴森,动人心魂。刘熙载在《艺概》中认为用这两句可以作为鲍照诗文风格奇险的自我评论。钟嵘《诗品》评鲍照诗说"善制形状写物之词","贵尚巧似,不避危仄",移用来评价这篇赋也是合适的。这篇赋在南北朝抒情小赋中显得古朴、奇峭和苍劲,所以一些提倡"古文"的人,对南北朝辞赋几乎全盘否定,而对它还多少可以另眼相看,加以称许。

---

① 南北朝时在江苏一带有虎,本不足怪。但当时的广陵是个重要城市,而且地处平原,即便兵燹残破,也不至于出现老虎。

除了《芜城赋》以外,鲍照还有些带寄托与喻意的辞赋如《舞鹤赋》和《野鹅赋》,都是以咏物为名,自喻其不得志的愤懑。其中《舞鹤赋》尤以善于刻画形状而见长。如写到鹤在"穷阴杀节,急景凋年,凉沙振野,箕风动天,严严苦雾,皎皎悲泉,冰塞长河,雪满群山"的节令中起舞,带有一种萧瑟悲愁的气氛。写到鹤的舞姿时说:

> 始连轩以凤跄,终宛转而龙跃。踯躅徘徊,振迅腾摧。惊身蓬集,矫翅云飞。离纲别赴,合绪相依。将兴中止,若往而归。飒沓矜顾,迁延迟暮。逸翮后尘,翱矞先路。指会规翔,临歧矩步。态有遗妍,貌无停趣。奔机逗节,角睐分形。长扬缓鹜,并翼连声。轻迹凌乱,浮影交横。众变繁姿,参差洊密。烟交雾凝,若无毛质。风去雨还,不可谈悉。既散魂而荡目,迷不知其所之;忽星离而云罢,整神容而自持。仰天居之崇绝,更惆怅以惊思。

大段描写十分工致。"烟交"二句写鹤舞的动作迅速,尤为传神。后面四句,显然是以鹤比人,借以写胸中的不平之气。

鲍照的《飞蛾赋》和《尺蠖赋》也是借物喻人。前者讥刺一些热衷功名的人,到头来只能自取其咎;后者则借尺蠖的屈伸,以喻人的出处,反映了仕途的黑暗和下层士人畏谗远祸的心理。《园葵赋》比较细致地描写了种菜的过程,篇末归结为对隐逸的向往。《游思赋》等则辞藻更为华丽,文体更趋骈化,与后来江淹等人的赋作相近。

鲍照的"文",一般都可归入骈文的范畴。其中最有名的是《登大雷岸与妹书》。这封信是元嘉十六年秋天去江州任临川国侍郎时在路上写给鲍令晖的。在南北朝,人们给地位较高或较尊敬的朋友写信,一般用骈体,而家信则通常用接近口语的文字。鲍照这封信辞采瑰丽,和普通的家信很不一样。这是因为信的内容是描写沿途所见的景色,需要用形象的语言来表达,而鲍令晖也是一个有高度文化教养的人,所以才写得十分华美①。这封信的艺术手法有汉赋的痕迹,写极目远眺所见的四面地形和各种动植物,极尽排比铺张之能事。然而这种排比铺张却又不同于汉赋。因为这些描写都是通过写景来抒情,而不是汉赋那样机械地摹写。

> 南则积山万状,争气负高,含霞饮景,参差代雄。凌跨长陇,前后相属,带天有匝,横地无穷。东则砥原远隰,亡端靡际,寒蓬夕卷,古树云平。旅风四起,思鸟群归。静听无闻,极视不见。北则陂池潜演,湖脉通连,苎薳攸积,菰芦所繁。栖波之鸟,水化之虫,智吞愚,强捕小,号噪惊聒,纷礽其中。西则回江永指,长波天合,滔滔何穷,漫漫安竭。创古迄今,舳舻相接。思尽波涛,悲满潭壑。烟归八表,终为野尘,而是注集,长写不测。修灵浩荡,知其何故哉!

这段描写中有许多形象,都具有拟人化的特点,用意在于烘托自己刚刚踏上仕途、对前程既有幻想又充满疑虑的心情。眼前的山川风物虽然壮丽热闹,但在心中的印象却是四顾茫然的惆怅。情景交融,尽态极妍,但在语言的使用上刻意追新而不流于生僻,在华美中显出挺拔的古气,确是骈文中的杰作。

除了《登大雷岸与妹书》以外,《河清颂》、《石帆铭》和《瓜步山楬文》也是比较著名的作品。据说在元嘉二十四年"河济俱清",鲍照

---

① 《宋书·宗室传》记临川王刘义庆长于文辞,宋文帝写给刘义庆的信"常加意斟酌"。这一记载也许可以有助于了解鲍照这封信的写作。

撰作《河清颂》,尽管是照例的颂圣之辞,但文章写得典重乔皇,颇受前人推重。《石帆铭》是一篇有韵的写景文,以描绘地势的壮丽与奇险取胜,文字也以雄奇瑰丽为特色。文中出现了个别倒装句法,如"君子彼想"实际上是"想彼君子"的意思。这种句法的出现可能受佛经翻译的影响,也可能有追求新奇的用意①,下开了江淹、庾信一些作品的先例,不过还不像江淹、庾信那样有时会严重到不顾文义是否通顺的程度。

《瓜步山楬文》是一篇借写景来讽刺现实的杂文:

> 瓜步山者,亦江中眇小山也。徒以因迥为高,据绝作雄,而凌清瞰远,擅奇含秀,是亦居势使之然也。故才之多少,不如势之多少远矣!

这显然是借瓜步山的地形来讥讽那些高门士族并无才能,却又窃居势要。文中写出登上瓜步山就可以"仰望穹垂,俯视地域,涕洟江河,疣赘丘岳",自然界的重大灾变都不放在心上,而人世间的种种人物,不论高洁到"汛河浮海之高,遗金堆璧之奇",或卑劣到"贩交买名之薄,吮痈舐痔之卑",都"安足议其是非"。表面上看,这似乎近于庄子一类人的思想,其实不过是愤世嫉俗的反语而已。"居势使之然"点出全篇主旨,和前代左思的"地势使之然"(《咏史》)作了也许并非偶合的呼应。

---

① 佛经中常有"如是我闻"这样的语法。《三国志·王粲传》注引鱼豢记韦诞评当时文士,有"如是彼为,非徒以脂烛自煎縻也"之语,可见这种句法至晚在曹魏时已经出现。

第四节　鲍照的影响和鲍集的版本

　　李白在《赠僧行融》诗中,曾把鲍照和陈子昂比作"凤与麟"①。鲍照虽然才秀人微,但他在文学史上的成就却一直被人们所推崇。即使在当时,也有许多人学习他的诗风。钟嵘《诗品》曾说到"大明、泰始中,鲍、休(汤惠休)美文,殊以动俗"。萧子显《南齐书·文学传论》谈到齐梁文学受到刘宋影响而共分三派,其中一派学谢灵运;一派虽未指明,实际是学颜延之、谢庄;再一派就是学鲍照。其实当时诗人受鲍照影响最明显的要算江淹。他和鲍照一样,写了许多拟古之作,一些写景诗中可以见到类似鲍照那种奇险的句子,还有一些诗也颇有郁勃不平之气。从江淹的诗赋来看,有许多句子的意境甚至词语,都袭自鲍照的作品而稍加变化②。他的诗风也正标志了从鲍照到谢朓、沈约的转变阶段。从隋代的王通起,就把鲍照和江淹并提,后来李白、杜甫和日本释空海都曾一再地把"江鲍"合称③。

---

① 李白《赠僧行融》:"梁有汤惠休,常从鲍照游。峨眉史怀一,独映陈公出。卓绝二道人,结交凤与麟。"
② 江淹《游黄檗山》诗的"禽鸣丹壁上,猿啸青崖里",显然化用鲍照《登庐山望石门》诗中的"鸡鸣清涧中,猿啸白云里";《恨赋》中的"左对孺人,顾弄稚子",化用鲍照《拟行路难》第六首的"弄儿床前戏,看妇机中织";《别赋》中的"赵游万里,少别千年",则显然取自鲍照《代升天行》中的"暂游越万里,少别数千龄";《赤亭渚》诗中的"水夕潮波黑,日暮精气红",亦取自鲍照《游思赋》中的"暮气起兮远岸黑,阳精灭兮天际红"。
③ 见王通《文中子·事君》,李白《经乱离后天恩流夜郎忆旧游书怀赠江夏韦太守良宰》、《江夏送倩公归江东序》,杜甫《赠毕四曜》和日释空海《文镜秘府论·南卷·集论》。

"永明体"的代表人物谢朓和沈约也受过鲍照相当的影响。明人胡应麟在《诗薮》中说过:"明远得记室(左思)之雄,而以词为尚,故诗与玄晖(谢朓)近也。"沈约的诗,钟嵘已说他取法鲍照。但钟嵘说他"长于清怨",而今存沈诗中"怨"的情绪并不多,所以看起来学鲍照的迹象不很显著。至于梁代的吴均,号为"清拔有古气",恐怕也是受鲍照影响的结果。以他的《行路难》来说,显然是学鲍照的《拟行路难》,但比起鲍诗的刚劲雄肆要见得逊色。

鲍照对唐以后的诗人的影响更为明显。明人张溥在《鲍参军集》题辞中曾说他"诗篇创绝,乐府五言,李杜之高曾也"。清人何焯更断言:"诗至明远,发露无余,李、杜、韩、白皆从此出也","太白、退之学鲍处多"。(《义门读书记》卷四七)这些评论虽有见地而过于简略,未免含糊。的确,像李白、杜甫、韩愈和白居易都曾受到过鲍照的影响,而李白和韩愈似更明显。不过他们所受的影响各不相同。李白受鲍照影响最深的是乐府诗,不论强烈的愤世嫉俗之情还是诗风的豪迈和奔放都与鲍照相近。如果把他的《将进酒》和《行路难》等诗和鲍照的《拟行路难》相比,就可以看出许多共同之点。韩愈所得力于鲍照之处,主要是取其奇险、生涩的一面。韩愈的诗也以雄奇见长,而在遣辞造句上的一套手法,显然曾从鲍照那里受到过启发。

至于杜甫和白居易受鲍诗的影响,似乎不像李白、韩愈那样明显。这正如何焯说的那样,因为他们更多地吸收了前此各家之长。但杜甫自称继承了江鲍的诗体,而他的《无家别》受鲍照《代东武吟》的影响就比较明显。他自秦州入蜀途中所写的一些诗,也颇近于鲍照那些行旅诗。诗风和鲍照相去甚远的孟浩然,《早寒有怀》的"木落雁南渡,北风江上寒",显然也是从鲍诗《登黄鹤矶》"木落江渡寒,雁还风送秋"蜕化而出。至于白居易受鲍照影响,大抵指的是艺术技巧方面。鲍照有不少乐府诗擅长白描,特别像《代贫贱苦愁行》一类,对白居易可能有过一定影响。此外,白居易用乐府诗讥刺时政、反映现实,不管他自己意识到与否,总是和鲍照的乐府诗在创作精神上有一脉相承之处。

鲍照的集子最早编成于南齐时代,是由齐武帝的儿子萧长懋(文惠太子)命令虞炎编集的。这个最早的鲍集,并不包括鲍照所有的诗文。因为据虞炎说,鲍照被害后,"篇章无遗",虽然"流徙人间者往往见在",但因年代久远,零落者多,存者不过半数。这个集子据《隋书·经籍志》所记共十卷,注云"梁六卷"。今天可见的版本以《四部丛刊》影印明毛扆据宋本校勘的《鲍氏集》为佳。这个版本也是十卷,和《隋书·经籍志》所说相符。宋代晁公武《郡斋读书志》、陈振孙《直斋书录解题》所著录的鲍集也都记作十卷。毛扆校勘时所用宋本,面目基本上和他用作底本的明刊本相同。《四库全书总目提要》所据的是明正德朱应登的刊本。朱刻的面目基本上和毛扆所用明本相同,不过其中《代结客少年场行》少了"日中市朝满,车马若川流"两句。纪昀在《提要》中曾怀疑此书已非梁时本来面目,但所提的理由似不充分①。现在通行的版本,除《四部丛刊》本外,还有明张溥

---

① 纪昀所提的理由共三条,一条即朱本缺"日中"两句,但其他各本都不缺,不能以朱本脱误,疑及其他各本。其次是说朱本在《拟行路难》第七首的"蹲蹲"下注云"集作樽樽";"啄"字下注云:"集作逐。"今按毛扆所用明本正作"樽樽"和"逐",朱本只是从《乐府诗集》校改后,注明本集原作的字样,不能据此怀疑朱本,更不能因此疑及各本。再次是纪昀认为"唐以前人皆解音律",不会把《采桑》、《梅花落》和《拟行路难》与诗放在一起而不与乐府放在一起,其实在《文选》和《玉台新咏》中都有把乐府诗当作一般诗歌看待的情况。何况"唐以前人皆解音律"一语,也说得过于绝对。所以纪昀的怀疑,似乎根据不够充分。

《汉魏六朝百三名家集》本《鲍参军集》，篇目次第与《鲍氏集》有所不同。清人钱振伦曾作过《鲍参军集注》，近人黄节在这个基础上，对诗歌部分作了补注，题名《鲍参军诗注》，有人民文学出版社排印本。今人钱仲联又在钱、黄基础上作了增补，并附有鲍照年表及诸家评语等，仍用《鲍参军集注》为书名，有古典文学出版社和上海古籍出版社排印本，是目前鲍照诗文集最完备的注本。

第五节　鲍令晖

　　鲍照的妹妹鲍令晖是一位有才华的女诗人。生卒年已不可考。钟嵘《诗品》把她列为齐代人，恐不可信①。因为鲍照《请假启》说到自己"天伦同气，实惟一妹，存没永诀，不获计见。封瘗泉壤，临送，私怀成恨，情痛并深"，可见她卒于鲍照之前。《请假启》的写作年代虽难确考，但《诗品》载鲍照曾对宋孝武帝说过"臣妹才自亚于左芬，臣才不及太冲耳"的话，则鲍令晖似卒于宋孝武帝时。

　　鲍令晖的诗今存七首，都收在《玉台新咏》中。《诗品》对她的诗评为"崭绝清巧，拟古尤胜"，却又批评她"百愿淫矣"②。她的诗具有女性的细腻，不如鲍照高古，如《拟客从远方来》：

　　　　客从远方来，赠我漆鸣琴。木有相思文，弦有别离音。终身

---

① 钟嵘把鲍令晖与齐代的韩蔺(兰)英并列一条，可能是由于齐武帝萧赜曾把两人并称，因此误以鲍令晖为齐代人。
② 有的学者以为"百愿"是诗题。如果是，则此诗已佚。有的刻本"愿"字作"韵"，"淫"字下有"杂"字，则含义又自不同。

执此调,岁寒不改心。愿作《阳春曲》,宫商长相寻。

这首诗虽然模仿《古诗十九首》的《客从远方来》,却写得更像思妇的口吻,表现对爱情的坚贞,风格也还带有古朴的气息。至于另一些诗,则比较注意炼句,和刘宋以后的诗风更相接近。如《题诗后寄行人》:

> 自君之出矣,临轩不解颜。砧杵夜不发,高门昼恒关。帐中流熠耀,庭前华紫兰。物枯识节异,鸿归知客寒。游用暮冬尽,除春待君还①。

全诗纯用白描,清新流畅,而"物枯"两句,显出有意识地追求精警,符合于钟嵘"崭绝清巧"的评论。

齐代的女作家韩兰英②的创作活动,开始于宋孝武时,卒于南齐武帝以后,齐武帝曾把她与鲍令晖并提。她的生平附见《南齐书·皇后传》。《诗品》说她诗歌的特点是"绮密",而且"甚有名篇",但现在仅存《为颜氏赋诗》一首,见于《金楼子》。

第六节　汤惠休

鲍照的友人汤惠休在当时诗人中也颇有影响。据《宋书·徐

---

① 《乐府诗集》卷六十九作《自君之出矣》,文字略有出入,今从寒山赵氏本《玉台新咏》。"物枯",《四部丛刊》影印明无锡华氏活字本作"杨枯"。
② 韩兰英,《诗品》作"韩兰英",今从宋本和中华书局标点本《南齐书·皇后传》。

湛之传》载,他早年当过和尚,跟徐湛之很有交谊。孝武帝即位后,命令他还俗,位至扬州从事史。《南齐书·谢超宗传》则记载谢灵运的孙子谢超宗在元嘉末年曾和汤惠休有过交往。根据这些史料,可以知道他生活和创作的时代大致在元嘉后期到孝武帝时代,与鲍照相近。钟嵘《诗品》把他列为齐代人,未详所据,但从情理推测,也有一定可能。至于李白在《赠僧行融》诗中说他是梁代人,恐怕是记忆之误①。

汤惠休诗今存十一首,多见于《乐府诗集》,有一首见《艺文类聚》,另一首附见《鲍氏集》。其中比较著名的是《怨诗行》:

> 明月照高楼,含君千里光。巷中情思满,断绝孤妾肠。悲风荡帷帐,瑶翠坐自伤。妾心依天末,思与浮云长。啸歌视秋草,幽叶岂再扬。暮兰不待岁,离华能几芳。愿作张女引,流悲绕君堂。君堂严且秘,绝调徒飞扬。

这首诗虽有意摹仿曹植的《七哀诗》,但感情比较纤细,笔力也显得柔弱,已和梁代一些诗人的作品近似。他现存的诗以短诗居多,受《子夜歌》等南方民歌的影响很深。如《江南思》:

> 幽客海阴路,留戍淮阳津。垂情向春草,知是故乡人。

这种诗体基本上是"吴声"、"西曲"的格调。他也写过七言诗,主要

---

① 江淹《杂体诗三十首》中最后一首即拟汤惠休诗。江氏所拟皆属当时已故诗人。《杂体诗三十首》写作年代虽难确考,至晚当亦在永明中江淹"才尽"之前。故汤惠休似不当至梁代尚存。

是学东晋以后在南方流行的《白纻歌》。所以《南史·颜延之传》载,颜延之曾认为汤惠休的诗是"委巷间歌谣","方当误后生"。钟嵘《诗品》也说:"惠休淫靡,情过其才,世遂匹之鲍照,恐商周矣。羊曜璠云:是颜公忌照之文,故立'休鲍'之论。"这些评论虽带有士大夫的审美偏见,但钟嵘说惠休不能和鲍照并提,却是有见地的。因为汤惠休的眼光局限于"吴声"和"西曲",题材狭窄,而且笔力也远不如鲍照。颜延之的论点与钟嵘不同,他专写雕章琢句的朝庙之作,所以轻视民歌。鲍照、汤惠休与颜延之之间的分歧,归根结底是代表着不同流派之间不同的审美观,而不仅是个人之间的意气之争。

第六章　江　淹

第一节　江淹的生平

江淹(444~505),字文通,祖籍济阳考城(今河南兰考)人。祖父江耽曾任丹阳令,父康之,南沙令①。因此江淹本人实际上是在今江苏南部一带长大的。

江淹十三岁丧父,家境比较贫寒②。年二十,以"五经"教宋孝武帝子始安王刘子真,并任子真幕僚。宋明帝泰始二年(466),刘子真被赐死,江淹又入建平王刘景素幕,但与同僚们不合,因广陵令郭彦文一案被连累入狱。他在狱中向刘景素上书陈述自己的冤屈,被释。出狱后举南徐州秀才,曾一度任到襄阳巴陵王刘休若的右常侍。不

---

① 《文选》江文通《恨赋》李善注引刘瑶《梁典》。
② 江淹《自序传》云:"十三而孤。"《南史》本传载他十三岁时"孤贫,常采薪以养母"。曾于樵所得貂蝉一具,准备出卖。他母亲说:"汝才行若此,岂长贫贱也,可留待得侍中著之。"《梁书》不载此事。

久又回到刘景素幕下①。从此以后,他有一个相当长的时期在刘景素幕中任职,跟随刘景素到过湘州、荆州等地。刘景素调任南徐州刺史,他又回到了京口。在荆州的后期,宋明帝刘彧死去,后废帝刘昱即位,刘景素颇受朝廷猜忌,因此和一些心腹密谋叛乱。江淹对此曾多方劝谏,刘景素不听,反而怀恨在心,到京口后借故把他贬为建安吴兴(今福建浦城)令。江淹在吴兴三年,政治上很不得志,而在创作方面却是一生中最突出的时期。

宋顺帝昇明元年(477),骠骑大将军萧道成即后来的齐高帝掌握全部朝政,把江淹召回建康,起用为尚书驾部郎兼骠骑参军事②。在萧道成和沈攸之的斗争中,他曾出谋划策,颇得器重。宋末齐初时,

---

① 江淹《自序传》说曾为"巴陵王右常侍"。巴陵王即刘休若,泰始二年任雍州刺史,在襄阳。江淹有《秋至怀归》诗:"怅然集汉北,还望岨山田。"他后来曾随建平王景素到江陵,但江陵去汉水尚远,不得称"汉北"。因此疑是诗乃任休若右常侍时作。关于江淹离襄阳重入景素幕下的时间,据《梁书》本传说在景素为荆州刺史时。但据《宋书·明帝纪》,景素为荆州刺史是泰始七年事,而江淹《自序传》谓:"转巴陵王右常侍,右军建平王主簿。"今江淹集中有《建平王让右将军荆州刺史表》,可见景素去荆州前,江淹已在他幕下。集中又有《从冠军建平王登庐山香炉峰》诗。据《宋书·文九王传》,景素任南兖州刺史、吴兴太守和湘州刺史时,号冠军将军,在湘州刺史任上改称"左将军"("左将军"和《自序传》所谓"右将军"当是一事,未知孰是)。登香炉峰显然是景素由吴兴太守调任湘州刺史时事。可见江淹在襄阳不久,即重返景素幕下。

② 江淹有《到功曹参军诣骠骑竟陵公》一文,乌程蒋氏密韵楼本及严可均《全梁文》本均作"竟陵王",误。唯张溥《百三名家集》本作"竟陵公"是正确的,可惜张氏不知"竟陵公"是谁,臆加"子良"二字,大谬。"骠骑竟陵公"即萧道成。《南齐书·高帝纪上》载,萧道成于宋顺帝昇明元年为骠骑大将军,封竟陵郡公,与《梁书·江淹传》所说"昇明初,齐帝辅政,闻其才,召为驾部郎,骠骑参军"事正合。

萧道成颁发的一些重要公文，大多出自他的手笔。

萧道成称帝后，江淹出任豫章王萧嶷的记室，兼掌史职，和檀超合撰《齐史》，他写了十篇"志"，今佚。不久，又任中书侍郎。齐武帝永明时，官至骁骑将军兼尚书左丞，从此官职不断上升。其后又兼御史中丞，在任弹劾过一些不法的官员，颇有政绩。齐明帝时，一度任宣城太守，后又任秘书监、卫尉卿等显职。梁武帝萧衍代齐后，他官至金紫光禄大夫，封醴陵伯①，卒年六十二。

江淹的一生经历了宋、齐、梁三朝。由于他卒于梁初，一般都把他看作梁代作家。其实，在他现存的作品中，大多数诗赋都可以考定为刘宋后期所作，其应用文字也多数作于宋末齐初。《隋书·经籍志》载，有《江淹集》九卷（《自序传》及《梁书》记为十卷），又有《江淹后集》十卷。但迄今所能见到的作品，多数产生于永明初年以前，大抵原在《江淹集》中。《梁书》本传说他"晚节才思微退，时人皆谓之才尽"，《后集》中作品大多亡佚，可能与此有关。

关于江淹的"才尽"，在钟嵘《诗品》和《南史》本传中都记载着一些传说②。这些传说虽比较离奇，但是多少反映了江淹的生活经历

---

① 《梁书》和《南史》均作"醴陵侯"，但据中华书局标点本校刊记，江淹原封临沮伯，后改封醴陵，不是进封，所以《梁书》又说他"谥曰宪伯"。"侯"似是"伯"之误。

② 《南史·江淹传》："淹少以文章显，晚节才思微退，云为宣城太守时罢归，始泊禅灵寺渚，夜梦一人自称张景阳，谓曰：'前以一匹锦相寄，今可见还。'淹探怀中得数尺与之。此人大恚曰：'那得割截都尽。'顾见丘迟，谓曰：'余此数尺既无所用，以遗君。'自尔淹文章踬矣。又尝宿于冶亭，梦一丈夫自称郭璞，谓淹曰：'吾有笔在卿处多年，可以见还。'淹乃探怀中得五色笔一以授之。尔后诗绝无美句，时人谓之才尽。"《诗品》所载基本上即后一故事，但时间地点则是"罢宣城郡，遂宿野寺"，又和前一故事相近。

对他文学创作的影响,也多少表现出齐代文学风气的变化。例如:《诗品》与《南史》都说他"才尽"的故事发生于齐明帝建武四年离宣城太守职还都之际,而他现在作品中,连永明以后所作也存者极少①。这说明他入齐以后,官居高位,把更多精力用于官场的事务,不能专心于创作。另一方面,则因为他那些最传诵的诗赋,多数是写失意的牢骚。得志以后事过境迁,很难再写出类似的作品。他在永明初所作的《自序传》中,已流露出对自己名位感到满足的情绪,并且还说:"人生当适性为乐,安能精意苦力,求身后之名哉!"在这种思想支配下,不再呕心沥血地从事创作是很自然的。

但是,当时人认为江淹"才尽",和永明时期文风发生变化也有相当的关系。自从沈约等人提出"四声八病"之后,江淹那种不大讲究

---

① 今存江淹作品中有《铜剑赞》一文(《四部丛刊》影印乌程蒋氏密韵楼藏明景宋本缺,各本据元抄本补)首称:"永明初,始造旧宫。"考《南齐书·武帝纪》载,永明元年曾为几个藩王"筑青溪旧宫",则此文似是永明初年以后之作。又集中有《郊外望秋答殷博士》一诗,"殷博士"和集中提到的"殷长史"即殷孚决非一人。清闻人倓在《古诗笺》中注《灯夜和殷长史》一诗,把殷长史说成殷芸。其实《梁书·殷芸传》明记殷芸为豫章王长史是梁武帝天监十年以后的事,当时江淹已卒。殷孚年纪比江淹大得多,殷孚之子名臻,永明二年,王俭为丹阳尹,引为郡丞。殷臻在王俭手下任职,被任为国子博士是颇有可能的。而江淹在永明三、四年间曾任国子博士。《郊外望秋答殷博士》有"属我嵫景半,赏尔若光初",用于答殷臻,比较合理。因此,这首诗有可能作于永明三年以后,原收于《后集》中。《江淹后集》中作品,未必都无可取。又《南齐书·谢瀹传》载,齐武帝曾问王俭:"当今谁能为五言诗?"王俭答:"谢朓得父(谢庄)膏腴,江淹有意。"可见永明时代他的诗还有人推崇。《诗品》和《南史》说他"才尽"于建武年间,可能有所根据。因为建武时代,正是"永明体"开始在诗坛占统治地位之际,江淹的诗风开始不受人重视了。

声律且富于古气的诗,已和当时诗风不很协调。他那种好用古字、不避险仄的诗风,也与沈约所主张的"三易"(易见事、易认字、易读诵)之说迥异。沈约的意见代表的是永明时期的尺度,说明了创作和欣赏中风气的某种转移。丘迟"点缀映媚,似落花依草"(《诗品》语)的风格符合诗风的转变,也许正由于此,人们才编出这段故事,说张协把原来赏给江淹的文才转送给了丘迟。

第二节　江淹的诗歌

　　江淹现存的诗歌,最早的当是《侍始安王石头》。这首诗虽属应酬之作,在他的诗歌中算不得上乘,但值得注意的是它作于宋孝武帝大明七年(463)[①],当时鲍照、谢庄都还健在,而"永明体"的主要作家谢朓的出生在次年(464),王融则在其后四年(467)。此诗在风格上颇似鲍照、颜延之的某些应制、侍宴之作。诗中有"揽镜照愁色,徒坐引忧方"等句,已经带着他不少作品中那种哀怨之情。

　　至于他那些较为人传诵的诗歌,大抵都是写仕途不得志之作,尤其是被贬官到建安吴兴时期那些刻画山路艰险、心情愁苦的篇章,更具特色。如著名的《渡泉峤出诸山之顶》:

岑崟蔽日月,左右信艰哉。万壑共驰骛,百谷争往来。鹰隼既厉翼,蛟鱼亦曝鳃。崩壁迭枕卧,崭石屡盘回。伏波未能凿,

---

① 《宋书·孝武十四王传》载,大明七年,始安王子真"迁征虏将军,南彭城太守,领石头戍事"。《自序传》说他自己"弱冠以五经授宋始安王刘子真"。考江淹生卒年,大明七年他正好二十岁,足见此诗作于是年。

楼船不敢开。百年积流水,千岁生青苔。行行讵半景,余马以长怀。南方天炎火,魂兮可归来。

这首诗起首两句用了虚字押韵,比较质朴,近于汉魏诗,末四句又化用《楚辞》中《离骚》、《招魂》的名句作结。全诗中出现了大量的对句却不显得平弱,使用了比较古奥的辞汇也不显得艰涩,给读者的感受是苍劲、挺拔。这种诗风显然受到鲍照的影响。像这样的作品还有《迁阳亭》、《游黄蘖山》等几首,其中《游黄蘖山》的"残虬千代木,廧崒万古烟;禽鸣丹壁上,猿啸青崖间"等句的意境,就是从鲍照的《登庐山望石门》中"埋冰或百年,韬树必千祀;鸡鸣清涧中,猿啸白云里"等句中化出。从来的评论家,自唐代李白、杜甫等人起,都把"江鲍"并称①。这是因为两人的诗歌在内容方面都以写仕途的牢骚为主,而在某些技巧风格上也颇有相近之处。他们都代表了从"元嘉体"向"永明体"过渡时代的诗风。不过江淹诗歌的笔力不如鲍照遒劲,在某些方面比鲍诗更接近齐梁诗。如他的《赤亭渚》:

吴江泛丘墟,饶桂复多枫。水夕潮波黑,日暮精气红。路长寒光尽,鸟鸣秋草穷。瑶水虽未合,珠霜窃过中。坐识物序晏,卧视岁阴空。一伤千里极,独望淮海风。远心何所类,云边有征鸿。

这首诗也以对仗工整为特色,但比起前引的那首较少古气,而"水夕

---

① 请参看本书第 104 页注②。

潮波黑"以下四句,已经近似于沈、谢甚至何逊等人的笔调了①。

但江淹和鲍照的诗风的主要方面毕竟不同。江鲍诗虽都有写仕途失意之作,而同被隋人王通指责为"其文急以怨"(《文中子·事君》)。然而两人的思想感情并不完全一样。鲍照由于出身寒微,受的压抑更深,所以他的诗颇多激愤之情。江淹则出身于济阳江氏,在南朝可以算是大族。他那一支虽不甚显贵,但他所交往的一些人物如陈郡谢氏、殷氏等,都是高门士族②。他早年的经历虽较坎坷,在仕途上尚未绝望,所以诗的基调以哀怨为主,还不到激愤的程度。如比较有名的《望荆山》:

奉谒至江汉③,始知楚塞长。南关绕桐柏,西岳出鲁阳。寒郊无留影,秋日悬清光。悲风挠重林,云霞肃川涨。岁晏君如何,零泪沾衣裳。玉柱空掩露,金樽坐含霜。一闻苦寒奏,再使艳歌伤。

---

① 鲍照的《玩月城西门廨中》一诗有"归华先委露,别叶早辞风"等句,已开沈、谢先声。但这种倾向在江淹作品中似更明显。
② 陈郡谢氏有谢超宗,江淹的《就谢主簿宿》即指超宗。《南齐书·谢超宗传》载,泰始三年,他"迁司徒(建安王休仁)主簿"。此外,还有谢瀹,《南齐书·谢瀹传》:"建元初,转桂阳王友,以母老须养,出为安成内史,还为中书郎。"江淹的《感春冰遥和谢中书》二首,即指谢瀹。袁氏有袁炳,《自序传》称"所与神游者唯陈留袁叔明而已"。江淹集中有些诗赋和文章都提到他。殷氏有殷孚,江淹有《知己赋》及和殷长史的诗两首。
③ "奉谒",《文选》作"奉义",义近;《艺文类聚》卷七作"奉诏"。按:江淹不论任巴陵王休若或建平王景素的幕僚,都是小官,不能称"奉诏"。今从本集。

这首诗写于他就任巴陵王休若的右常侍赴襄阳途中①,当时刚因郭彦文案入狱获释不久,初入官场,就遭到这样的打击,所以心情显得很悲苦。但他并未直吐心中不平,只是将抒情与写景结合起来,借以展示内心的苦闷。这种思想感情及艺术风格就与鲍照有相当的区别。

至于江淹被贬官建安吴兴前后那些作品,则与鲍诗相去更远。鲍照的牢骚主要涉及当时人所共知的门阀制问题,自然无妨点破,而江淹所遭际的却是皇室内部的一场夺权斗争。这种斗争虽然十分尖锐,而在矛盾激化以前却又无法直说,只能以隐晦曲折的手法流露自己的忧惧和不满。这在某种程度上说,他的处境较似阮籍,所以有一部分诗在风格上又近于阮籍的《咏怀诗》。同时,鲍照的不少诗作,都反映了当时某些社会问题,写出了游子、思妇、下级军官、被遗弃的妇女等人物的生活和痛苦,对他们表示了明显的同情。江淹的诗,主要是写个人的牢骚,虽然也有佳作,但所反映社会内容的深广度毕竟稍逊。他晚年的"才尽",多少也和这种人生态度有关。

江淹虽与鲍照并称,但并非专受鲍诗影响,正如钟嵘所说:"文通诗体总杂。"《南史》本传讲他"才尽",专门提到张协和郭璞,恐怕不是偶然的。他有些诗很善于写景,富于游仙的意味。如《渡西塞望江上诸山》:

---

① 此诗首称"奉谒"或"奉义",当系就任新职时口吻。江淹去荆州是随同景素前往,不能称"奉谒"。其次,此诗说到"始知楚塞长",当是初次到今湖北一带时作,而据本书第112页注①所述理由,泰始二年他已到过襄阳,不应于五年之后又作"始知"语。再次,江淹从景素去荆州是由湘州(治临湘)出发,似无必要经过"桐柏"、"鲁阳"等地。所以作为去襄阳途中作较妥。

南国多异山,杂树共冬荣。潺湲夕涧急,嘈嘈晨鹂鸣。石林上参错,流沫下纵横。松气鉴青霭,霞光铄丹英。望古一凝思,留滞桂枝情。结友爱远岳,采药好长生。常思佳人晚,秋兰伤紫茎。海外果可学,岁暮诵仙经。

这首诗写景手法险峭和雄奇之处都颇能"巧构形似之言",又不像谢灵运的辞藻绚丽,在一定程度上近于张协,而写山中孤寂的气氛,又和郭璞《游仙诗》中某些意境相似。其他像《采石上菖蒲》、《清思诗》第四首、《惜晚春应刘秘书》等,都有游仙的意味。他的《草木颂》十五首、《雪山赞》四首受郭璞的影响尤为明显。编造"江郎才尽"故事的人,最晚也在梁初,他所见的张协、郭璞和江淹的作品比今人为多,因此这一故事多少也能说明江淹诗歌的一个方面。此外,江淹曾受《楚辞》的影响,他的作品经常模仿《楚辞》及使用《楚辞》中语句,至于所受阮籍影响就更明显。这些影响又使他善于使用比兴,诗的兴趣深藏不露,而辞藻瑰丽、构思奇特,形成了独特的风格。如《清思诗》、《迁阳亭》等都属于这一类。

第三节　江淹的拟古诗

　　江淹历来以善于拟古闻名。钟嵘说他"诗体总杂,善于摹拟"。萧统编《文选》,选录江淹诗三十二首,《杂体诗三十首》却被全部录入。在现存的江淹诗作中,拟古的篇章占了一小半。我国古代的评论家,很多人都不赞成刻意仿古,但对江淹那些拟古诗却比较重视。

　　所谓"拟古诗",本来有两种情况:一种是像晋代陆机的那些拟古诗,亦步亦趋,力求形似,模拟原作几乎到了可以乱真的程度。这种拟作原为学古的方法之一,目的也未必在于"东施效颦"。另一种情况则不过以"拟古"为名,实际自出机杼,写的完全是当时的现实或个人的情怀。如陶渊明、鲍照的那些拟古诗,就属于这一类。江淹的拟古则一方面兼具这两类作品的某些特点,另一方面又与两者都不尽相同。

  江淹传世的拟古诗主要是《效阮公诗十五首》和《杂体诗三十首》这两大组。《效阮公诗》因为没有收入《文选》,所以不像《杂体诗》那样有名。其实这组诗更能反映江淹的思想和他写作拟古诗的原因。江淹在《自序传》中曾谈到自己写作这组诗的经过,说到宋末朝政混乱,"宗室有忧生之难,王(景素)初欲羽檄征天下兵,以求一旦之幸。淹尝从容晓谏,言人事之成败。每曰:'殿下不求宗庙之安,如信左右之计,则复见麋鹿霜栖露宿于姑苏之台矣!'终不以纳,而更疑焉。及王移镇朱方(指京口)也,又为镇军参军事,领东海郡丞。于是王与不逞之徒日夜构议,淹知祸机之将发,又赋诗十五首,略明性命之理,因以为讽"。据此可知这些诗作于后废帝初年,目的在于讽谏刘景素①。

---

① 据《宋书·后废帝纪》载,泰豫元年(472)闰七月,景素为南徐州刺史。元徽二年(474)五月,桂阳王休范反,江淹曾作《敕为朝贤答刘休范书》,当时尚在京口。他贬为建安吴兴令当在此年下半年。可见《效阮公诗》大约作于泰豫元年下半年到元徽二年秋天这一期间。除此以外,江淹另有《草木颂》也是十五首;但古人把"颂"与"诗"相区别,且《草木颂序》称"及恭承嘉惠,守职闽中",乃作于建安吴兴。可见《自序传》所说"十五首"应当是指《效阮公诗》。

《效阮公诗》在内容和手法上确实竭力模仿阮籍的《咏怀诗》①。要对那种尖锐复杂而尚未公开化的政治密谋进行讽谏,自然只能学阮籍那种"旨趣遥深"的诗体。事实上《效阮公诗》也和《咏怀诗》一样,每首具体所指的事实虽难考知,而总的意图在于对时事有所讽谏或讥刺。如第三首:

> 白露淹庭树,秋风吹罗衣。忠信主不合,辞意将诉谁?独坐东轩下,鸡鸣夜已晞。总驾命宾仆,遵路起旋归。天命谁能见,人踪信可疑。

这显然是埋怨景素不听自己的忠言,反而加以猜忌。其他如第四首的"慷慨少淑貌,便娟多令辞"是提醒景素不要轻信何季穆、殷冹、蔡履等人的煽动。第二首的"富贵如浮云,金玉不为宝,一旦鹈鴂鸣,严霜被劲草",意思和《自序传》中所载他规劝景素的话意思相近。至于第十三首的"性命有定理、祸福不可禁",第十五首的"天道好盈缺,春华故秋凋",更是"略言性命之理"的例子。所以这十五首诗都是针对当时政局而发,从表面上看也许更像陆机那些拟古诗,而实质上却密切地关系着政事。

《杂体诗三十首》的情况和《效阮公诗》有所不同。这组诗的写

---

① 清沈德潜在《古诗源》中曾说这诗的风格不太像阮籍,主要是从艺术上着眼的。南朝人的诗风既不同于魏晋,江淹经历也不同于阮籍,诗风自然不能完全一样,其实江淹写《效阮公诗》的目的,既在讽谏,也不必求其全似阮籍。《晋书·李寿载记》写到龚壮曾仿应璩《百一诗》作诗七篇以讽谏李寿,李寿说:"省诗知意,若今人所作,贤哲之话言也;古人所作,死鬼之常语耳!"可见托古讽谏,即使并非文学家也可看出,而作者的目的,主要也不在学古。

作年代颇难确考。作者选取了从产生于汉代的《古离别》到同时代的汤惠休①共三十家的诗体,对每一家各仿作一首。这三十首诗基本上都很像原作。元陈绎曾《诗谱》评为"善观古作,曲尽心手之妙"。拟古而达到这样的境界,需要才力加上工力。这些诗作酷似原作,由形及神,以致常和原作相混,例如《陶征君·田居》一首曾有人误收入《陶渊明集》,当作《归园田居》的第六首;《鲍参军·戎行》一首中的"竖儒守一经,未足识行藏"两句,《南史·吉士瞻传》就误为鲍照的作品;《休上人·怨别》中的"日暮碧云合,佳人殊未来"诸句,据明胡应麟《诗薮》载,也有人误认为是汤惠休的诗句。在《杂体诗》中还有一首《许征君·自序》,学许询的五言诗。许询之诗今存者寥寥,据《艺文类聚》和《文选注》中辑出许询的佚句看,江淹的拟作也颇近似他的诗风。

关于《杂体诗》的写作宗旨,江淹在序文中作了说明。他一方面承认每个时代的诗风各不相同,所谓"夫楚谣汉风,既非一国;魏制晋造,固亦二体",反对人们"贵远贱近"、"重耳轻目"。另一方面,他又承认每个作家都各有特色,反对"论甘忌辛,好丹非素","乃致公幹、仲宣之论,家有曲直;安仁、士衡之评,人立矫抗"。他主张那些作家"亦各具美兼善",不想作什么评骘。这议论虽未必全对,但已多少认识到诗歌的时代风貌和诗人各自的特点。他所以要"斅其文体",自称是"虽不足品藻渊流,庶亦无乖商榷云尔",这说明他是试图以拟作的方式阐明自己对这些作家的风格的理解。在文学批评史上,这是一种别开生面的做法。

从汉迄刘宋的诗人当然还不止《杂体诗》所拟作的三十家,而且在这三十家中也没有包括曹操那样重要的诗人。这样的去取标准,

---

① 关于汤惠休所处的时代,请参看本书第五章《鲍照》第六节。

反映了南朝某些文人的看法。例如钟嵘《诗品》把曹操列入"下品"，似乎也与江淹的观点相近①。《杂体诗》限于篇幅，当然不可能像《诗品》那样，几乎论及梁以前所有的诗人。其所以选取这三十家，当然可以代表江淹自己对前人的评价。不过，《杂体诗》的目的，主要还在显示各家的特色，而不在评骘其优劣。在这一点上，江淹下了很深的功夫。每个诗人都有内容和风格不同的作品，而江淹的拟作，却限于每家只拟一首。这既要求他选取那个作家的最有代表性的内容，又要注意艺术上最鲜明的风格特色。对有些作家来说，这两个方面比较一致。例如潘岳以《悼亡》诗为最有名，左思以《咏史》诗最被传诵，刘琨的诗大部分写离乱，郭璞的诗主要是游仙，这在当时大约就不存在什么争论。但对另一些作家来说，究竟选择他们的哪些诗篇来拟作，就很值得认真考虑。以陆机为例，他的诗很多是拟古，有些仅是机械的模仿，虽不无可取之处，毕竟不能显示本人的特色；还有一些作品，则陷于雕琢和平板。江淹选取陆机的《赴洛道中作》这类名篇来仿作，题作《陆平原·羁宦》，这是很有眼光的。因为在陆诗中，《赴洛》、《赴洛道中作》、《东宫作》(《文选》作《赴洛》之二，今从《先秦汉魏晋南北朝诗》所拟)这几首诗，确实反映了陆机被迫入洛以及入洛之初遭受排挤、猜忌时的心情，而且较少浮辞。又如颜延之的诗，江淹所选择的是他的侍宴一类，显然也是因为颜诗中这类题材的作品数量较多，而对后人的影响也主要在这一方面。在今天来看，颜诗中当然还是《北使洛》、《五君咏》等比较优秀，但那些诗却不能代表颜诗"若铺锦列绣，亦雕绘满眼"的特点。因此江淹的选择是有理由的。

---

① 江淹拟作《杂体诗》，限于五言，而且他所拟作品基本上不包括乐府，而曹操五言诗全系乐府。这也应当是他不取曹操的一个原因。

江淹写《杂体诗》，不仅对同一作家的不同作品有精心的选择，而且对擅长同一题材的不同作家，也能具体反映出他们各自不同的风貌。例如：他所拟的殷仲文、谢混、谢灵运、谢庄四人的作品，都是游览诗，却各有特点。《殷东阳·兴瞩》一首比较平坦，带有玄言诗气息，和《南齐书·文学传论》所说的"仲文玄气犹不尽除"正相符合。《谢仆射·游览》一首，已较少玄言气息，写景占主要部分，这和檀道鸾《续晋阳秋》所记是一致的。此诗在风格方面和东晋后期某些诗人的写景诗类似，谢混诗存者不多，从这里亦可推知一二。《谢临川·游山》则很能反映谢灵运"辞藻富瞻"，刻画工致，善于创造清新意境的特长。《谢光禄·郊游》显示了谢庄的诗风比较凝练，一定程度上近似颜延之，虽不如谢灵运的精工和清奥，却更讲究对仗，文意也比较流畅，标志着刘宋后期诗风已逐步接近齐梁。《杂体诗》中当然也有拟作较差的，如《左记室·咏史》，前人就说过它没有学像左思的风貌。但总的来说，它们在显示各家特点方面的成功终属难能可贵。

当然，这类作品很难表现江淹自己的个性，但也不是完全和他的思想感情无关。钟嵘很强调江淹作品的拟古部分，同时又注意他的"意深"特点，认为范云、丘迟和沈约都比他"浅"。所谓"深"，即指意旨深藏不露。《杂体诗》三十首也未尝没有这种特色。在这些诗中，写离情别绪、怀才不遇之感，以及目睹时艰而想归隐求仙的内容，占有很大的比重，这和江淹自己的多数诗赋也颇类似。可见即使是拟古之作，也无妨于寄托。另外，在诗歌史上，这种拟古之作，也可以独具一格。一个作家成就的高低，包含诸多复杂的因素，能否善于向前人学习正是提高艺术素养的一条重要途径，正如杜甫说的"转益多师是汝师"。江淹注意学习各家的诗体，无疑对他的创作起了有益的作用。

第四节　江淹的赋和文

　　江淹不仅是一个著名诗人,而且也擅长辞赋和文章。他的辞赋基本上都是抒情之作,受《楚辞》的影响很深。他在谪居建安吴兴以前,就写过不少辞赋。这些赋的内容大致可分为两类:一类是《伤友人赋》、《伤爱子赋》等,都用骚体,写得颇为哀婉,还多用景物气氛的描写,以渲染悲愁的情调;另一类是《学梁王兔园赋》、《灯赋》和《遂古篇》等,这些赋大抵是写给建平王刘景素看的,寓有讽谏之意。如《灯赋》摹仿宋玉《风赋》,写"大王之灯"与"庶人之灯"的差别而归结为"屈原才华,宋玉英人,恨不得与之同时,结佩共绅";并且断言"以爱国之有臣焉",似是抒写刘景素不察其忠心的幽愤。《遂古篇》的写法全仿屈原的《天问》,其内容大部出于《山海经》等古代神话以及佛经,还有一些则是当时人关于西域及国外的传说。篇末说"茫茫造化,理难循兮。圣者不测,况庸伦兮。笔墨之暇,为此文兮。薄暮雷电,聊以忘忧,又示君兮",用意恐亦与《效阮公诗》类似。

　　和他的诗歌一样,江淹的辞赋中有不少作于建安吴兴时期。这部分作品是他现存诗赋中较为人传诵的部分,约可分为两类:一类是写被谪他乡的悲愁和失意的牢骚;另一类则是描写在建安吴兴所见的奇景和物产。前一类如《去故乡赋》、《待罪江南思北归赋》、《四时赋》、《青苔赋》、《恨赋》、《别赋》、《泣赋》、《倡妇自悲赋》等;后一类则有《赤虹赋》、《翡翠赋》、《石劫赋》等。《去故乡赋》大约是被谪之初所作,在文体方面颇有模拟《楚辞》的痕迹,这与被谪前的作品相似。他到建安吴兴以后所作,则更能显示自己的特色。如《待罪江南思北归赋》的"江南",显然指建安吴兴。所以赋中写那里的景色十分荒凉,并且说:"去三辅之台殿,辞五都之城市。"赋的末段写道:"况北州之贱士,为炎土之流人。共魍魉而相偶,与蟏蛸而为邻。秋露下兮点剑舄,青苔生兮缀衣巾。步庭庑兮多蒿棘,顾左右兮绝亲宾。忧而填骨,思兮乱神。愿归灵于上国,虽坎坷而不惜身。"这段话把失职的悲愤、思乡的愁绪以及对他乡荒凉景色的描绘结合在一起。另一篇《四时赋》以"北客长歊"发端,写自己的居处是"圭窬"、"网丝蔽月、青苔绕梁",因此四时景色都足以引起思乡之念。夏天一到,他"忆上国之绮树,想金陵之蕙枝";冬天来了,他又"何尝不梦帝城之阡陌,忆故都之台沼"。《青苔赋》更值得注意。从这篇赋中,多少可以看出江淹辞赋发展与成熟的道路。江淹早年辞赋,大抵取法《楚辞》;在荆州时所作《哀千里赋》中"北绕琅邪碣石,南驰九疑桂林"句,则显然有模仿鲍照的痕迹。《青苔赋》脱胎于鲍照《芜城赋》而略变其体,多少显示了《别赋》、《恨赋》的萌芽。如:

> 若乃崩隍十仞,毁冢万年。当其志力雄俊,才图骄坚;锦衣被地,鞍马耀天。淇上相送,江南采莲。妖童出郑,美女生燕;而顿死艳气于一旦,埋玉玦于穷泉。寂兮如何,苔积网罗。视青蘼之杳杳,痛百代兮恨多。

这段文字从内容到形式都很接近鲍照的《芜城赋》,但某些段落已具有《恨赋》和《别赋》的雏形。如赋中"春禽悲兮兰茎紫,秋虫吟兮蕙实黄;昼遥遥而不暮,夜永永以空长;零露下兮在梧楸,有美一人兮歊以伤","故其所诣必感,所感必哀,哀以情起,感以怨来"等句,又与《别赋》中一些句子类似。这种情形显示了江淹辞赋从模拟鲍照到自立门户的发展过程。像"若乃崩隍十仞"一段,重在用写景来抒情,其内容几乎是一篇《恨赋》的提要。至于"春禽"诸句,着重在细腻的心理描写,辞藻益趋华美,而不免流于纤巧,更近于江淹自己的独特风格。因此可以推知此赋大约作于《恨赋》、《别赋》之前,是它们出现的前奏。

江淹的代表作《恨赋》和《别赋》的写作年代虽难确考,但有一点可以肯定,那就是作者在饱尝失意之苦和生离死别之悲后,才能写出这样动人的作品来。而且它们也不像昇明元年他被萧道成所提拔之后所作。因为那时他在仕途上已较顺利,事过境迁,未必会呕心沥血去写这种内容悲愁之作了。

《恨赋》和《别赋》是历来传诵的名篇。从艺术的价值来说,评论家一致认为《别赋》较《恨赋》更为出色。但从江淹本人的用意来说,《恨赋》是总纲,而《别赋》、《泣赋》、《倡妇自悲赋》似都是专写某一种愁恨。其中《泣赋》的内容稍显消极,艺术上亦较逊色,但对这些赋的写作时代提供了有力的证据。赋中说:"咏河兖之故俗,眷徐杨之遗风;眷徐杨兮阻关梁,咏河兖兮路未央;道尺折而寸断,魂十逝而九伤。""河兖"当指他的祖籍济阳考城(《晋书·地理志》载济阳郡属兖州);"徐扬"当指他生长的地方,即南徐州和扬州(《自序传》"举南徐州桂阳王秀才")。赋的手法,内容既与《恨赋》等类似,这些语言也和《待罪江南思北归赋》相像,足证其作于建安吴兴时代。

《恨赋》、《别赋》的共同特点是都生动地描写了某种感情在不同人物身上的各种表现,但所用的手法又不尽相同。《恨赋》一开头就十分警策:"试望平原,蔓草萦骨,拱木敛魂。人生到此,天道宁论!"接着直抒胸臆,概括全篇:"于是仆本恨人,心惊不已,直念古者,伏恨而死。"下面所写的一系列人物,都不过是作为这一主题的例证。赋中写到的古人有秦始皇、赵王迁、李陵、昭君、冯衍和嵇康等。选取这几个人物是经过精心斟酌的。秦始皇作为一个功业烜赫的帝王,统一中国而雄心未已,可是最后也不免于死去。亡国之君赵王迁兵败被俘,含恨而死,和秦始皇一盛一衰,终于同成朽骨。这两个人物的下场似是暗示富贵不可长保,即使帝王也不过享受瞬间的荣华,而失败者的下场就更不堪设想。

《恨赋》中感染力最强的部分是写李陵、昭君、冯衍、嵇康那几段:

> 至如李君降北,名辱身冤。拔剑击柱,吊影惭魂。情往上郡,心留雁门。裂帛系书,誓还汉恩。朝露溘至,握手何言?

> 若夫明妃去时,仰天太息。紫台稍远,关山无极。摇风忽起,白日西匿。陇雁少飞,代云寡色。望君王兮何期?终芜绝兮异域。

> 至乃敬通见抵,罢归田里。闭关却扫,塞门不仕。左对孺人,右顾稚子。脱略公卿,跌宕文史。赍志没地,长怀无已。

> 及夫中散下狱,神气激扬。浊醪夕引,素琴晨张。秋日萧索,浮云无光。郁青霞之奇意,入修夜之不旸。

这四个人物的情况不同,但在江淹看来都是备受打击、有志难伸的人物。他们有的"芜绝异域",有的"名辱身冤",有的"赍志没地",有的惨遭杀害。对这四个人的描写,当然寄托着作者自己的怨愤。这种情绪又常常引起后来许多失意者的共鸣,这是《恨赋》传诵的一个重要原因。从以下赋中"或有孤臣危涕,孽子坠心,迁客海上,流戍陇阴,此人但闻悲风汩起,泣下沾衿,亦复含酸茹叹,销落湮沉"等句看来,似亦属任建安吴兴令时自悲身世之作。

《别赋》的写法和《恨赋》有相似之处。它也是首先用"黯然销魂者,唯别而已矣"总括全篇,以下则分写社会上各类人物在离情别绪下的种种不同表现。这篇赋并不直接写到自己,也不举出具体的古人,而只是描写了达官贵人、远行者、恩爱夫妻、求仙者和热恋中的男女们等类型的离别之情,有综合的描写,也有细致具体的刻画。例如赋的前面一部分是总写"行子"和"居者"的心情:

> 是以行子肠断,百感凄恻,风萧萧而异响,云漫漫而奇色。舟凝滞于水滨,车逶迤于山侧。棹容与而讵前,马寒鸣而不息。掩金觞而谁御,横玉柱而沾轼。居人愁卧,怳若有亡。日下壁而沉彩,月上轩而飞光。见红兰之受露,望青楸之罹霜。巡曾楹而空掩,抚锦幕而虚凉。知离梦之踯躅,意别魂之飞扬。

通过环境和动作的描绘来展示人物的心理,写得细腻、生动,为历来读者所赞赏。赋中所写的各类人物,个性比《恨赋》更为鲜明。其中有的悲壮,如刺客告别知己"沥泣共诀,抆血相视,驱征马而不顾,见行尘之时起";有的凄婉,如写妻子送走丈夫"春宫閟此青苔色,秋帐含兹明月光,夏簟清兮昼不暮,冬釭凝兮夜何长,织锦曲兮泣已尽,回文诗兮影独伤";有的似乎颇为超脱,如"驾鹤上汉,骖鸾腾天,暂游万里,少别千年,惟世间兮重别,谢主人兮依然";有的则融情于景,含蓄而又一往情深,如"春草碧色,春水渌波,送君南浦,伤如之何","秋露如珠,秋月如珪,明月白露,光阴往来,与子之别,思心徘徊"。不同的人物,不同的意境,络绎不绝地从笔底涌现,构成一幅"别虽一绪,事乃万族"的生动画面。这种种形象概括了人们共同的切身感受,因此在江淹的众多辞赋中,以此篇最为传诵。但《别赋》和《恨赋》由于过分追求辞藻,出现了一些有欠通顺的倒装句法,如《恨赋》中的"孤臣危涕,孽子坠心",《别赋》中的"心折骨惊",遭到了后人的非议。他的《赤虹赋》是在建安吴兴时期赋作中唯一比较乐观的作品。至于《石劫》、《翡翠》二赋,则似有比兴意味。

江淹的文多数是骈文,而且主要是应用文字,其中较有文学意味的大抵是散文或近于散体。骈文气息较浓的比较好的作品首推《诣建平王上书》。这篇文章在手法上多少受到邹阳《狱中上梁王书》和司马迁《报任安书》的影响。文中写到自己的冤屈说:"若使下官事非其虚,罪得其实,亦当钳口吞舌,伏匕首以殒身,何以见齐鲁奇节之人,燕赵悲歌之士乎!""抱痛圜门,含愤狱户,一物之微,有足悲者。仰惟大王少垂明白,则梧丘之魂,不愧于沉首;鹄亭之鬼,无恨于灰骨。"这些话情调伤感,却并非一味乞怜,在他的章表中,是富有真情实感的一篇。

《报袁叔明书》是写给好友袁炳的,这封信提到"去岁迫名茂才,岁尽不获有报"等语,似指泰始二年始安王子真死后,他去到巴陵王休若幕下前曾"举南徐州桂阳王秀才,对策上第"(《自序传》)之事。可见此文作于泰始年间。在仕途上的不得志,在文中发为牢骚:"故拂衣于梁齐之馆,抗手于楚赵之门,且十年矣①。容貌不能动人,智谋不足自远,竟惭君主之恩,卒离饥寒之祸,近亲不言,左右莫教,凉秋阴阴,独立闲馆,轻尘入户,飞鸟无迹,命保琴书而守妻子,其可得哉!"这些文字写寄人篱下的辛苦,也颇能动人。此文的文体较多散句,已非严格的骈体。

江淹还有个别的文章纯用散体如《袁友人传》、《自序传》等。《自序

---

① 江淹自大明七年(463)教刘子真读书,至泰始二年子真之死共四个年头。后来他到刘景素幕下及因事下狱,中间经过一段时间。他"举南徐州桂阳王秀才"的时间,《宋书·文五王传》载桂阳王休范为南徐州刺史是泰始元年至五年的事。江淹在泰始五年肯定已回到景素幕下,"举秀才"大约不会晚于泰始三年,则此信写作年代当在泰始四年(468)左右,距江淹出仕约有六年。信中所谓"且十年矣",实尚不足十年。因为照江淹出仕之年下推十年,则此文应作于元徽元年,离举秀才时间甚远,不得称"去岁迫名茂才"了。

传》对了解他前半生的经历很有价值,但末段写他官职稍高以后的生活态度则思想境界很低。《袁友人传》在江淹的散文中,可称压卷之作。袁炳在仕途上很不得意,死的又早,江淹对他深表同情。这篇文章不长,笔锋带有强烈感情,与司马迁《史记》中某些论赞一脉相通。这说明在宋齐间,骈文的技巧尚未完全成熟,即使像江淹这样的文人,真情实感一旦迸发,往往需要突破骈文的束缚而改用散体或使用大量散句。

江淹一生历经宋、齐、梁三代,但创作生活的旺盛时期却在宋、齐之际,所以他的作品可以看作元嘉、永明间承先启后的范本。同时他又是南朝时代兼善诗赋的作家,张溥所谓"身历三朝,辞该众体"(《汉魏六朝百三名家集·江醴陵集》题辞),在这方面的成就,六朝作家中除鲍照、庾信外,也无人可与并比。

《隋书·经籍志》所著录的《江淹集》和《江淹后集》大约散佚于唐代。现今所见的各本,都是后人所辑录的,其中多数是在建元末至永明初就已编成的那个集子中的作品。原存于《后集》中的文章,今存者可能不多。宋本《江淹集》今已不存。《四部丛刊》影印的乌程蒋氏密韵楼藏明翻宋本多少保存了宋本的面目。这个刊本共分十卷,但内容还不如明清人刊本完备。像《伤爱子赋》、《遂古篇》、《铜剑赞》及三首宗庙乐章,明覆宋本均缺。别本《伤爱子赋》辑自《广弘明集》卷二九下,《遂古篇》辑自同书卷三,其他各篇则自元抄本补入。明清时代较流行的江集,有汪士贤刻本和张溥《汉魏六朝百三名家集》本。后来梁宾又取这两种版本互校成四卷本,即《四库全书》所收的本子。《四库全书总目》认为这一版本"小小疏舛,间或不免,然终较他本为善"。目前流行的白文本江集,一般均以明覆宋本为底本。

关于本书的注本,仅有明胡之骥的《江文通集汇注》十卷。胡氏所据底本,与乌程蒋氏所藏明本颇有不同。但注释则疏误较多,有中华书局排印本。

第七章　永明诗风的新变

第一节　从元嘉到永明

南朝诗文风气的第一次变化在晋、宋之交,第二次变化在刘宋大明、泰始以后,集中表现于齐武帝永明时期,延续到梁代普通年间,前后约五十余年。

刘宋时代的"江左三大家"谢、颜、鲍改变了东晋质木无文的玄言诗风,追求新巧密丽,但并没有彻底摆脱重滞奥涩。刘宋后期一段时间里,没有出现很有成就的作家,不过,文学创作的总趋势,仍是往新丽的方向发展,而且技巧上也日臻圆熟。《南齐书·文学传论》对南齐文学有一段议论:

> 今之文章,作者虽众,总而为论,略有三体。一则启心闲绎,托辞华旷,虽存巧绮,终致迂回。宜登公宴,本非准的。而疏慢阐缓,膏肓之病,典正可采,酷不入情。此体之源,出灵运而成也。次则缉事比类,非对不发,博物可嘉,职成拘制。或全借古语,用申今情,崎岖牵引,直为偶说。唯睹事例,顿失清采。此则傅咸《五经》、应璩《指事》,虽不全似,可以类从。次则发唱惊

挺,操调险急,雕藻淫艳,倾炫心魂。亦犹五色之有红紫,八音之有郑、卫,斯鲍照之遗烈也。

这一段议论是永明时期很有代表性的意见,所论的三派,实际上是谢、颜、鲍三家的特色①。萧子显对三派都有肯定和批评:谢灵运一派的典雅可以效法,缺点在于疏慢,也就是后来萧纲所说的"冗长"(《与湘东王书》),同时过于典雅又限制了感情的抒发;颜延之一派致力于用事和对偶,学力的渊博值得称赞,不过仅有古事而缺乏文采有失于自然;鲍照一派的绮丽是诗歌中不可缺少的风格,但过于险急就离开了婉约的标准。从正面来说,文章是"情性之风标,神明之律吕",应当"委自天机,参之史传,应思悱来,勿先构聚。言尚易了,文憎过意。吐石含金,滋润婉切。杂以风谣,轻唇利吻。不雅不俗,独中胸怀"。意思是说,文学创作是为情和性服务的,表达情性要出之于自然;用事要力避生硬堆垛;语言要吸收民歌的特点,明快流丽,易于读诵,既要通俗,又要经过提炼。这反、正两方面的意见无妨看成是永明诗风的纲领或者总结,因为这正是当时的作家追求的目标。他们在元嘉时期几位大诗人开拓的道路上继续深入,对前代的经验用长废短,锐意于新变,取得了可观的成就。

---

① "缉事比类,非对不发"云云,根据《传论》的上文和《诗品序》的评论,都应该指颜延之、谢庄。但萧子显举出的代表人物却是魏、晋的二三流诗人应璩和傅咸。《指事》已佚,"五经"尚存,即《孝经》、《论语》、《毛诗》、《周易》、《周官》诗各二章四言,从中也看不出《传论》所说的特点。何以所论如此,尚待探讨。

第二节 "永明体"的特色

"永明体"一名,最早见于《南齐书·陆厥传》:

> 永明末,盛为文章,吴兴沈约、陈郡谢朓、琅邪王融以气类相推毂,汝南周颙善识声韵,约等文皆用宫商,以平、上、去、入为四声,以此制韵,不可增减,世呼为"永明体"。

诚然,作为一种诗体,永明体和前代的不同之处是在逐渐自觉地使用四声的规律和体制走向格律化;但是作为时代的诗风,其意义又不止于此。

总的来说,晋、宋之交,诗歌从玄学的牢笼中挣脱出来,重新回复了文学的本来面目。这种"解放"带有不彻底性。谢灵运开创了山水诗派,他的作品仍然是文学和玄言、佛理的有机结合;颜延之的应制诗,更像"三颂"或者有韵的诰典。到了永明时期才真正完成了这一"解放",诗歌中极少再见到玄理和儒学的说教,即使是歌功颂德的应制、应教文字,也力求写得形象[①]。文学创作自觉地由重在言志而转向缘情。刘勰提出诗歌"五情发而为辞章"(《文心雕龙·情采》"情"疑当作"性",义近),钟嵘强调"吟咏情性"(《诗品序》),进一步从理论上发展了陆机"诗缘情而绮靡"(《文赋》)的论点,要求诗歌体现本身的美学价值。《文心雕龙》和《诗品》出现在齐末及梁代前期,和永

---

① 当然也有例外,但《郊庙歌辞》、《燕射歌辞》这类乐府根本不能算诗;王融和梁武帝等少数几位诗人的作品中则有佛理诗。

明诗风新变的实践联系来看,应当认为不是偶然的现象。

试以南朝诗歌中最习见的山水行旅的内容为例,把谢灵运和谢朓的作品稍加比较,就可以清楚地看到永明诗人对前代的继承和革新。大谢是倾其全力在欣赏自然风光,并且仿佛在主宰着自然风光,以从中领略、发现美和哲理,从而冲淡化解思想中的抑郁燥热。小谢的模山范水之作,似乎已经开始把自己融进自然风光里。王夫之说:"语有全不及情而情自无限者,心目为政,不恃外物故也。'天际识归舟,云中辨江树',隐然一含情凝眺之人呼之欲出。"(《古诗评选》卷五)在理志、情性之间,大谢的作品偏重前者,而小谢的作品偏重后者,这其间虽不像泾清渭浊那样截然,但其不同处是无须费辞的。大谢诗新鲜而不脱质朴,小谢诗清丽而微伤纤弱,除了经历、个性、才力等方面的同异长短以外,更主要的原因在于二谢分别代表了元嘉、永明两个不同时代。王世贞说"灵运语俳而气古,玄晖调俳而气今"(《艺苑卮言》卷三),撇开褒贬的倾向,"今"、"古"之分,确实接触到了现象的某些实质。《诗品序》批评的"轻薄之徒,笑曹、刘为古拙,谓鲍照羲皇上人,谢朓今古独步",正反映了永明以来诗风变化的急剧而普遍。可以认为,以大谢为代表结束了古体诗的时代,而以小谢为代表开创了今体诗的时代。

强调情性反映在题材上,永明时期的诗歌和过去有宏细之分。魏、晋诗歌所抒写的一般都是"大"题材,如述怀、咏史、公宴、离别,等等,到晋、宋之交,谢灵运的作品几乎全是登临游览,颜延之诗的题材更为传统化。真正扩大了诗歌题材领域的是陶渊明和鲍照。陶诗中写到乞食、独饮、移居、遇火甚至戒酒,鲍照诗中则可以见到观看种菜、卖玉器者一类琐屑的人和事;而大量地写男女之情,则始自鲍照、汤惠休。永明诗人的生活面普遍较之元嘉诗人为狭窄,但却是十分细腻地去体味着这个小圈子里的生活情趣,风云月露,声色歌舞,皆可以入诗。特别是咏物诗,不仅数量大增,而且由吟咏自然物进而吟咏人工制品,如丘巨源的《咏七宝扇》,王融的《咏琵琶》《咏幔》,沈约的《咏笙》《咏帐》,等等。这样的题材在建安文人的作品中出现过,但使用的形式是赋,只有到永明而大量入诗①。"从生活面来说,固是前所未有的狭窄,但从题材范围来看,却又是前所未有的宽泛。"(葛晓音《论齐梁文人革新晋宋诗风的功绩》,见《北京大学学报》1985年第3期)这种情况,在永明时期为椎轮大辂,到梁武帝普通以后而踵事增华,末流所及,行迷不返,所以到隋、唐而出现了又一次新的、更加彻底的变革。

强调情性和题材的变化反映了文学本身、特别是诗歌发展到一定阶段的需要,然而时代的政治形势和作家自己的思想、经历也不容忽视。晋末、刘宋时期,"力柔于建安"(《文心雕龙·明诗》),但依然可以有陶渊明的"金刚怒目",谢灵运的烦躁,颜延之的耿直,鲍照的慷慨,甚至在王微、谢庄、何承天、袁淑的诗篇中都不乏这种感情,但从刘宋末年到永明时代,这些声音骤然归于沉寂而代之以轻清和缓的调子,至多也只是"常恐鹰隼击,时菊委严霜"的忧虑和"尺璧尔何冤,一旦同丘壤"的感慨。文人有牢骚而不敢发,或者没有牢骚可发,这又是和宋、齐两代皇室内部的残酷斗争以及永明、天监时期的相对安定息息相关的。

前人论述永明体的特点,大抵着眼于形式,即篇幅由长趋短,用事要求自然,音调讲求和谐,语言追求流畅。本章以下两节将对一些问题作专门探讨,这里先就诗歌的用事和语言作简略的说明。

用事见义,引辞明理,在永明时代发展得更加普遍,但同时标准又更加严格,即要求作家精选古事古语,确切而自然地表达所要表达

---

① 最早咏人工制品的诗也许是习凿齿的《咏灯》,见《艺文类聚》卷八〇。

的意思。沈约提出"三易",易见事,易识字,易读诵。(《颜氏家训·文章》,参见本书第九章《沈约及范云、任昉》中的有关论述)刘勰提出"凡用旧合机,不啻自其口出"(《文心雕龙·事类》),都能代表当时有见识的作家孜孜以求的目标。用事多而生硬,颜延之"弥见拘束"(《诗品》),任昉"不得流便"(《南史》本传),只有沈约的"崖倾护石髓"这样的用事技巧才为人所叹服。钟嵘尚直寻而反对用事,在当时属于惊世骇俗之论,不为多数人赞成。文坛的风气追求工丽,作家就必须在大量的古事古辞中筛选,这自然又要求博闻强记,闻记之不足,就靠类书以作弥补。隶事之风,就是从永明时代开始的,最早的倡导者是王俭和萧子良①。在这种训练和竞争之下,有成就的诗人都力追技巧的圆熟,达到"用事不使人觉,若胸臆语"的境界,举例说,像沈约的名作《新安江水至清浅深见底贻京邑游好》中"沧浪有时浊"以下几句,用《楚辞·渔父》中《渔父歌》和《诗·唐风·扬之水》,但一气贯通,不着痕迹。动辄用事的任昉《出郡传舍哭范仆射》诗,其中固有搬运填塞的老毛病,但像"结欢三十载,生死一交情",用《左传·昭公四年》椒举如晋辞命及《史记·汲黯郑当时列传》太史公曰引翟公故事,不仅妥帖,而且属对工稳。这都可以算作永明诗体中的重要成果。

沈约的另外两条"易识字,易读诵",兼指语言的流畅通俗和音调的和谐。刘宋时代,诗歌语言中重滞奥涩的一面,到永明时期有了极大的转变。他们一方面汲取前人如鲍、谢诗中炼字琢句中的成功经

---

① 《南史·王摛传》:"尚书令王俭尝集才学之士,总校虚实,类物隶之,谓之隶事,自此始也。"《南齐书·武十七王传》:"子良少有清尚,礼才好士,居不疑之地,倾意宾客,天下才学皆游集焉。善立胜事,夏月客至,为设瓜饮及甘果,著之文教。……移居鸡笼山邸,集学士抄五经、百家,依《皇览》例为《四部要略》千卷。"

验,一方面又吸收民歌中平易明快的语言技巧,再施以适应的文采。其中成功的作品,确实能符合"滋润婉切"和"不雅不俗"的要求。黄侃《文心雕龙札记》论情采,"盖侈艳诚不可宗,而文采不宜去;清真固可为范,而朴陋不足多",虽然是综论南朝诗风,但如果专指永明一体,似乎更为适切。

联句、同咏和类似文字游戏的诗歌在永明时期大量出现,是文人之间经常集会和锻炼写作技巧的反映。当时文人群集竟陵王萧子良西邸,沈约、谢朓、王融、萧琛、范云、任昉、陆倕和萧衍号称"竟陵八友"。在永明三、四年到十年这一段时间里,各种形式的文学活动经常不断。联句的形式虽然起源较早①,但只有到这一时期才蔚为风气,甚至还有不在一起而作联句赠答的,如谢朓集中就有《阻雪连句遥赠和》一诗。同咏之作,以永明八年谢朓、沈约、虞炎、柳恽等人的《过刘瓛墓》和永明九年王融、沈约、虞炎、范云等的《饯谢文学离夜》当代表。此外,在宴集时分题或同题咏物也是常事,谢朓、王融、沈约有《同咏乐器》,谢朓、王融、虞炎、柳恽有《同咏坐上所见一物》,诗题本身就明白显示了诗的性质。类似文字游戏的诗,最早是孔融的《离合郡名姓氏诗》,之后有女诗人苏蕙声名很大的《回文诗》,刘宋时代,谢灵运有《离合诗》,鲍照有《数名诗》、《字谜诗》,到南齐而更为泛滥,药名、星名、颜色等都可以有诗。这类诗虽然也可借此锻炼技巧,但毕竟无聊不足道,偶然游戏还无伤大雅,乐此不疲就给诗歌创作带来不良影响。

永明体的主要作家全在"竟陵八友"之中。其中沈约的重要贡献

---

① 最早的联句是传为汉武帝元封三年的《柏梁台诗》,从顾炎武起即疑为依托,但成于汉代大约没有问题。陶渊明有与愔之、循之联句一首,刘骏、谢庄、鲍照的诗中也都有这一形式。

在声律理论,创作成就最高的自然是谢朓。王融也是一个有才华的作家,惜乎早死。范云等都生活到梁代,而且对梁代前期诗歌创作起过相当大的倡导奖掖作用。柳恽曾参与过永明时期的文学活动,主要作品写作于齐末梁初。何逊、吴均虽属后进,但创作风格仍上承永明。这一时期的作家竞争新变,唯一例外的名家是江淹,他既不在"八友"之列,诗文作风也和流行的风气有别,在倾向上更多地上承元嘉,这在上一章中已做了论述。

第三节　诗歌声律的探讨

汉语是单音节字,字与字配合而成词、句、文,要求声调、节奏应该和谐而有变化,在诗歌和骈文的创作中,对这个问题尤其重视。汉、魏的五言诗,有的句子音节和美,这是作者在不自觉情况下和语言规律偶然相合。到陆机正式在《文赋》中提出"暨音声之迭代,若五色之相宣",在理论上开始明确音律的重要性。之后刘宋范晔在《狱中与诸甥侄书》中提到自己"性别宫商,识清浊","观古今文人,多不全了此处,纵有会此者,不必从根本中来",然而他的意见并没有流传下来,所以后人也无由窥其深浅。不过范晔的话并不过分,当时一些大诗人如谢、颜、鲍,在诗歌中对双声叠韵的运用似乎比较明确,但声律之辨确实没有注意。诗文中的声律问题从理论上被有系统地提出来,明确分为平、上、去、入四声,则要到永明时代。理论上的专著是周颙的《四声切韵》和沈约的《四声谱》,在创作实践中互相呼应的有王融、谢朓等著名诗人。上一节所引《南齐书·陆厥传》的一段已经说得很清楚。周、沈的著作今已不传。沈约关于四声的见解,现在可以看到的见于《宋书·谢灵运传论》和《文镜秘府论·天卷·四声论》中引录的《答甄公论》：

> 夫五色相宣，八音协畅，由乎玄黄律吕，各适物宜。欲使宫羽相变，低昂互节，若前有浮声，则后须切响。一简之内，音韵尽殊；两句之中，轻重悉异。

> 作五言诗者，善用四声，则讽咏而流靡；能达八体，则陆离而华洁。

汉语中字音的四声，主要决定于一个字的音由高而低或由低而高的不同变化，另外还有强弱、长短一些因素。这些高低、强弱、长短实际上就是音乐的乐律。所以从汉、魏以来，就有以音乐中的宫、商、角、徵、羽五音来指汉语字音的区别。清人陈澧作《切韵考》，提出"所谓宫、商、角、徵、羽，即平、上、去、入四声。其分为五声者，盖分平声清、浊为二也"（卷六）。陈澧的说法，近代的音韵学者有的赞同，有的则持有异议。不过大体上可以说，五音与四声并不完全一致，因为随着时代的进步，永明时期对语音中音素的理解肯定要比前代细致，但认为汉语语音和音乐有关，则和古人的理解相同。所以不论"宫商"、"宫羽"（五音中举两字以概括全体），还是"清浊"、"浮声"、"切响"，都是指的汉字音调[①]，沈约的总原则是要使平、上、去、入四声在一句或一联中间隔运用，既变化错综，又和谐协调。

汉字的音调实际上不止四种，有的方言可以多至七种。南朝时

[①] 浮声、切响的具体解释，学术界的意见并不一致。此处从郭绍虞《文镜秘府论前言》之说，即并不是平仄的别称。

代中原语音和吴语并存,两者之间的音调明显有所区别①。那么又何以要定为四声,而且何以在齐代才正式明确？这是和当时佛经翻译和唱诵的情况有关的。

南北朝时期,南北两个政权都崇信佛教,佛经翻译也随之兴盛。后秦名僧鸠摩罗什(344~413)首先提出了翻译中应该注意梵汉文字的各自特点：

> 天竺国俗,甚重文藻,其宫商体韵,以入弦为善。凡觐国王,必有赞德,见佛之仪,以歌叹为尊,经中偈颂,皆其式也。但改梵为秦,失其藻蔚,虽得大意,殊隔文体,有似嚼饭与人,非徒失味,乃令呕哕也。

——《全晋文》卷一六三

鸠摩罗什提到的实际上是书面翻译和口头唱诵之间的关系。他的意见和所译的经文对南朝的译文和唱诵起了相当的影响。南朝的僧朗曾在长安向鸠摩罗什学习,四声说的首倡者周颙又接受过僧朗的学说。陈寅恪认为四声说的提出,是由于受佛经转读的直接影响,除去入声以外,其余三声"实依据及摹拟中国当日转读佛经之三声,而中国当日转读佛经之三声又出于印度古时《声明论》之三声也"(《四声三问》,见《金明馆丛稿初编》328页)。结论能否如此具体确凿,还值得进一步探讨,不过佛经的翻译特别是从鸠摩罗什开始的译经要求引起了佛教徒唱诵的注意,而这种注意又和南朝文人在诗歌格律方

---

① 陈寅恪《从史实论切韵》,引证大量材料证明这一点,他的结论是："南朝疆域内,士族悉操北音,虽南士亦鲜例外。庶族则操吴语,其寒族北人之久居南土者,亦不免为所同化。"见《金明馆丛稿初编》344页。

面的探索互为表里,则是应该承认的。可以说,佛经的翻译和唱诵对从汉语语音本身特点所形成的四声说,起了启发催化的作用。沈括《梦溪笔谈》说:"音韵之学,自沈约为四声及天竺梵学入中国,其术渐密。"(卷十四)可见在北宋时已有学者看到了这一点。

四声说的正式形成应当在永明年间。竟陵王萧子良爱好文学,又笃信佛学。《南齐书》本传记载他在西邸"招致名僧,讲语佛法,造经呗新声",《高僧传·释僧辩传》:"永明七年二月十九日,司徒竟陵文宣王梦于佛前咏《维摩》一契。同声发而觉,即起至佛堂中,还如梦中法,更咏古《维摩》一契。便觉韵声流好,著工恒日。明旦即集京师善声沙门龙光普知、新安道兴、多宝慧忍、天保超胜及僧辩等,集第作声。"(卷十三)这是当时考文审音的一件大事,沈约等人均在其门下。《释僧辩传》还议论到了审音的一些原则,和《谢灵运传论》大体相似。于此可见,对于音律的研究探索,当时已经相当成熟,四声理论的确定或当在此前不久[1]。

八病之说,是五言诗写作中具体运用四声的八种忌避。钟嵘《诗品序》称"蜂腰、鹤膝,闾里已具",《南史·陆厥传》中举出了平头、上尾、蜂腰、鹤膝等四病;王通则反对李伯药说诗"分四声八病,刚柔清浊,各有端序"(《文中子·天地》),《封氏闻见记·声韵》提到"永明中,沈约文词精拔,盛解音律,遂撰《四声谱》。文章八病,有平头、上尾、蜂腰、鹤膝,以为自灵均以来,此秘未睹"。可见"八病"之说并未如后来像纪昀怀疑的"辗转附益"。《陆厥传》只举出四病,《封氏闻见记》提出八病而只举四种,可能是唐朝人认为举此已可概括全体。实际上,八病中主要的是这四种,另有大韵、小韵、旁纽、正纽,则是较

---

[1] 周颙卒于王俭之前,约在永明五年左右,萧子良造经呗新声时,《四声切韵》已经问世。

为次要的避忌。

八病的具体解释,沈约的原意已不可知,唐代以来的解释也颇不一致。最早的解释见于日本僧人空海的《文镜秘府论》,著作时代相当于中唐元和年间。试举其论平头、上尾为例:

> 平头诗者,五言诗第一字不得与第六字同声,第二字不得与第七字同声。同声者,不得同平上去入四声。
> 上尾诗者,五言诗中,第五字不得与第十字同声,名为上尾。
> ——《西卷·文二十二种病》

其他,句中第二字与第五字同声为蜂腰,第一句与第三句末字同声为鹤膝,一联中九字不得与末字同韵为大韵,句中字不得有同韵为小韵,一句中隔字双声为旁纽,一联中不得有同音字为正纽。

总结汉语语音规律而提出四声,是音韵学史和文学史上的一个重要贡献。八病之说,主要针对五言诗的写作,但辞赋和骈文也可以适用。在一句或前后相邻的两句之中要求语音有错综,避免在关键部位上四声的重复,这对于过去诗歌创作中全凭直觉的情况而言,无疑是一大进步。但八病的规定中除平头、上尾比较重要而仍为后来的格律诗所遵循以外(律、绝诗中首句入韵,不作上尾论),其他都过嫌细碎,连沈约自己写诗也不能完全避免。卢照邻说"八病爰起,沈隐侯永作拘囚"(《南阳公集序》),也正是这个意思。但是应当看到,沈约等人所做的努力是对汉语音韵、诗歌格律第一次的探索,他们追求"宫羽相变,低昂互节"这一目标是正确的,至于过繁过细的规定使创作者感到束缚,则是探索中付出的代价。稍后的刘勰论声律,就比较地从总体着眼,再后就把四声分为平仄两大类,随着创作实践的进一步发展,终于形成了既符合语音规律、又繁简适中的近体诗即格律诗的声律规定。

第四节 新体诗

从永明至梁前期的五言诗,虽然已有声病之说作为创作的指导,但由于理论上的规定过于苛细,同时要熟练掌握使用也需要一个过程,所以并不是所有的作品都能做到音律上的和谐错综。清末王闿运注意到了这个问题,他在二十卷《八代诗选》中,有三卷"齐以后新体诗"。他沿袭《玉台新咏》的做法,在一个选本中主要按作家编年的标准以外,又另立一种分体的标准。"新体诗"之名从此开始被沿用,成为古体诗与近体诗之间的一种过渡形式。

作为一种诗歌体裁,新体就是《陆厥传》中所说的永明体,根据《梁书·庾肩吾传》说永明中"文章始用四声以为新变",又可称新变体。严格地说,新体诗除了声律上的要求以外,还要求两句之间的对偶。不过由于声律的要求是永明时期的新产物,而对偶这种技巧前此早就为文人所注意,所以不需要重加强调。同时,所谓符合声律上的要求,也只能就其大体而言,如果要把全诗中各联逐一按照上节所说八病的忌避来死套,几乎很少有一首诗可以通篇不犯"病"。下面试举几例:

游人欲骋望,积步上高台。井莲当夏吐,窗桂逐秋开。花飞低不入,鸟散远时来。还看云栋影,含月共徘徊。

——王融《临高台》

疲策倦人世,敛性就幽蓬。停琴伫凉月,灭烛听归鸿。凉薰乘暮晰,秋华临夜空。叶低知露密,崖断识云重。折荷葺寒袂,开镜眄衰容。海暮腾清气,河关秘栖冲。烟衡时未歇,芝兰去相从。
——谢朓《移病还园示亲属》

如果用后来平仄的要求来看,王融一首,除失粘以外,八句各联平仄调和,首尾四句不用对偶,中间四句用对偶,已基本上符合五律的规格。这种情况只能说无心得之,在新体诗中是并不普遍的。谢朓一首长达七韵的诗,十四句,句句对偶,但其中四联的声律都有问题。

音律的调谐和对偶的工整是新体诗的特色,但究竟要调谐工整到什么程度,则并无明确的尺度。总的来看,新体诗与近体诗之间的最明显的差别一是各句之间有对无粘,二是有相当多的诗还押仄韵。有对无粘,全诗的音律就近于单调;押仄韵,则吟咏时难有悠扬之致。押仄韵的诗如:

高馆临荒途,清川带长陌。上有流思人,怀旧望归客。塘边草杂红,树际花犹白。日暮有重城,何由尽离席!
——谢朓《送江水曹还远馆诗》

除了韵脚以外,音律、对偶都已接近律诗,可以看出作家本人在这方面所作的刻意努力。这一类诗当然也应归入新体诗的范围。

新体诗并无句数的规定。王闿运所选入的诗,齐代的固多短制,但也有像前引《移病还园示亲属》那样十四句的诗。认为新体诗仅仅限于八句或四句,这和事实是有出入的。不过,永明时代的新体诗确实由刘宋的长篇而多趋短制,仅以句数而论,在王融、谢朓、沈约、范云现存的作品中,十句至十四句的诗总计都超过半数,王融尤多达近三分之二,而且多数都是讲究声律、对偶的。这种情况,除了要求精练以外,只能理解为永明诗人对自己提出的声律要求尚未能运用熟练,在一定的规格之中还不大习惯,做不到唐人那样用几十韵乃至上百韵的排律来抒情达意。相对来说,到梁代天监间,何逊就有《哭吴兴柳恽》十六韵、《南还道中送赠刘谘议别》十三韵、《九日侍宴乐游苑为西封侯作》十三韵这样既有铺陈排比,又能一气贯注的诗,开始见到了唐人五言排律的原始形态。其后宫体诗人庾肩吾的《奉使北徐州参丞御》多达二十一韵,萧纲的《艳歌篇》多达十八韵,标志了诗人驾驭格律能力的提高。

　　五言四句的小诗,形式源自民歌。《玉台新咏》卷十所收《古绝句》四首是西晋以前的民歌。晋代也有这样的小诗,但为数不多①。到刘宋,吴声西曲成为上层社会必不可少的娱乐,其歌辞多为五言四句,文人有意无意地吸收这种形式是十分自然的事。除去那些标明拟作的乐府民歌,谢灵运的《东阳溪中问答》和鲍令晖的《寄行人》都是出色的作品。徐师曾《文体明辨序说》就明确提出"绝句源于乐府","下及六代,述作渐繁。唐初稳顺声势,定为绝句"(《绝句诗》条)。他看到了绝句形式与乐府民歌的关系和在南朝"述作渐繁",但绝句这一名称的起源应当还要早一些,即不是唐初而是宋、齐之间②。刘宋以前写这类四句的小诗来表达生活中瞬间的意念或感情固然有不少成功的作品,但音律则纯凭天籁;"吴声"、"西曲"歌辞,

---

① 例如《初学记》卷十八引郭璞"君如秋日云,妾似突中烟。高下理自殊。一乖两绝天",《玉台新咏》卷十收录的王献之和桃叶的赠答,都是这类诗中较有情韵的作品,来自民歌的痕迹显然。至于兰亭雅集的那些小诗,虽然极少诗味,但却是这一形式比较集中地被运用。

② 前人多认为绝句之名起于唐代,胡应麟《诗薮》内编卷六说同徐氏。其实《南史·檀超传附吴迈远传》已载宋明帝说吴迈远"连绝之外,无所复有"。绝当指绝句。《玉台新咏》所收《古绝句》,诗题当是徐陵所标。

因为入乐歌唱,对字音声调的要求又和吟咏不同。随着永明声律说的兴起,对这一类短诗的音律和写作技巧自觉地开始注意,而且在全部诗作中所占的比重也较前增多,例如在王融的作品中就占有近五分之二。他的《咏池上梨花》:

  翻阶没细草,集水间疏萍。芳春照流雪,深夕映繁星。

仍像其他新体诗一样,两联对偶、声律均能工稳,但和后来的绝句相比仍属失粘。至于沈约的《咏帐》:

  甲帐垂和璧,蛢云张桂宫。隋珠既吐曜,翠被复含风。

连失粘的情况也不复存在,在格律上已和近体诗绝句完全一致。这和上面王融的《临高台》近于律诗一样,都是偶然现象,还不能以偏概全。这两首短诗都是咏物,谈不上情韵天然这一对短诗的最重要的艺术要求。倒是谢朓的两首诗,虽押仄韵,在意境上却纯然是绝句的特色:

  夕殿下珠帘,流萤飞复息。长夜缝罗衣,思君此何极!
            ——《玉阶怨》

  绿草蔓如丝,杂树红英发。无论君不归,君归芳已歇。
            ——《王孙游》

  声律论和新体诗的出现,是古典诗歌形式发展过程中的一件大事,它标志着一个阶段的结束和另一个阶段的开始。这一转变是在前人经验的基础上,加上永明诗人的钻研探索所取得的一次重大突破。由永明时期再继续前进,近体诗的格律到梁、陈时代被运用得更加得心应手,然后又从四声而发展为平仄,并由反面的忌避声病到正面的规定格律,终于水到渠成地出现了完整的近体诗——律诗和绝句。

第八章　谢朓和王融

第一节　谢朓的生平和思想

谢朓(464~499),字玄晖,祖籍陈郡阳夏(今河南太康)人。他是谢安之兄谢据的玄孙,谢灵运的族侄。祖父谢述,曾为刘宋彭城王刘义康司徒右长史,转左卫将军,有三子:综、约、纬。幼子谢纬即谢朓之父。宋文帝元嘉二十一年(444),谢朓的两个伯父谢综和谢约因参与了范晔等人企图拥立彭城王义康的密谋,事泄被杀。谢纬因未曾参与其事,并且是宋文帝的女婿,得以免死,流放到广州。宋孝武帝孝建时,赦还建康。

谢朓出生于宋孝武帝大明八年谢纬从广州还都以后。谢纬这一支,在谢氏家族中本不能算贵显,再加上遭到政治上的打击,所以谢纬位止散骑侍郎。谢朓少年时即好学,颇有声名。南齐武帝永明初(484年左右),出仕为豫章王萧嶷的太尉行参军,后又历任随王萧子隆东中郎参军、王俭卫军东门祭酒及太子舍人等职。当时,竟陵王萧子良为司徒,开西邸,"倾意宾客,天下才学皆游集焉"(《南齐书·武十七王传》)①。谢朓和沈约、王融、萧琛、范云、任昉、陆倕、萧衍(梁武帝)都出入其中,号为"竟陵八友"。

永明八年(490)秋天,齐武帝任命随王萧子隆为镇西将军、荆州刺史,并以谢朓为子隆的镇西功曹参军;不久,又改为随王文学。谢朓大约在次年春天到了江陵,和他前后去到江陵的还有萧衍。萧子隆本人也擅长文学②,谢朓由于文才出众,萧子隆对他的赏识信任超

---

① 竟陵王子良"开西邸"这一提法,见于《梁书·武帝纪》和《南史·梁本纪》中关于"竟陵八友"的记载,《通鉴》卷一三六系此事于永明二年(484)。有的研究者据《南齐书·竟陵王子良传》永明五年,"正位司徒,给班剑二十人,侍中如故。移居鸡笼山邸,集学士抄五经、百家"诸语,定为永明五年。说可商。理由是:一、《南齐书》明记永明二年,子良自南兖州"入为护军将军,兼司徒,领兵置佐,侍中如故,镇西州",此下即叙"倾意宾客,天下才学皆游集焉"云云,事在永明五年前。与《通鉴》所叙相合。二、"镇西州"当然就要开府。《南史·范云传》称子良"筑第西郊",即"开西邸"。南朝建康城有台城即宫城;有东府,为宰相之所居;有西州,为诸王邸宅。说见张敦颐《六朝事迹编类》。而东府尤为重要,为权力最重的宰相所居,西州则除诸王邸宅外,亦为扬州刺史官廨。《十七史商榷》卷六四、周一良《魏晋南北朝史札记》考之甚详。萧子良入建康,镇西州,当时居东府的是豫章王萧嶷。三、鸡笼山即今鸡鸣山,在台城之北而不在其西,似不得称"西邸"。《通鉴》胡注言"据《子良传》,西邸在鸡笼山",恐是误读传文。萧子良何以移居,原因已不详。萧子良后来又从鸡笼山邸移居东府,《王融传》"会虏动,竟陵王子良于东府募人,板融宁朔将军、军主"可证,其时已在永明末。当时太子萧长懋已卒,萧子良有被继立的可能,威权日重,也许因此又移居东府。四、从《通鉴》所载入西邸文士的官职来看,大多是永明五年以后所授。但《通鉴》在这里只是总叙西邸文士之盛,诸文士入西邸也必有先后而不会在一两年中。再从诸文士的经历来考查,其中有人入西邸也应在永明五年前。以过于烦琐,此处不再详考。

② 据《隋书·经籍志》,《随王子隆集》七卷,梁代尚存,唐初修《隋书》时已佚。

过别的文士,于是引起了同僚间的嫉妒,并产生了一些流言。到永明十一年夏天,萧子隆的长史王秀之被征为侍中领游击将军,调还建康。王秀之在齐武帝面前说了一些关于谢朓的坏话,齐武帝即下敕把谢朓调回建康①。

谢朓从江陵还都时间为永明十一年的初秋,当时建康宫廷内正在发生一场激烈的夺权斗争。齐武帝由于病重,召萧子良"甲仗入延昌殿侍医药"。萧子良任命萧衍、萧懿、王融、范云等人为"帐内军主"。这些人大多是出入西邸的文士,只有萧懿、萧衍能率兵作战。萧懿兄弟其时正服父丧,萧子良所以破例起用,其用意不难明白。但萧衍却和尚书左仆射萧鸾(明帝)暗中勾结。当齐武帝临死时,王融派兵阻止太孙萧昭业入宫,想立子良为帝。萧衍表示反对,其他的人不敢有所动作,萧鸾乘机排众而入,"奉太孙登殿,命左右扶出子良"。于是朝廷的大权,就全部落入萧鸾之手②。这场宫廷斗争,谢朓在还都时自然一无所知,所以他在《暂使下都夜发新林至京邑赠西府同僚》一诗中,还认为奉召还都可以避开中伤,不无得意地声称"寄言嚻罗者,寥廓已高翔"。当他到达建康,情况却大出所料。原来的"竟陵八友",萧衍投向萧鸾,王融已经下狱被杀,沈约和范云相继被任命为

---

① 当谢朓还建康时,朝廷似尚未决定免去其随王文学之职,所以他在途中作的诗题为《暂使下都夜发新林至京邑赠西府同僚》。后来所作的《拜中军记室辞随王笺》,称"即日被尚书召,以朓补中军新安王记室参军",也可作为旁证。"新安王"即后来的海陵王萧昭文,在齐武帝病死、郁林王萧昭业即位后任中军将军,封新安王。可见谢朓还都时,还是萧子隆属官,故诗题作"暂使下都"。

② 关于萧子良和萧鸾的夺权斗争,《南史·梁本纪上》、《齐武帝诸子传》及《资治通鉴》卷一三八均有记载及论述。《南齐书》作于梁代,因涉及萧衍和萧鸾一段不可告人的勾结,颇讳言事实。

东阳太守和零陵内史,调出建康。次年,萧子良忧惧而死,萧子隆也被萧鸾所害。谢朓还都后无所依附,虽被任命为中军新安王记室,却颇受猜忌。后来他在《酬德赋》中回忆说:"予窘迹以多悔,块离尤而独处;君(沈约)纡组于名邦,贻话言于川渚。"当时沈约出守东阳,正是谢朓不得志之际。

然而,谢朓终究是个文人,对皇族内部的权力之争本无一定的向背。当掌握实权的萧鸾废黜郁林王,迎立海陵王萧昭文,而以骠骑大将军的名义辅政之后,他发现谢朓并非萧子良兄弟的死党,就授谢朓为骠骑谘议,领记室,"掌霸府文笔,又掌中书诏诰"。这个官职实权甚重,意味着萧鸾对他的信任,使他后来对萧鸾颇为感恩戴德。

谢朓入萧鸾幕下不久,萧鸾即废海陵王自立,改元建武。谢朓被任命为秘书丞,尚未就任,又转为中书郎。建武四年(497)出为晋安王萧宝义镇北谘议,南东海太守,行南徐州事。萧宝义有废疾,不能视事,谢朓实际上掌握南徐州的大权,可见萧鸾对他的重视。当时他的岳父王敬则正任会稽太守。萧鸾即位后,杀戮宗室,猜忌旧臣,王敬则是齐高帝的旧部,感到不能自保,就乘萧鸾有病,密谋起兵。他的第五子幼隆派人联络谢朓,要他响应。但谢朓却立即将来人逮捕,并向朝廷告发。王敬则闻讯立即起兵,很快兵败被杀。谢朓因告发有功,升任尚书吏部郎。

谢朓升迁不久,明帝萧鸾病死,子东昏侯宝卷立。宝卷即位后荒淫无道,朝臣中有人密谋废黜。江祐、江祀有意于拥立始安王萧遥光,并把这一意图向谢朓透露。萧遥光本有觊觎帝位之意,也派亲信拉拢谢朓。谢朓自以为深受明帝知遇之恩,表示消极,萧遥光乃进而任命谢朓为卫尉。谢朓感到事态严重,把此事告诉了东昏侯的近臣左兴盛。但左兴盛慑于萧遥光的权势,不敢举发,而此事又被江祐密报萧遥光。萧遥光立即将谢朓收捕入狱,害死于狱中,卒年三十六岁。

和谢灵运一样,谢朓的一生带有很大的悲剧性。虽然具体情况有许多不同,但是凭借家世和才华投身政治,而又终于在政治漩涡中沉没,叔侄二人的遭际却如出一辙。到了谢朓的时代,谢氏已经丧失了全盛时期的烜赫,谢朓在政治上却不甘寂寞,总是追缅这个家族的往昔。这在他的《和王著作八公山》一诗中表现得最为清楚①。他在诗中歌颂谢安、谢玄淝水之战的功绩,慨叹盛时不再,自称"平生仰令图,吁嗟命不淑"。从他的作品来看,他并无多大的政治抱负,反而常常对世道中的险恶流露出忧惧。不过他的利禄之心比较重,而且并不故作清高,加以掩饰。《思归赋》以"归来薄暮,聊以永年"作结,起句却是"余菲薄以固陋,受灵恩而不訾。拖银黄之沃若,剖金符之陆离",似乎对出处仕隐都同样有兴趣;《之宣城出新林浦向板桥》中唱出"既欢怀禄情,复协沧州趣",也同样是想二者得兼。究其思想的深层,忧惧之心仍然被利禄之念所压倒。因此,他早年受萧子隆的赏识,便深怀感激之情,《拜中军记室辞随王笺》中说"去德滋永,思德滋深。唯待青江可望,候归舻于春渚,朱邸方开,效蓬心于秋实",恋恋不舍,期望有再度效忠的机会。萧鸾掌权以后对他重用,他又把这种感激移于萧鸾。在《为百官劝进齐明帝表》中,他把萧鸾取代郁林王称为"剪应龙于冀州,戮长蛇于沮水";在《三日侍华光殿曲水宴代

---

① 《和王著作八公山》诗,《诗纪》作《和王著作融八公山》。丁福保《全汉三国晋南北朝诗》、逯钦立《先秦汉魏晋南北朝诗》并从《诗纪》。但《文选》无"融"字。按此诗有"再远馆娃宫,两去河阳谷"之句,陈庆元《谢朓诗歌系年》(见《文史》二十二辑)据此以为在宣城时作,时王融已死,当非和作,其说是。唯今存史料已难确考谢朓曾于何时至寿春。陈说谓宣城时作,亦属推测。然玩诗意,当在赴江陵及宣城以后,其断非和王融则无可疑。

人应诏》中又说"于昭睿后,抚运天飞。凝居中县,神动外畿"①。这些美恶分明的诗文,并非单纯的官样文章,而是他认为在江陵返回建康以后所受的冷遇全出于郁林王的意图,而对齐明帝萧鸾有着发自内心的知遇之感。

  对禄位的留恋,对仕途的忧惧和对明帝的感激,三者交织在一起,构成了谢朓思想中的主导部分,支配了他的行动,并时时在诗篇中流露。正是这种思想的支配,他告发了自己的岳父②;也正是这种思想的支配,他最后得罪了萧遥光而为其所害。明代张溥曾把谢灵运和谢朓的死作了对比:"呜呼!康乐、宣城,其死等尔。康乐死于玩世,怜之者犹比于孔北海、嵇中散。宣城死于畏祸,天下疑其反复,即与吕布、许攸同类而共笑也。一死轻重,尤贵得所哉!"(《汉魏六朝百三名家集题辞》)用过去的道德标准来衡量,这样的评论是有理由的。谢灵运狂傲进取,谢朓苟合自保,而其结局并无二致。从魏、晋到宋、齐,许多著名的文人丧生于政治斗争中,这是时代的悲剧。这种情形,直到梁代才有所改变。

---

① 谢朓的《三日侍宴华光殿曲水奉敕为皇太子作》和《三日侍华光殿曲水宴代人应诏》二诗,当为同时所作。有的研究者认为这两首诗作于武帝永明间,恐不妥。前诗第二首云:"大横将属,会昌已命。国步中徂,宸居膺庆。""大横"用《汉书·文帝纪》载文帝赴长安即帝位前,卜得大横,占曰"大横庚庚,余为天王,夏启以光"事,代指齐明帝入继帝位。故当是明帝时所作。

② 王敬则是武夫出身。《南齐书》本传说他"母为女巫",又说他"不大识书",与陈郡谢氏门第悬殊。只因为谢朓家已破落,而王敬则在齐初是萧道成的佐命功臣,谢朓娶他的女儿,显然有指望他汲引之意。但王敬则后来似乎并不很重视谢朓。所以谢朓《答王世子》(王敬则子仲雄)中有"熊席惟尔安,羔裘岂吾带;公子不垂堂,谁肯怜萧艾"之语。这种矛盾恐怕也是促成谢朓背卖岳父的原因之一。

第二节　谢朓的诗歌

　　谢朓和沈约、王融并称为"永明体"的创始人。但以诗歌成就而论,历来尤推谢朓为杰出。据《南齐书》本传记载,沈约当时就称赞谢朓说"二百年来无此诗也"。钟嵘《诗品》也记载,齐、梁人论诗,以为"谢朓古今独步"。这些颂扬之辞虽然只是出于齐、梁时代的标准,却也说明了他过人的才华。总的来说,谢灵运、鲍照之后,南朝诗人中以谢朓的成就为最高,这是没有疑问的。

　　从谢朓现存的诗歌看来,其风格初步形成于永明前期出入于萧子良西邸之时;成熟于永明九年赴江陵任随王文学前后;至隆昌、建武而进入创作生涯中的极盛时期,在出任宣城太守期间尤多名作。

　　永明前期,谢朓在诗坛上还没有取得很高的地位。这可以从《诗品》对沈约的评论中透出消息。钟嵘说:"永明相王(萧子良)爱文,王元长等皆宗附之。约("约"字疑衍)于时谢朓未遒,江淹才尽,范云名级故微,故约称独步。"钟嵘由齐入梁,并自称曾与谢朓论诗,他所谓"谢朓未遒"云云,当得其实。事实上当时谢朓年方二十余,创作经验自不足与年逾四十的沈约相比。但从现存的诗作中,已颇可见出他的才华。如著名的《游东田》①:

---

①　东田为齐武帝子文惠太子萧长懋所建。萧长懋与萧子良兄弟之间情谊甚睦。谢朓作为"竟陵八友"之一,可能在赴荆州前曾往游览。有的研究者疑此诗作于建武时,恐非。因为《南史·齐本纪下》载,明帝建武二年即下诏"罢东田,毁兴光楼"。至于隆昌至建武初,则谢朓虽在建康,但当时明帝与萧子良的争权斗争刚刚缓和,谢朓未必敢去凭吊这些"高武子孙"的旧游之地。

> 戚戚苦无惊,携手共行乐。寻云陟累榭,随山望菌阁。远树暧阡阡,生烟纷漠漠。鱼戏新荷动,鸟散余花落。不对芳春酒,还望青山郭。

"远树"二句写远景静态,"鱼戏"二句写近景动态,两者都很生动传神,显示了一幅大自然的春景和作者在良辰美景中的愉悦。他在这一时期的小诗尤具特色,如与王融、王季哲等人相唱和的一些诗:

> 绿草蔓如丝,杂树红英发。无论君不归,君归芳已歇。
> ——《王孙游》

> 佳期期未归,望望下鸣机。徘徊东陌上,月出行人稀。
> ——《同王主簿有所思》①

这些诗大多采用乐府旧题,写思妇怀念丈夫的心情,颇具民歌色彩,用自然景物烘托人物心理,虽篇幅短小而有悠然不尽之致。《王孙游》后二句反用楚辞《招隐士》"王孙游兮不归,春草生兮萋萋"的典故,也以春芳的消歇暗喻年华的流逝。

谢朓在这一时期里,已开始写作一些艳诗和咏物诗,其内容及艺术手法与之后的梁、陈宫体诗有一些类似。这类作品在永明以前虽已出现,而数量不多;只是他和沈约、王融等人以及稍后的何逊、吴均等人才对这类题材较为注意。谢朓之作如《咏风》、《咏竹》、《咏蔷

---

① "王主簿",一说为王融。但谢朓又有《和王主簿季哲怨情》诗,疑即王季哲,非王融。

薇》及《杂咏五首》等，虽写得颇为精致，却仅着力于刻画物象，毕竟难有真挚感情，因此缺乏打动读者的力量。

这一时期的谢朓，还只是初露头角。随着年龄的增长以及他与沈约、范云、王融等诗人在"西邸"中互相唱和切磋，他的素养又得到了进一步的提高。他在永明八年就任随王文学之后所写的作品中，不论抒情和写景的技巧，都更见出色，名作《晚登三山还望京邑》，就是永明九年春天赴江陵前不久所作。

> 灞涘望长安，河阳视京县。白日丽飞甍，参差皆可见。余霞散成绮，澄江静如练。喧鸟覆春洲，杂英满芳甸。去矣方滞淫，怀哉罢欢宴。佳期怅何许，泪下如流霰。有情知望乡，谁能鬒不变。

此诗所以历来传诵，除了写景生动，还由于李白曾写过"解道澄江静如练，令人长忆谢玄晖"（《金陵城西楼月下吟》）。所以"余霞散成绮，澄江静如练"就成了谢朓诗中最受推崇的名句。其实，仅就写景这一点而论，这两句诗并不能算六朝名句中的最上乘者①。但是它又并非浪得虚名，其所以见赏于读者，在于它能以景传情，在全诗中融化无迹而又起着画龙点睛的作用。"三山"在建康西南，诗人即将在这里解缆溯江而上。登山回望建康，夕阳中的城市宫阙，历历在目。"余霞散成绮"虽然绚丽，却转瞬即逝；"澄江静如练"虽然清澈，不久也将消失在暝色之中，充满生机的"喧鸟"、"杂英"，也只能徒增惆怅。所以紧接着就是"去矣方滞淫"，明点出依依惜别之情。谢朓

---

① 比如释空海《文镜秘府论·南卷·文意》就认为"假物不如真象，假色不如天然"，像"池塘生春草，园柳变鸣禽"方为"高手"，"余霞散成绮"两句，已经假借物色，有失自然，只能算是"中手"。王国维《人间词话》也有类似的意见。

的写景诗中常有这样的例子,有些名句孤立地看,似未必有过人处,而放在整体的意象中,却突出了全诗的气氛,使写景与抒情有机地结合起来。这首诗的出现,可以说是谢朓诗歌艺术成熟的标志。

谢朓在江陵任随王文学期间的诗,已多佳作,如写示萧衍等人的《冬绪羁怀示萧谘议虞田曹刘江二常侍》:

> 去国怀丘园,入远滞城阙。寒灯耿宵梦,清镜悲晓发。风草不留霜,冰池共如月。寂寞此闲帷,琴尊任所对。客念坐婵媛,年华稍庵蔼。凤慕云泽游,共奉荆台绩。一听春莺喧,再视秋虹没。疲骖良易返,恩波不可越。谁慕临淄鼎,常希茂陵渴。依隐幸自从,求心果芜昧。方轸归与愿,故山芝未歇。

诗以抒情为主,与前一首的重在写景不同,但全诗依然情景交融。前人评论此诗,有的取其"风草不留霜,冰池共如月",认为写冬景有特色;有人则专取"寒灯耿宵梦,清镜悲晓发"二句,认为前句"令人中夜安寝,不觉惊魂",后句"每暑月郁陶,不觉霜雪入鬓"(见《文镜秘府论·南卷·集论》)。其实这四句诗并为佳句,相映成趣。诗人本意在于用"寒灯"二句突出地表现自己思乡之苦,而后两句则更是借景来强调这种情绪。因为"清镜悲晓发"已流露出老之将至,时不我待的意思,而"风草"两句的景色,又显示了一年将尽,更渲染着流光易逝的感觉。这种题材的作品在谢朓后来的诗歌中占有一定的数量,而在前此出入西邸,诗酒唱和时,则绝少出现。这也是生活经历对他的诗歌创作造成的影响。

谢朓在随王幕下时的诗歌,即便在一些奉命应酬的作品中,也显示出过人的才华。如《随王鼓吹曲·入朝曲》:

> 江南佳丽地,金陵帝王州。逶迤带绿水,迢递起朱楼。飞甍夹驰道,垂杨荫御沟。凝笳翼高盖,叠鼓送华辀。献纳云台表,功名良可收。

像这种题材的诗,一般作者大抵写得典雅、庄重而不免流于板滞,但谢朓此诗则采取写景诗的手法,用平易、清新的词句,刻画出都城建康的繁华景象,从而显示了藩王的华贵气象。这一类诗既能得体而又能自然可喜,如明钟惺所说"玄晖以山水作都邑诗,非唯不堕清寒,愈见旷逸"(《古诗归》卷十三),这也显示了谢朓诗才的一个方面。

永明末,谢朓从江陵被召回建康之后到他出任宣城太守期间,是他创作的旺盛时代。他经历了离乡游宦、被谗失意,在远游江陵、出守宣城期间,又游历了许多山水名胜,写作技巧更显得丰富多彩。这一时期的名作以《暂使下都夜发新林至京邑赠西府同僚》为最著:

> 大江流日夜,客心悲未央。徒念关山近,终知返路长。秋河曙耿耿,寒渚夜苍苍。引领见京室,宫雉正相望。金波丽鳷鹊,玉绳低建章。驱车鼎门外,思见昭丘阳。驰晖不可接,何况隔两乡。风云有鸟路,江汉限无梁。常恐鹰隼击,时菊委严霜。寄言罻罗者,寥廓已高翔。

当时谢朓的心情处于极度的矛盾与苦闷之中。关于他这次回建康,清代吴淇在《六朝选诗定论》中强调谢朓离开荆州时是由于"遭谗",并且认为他"幸其不再返"及急于回到京邑与家人相见,这是很有见地的。当他到了建康附近的新林时,遥望京城,仿佛已依稀见到宫阙,这时的心情是复杂的,既有重返故里与家人相见之喜,也有辞别知己、忧谗畏讥之悲。在这种心理支配下,面对浩瀚的长江,自然会感到自己思绪起伏,有如江涛翻滚;而愁思深窅,亦如江水之滔滔不绝。"大江流日夜,客心悲未央"两句之所以精警,正在看似脱口而出,全不费力,而实则含意深厚,笼罩全诗,陡然间气氛全出,显示了浑厚的笔力。所以唐释皎然举此以为齐梁诗佳句"亦何减于建安"(《诗式》卷四);明人胡应麟又以为这两句的气象颇似盛唐(《诗薮·外编》);宋人罗大经提出"作诗唯拙句最难","至于拙,则浑然天全,工巧不足言矣"(《鹤林玉露·丙编》卷三),亦举此二句为例。紧接着"徒念关山近,终知返路长",则表现了急于离开是非之地和盼望与家人团聚的心情。当到达新林,在夜色中已可遥望建康时,心情重又跌宕起伏。"驰车鼎门外"以下六句,表达了对萧子隆的依恋,"风云有鸟路,江汉限无梁"二句,写自己思见萧而不得,反不如鸟之可以自由飞翔,更是一往情深。然而紧接着却又觉得自己即使像鸟一样能飞往江陵,而那里等待着他的却是"鹰隼"和"罻罗",所以只能"寥廓高翔"以免祸。这一结尤见超脱。前人论谢朓诗,自钟嵘《诗品》以来,往往说他"善自发诗端,而末篇多踬",这一不足之处在他不少名篇中常可见到,唯独这首似无此弊,原因应当和强烈的真情实感有关。再从全诗看,其中对偶句数量多而工整,但又颇为自然,全是胸臆中语,仍不失其浑厚气象。在谢朓现存的诗作中,达到这一境界的也并不多见。

  从江陵还建康以后,谢朓思想中的矛盾进一步加深。他一方面目睹仕途的险恶,另一方面又因受知于齐明帝和眷恋禄位而恋栈不去。这种情绪在不少诗中都有流露。例如在《始出尚书省》一诗中,他对齐明帝登位感到兴奋,认为"中区咸已泰,轻生谅昭洒",然而看到王融之死,也不无"零落悲友朋"之感,而产生了"垂竿清涧底"的想法。然而他毕竟无意辞官,在他出任宣城太守时,所写下的名篇《之宣城郡出新林浦向板桥》就流露了这种情绪:

江路西南永,归流东北骛。天际识归舟,云中辨江树。旅思倦摇摇,孤游昔已屡。既欢怀禄情,复协沧洲趣。嚣尘自兹隔,赏心于此遇。虽无玄豹姿,终隐南山雾。

从作者的内心来说,本有"怀禄"与归隐的矛盾,所以诗的情调比《暂使下都》稍见欢快,但在欢快中又隐藏着内心的忧虑。两诗同以江水起句,前诗壮阔,而此诗摇曳多姿。"江路西南永,归舟东北骛",或是取《子夜歌》"不见东流水,何时复西归"的诗意而加以变化,较之何逊《临行与故游夜别》中的"复如东注水,未有西归日"更多变化,且含意益深。"天际识归舟,云中辨江树"两句,表现了他凝神远眺,思绪起伏。清初王夫之曾评这两句说:"语有全不及情而情自无限者,心目为政,不恃外物故也。'天际识归舟,云间辨江树',隐然一含情凝眺之人,呼之欲出。从此写景,乃为活景。"(《古诗评选》卷五)后来诗人对这两句有不少仿作,稍后王僧孺的"天际树难辨,云中鸟易识"(《中川长望》);梁元帝萧绎的"远村云里出,遥船天际归"(《出江陵县还》其一);唐代孟浩然的"天边树若荠,江畔舟如月"(《秋登万山寄张五》),脱胎摹仿,痕迹显然。从"旅思倦遥遥"以下则转入抒情。他的前往宣城,既离开了"尘嚣"的建康,游目赏心于山水秀丽之乡,又能得保富贵,所以诗中自称要"终隐南山雾"而仍有"怀禄"之情,确是他真实思想的流露。

谢朓到达宣城以后,曾经纵情山水,写了许多著名的山水诗。如《游敬亭山》:

兹山亘百里,合沓与云齐。隐沦既已托,灵异居然栖。上干蔽白日,下属带回溪。交藤荒且蔓,樛枝耸复低。独鹤方朝唳,饥鼯此夜啼。渫云已漫漫,夕雨亦凄凄。我行虽纡组,兼得寻幽蹊。缘源殊未极,归径窅如迷。要欲追奇趣,即此陵丹梯。皇恩竟已矣,兹理庶无睽。

诗中展示的是一幅荒僻的深山景色,诗体逼肖谢灵运,又杂有鲍照的奇峭笔法。另一首《郡内高斋闲望答吕法曹》则与此相反,写得比较平易,已开唐人王维、孟浩然的先声:

结构何迢遰,旷望极高深。窗中列远岫,庭际俯乔林。日出众鸟散,山暝孤猿吟。已有池上酌,复此风中琴。非君美无度,孰为劳寸心。惠而能好我,问以瑶华音。若遗金门步,见就玉山岑。

这两首诗的基本思想均趋于隐逸而情调不同,手法迥异。除了这两首以外,作者在宣城所写的山水诗中还有许多传诵的名句,如:

寒城一以眺,平楚正苍然。山积陵阳阻,溪流春谷泉。
——《宣城郡内登望》

余雪映青山,寒雾开白日。暧暧江村见,离离海树出。
——《高斋视事》

飒飒满池荷,翛翛荫窗竹。檐隙自周流,房栊闲且肃。
——《冬日晚郡事隙》

这些名句对仗工整,音节流畅而形象鲜明,体现了高度的技巧。所以明人王世贞说他"撰造精丽,风华映人"(《艺苑卮言》卷四),清人沈德潜则谓"玄晖灵心秀口。每诵名句,渊然泠然,觉笔墨之中,笔墨之外,别有一段深情妙理"(《古诗源》卷十二)。

总的来说,谢朓的诗风既继承了前代诗人的传统而又有所发展。从谢朓现存的诗看来,他受谢灵运的影响最大,其次是曹植和鲍照。然而在风格、手法上并不局限于曹、鲍、谢,而自有其独特的创造。

首先,谢朓诗从谢灵运诗脱胎而来,较为明显的,大抵在一些篇幅较长的山水诗中,如《游山》、《游敬亭山》、《始之宣城郡》诸篇,从遣辞到谋篇都有取法谢灵运的痕迹。不过谢灵运的笔力比较遒劲,因此作长篇仍能纵横自如,名句迭起;而谢朓的一些写景的长诗则未免稍显平弱,其传诵名句似不如一些中短篇诗之多。但谢朓的长篇平易流畅,避免了谢灵运诗中某些生涩板滞之弊。明人胡应麟在《诗薮·外编》卷二中说:"世目玄晖为唐调之始,以精工流丽故。然此君实多大篇,如《游敬亭山》、《和伏武昌》、《刘中丞》之类,虽篇中绮绘间作,而体裁鸿硕,词气冲澹,往往灵运、延之逐鹿。"他注意到了谢朓的长篇近于谢灵运、颜延之,但深入分析,还有不同的情况。一种像《游山》、《游敬亭山》一类,尚未脱离谢灵运、颜延之的格局,较少齐梁诗的对偶句法,辞藻亦不甚华丽。如《游山》一首有意模仿谢灵运的《初去郡》,却因笔力较弱,终见逊色。在这方面远不如杜甫的《渼陂西南台》一类诗,学大谢神情逼肖,且多警句。另一类长篇像胡应麟所举的《和伏武昌登孙权故城》及《和刘中书绘入琵琶峡望积布矶》则又属一体。前一首几乎全用对句,排比铺张,辞藻绚丽,已具后来排律的雏形,和颜、谢显然不同,反与鲍照的《上浔阳还都道中》、《还都至三山望石头城》等作类似。这一类诗在永明诗人的作品中占有一定比重,如沈约的《宿东园》、《早发定山》,也属于这一体,下开了陆倕、刘孝绰等赠答一类的诗篇。后一首的对句虽稍少于前者,但基本的格调并没有出入。其中如"回潮溃崩树,轮囷轧倾岸"诸句,也更近于鲍照的奇险。

谢朓受曹植的影响,主要表现在诗的起句中。他的名篇多以起句取胜,如"大江流日夜,客心悲未央"、"朔风吹飞雨,萧条江上来"(《观朝雨》);"落日飞鸟远①,忧来不可极"(《和宋记室省中》)等,都给人以深刻的印象。沈德潜说:"陈思极工起调,如'惊风飘白日,忽然归西山',如'明月照高楼,流光正徘徊',如'高台多悲风,朝日照北林',皆高唱也。后谢玄晖'大江流日夜,客心悲未央',极苍苍莽莽之致。"(《说诗晬语》)谢朓诗有的显然有意摹仿曹植,如《和江丞北戍琅邪城》一首中"京洛多尘雾,淮济未安流;岂不思抚剑,惜哉无轻舟"诸句,几乎全拟曹植《杂诗六首》之五。但曹诗以"闲居非吾去,甘心赴国忧"作结,气象沉雄;谢诗"夫君良自勉,岁暮勿淹留"则显得气力顿衰,钟嵘批评的"末篇多踬",就是指这样的作品。不过,谢朓最有特色的诗,还应当是那些较短的写景诗,前人所竭力称颂的名篇大抵属于这一类。

钟嵘《诗品》对谢朓评价不够公允,只把他列于中品,但也承认他"奇章秀句,往往警遒,足使叔源(谢混)失步,明远(鲍照)变色"。正是这些长处,使他在齐梁诗人中为众所钦服,群起仿效。清人陈祚明曾从齐梁诗风的变迁和诗的格律化过程来说明谢朓诗歌特色形成的原因。他说:"盖玄晖密于体法,篇无越思;揆有作之情,定归是柄。如耕者之有畔焉,逾是则不安矣。至乃造情述景,莫不取稳善调,理在人意中,词亦众所共喻。而寓目之际,林木山川,能役字模形,稍增隽致。大抵运思使事,状物选词,亦雅亦安,无放无累。篇篇可诵,蔚为大家;首首无奇,未云惊代。希康乐则非伦,在齐梁诚首杰也。"(《采菽堂古诗选》卷二十)陈氏此论,其实是阐述了宋代唐庚、严羽的看法。据宋胡仔《苕溪渔隐丛话·前集》卷三引唐庚《语录》云:

---

① "落日飞鸟远",《文镜秘府论》"远"作"还",似较胜。此句盖化用陶渊明《饮酒》第六首"山气日夕佳,飞鸟相与还"句意。

"诗至玄晖语益工,然萧散自得之趣,亦复少减,渐有唐风矣。"稍后的严羽在《沧浪诗话》中也说"谢朓之诗,已有全篇似唐人者,当观其集方知之"。这些评论家谈论谢朓的特点,往往和谢灵运等人相比较,从而指出诗风的转变,这是很有见地的。

谢朓这种诗风的形成,显然与当时以及他本人的诗歌理论有一定关系。谢朓对诗有他的见解。《诗品》中说他曾与钟嵘论诗,"感激顿挫过其文",但具体的意见已很少留存,仅《南史·王筠传》载,沈约在称赞王筠时曾说:"谢朓常见语云:'好诗圆美流转如弹丸。'"这种理论,不妨认为是永明诗人所追求的一种有别于元嘉诗体的理想境界,可以与沈约所说的"三易"相表里。因为只有做到了"三易",诗才能流畅而无挂碍。正如宋胡仔《苕溪渔隐丛话·前集》卷三十八引叶梦得《石林诗话》所云:"弹丸脱手,虽是输写便利,动无违碍,然其精圆快速,发之在手,筠亦未能尽也。然作诗审到此地,岂复有余事?"刘克庄《江西诗派小序》论述吕本中、杨万里主张的"活法",以为即出于谢朓这一议论,则恐未必如此。总之,谢朓从这种"三易"或"圆美流转"的观点出发去作诗,注意点已着重在诗的声律和语调,与以前作家如谢灵运、鲍照在修辞方面偏重对仗和隶事不同。所以谢朓诗虽出于谢灵运,而得其新丽,遗其朴茂;虽时受鲍照"贵尚巧似,不避危仄"的影响,而无其生涩。在造句遣辞方面比谢灵运、鲍照平易流畅而且工致,却失掉了元嘉诗人雄浑的笔力。所以明代钟惺认为谢朓诗不如谢灵运之"厚",说"康乐排得可厌,却不失为古诗;玄晖排得不可厌,业已浸淫近体"(《古诗归》卷十三)。王世贞则认为谢朓不如谢灵运,因为"材小力弱","灵运语俳而气古,玄晖调俳而气今"(《艺苑卮言》卷四)。这些看法无非是认为谢灵运诗尚有浑然天成的古气;而谢朓则由于重声律、重雕绘,更多地依靠"巧思",已近于律体。这种趋势其实是诗歌发展的必然趋势,并不是什么弊病。我国诗歌走上律体化道路以及律诗的产生,在诗歌史上毕竟是一种进步。谢灵运和谢朓相去仅几十年,但他们的作品分别标志了南朝诗歌中两个不同的时期。二谢之间的异同,正是"元嘉体"和"永明体"的异同,也是五言古体和新体的异同,而不应局囿于个人风格、成就上的高下得失。

第三节 谢朓的辞赋和骈文

谢朓现存的作品中,除诗歌外,还有一些辞赋和骈文传世,但很少为读者所传诵。他的辞赋现存九篇,其中有不少是抒情短赋,仅《思归赋》和《酬德赋》篇幅较长。这两篇赋较多叙事的成分,可以作为了解谢朓的生平和思想的重要素材,但论辞藻的华美,则不如那些短赋。《思归赋》中有"纷吾生之游薄,弥一纪而历兹"语,当作于明帝即位之后,可能是他在宣城前后作①。这篇赋似是他在外地思念他在建康所缮治的住宅。他回顾了仕途的经历,对明帝对他的重用感恩戴德,然而对仕途的险恶也怀有深深的忧虑,说到"势方迅于转圆,理好旋于奔电,援弱葛而能升,践重冈而不眩;信禔福之非已,宁悔祸其如见",因此而有归隐的想法,欲求终老于自己的园宅之中。《酬德赋》则主要是写他和沈约的交情。这篇赋的序说到"(建武)四年,予忝役朱方","迫东

---

① 从谢朓出仕于永明初年计算,此赋当作于明帝建武三年左右。从赋的主旨看,当是在思念他在建康所建的居室。但当时他在宣城,应在建康之南,而赋中又云"尔乃眷言兴慕,南眺悠然",似不合。疑谢朓从宣城赴湘州后,曾一度至寿阳。其登八公山之作,即作于此时。寿阳在建康之北,故云"南眺悠然",斯时距朓出仕,约十三年,"一纪"盖举其约数。这一假设或近情理。

偏寇乱,良无暇日。其夏还京师"云云,大约作于永泰元年,即谢朓死前一年。序首称"右卫沈侯以冠世伟才,眷予以国士";赋中也讲到"昔仲宣之发颖,实中郎之倒屣;及士衡之藉盛,托壮武之高义",以王粲、陆机自喻,而以蔡邕、张华比拟沈约,可见谢朓在文坛上的成名,颇有赖于沈约的奖掖。这也多少说明两人诗风相近的原因。这篇赋中讲沈、谢交谊虽从永明八年沈约为太子右卫率讲起①,要回避永明末年的政权斗争,着重叙述了隆昌元年沈约出任东阳太守之后的情况。赋中写到沈约在东阳"登金华以问道,得石室之名篇;悟寰中之迫胁,欲轻举而舍旃",显然是有感于仕途之险恶,而有避世求仙的想法。

谢朓的短赋大多作于永明时代,今天可以看到的都是类书所载佚文,并非全篇。其中《临楚江赋》一篇,大约是在江陵萧子隆幕下所作,其写景部分颇有文采,如:

> 爰自山南,薄暮江潭。滔滔积水,裒裒霜岚。忧与忧兮竟无际,客之行兮岁已严。尔乃云沉西岫,风动中川。驰波郁素,骇浪浮天。明沙宿莽,石路相悬。

这种笔法与鲍照、江淹的一些赋颇为相近,在写景中寄寓着作者的感情,这和他自己的写景诗常用的手法也颇类似。但总的来说,他的赋不像诗那样精警。他的《野鹜赋》有所寄托,借物喻人。赋中写野鹜被猎人所杀后,"孤雏惊以靡翼,饥雌叫而莫寻",极为哀凄;但最后归

---

① 沈约曾为太子右卫率,请参看本书第178页注①。至于出任时间,此赋则云:"惟敦牂之旅岁,实兴齐之二六;奉武运之方昌,睹休风之未淑。龙楼俨而洞开,梁邸焕其重复。君奉笔于帝储,我曳裾于皇穆。""敦牂"即午年,永明八年(490)为庚午,亦即齐代建立的第十二年。

结为"贵敷衽以取爱,愿登俎以甘心",野鹜甘愿供人所食用,这显然是比喻自己愿粉身碎骨以报效赏识他的贵人之意。这种思想从一个角度反映了谢朓的人生态度。

谢朓的骈文存世的也不少,连同残篇佚句,达十九篇之多,但全系应用文字,其中不少是代人所作的谢表和一部分墓志铭之类,没有多少文学价值。只有《拜中军记室辞随王笺》一文,被《文选》所收。由于文中表达了衷心的感激,用典贴切,颂扬得体,也被后人视为这一类作品的范文之一。

第四节　谢朓的影响

谢朓出身望族,加以诗才出众,生前就有很大的社会声誉。他平生又好奖掖人才,《南史》本传记载:"朓好奖人才,会稽孔颛粗有才笔[①],未为时知,孔珪尝令草让表以示朓。朓嗟吟良久,手自折简写之,谓珪曰:'士子声名未立,应共奖成,无惜齿牙余论。'其好善如此。"《梁书·江革传》记载:"齐中书郎王融、吏部郎谢朓雅相钦重。朓尝宿卫还,过候革。时大雪,见革弊絮单席,而耽学不倦,嗟叹久之。乃脱所着襦,并手割半毡与革充卧具而去。"他的才华和对同道者的推奖,早为当时文人所宗仰。因此在他生前,就被人誉为"古今独步"。齐代文人作诗,已有人效法谢朓。如曾为文惠太子幕僚的虞炎,作《玉阶怨》,有"黄鸟度青枝"之句,钟嵘《诗品》就举出作为学谢朓的例子。稍后的文人如柳恽、何逊、刘孝绰等,学谢的迹象更为明

---

① "孔颛",中华书局标点本校记从《宋书》改作"孔"。按:孔颛,《宋书》卷八十四有传,卒于宋明帝泰始二年(466),时谢朓方三岁,与此处"孔颛"断非一人,不当改。

显。过去有评论家认为柳恽、何逊都受谢朓影响,而柳的诗格高于何。柳、何高下之论虽未得到公认,但柳、何二人受谢朓影响,则历来并无异议。与何逊齐名的刘孝绰,写诗也学谢朓。颜之推《颜氏家训·文章》:"刘孝绰当时既有重名,无所与让,唯服谢朓,常以谢诗置几案间,动静辄讽味。"梁简文帝萧纲在《与湘东王书》中则称谢朓作品为"文章之冠冕,述作之楷模"(《梁书·庾肩吾传》)。谢朓以后的梁、陈、隋几代文人很少不受他的影响,但到唐初为止,并没有人在成就上能超越谢朓。唐代绝大多数诗人,仍在不同程度上赞赏谢朓的作品,并从中汲取营养。陈子昂理论上反对齐、梁,但他本人的创作也没有完全摆脱齐、梁诗特别是谢朓、柳恽等的影响,比如《酬晖上人秋夜山亭有赠》、《送客》诸诗中就有明显的痕迹。和陈子昂诗风比较相近的张九龄,也有类似的情况。《登荆州城望江》一诗,以"滔滔大江水,天地相终始"开端,以"岁月既如此,为心那不愁"作结,显然取谢朓"大江流日夜,客心悲未央"的句意。但相比之下,谢诗内蕴深厚,而张诗则未免浅露。

唐代著名诗人中,最推崇谢朓的要算李白。他的作品中曾多次提到谢朓,如"蓬莱文章建安骨,中间小谢又清发"(《宣城谢朓楼饯别校书叔云》),"明发新林浦,空吟谢朓诗"(《新林阻风寄友人诗》),"三山怀谢朓,水淡望长安"(《三山望金陵怀殷淑》)等。李白的诗有时还引用或化用谢朓的诗句,如前引"解道澄江静如练,令人长忆谢玄晖"(《金陵城西楼月下吟》),以及"我吟谢朓诗上语,朔风飒飒吹飞雨"(《酬殷明佐见赠五云裘歌》)等。而最令人注目的则为《秋夜板桥浦泛月独酌怀谢朓》:

天上何所有,迢迢白玉绳。斜低建章阙,耿耿对金陵。汉水旧如练,霜江夜清澄。长川泻落月,洲渚晓寒凝。独酌板桥浦,古人谁可征。玄晖难再得,洒洒气填膺。

这首诗中很多句子都是化用谢朓《暂使下都夜发新林至京邑赠西府同僚》中的句意。他这样推崇谢朓,所以清人王士禛论李白有"一生低首谢宣城"(《论诗绝句》)的评价。

和李白相比,杜甫对谢朓推崇较少。从杜甫一些写景诗看来,较多地接受的是谢灵运和鲍照的影响。但他熟精《文选》,对谢朓的诗,自然也很熟悉。他说过"谢朓每诗堪讽诵"(《寄岑嘉州》),"诗接谢宣城"(《陪裴使君登岳阳楼》)。《解闷十二首》其七中有"孰知二谢将能事,颇学阴、何苦用心"之句,二谢即指谢灵运和谢朓,而何逊的写景手法又显然师承谢朓。与李、杜同时或稍后的山水田园诗派,除了学陶渊明以外,都或多或少地兼受二谢影响。王维的写景诗,平淡处近陶,绚丽处近大谢,明净处近小谢。具体的作品中,如《送宇文太守赴宣城》"时赛敬亭神,复解罟师网"句,即暗用谢朓《赛敬亭山庙喜雨》典;《新晴晚望》中的"白水明田外,碧峰出山后",等于凝缩了谢朓《赋贫民田》中的"旧埒新塍分,青苗白水映,遥树匝清阴,连山周远净";《青龙寺昙壁上人兄院集》中"渺渺孤烟起,芊芊远树齐",化用谢朓《游东田》中"远树暖阡阡,生烟纷漠漠"句意;《临高台送黎拾遗》中"日暮飞鸟还,行人去不息",也和谢朓《和宋记室省中》的"落日飞鸟远,忧来不可极"极为相似。

孟浩然受谢朓影响也比较明显,除前面提到的"天边树若荠,江畔舟如月"外,"大江分九派,淼漫成水乡"(《自浔阳泛舟经明海作》),使人很容易想起谢朓的"大江流日夜"。他的不少诗作也以起句取胜,《临洞庭上张丞相》"八月湖水平,涵虚混太清",《宿桐庐江寄广陵旧游》"山暝听猿愁,沧江急夜流",《早寒有怀》"木落雁南渡,北风江上寒",这种发端遒劲的技巧,分明也得力于谢朓。大历前后的诗人,对谢朓尤其倾倒。"大历十才子"的诗中提到谢朓,不下三四十处,这些作家的生活态度、作品风格,和谢朓的直接继承关系又远过于盛唐诗人①。唐人以平易自然的手法写诗,大多受到陶渊明和谢朓的沾溉。所以孟郊在《秋怀十五首》其十二有"清诗既名朓,金菊亦姓陶"之语。后来宋代葛立方在《韵语阳秋》中,也将谢朓和陶渊明并提,认为是平淡自然的典范。宋以后一些著名诗人的写景诗,也多少受过谢朓的影响。

谢朓的作品,据《隋书·经籍志》著录,有《谢朓集》十二卷,又有《逸集》一卷。到宋代,据陈振孙《直斋书录解题》录存十卷。今所见《谢朓集》,大抵从南宋绍兴二十八年楼炤所刻的五卷本来。楼炤所刻,只有赋和诗。其他文章,据《四库全书总目提要》,说,本在下五卷中,因为是"当时应用之文",楼氏认为可采者已见史传及《文选》,所以未刻。今存较早的本子有北京图书馆藏明万历间刻本和《四部丛刊》影印明钞本。另外,张溥《汉魏六朝百三名家集》本五卷,就是把流行的五卷合为一卷。近人郝立权《谢宣城诗注》,有一九五六年人民文学出版社排印本。

第五节 王融

王融(467~493),字元长,祖籍琅邪临沂(今属山东)人。曾祖王弘,宋文帝时大臣;祖父王僧达,宋孝武帝时官至中书令,以狂傲被下狱赐死。王融早孤,敏慧有文才。齐武帝永明初为竟陵王萧子良法曹行参军,迁太子舍人。王融以父官不达,颇欲复兴家业,曾上书齐

---

① 关于谢朓和大历诗人的关系,蒋寅《大历诗风》有详细的论述。

武帝求自试,迁丹阳丞、中书郎,又为"竟陵八友"之一。当时,北魏曾派遣使臣到南齐求取书籍,朝议不许。王融上疏以为当许,并断言书籍入北魏后,可促使北魏汉化,引起北方汉族士大夫与鲜卑贵族的矛盾,以便坐收渔人之利。此议虽未实行,但颇为齐武帝所赞赏。永明后期,齐武帝曾有北伐的意图,王融又表示拥护,因此深受重用。永明九年三月,齐武帝在芳林园禊宴群臣,命王融作《曲水诗序》,以文藻富丽,为当时所称,而且扬名北魏。永明十一年,北魏使者房景高、宋弁出使南齐,齐武帝使王融接待,房、宋曾要求阅读这篇序文。此外,像永明九年和十一年的《策秀才文》,也出于王融之手。这些文章是骈文的名作,被收入《文选》。王融自恃文才门第,颇有政治抱负。永明十一年夏秋间,齐武帝病重,萧子良入侍医药,以王融等人为军主。王融因武帝将死,欲立子良为帝,不果,未几下狱死。

王融之死,论者多以为由于他急于权势,躁进致败。但实际上,萧子良与萧鸾之间的权力之争已非一日,王融不过是这场斗争中作为失败者的必然下场。萧鸾一时还不便下手杀害萧子良,罪责就必然落到王融身上。后来的史家不满于萧鸾尽诛高、武子孙,转而同情萧子良、王融,如《南史·齐武帝诸子·竟陵王子良传》载当时人袁彖的话说:"王融虽为身计,实安社稷,恨其不能断事,以至于此。"《南齐书·王融谢朓传论》更认为如果齐武帝不死,"融之报效,或不易限",甚至说他是"其贾谊、终军之流亚乎!"这又是从另一个角度出发所作的近于偏颇的评论。

王融的诗所存不多,钟嵘《诗品》把他列入下品,认为王融和刘绘"并有盛才,词美英净。至于五言之作,几乎尺有所短"。钟嵘的评价所以不高,大约因为王融写诗好用典故,所以说"近任昉、王元长等,辞不贵奇,竞须新事",这正是《诗品》所反对的一种倾向。但钟嵘又认为"永明体"的创立,与王融有密切关系。他说:"王元长创其首,谢朓、沈约扬其波。"王融的年龄比沈约、谢朓为小,所存作品也远不如沈、谢多,但钟嵘和王融曾有交谊,还亲闻王融对宫商音律的议论,可见这一结论当有根据。但根据王融现存的作品看来,似乎很难说存在"竞须新事"的毛病。他的诗风其实和谢朓比较相近。例如《别王丞僧孺》一首,就被后人误入《谢朓集》中①。

王融的诗历来最受称赞的当推《古意二首》②:

> 游禽暮知反,行人独不归。坐销芳草气,空度明月辉。嚬容入朝镜,思泪点春衣。巫山彩云没,淇上绿条稀。待君竟不至,秋雁双双飞。　　　　　　　　　　　　　　　　(其一)

> 霜气下孟津,秋风度函谷。念君凄已寒,当轩卷罗縠。纤手废裁缝,曲鬓罢膏沐。千里不相闻,寸心郁氛氲。况复飞萤夜,木叶乱纷纷。　　　　　　　　　　　　　　　　(其二)

这两首诗并没有为《文选》所收。唐代就有人评论,认为二诗颇为警绝,并以此指责《文选》。这两首诗细腻地写出了妇女思念丈夫

---

① 此诗见《艺文类聚》卷二十九,作谢朓诗;《古文苑》作王融诗。按:《梁书·王僧孺传》:"文惠太子闻其名,召入东宫,直崇明殿,欲拟为宫僚。文惠薨,不果,时王晏子德(德)元出为晋安郡,以僧孺补郡丞,除候官令。"文惠太子以永明十一年正月卒。王僧孺为晋安郡丞,当在是年春夏间。此诗首句云:"首夏实清和,余春满郊甸。"其节令与王僧孺事迹合。此时谢朓尚在江陵,不能到建康送别,足证此诗乃王融作。《古文苑》所题可信。
② 这两首诗始见《玉台新咏》卷四,题名《古意》;《古文苑》作《和王友德元古意》,《诗纪》同。丁福保、逯钦立均从《玉台新咏》;清沈德潜《古诗源》从《诗纪》;王士禛《古诗选》作《和王友德和古意》。以从《玉台新咏》为妥。

的心情,风格技巧都有乐府诗的痕迹。据《南齐书》本传,王融的外祖父谢惠宣乃谢惠连之弟,王融可能间接受到谢惠连《捣衣》、《秋怀》诸作的影响。全诗的诗风平易,和沈约、谢朓一样,颇具齐、梁诗华美流畅的特点。第一首以"游禽暮知反"起兴,说到"行人独不归",比喻贴切。第二首"霜气下孟津,秋风度函谷"二句则气势雄浑,颇与谢朓一些诗的起句近似。两诗的结尾也都令人感到言虽尽而意有余,在齐梁诗中确属佳作。

王融精于音律。《诗品序》引王融曾对钟嵘说自己拟作《知音论》未就,而且说只有范晔、谢庄可以称为懂得宫商。从王融拟作的一些乐府诗看来,似与后来的律体尚不相同,而辞藻华美,又与汉魏乐府迥异。他显然是用齐梁排偶的诗体来写乐府。不过这些诗中也不乏警句,如"琼树落晨红,瑶塘水初绿。日霁沙溆明,风泉动华烛"(《渌水曲》),"烟霞乍舒卷,蘅芳自断续"(《巫山高》)等,风致宛然,近于谢朓之作。王融用山水诗的笔法来写乐府,因此色彩绚丽,别开乐府诗的新面。他的一些短诗也有特色。如《江皋曲》:

林断山更续,洲尽江复开。云峰帝乡起,水源桐柏来。

纯属写景,而气象开阔。其他如《思公子》:

春尽风飒飒,兰凋木修修。王孙久为客,思君徒自忧。

这一类短诗尤与谢朓的短诗风格相近。清人王士祯在《古诗选·凡例》中认为"齐有玄晖,独步一代。元长辅之。自兹以外,未见其人"。王士祯把沈约、江淹作为梁人,这样,在齐代诗人中,除谢朓外,当然要数王融,而且从"永明体"的创立来说,王融的功绩也是无可否认的。

　　王融的骈文多系应用文字,在当时颇负盛名。他这些骈文力求典雅庄重,多用《诗经》中"雅"、"颂"及汉赋的辞藻,因此远比他的诗为古奥。典型的作品是《三月三日曲水诗序》,据说北魏使者认为此文胜于颜延之,当是由于题目相同而文风相近,所以才有这样的比较。文中如"飞观神行,虚檐云构,离房乍设,层楼间起。负朝阳而抗殿,跨灵沼而浮荣。镜文虹于绮疏,浸兰泉于玉砌。幽幽丛薄,秩秩斯干。曲拂邅回,潺湲径复。新萍泛沚,华桐发岫。杂夭采于柔美,乱嘤声于绵羽",风格的凝重,和汉代大赋相近而和当时的骈文颇异其趣。其他的文章,如《求自试启》、《画汉武北伐图上疏》及代萧子良所作《与刘虬书》等,则文字较为流畅,符合于钟嵘所说的"词美英净"。

第九章　沈约及范云、任昉

第一节　沈约的生平

沈约(441~513),字休文,吴兴武康(今属浙江)人。他一生经历宋、齐、梁三代,年寿既长,官位又高,在齐、梁之际执文坛的牛耳,俨然为当时的诗伯文宗。

沈氏是世居江东的世族。《晋书·周札传》载钱凤劝说王敦谋灭义兴周氏云:"江东之豪莫强周、沈。"可见周、沈这两家土著豪族,早先在江东相当强大。沈约曾祖沈穆夫由于和北方士族的矛盾,追随孙恩反晋,被杀。祖父沈林子,曾从刘裕北伐,官辅国将军。父沈璞,宋文帝元嘉末为淮南太守。刘劭弑父自立,刘骏起兵讨伐,沈璞犹豫不敢响应,在刘骏即位后被杀。当时沈约年十三岁,逃窜他乡,遇赦得免。

沈约身遭家难,流寓孤贫,乃发愤向学,青年时代就博通群籍,二十多岁即有志于撰著《晋书》,受到吏部尚书蔡兴宗的赏识①。宋明帝泰始三年(467),蔡兴宗出为郢州刺史,后来又迁荆州刺史,沈约均在其幕中任记室。泰豫元年(472),蔡兴宗卒,沈约于次年又入郢州刺史晋熙王刘燮幕中任记室②。大约在宋顺帝昇明元年(477),返回建康任尚书度支郎。

齐武帝萧赜在宋后废帝元徽四年(476)为晋熙王长史,主持郢州军政事务,其子萧长懋即后来的文惠太子也在郢州为抚军主簿。沈约在郢州结识了萧赜父子。萧道成代宋建齐,建元元年(479),萧长懋以皇孙的身份受封征虏将军,镇守雍州,沈约被任命为萧长懋的记室,带襄阳令,深受宠信,成为一生腾达的开始。其时沈约已经三十九岁,相对于北来的甲族人士,他的发迹是相当晚的。

萧长懋于齐武帝即位(482)后立为皇太子。他爱好文学,门下文士甚多。沈约被任为东宫属官步兵屯骑校尉,掌管书记和校定四部

---

① 《宋书·自序》:"常以晋氏一代,竟无全书,年二十许,便有撰述之意。泰始初,征西将军蔡兴宗为启明帝,有敕赐许。"蔡兴宗在宋孝武帝大明后期任吏部尚书,明帝泰始二年(466)授尚书右仆射,三年,出为安西将军、郢州刺史。"征西"位在"安西"之上(见《宋书·百官志》),蔡兴宗在宋明帝临死时始进为"征西"。《梁书·范岫传》载岫与沈约俱为蔡兴宗所礼,事在明帝泰始前。从沈约"年二十许"推算,亦当在孝武帝大明末年(463、464)。

② 《梁书》本传"晋熙王"作"晋安王",误。晋安王刘子勋早在泰始二年(466)被杀。《宋书·后废帝纪》:元徽元年二月,"以晋熙王燮为郢州刺史"。可证《梁书》之误。刘燮当时年仅四岁。

图书。累迁太子右卫率①、太子家令,兼著作郎,迁黄门侍郎、御史中丞,仕途颇为得意。就在这期间,他又为竟陵王萧子良所赏识,成为"竟陵八友"之一,萧衍与沈约亦极为相得。这一时期的作品多为应教、酬和而作,比较有价值的是一些摹仿乐府民歌的写恋情的作品。

永明十一年(493),齐武帝死,郁林王萧昭业嗣位。沈约因为和萧子良的关系外放为东阳太守②。在东阳作有不少描写山水风物的诗文,文集中的名篇多出于这一时期的创作。在东阳前后三年,于明帝建武三年(496)被召入都为五兵尚书。迁国子祭酒,东昏侯时期又出为清河太守。

东昏侯萧宝卷荒淫无道,当时萧衍任雍州刺史,自襄阳率兵东下,攻陷建康。沈约、范云以竟陵旧友的关系备受萧衍信任,并竭力劝萧衍自立为帝。齐和帝中兴二年(502),萧衍即帝位,以沈约为尚书左仆射。沈约自以为功高望重,希望进位三公,萧衍未加允准,因而消极怨望,作《郊居赋》以宣泄牢骚。天监十二年(513)卒,年七十二。谥"隐",因此后人也习称"沈隐侯"。

沈约的一生,早年孤贫,在当时的世族中是属于命途多舛的人

---

① 沈约曾经做过太子右卫率,《梁书》本传失载。谢朓《酬德赋序》称"右卫沈侯以冠世伟才",参见本书第167页注①。谢又有《奉和竟陵王同沈右率过刘先生墓诗》,其他时人赠答也有称"沈右率"的诗。刘先生指刘瓛,卒于永明七年。《文选·辩命论》李善注引萧子显《齐书》谓"永明初遇疾卒",当是据上文"永明初"而对"七年"不加注意,删节过简。

② 《梁书》本传记沈约为东阳太守在隆昌元年(494),即齐武帝死后的第二年,但沈约《与徐勉书》则自述"永明末,出守东阳"。当从自述。齐武帝死于永明十一年七月,郁林王即位,次年改元。沈约至东阳在此年秋冬间。或以为沈约入都在建武二年,但《南齐书·五行志》载建武三年,大鸟集东阳郡,太守沈约表奏,所以不可能是建武二年。

物。但四十以后,在仕途和文坛上却一帆风顺,虽有颠顿,也不过是一时的波折。至于入梁以后,政治上的奢望不能实现,则有多方面的原因:首先是北方士族在政治上仍居主导,沈约一族虽属南方大姓,但做到尚书左仆射已属极为难得①。其次,刘宋以来逐渐起用寒人掌握机要,梁武帝用人常常"简以才能,不限资地"(《隋书·百官志》),备受亲信和破格录用的多为兄弟子侄和雍州的旧人,沈约虽与梁武帝有旧,但够不上这一层关系。再次,由于对梁武帝的文学才能不够尊重,以致晚年失宠,这在第一章第二节中已曾加以叙述。

沈约早年的生活也颇为放荡,身遭家难和仕途蹭蹬使他懂得了人世的艰辛,也懂得了如何善处人与人之间的关系。他在政治上平庸无所建树,但在人际之间,笃于友情和奖掖后进却值得称道。王融、谢朓被杀,沈约当时正受排挤,他不计个人安危,写了《怀旧诗》以寄托哀思。蔡兴宗赏识沈约,除了文才以外,还有人品谨厚的一面,所以才对儿子说沈约是"人伦师表"。任昉在梁武帝天监二年出为义兴太守,廉洁自持,被调入京,竟至没有像样的衣服,沈约主动派人送去衣服迎候。至于被他揄扬奖掖的文坛同辈或后进,更是不可胜数。齐、梁之间的著名文人,很少没有受到他的奖励的。他对何逊、吴均、王筠、陆倕、顾协等人给予了很高的评价,读何逊诗"一日三复,犹不能已"(《梁书·何逊传》),而且敢于以"当世辞宗"的身份,自谦不如别人:"每见(王)筠文,咨嗟吟咏,以为不逮也。"(《梁书·王筠传》)"沈约所撰《宋书》既行,(裴)子野更删撰为《宋略》二十卷,其叙事评论多善,约见而叹曰:'吾弗逮也。'"(《梁书·裴子野传》)刘孝绰幼

---

① 《南齐书·张绪传》载,齐武帝想起用张绪为右仆射,王俭说:"南士由来少居此职。"虽然褚渊不同意王俭,但张绪始终没有当上仆射。加之沈约一支起自军功,在吴兴沈氏族中也不受重视。

有文名,沈约以父执的身份和任昉、范云"命驾先造"(《梁书·刘孝绰传》)。刘勰的《文心雕龙》撰著完成,沈约读后曾大加推重(《梁书·刘勰传》)。这种平易服善、不以声望年辈骄人的作风,在当时许多以门第和才华睥睨一世的文士中并不多见,梁武帝以之为"轻易"或许与此有关。沈约致力于"滋兰九畹",对齐、梁文风的繁荣无疑起了推动的作用;对个人来说,也使他成了文坛上公认的领袖人物。

第二节 沈约的文学主张和作品

沈约是永明新体的倡导者之一。他之所以"独步"文坛(《诗品》中),在齐、梁二代具有很大的影响,除了上一节所述的原因以外,还在于他的文学主张和创作实践在当时的时代风气中具有代表意义。

他是声律论的创始人之一,主要贡献是四声八病之说,这在前面《永明诗风的新变》一章中已作了论述。他的另一个重要主张是对于"情"、"文"、"质"之间的关系,《宋书·谢灵运传论》可以看作是沈约文学观点的一篇总纲。《宋书·谢灵运传论》着重论述了声律中"宫羽相变,低昂互节"的和谐与变化,同时又提出从建安曹氏父子开始,"咸蓄盛藻,甫乃以情纬文,以文被质"。这些创作要素之间的关系,陆机《文赋》已经接触到,但这样明确的概括则以沈约为最早①,和稍后《文心雕龙》的《神思》、《体性》、《情采》等篇,以及萧统"文质彬彬"的论点一脉相通,体现了齐、梁文学思潮中有价值的一面。不过归根到底,沈约最重视的还是技巧,他称赏刘杳"辞采妍富,事义毕

---

① 《宋书》成于齐武帝永明六年,早于《文心雕龙》。《文心雕龙》成书时,沈约已经"贵盛"。

举,句韵之间,光影相照"(《梁书·刘杳传》),也正是对自己创作的要求。他曾经提出过著名的"三易"说:

> 沈隐侯曰:"文章当从三易:易见事,一也;易识字,二也;易读诵,三也。"邢子才常曰:"沈侯文章,用事不使人觉,若胸臆语也。"深以此服之。祖孝征亦尝谓吾曰:"沈诗云'崖倾护石髓'①,此岂似用事邪?"
>
> ——《颜氏家训·文章》

所谓"易见事",就是隶事用典必须明白晓畅,即邢劭所谓不使人觉,若胸臆语;之后,《文心雕龙·事类》又以更明白的语言提出"用旧合机,不啻自其口出","用人若己"。这是六朝文士对用事的高标准要求。"易识字",是反对用生涩僻奥的字词以争奇炫博,当然也是对创作的合理要求。至于"易读诵",则主要是指声律和谐。这些都是永明诗人对元嘉诗风的突破,是文学创作合乎规律的发展。沈约称赏谢朓提出的"好诗圆美流转如弹丸"(《南史·王筠传》),也正因为谢朓的意见和他同声相应,更形象精确地表达了"三易"的主张。

沈约的诗歌创作足以体现他在理论上的主张。他的诗注意格律,逐渐走向近体,诗风以自然工丽为主。古今的评论家,对沈约诗的褒贬颇不一致,其中仍以钟嵘的意见较为公允:

> 观休文众制,五言最优。详其文体,察其余论,故知宪章鲍明远也,所以不闲于经纶而长于清怨。永明相王(萧子良)爱文,王元长等皆宗附之。约("约"字疑衍)于时谢朓未遒,江淹才

---

① 祖珽引用的"崖倾护石髓",不见于今本《沈隐侯集》。

尽,范云名级故微,故约称独步。虽文不至,其工丽亦一时之选也。

这一段话,"宪章鲍明远"究竟应该怎样理解,难于确说;但是评论中所提出"不闲于经纶而长于清怨"和"江淹才尽,范云名级故微",却值得注意。简单地说,所谓"经纶",就是典重堂皇的庙堂应制诗,沈约作有一些"郊庙歌辞"、"燕射歌辞",以及几首应诏应制之作,这一类诗本来很少能写得成功,沈约的这些作品则更加质木枯燥。"长于清怨",证之以沈约的好诗,是符合实际的。永明年间,正值沈约创作的旺盛时期,加上官位渐高,"独步"之说虽然稍过,但大体上可以说明他在当时的成就和名望①。

沈约诗歌中比较成功的作品,主要是反映对现实的不满以及抒写友谊、恋情、描摹山水之作,写作时间集中在永明至齐末的近二十年间。入梁以后,由于功成名就,精力渐衰,又醉心于政治地位的追求,从此很难再见到动人的作品。

沈约和谢朓同在"竟陵八友"之列,同为永明体的倡导者,又有大致相同的经历,所以友谊甚笃,有不少酬和之作。今存的沈约集中有《饯谢文学离夜》、《酬谢宣城朓》,谢朓被杀后又有《伤谢朓》。永明九

---

① 关于《诗品》这一段评论,《南史·文学·钟嵘传》载:"嵘尝求誉于沈约,约拒之。及约卒,嵘品古今诗为评,言其优劣。……盖追宿憾,以此报约也。"这一说法流传颇广。钟嵘反对声病之说,和沈约的主张大相径庭,同时沈约在诗歌创作上的实际成就比不上谢朓、江淹,谢、江、沈同列中品,对沈约来说并不是故加压抑。而且《诗品》卷下关于傅亮的评语说:"季友文,余常忽而不察,今沈特进选诗,载其数首,亦复平美。"如果真有宿憾,就完全不必提出沈约作为品评的依据。《南史》好取轶事传闻,上述记载的可靠性很值得怀疑。

年(491),谢朓以随王文学的身份随同萧子隆远赴荆州,西邸文士设宴践行,纷纷作诗赠别,沈约诗的结句"以我径寸心,从君千里外",在众多的饯别之作中是比较真挚动人的两句。谢朓在明帝建武间出为宣城太守,当时沈约在东阳太守任上,听说谢朓患病,特意寄诗慰问。在清河所写的《伤谢朓》是《怀旧诗》中的一首,历来被视为名作:

吏部信才杰,文锋(一作"峰")振奇响。调与金石谐,思逐风云上。岂言陵霜质,忽随人事往。尺璧尔何冤,一旦同丘壤!

沈约在清河时,南齐已临亡国前夕。自从齐明帝尽诛高、武子孙,其暴虐凶残使文士感到岌岌自危。竟陵王萧子良在明帝即位前(494)病死,得保天年,但西邸文士却未能免祸。王融首先被杀,继之是沈约、谢朓外放,谢朓又于东昏侯永元元年(499)死于狱中。沈约的《怀旧诗》当作于此后不久,一组九首,全是五言八句,体格近似于颜延之的《五君咏》,风格上则比颜诗稍为含蓄。《伤谢朓》是九首中最好的一首,"调与金石谐"两句,从音律、格调两方面概括谢朓的作品,准确而形象生动,极为得体,使人联想起孙绰自称《天台山赋》掷地可作金石声和杜甫的"思飘云物动,律中鬼神惊"。其他八首中,《伤王融》、《伤庾杲之》、《伤刘沨》感情都比较强烈,已在怨、愤之间了。

范岫是沈约的另一位友人,早年同在蔡兴宗门下。大约在永明后期,范岫出为安成内史。沈约有《别范安成》:

生平少年日,分手易前期。及尔同衰暮,非复别离时。勿言一樽酒,明日难重持。梦中不识路,何以慰相思!

前四句写出了少年和老年不同时期在离别时的不同心境,这种普遍而又是复杂难言的感情,被表达得如此平易,真可谓"举重若轻",较之吴迈远的"如何与君别,当我盛年时"(《长相思》)用意又深入一层。后四句则在自然流畅中见出新巧,唐代诗人不少写离宴、梦魂的名句从此生发。全诗辞随意运,浑然一气,在全部的永明新体诗中也是难得的佳作。

表现对现实不满的诗歌,《八咏诗》无疑是集中的压卷之作。诗作于出守金华时,共八首,即《登台望秋月》、《会圃临春风》、《岁暮愍衰草》、《霜来悲落桐》、《夕行闻夜鹤》、《晨征听晓鸿》、《解佩去朝市》、《被褐守山东》。这一组诗在永明以后的诗歌中可推为大篇巨制。八个诗题合在一起,又恰恰组成一首完整的五言八句。这种写法正是刚刚兴起的"赋得"体的衍化。当时萧子良已经病故,沈约瞻念前途,茫然无所依靠,悲凉抑郁之情,在诗中一泻无余。八首中的一、二两首,仍是工稳典丽、怨而不怒的风格;后六首则奔放流宕,与沈约其他诗作大异其趣。诗的体制也很特殊,三、五、七言和辞赋、骚体杂糅,或许是感情激愤不能自已,所以采取了这种自由抒写的形式。全诗过长,摘引两段,以见一斑:

愍衰草,衰草无容色。憔悴荒径中,寒荄不可识。昔时兮春日,昔日兮春风。含华兮佩实,垂绿兮散红。氤氲鹓鹊右,照耀望仙东。送归顾慕泣淇水,嘉客淹留怀上宫。……风急崤道难,秋至客衣单。既伤檐下菊,复悲池上兰。飘落逐风尽,方知岁早寒。

——《岁暮愍衰草》

听晓鸿,晓鸿度将旦。跨弱水之微澜,发成山之远岸。怅春归之未几,惊此岁之云半。出海涨之苍茫,入云途之弥漫。无东西之可辨,孰遐迩之能算?……夜绵绵而难晓,愁参差而盈臆。望山川悉无似,惟星河犹可识。孤雁夜南飞,客泪夜沾衣。春鸿旦暮返,客子方未归。

——《晨征听晓鸿》

《八咏》的前六首均为托物自喻,后两首则直陈怨愤,状物拟人,景中生情。赋、比、兴有时交替使用,有时融合无际。王夫之很不赞成沈约,但是他所说的"含情而能达,会景而生心,体物而得神"(《夕堂永日绪论》),却完全可以移用到《八咏诗》的评论上。由于这八首诗影响很大,东阳城内就有了"八咏楼"这一古迹[①]。除此而外,沈约还写过不少咏物诗,其中有一些也有所寄托,如《寒松》、《咏孤桐》、《咏梧桐》与《霜来悲落桐》联系对照,可以看到沈约在永明、建武间思想中向往高洁及积极用世的一面。

描写自然风光的诗大多作于任新安太守时期。比较成功的作品有《早发定山》、《新安江至清浅深见底贻京邑游好》、《泛永康江》、《石塘濑听猿》等,从《文选》以来的各家选本多加选录。陈祚明以为"休文诗体全宗康乐",如果理解为这类模山范水之作,还是有理由的。沈约的诗有谢灵运幽深鲜丽的一面而乏其精警,他扬弃了大谢诗中生涩的缺点而趋圆熟,虽不如小谢的轻清流丽,却于平淡中见出韵味。这是时代诗风,也是沈约的个人特点。如《早发定山》:

---

① 《方舆胜览》和《金华志》等方志都以为八咏楼原名玄畅楼,至北宋初始更名八咏楼。沈约有《登玄畅楼》诗,但李白《送王屋山人魏万返王屋》有"沈约八咏楼,城西孤岧峣"之句,崔颢有《题沈隐侯八咏楼》诗,可见至少在唐初就有"八咏楼"的名称。

> 标峰彩虹外,置岭白云间。倾壁复斜竖,绝顶复孤圆。归海流漫漫,出浦水溅溅。野棠开未落,山樱发欲然。

"标"字、"置"字这样的修辞方式,显然是大谢的特色,通篇的风格也近似"谢康乐体"。但如《泛永康江》"长枝萌紫叶,清源泛绿苔。山光浮水至,春色犯寒来",从音律和谐、对偶工整以及"山光"两句构思的尖新,则又和大谢有明显的不同。《新安江至清浅深见底贻京邑游好》,着意描摹江水的清澈:"洞彻随浅深,皎镜无冬春。千仞写乔树,百丈见游鳞。"吴淇评"洞彻"二句云"凡水浅清易,深清难;冬清易,春清难。一层一层,极得'至'字意"(《六朝选诗定论》卷十六),虽不脱评点派习气,但剖析细致之处,不无启发。"千仞"两句,和吴均《与朱元思书》"千丈见底,游鱼细石,直视无碍"异曲同工。结尾归到京邑友好:"纷吾隔嚣滓,宁假濯衣巾。愿以潺湲水,沾君缨上尘。"用《孺子歌》"沧浪之水清兮,可以濯我缨"语,重又点明"清"字,感慨寓于言外。

沈约关于妇女生活和爱情的诗歌写得也比较出色。《四时白纻歌》五首和《六忆诗》四首是其代表作,描摹女子的情态心理,细腻而不流于卑弱。如《秋白纻》:

> 白露欲凝草已黄,金管玉柱响洞房。双心一影俱回翔,吐情寄君君莫忘。翡翠群飞飞不息,愿在云间长比翼。佩服瑶草驻容色,舜日尧年欢无极。

《白纻歌》是舞曲,鲍照、汤惠休都有同题之作。《乐府诗集》引《古今乐录》:"沈约云:'《白纻》五章,敕臣约造。'武帝造后两句。"可见也是齐武帝永明间的作品。南朝时代,从汤惠休开始,就大量拟作江南民歌的情歌。沈约的拟作数量较多，质量也较好。这些作品的写作，多数还是为了饮宴歌舞的需要，其中技巧上比较成功的作品，多少都透露出民歌中的清新气息。《六忆诗》，从诗题看当是六首，但《玉台新咏》仅录存四首，写一个青年男子回忆情人"来"、"坐"、"食"、"眠"的情态，分明是江南民歌的风致。其他乐府诗，像《江南曲》、《夜夜曲》、《阳春曲》、《朝云曲》等，也颇得宛转真挚之致。

沈约是一位多产作家，《宋书》本传记其有文集一百卷，《全梁文》所辑录沈约文尚有八卷，数量之多，冠于南朝，但大多是诏诰碑传和关于佛理的论文，文采远不如诗歌。他的骈文、散文的成就，反倒在史学著作《宋书》中体现得比较清楚。据沈约《宋书·自序》所记和清人赵翼《廿二史札记·宋书多徐爰旧本》的考证，记、传的大部据刘宋时代苏宝生、徐爰的旧作稍加润饰而成，不过其中的传论应当都是沈约的手笔。刘知几《史通·论赞》评论史书中的论赞，说"应以干宝、范晔为最，沈约、臧荣绪、萧子显次之"，《文选》选录了《宋书》中的《谢灵运传论》和《恩幸传论》，可见合于"事出于沉思，义归乎翰藻"的标准。《恩幸传论》既批评"凭借世资，用相陵驾"、"凡厥衣冠，莫非二品"，同时又攻击"权幸之徒"、"鼠凭社贵，狐借虎威"。这种企图调和折中的论点实际上反映了沈约思想中的矛盾：南方的世族在政治上很难与北来的高门相埒，而沈约一支，祖辈起自军功，更其不受重视；然而他又把寒人视为小人，对刘宋以来皇室逐渐重用寒人表示不满。不过仅就文章而论，则在矛盾的两端中能自圆其说，辞锋也颇为犀利。

沈约其他的文章，以《郊居赋》较为有名，为晚年的得意之作。这篇赋是他被梁武帝疏远以后的牢骚的表白，"迹平生之耿介，实有心于独往"，在郊区构筑别业，以得遂初志。赋中的"坠石堆星"、"冰悬垿而带坻"等句，曾为王筠激节称赏（见《梁书·王筠传》，"堆"作

"追")。但综观全篇,在六朝赋中并不能算优秀的作品。《梁书》本传录有他的《与徐勉书》,自述体弱多病,日渐消瘦:"百日数旬,革带常应移孔;以手握臂,率计月小半分。"后世文人因之而有"沈郎腰瘦"的典故。其实作书时沈约已年近七十,无怪王世贞要讥之为"极大可笑"了(《弇州山人四部稿》卷一六一)。另外,《修竹弹甘蕉文》把甘蕉比作闭塞贤路的人,俳谐之作而意存讥刺,寓有牢骚,和他的《咏甘蕉诗》并不是一回事。

沈约淹通文史,著述甚富,除文集外,有《宋文章志》三十卷,佚①。史学著作有《晋书》一百一十卷,在隋代就已亡佚;《宋书》一百卷,为"二十四史"之一;《齐纪》二十卷,佚。又有《子钞》、《迩言》、《俗说》、《杂说》、《袖中记》、《四声谱》等,并皆亡佚。今天所见到的《沈隐侯集》,是明人编订的,在《汉魏六朝百三名家集》中。据张溥《题辞》说,作品数量仅为原来的十分之三。

第三节　范云

范云(451~503),字彦龙,南乡舞阴(今河南泌阳)人。八岁即能当众赋诗。刘宋元徽四年(476),萧赜主持郢州军政,范云随父范抗在郢府。沈约与范抗同府,和比他年轻十岁的范云相识结交。宋、齐易代之际(479),萧子良为会稽太守,范云开始进入萧子良幕下,由于能识读秦石刻篆文,受到赏识重视。次年,萧子良为丹阳尹,召范云

---

① 此据《宋书》本传。《隋书·经籍志》"史部"、"簿录编"录有《宋世文章志》二卷,沈约撰,当是一书。但既属刘宋一代目录,似不应有三十卷之多,疑《宋书》所记有误。

为主簿。齐武帝永明十一年间,范云一直在建康任萧子良司徒记室参军、通直散骑侍郎。齐明帝建武初(494、495),外放为零陵内史,不久召还,授散骑侍郎,又出为始兴内史①,在任均有政绩。不久迁广州刺史,以事召还建康下狱,旋又赦免,授国子博士。

范云是"竟陵八友"之一。萧衍率兵攻建康,范云和沈约积极响应,并为萧衍出谋划策。萧衍代齐称帝,以范云为吏部尚书、尚书右仆射。天监二年(503)病卒,年五十三,谥曰文。

范云为人处世与沈约颇有相似之处,笃于友情,奖掖后进,急人之难。政治上比沈约有所作为,在萧子良幕中屡屡上书规劝子良,出为外任也能廉洁自持,安抚百姓。入梁任吏部尚书,史称其机警明瞻,梁武帝对他的信任超过沈约,死后曾亲临吊唁。任昉在范云死后写给沈约的信上赞其"淳孝睦友"、"直道正色",并非过誉。

齐、梁之间,范云在文坛上的地位仅次于沈约,名高望重。除"竟陵八友"中的人物以外,又和周颙、王筠、孔休源、到沆等文士相善。对后进如刘孝绰、裴子野也多方鼓励;待何逊尤为亲厚,为相差三十岁的忘年交。杜甫《解闷》之四"沈范早知何水部",李商隐的《漫成》三首,都赞美了沈约、范云与何逊的关系,被唐人视为佳话。

范云的诗今存四十余首,和多数齐、梁作品一样,缺乏具有较大社会意义的题材,内容仍以抒写朋友之情和男女之情为主,还有一部分咏物诗。诗风纤秀,即钟嵘所谓"清便宛转,如流风回雪"。写朋友之情的,有与何逊、沈约、王融、谢朓、张谡的赠答。例如和何逊的

---

① 谢朓有《新亭渚别范零陵云》,是在新亭送别范云赴任之作,谢朓于建武二年出为宣城太守,所以范云出守的时间不得晚于建武二年。《梁书·范云传》接着说"明帝召还都,及至,拜散骑侍郎,复出为始兴内史","召还"意味未满任期。明帝在位仅五年,范云出为始兴,当在建武四年末。

联句:

> 洛阳城东西,却作经年别。昔去雪如花,今来花似雪。

诗见《何逊集》,题作《范广州宅联句》。范云在永元元年六月为广州刺史,此诗当作于永元二年春①。"雪如花"、"花似雪"都是眼前实景,难在诗人对形象的捕捉和联想。前此有谢道韫的"未若柳絮因风起",后此有岑参的"千树万树梨花开",都是有名的比喻。但是范云的两句以雪和花回环作比,别见巧思,所以陈祚明誉为"神到之笔,不期而得"(《采菽堂古诗选》卷二四)。《赠张徐州谡》的写作时间稍晚于联句②,前半叙事,后半抒怀:

> 田家樵采去,薄暮方来归。还闻稚子说,有客款柴扉。傧从皆珠玑,裘马悉轻肥。轩盖照墟落,传瑞生光辉。疑是徐方牧,既是复疑非。思旧昔言有,此道今已微。物情弃疵贱,何独顾衡闱。恨不具鸡黍,得与故人挥。怀情徒草草,泪下空霏霏。寄书云间雁,为我西北飞。

---

① "却作经年别",一作"常作经时别"。范云在建武四年冬出为始兴,与何逊分别。永元二年七月,张谡为徐州刺史,访范云不遇,时范尚赋闲家居。联句题作"范广州",可见正值范云遇赦出狱之后,任国子祭酒之前,当在永元二年春。《诗纪》题作《别诗》,与联句内容不合,当从《何逊集》。
② 张谡,《南齐书》、《梁书》均作"张稷"。《文选》卷二〇《侍宴乐游苑送张徐州应诏诗》李善注:"张谡,字公齐,齐明帝时为北徐州刺史。谡,霜六切。"五臣于范云此诗下亦注:"谡,所六切。"据此知唐人所见写本作"谡"。

当时正值范云罢广州刺史家居。"樵采"云云,是诗人套语。诗中以张谡的得意对照自己的失意。"疑是"六句,写世态炎凉而张谡仍然故人情重,曲折跌宕。结语四句流于俗套,似乎力不从心,这也是前人批评范诗所谓"浅"、"弱"之病的一种表现。

范云写爱情的诗最能见出清便宛转的特色。例如:

> 东风柳线长,送郎上河梁。未尽樽前酒,妾泪已千行。不愁书难寄,但恐鬓将霜。望怀白首约,江上早归航。
>
> ——《送别》

> 春草醉春烟,深闺人独眠。积恨颜将老,相思心欲燃。几回明月夜,飞梦到郎边。
>
> ——《闺思》

受乐府民歌影响的痕迹灼然可见。《闺思》写得更好,当得起"无一弱语"。"积恨"一联属对工巧,"几回明月夜,飞梦到郎边"在整个六朝诗中也属于上乘,声律和情调已宛如宋词中《临江仙》的结句。

范云有咏寒松、园桔的咏物诗,沈约也有同题之作;范云有写自然景色的《四色诗》,王融也有《四色诗》(存一首),可能都是"竟陵八友"时期文酒流连时的唱和之作。以山水为题材的诗,如"江干远树浮,天末孤烟起。江天自如合,烟树还相似"(《之零陵郡次新亭诗》),也不失为可读的好句。

范云有集三十卷,至唐宋尚存十一卷,已佚。

第四节 任昉

任昉(460~508),字彦昇,原籍乐安博昌(今山东博兴)。十六岁时就为刘宋丹阳尹刘秉辟为主簿。齐武帝永明二年(484),王俭为丹阳尹,又以之为主簿,推崇他的才能为一时无两,并让任昉改定自己的文章。此后不久,又为萧子良记室参军,是"竟陵八友"之一。永明三年,与宗夬一起接待北魏使者①。郁林王萧昭业被废,任昉为萧鸾作《让宣城郡公表》,不合于萧鸾的意志,所以后来萧鸾即位为齐明帝,在位五年始终不予升迁。齐末,入萧衍幕中为记室参军,专掌文字书记。梁武帝天监二年(503),出为义兴太守,清廉节俭,所得俸禄多用济贫民。天监三年调入建康,由吏部郎转御史中丞、秘书监,校定秘阁藏书。六年,又出为新安太守,有政绩,一年后病卒。年四十九。谥曰敬子。

任昉年辈较小于沈约、范云,同为齐、梁间著名文人,又都笃于友谊,热心奖励后进②。在义兴任上"儿妾食麦",却把友人到溉、到洽接去游览山泽。入为御史中丞后,经常宴请文人,来往的著名文人有殷芸、陆倕、刘孝绰及到氏兄弟等,当时号"龙门之游",又号"兰台

---

① 《梁书·宗夬传》:"永明中,与魏和亲,敕夬与尚书殿中郎任昉同接魏使,皆时选也。"据《通鉴》永明三年八月,魏李彪聘齐,至五年而边衅重开,南北又中断互聘。永明三年,任昉正任殿中郎。
② 任昉奖掖后进是有条件的,即必须别人主动表示亲附。《梁书》本传说"有善己者则厚其声名",《南史》本传则更明白地说"不附之者亦不称述"。比如裴子野是任昉的表亲,不愿意登门干进,任昉就不肯加以提拔。

聚"。这是当时士大夫互通声气、求名延誉的常用方式,所以刘峻在《广绝交论》中说他"类田文之爱客,同郑庄之好贤",文士们"蹈其阃阈,若升阙里之堂;入其隩隅,谓登龙门之坂"。

《南史·任昉传》说任昉"既以文才见知,时人云'任笔沈诗'。昉闻,甚以为病。晚节转好著诗,欲以倾沈,用事过多,属辞不得流便,自尔都下士子慕之,转为穿凿,于是有才尽之谈矣"。这一段记载本之于《诗品》,和《南史·沈约传》"谢玄晖工为诗,任彦昇工于笔,约兼而有之,然不能过也"稍有不同,但均以为任昉工于无韵之笔。从任昉所存作品的数量和质量来看,上述的评价在南朝也是有代表性的。《文选》所收任昉的文共十七篇,数量冠于全书,也是一个明证。

任昉的文绝大部分是应用文。萧衍代齐前后有关的诏、令,大多出于他的手笔。这些歌德之文,难在堂皇典奥而不流于过分夸饰。比如册九锡文,历来都不出潘勖《册魏公九锡文》"此又公之功也"这一套子,任昉的《策梁公九锡文》也是如此。虽则萧衍的功业远不能追步曹操,但在任昉的铺陈排比之下,却俨然德业巍巍而又大体不离事实。《宣德皇后令》夸奖萧衍"博通群籍,而让齿乎一卷之师;剑气凌云,而屈节于万夫之下",《天监三年策秀才文》代萧衍自称"本自诸生,弱龄有志;闭户自精,开卷独得。……倾心骏骨,非惧真龙;辎鞯青紫,如拾地芥",也都用典得当,颂扬得体,为"颂圣"之文树立起一类样板。这类文章自然并无多大价值,然而在之后一千多年封建社会中却起过不容忽视的影响。

《文选》中录有任昉"弹事"二篇。其《奏弹刘整》一文,弹劾刘整侵凌寡嫂,其中"谨案"至"臣谨案"一大段,当是根据刘整寡嫂的诉状而加以改写的文字。这段文字历叙叔嫂、子侄、婢仆之间的诟骂斗殴,绘声绘色,钱锺书《管锥编》评为"颇具小说笔意,粗足上配《汉书·外戚传》上司隶解光奏,《晋书·愍怀太子传》太子遗妃书"(第四册1420页)。从语言的角度看,则基本上是当时口语,可以视为中古语言史的重要原始材料。

任昉的文章并不追求浮华绮丽而趋于简练朴素。他的诗风和文风相一致,虽然没有很精彩的作品,在南朝诗中却别具一格。他是一位作家而兼学者,王僧孺称其"耻一物之不知,惜寸阴之徒靡。下帷闭户,投斧悬梁"(《太常敬子任府君传》),家中聚书多至万余卷,和沈约、王僧孺并为齐、梁间著名的藏书家。《诗品》说他"博物,动辄用事,所以诗不得奇",从今存任昉诗二十多首来看,还不能算"动辄用事",也许用事过多的诗早已不传。任昉读书既博,学过于才,诗歌缺乏情韵。不过他的诗有写得极真挚的,比如《出郡传舍哭范仆射》①:

与子别几辰,经途不盈旬。弗睹朱颜改,徒想平生人。宁知安歌日,非君撤瑟晨?已矣余何叹,辍春哀国均。(其三)

"弗睹"四句,写乍闻凶信的心情,命意深刻,遣辞宛转,谭元春评为"说得欢娱人冰冷"(《诗归》卷十四),尽管是竟陵派偏于纤诡的欣赏尺度,却不失为一语破的。诗中如"一朝万化尽,犹我故人情"、"结欢三十载,生死一交情"(其一),悲凉凝练,也似多少开出了杜诗的先路。写景诗如《济浙江》:

昧旦乘轻风,江湖忽来往。或与归波送,乍逐翻流上。近岸

---

① 《文选》作一首,《诗纪》作三首,《先秦汉魏晋南北朝诗》以为作三首者误,当是三章。明、清人的选本多作三首,从诗的实际情况看,似应作三首为是。

无暇目,远峰更兴想。绿树悬宿根,丹崖颓久壤。

这在他的诗作中算是比较轻快、清新的一首。"或与"二句,可能还寄托了一些感慨。

任昉著有《地记》二百五十二卷,据《隋书·经籍志》说:"齐时,陆澄聚一百六十家之说,依其前后远近,编而为部,谓之《地理书》。任昉又增陆澄之书八十四家,谓之《地记》。"可见这是一部编纂的书。又有《杂传》二百四十七卷(《隋书·经籍志》二作"一百四十七卷")。文集三十三卷,均佚。今存《任彦昇集》是明人重编的,在张溥《汉魏六朝百三名家集》中。

第十章　王俭、张融、孔稚珪和齐代其他作家

第一节　王俭和齐初文人

南齐一代虽仅二十三年，却处于文风丕变之际。齐初文人大抵成名于宋末，其中较有名的是王俭、丘灵鞠、丘巨源等。王俭位高望重，对当时文坛的影响尤大，后来的著名文人如江淹、任昉、钟嵘等无不受到过他的赏识或提拔。

王俭(452~489)，字仲宝，祖籍琅邪临沂(今属山东)人。祖王昙首、父王僧绰，都是宋文帝时的大臣。王僧绰为刘劭所杀，王俭由叔父王僧虔抚养成人。宋明帝时，入仕为秘书郎、太子舍人，超迁秘书丞，上表请求校理典籍，按刘歆《七略》的体例撰《七志》四十卷。后废帝时，又撰《元徽四部书目》四卷；后又作《今书七志》七十卷。萧道成为太尉，引为右长史，转左长史。萧道成加九锡、封齐公及受禅文告多出其手。齐初为尚书左仆射，永明时进号卫军将军，为国子祭酒、丹阳尹，进号开府仪同三司领中书监，卒。过去论者以王俭母及妻都是刘宋公主，而其本人则为南齐佐命，所以对他的政治态度多有微词。

王俭基本上是一位学者，他的贡献主要在目录学和礼制方面。他对当时朝廷藏书进行校勘整理，在东晋李充、刘宋谢灵运等人的基础上编撰了目录书《七志》，分为《经典》、《诸子》、《文翰》、《军书》、《阴阳》、《术艺》、《图谱》七部分。梁阮孝绪编撰《七录》，把道经和佛经各为一录，自称"虽继《七志》之后，而不在其数"（《七录序》），可见《七志》中也录有道、佛两家的典籍。这部目录在我国目录学史上具有重要的地位。王俭又"长礼学，谙究朝仪"，撰《古今丧服集记》，今存的文章有不少内容都是议礼的。

　　据《隋书·经籍志》著录，王俭有文集六十卷，早佚，仅存梁任昉所作的《王文宪集序》。清严可均《全上古三代秦汉三国六朝文》辑有其文三卷，大部分是应用文字，且多议礼制及政事，不以文采见长。其中《太宰褚渊碑文》，为《文选》所选录。文章虽然是照例的谀墓之辞而能文采斐然，如"逍遥乎文雅之囿，翱翔乎礼乐之场；风仪与秋月齐明，音徽与春云等润。韵宇弘深，喜愠莫见其际；心明通亮，用言必由于己。汪汪焉，洋洋焉，可谓澄之不清，挠之不浊"，遣辞典雅，上继晋人品藻人物的遗响，表现了六朝上层士大夫的风度，颇为同类文章的作者所仿效。"风仪"两句，也是后来《滕王阁序》"落霞"、"秋水"句法的渊源之一。他还作过《畅连珠》，今仅存佚文见于《艺文类聚》卷五七：

　　　　盖闻王佐之才虽远，岂必见采于当世；凌云之气徒盛，无以自致于云间。是故魏人指玉于外野，和氏泣血于荆山。

　　这段文字疑是王俭长期执掌吏部时对选拔人才的看法，用事切当，颇合于当时骈体文所追求的艺术特色。他由于身居显职，博记典故，骈文的成就比较高，所以仿效者多，"手笔典裁，为当时所重"（《南齐书》本传)。

王俭的诗、赋亦留存很少。诗今存四言三首,五言五首。如《春夕诗》:

露华方照岁,云彩复经春。虚闱稍叠草,幽帐日凝尘。

又如《后园饯从兄豫章诗》:

兹夕竟何夕,念别开曾轩。光风转兰蕙,流月泛虚园。

这两首诗分别见于《初学记》卷三和《艺文类聚》卷二九,疑非全篇,风格比较轻巧。钟嵘《诗品》列王俭于下品,称"至如王师文宪,既经国远图,或忽是雕虫",措辞委婉而评价不高。赋今存《和竟陵王子良高松赋》及《灵丘竹赋应诏》两篇,皆非全文,也不见特色。前者沈约有同题之作,后者江淹有同题之作,都应当是和萧子良等人一起文酒赏会之余的作品。

和王俭同时的文人还有丘灵鞠和丘巨源等。丘灵鞠是梁代著名作家丘迟的父亲,著有《江左文章录序》,已佚。诗文也都已散佚,仅存《南齐书》本传所录宋孝武帝殷贵妃挽歌佚句"云横广阶暗,霜深高殿寒",为宋孝武帝所赏。一斑窥豹,可以见到符合于《诗品》所评"祖袭颜延"的特点。入齐后因为仕途不利,颇有牢骚。曾在沈渊座中见到王俭的诗,沈渊称王"文章大进",灵鞠却不客气地说是"何如我未进"。王俭听到后,说:"丘公仕官不进,才亦退矣。"对王俭这样的大名流贬抑而无所顾忌,虽未必是"才退",至少在当时的文坛上已经失去了立足之地。

丘巨源,南兰陵(今江苏常州)人。年轻时就为宋孝武帝所赏识,明帝时尝掌诏诰。后废帝时,桂阳王刘休范作乱,曾以钱物对他进行拉拢,他通过萧道成向朝廷告发,并为朝廷撰符檄。事平后以此居功,致书尚书令袁粲要求封赏,未能如愿。沈攸之作乱,又为萧道成作《尚书符荆州》,罗列沈攸之的罪状,但同样没有得到封赏,于是心怀不满。齐武帝永明初,明帝萧鸾为吴兴太守,丘巨源作《秋胡诗》,语含讥刺,终于导致被杀。丘巨源诗今存二首,文今存三篇,都是应用骈文,两篇斥沈攸之,一篇致袁粲。文风典丽,是当时通行的风格。

第二节 虞炎、虞羲及其他诗人

南齐诗人除谢朓、王融等永明体的代表作家外,较有名的要数虞炎、虞羲、陆厥和释宝月等。其中虞炎的年辈较早,可能在宋末已踏上仕途,官至骁骑将军,其卒年则最早也当在齐明帝建武中①。《南齐书·文学传》记载,"会稽虞炎,永明中以文学与沈约俱为文惠太子所遇,意眄殊常",可见他在当时贵族心目中的地位。虞炎的文章今存《鲍照集序》一篇,是现存有关鲍照生平的重要史料。文中称"储皇博采群言,游好文艺"云云,储皇即文惠太子萧长懋,可知此文是在永明年间奉萧长懋之命而作。序中说"照所赋述,虽乏精典,而有超

---

① 《南齐书·孝义传》:"太祖(萧道成)即位,遣兼散骑常侍虞炎等十二部使行天下。"按:散骑常侍之职,《宋书·百官志下》谓"秩比二千石",非初释褐者所任,可知虞炎入仕当在刘宋时。又《南齐书·礼志上》,载明帝建武二年,骁骑将军虞炎曾预议南郊祭天礼事,其卒年当在此以后。

丽",代表了齐初上层人士的文学观点,与萧道成的见解类似①。虞炎诗今存四首,其中《饯谢文学离夜》及《奉和竟陵王经刘巘墓下》皆为永明时期和其他诗人的同题之作。其《玉阶怨》一首,诗风与谢朓、王融的一些小诗相近:

> 紫藤拂花树,黄鸟度青枝。思君一叹息,苦泪应言垂。

诗中"黄鸟度青枝"一句被钟嵘举为当时人学谢朓之例②。不过按《南齐书·孝义传》的记载,虞炎在萧道成称帝时已为散骑常侍,年辈当早于谢朓。恐是文风相近而未必刻意学谢。至于《饯谢文学离夜》:

> 差池燕始飞,羃历草初辉。离人怅东顾,游子怆西归。清潮已驾渚,溽露复沾衣。一乖当春聚,方掩故园扉。

此诗为送别谢朓之作,同时作者还有王融、沈约、范云、刘绘等。末二句写送别之后,当掩扉独处。这种表现惜别之情的手法,在后来诗歌中经常可以见到。

---

① 《南齐书·武陵昭王晔传》记萧晔与诸王共作短句诗,学谢灵运体,呈送给萧道成。萧道成回答说:"见汝二十字,诸儿作中最为优者。但康乐放荡,作体不辨有首尾。安仁、士衡深可宗尚,颜延之抑其次也。"可见萧道成提倡的是潘、陆和颜延之那种典雅诗体,对谢灵运不甚赞赏。萧长懋大约继承祖父看法,所以虞炎才认为鲍照"乏精典"。这一评价和萧长懋的从兄弟萧子显在《南齐书·文学传论》中说鲍照"险急",可以说一脉相承。

② 《诗品序》:"学谢朓,劣得'黄鸟度青枝'。"前人如陈师道、吴骞都误以为这是谢朓的逸句。其实"劣得"作"仅得"解。《水经注·浊漳水》:"以木为桥,劣得通行。"《宋书·刘怀贞传》:"德愿善御车,常立两柱,使其中劣通车轴。"盖当时口语。

稍后于虞炎的诗人虞羲,其生平有两种不同的说法。《文选》虞子阳《咏霍将军北伐诗》李善注引《虞羲集序》:"羲字子阳,会稽人也。七岁能属文,后始安王引为侍郎,寻兼建安征虏府主簿功曹,又兼记室参军事,天监中卒。"《南史·王僧孺传》:"虞羲字士光,会稽余姚人,盛有才藻,卒于晋安王侍郎。"二说不同,已难确考①。从现有史料只知道虞羲在齐武帝永明时为太学生,曾出入竟陵王萧子良西邸;齐武帝临终时,王融想发动政变拥立萧子良,虞羲与丘国宾事先估计不能成功②。至于他的卒年,似以《虞羲集序》说在梁天监中较近③。虞羲诗今存十三首,《咏霍将军北伐诗》为《文选》所录。此诗当是永明中齐武帝令毛惠秀画《汉武北伐图》前后所作:

拥旄为汉将,汗马出长城。长城地势险,万里与云平。凉秋八九月,虏骑入幽并。飞狐白日晚,瀚海愁云生。羽书时断绝,刁斗昼夜惊。乘墉挥宝剑,蔽日引高旍。云屯七萃士,鱼丽六郡兵。胡笳关下思,羌笛陇头鸣。骨都先自詟,日逐次亡精。玉门罢斥堠,甲第始修营。位登万庚积,功立百行成。天长地自久,

---

① 严可均《全齐文》从《南史》;逯钦立《先秦汉魏晋南北朝诗》从《虞羲集序》;丁福保《全汉三国晋南北朝诗》兼录二说,不作结论。
② 见《南史·王僧孺传》、《王融传》。
③ 虞羲卒年涉及他是南齐人抑为梁人的问题。据《虞羲集序》及《诗品》称"梁常侍虞羲",则当卒于梁天监中。但《隋书·经籍志》称"齐前军参军",《南史》称"卒于晋安王侍郎",又似卒于齐代。然《隋志》称"前军参军",与"晋安王侍郎"不合。《南齐书·明七王传》载巴陵王萧宝义封晋安王,齐亡改封巴陵。宝义于建武时尝为前军。又鄱阳王萧宝寅,初封建安王,"东昏即位,为使持节都督郢司二州军事,征虏将军,郢州刺史,寻进号前将军",与《虞羲集序》所言虞羲仕历合。且《集序》当是熟知虞氏者所作,当从《集序》。

> 人道有亏盈。未穷激楚乐,已见高台倾。当令麟阁上,千载有雄名。

这种写边塞战争的诗,上继鲍照,下开吴均。鲍诗多仿汉《相和歌辞》而吴诗多仿《汉横吹曲》,而此诗则纯是咏史,与鲍、吴之取乐府旧题不同,然风格上仍有相类似之处。此诗的题材、风格,在各代均属少见,所以胡应麟说:"虞子阳《北伐》,大有建安风骨,何从得之?"(《诗薮》外编二)虞羲另一些诗则属于永明时期的一般风格。如《春郊诗》:

> 光风转蕙亩,香雾郁兰津。暄迟蝶弄花,景丽鸟和春。樵歌喧垄暮,渔枻乱江晨。山中芳杜若,依依独思人。

除末二句外,全是对仗,辞藻华美,已近于后来的律诗。这说明作者也受到了当时诗风转变的影响。

和虞炎、虞羲大体同时的陆厥(472~499),字韩卿,吴郡吴县(今江苏苏州)人。父陆闲因牵涉始安王萧遥光谋反事被杀,陆厥亦哀恸而卒。他曾致书沈约,对《宋书·谢灵运传论》中关于宫商声律的论述提出不同的见解,认为前人早已了解四声的运用而并非沈约的创造发现。《南齐书》本传称他"好属文,五言诗体甚新变"。他的诗今存十首,多系乐府诗。其中如《临江王节士歌》:

> 木叶下,江波连,秋月照浦云歇山。秋思不可裁,复带秋风来。秋风来已寒,白露惊罗纨。节士慷慨发冲冠,弯弓挂若木,长剑竦云端。

用杂言写秋景的萧瑟及节士慷慨激昂的神情都很形象,这类题材在当时诗坛上也比较少见。他的五言诗如《中山王孺子妾歌》第二首:

> 如姬寝卧内,班婕坐同车。洪波陪饮帐,林光宴秦余。岁暮寒飙及,秋水落芙蕖。子瑕矫后驾,安陵泣前鱼。贱妾终已矣,君子定焉如。

写以色事人者担心色衰被弃,可能对当时某些人暗寓讥刺。但这种题材的诗歌,多少和后来收在《玉台新咏》中的作品有某些类似之处,所以《南齐书》说他的五言诗"体甚新变"。其实陆厥现存的作品,多引史实,遣辞亦多用典或化用古诗成句。例如这首诗直搬如姬等四个古代的美女美男(泣前鱼为龙阳君而非安陵君事,诗中误用),和新变体的用典要求并不完全契合。

南齐还有一位诗人释宝月,曾对"西曲歌"之流行于上层社会起了一定的作用。据《乐府诗集》卷四八引陈释智匠《古今乐录》载,齐武帝曾作《估客乐》一首,命乐官谱曲,始终不能满意,幸经宝月之助,始得完成。《南齐书·乐志》记:"《永平(明)乐歌》者,竟陵王子良与诸文士造奏之,人为十曲。道人释宝月辞颇美。上尝被之管弦,而不列于乐官也。"可见宝月在永明时代,亦曾出入竟陵王萧子良西邸。他的诗今存五首,其中有四首为《估客乐》,即"西曲歌"曲调。如:

> 有信数寄书,无信心相忆。莫作瓶落井,一去无消息。(其二)

又如他的《行路难》:

> 君不见孤雁关外发,酸嘶度扬越。空城客子心肠断,幽

闺思妇气欲绝。凝霜夜下拂罗衣,浮云中断开明月。夜夜遥遥徒相思,年年望望情不歇。寄我匣中青铜镜,倩人为君除白发。行路难,行路难。夜闻南城汉使度,使我流泪忆长安。

据《诗品》说:"《行路难》是东阳柴廓所造,宝月尝憩其家,会廓亡,因窃而有之。"此说或有所本。但这诗写思妇之情,则与宝月其他作品类似。宝月作为一个僧人而写情歌,和汤惠休颇相类似,所以《诗品》将二人合论。这种现象的出现,恐与佛教徒探讨民歌音律,以制禅诵之声有关。《南齐书·竟陵王子良传》载萧子良于永明五年"移居鸡笼山邸","招致名僧,讲语佛法,造经呗新声",此时正当诗歌中"永明体"形成之际,宝月又曾和沈约、谢朓、王融等共造《永明乐》。从这个例子多少可以看到"永明体"新诗与当时的"经呗新声"的相互影响,并且都与当时的民歌有一定的关系。

第三节 张融

张融(444~497),字思光,吴郡吴县(今江苏苏州)人。其父张畅在刘宋时被称为"东南之秀"。张融早有声誉,宋孝武帝时入仕为新安王北中郎参军,出为交州封溪令。后还建康,举秀才,历仪曹郎等职。以家贫,曾致书张永及王僧虔求官。入齐,历官豫章王萧嶷司空骠骑参军、中书郎及竟陵王萧子良征北谘议兼记室、司徒从事中郎。后为太子中庶子、司徒左长史。

张融的思想以调和佛、道为主。著有《门律》,亦名《少子》、《通源》,实即"家诫"、"庭诰"一类著作。书已佚,从他的《以〈门律〉致书周颙等诸游生》中,尚可窥其梗概。他说:"吾门世恭佛,舅氏奉道。道也与佛,逗极无二。寂然不动,致本则同;感而遂通,达迹成异。"又说:"吾见道士与道人战儒墨,道人与道士狱是非。昔有鸿飞天道,积远难亮,越人以为凫,楚人以为乙(音轧,鸟名)。人自楚越耳,鸿常一鸿乎?"周颙对这种论点曾有诘难,张融也作了答复。张融临终时作有《遗令》,要"左手执《孝经》、《老子》,右手执小品《法华经》",在佛、道之外,又加上儒家经典一同随葬。

张融以性情乖僻著称,齐高帝评论说:"此人不可无一,不可有二。"张融在给王僧虔的信中,曾以阮籍爱东平土风自比,说明他的狂放也颇有效法阮籍的意思。他自视很高,"吾文体英绝,变而屡奇,既不能远至汉魏,故无取嗟晋宋"(《戒子书》)。在《门律自序》中他说:"我文章之体,多为世人所惊。汝可师耳以心,不可使耳为心师也。夫文岂有常体,但以有体为常,政当使常有其体。"又说:"吾之文章,体亦何异?何尝颠温凉而错寒暑,综哀乐而横歌哭哉?"可见他的文体不为时人所理解而仍然我行我素。从仅存的几首诗歌来看,只有《白日歌》稍有立异之感:

   白日白日,舒天昭晖。数穷则尽,盛满则衰。

这首诗据他自己在序言中说,意在阐明"衰为盛之终,盛为衰之始"的道理。从哲理而论,不为无见,但作为诗歌,则又有向玄言诗倒退的意味。另一首《箫史曲》,咏箫声,遣辞壮阔,也与一般作品有所不同。至于他的《别诗》:"白云山上尽,清风松下歇。欲识离人悲,孤台见明月。"用写景来衬托离人的心情,结句含蓄,耐人寻味。但整体风格手法与当时流行的诗风并无太大的不同。这也许可以说明张融虽有志自开门径,但并没有完全达到目的。

张融作品中比较有名的是他的《海赋》。赋见《南齐书》本传,但

《南齐书》在卷后有"张融《海赋》文多脱误,诸本同"一语,可见在缮写过程中已有不少夺误。此赋是作者在宋孝武帝时出任交州封溪令时经由海道而作。他对这篇赋很自负,声称"木生之作,君自君矣",似有与晋代木华的名篇《海赋》争胜之意。而且他曾把这篇赋给顾觊之看过,受到顾觊之"卿此赋实超玄虚(木华)"的赞誉。不过按之实际,这篇赋使用奇字僻字太多,失于艰涩,所以《文选》收录木华的《海赋》而不收录此篇。张融虽有意于和木华立异,但赋的内容及手法仍不免有因袭的痕迹。这类题材,无非是写海的广大和风浪的险恶,而其中"壮哉水之奇也"、"奇哉水之壮也"等句,实即取法木华的"其为广也"、"其为怪也"、"宜其为大也"诸句。不过从赋中也可以看出作者追求奇丽、戛戛独造所做的努力,如写海中的狂浪:"湍转则日月似惊,浪动则星河如覆,既烈太山与昆仑相压而共溃,又盛雷车震汉破天以折毂。""日月似惊"、"星河如覆"二语设想新奇,"太山"与"雷车"两句,在辞赋中是罕见的长句对仗,在骈文盛行的齐梁时代尤为少见,这也许是他作文力求不同于时辈的一个方面。据说顾觊之在见到此赋时,曾对张融说可惜没有写到盐,张融立即挥笔补上四句"漉沙构白,熬波出素,积雪中春,飞霜暑路",表明了作者的才思敏捷和辞藻华美。其中一些设喻,也颇见巧思。如:

若乃春代秋绪,岁去冬归。柔风丽景,晴云积晖。起龙途于灵步,翔螭道之神飞。浮微云之如梦,落轻雨之依依。

写春日风平浪静时的海景,用梦的来去飘忽无定来形容浮云,为前此所未有,也许竟是秦观名句"自古飞花轻似梦"的远祖。又如:

照天容于鯔渚,镜河色于鲂浔,括盖余以进广,浸夏洲以洞深。形每惊而义维静,迹有事而道无心。

前二句形容天光云影映于水面;次二句则写海之广可以包天,深可以淹陆;末两句写水虽有各种奇丽景色,而水底则寂然不动,以此来比喻玄虚及禅定的心境。这正是张融调和佛、道教义的思想。不论对这种哲学观点作什么样的评价,都不能否认,这样的表现已经超越"理障"而接近"理趣"了。

第四节　孔稚珪和刘绘

张融的表弟孔稚珪(447~501),字德璋,会稽山阴(今浙江绍兴)人,在南朝作家中以《北山移文》为人们所熟知。孔稚珪出生于一个信奉道教的家庭,父灵产,以"事道精笃"著称。张融所谓"舅氏奉道"当即指灵产而言。孔稚珪在宋后废帝时入仕为安成王(顺帝)车骑行参军,转尚书殿中郎。萧道成引为记室参军,与江淹对掌辞笔,迁尚书左丞,丁父忧去职。服阕为司徒从事中郎。齐武帝永明七年为骁骑将军,复领尚书左丞,转太子中庶子。曾参与刑律的修订工作。齐武帝末,王融拟拥立竟陵王萧子良,事败,朝廷令孔稚珪上表弹劾,致王融于死地。齐明帝时,为冠军将军,平西长史南郡太守,曾上表谏对北魏用兵。东昏侯永元元年为都官尚书,迁太子詹事。

孔稚珪一生始终没有离开仕途,而史称"不乐世务,居宅盛营山水,凭机独酌,傍无杂事,门庭之内,草莱不翦"。从孔稚珪存的一些文章看来,他似亦笃信道教,所作《褚伯玉碑》、《道馆碑》都以歌颂道教为内容。他曾与张融、陆澄、虞悰、沈约等联名上表举荐道教徒杜京产,认为"宜释巾幽谷,结组登朝,则岩谷含欢,薜萝赴抃矣"。可见他虽信道教,乐隐居,却又认为隐居与仕途并不矛盾。这是当时士大夫们身为官吏而又模仿隐士游山玩水,不问政事的"朝隐"风气。

孔稚珪的文章以《北山移文》最为传诵。此文为六朝骈文的代表作之一。关于写作此文的动机,据《文选》五臣吕向注说:"钟山在都(建康)北。其先周彦伦(周颙)隐于此山,后应诏出为海盐县令,欲却过此山。孔生乃假山灵之意移之,使不许得至。"研究者多据此说而认为作品讽刺了周颙这一位假隐士。但《南齐书·周颙传》对周颙的仕历记述甚详,他并未做过海盐令。所以清代的张云璈、梁章钜已表示怀疑。经考证,已可证明吕向之说不足信①。比较合理的解释应该是:周颙与孔稚珪是好友,可能周颙在任剡令或山阴令期满后返建康时,孔稚珪作此文以相戏谑②。同时,在戏谑之中也夹杂有不满,谑而近虐,就给人以讥嘲的印象。

《北山移文》全系拟托山灵口吻,批评周颙不能坚持自己的隐遁之志,而去出任县令。这篇文章的精彩之处,正如钱锺书所说

---

① 参看王运熙《孔稚珪的〈北山移文〉》(《汉魏六朝唐代文学论集》第79~84页),拙作《中古文学丛考·〈北山移文〉吕向注辨》(《古代文学研究集》第178~185页)。

② 王运熙认为周颙和孔稚珪二人生活情况相似,他们又都与何点、何胤、张融等友善。其说是。按:张融《以〈门律〉致书周颙等诸游生》末云:"书与二何(何点、何胤)、两孔(孔稚珪及兄仲智)、周剡(周颙)山茨。"可见周、孔都和张融过从甚密,他们相互间的戏谑也是常事。《梁书·何点传》:"吴国张融少时免官,而为诗有高尚之言。点答诗曰:'昔闻东都日,不在简书前。'虽戏也,而融久病之。及点后婚,融始为诗赠点曰:'惜哉何居士,薄暮遘荒淫。'点亦病之,而无以释也。"《北山移文》当为齐建元中罢山阴令后作。因周罢剡令在宋昇明初,时孔稚珪方出仕,未必就和周颙友善而能戏谑。关于吕向注所说"海盐令"事,当是吕向误读"驰妙誉于浙右"句而致。

"以风物刻画之工,佐人事讥嘲之切,山水之清音与滑稽之雅谑,相得而益彰"(《管锥编》第四册第1346页)。文中写周颙隐居之初"芥千金而不眄,屣万乘其如脱","谈空空于释部,核玄玄于道流,务光何足比,涓子不能俦"。但是当朝廷命他出任县令时,他就"形驰魄散,志变神动。尔乃眉轩席次,袂耸筵上,焚芰制而列荷衣,抗尘容而走俗状"。描形绘状,颇近尖刻。文中最富诗意的是"使我高霞孤映,明月独举,青松落阴,白云谁侣,涧石摧绝无与归,石径荒凉徒延伫"几句,写山中景色之美,而人去之后,无人观赏,使自然景色显得寂寞萧瑟而产生了怨恨之情。文中对周颙出仕,虽多嘲谑,但对他的政绩,也作了赞扬,说他"张英风于海甸,驰妙誉于浙右","笼张、赵于往图,架卓、鲁于前箓,希踪三辅豪,驰声九州牧",可见他并不真正鄙视周颙。其中一些比较尖刻的话,貌似怒骂,实为嬉笑,也无伤于友谊。孔稚珪本长于刀笔,他现存文章中如《奏劾王奂》、《奏劾王融》等,都属弹奏文字。用公文形式来写游戏文字的例子,在南朝并不少见。前此有刘宋袁淑的《鸡九锡文》、《驴山公九锡文》、《大兰王九锡文》等,后此则有梁沈约的《修竹弹甘蕉文》等。《北山移文》也属于这类性质。

《北山移文》是一篇比较成熟的骈文。正如孙月峰所评:"六朝虽尚雕刻,然属对尚未尽工,下字尚未尽险,至此篇则无不入髓,句必净,字必巧,真可谓精绝之甚。此唐文所祖。"(于光华《文选集评》引)此文声律、对仗均甚工整,而句法活泼,在四六句中,间插入三言、五言或散句,这就不像唐以后有些骈文的过于整齐而失之呆板。全篇一气呵成,虽属戏谑而颇有声势。隋末王通评论南朝作家,说"吴筠(均)、孔珪,古之狂者也,其文怪以怒"(《文中子·事君》)。孔稚珪未必是狂者,其文怪以怒,应当就指《北山移文》这样的作品。

孔稚珪除了擅长骈文外,也能写诗。他的诗今保存比较完整的有三首,另外两首仅存佚句。历来选家对他的诗一般多取《游太平山》:

  石险天貌分,林交日容缺。阴涧落春荣,寒岩留夏雪。

此诗写山中幽深寂静之景,当和他"不乐世务"的生活情趣有关。《乐府诗集》卷六三所载他的《白马篇》,似与他的思想不合,风格也近南北朝末期人作,恐怕不是他的作品①。

  稍后于孔稚珪的刘绘(458~502),字士章,祖籍彭城(今江苏徐州)人。父刘勔为宋明帝时大将,后废帝时桂阳王刘休范作乱,刘勔在建康抗击叛军战死。刘绘在宋末入仕为著作郎,任太尉萧道成行参军。曾为豫章王萧嶷主簿,永明初又为太子洗马,因为萧嶷与文惠太子萧长懋之间有隔阂,遂求外出,为南康相。又征还为安陆王护军司马,转中书郎,出入竟陵王萧子良西邸,与谢朓、沈约等游处。郁林王隆昌时,为萧𬭚镇军长史,转黄门郎,明帝萧𬭚即位,为冠军长史长

---

① 诗云:"骥子局且鸣,铁阵与云平。汉家嫖姚将,驰突匈奴庭。少年斗猛气,怒发为君征。雄戟摩白日,长剑断流星。早出飞狐塞,晚泊楼烦城。虏骑四山合,胡尘千里惊。嘶笳振地响,吹角沸天声。左碎呼韩阵,右破休屠兵。横行绝漠表,饮马瀚海清。陇树枯无色,沙草不常青。勒石燕然道,凯归长安亭。县官知我健,四海谁不倾。但使强胡灭,何须甲第成。当令丈夫志,独为上古英。"此诗在《乐府诗集》中本与隋炀帝《白马》合为二首,题孔稚珪作。但第二首在《文苑英华》中署名为隋炀帝诗,第一首风格,亦近北朝后期与隋人之作,所以逯钦立《先秦汉魏晋南北朝诗》以之移入隋诗。又此诗极写立功边陲的雄心,而孔稚珪则主张同北魏言和,反对用兵,事见《南齐书》本传所载《上和虏表》,与此诗思想截然相反。此诗又不见北宋以前典籍,疑《乐府诗集》有误。

沙内史行湘州事，道经琵琶峡，曾作诗以示谢朓。在湘州丁母忧去官。服阕为晋安王征北长史，南东海太守行南徐州事。梁武帝在雍州起兵攻建康，刘绘参与张谡密谋，杀东昏侯，并与范云送东昏侯首级至萧衍军中，未几卒。

刘绘出身将门，但《南齐书》本传则说他"常恶武事，雅善博射，未尝跨马"，这是北府兵将家文人化的一例。他的儿子刘孝绰、孝仪、孝威及女儿刘令娴等都是梁代著名作家。钟嵘《诗品》把刘绘和王融同列入下品，并说："元长、士章并有盛才，词美英净。至于五言之作，几乎尺有所短。譬应变将略，非武侯所长，未足以贬卧龙。"言外之意，似乎刘绘所擅长的是骈文。他原有文集十卷，今已散佚，仅存较完整的一篇，即《为豫章王乞收葬蛸子响表》，远不足窥其风貌。刘绘的诗虽不为钟嵘所赏，而今存八首，尚有特色。在这些诗中，有《咏博山香炉》、《咏萍》、《和池上梨花》等，说明诗风的变化，在刘绘身上也得到反映。刘绘诗歌中较为出色的是《入琵琶峡望积布矶呈玄晖》：

江山信多美，此地最为神。以兹峰石丽，重在芳树春。照烂虹蜺杂，交错锦绣陈。差池若燕羽，崷崪似龙鳞。却瞻了非向，前观已复新。翠微上亏景，青莎下拂津。巉岩如刻削，可望不可亲。昔途首遥路，未获究清尘。誓将返初服，岁暮请为邻。

从这首诗看来，他在写景手法上曾效法元嘉诗人，后来又受沈、谢影响，趋向遣辞平易，但仍有元嘉体"穷力追新"，不惜使用僻字的影响。相对而言，他的《饯谢文学离夜》一诗，则更与沈、谢的诗风相近。钟嵘在《诗品》中还提到"近彭城刘士章，俊赏之士，疾其（指当时诗风）淆乱，欲为当世诗品，口陈标榜，其文未遂。嵘感而作焉"。从这段话看来,钟嵘作《诗品》,意在完成刘绘的未竟之业。至于他具体对钟嵘有何影响已不可考。从现有材料看来,刘绘的主要贡献在于诗歌方面而非骈文。

第十一章 何逊、吴均、柳恽和梁代前期作家

梁代前期的作家中,沈约以后,成就较高的是何逊、吴均、柳恽。这三位作家的年辈相近,诗风上承永明而又各具特色。

第一节 何逊

何逊(472? ~519?)①,字仲言,原籍东海郯县(今山东郯城)。

---

① 《梁书》本传记载,何逊丁母忧,"服阕,除仁威庐陵王记室,复随府江州。未几,卒"。据《武帝纪》,庐陵王萧续于天监十六年(517)六月任命为江州刺史。是年或次年秋,何逊有《赠江长史(革)别》一诗。萧续于普通元年(520)被召回建康,领石头戍事,而何逊卒于江州任上。又,《玉台新咏》卷五列何逊于柳恽后、吴均前,柳恽之后尚有江洪、高爽等四五人。柳卒于天监十六年(517),吴卒于普通元年(520),其他不可考,而《玉台新咏》卷六以前则据卒年为序。由此二证,何逊卒年当在天监十七或十八年(518或519)。关于何逊的生年,可据的材料更少,但从《赠江长史别》"况事兼年德,宴交无尔汝"看,江革(496年左右生)长于何逊;又何逊有《酬范记室云》,作于永明五年(487)至十年(492)间,其时当已成年。上下相推,何逊可能生于宋泰豫、元徽间(472、473),终年约四十七八岁。

何承天曾孙。八岁能赋诗,少年时代寓居郢州,举秀才,二十岁左右入建康。当时王融、谢朓尚未被杀,沈约、范云均在建康,文坛上的繁荣景象没有消歇。何逊入京,立即受到范云的赏识,结为忘年之交,同时也受到沈约的喜爱,说:"吾每读卿诗,一日三复,犹不能已。"梁武帝天监初,入仕为奉朝请。六年(507)前后,迁建安王萧伟水曹行参军,兼记室。萧伟喜爱文士,当时吴均也在府中,因此把何逊、吴均都推荐给梁武帝。开始颇得宠信,稍后即不为梁武帝所喜,致有"何逊不逊、吴均不均"的斥责。天监九年六月,萧伟被任命为江州刺史,何逊随任,仍掌书记。十三年正月以后,又转入郢州为安成王萧秀参军,在外五年,返京任尚书水部郎①。丁母忧后,在天监十六年为庐陵王萧续记室,随任再度到了江州。天监十八年(519)前后,病卒。

何逊的诗作在当时就有重名。范云评论说:"顷观文人,质则过儒,丽则伤俗,其能含清浊,中今古,见之何生矣。"梁元帝则评论说:"诗多而能者沈约,少而能者谢朓、何逊。"(《梁书·何逊传》)不过当时的评论并不完全一致,《颜氏家训·文章》:"何逊诗,实为清巧,多形似之言。扬都论者,恨其每病苦辛,饶贫寒气,不及刘孝绰之雍容

---

① 何逊这一段仕历,《梁书》所记相当含混,仅说何逊在江州"犹掌书记","还为安西安成王参军事,兼尚书水部郎,母忧去职"。何逊于天监九年六月以后至江州,萧伟于十二年九月解职返京,萧秀于十三年正月任命为郢州刺史。但何逊《南还道中送赠刘谘议别》说"一从官府役,五稔去京华",《寄江州褚谘议》说"五载同衣衾,一朝异瞵索",可见其在外五年。但在江州仅三年多一点,如按本传所记还京为萧秀参军兼尚书水部郎,那就无法符合五年之数。如要符合五年,天监十三年必然还在京外,这只能是在郢州任萧秀的参军。所以"还为"的"还"疑有讹误,"兼"字也有问题。史缺有间,姑作如上辨析推测。

也。虽然,刘甚忌之,平生诵何诗,常云:'"蘧车响北阙",懵懵不道车①。'又撰《诗苑》止取何两篇,时人讥其不广。……江南语曰:'梁有三何,子朗最多②。'三何者,逊及思澄、子朗也。子朗信饶清巧。思澄游庐山,每有佳篇,亦为冠绝。"何逊与刘孝绰并称"何、刘",而且至少当时有一部分人认为何不如刘,但从今天所存的作品来看,这一评论无疑应当颠倒。至于其他二何,成就更不足与何逊相比。

何逊今存的诗全部是五言,尚白描,不事用典,写情状景,宛转清幽,风格上继谢朓而稍失平弱,近似范云而更见精巧。钟嵘评范云诗"如流风回雪",这一比喻对于何逊足可当之无愧。颜之推所谓"扬都论者"认为何逊"饶贫寒气",恐怕是宫体诗兴起以后的议论,因为何逊的风格和宫体的艳丽格格不入。他的诗中最多也是最动人的部分是写友情和离别的作品。《临行与故游夜别》是最为人所称道的作品之一:

历稔共追随,一旦辞群匹。复如东注水,未有西归日。夜雨滴空阶,晓灯暗离室。相悲各罢酒,何时同促膝?

---

① 按,此为何逊《早朝车中听望》中的一句,《文苑英华》卷一九〇收录,题作《早朝》。彭叔夏《文苑英华辨证》卷六:"'懵懵不道车'是讥何诗语,然不得其解,岂以'蘧车'二字音韵不谐亮耶?"刘孝绰与何逊有唱和酬赠之作,刘为人骄躁,颜氏所记,自是事实。

② 《梁书·何恩澄传》作"东海三何,子朗最多"。何思澄听到了也不以为然,说:"此言误耳。如其不然,故当归逊。"何氏虽非甲族,却多文士,所以何逊《赠族人秣陵兄弟》自称"吾宗昔多士,文雅高缙绅"。

此诗一作《从镇江州与游故别》,当是第一次去江州前所作。何逊在建康虽居下僚而交游甚广,知名的文士就有沈约、范云、丘迟、王僧孺、刘孝绰、柳恽、吴均、刘孺等人,集中唱和、投赠之作标出姓名、职官的将近四十人。何逊的社会地位不高,除了依附贵族达官,也需要一批友朋互通声气、互为奥援,所以酬答唱和的诗就特别多;他本人笃于友情,所以这类诗就写得出色。"夜雨滴空阶"两句是秋夜小雨,而且是通宵饮酒话别,及至破晓,已一灯如豆。但不论如何,终须一别,末两句直转至别易会难,语句浅近如话而情意深挚,即陆时雍所谓"以本色见佳"之作(《诗镜总论》)。他的另一首《与胡兴安夜别》:

> 居人行转轼,客子暂维舟。念此一筵笑,分作两地愁。露湿寒塘草,月映清淮流。方抱新离恨,独守故园秋。

"露湿"和上引"夜雨"两联,在北宋以前就为人所赏。黄伯思《东观余论》记:"古人论诗,但爱逊'露滋寒塘草,月映清淮流',及'夜雨滴空阶,晓灯暗离室'为佳,殊不知逊秀句若此者殊多。"(卷下,《跋何水曹集后》)接着就列举出何逊诗中的写景名句。黄伯思是学者,论诗却未见精切。何逊两联之所以为人激赏,正在景中含情。胡应麟《诗薮》说:"作诗不过情、景二端。如五言律体,前起后结,中四句二言景,二言情,此通例也。……若老手大笔,则情景混融,错综惟意,又不可专泥此论。"(内编卷四)何逊这两首写离别的诗,初若符合四句分言情景的通例,实则景以情合,情以景生,"夜雨"一联凄婉,与离情正相交融;"露湿"一联清绝,与离情又相反衬。"念此一筵笑,翻成两地愁"这种对比手法,也可与他的《别沈助教》"一朝别笑语,万事成畴昔"、《与苏九德别》"踟蹰暂举酒,倏忽不相见"参看互读。

范云于何逊有知遇之恩,何逊集中关于范云的诗有三首,即《酬范记室云》、《落日前墟望赠范广州云》、《行经范仆射故宅》。《酬范记室云》作于永明十年(492)以前,其时何逊二十岁左右:

> 林密户稍阴,草滋阶欲暗。风光蕊上轻,日色花中乱。相思不独欢,伫立空为叹。清谈莫共理,繁文徒可玩。高唱子自轻,继音予可惮。

这是对范云《贻何秀才》的答诗。范诗有"临花空相望,对酒不能歌。闻君饶绮思,摛掞足为多"之语,所以何逊有这样的酬答。"风光"两句,以"轻"、"乱"二字使极难描摹的风光日色顿呈动态,展现了年轻诗人的才华,和他的另一首《边城思》"春色边城动,客思故乡来"是同一拟人手法。何逊喜用"暗"字,《临行与故游夜别》的"晓灯暗离室",《送司马□入五城联句》的"行雨暗江流",本诗的"草滋阶欲暗",以及《相送》"客心已百念,孤游重千里。江暗雨欲来,浪白风初起",都是集中的名句。

何逊另一类成功的作品是写景而兼抒乡愁旅思的诗:

> 寒鸟树间响,落星川际浮。繁霜白晓岸,苦雾黑晨流。鳞鳞逆去水①,弥弥急还舟。望乡行复立,瞻途近更修。谁能百里地,萦绕千端愁。
> ——《下方山》

> 客心愁日暮,徒倚空望归。山烟涵树色,江水映霞晖。独鹤

---

① 鳞鳞,疑当作"粼粼"或"磷磷"。

凌空逝,双凫出浪飞。故乡千余里,兹夕寒无衣。

——《日夕出富阳浦口和朗公》

前一首"白"、"黑"等字的使用,都经过锤炼。何逊这两句诗刻意求工,以表颜色的名词作使动用法,后来岑参的"海树青官舍,江云黑郡楼"(《送扬州王司马》)和王安石的"春风又绿江南岸"(《泊船瓜洲》),很可能受过他的影响。"瞻途近更修",形象地写出了"有家归未得"的心情。后一首以气象胜,音律渐近唐调。

值得提到的是何逊对杜甫的影响。杜甫对六朝诗人,除了庾信就最喜爱何逊。"颇学阴何苦用心"(《解闷》之三),"能诗何水曹"(《北邻》),这是杜甫的自白和评价。至于何逊诗中的意境和字面,杜诗中更可屡屡见到。《宿江边阁》"薄云岩际宿,孤月浪中翻",直用何逊《入西塞示南府同僚》"薄云岩际出,初月波中上";《李监宅》之二"杂花分户映,娇燕入帘回",《水槛遣心》之一"细雨鱼儿出,微风燕子斜",仇注引王褒、萧纲诗,仅注出字面,其实还是从何逊"岸花临水发,江燕绕樯飞"(《赠诸旧游》)和"游鱼乱水叶,轻燕逐风花"(《赠王左丞》)来的。在成都时期一些偏于闲适的诗,就更用得着二谢、何逊,《后游》"野润烟光薄,沙暄日色迟",分明从上引"风光"一联化出。《梦李白》"落月满屋梁,犹疑照颜色",也可以从何逊《夜梦故人》"开帘觉水动,映竹见床空。浦口望斜月,洲外闻长风"中找到依据。至于《巳上人茅斋》"天棘蔓青丝"和《和裴迪登蜀州东亭送客逢早梅相忆见寄》"东阁官梅动诗兴,还如何逊在扬州",还曾引起过校勘和考据的问题①。

何逊卒后,王僧孺为之编定文集八卷,《隋书·经籍志》记作七卷,到两宋时已有佚失。明代有正德张纮刊本《何水部集》,天启、崇祯间张燮刊本《何水部集》。

第二节　吴均

吴均(469~520),字叔庠,吴兴故鄣(今浙江安吉)人。家世寒微。少年时代曾仗气行侠,以功业自许。齐明帝建武间,到过南齐与北魏的前线寿阳八公山一带。后来由于抱负不伸,功名不遂,约在东昏侯永元初(500年左右),离开寿阳去湘州桂阳(今湖南郴州)投靠桂阳内史王峻。当时周兴嗣正任桂阳郡丞,与吴均交往酬答②。齐末梁初,吴均又离开桂阳到了建康,沈约见到他的诗文,大加称赏。梁武帝天监二年(503),柳恽为吴兴太守,召为主簿,赋诗

---

① 吴聿《观林诗话》:"杜诗云:'江莲摇白羽,天棘梦青丝。'世不晓其用'梦'字。余考之,盖'蔓'字讹而为'梦'耳。何逊《王孙游》'日碧草蔓丝'是也。""梦",繁体作"夢",形近而误,吴说是。《杜诗详注》本正作"蔓",校云:"徐铉家本作'蔓'。"《和裴迪》诗,两句所指的是何逊《咏早梅》,《诗记》在题下注:"一云《扬州陆曹梅花盛开》。"朱鹤龄、杨慎、钱谦益、仇兆鳌等纷纷辨析。问题的症结有二:一是"扬州法曹"所据的是宋人伪托的苏轼注,注中提到何逊"居洛"想起扬州法曹的梅花。"居洛"之荒谬自不待言,但"扬州法曹"梅花之说如果全无所据,杜甫这两句诗就不易讲通。二是辨何逊未尝至扬州,这是误把南朝的扬州和隋唐以后的扬州混为一体,根本不必辞费。

② 《梁书·文学·吴均传》所记吴均生平极为简略,吴均在南齐的经历竟至不著一字。本节中关于吴均的生平叙述,主要根据吴均本人和柳恽、周兴嗣等人的作品,并钩稽《梁书》、《南史》的其他记载写定。

酬唱。中间因不得意而离去,但不久又回吴兴。天监四、五年间,由于柳恽的推荐,先入临川王萧宏府中,后入建安王萧伟府为记室,与何逊、王筠、王僧孺、萧子云等游处,并一度为梁武帝所赏。天监九年,随萧伟至江州,十二年回到建康,授奉朝请。吴均私撰南齐史《齐春秋》,进呈于梁武帝,为梁武帝所斥,把书稿付之一炬,并因此免官①。后来梁武帝主持编定历代通史,又召见吴均让他参预其事。吴均起草本纪、世家部分完毕,在普通元年(520)病卒。

《梁书》本传称吴均"文体清拔有古气,好事者或效之,谓为吴均体"。《玉台新咏》卷八即录有纪少瑜《拟吴均体应教》一首。王通《文中子·事君》称吴均之文"怪以怒"。清拔,意即清峻脱俗而较少沾染当时的绮丽之风;怪以怒,则指诗文中富有一股齐、梁之际少见的牢骚不平之气。从吴均的创作实践来看,这两种评价都是恰当的。

吴均的五言诗中写得最多的题材是游侠,约占六分之一。通过写游侠,反映了建功立业的思想和边塞的战争生活。这样的题材和情调,从曹植的《白马篇》以后中断了很久,到鲍照的乐府里才可以重新看到。而在南朝时代,由于文人大多出自门阀,习于逸乐,志气消

---

① 吴均私撰《齐春秋》,《梁书》、《南史》都有记载,而以《南史》较详:"均将著史以自名,欲撰齐书,求借起居注及群臣行状,武帝不许,遂私撰《齐春秋》奏之。书称帝为齐明帝佐命,帝恶其实录,以其书不实,使中书舍人刘之遴诘问数十条,竟支离无对。敕付省焚之,坐免职。"传中"书称帝为齐明帝佐命"是问题的要害。齐明帝萧鸾在齐武帝死后篡夺政权,自残骨肉,高、武子孙全被诛杀,失尽人心。梁武帝萧衍是齐明帝的心腹,据《南史·梁本纪》,萧衍参与过齐明帝的密谋,但萧子显的《南齐书》中没有一个字提到此事。萧子显是南齐贵族,熟知内情又工于体会,所以书成以后可以得到嘉奖。吴均一介书生,自以为忠于史实,结果碰到了梁武帝的痛处。不过梁武帝对吴均的发落,与后代的文字狱相比,那就要宽大得多了。

沉,这样,反映在鲍照、吴均作品中的对国家的关心、社会的不满,就更加显得难能可贵。如果按照钟嵘《诗品》的评论方式,不妨说,吴均的诗,其源出于曹植、鲍照而又协左思风力。这类题材在他的乐府里反映得比较集中:

> 前有浊樽酒,忧思乱纷纷。少年重意气,学剑不学文。忽值胡关静,匈奴遂两分。天山已半出,龙城无片云。汉世平如此,何用李将军!(失题)

> 羽檄起边庭,烽火乱如萤。是时张博望,夜赴交河城。马头要落日,剑尾掣流星。君恩未得报,何论身命倾!
> ——《入关》

"前有浊樽酒",分明是鲍照的"对案不能食,拔剑击柱长叹息"(《行路难》之六);"汉世平如此",又是慨叹机缘不凑,壮志未伸,和鲍照的"汉虏方未和,边城屡翻覆。留我一白羽,将以分虎竹"(《拟古》之二)一正一反,相辅相成,情调的慷慨,风格的雄肆,也极为相似。不过从形式到内容与鲍照更加相似的还是《行路难》五首:

> 君不见,西陵田,纵横十字成陌阡。君不见,东郊道,荒凉芜没起寒烟。尽是昔日帝王处,歌姬舞女达天曙。今日翩妍少年子,不知华盛落前去。吐心吐气许他人,今旦回惑生犹豫。山中桂树自有枝,心中方寸自相知。何言岁月忽若驰,君之情意与我离!还君玳瑁金雀钗,不忍见此使心危。(之三)

写富贵无常,盛年难再,这种伤感不是无病呻吟,和"洞庭水上一株桐,经霜触浪困严风。昔时抽心耀白日,今旦卧死黄沙中"(之一),"游侠少年游上路,倾心颠倒想恋慕。摩头至足买片言,开胸沥胆取一顾"(之二)联系体味,就可以发现奔放中的深沉,确实又为齐、梁作品中所不多见。"山中桂树"两句套用《越人歌》"山有木兮木有枝"的手法。全诗和鲍照《拟行路难》之二、八、九、十六、十八极为相似,显然是出于有意识的摹仿。

写边塞的作品,艺术上最成熟的是《古意》:

杂虏寇铜鞮,征役去三齐。扶山剪疏勒,傍海扫沉黎。剑光夜挥电,马汗昼成泥。何当见天子,画地取关西!(之一)

豪放遒劲,章法井然而一气呵成,得流宕之致。他的《边城将》四首,同样写将士报国立功的英雄气概,但稍有粗率之病。有边塞又必有闺怨,《和萧洗马子显古意》:

匈奴数欲尽,仆在玉门关。莲花穿剑锷,秋月掩刀环。春机思窈窕,夏鸟鸣绵蛮。中人坐相望,狂夫终未还。(之六)

全诗六首都写思妇,唯独这一首宛转而兼有俊爽。其他如"非独泪成珠,亦见珠成血。愿为飞鹊镜,翩翩照别离"(之三),"碧浮孟渚水,香下洞庭路。应归遂不归,芳春空掷度"(之四),也都颇有风致。

游侠、边塞的题材,在唐以前的诗歌中多以乐府中"相和歌"、"铙歌"的形式出现,五言诗中写这样的内容,则多标《拟古》、《古意》这样的诗题。吴均的这一类诗并没有完全抛弃这一传统,诗中用事和涉及的地名也多与南朝了不相关。有两点值得注意:第一,唐以前的作家,没有一个人在乐府中大量集中地写这一题材;第二,在五言诗中,突破了拟古的套子而即事名篇,甚至见于赠答酬唱的诗里,这意味着已经具有纪实的成分。这种情形,无疑和吴均的门第、经历是分不开的。南朝的著名作家中,鲍照和吴均都属于"才秀人微",不可能凭门地、循资历,唯一的仕途通道是在功业上有所建树。吴均在《赠王桂阳》和《咏慈姥矶石上松》二诗中以青松自比,蔑视那些"细草"。他自称"仆本二陵徒,英豪多久要"(《答萧新浦》),"仆本幽并儿,抱剑事边陲"(《赠别新林》),"仆本报恩人,走马救东秦"(《咏怀》之一)都是真实的叙述而非故作壮语。萧子云《赠吴均》说"欲知健少年,本来最轻黠。绿沉弓项纵,紫艾刀横拔",也可以作证。吴均的诗中多次提到寿阳八公山,并有《八公山赋》,这一带地当南齐与北魏的分界处,是战争的前线。他进入萧宏府中,也正值萧宏率师北伐前不久。尽管没有材料可以确证吴均曾亲临战阵,但可以说,吴均是南朝时代唯一有过边塞、战争生活体验的诗人,同时也是我国文学史上最早的边塞诗人。

吴均的诗中也有一些富于声色的诗,但从中仍可见到清峻的气息而不流于柔靡。例如:

> 黄鹂飞上苑,绿芷出汀洲。日映昆明水,春生鸤鹊楼。飘扬白花舞,澜漫紫萍流。书织回文锦,无因寄陇头。思君甚琼树,不见方离忧。
>
> ——《与柳恽相赠答》之一

> 日暮忧人起,倚户怅无欢。水传洞庭远,风送雁门寒。江南霜雪重,相如衣服单。沉云隐乔树,细雨灭层峦。且当对樽酒,朱弦永夜弹。
>
> ——《酬周参军》

柳恽和吴均相知甚深,相互赠答的诗作最多。这一诗题下共六首,都作思妇、征人口气,当是一般的酬唱,未必有多少深刻的含义,但仍是吴均独有的风格。《酬周参军》当作于桂阳,诗中多少有要求周参军提携帮助的意思而不作攀援之语。"水传"一联,可以推为佳句。他的乐府中如《陌上桑》、《秦王卷衣》一类则更形绮丽,但这类作品现存不多,《玉台新咏》卷八录纪少瑜《拟吴均体应教》,学的就是这一类作品而更形柔弱,不能代表吴均的典型风格。

吴均作品中有大量五言四句的小诗,数量超过何逊。如:

薄暮有所思,终持泪煎骨。春风惊我心,秋露伤君发。

——《有所思》

香暖金堤满,湛淡春塘溢。已送行台花,复倒高楼日。

——《渌水曲》

这类二十字的小诗贵在自然含蓄,似不是吴均所长。"煎"字尖新,在《陌上桑》中也有"离恨煎人肠"之句,大约是他的得意之笔,但终觉伤于太露太尽。"已送"两句,陈祚明浑为激赏,说:"送花言其流,倒日言其静,校唐绝大高。"(《采菽堂古诗选》卷二六)陈氏的赏析水平相当高,对吴均也有微辞,评为"轻率",但对"复倒高楼日"这样笨拙的诗句却给予好评,令人不可索解。

何逊对杜甫有明显的影响,吴均之于李白,关系似乎并不那么密切,李白在诗里也从来没有提到过吴均。但是吴均诗中那种傲岸不平和俊爽豪迈的气格,和李白诗无疑有一定的源流关系。上面引用的《行路难》,《赠别新林》中的"公卿竟不知,去去归去来",《别王谦》中的"倘遗故人念,仆在东山东",和李白确有神似之处;李白《古风》之三十八,命意用语与吴均《赠王桂阳》如出一辙,应当也不是偶然的现象。

吴均的骈文成就也很高。张溥提出《檄江神责周穆王璧》和《饼说》二文,以为"颇诡博不经,似得枚叔之《七发》,行以排调"(《吴朝请集》题辞)。前者用移檄文体,向江神索取周穆王南巡时沉没的玉璧,是吴均牢骚抑郁另一种形式的发露;后者不过是晋宋以来的俳谐一体。古今读者一致称赏的则是他的三篇写山水风景的骈文书信。《与朱(一作"宋")元思书》:

> 风烟俱净,天山共色。从流飘荡,任意东西。自富阳至桐庐,一百许里,奇山异水,天下独绝。水皆缥碧,千丈见底,游鱼细石,直视无碍。急湍甚箭,猛浪若奔。夹岸高山,皆生寒树,负势竞上,互相轩邈;争高直指,千百成峰。泉水激石,泠泠作响;好鸟相鸣,嘤嘤成韵。蝉则千啭不穷,猿则百叫无绝。鸢飞唳天者,望峰息心;经纶世务者,窥谷忘返。横柯上蔽,在昼犹昏;疏条交映,有时见日。

在吴均笔下,富春江的山水仿佛是活动着的生命,急湍猛浪,寒树高山,都显得郁勃不平,既怪且怒,和鲍照的《登大雷岸与妹书》恰又前后辉映,在模山范水中鲜明地现出了作家的性格。钱锺书《管锥编》在评论吴均这三篇写景骈文时,和《水经注》的有关描写作了具体对比,指出:"吴郦命意铸词,不特抗手,亦每如出一手焉。然郦《注》规模弘远,千山万水,包举一编,吴《书》相形,不过如马远之画一角残山剩水耳。幅广地多,疲于应接,著语不免自相蹈袭,遂使读者每兴数见不鲜之感,反输只写一丘一壑,匹似阿阌国之一见不再,瞥过耐人

思量。"(第四册第 1457 页)其他两篇书信也有精绝之处:

> 绿嶂百重,青川万转。归飞之鸟,千翼竞来;企水之猿,百臂相接。秋露为霜,春萝被径。风雨如晦,鸡鸣不已。
>
> ——《与施从事书》

> 森壁争霞,孤峰限日,幽岫含云,深溪蓄翠。蝉吟鹤唳,水响猿啼。英英相杂,绵绵成韵。
>
> ——《与顾章书》

则又别有一番清迥高素的气象,特别是直用《诗经》中"风雨如晦",浑为一体,可以算得神来之笔。

吴均有集二十卷,至两宋而佚存三卷。今存有张溥辑《吴朝请集》,在《汉魏六朝百三名家集》中。其《齐春秋》和《通史》的未成稿均亡佚不存。

第三节 柳恽及其他作家

柳恽(465~517),字文畅。原籍河东解(今山西永济)。出身于世族。父世隆,南齐尚书令。柳恽弟兄十五人有四人在几年中交替为侍中,又出为刺史,显赫一时[1]。柳恽本人在南齐曾为竟陵王萧子

---

[1] 《南史·柳忱传》:"忱兄弟十五人,多少亡,唯第二兄惔、第三兄恽、第四兄憕及忱三两年间四人迭为侍中,复居方伯,当世罕比。"迭为侍中时间在齐末、梁初;惔、恽、忱都官居刺史,憕则仅官蜀郡太守,在死后追赠豫州刺史,似不足以言方伯。

良法曹参军,迁太子洗马。齐明帝建武初(494),出为鄱阳相,回建康任骠骑从事中郎。萧衍自雍州兴兵东下,柳恽、柳憕兄弟至姑孰迎候,请求萧衍攻入建康后先收图籍,施政宽大。萧衍代齐自立,天监元年(502),授柳恽长史兼侍中,二年,出为吴兴太守。历官广州刺史、秘书监,又任吴兴太守六年。天监十六年,在任病卒,年五十三。

柳恽具有贵介公子的高雅素养,善尺牍、弹琴、投壶、射箭、弈棋,并通晓医术、占卜,萧衍曾称赞说:"分其才艺,足了十人。"(《南史》本传)

柳恽诗雅洁雍容,音调高亮,风格在何逊、吴均之间。今存诗仅二十二首,都有一定的真情实感,技巧比较讲究,没有敷衍成篇的现象。和许多永明诗人一样,他也擅长写离愁闺怨的作品,著名的有《捣衣》五首:

> 行役滞风波,游人淹不归。亭皋木叶下,陇首秋云飞。寒园夕鸟集,思牖草虫悲。嗟矣当春服,安见御冬衣!(之二)

"亭皋"两句深为王融所激赏,因此把这首诗写在斋壁和白团扇上,传为佳话,也由此可见此诗是柳恽青年时代的作品。这两句诗从《九歌·湘夫人》"袅袅兮秋风,洞庭波兮木叶下"的意境中化出,上句是思妇的眼中实景,下句则是神驰边塞的虚景,自然高古,不入雕琢。后来柳永的《醉蓬莱》起句"渐亭皋叶下,陇首云飞",就直用这两句诗。其他几首中也不乏佳句,如"不怨飞蓬苦,徒伤蕙草残"(之一),用《诗·伯兮》和《古诗十九首·冉冉孤生竹》典故,颇有前人所谓"怨而不怒"的温雅;"秋风吹绿潭,明月悬高树"(之三),高爽明朗,近于李白。

柳恽诗中,标作赠吴均的有五首,写得都很有感情。吴均心高气傲，和柳恽相交，曾拂衣而去，柳恽却并不以此为意，可以见出他性格中宽厚的一面。"寒云晦沧洲"三首，大约是吴均北上寿春时所赠，"边城秋霰来，寒乡春风晚。始信陇雪轻，渐觉寒云卷。徭役命所当，念子加餐饭"等句，可与吴均自己的诗相合。《江南曲》一首，也可能是怀念在桂阳的吴均：

> 汀洲采白蘋，日落江南春。洞庭有归客，潇湘逢故人。故人何不返，春华复应晚。不道新知乐，只言行路远。

这首诗可以看成柳恽诗中通篇最完整的一首。马戴《楚江怀古》"猿啼洞庭树，人在木兰舟"，《升庵诗话》卷七提到"虽柳恽不过是也"，所指分明是"洞庭有归客"两句。

柳恽在梁武帝时，经常受诏赋诗。"尝奉和高祖《登景阳楼》中篇云：'太液沧波起，长杨高树秋。翠华承汉远，雕辇逐风游。'深为高祖所美，当时咸共称传。"（《梁书》本传）遗憾的是已不得窥其全豹。一起两句虽不如谢朓"大江流日夜，客心悲未央"的壮阔，但自有一种高华的气象，在应制诗中可推杰作。"长杨高树秋"，全句没有动词，形象集中凝练。这种紧缩式的语句为后来五言律或五言长律所特有，杜甫用得最熟练，"江水长流地，山云薄暮时"（《薄暮》）、"鸟雀荒村暮，云霞过客情"（《滕王亭子》之二），再后温庭筠的"鸡声茅店月，人迹板桥霜"（《商山早行》），都是这种句法，在唐以前却极为少见。柳恽铸词炼句，也许是无意中得之，而为后世诗人开出了一条新路，正是五言诗修辞技巧发展的必然结果。

柳恽有集十二卷，唐以后即已亡佚。今存诗见《先秦汉魏晋南北朝诗》，文一篇《答法云书难范缜〈神灭论〉》，见《全上古三代秦汉三国六朝文》。

王僧孺(463~521)①,原籍东海郯县(今山东郯城)。六岁能作文。家贫,经常帮人抄书。在南齐入仕为王国左常侍、太学博士,深为丹阳尹王晏所赏识,让他撰写《东宫新记》。竟陵王萧子良开西邸,王僧孺也是门下文人之一。文惠太子曾准备召为僚属。齐明帝建武年间,为扬州刺史萧遥光表荐。梁武帝天监初,出为南海太守,还京,迁尚书左丞、御史中丞,又任尚书吏部郎,不受请谒。天监十年(511),出为南康王萧绩长史。其后历为诸王参军、记室。与何逊交善,何逊卒后,王僧孺为其编定文集。普通二年(521),卒。

　　王僧孺的年辈大致和任昉、柳恽相当。《梁书》本传说他的诗文"丽逸","好用新事"。他也是一位著名的藏书家,所藏多至万余卷,可以为隶事用典提供方便的条件。从他所存的近四十首诗来看,用事尚不填塞,倒是风格的艳丽给人以更深的印象。张溥称其"集中诸篇,杼轴云霞,激越钟管,新声代变,于此称极"(《王左丞集》题辞),虽然溢美,但指出了王僧孺诗风的新变一面。他的某些诗作,如《何生姬人有怨》、《月夜咏陈南康新有所纳》、《春闺有怨》等,不论题材和体格都与稍后的宫体诗接近。这一类诗中写得比较好的有《为人宠姬有怨》:

---

① 《梁书·王僧孺传》载王僧孺卒于普通三年(522,《南史》作"二年"),年五十八。传中又录齐明帝"建武初"扬州刺史萧遥光荐表,记王僧孺年三十五。按,据传所记王僧孺卒年、年岁,则三十五岁当为东昏侯永元元年(499),其时萧遥光已被杀。本传这两处记载已自相矛盾。萧遥光的荐表出于任昉之手,《文选》卷三八收入,题作《为萧扬州荐士表》。表中还推荐了王暕,说时年二十一,而永元元年王暕已二十三岁。年岁之间的舛误歧异不止一处,就很难考定。王暕的卒年同时见于《梁书》本传和《武帝纪》,年岁与其兄王骞也可以符合,所以这里姑且以荐表和《梁书·王暕传》为准,推得此表作于齐明帝建武四年,并由此推得王僧孺的生卒年。

可怜独立树,枝轻根易摇。已为露所沾,复为风所飘。锦衾褧不开,端坐夜及朝。是妾愁成瘦,非君重细腰。

翻出新意,但不免纤巧。其他如"断弦犹可续,心去最难留"(《为姬人自伤》)等句,也是这一类调子。他另有一些写朋友离别的诗稍近于谢朓一流,如《中川长望》:

　　长川杳难即,四望四无极。安流宁可值,愤风方未息。危帆渡中悬,孤光岩下昃。岸际树难辨,云中鸟易识。莫恨东复西,谁知迂且直。故乡相思者,当春爱颜色。独写千行泪,谁同万里忆!

自从谢朓写出了"天际识归舟,云中辨江树"(《之宣城郡出新林浦向板桥》)以后,诗人就纷纷摹仿这一意境。王僧孺"岸际"这两句诗比较重拙,远不如萧绎的"远村云里出,遥船天际归"(《出江陵远还》之一)悠扬有味。但全诗清隽,与写艳情的诗迥不相同。《秋日愁居答孔主簿》"日华随水泛,树影逐风轻",光动影摇,在难于着笔处画出形象,不过紧接着的"依帷野马合,当户昔耶生",不言尘埃、苔衣,而言野马、昔耶,如同草称王孙,梅称驿使,这样的用事当然不值得推许。

王僧孺的骈文有《与何炯书》,写自己被潜免官后的病体和心情:"严秋杀气,具物多悲,长夜展转,百忧俱至。况复霜销草色,风摇树影。寒虫夕叫,合轻重而同悲;秋叶晚伤,杂黄紫而俱坠",并不故意雕琢作态,在秾艳的南朝骈文之中自成一格。

王僧孺有集三十卷,两宋以后亡佚。今存张溥编定的《王左丞集》，在《汉魏六朝百三名家集》中。

刘峻(462~521)，字孝标，原名法武。原籍平原(今属山东)，生于建康。出生不久父亲病故，他的母亲带着刘峻回到原籍，住在东阳城(今山东青州)。宋明帝泰始五年(469)，北魏攻破东阳，刘峻被掳入北，被卖为奴，后又出家为僧。齐武帝永明四年(486)，逃回南朝。明帝时入仕为豫州刺史萧遥欣刑狱参军。梁天监七年(508)，安成王萧秀为荆州刺史，任为户曹参军，让他主持编纂《类苑》。后告归，隐居扬州东阳(治今浙江金华)。普通二年(521)卒，年六十①。

刘峻性格高傲狷介，不能随俗阿谀，因此为梁武帝所不喜，仕途偃蹇，牢骚抑郁都宣泄在诗中。最为人所称的是他的《广绝交论》和《辨命论》。《广绝交论》作于天监七年任昉死后。任昉在世时，好交接文士，死后，家贫，几个儿子生活困难，但受过任昉汲引的人却极少加以周济，刘峻就写了《广绝交论》以讥刺这种世态。文中指出，经风雨霜雪而不变的"素交"极不容易见到，及于后世，"狙诈飙起"，素交尽而利交兴。利交中又分势交、贿交、谈交、穷交、量交等五派，并由此而生败德殄义等三衅。最后落到任昉身后凄凉，孤子朝不谋夕，"世路险巇，一至于此！"所谓《广绝交论》，所增广的是后汉朱穆的《绝交论》。刘文较之朱文，气更盛而辞更锐。李善注认为刘峻笔锋主要指向到溉、到洽兄弟，其说有据，不过它的客观效果则在于痛斥如同市场上做买卖的势利之交，这正是社会众生相中的普遍现象，因此颇能引起读者的共鸣。《辨命论》借论性命

---

① 《梁书·文学·刘峻传》载刘峻卒于普通二年，年六十。《南史》作"普通三年"。按，《文选》卷四三《重答刘秣陵沼书》李善注引刘峻《自序》："八岁，遇桑梓颠覆，身充仆圉。"桑梓颠覆指宋明帝泰始五年北魏慕容白曜攻陷东阳，其时刘峻八岁，至普通二年(521)正为六十岁。《梁书》是。

穷通而寄托自己对现实的不满,就像李善所说:"孝标植根淄右,流寓魏庭……自谓坐致云霄,岂图逡巡十稔,而荣惭一命,因兹著论,故辞多愤激。"表面上似乎一切都"得之于自然,不假道于才智",实际上却是对吉凶得失、成败利钝之与贤愚善恶的不能相称表示了疑问和悲愤。刘峻这两论都是有为而发,文采斐然而气骨凛然,铺陈排比,杂糅了辞赋的手法,古今皆推为名作。《梁书》本传引录他的《自序》,自比东汉初的冯衍,毫无掩饰地声称自己"节亮慷慨"而为当世所摈斥,郁勃不平之气溢于字里行间,可以作为《辨命论》的补充。

刘峻多才博学,曾为陆机的《演连珠》和刘义庆的《世说新语》作注,均存。有集六卷,佚。明张溥辑有《刘户曹集》,在《汉魏六朝百三名家集》中。

丘迟(464~508),字希范,吴兴乌程(今浙江湖州)人。丘灵鞠之子。齐武帝永明初,举秀才,授太学博士。后为萧嶷大司马行参军,历官殿中郎、车骑录事参军、徐州从事①。萧衍入建康,授骠骑主簿,劝萧衍受梁王等有关表章皆出其手。天监三年(504),出为永嘉太守。次年,萧宏北伐,任丘迟为谘议参军,领记室。七年,病卒。年四十五。

丘迟北伐时曾作《与陈伯之书》。陈伯之原是南朝将领,天监元年逃奔北魏,被北魏任为都督淮南诸军事。天监五年三月,萧宏命丘迟作书与陈伯之劝其重返江南。书中先泛述梁武帝的宽大,"推赤心于天下,安反侧于万物",然后深入一层:

---

① 《梁书》本传不记丘迟为徐州从事。《文选》卷二〇《侍宴乐游园送张徐州应诏》,李善注引《梁史》,说丘迟"及长,辟徐州从事"。此《梁史》可能是《隋书·经籍志》著录的《梁史》五十三卷,许亨撰。

> 朱鲔喋血于友于，张绣剚刃于爱子，汉主不以为疑，魏君待之若旧。况将军无昔人之罪而勋重于当世？夫迷途知反，往哲是与；不远而复，先典攸高。主上屈法申恩，吞舟是漏；将军松柏不剪，亲戚安居。高台未倾，爱妾尚在，悠悠尔心，亦何可言！

示之以恩以后又临之以威，举出刘裕北伐的功业以及北魏统治集团中的矛盾。最后是动之以情，这就是文中最著名的片断：

> 暮春三月，江南草长，杂花生树，群莺乱飞。见故国之旗鼓，感平生于畴日。抚弦登陴，岂不怆悢！所以廉公之思赵将，吴子之泣西河，人之情也。将军独无情哉？想早励良规，自求多福。

对家园、故土的思恋是社会生活中最动人的感情之一，这是从《离骚》《九章》《古诗十九首》以来的大量作品叩动读者心弦的秘密。陈伯之是个不识字的武将，丘迟这封情文兼至的骈文书信可能还伴随有使者的口头讲解、劝说。文士的笔端辅以辩士的舌端，再加上武士的锋端作为后盾，就终于使陈伯之接信以后率领八千人回到梁朝。

这一时期的作家作品，值得提到的还有陶弘景和王籍。陶弘景（456~536），字通明，自号华阳隐居，隐于句容茅山，但并未弃绝人事，梁武帝每有大事，辄加咨询，人称"山中宰相"。他的《与谢中书书》中写山中景色："高峰入云，清流见底，两岸石壁，五色交辉。青林翠竹，四时俱备。晓雾将歇，猿鸟乱鸣；夕日欲颓，沉鳞竞跃。"是和吴均三篇书信同为人所推重的写景精品。《诏问山中何所有赋诗以答》诗："山中何所有，岭上多白云。只可自怡悦，不堪持寄君。"宅心物外,自然闲适。不论答的是哪位皇帝的诏问①,诗中既无阿谀取容,也不矜持作态,十分切合他的高级隐士身份。

王籍(480~550),字文海。诗学谢灵运,今存二首。从他生活的年代来说已经及于梁末,但由于他的名作《入若邪溪》作于天监后期,所以在本章一并论述。全诗八句:

> 舣艎何泛泛,空水共悠悠。阴霞生远岫,阳景逐回流。蝉噪林逾静,鸟鸣山更幽。此地动归念,长年悲倦游。

"蝉噪"一联,在当时声名极大,被称为"文外独绝"②。唯其静、幽,能听到的仅有的音响就是蝉噪、鸟鸣;而只听到蝉噪、鸟鸣又反过来衬托出静、幽。《梦溪笔谈》卷十四:

> 古人诗有"风定花犹落"之句,以谓无人能对。王荆公对以"鸟鸣山更幽"。"鸟鸣山更幽"本宋王籍诗。元对"蝉噪林逾静,鸟鸣山更幽",上下句只是一意;"风定花犹落,鸟鸣山更

---

① 《诗纪》在这首诗题下有注:"答齐高帝诏。"按,陶弘景在齐武帝永明十年始辞官归隐,齐高帝时仅二十多岁,《诗纪》的说法不足据。南宋赵与虤《娱书堂诗话》卷下记为答梁武帝诗,稍为近情,但又说"陶弘景隐居华山"。称为华山的不止西岳一处,南齐司州就有华山,所以并不能认为陶弘景跑到北魏去隐居。但《梁书》并没有说他隐居在任何一座华山,赵氏恐是根据"华阳"二字而想当然。

② 《颜氏家训·文章》:"王籍《入若邪溪》诗云:'蝉噪林逾静,鸟鸣山更幽。'江南以为文外断(赵曦明据《梁书》疑'断'当作'独')绝,物无异议。简文吟咏,不能忘之;孝元讽味,以为不可复得,至《怀旧志》载于籍传。范阳卢询祖,邺下才俊,乃言:'此不成语,何事于能?'魏收亦然其论。"《梁书·王籍传》:"当时以为文外独绝。"明王世贞《艺苑卮言》卷三也有近于卢询祖的意见。

幽",则上句乃静中有动,下句动中有静①。

沈括所论正确。上、下两句一意,后人称为"合掌",但在南朝前期常见,如谢灵运"千虑集日夜,万感盈朝昏"、沈约"夕行闻夜鹤,晨征听晓鸿"之类都是。这种情形说明了五言诗中的属对还没有总结出规律性的要求。北朝人看不起这两句诗,可能是出于美学标准的不同,至于后人的批评,则多是从"上下一意"而加以非议的。

---

① 沈括误记王籍为宋人。又,"风定花犹落"是梁代谢贞八岁所作《春日闲居》诗佚句,见《南史·孝义·谢贞传》。

第十二章 《文选》

第一节 总集的出现和《文选》的编定

东汉后期,文学逐渐脱离了经学的附庸地位而独立发展,文学创作活动也由"雕虫篆刻"(扬雄《法言·吾子》)而变为"经国之大业,不朽之盛事"(曹丕《典论·论文》)。从魏、晋到齐、梁,作家、作品大量出现,各种文体也由产生、发展而趋于成熟定型。

和这种情况相适应的是文集的编定。《后汉书》、《三国志》中的文人传记,在提到创作成绩的时候,都只说有诗、赋、碑、铭等若干篇,还没有出现文集若干卷的提法。所谓"集",就是聚集。既有文章若干篇的统计数字,可见当时虽无文集之名,却已有文集之实。但这不过是某一作家的个人文集。至于统观一代或几代的文学概貌,别裁选录,编为总集,则最早在西晋之初。

《隋书·经籍志》说:

> 总集者,以建安之后,辞赋转繁,众家之集,日以滋广,晋代挚虞,苦览者之劳倦,于是采摘孔翠,芟剪繁芜,自诗赋下,各为条贯,合而编之,谓为《流别》。是后文集总钞,作者继轨,属辞之

士,以为覃奥,而取则焉。

这段话说得很明白,总集的编定,是为"览者"和"属辞之士"即读者和作者提供方便的。最早的总集,是晋初杜预所编的《善文》五十卷①。稍后有挚虞的《文章流别集》。李充的《翰林论》较《文章流别集》稍晚。其后,总集的编选更见繁多,据《隋书·经籍志》的统计,从晋代至陈、隋,共有二四九部,五二二四卷。但这些书在北宋以后几乎全部亡佚,今天所能见到的最早的也是影响最大的总集是萧统所编的《文选》。

萧统(501~531),字德施,梁武帝萧衍长子。天监元年(502)立为太子,未及即位而卒,谥昭明,所以后人也把《文选》习称为《昭明文选》。萧统和父亲萧衍及兄弟萧纲、萧绎同样爱好文学,具有相当深厚的修养,但本人的诗文创作"繁富"而不算出色②。他喜欢接纳文人学者,曾在东宫做过属官的知名文士,仅据《梁书》中的记载,就有三十余人,最为萧统所器重赏识的有徐勉、陆倕、到洽、刘孝绰、王筠等人,经常在一起讨论篇籍,商榷古今。东宫藏书近三万卷,"名才并集,文学之盛,晋、宋以来未之有也"(《梁书》本传)。著述除《文选》外,有文集二十卷,又编古今典诰文言为《正序》十卷、五言诗选

---

① 从《隋书·经籍志》的排列次序,《善文》或是一部应用文总集。
② 萧统在日常生活中,可以随口引用左思、郭璞的诗,见《梁书·昭明太子传》、《王筠传》。他本人"文章繁富"(《梁书·刘孝绰传》)而缺少思想深度和文采,但由于他是太子之尊,所以并无损于他作为当时文坛领袖的地位。

集《英华集》二十卷①。

封建社会的通例,达官贵人编著的书多出自门下文人之手,或至少有门下文士的参预,《文选》自当不会例外。不过从迹象来看,可以认为,《文选》是以萧统的文学观为指导、并在他的实际主持下进行的,与后代帝王的"御制"、"御撰"纯属沽名钓誉者不同。

参加编纂《文选》的文士是哪些人,已难于确考。但有两个人值得注意。其一是刘勰。刘勰在天监后期曾官东宫通事舍人②,《梁书·刘勰传》说"昭明太子好文学,深爱接之"。《文心雕龙》的文体分类和《文选》大体相同;而书中关于原道、宗经以及文质之间的关系等基本观点,又和《文选序》和《文选》的编选实际似相呼应。另一个值得注意的是刘孝绰。唐日本僧人空海《文镜秘府论·南卷·集论》引唐初元兢记"梁昭明太子萧统与刘孝绰等撰集《文选》",宋王应麟《玉海》卷五四引《中兴书目》录《文选》并注云:"与何逊、刘孝绰等选集。"这两条记载的唐以前的依据虽已不详,但仍然值得重视,尤其是唐人最重《文选》,元兢之说当非虚构。证以刘孝绰是萧统最宠信的

---

① 据本传。《隋书·经籍志》录萧统《文选》三十卷,《古今诗苑英华》十九卷。后者当即《英华集》的异名,一卷之差当是目录。另在谢灵运《诗英》下注:"又有《文章英华》三十卷,梁昭明太子撰,亡。"本传不载,唐初又不见此书,疑是《文选》的异名,或是和《诗苑英华》相并行的不录诗的选集。

② 《梁书·刘勰传》在叙刘勰"兼东宫通事舍人"句下即接叙"时七庙飨荐已用蔬果"。据《武帝记》,十六年冬十月,"去宗庙荐脩,始用蔬果",可见刘勰为东宫属官大体在此时。作为一位杰出的理论家,刘勰的观点应该会对萧统发生影响,参加《文选》的编选也有很大可能。从宋代僧祖琇《隆兴佛教编年通论》以来好几部佛家的编年史,都把刘勰出家一事紧接在萧统死后,这多少可以说明刘勰在东宫时间之长,和萧统的关系之深。请参看第十七章《〈文心雕龙〉和〈诗品〉》中的有关叙述。

文士之一,又在众多的文士中指定他为自己编定文集,刘孝绰参预编纂《文选》的可能性是很大的。至于何逊,恐怕和《文选》并无多少关系①。

《文选》的体例不录生存的作家②。收录的作家中最晚的陆倕卒于普通七年(526)。因此,《文选》的最后成书当在普通末至中大通初的三四年时间内。

第二节 《文选》的选录和分类

《文选》三十卷,收录先秦至梁代的作家一百三十人,作品五一四篇(一题不止一篇者以一篇计)。

东汉后期以来,与文学的发展相适应,除了总集的出现以外,在理论上还不断注意划分文学的界线,揭示文学的特性。《典论·论文》提出"诗赋"等不同文体的不同标准,《文赋》提出"诗缘情而绮靡"等一系列要求,到了《文心雕龙》,更是从各个角度对这个问题作了深入的探讨。萧统在《文选序》中借作品的去取,提出了自己的见解:

若夫姬公之籍,孔父之书,与日月俱悬,鬼神争奥,孝敬之准

---

① 请参看拙著《有关〈文选〉编纂中几个问题的拟测》,载《昭明文选研究论文集》,吉林文史出版社版。
② 《文选序》中没有说不录存者,但晁公武《郡斋读书志》中引窦常语却明白说明了这一点。按当时《文心雕龙》、《诗品》等论著的原则,"其人既往,其文克定",《文选》所录作家都已亡故,当无疑义。

式,人伦之师友,岂可重以芟夷,加以剪截?老、庄之作,管、孟之流,盖以立意为宗,不以能文为本。今之所撰,又以略诸。若贤人之美辞,忠臣之抗直,谋夫之话,辩士之端,冰释泉涌,金相玉振。所谓坐狙丘,议稷下,仲连之却秦军,食其之下齐国,留侯之发八难,曲逆之吐六奇,盖乃事美一时,语流千载,概见坟籍,旁出子史。若斯之流,又亦繁博。虽传之简牍,而事异篇章。今之所集,亦所不取。至于记事之史,系年之书,所以褒贬是非,纪别同异。方之篇翰,亦已不同。若其赞论之综缉辞采,序述之错比文华,事出于沉思,义归乎翰藻,故与夫篇什,杂而集之。

这里,萧统说明了有四类著作不能入选:一是传统以为周公、孔子的著作,即大体相当于经部。二是老、庄、管、孟的著作,即大体相当于子部。三是贤人、忠臣、谋夫、辩士的辞令,即《国语》、《战国策》以及散见于史籍中的这一类著作。四是记事、系年之书,即史部。理由尽管各不相同,但它们都不是"文",所以不加选录。至于史书中的"赞"、"论"、"序"、"述",例如《后汉书·光武纪赞》、干宝《晋纪·总论》、杜预《春秋左氏传序》、班固《汉书·述高祖纪赞》等,则可以入选,因为它们具有"综辑辞采"、"错比文华"、"事出于沉思,义归于翰藻"的特点。总之,萧统要说明的是"文"与"非文"的界线,他所要入选的是"文"。而所谓"文",又是中国传统的"文章",其概念不同于现代文艺理论中说的文学作品。这里又有两层意思。第一层意思比较明白,从性质上说,经书、子书、史书,或居于"文"之上,或列于"文"之外,只有"赞"、"论"、"序"、"述",因为具有上述特点而可以划在"文"的界线之内。第二层意思,从体制上说,"文"应当是"篇章"、"篇翰",即独立成篇的诗文。子书、史书之所以不列于"文",是因为"事异篇章",

"方之篇翰,亦已不同"①。"赞"、"论"、"序"、"述"虽属史传的组成部分,但多数是作者所发的议论,具有相对独立的意义,分而析之,可以类同于"篇章",所以可以和单篇诗文"杂而集之"。

"文"与"非文"的划界,并非始自萧统,魏晋时代就已经把典籍分为甲、乙、丙、丁四部,即后来的经、史、子、集。但这只是目录学上的分类法,专就"文"的角度提得如此明确并且付之实践,则以萧统为第一人。萧统的划分有它的明确性,也有它的片面性。刘勰没有把经、史、子排除在外,连《史记》中的十志都被称"该富"(《文心雕龙·史传》)。这两种界限,从文学历史发展的角度来衡量,应该认为互有得失。

《文选序》的中心意思在于说明凡是"文"可备选录,而并没有说明什么样的"文"可以选录。换句话说,萧统在序中说明的只是选录的标准。过去相当的时期里,从清人阮元《书梁昭明太子〈文选序〉后》起,一直认为"事出于沉思,义归乎翰藻"就是《文选》的选录标准。其实这种看法不免偏颇。这两句话的意思是创作素材应当通过深刻的艺术构思而作富有文采的表达,紧接上两句"综缉辞采"和"错比文华"作了补充发挥,目的是解释赞、论、序、述因为具有这样的特色而可以入选。阮元的说法之所以不周密,就在于把违反了思维逻辑,把凡是具有这样性质的文字可以作为"文",等同于凡是"文"都必须具有这样的性质。

既然《文选序》对选录标准没有作明确的说明,就只能结合萧统的文学观和《文选》选录的作品来作考察。

梁武帝崇尚儒学,王夫之评论说:"六经之教,蔚然兴焉。虽疵而

---

① 范晔《狱中与诸甥侄书》说自己"常耻作文士",萧纲《与湘东王书》说裴子野是"良史之才,了无篇什之美",都可以代表南朝人对文、史之分的看法。

未醇,华而未实,固东汉以下未有之盛也。"(《读通鉴论》卷十七)萧统的文学思想,主要属于涂饰了齐梁色彩的儒家体系。《文选序》的前半,沿袭《诗大序》中言志抒情的基本观点,注意到了作品的社会功能,要求它们具有真实的思想感情。在美学标准上,他主张兼重文质。《答湘东王求文集及〈诗苑英华〉书》:"夫文典则累野,丽亦伤浮。能丽而不浮,典而不野,文质彬彬,有君子之致,吾尝欲为之,但恨未逮耳。"刘孝绰《昭明太子集序》中也说"深乎文者,能使典而不野,远而不放,丽而不淫,约而不俭",与萧统的话如桴鼓之相应。萧统的话照搬《论语·雍也》"质胜文则野,文胜质则史。文质彬彬,然后君子",但文、质概念的内涵显然不同于孔子。兼重文质,既是圣人的教诲,又可以有各自不同的解释,《文心雕龙》中的文质论和范云"质则过儒,丽则伤俗"(《梁书·何逊传》)的理解大体同于萧统,可以算作永明以来诗人追求的一个标准,至少在理论上如此。也就是说,他们提倡典丽而不伤于浮艳的文风,但也不排斥朴素淡雅。

用《文选》中的作品来印证萧统的主张,可以看到几个方面:

第一,在"文质"之中更重视"文",在"典丽"之中则更重视"典"。近人骆鸿凯认为:"昭明芟次七代,荟萃群言,择其文之尤典雅者,勒为一书,用以切劘时趋,标指先正。迹其所录,高文典册十之七,清辞秀句十之五,纤靡之音百不得一。"(《文选学》32页)标举典雅,是齐、梁两代皇室中正统的文学观①。具体来说,萧统在《文选》

---

① 齐高帝萧道成说"康乐放荡",又说"安仁、士衡,深可宗尚,颜延之抑其次也"(《南齐书·武陵昭王晔传》);文惠太子萧长懋命虞炎作《鲍照集序》,序中批评鲍照的作品"乏精典";梁武帝称赞温子昇的作品,说"曹植、陆机复生于北土,恨我辞人,数穷百六"(《北史·温子昇传》),同时他又对宫体诗的创始者徐摛不满,均可从正、反两面说明问题。

中所收录作家作品,也以陆机、颜延之一派为多。收录得最多的作家作品是:陆机四十四篇,谢灵运三十二篇,曹植二十七篇,谢朓二十三篇,颜延之二十二篇,沈约十七篇。陆机入选的诗文总数超过曹植,多于潘岳一倍有余,显然说明了萧统的偏爱,和钟嵘的看法就有出入。再以颜延之而论,所收作品虽赶不上谢灵运,但和"古今独步"的谢朓仅差一篇;而梁初并称"沈诗任笔"的沈约、任昉,当然任不如沈,但任昉入选之作却超过沈约,其中固然有文体上的原因,但任昉的文章好用典故,也是不可忽视的因素。

第二,《文选》不录柳恽、何逊、吴均,而收入了成就和名望远不如他们的徐悱、陆倕,这是很难理解的现象,其中可能有人事上的原因①,但也有诗风上的原因。柳恽、何逊的诗风比较平易清绮,不甚用典,如柳诗"亭皋木叶下,陇首秋云飞",何诗"露湿寒塘草,月映清淮流"之类,都是为人称赏的名句,但却属于《诗品序》所说的"羌无故实"、"即目所见"。吴均的诗似更近俗,不少乐府都有民歌气息。这几位诗人与陆、颜一派相较,作风气格都大异其趣。

第三,以作品论,选入《古诗十九首》、陶诗八篇、鲍诗十八篇,体现了萧统还有重"质"的一面。不录玄言诗,这是晋宋之间诗风转变的反映。不录咏物、艳情,同时也不录吴歌、西曲,说明了萧统排斥浮艳的审美观又是和儒家道德观相表里的。

《文选》按照文体分类编排,计分三十七类:赋、诗、骚、七、诏、册、令、教、策文、表、上书、启、弹事、笺、奏记、书、檄、对问、设论、辞、序、颂、赞、符命、史论、史述赞、论、连珠、箴、铭、诔、哀、碑文、墓志、行状、

---

① 同本书第 239 页注①。

吊文、祭文①。赋、诗两类所占比重最大，又按内容把赋分为京都、郊祀、耕籍等十五门，把诗分为补亡、述德、劝励等二十三门。各类之中的作品，又以时代的先后为序。

这样细密到近于碎杂的分类，体现了古代文论中文体辨析观念的发展。这一中国文学史上特有的现象，和"文"在社会生活中的实用价值不断提高有关。曹丕在《典论·论文》中首先提出奏议、书论、铭诔、诗赋的四科八目，陆机在《文赋》中分文体为诗、赋、碑、诔等十类。挚虞《文章流别集》、李充《翰林论》已经散佚，但从辑存的片段来看，其分类较曹、陆又为繁密。到了《文心雕龙》，仅在篇名中提到的文体已有三十三类，和《文选》大致接近。用形式逻辑来衡量，《文选》的三十七类，显然不合于同一分类需要依据同一标准的科学方法，但却是历史的发展和社会需要的产物。

所谓文体辨析，其所辨所析并不专是文章的体裁即形式，而常常在于区分文章的社会功能。魏、晋以来，特别到了南朝，文学修养和玄理清谈同样是社会地位的重要标志，士族垄断文化，寒门则企图以此跻身于上层，"近世取人，多以文史"（《梁书·江淹传论》），正是对这种情形的概括说明。文章既然有这样大的作用，人们对它的分析、研究、学习就必然愈趋细密，就像物质生产中的分工越来越专业化一样。《文选》作为一部总集，就要以它的实践加以体现，为人们提供一部可供诵读和习作的范本，使"览者"免于劳倦，"属辞之士"有所取则。它既是文艺的园囿，又是进身的阶梯。不论萧统和东宫文士多

---

① 一说，当作三十八类，即"书"下"檄"上当有"移"一类。说见胡克家《文选考异》。又：南宋陈八郎刊五臣注本《文选》，作三十九类，即较三十八类又多出"难"一类。此处从穆克宏说，见《萧统〈文选〉三题》，文载《昭明文选研究论文集》。

么自居高雅,他们跳不出社会需要的限制。弄清楚这一点,对后代许多批评家的某些指责就可以作出解释①。选入和文学极少相干的《尚书序》、《左传序》,是因为当时文人有作序的需要;单列一项不伦不类的"七",是因为从枚乘《七发》以来出现了为数众多的"七"体文②。

在学术和技术问题上,《文选》也存在缺点。书中选入了一些伪作,例如苏、李诗文及孔安国《尚书序》等。《尚书序》到清初才确切断为伪作,不能据此而多作苛求;苏、李酬和之作,刘宋颜延之已经提出怀疑,《文选》加以选录,显然属于考据不精。书中还有以史传文为作品序文以及误标题目的情况,例如汉武帝《秋风辞》、刘歆《移书让太常博士》,题下注明"并序",其实序文乃是史传中的文字;又如刘峻《重答刘秣陵沼书》,实则并非答书的原文;陆机、陆云各有《为顾彦先赠妇》二首,据《玉台新咏》,陆云诗当有四首,题作《为顾彦先赠妇往返》,一、三作男子口气,二、四作女子口吻。《文选》仅取二、四,所以弄得题不对文。类似的枝节问题,书中还有不少。

总的来说,《文选》是在当时文学风尚的支配下,适应社会的需要而编选的一部总集。由于编者的文学观念和审美标准都比较高明,所以,这部诗文总集仅仅用三十卷的篇幅,就大体上包罗了从先秦以来的重要作品,反映了各种文体发展的轮廓,为后人研究这七八百年间的文学史保存了重要的资料,提供了方便的条件。南朝时代数量众多的总集,只有《文选》和《玉台新咏》得以流传后世,而《文选》的

---

① 姚鼐《古文辞类纂·辞赋类序》、章学诚《文史通义·诗教》就有对《文选》分类的批评。
② 今存挚虞《文章流别论》佚文已论及"七",可能在《文章流别集》中已出现了"七"类。

影响又远在《玉台新咏》之上,这绝不是偶然的现象。

第三节 《文选》的影响和后人对《文选》的研究

中国文学史上的典籍,除了被尊崇为经典的《诗经》以外,能得到后人广泛而深入的研究而成为一门学问的,只有两部书。一部是《红楼梦》,对它的研究称为"红学";另一部就是《文选》,对它的研究称为"文选学"或"选学"。但"红学"之起在"五四运动"前后,远较"选学"为晚。近年来又有所谓"龙学"(《文心雕龙》),那更是后起的事情了。

《文选》成书后不久,在隋代就受到重视,至唐代和北宋前期而达于极盛。其影响的消长,和时代的文风密切相关。初唐文风上承六朝余习,加上唐高宗以后科举考试中加入诗赋,评选标准不外乎典赡工稳,齐梁以来的成就又正是合适的借鉴,中唐以后,铺陈辞藻、獭祭典故的作风又为一部分诗人所喜爱,这样,《文选》在有唐一代仍然没有丧失它作为读本的地位。《新唐书·萧至忠传》记萧至忠从太平公主府中出来,遇到宋璟。宋璟说:"非所望于萧傅。"萧至忠回答:"善乎宋生之言。"这两句话见于潘岳的《西征赋》和《秋兴赋》。萧傅原指萧望之,宋璟借用这句话讽示萧至忠不应出入于声名狼藉的太平公主之门;宋生原作宋玉,萧至忠改一个字回答,表示同意宋璟的意见。从两人的隐喻对答,可以看出当时的文人对《文选》烂熟到了可以随口引用的程度。李白鄙视六朝,但据记载他"前后三拟《文选》,不如意,辄焚之,惟留《恨》、《别赋》"(《酉阳杂俎·语资》)。杜甫说

"恐与齐、梁作后尘",在家里却把《文选》当作教科书,"续儿课《文选》"(《水阁朝斋》),要求儿子"熟精《文选》理"(《宗武生日》)。李白、杜甫、王昌龄、韩愈等大作家,诗句中引用、套用、化用《文选》中作品的,触目皆是。李善在《上〈文选注〉表》中说萧统"撰斯一集,名曰《文选》,后进英髦,咸资准的",确实不是夸大之辞。更有甚者,在唐朝人的心目中,《文选》的地位骎骎乎可以与儒家经典并驾齐驱。开元十八年,唐玄宗命有司写《毛诗》、《礼记》、《左传》、《文选》各一部,以赐金城公主(《旧唐书·吐蕃传》);韩愈称赞李邢"能暗记《论语》、《尚书》、《毛诗》、《左氏》、《文选》"(《李邢墓志》);《秋胡变文》写秋胡出行,随带十部书,除儒家经典外,还有《庄子》和《文选》,都足以说明这一事实。当然,也有人对《文选》表示不满,例如李德裕对唐武宗说:"臣祖天宝末以仕进无他歧,勉强随计,一举登第。自后家不置《文选》,盖恶其不根艺实。"(《新唐书·选举志》)但这种批评,也可以从反面说明《文选》影响之大,无论如何,还要用它作为"敲门砖",像后世的八股文一样。北宋前期,仍然以诗赋取士,士人诵习《文选》,以至有"《文选》烂,秀才半"这样的谚语(陆游《老学庵笔记》卷八)。直至王安石执政,以新经学取士,《文选》才不再成为士人的课本。不过王安石的新经学很快就随着他在政治上的失败而被摒弃,《文选》在士人中仍有相当影响。稍后于王安石的郭思认为:"今人不为诗则已,苟为诗,则《文选》不可不熟也。《文选》是文章祖宗,自两汉而下,至魏、晋、宋、齐,精者斯采,萃而成编,则为文章者,焉得不尚《文选》也。"(《苕溪渔隐丛话》前集卷九引《瑶华集》)张戒《岁寒堂诗话》也有类似的意见。明代以后,士人习作诗篇,多以唐诗或宋诗做榜样,对《文选》比较冷落。清代有关《文选》的研究著作数量多,质量也高,但却是从考据、音韵、训诂角度所作的研究,已很少涉及文学本身了。

隋、唐以来,有关《文选》的著作,据不完全统计,今天还可以见到的清末以前的专著有九十种左右①,大致可以分为训诂考据、摘录辞章、增广续补三类。后两类谈不上学术价值,所谓"文选学",主要体现于第一类著作中。

最早的著作是隋代萧该(萧统的族侄)的《文选音义》。稍后,唐初又有曹宪的《文选音义》。"文选学"之名,即始见于《旧唐书·儒学·曹宪传》。这两种《文选音义》都已经亡佚。现存最早的、影响最大的注本是唐高宗时代李善的《文选注》。李善是一位渊博的学者,号称"书簏"。他注释《文选》,用力至勤,引书近一千七百种。高宗显庆三年(658),书成进呈,共六十卷。注释偏重在说明语源和典故,引证赅博,校勘精审,体例谨严。凡作品有旧注而又可取的,就采用旧注,例如《二京赋》取薛综注,屈原的作品用王逸注,等等。间有补正,就加"善曰"二字以志区别。注释中略于文义的疏通,所以受到"释事而忘意"的批评(《新唐书·文艺·李邕传》)。但据唐人李匡乂《资暇集》载:"李氏《文选》有初注成者,覆注者,有三注四注者,当时旋被传写之。其绝笔之本,皆释音训义,注解甚多,余家幸而有焉。尝将数本并校,不唯注之赡略有异,至于科段,互相不同,无似余家之本该备也。"言之凿凿,当非虚构。所以,后世流传的显庆三年进呈本,或者并不是最后的定本。日本学者冈村繁还专就李善注中所引纬书的情况对此作了论证(见《文选李善注的编修过程》,刊《东方学会四十周年纪念论文集》)。今天来看,李善注的重要性不仅在于代表了当时对《文选》的研究水平,而且在于他在注中引用的大量原始材料都已经亡佚,后世学者考证辑佚,往往可以从中取资。

至今流传的另一种唐人注本是《五臣注文选》。五臣指唐玄宗时

---

① 请参看骆鸿凯《文选学》书末《选学书著录》。

代的吕延济、刘良、张铣、吕向、李周翰五人。当时工部侍郎吕延祚在进书表中说，李善的注释对作品"旨趣"完全没有说清楚，因此他组织了这五个人重新注释。吕延祚虽高自标榜，但由于五臣的学力远不及李善，因此书中荒陋错误之处极多，受到从李匡乂、苏轼、尤袤直到清代许多学者的指责。不过五臣注也不是全无是处，《四库全书总目提要》在概括叙述了前人的批评后指出："然其疏通文义，亦间有可采。唐人著述，传世已稀，不必竟废之也。"可以认为是比较公允的见解。

日本平安朝中期流传至今的《文选集注》，大约成于晚唐，流入日本后，在中国反不见传本。书中引有早已亡佚的《文选抄》、《文选音决》和陆善经注，日本学者对此书极为重视。从现在所看到的残卷面貌，作为唐人古注的一种，自有其重要的文献价值。特别是其中所引李善注，与今本李善注颇有差异，可以证成上述李匡乂所记李善注有几种传本的说法。

宋、元、明三代，在注释考据方面没有做出多少成绩。清代朴学大兴，学者在经史之外，发其余力研究《文选》，专著极多。最为精博的著作是张云璈的《选学胶言》、梁章钜的《文选旁证》、朱珔的《文选集释》、胡绍煐的《文选笺证》。这些著作从音韵、训诂、考订等各方面对李善注作了补正发明。近代人的著作，以高步瀛的《文选李注义疏》最为精博，可惜全书并没有完成；骆鸿凯的《文选学》通论《文选》，也有一定的参考价值。

关于《文选》的版本，最早的有敦煌残卷唐写本《文选》白文、《文选》李善注、《文选音》。《文选集注》残卷有日本京都大学影印本。刻本最早的为北宋明道刻本，已残。自从李善注和五臣注问世以后，宋代有人把两书合并刊刻，称"六臣注"，李善注原文反而逐渐湮没不彰。后来又有人从六臣注中析出李善注单独刊刻，今天所见的李善注本多属这种情况。比较好的通行本有清代胡克家翻刻南宋尤袤刻李善注本。这个本子经过胡克家和顾广圻的认真校勘,写成《文选考异》十卷。《四部丛刊》中有影宋刻六臣注本,一九七七年中华书局有影印胡克家本,卷末附《文选考异》,较便使用。

第十三章　从"永明体"到"宫体"

第一节　宫体诗的出现

南朝时代的文学创作,特别是诗歌创作,不仅是门第修养的标志,而且是仕途的资本。当时文人以不能写诗为耻,钟嵘在《诗品序》里描绘说:

> 今之士俗,斯风炽矣。才能胜衣,甫就小学,必甘心而驰骛焉。于是庸音杂体,人各为容。至使膏腴子弟,耻文不逮,终朝点缀,分夜呻吟。

钟嵘描绘的是齐、梁时代的情况。这一时期的文学,后来一贯视为轻绮华靡的标本,"齐梁"竟由时代的概念而变成华艳风格的代称。早在隋文帝开皇年间,李谔上书请正文体,就提出反对专注于形式的雕虫小技,并提出"江左齐梁,其弊弥甚"的论断;其后杜甫的"恐与齐梁作后尘"(《戏为六绝句》之五),韩愈的"齐梁及陈隋,众作等蝉噪"(《荐士》);再后,严羽在《沧浪诗话》里在"永明体"一词外又另有所谓"齐梁体"。

齐、梁两代的文风紧密相承,大同小异,所以"齐梁"联为一体,这一概念本身有其合理性,加上诗伯文宗和理论权威的议论,后人沿用遂成习惯。不过,齐、梁两代的诗风华靡还有小异,具体说,就是"永明体"和"宫体"的不同。从齐武帝永明年间至梁代前期的近五十年中,诗坛上以谢朓、沈约为代表的永明体诗风为主;从梁武帝普通年间至陈代末年的近七十年中,以萧纲和徐摛、庾肩吾所提倡的宫体诗风开始兴起并逐渐占统治地位。从梁代一代来看,梁武帝在位四十八年,天监、普通之际可以作为大致的分界。前期的主要作家沈约、范云、任昉,年岁行辈较高,和梁武帝同属"竟陵八友"中人,为永明文苑的健将①;年辈稍低的何逊、吴均、柳恽等人,作品的内容风格也接近于永明诗人。后期的主要作家如萧纲、萧绎兄弟,以及出入东宫西邸的主要作家如徐摛、庾肩吾父子,刘遵兄弟,作品的内容风格都与沈约等人有相当明显的差异,和后来的陈后主及其狎客的诗作则前后呼应。所以就总体与趋向而论,梁代前期承上而后期启下。清代的陈祚明、沈德潜,在他们的著作中使用"梁陈"这一时间概念,较之"齐梁"要更为确切一些。

　　宫体诗这一文学现象比较复杂,首先需要探讨的是它产生、兴起的时间。《梁书·徐摛传》:

　　　　(摛)属文好为新变,不拘旧体。……会晋安王纲出戍石头,高祖谓周舍曰:"为我求一人,文学俱长兼有行者,欲令与晋安游处。"舍曰:"臣外弟徐摛,形质陋小,若不胜衣,而堪此选。"高祖曰:"必有仲宣之才,亦不简其容貌。"以摛为侍读。……王入为

---

① 自齐入梁的著名作家还有江淹,但他早已"才尽",集中看不到入梁以后的作品。请参看本书第六章《江淹》。

皇太子,转家令,兼掌书记,寻代领直。摘文体既别,春坊尽学之,"宫体"之号,自斯而起。高祖闻之怒,召摘加让。

根据这段记载,从唐人开始,都把宫体诗形成的时间定在中大通三年(531)萧纲继萧统立为太子以后。但是这一说法并不确切。因为《徐摘传》接着说徐摘于此年外放为新安太守,上距萧纲入主东宫,至多不过半年;梁武帝责备徐摘,也应该在外放前几个月①。在几个月之内要形成一种诗体,显然有悖于事理。

从作品的具体情况来考查也可以证明宫体的形成要早于萧纲入主东宫。沈约、王僧孺的部分诗篇里,已经见到了这种过于轻艳的风格,不过作为流派来说,宫体诗的开创者是徐摘和庾肩吾。这两位诗人同为萧纲的文学侍从兼启蒙师傅,徐、庾在天监八年(509)入萧纲府,正好是萧纲自己所说"七岁而有诗癖"(《梁书·简文帝纪》)的那一年。庾肩吾入府的时间大致和徐摘同时。七岁的幼童如同一张白纸,被画上的图画当然是徐、庾的工笔重彩。徐摘诗今存五首,写作时间都不可考,但庾肩吾和萧纲所存诗作中写作时间可考的,如庾的《和晋安王薄晚逐凉》、《和晋安王咏燕》、《奉和泛舟汉水》,萧纲的《雍州曲》、《东飞伯劳歌》、《饯庐陵王内史王脩应令》、《从顿暂还城》等,都是他立为太子前,有的还是普通年间在雍州的作品,但已经是相当典型的宫体风格。因此可以认为,宫体诗开始形成于萧纲入东宫以前,只是随着萧纲的入东宫才正式获得了"宫体"这一名称。更具体一点说,天监十二年(513),最后一位永明体的重要作家沈约

---

① 《徐摘传》记梁武帝责备徐摘,徐摘应对得体,反而因祸得福,"宠遇日隆"。宠臣朱异怕受排挤,设计把徐摘外放新安太守。徐摘受宠而致使朱异感到威胁,其间也需要一些时间。

去世;天监末、普通初,上承永明诗风的柳恽、何逊、吴均又相继病故,萧纲已长大成人,在普通年间诗风再度"新变",也是一种合乎规律的现象。

这次"新变"发源于雍州,在萧纲始立为太子时还只是流行于雍府和东宫的文人圈子里,其后才逐渐蔚为风气。萧纲在《与湘东王(萧绎)书》中提到:

> 比见京师文体,懦钝殊常,竞学浮疏,争为阐缓。……是以握瑜怀玉之士,瞻郑邦而知退;章甫翠履之人,望闽乡而叹息。诗既若此,笔又如之。徒以烟墨不言,受其驱染;纸札无情,任其摇襞。甚矣哉,文之横流,一至于此!

在萧纲的心目中,当时建康文坛的"懦钝"十分严重。这封信的写作时间已难确考,大致在中大通三年以后不久。所谓"懦钝",实际上的含义是当时的建康一带,诗风依然沿袭永明以来的风格体制而没有发生多大变化,甚至还有倒退到学习元嘉体的现象。在萧纲"更新"了的文学观念中,这种诗风就显得陈腐落后。这可以证明宫体诗风在中大通年间还没有席卷建康。

其次需要明确的是宫体诗的概念,即宫体诗具有哪些特点和什么样的诗文可以算作宫体诗。在这个问题上,《梁书》的作者姚察和唐人的理解不尽相同。《梁书·徐摛传》的解释是"不拘旧体"的"新变"诗体,《庾肩吾传》中又补充说:"齐永明中,文士王融、谢朓、沈约始用四声,以为新变,至是(指萧纲立为太子)转拘声韵,弥尚丽靡,复逾于往时。"在姚察看来,宫体诗之成为一体,在于形式和风格上不同于前代。至于唐人的论述,主要是两段文字:

> 简文之在东宫,亦好篇什。清辞巧制,止乎衽席之间;雕琢蔓藻,思极闺闱之内。后生好事,递相放(仿)习,朝野纷纷,号为"宫体"。
>
> ——《隋书·经籍志》四

> 先是,梁简文帝为太子,好作艳诗,境内化之,浸以成俗,谓之"宫体"。晚年改作,追之不及,乃令徐陵撰《玉台集》以大其体。
>
> ——刘肃《大唐新语·方正》

魏征、长孙无忌等史臣把宫体诗视为专写衽帝闺房的诗,刘肃认为宫体诗就是艳体诗,看法和史臣一致。其他像杜确《岑嘉州诗集序》也指出"梁简文帝及庾肩吾之属始为轻浮绮靡之词,名曰宫体"。可见在唐人的心目中,宫体的含义已经涉及内容。两相比较,姚察由梁入陈、由陈入隋,他的理解应该是直接的和准确的,而且《陈书》始作于隋代,对齐、梁文风的批评已经开始,更不必有所忌避。不过唐人的意见也说到了事情的一个方面,艳情确实是宫体诗中被写得最多的题材,但以部分代替全体,理解总属片面。

如上所述,宫体诗的特点是:一、声韵、格律,在永明体的基础上踵事增华,要求更为精致;二、风格,由永明体的轻绮而变本加厉为秾丽,下者则流入淫靡;三、内容,较之永明体时期更加狭窄,以艳情、咏物为多,也有不少吟风月、狎池苑的作品。凡是梁代普通以后的诗符合以上特点的,就可以归入宫体诗的范围;而从另一方面说,历来被目为宫体诗人的诗也并不全是宫体诗。

第二节 宫体诗出现的原因和对它的评价

宫体诗的发生、发展有它的必然原因,这可以从以下四个方面加以论述:

第一,是社会经济、政治的影响。南齐二十三年,政局一直动荡不定,皇室权力的内部之争超过刘宋,而每次比较剧烈的动荡又总要波及文人。所以,在这一时期的作品中,还多少可以看到不平、忧虑、哀愁这些真情实感。梁武帝即位后的四十八年,除最后两年侯景之乱的大破坏以外,社会表面一直维持着升平气象。梁武帝"文武兼资",爱好文学,驭下比较宽大,所以梁代文风之盛冠于南朝,现存的作家作品,数字超过宋、齐、陈三代的总和。社会的晏安可以产生大批文人,却不一定出现优秀作品。何逊、吴均、柳恽的成就比不上前此的鲍照、二谢、江淹,后此则更自郐而下。文人习于逸乐,思想愈益狭窄。这是产生宫体诗的社会原因。

第二,是文学本身的发展。诗歌创作到南朝开始呈现尽态极妍、争新竞异的局面,作家们有意识地追求"新变","若无新变,不能代雄"(《南齐书·文学传论》)。诗风一变于元嘉,二变于永明,三变于普通以后。宫体是永明体新变之后的又一次新变,由于生活和思想的贫乏,他们所追求的只能是声韵格律和隶事对偶等的进一步完善。他们无意于也不可能再在作品的思想深度上开掘,妃青丽白,琢句雕章成为最主要的审美观念,这种观念又和他们所咏歌的主要题材艳情、咏物若水乳之交融,内容和形式之间相互制约,互为因果。

第三,是民歌的影响。南朝乐府歌辞几乎全是男女言情之作,从谢灵运、鲍照开始,文士每多拟作,到梁武帝父子而数量更多,质量更高。前面提到的《雍州曲》，就是萧纲拟作的西曲歌辞。把南朝乐府和五言诗，与唐宋诗和词的关系相比较，可以发现一个有趣的差别，即爱情（特别是非配偶的爱情）的题材由古体诗而转入近体诗，又再转入词里；南朝则恰恰相反，爱情、艳情甚至色情，从摹拟民歌的遮掩之中走出来，公然地挤进正统诗歌里。出现这种差别的原因在于封建礼教控制力量的消长，以及儒家的文学观中对诗、词性质、功能的不同要求。宫体诗以艳情为主要题材，和作者们经常听唱以及拟作情歌有不容否认的关系。遗憾的是宫体诗的作者们对民歌的形式以及内容中不健康的成分追新猎异，而对真正的营养却吸收得比较少，颇类似于《韩非子·外储说左上》所写的买椟还珠。

第四，是帝王的提倡。作为最高统治者，梁武帝父子对文学的提倡奖掖，在我国文学史上只有曹操父子可以相比。梁武帝大量拟作民歌，但五言诗却是正统的永明风格，即使是选入《玉台新咏》中那些写妇女的作品，大体上还不离"雅正"的范围，他对徐摛加以责备，但并没有深究，而且晚年一心奉佛，已经不再有多少精力去关心创作。萧纲、萧绎兄弟以"副君之重"、"皇子之豪"，在理论上和实践上都做出样板，从正面大力提倡，宫体之得以风靡，这也是一个不可忽视的因素。前面所举刘肃《大唐新语》，在"先是，简文帝为太子"之前，就引证虞世南劝谏唐太宗不要写艳诗，说"上之所好，下必随之。此文一行，恐致风靡"，正是从宫体诗的流行得出的历史教训。

过去对宫体诗所作的评价往往不够公允，或是趣味相投，倍加赞赏；或是出于封建卫道，或简单化的阶级观点，一概加以否定。两种倾向之中，尤以后者为多见，作品中一般的轻佻儇薄往往被夸大为淫靡、色情。这样的批评就失去了实事求是的分寸感。同时，对宫体诗过分的斥责还有一个传统的文学观念的原因。儒家的文学观要求诗歌成为"厚人伦、美教化、移风俗"的工具，而对词则不作这样的要求，视为一种娱乐性的文学。宫体诗中的艳情之作,比之于唐宋词里许多作品,从内容到风格并无二致,但对于宫体诗的严厉批评却极少加之于词。这种传统观念的影响也是造成评价失当的因素。

宫体诗以"新变"的面貌出现,但一切新变并不都意味进步。叶燮《原诗》中提出过文学由变而盛,也可以由变而衰的论点;纪昀说得更明白:"求新于俗尚之中,则小智师心,转成纤仄。"(《文心雕龙·通变》评语)对宫体这一新变的得失,可以作如下的评价:

第一,在创作倾向上,宫体诗不值得肯定。在宫体诗里看不到有意义的社会生活,看不到对人生的积极追求,甚至看不到诗人个性的自我表现。诗人呕心沥血追求的新变,充其量不过"小智师心"。陈祚明说"梁陈之弊,在舍意问辞,因辞觅态"(《采菽堂古诗选》卷二一),不失为一针见血的批评。

第二,在风格上,它在秾丽下掩盖着苍白。这是由于缺乏有意义的社会生活和思想营养而带来的先天性贫血症,所以前人往往用浮艳、卑弱一类词来加以概括。同时,宫体诗的风格呈单一化,即纪昀所谓"如出一手"。李商隐、温庭筠、韦庄都写艳情,但各有自己的面貌,宫体作家没有达到这样的成就。秾丽是文艺百花园中的一种色调,它可以有存在的理由,关键还在于作家的生活和思想。唐朝人学习六朝,又回过头来批评六朝,其实唐诗的壮丽、阆丽和宫体的秾丽,在"丽"字上是有一定的血缘关系的。

第三,在形式和技巧上,宫体诗巩固了永明以来在格律、声韵上取得的成绩并有所发展。七言诗的写作更为普遍,五言诗由长篇而走向短制的趋势更为明显,十二句、十句、八句的诗,较之永明时期的比重更大;四句小诗不仅数量多,而且写得精练紧凑。诗中的对偶、平仄和定型的五律、五七绝已经相距不远。语言的平易明快,描摹的细密精巧,则是宫体诗人所刻意追求的目标。

第四，在内容上，贫乏肤浅是宫体诗的致命弱点。宫体诗写妇女，受过《子夜》、《读曲》的影响，然而缺乏民歌中的热烈真挚。从总体上说，"三百篇"到南朝民歌写妇女，着力处在情；宫体诗写妇女，着眼处在貌和态。换句话说，宫体诗里的妇女不是爱情的对象而是欣赏的对象，所以不管作者费了多大力气去绘声绘色，总是单薄和格调不高。至于描写近于不堪的诗，毕竟为数极少，不能以一偏而概全体。宫体诗中也有一些写情的诗，比如闺怨、宫怨、离别、相思的内容，不能和上述作品视同一律，但还是给读者以轻而且浅的感觉。另外，占相当比重的咏物诗，大多是命题分咏，重在形式上的争竞新奇，谈不上有多少积极意义的内容。

第三节　萧衍父子

南朝诸帝大多喜爱文学，尤以梁武帝父子为最。梁武帝萧衍、昭明太子萧统、简文帝萧纲、元帝萧绎，都能创作著述。他们以帝王之尊，引纳赏接文士。梁代的著名文人，几乎人人都和他们有过文学活动上的关系。《南史·文学传序》说：

> 自中原沸腾，五马南渡，缀文之士，无乏于时。降及梁朝，其流弥盛。盖由时主儒雅，笃好文章，故才秀之士，焕乎俱集。

萧衍是皇帝，文士竞相趋附，自不必说。萧统在东宫，萧纲在雍州和东宫，萧绎在荆州，周围都有大批文士。萧衍在位四十八年，大权独揽，萧统兄弟在政治上的活动极少，主要的生活内容是和文士们吟咏酬唱，著述编书。他们的文学主张和实践，对当时的文学创作产生了一般人难以代替的影响。萧统已在本书第十二章《文选》中作了论述，本节分别论述萧衍和萧纲、萧绎,即后人习称的"梁氏三帝"。

萧衍(464~549),即梁武帝,字叔达,南兰陵(今江苏常州)人。父萧顺之,是齐高帝萧道成的族弟。萧衍早年为"竟陵八友"之一。由于南齐皇族同室操戈,东昏侯无道而少不更事,萧衍乃因时际会,凭借雍州的兵力东下攻入建康,以"禅让"的形式建立梁朝。即位以后,前期还颇能励精图治,勤政恤民。《梁书·良吏传序》说,齐末昏乱,"高祖在田,知民疾苦。及梁台建,仍下宽大之书,昏时杂调,咸悉除省,于是四海之内,始得息肩。逮践皇极,躬揽庶事,日昃听政,求民之瘼。……身服浣濯之衣,御府无文饰",大体上合于事实。但他佞信佛法,又纵容诸王大臣贪污害民,貌似宽大而实则纲纪废弛,到了晚年,昏瞆尤甚,终至引狼入室,容纳东魏降将侯景。太清二年(548),侯景举兵造反,攻入建康,给江南全社会造成了极大的灾难。萧衍本人于太清三年被囚禁于台城,老病饿死,年八十六。

萧衍出身于文人,即位后仍然爱好文学,倡导奖励:

> 高祖聪明文思,光宅区宇,旁求儒雅,诏采异人,文章之盛,焕乎俱集。每所御幸,辄命群臣赋诗,其文善者,赐以金帛,诣阙庭而献赋颂者,或引见焉。
>
> ——《梁书·文学传序》

自高祖即位,引后进文学之士,(刘)苞及从兄孝绰、从弟孺,同郡到溉、溉弟洽、从弟沆,吴郡陆倕①、张率,并以文藻见知,多预宴坐。

——《梁书·刘苞传》

---

① 陆倕同在"竟陵八友"之列,比萧衍仅小六岁,似不得谓之"后进"。这是《梁书》记事疏误的一个小例子。

> 梁武敦悦诗书,下化其上,四境之内,家有文史。
> ——《隋书·经籍志一》

他本人也博学能文,著作之多,帝王之中或可推第一①。《梁书·武帝纪》说他"下笔成章,千赋百诗,直疏便就",文集多达一百二十卷。流传至今的作品,文的部分了无足观,诗歌中却有一些温雅婉丽的作品,特别是乐府歌辞。他优礼文士而又争强好胜以至嫉忌,似乎颇乏人君的气度,实则正是南朝时代以文学才能作为社会地位标志之一的反映,同时也可以从反面看出萧衍对待创作的认真态度②。

萧衍的乐府歌辞大多是当时的"新声"即"吴声"、"西曲"歌辞。其中《子夜四时歌》、《襄阳蹋铜蹄歌》等都曾为历来的选家所注意。例如《子夜夏歌》:

> 江南莲花开,红光照碧水。色同心复同,藕异心无异。
> 闺中花如绣,帘上露如珠。欲知有所思,停织复踟蹰③。

---

① 萧衍的著述,据《隋书·经籍志》所记,总数超过七百卷,而据《梁书·武帝纪》则超过千卷,内容涉及文、史、礼、乐、佛理、玄学乃至博弈各个方面。帝王的著述自然少不了臣僚的劳绩,这个数字只能作为参考。不过无论从历史记载还是萧衍自己的诗文来看,那些赞美他博学、多才艺的话,也并非是纯粹的"颂圣"之辞。

② 请参阅本书第一章《南朝文学概说》第二节。又《南史·刘显传》载:"时有沙门讼田,帝大署曰'贞'。有习未辩,遍问莫知。显曰:'贞字文为与上人。'帝因忌其能,出之。"这段故事又和《世说新语·捷悟》所记曹操、杨修事极相似。

③ 《乐府诗集》署作梁武帝的部分作品,《玉台新咏》、《艺文类聚》等有的署作梁简文帝,有的署作无名氏、古辞。这一类入乐的作品最易淆乱作者主名,本节所引证的例子,仅以未加淆乱者为限,所以像《河中之水歌》、《东飞伯劳歌》这样的名篇只能存而不论。

前一首以"莲"谐"怜",以"藕"谐"偶",内容是吴歌中常见的男女调情,写法比较轻巧。后一首以女子停机不织衬托女子思念情人,风致蕴藉含蓄。《襄阳蹋铜蹄歌》:

> 陌头征人去,闺中女下机。含情不能言,送别沾罗衣。
> 草树非一香,花叶百种色。寄语故情人,知我心相忆。

据《乐府诗集》引《古今乐录》,说是萧衍从襄阳领兵西下所作,《隋书·乐志》则以为是即位后所作。率军征战,还想起征人思妇,歌辞写得真挚动人,不脱文人本色。至于乐府古题如《芳树》、《有所思》、《拟青青河畔草》等,就多是传统的写法,风格相对来说要质朴一点。

萧衍对诗歌的理解偏于保守,对四声之说不但不理解还有所抵触,不过他早年生活在永明时期,他的乐府歌辞以外的诗仍属永明体格,像《戏作》诗等,平仄已相当调谐。今存作品大多作于齐代和天监年间。其中依然是写离人思妇的几首如《古意》、《捣衣》、《织妇》等比较出色:

> 送别出南轩,离思沉幽室。调梭辍寒夜,鸣机罢秋日。良人在万里,谁与共成匹?愿得一回光,照此忧与疾。君情倘未忘,妾心长自毕。

——《织妇》

相隔万里,连盼归都不敢奢望,只希望丈夫还惦念着自己,就算于愿已毕,感情的深挚沉痛要超出一般的思念。此外如《首夏泛天地》"碧沚红菡萏,白沙青涟漪。新波拂旧石,残花落故枝。叶软风易出,草密路难披",写景鲜明工细。

萧衍曾企图合三教为一体,"少时学周孔","中复观道书","晚年开释卷"(《会三教诗》),而且把儒学、佛理写进诗里,如《撰〈孔子正言〉竟述怀》、《十喻》等,以玄言诗作比,不妨称为儒学诗、佛理诗,不用说都是质木无文的东西。他在晚年仍有诗作,大同十年(544)还写过《还旧乡》、《登北顾楼》,后者今存,诗中不但看不到八十老翁的衰飒之气,而且还有"历览穷天步,曒瞩尽地域"、"旧屿石若构,新洲花如织"这样相当精彩的诗句。这种情况在历代帝王中可以与之并比的仅清代乾隆帝弘历一人。弘历的功业远过梁武,诗作却很少情趣。而萧衍,不论是政治地位的影响,还是创作实践的示范,在齐、梁两代的文坛上都有其不可忽视的地位。

萧衍有文集一百二十卷,多散佚。张溥《汉魏六朝百三名家集》中辑有《梁武帝集》。

萧纲(503~551),即梁简文帝,字世缵。梁武帝第三子。天监五年(506),封晋安王。天监十三年(514)出为荆州刺史,次年迁江州刺史。十七年征还建康,领石头戍军事,丹阳尹。普通元年(520),授南徐州刺史。四年,徙雍州刺史,在雍州前后八年。中大通二年(530),征入为扬州刺史。三年,昭明太子萧统病卒,萧纲继立为皇太子,在东宫前后十九年。太清三年(549),梁武帝死,萧纲被侯景立为傀儡皇帝。次年,改元大宝。大宝二年为侯景所害,年四十九。

萧纲一生过着皇子的富贵生活,政治上并无明显的功过,为人处世也比较宽厚。他的主要活动还在文学方面。他六岁能作文,七岁有"诗癖",在徐摛、庾肩吾的教育影响之下,醉心于诗体的新变并且力为提倡。在雍州时期,除徐摛、庾肩吾随任而外,徐陵、庾信已渐露头角,再加上刘遵、刘孝仪、刘孝威兄弟以及陆罩、阴铿等人①,形成了一个主张相同、风格一致的文人集团和诗歌流派,后来

---

① 《梁书·庾肩吾传》陆罩作陆杲。日本学者清水凯夫怀疑当是陆罩,见其《梁代中期文坛考》(收入《六朝文学论文集》)。从陆杲的仕历和年岁来考查,此说可信。

发展而为宫体诗派。在这个集团里,萧纲以政治上的特殊地位而为当然领袖。萧纲、萧绎的文学主张比较接近,和萧统有一定程度的差异。萧纲由雍州入建康,萧绎则在荆州遥为呼应。如果说,梁代后期的文学按照以萧纲为代表的理论指导和创作实践而发展,也许不算夸大。

萧纲的文学主张集中表现在上面引用过的《与湘东王书》中。这封信是针对裴子野的《雕虫论》而发的①。《雕虫论》中提出诗骚,"相如和其音","蔡邕等之俳优,扬雄悔为童子","曹、刘伟其风力,潘、陆固其枝叶。爰及江左,称彼颜、谢,箴绣鞶帨,无取庙堂",又说:

> 自是闾阎年少,贵游总角,罔不摈落六艺,吟咏情性。学者以博依为急务,谓章句为专鲁。淫文破典,斐尔为功,无被于管弦,非止乎礼义。

《与湘东王书》批评了京师文体,懦钝殊常,接着说:

> 玄冬修夜,思所不得,既殊比兴,正背风骚。若夫六典三礼,所施则有地;吉凶嘉宾,用之则有所。未闻吟咏情性,反拟《内则》之篇;操笔写志,更摹《酒诰》之作;迟迟春日,翻学《归藏》;

---

① 本章第一节提出这封信的写作时间大致在中大通三年以后不久,主要是根据引录这封信的《梁书·庾肩吾传》中"及居东宫"、"时太子与湘东王书论之曰"加以推测的;书中"比见京师文体"的语气,也像是入京以后不久。裴子野于大通元年(527)官鸿胪卿,于中大通二年(530)卒官。《雕虫论》序中说"梁鸿胪卿裴子野",可见作于这一段时期。萧纲的信以裴子野作为靶子,也当是裴死去不久以后,《雕虫论》尚有影响的时候。

湛湛江水,遂同《大传》。吾既拙于为文,不敢轻有掎摭。但以当世之作,历方古之才人,远则杨、马、曹、王,近则潘、陆、颜、谢,而观其遣辞用心,了不相似。若以今文为是,则古文为非;若昔贤可称,则今体宜弃。俱为盍各,则未之敢许。

很清楚,萧纲这封信对裴子野的论点提出了尖锐的批评,虽不指名,但每一句都是有为而发。这是梁代文学界一场引人注目的论争。裴子野意在治疗当时文学创作中的贫血症,即不注意文学的社会功能而专务形式的追求,然而他所开的药方却是一张过时的古方,要求作者回到"彰君子之志,劝美惩恶"的儒家老路上去,甚至连"吟咏情性"也在禁忌之列。萧纲正面肯定诗歌不同于儒家经典,而是应该言情,"吟咏情性,反拟《内则》之篇"几句辩难驳论,和《文赋》以来对诗歌"缘情"功能的肯定正相一致。在《诫当阳公大心书》中,萧纲更直截了当地提出"立身先须谨重,文章且须放荡"的论点。这里所谓"放荡",指的是不受拘检,任性而行的意思,同于萧道成对谢灵运"康乐放荡,作体不辨有首尾"中的"放荡",而和"形式主义"、"色情"等了不相涉。从单纯的理论意义上来说,"吟咏情性"和"放荡"的主张不能说是错误的;但具体到萧纲本人来说,这种主张又建立在苍白的生活基础和脆弱的思想基础之上,提出这种主张,正在于为他们提倡的宫体诗风作理论上的辩护和张目。

萧纲聪明博学,具有相当高的文学才能。《南史·梁本纪》下称其"读书十行俱下。辞藻艳发,博综群言,善谈玄理",又引魏征的议论说:"太宗敏睿过人,神采秀发,多闻博达,富赡词藻。然文艳用寡,华而不实,体穷淫丽,义罕疏通,哀思之音,遂移风俗。"这些唐初人的评论,可以认为是比较客观而公正的。在南朝的作家中,他的诗今存较多,其中写艳情的约有三分之一。这些诗大抵情调轻薄,风格艳丽以至妖冶,同时还有像《娈童》这样写性变态的色情诗①。在贵介公子们的心目中,妇女常常是一种玩赏物,而且文化素养越高,玩赏就越能细致。萧纲的许多艳情诗,对妇女的容貌、服饰、体态、风韵的描写可谓纤毫不失,这正好见出了作者的美学趣味,给读者带来的自然也只能是轻薄。比如:

> 北窗聊就枕,南檐日未斜。攀钩落绮障,插捩举琵琶。梦笑开娇靥,眠鬟压落花。簟文生玉腕,香汗浸红纱。夫婿恒相伴,莫误是倡家。
>
> ——《咏内人昼眠》

这是一首典型的艳情诗,曾被人斥为"色情"、"肉欲"的描写,但平心而论,这样的结论罚过于罪,未必恰当。同时,即使这种情趣近于庸俗的诗,在萧纲的艳情诗中也并不占主要地位,他也曾写出过一些清新可读的诗:

> 晚日照空矶,采莲承晚晖。风起湖难度,莲多摘未稀。棹动芙蓉落,船移白鹭飞。荷丝傍绕腕,菱角远牵衣。
>
> ——《采莲曲》

---

① 男色这种性变态是整个社会腐朽面的产物。然而时代不同,在今天被看成十分恶劣的现象,当时人却可以认为是名士风流,而且公开形诸文字。见于诗歌,最早可能是晋朝张翰的《周小史诗》,而张翰恰恰是被历来公认的高雅脱俗之士。其后如谢惠连、沈约、庾信,都有这方面的丑闻。萧纲这首诗,今存的和作就有刘遵的《繁华应令》。刘缓的《左右新婚》写男宠娶妇,情调更为不堪。这是南朝时代上层人士中的风气,责任不能由萧纲一个人承担。

尽管仍是刻画女子的体态,但写得轻快漂亮而未坠入靡丽。至于写妇女相思、哀怨的作品,特别是小诗,则尤为精致:

游子久不返,妾身当何依!日移孤影动,羞睹燕双飞。

——《金闺思》

天霜河白夜星稀,一雁声嘶何处归?早知半路应相失,不如从来本独飞。

——《夜望单飞雁》

这已经完全是绝句的体格。这一类诗在技巧上都是用物比人。前一首用双燕反衬孤影,第三句转折新巧,不直接明说茕茕孑立,而且不明说时间之长,而用"日移孤影动"这样含蓄的语言从侧面表达,就为全诗平添了韵致。庾肩吾《赋得有所思》写思妇,结句"不及衔泥燕,从来相逐飞",就稍嫌坐实着迹,萧纲较之老师可当青出于蓝之誉。后一首用孤雁比思妇,但仅写雁而无一字坐实到人,后两句陡然翻出新意,可以和李益的"早知潮有信,嫁与弄潮儿"参看互读。李诗想落天外,情调仅止哀怨,而萧纲此作则已入凄苦。这种由"三百篇"开始而在南朝民歌中丰富发展的比兴,萧纲运用得相当成功,像《和萧侍中子显春别》四首,"别观葡萄带实垂,江南豆蔻生连枝","可怜淮水去来潮,春堤杨柳覆河桥","桃红李白若朝妆,羞持憔悴比新芳",屡次以无情物比有情人,强烈地突出了两者之间的反差。

萧纲对自然风光的体察颇能细致,他的一些写景佳句,在柳恽、何逊谢世以后的诗坛中,多少可以占有一席之地。如:

离离细磧净,蔼蔼树阴疏。石衣随溜卷,水芝扶浪舒。连翩泻去楫,镜澈倒遥墟。

——《玩汉水》

万邑王畿旷,三条绮陌平。亘原横地险,孤屿派流生。

——《登烽火楼》

古树无枝叶,荒郊多野烟。分花出黄鸟,挂石下新泉。

——《往虎窟山寺》

沙文浪中积,春阴江上来。柳叶带风转,桃花含雨开。

——《侍游新亭应令》

萧纲在《与湘东王书》中不赞成模仿谢灵运,但《玩汉水》似乎就有谢灵运的痕迹。其他三首的几联,都流丽圆熟,和唐诗的距离已经愈加接近。

萧纲主张"吟咏情性",还主张"因事而作"。在《答张缵谢示集书》中,他说:"至如春庭落景,转蕙承风;秋雨且晴,檐梧初下;浮云生野,明月入楼;时命亲宾,乍动严驾;车渠屡酌,鹦鹉骤倾;伊昔三边,久留四战;胡雾连天,征旗拂日;时闻坞笛,遥听寒笳:或乡思凄然,或雄心愤薄,是以沉吟短翰,补缀庸音,寓目写心,因事而作。"这是他在普通八年(527)二十五岁时在雍州所发的议论。雍州地处边陲,萧纲曾在两年前发兵进攻北魏,取得过局部的胜利,可见当时的萧纲还不完全是只知道纵情声色的贵胄文士,"雄心愤薄"也并非大言欺人。集中的乐府古题《从军行》、《陇西行》、《雁门太守行》、《度关山》等都写边塞,其中写得比较成功的是《陇西行》三首:

  陇西四战地,羽檄岁时闻。护羌拥汉节,校尉立元勋。石门留铁骑,冰城息夜军。洗兵逢骤雨,送阵出黄云。沙长无止泊,水脉屡萦分。当思勒彝鼎,无用想罗裙。(之二)

  悠悠悬斾旌,知向陇西行。减灶驱前马,衔枚进后兵。沙飞朝似幕,云起夜疑城。回山时阻路,绝水亟稽程。往年郅支服,今岁单于平。方欢凯乐盛,飞盖满西京。(之三)

  历来作家写作这一类乐府古题内容都大致相似,但在《陇西行》中写边塞的内容却是从萧纲开始的。其中"护羌"、"减灶"以下几联,气格流宕雄浑,和他的宫体诗如出二人之手。其他几首边塞乐府也有这一特点。梁代的边塞诗,除了吴均的作品,萧纲这几首可以算比较出色,由此见萧纲并不是一个单一风格的作家。

  在梁代诗风的转变中,萧纲起过重要的作用。上节中论述的关于宫体诗的评价,也无妨看作对萧纲个人的基本评价。据载萧纲有文集百卷①,今存的作品,见张溥《汉魏六朝百三名家集》中《梁简文集》。

  萧绎(508~554),即梁元帝,字世诚。梁武帝第七子。天监十三年(514),封湘东王,稍后任会稽太守,丹阳尹。普通七年(526)至大同五年(539),任荆州刺史,在任十四年。其后任江州刺史,太清元年(547),再任荆州刺史。荆州为长江上流的经济、军事重镇,侯景叛乱,萧绎却拥兵观望,企图坐收渔利,仅派王僧辩率兵作表面的支援。梁武帝死后,萧绎又兄弟阋墙,先攻破邵陵王萧纶,后攻破武陵王萧纪。侯

---

① 一百卷之数据《南史·梁本纪》。《周书·萧大圜传》记《梁武帝集》四十卷,《简文集》九十卷,各止一本,江陵平后,并藏秘阁。《隋书·经籍志》则记《梁简文帝集》八十五卷,梁武帝文集的卷数也和上述两处记载不能相符。

景领兵西上,为王僧辩所败,被杀。是年(552),萧绎于江陵称帝,两年后即为西魏所攻破,被杀,梁朝实际上灭亡。萧绎在城破前,把王僧辩从建康运回的图书七万余卷付之一炬,成为中国古代典籍的大劫之一。

萧绎猜疑忌妒,往往加害才能超过自己的人,但和萧纲同样聪明好学,《南史·梁本纪》称其"文章诏诰,点毫便就,殆不游手"。在他的周围也有一批文人,比较著名的有刘孝胜、孝先兄弟,萧子云,刘孺、刘缓以及后来的刘孝绰等人。他的文学主张和创作实践和萧纲基本上一致,萧纲立为太子后,曾把他比为曹植。在《金楼子·立言篇》里,萧绎着重辨析了文、笔的区别,指出章奏一类的实用性文学谓之笔,"吟咏风谣、流连哀思"的抒情性作品谓之文,超出了《文心雕龙·总术》中提出的"无韵者笔,有韵者文"从形式上所作的区分,而是着眼于作品的性质了。同时,萧绎对"文"的形式特征,也提出了自己的标准:"至如文者,惟须绮縠纷披,宫徵靡曼,唇吻遒会,情灵摇荡。"也就是说,要求辞采华丽,音节宛转,语言精练,以及感情得到充分表现而跃然纸上。这样的主张,正是和上述萧纲的"吟咏情性"和"放荡"此唱彼和,都意在论证宫体诗风的合理性。

从诗作创作来看,萧绎的成就比不上萧纲。比如萧子显、萧纲、萧绎三人同作的《春别》四首,七言,第二首六句,其他三首均为四句。试比较其中六句的一首:

幽宫积草自芳菲,黄鸟芳树情相依。争风竞日常闻响,重花叠叶不通飞。当知此时动妾思,惭使罗袂拂君衣。(萧子显)

蜘蛛作丝满帐中,芳草结叶当行路。红脸脉脉一生啼,黄鸟飞飞有时度。故人虽故昔经新,新人虽新复应故。(萧纲)

试看机上交龙锦,还瞻庭里合欢枝。映日通风影珠幔,飘花拂叶度金池。不闻离人当重合,惟悲合罢会成离。(萧绎)

精警处都在结句,萧绎从会难别易落笔,萧纲却以故人曾经是新人、新人终将为故人作委婉的规劝,希望保持爱情的专一,用意又深入一层。

萧绎的诗力求华艳而风致稍逊,今存大量的具名诗、姓名诗和赋得、咏物等为作诗而作诗的作品,多数使人感到乏味。宫体诗人由于刻意求新,对一些景色的描摹有时能妙手偶得,萧绎的诗作中也常见佳句,如"山虚和铙管,水净写楼船"(《和王僧辩从军》)、"霜戈临堑白,日羽映流红"(《藩难未静述怀》)、"杨柳非花树,依楼自觉春"(《咏阳云楼檐柳》)、"波横山渡影,雨罢叶生光"(《晚景游后园》)等,但大都通篇不能相称。

萧绎的《荡妇秋思赋》是南朝小赋中的名篇:

> 秋何月而不清,月何秋而不明?况乃倡楼荡妇,对此伤情!于时露萎庭蕙,霜封阶砌,坐视带长,转看腰细,重以秋水文波,秋云似罗,日黯黯而将暮,风骚骚而渡河。妾怨回文之锦,君思出塞之歌。相思相望,路远如何!鬓飘蓬而渐乱,心怀疑而转叹。愁萦翠眉敛,啼多红粉漫。已矣哉!秋风起兮秋叶飞,春花落兮春日晖。春日迟迟犹可至,客子行行终不归!

赋从《古诗十九首》中"昔为倡家女,今为荡子妇。荡子行不归,空床难独守"几句衍化而出。"荡妇"是荡子妇的紧缩,而从"出塞之歌"来看,似乎男主人并非游荡不归而是从军在外。短短一篇小赋,四、五、六、七言交互使用,形式灵动,语浅思深,幽怨婉丽,不失为佳作。另外,萧绎有一些山寺的碑文,其中的写景部分也足与他诗中的警句相颉颃,像《摄山栖霞寺碑铭》"苔依翠屋,树隐丹楹。涧浮山影,山传涧声。风来露歇,日度霞轻",钱锺书《管锥编》指出:"按'隐'字寻常,'依'字新切;(《全梁文》)卷三四江淹《青苔赋》:'嗟青苔之依依兮',即此'依'也。王维《书事》:'轻阴阁小雨,深院昼慵开,坐看苍苔色,欲上人衣来',末句正'青苔依依'之的解,犹李商隐《赠柳》:'堤远意相随',乃'杨柳依依'之的解。'欲上'与'意相随',同心之言也。'涧浮'二语一若山与涧有无互通,短长相资,彼影此写,此响彼传,不具情感之物忽缔交谊,洵工于侔色揣称矣。"(第四册1399页)所论极为精当。

萧绎的著述也相当宏富,内容包括经、史、子各部。《金楼子》十卷十五篇,于明初以后逐渐散佚,四库馆臣据《永乐大典》辑得六卷十四篇,有《知不足斋丛书》本、《丛书集成初编》本。除上引《立言篇》外,《聚书篇》、《著书篇》中自叙撰述之勤和列叙典籍源流,都足资参考。文集五十卷(《隋书·经籍志》四作五十二卷),佚。张溥辑有《梁元帝集》,在《汉魏六朝百三名家集》中。

第四节 庾肩吾和刘孝绰兄弟

庾肩吾(487~551)①,字子慎,原籍新野(今属河南)。兄庾于陵,子庾信都是文人。他和徐摛进入萧纲府的时间相去不远,其后一

---

① 《梁书》本传不载庾肩吾生卒年,仅记侯景入建康,"矫诏遣肩吾使江州喻当阳公大心。大心寻举州降贼,肩吾因逃入建昌界。久之,方得赴江陵。未几,卒"。《南史》所记更详,但有疑问。据《周书·庾信传》,庾信在受封武康县侯之后聘周,时在承圣三年(554)。武康县侯原是庾肩吾的封爵,所以其时庾肩吾当已去世。上下相推,庾肩吾当卒于大宝二年(551)左右。又据萧绎《法宝联璧序》载,中大通六年(534)庾肩吾四十八岁,逆推知其生于齐武帝永明五年(487),终年六十五岁左右。

直跟随萧纲。在雍州,和徐摛、刘孝威、鲍至等十人号为"高斋学士"。萧纲入东宫后,授东宫通事舍人,萧纲在《与湘东王书》中说"徐摛庾吾,羌恒日夕",可见其关系之亲密。中间曾一度在荆州萧绎府中任录事参军。侯景陷建康,萧纲即位后,授为度支尚书。侯景派遣庾肩吾到江州招降萧大心,乃乘机逃脱,辗转抵达江陵。萧绎任命他为江州刺史,不久病卒。萧绎亲自为之作墓志铭,称其"气识渊通,风神闲逸。钟鼓辞林,笙簧文苑",是治国的"廊庙之材"。

在宫体诗人之中,最讲究声律和炼字琢句的当推庾肩吾。杨慎说庾信"启唐之先鞭",如果仅就格律声韵来说,更早的执鞭者还是庾肩吾。《梁书》之所以把"至是转拘声韵,弥尚丽靡"放在《庾肩吾传》里叙述,或许正是基于这一事实。陈祚明是一位颇具眼力的选家,他评论说:"庾子慎诗,当其兴会符合,音节顿谐唐人,构思百出,差能津逮。"(《采菽堂古诗选》卷二五)例如《九日侍宴乐游园应令》,全诗二十四句,每句对偶,押东韵,音节宏亮;除部分失粘外,已与五言排律很少差别。又如《山池应令》:

阆苑秋光暮,金塘收潦清。荷低芝盖出,浪涌燕舟轻。逆湍流棹唱,带谷聚笳声。野竹交临浦,山桐迥出城。水逐云峰暗,寒随殿影生。

不仅平仄基本上谐调,而且"荷低"以下几联清新有致,一些动词的使用都经过推敲锤炼。又如《岁尽应令诗》:

岁序已云殚,春心不自安。聊开柏叶酒,试奠五辛盘。金薄图神燕,朱泥却鬼丸。梅花应可折,倩为雪中看。

从格律上看,已是一首完整的五律,也许竟是现存最早的五律。"柏叶酒"对"五辛盘",借"柏"为"百",这种对偶方法已开后人先路。这样的诗在庾肩吾的作品中只占少数,可见还是一种偶然的现象,律诗的格律还没有被明确地总结、推广。总的来看,庾肩吾对音律的讲求要比其他宫体诗人更为严格,他在这方面的努力,对推动诗体进一步格律化是有贡献的。

庾肩吾的诗绝大部分都是应令、应教、赋得、奉和,是典型的文学侍从的作品,内容的单薄可以想见。但是他毕竟是一位有才分的诗人,所以在诗中仍可以经常见到一些清丽工巧的句子,比如"阁影临飞盖,莺鸣入洞箫"(《从皇太子出玄圃应令》),"迥岸高花发,春塘细柳悬"(《奉和泛舟汉水往万山应教》),"野旷秋先动,楼高叶早残"(《赛汉高庙》),"月皎疑非夜,林疏似更秋。水光悬荡壁,山翠下添流"(《奉和春夜应令》),"树影临城日,窗含度水风。遥天如接岸,远帆似凌空"(《和晋安王薄晚逐凉北楼回望应教》),等等,都流露出一派闲适、恬静的意境,是宫体诗中的优秀部分。王夫之说:"子慎于宫体一流中,特疏俊出群,贤于诸刘远矣。其病乃在遽尽无余,可乍观而不耐长言,正如炎日啖冰,小尔一快,殊损人脾。"(《古诗评选》卷五)疏俊出群,指的应是这一类诗作;至于所指出的弱点,则不仅庾肩吾诗如此,而且是宫体诗的通病。

侯景之乱中,庾肩吾的生活发生剧烈动荡。他奉侯景伪诏后,即东逃至会稽,途中作《乱后行经吴邮亭》:

> 邮亭一回望,风尘千里昏。青袍异春草,白马即吴门。獯戎鲠伊洛,杂种乱辎辕。辇道同关塞,王城似太原。休明鼎尚重,秉礼国犹存。殷牖爻虽迹,尧城吏转尊。泣血悲东走,横戈念北奔。方凭七庙略,誓雪五陵冤。人事今如此,天道共谁论!

抵达会稽,又有《乱后经夏禹庙诗》:"去国嗟行迈,离居泣转蓬。月起吴山北,星临天汉中。申胥犹有志,荀息本怀忠。"这是梁诗中直接写侯景之乱仅存的两首,用典遣词一变而为凝重悲凉,与杜甫在安史乱后的某些五言排律颇有相似之处。

庾肩吾工于书法评论,作有《书品》,今存,与谢赫《画品》、钟嵘《诗品》同为品藻人物之风在文学艺术界的表现。有集十卷,佚。唐代李贺曾在会稽搜集他的遗文而一无所得①。张溥辑有《庾度支集》,在《汉魏六朝百三名家集》中。

其他宫体诗人中,徐摛仅存诗五首,很难具论,但《咏笔诗》一首,也已是完整的五律。此外值得提到的是刘孝绰兄弟。

刘孝绰(481~539),原籍彭城(今江苏徐州)。刘绘之子。工诗、骈文,舅父王融,前辈沈约、任昉、范云对他都很赏识。先为萧统属官太子洗马,和王筠同见知赏。萧统曾执王筠衣袖,抚刘孝绰肩,引用郭璞的《游仙诗》说:"所谓'左把浮丘袖,右拍洪崖肩'。"后在荆州为萧绎谘议,又入东宫为萧纲属官太子仆。大同五年卒,年五十九。萧绎为作墓志铭。他恃才傲物,放荡不检,但文名极盛。《南史》本传说他有文集数十万言,"兄弟及群从、子侄当时有七十人,并能属文,近古未之有也"。刘孝绰并非纯粹的宫体诗人,早年与任昉、何逊、陆倕等唱和,诗中多少宣发一些牢骚,风格属于梁前期。其《酬陆长史倕》一首,五言,一百二十四

---

① 李贺有《还自会稽歌》,序云:"庾肩吾于梁时尝作宫体谣引以应和皇子。及国势沦败,肩吾先潜难会稽,后始还家。仆意其必有遗文,今无得焉。故作《还自会稽歌》以补其悲。"诗云:"野粉椒壁黄,湿萤满梁殿。台城应教人,秋衾梦铜辇。吴霜点归鬓,身与塘蒲晚。脉脉辞金鱼,羁臣守迍贱。"李贺所言"还家"、"守迍贱",不知所据。实际上庾肩吾已无家可还而是去了江陵,而且在萧绎那里做了大官。

句,是南朝篇幅最长的诗。他还曾协助萧统编纂《文选》,可见观点和萧统接近。后期先后在萧绎、萧纲府中,所作就多是宫体,比如《爱姬赠主人》、《为人赠美人》、《赋得照棋烛》等,都是典型的宫体题材。总的看,刘孝绰的诗比较秀雅,即使是宫体诗,也并不秾艳到使人生厌。

刘孝绰常说兄弟中"三笔六诗",即排行第三的刘孝仪(486～550)工于文,第六的刘孝威(496～549)工于诗。二人都在萧纲府中做过属官,刘孝仪的诗作平平,在雍州所作《雍州金像寺无量寿佛像碑》,史称"文甚宏丽"。刘孝威的诗俊逸典雅,比较成功的作品多尚白描,不贵用典。如《春宵》、《冬晓》,原是和萧绎的诗,萧绎也有和诗。萧绎的诗今已不存,萧纲的和诗也不见出色,刘孝威这两首诗显然要高于萧纲,例如《春宵》:

花开人不归,节暖衣须变。回钗挂反环,拭泪绳春线。今夜月轮圆,胡兵必应战。

虽然是写熟了的题材,但传情细腻,曲尽思妇的心理状态。又如他的《望隔墙花》:

隔墙花半隐,犹见动花枝。当由美人摘,讵止春风吹?

使人联想起《莺莺传》中"月移花影动,疑是玉人来"的名句。钟惺在赞赏之余又表示不满,认为以动花枝"作结便妙",后两句"妙想全露,不肯少留分毫,是其一病,然已快人眼口矣"(《古诗归》卷十四)。诗贵含蓄,特别是四句的小诗,钟惺的批评和上引王夫之批评庾肩吾的话都是正确的。

刘令娴是刘孝绰之妹,适徐勉之子徐悱。今存诗八首,委婉细腻,是历来闺秀体的本色。其《摘同心支子赠谢娘因附此诗》"两叶虽为赠,交情永未因。同心何处恨,栀子最关人"①,宛然唐人五绝。以"栀子"谐"之子",是民歌中的修辞手法。

徐陵和早期的庾信也是宫体诗人,以下将有专章分别叙述。

---

① 杨慎《升庵诗话》卷十三把刘令娴的另一首《过光宅寺》四句和此诗合为一首,题作《刘三娘光宅寺见少年头陀有感》。按,此二诗俱见《玉台新咏》卷十,两首间且有《题甘蕉叶示人》一首,不知杨慎何以致误,且标出"见少年头陀",真可以算是厚诬古人。

第十四章　徐陵、阴铿和梁陈之间文学

第一节　徐陵的生平和作品

梁中叶以后形成的"宫体"诗风一直延续到陈、隋和唐初。因为陈代前期的作家,基本上都由梁入陈,诗风主要沿袭梁代,其中名声最大的首推徐陵。

徐陵(507~583),字孝穆,祖籍东海郯(今山东郯城)人。他的父亲徐摛在梁代是有名的文人,和庾肩吾同为萧纲的启蒙老师。有关的叙述已见本书第十三章《从"永明体"到"宫体"》中。徐陵作品的风格近似其父而成就过之,如同庾信之于庾肩吾一样,都够得上前人称赞的"跨灶之儿"。

徐陵自幼聪颖,八岁能属文,年十二,通老庄义,及长,博学有才辩。普通二年(521),父徐摛为平西将军萧纲谘议,萧纲又任为参宁蛮府军事。中大通三年(531),昭明太子萧统卒,萧纲继立为太子,以徐陵为东宫学士。就在这一时期,奉萧纲之命选录《玉台新咏》。后迁尚书度支郎，大同前期，出为上虞令①，在任被御史中丞刘孝仪所劾，免官。后又起为南平王府行参军，仍出入东宫。萧纲作《长春殿义记》，使徐陵作序。不久，迁镇西湘东王萧绎中记室，赴荆州。太清二年（548），奉命出使东魏。徐陵到东魏后，梁朝发生侯景之乱。徐陵遂被留在邺城多年，曾屡次上书北齐执政，要求南归，都没有得到同意。北齐文宣帝天保五年（554），北周攻陷江陵，杀梁元帝萧绎。次年，王僧辩、陈霸先立萧绎子方智于建康。这时，北齐遣送梁宗室萧渊明归南为梁帝，使徐陵随行。王僧辩起初不纳萧渊明，渊明曾多次致书王僧辩，皆出徐陵手笔。后来王僧辩遣裴之横拒齐兵于东关，裴败死，王僧辩遂纳渊明，徐陵也得以南返，任尚书吏部郎。萧渊明称帝不久，陈霸先起兵诛王僧辩，废萧渊明，重立萧方智，是为敬帝。当时任约、徐嗣徽等引北齐兵袭击建康，徐陵也参预其事。任约等战败，陈霸先赦免徐陵，又任命为贞威将军、尚书左丞，再次出使北齐。陈霸先代梁自立，加散骑常侍。陈文帝时历任五兵尚书、御史中丞、吏部尚书。宣帝立，为尚书右仆射、迁左仆射。后主立，迁左光禄大夫、太子少傅。至德元年卒，终年七十七岁。

徐陵在陈号"一代文宗"，文檄军书及禅授诏策多出其手笔。有集三十卷，早佚，后人搜辑遗文为六卷，清人吴兆宜有《徐孝穆集注》。

徐陵早年在梁，与庾信同为东宫抄撰学士，诗文齐名，号为"徐庾体"，以流丽轻艳为特色。后庾信入北，备尝乱离，文风一变而趋于苍劲，成就远在徐陵之上。徐陵诗风与萧纲、萧绎诸人相近。其《奉和咏舞》，自己选入《玉台新咏》，当是早年得意之作：

---

① 刘孝仪在大同十年（544）由御史中丞出为临海太守。徐陵与刘孝仪不和，以贪赃罪被劾，其时当在刘任御史中丞期间。是则徐陵之出为上虞令或在大同二、三年间。

> 十五属平阳,因来入建章。主家能教舞,城中巧画妆。低鬟向绮席,举袖拂花黄。烛送窗边影,衫传箧里香。当关好留客,故作舞衣长。

这首诗写宫中的舞妓,"低鬟"二句写她的动作,"烛送"二句写当时情景,比较细腻,但结句流于轻薄,体现了"宫体"的弱点。然而徐陵应萧纲之命所作的并不完全属于这一类,也有一些比较清新的写景、送别之作,如:

> 凤吹临伊水,时驾出河梁。野燎村田黑,江秋岸荻黄。隔城闻上鼓,回舟隐去樯。神襟爱远别,流睇极清漳。
> ——《新亭送别应令》

这首诗可能是随萧纲送别一位出使北齐的人所作。首两句用《列仙传》王子乔典故,以王子乔比萧纲,又用"苏李诗"中"携手上河梁"句意,点出送别。两个典故用得都很自然。"野燎"二句写秋景,既是点出时间,更能渲染离别的愁思。"隔城"句写行人出发,正当薄暮。"回舟"句形容船慢慢消失,更增加了恋恋不舍之情。

徐陵也写过一些在梁、陈时代比较少见的闲适之作,如:

> 桃源惊往客,鹤峤断来宾。复有风云处,萧条无俗人。山寒微有雪,石路本无尘。竹径蒙笼巧,茅斋结构新。烧香披道记,悬镜厌山神。砌水何年溜,檐桐几度春?云霞一已绝,宁辨汉将秦。
> ——《山斋》

诗写当时隐士的居处,颇有潇洒出尘之致。全诗气氛宁静。徐陵晚年,由于经历了一段艰难和流离的生活,诗风亦由绮丽而转向朴实苍老,虽不如庾信晚年那样雄浑遒劲,也能独具特色。如他临终的一年所作的《别毛永嘉》:

  愿子厉风规,归来振羽仪。嗟余今老病,此别恐长离。白马君来哭,黄泉我讵知?徒劳脱宝剑,空挂陇头枝。

毛永嘉即毛喜,是陈代一位正直敢谏的官员。陈后主陈叔宝即位后,不务政事,每日和幸臣宴饮,毛喜在陈叔宝即位前,就向陈宣帝指出过他的毛病。后来司马申又在陈后主面前进谗,把毛喜贬为永嘉内史。徐陵对毛喜深表同情,并鼓励他"厉风规",希望他坚持耿直的品德。此诗已近成熟的五律,三、四两句用流水对,在当时尚不多见。徐陵文风流丽,又编过《玉台新咏》,一般人的印象中都认为不过是写作艳体的文人清客,其实他为人耿直,在陈文帝时,曾面责过陈宣帝。从这首诗中,也显出他对当时政局的清醒认识。
  徐陵还写过一些乐府诗,多数显得绮丽,也有些诗则能作壮语,与吴均之作相近。如《陇头水》、《关山月》、《出自蓟北门行》等:

  关山三五月,客子忆秦川。思妇高楼上,当窗应未眠。星旗映疏勒,云阵上祁连。战气今如此,从军复几年!

——《关山月》其一

  蓟北聊长望,黄昏心独愁。燕山对古刹,代郡隐城楼。屡战桥恒断,长冰堑不流。天云如地阵,汉月带胡秋。溃土泥函谷,接绳缚凉州。平生燕领相,会自得封侯。

——《出自蓟北门行》

这一时期的边塞题材在诗作中日见普遍,形式依旧多是借用乐府旧题。徐陵的边塞乐府写得相当出色,《关山月》一首,宛转雄劲,已近初唐的气象。《出自蓟北门行》想象战场景物,自出机杼,"天云"两句尤为奇警,结尾显出建功立业的雄心,不像同时人的某些边塞之作最后往往儿女情长,流于纤弱。以上这些不同类型的诗可以说明徐陵虽然主要是宫体诗人,但在诗歌创作中风格比较多样,且屡见佳句。

徐陵的骈文在南北朝中与庾信合称"徐庾",是一大流派。流传下来的作品相当多,但多数属应用文字。《陈书》本传说他的文章"颇变旧体,缉裁巧密,多有新意"。这种对他骈文的推崇,纯系从文章技巧着眼,如本传提到的《册陈公九锡文》(文见《陈书·武帝纪》),其实不过是仿潘勖《册魏公九锡文》的格式,只是所列陈霸先功业与曹操不同,而行文更为铺陈骈俪而已。历来所公认的佳作,当数《玉台新咏序》。此文是徐陵早年所作,目的在于说明他编纂《玉台新咏》的主旨,但实际上却主要描写了当时后宫妇女的生活和情绪。序文一起首就写出了壮丽的宫阙和宫中形形色色妇女的情状:

夫凌云概日,由余之所未窥;千门万户,张衡之所曾赋。周王璧台之上,汉帝金屋之中,玉树以珊瑚作枝,珠帘以玳瑁为押,其中有丽人焉。其人也,五陵豪族,充选掖庭;四姓良家,驰名永巷。亦有颍川、新市、河间、观津,本号娇娥,曾名巧笑。楚王宫里,无不推其细腰;卫国佳人,俱言讶其纤手。阅诗敦礼,岂东邻之自媒;婉约风流,异西施之被教。弟兄协律,生小学歌;少长河阳,由来能舞。琵琶新曲,无待石崇;箜篌杂引,非关曹植。传鼓瑟于杨家,得吹箫于秦女。

文字竭尽排比铺张,颇近辞赋,几乎一句一典,对仗工整,辞藻华丽,构成了独特的风格。文中写到后宫妇女盛夸她们的创作才情,同情她们的寂寞生活:

> 加以天时开朗,逸思雕华,妙解文章,尤工诗赋。琉璃砚匣,终日随身;翡翠笔床,无时离手。清文满箧,非惟芍药之花;新制连篇,宁止葡萄之树。九日登高,时有缘情之作;万年公主,非无累德之辞。其佳丽也如彼,其才情也如此。既而椒宫宛转,柘馆阴岑,绛鹤晨严,铜蠡昼静。三星未夕,不事怀衾;五日犹赊,谁能理曲。优游少托,寂寞多闲。厌长乐之疏钟,劳中宫之缓箭。纤腰无力,怯南阳之捣衣;生长深宫,笑扶风之织锦。虽复投壶玉女,为观尽于百骁;争博齐姬,心赏穷于六箸。无怡神于暇景,惟属意于新诗。庶得代彼皋苏,微蠲愁疾。

这一类内容,过去很少有人这样集中地描写。也许徐陵自己没有意识到,他笔下的后宫妇女,在珠光宝气的富贵中,透露出来的却是精神上的凄怨和无聊。吴兆宜注引齐召南的评语说:"云中彩凤,天上石麟。即此一序,惊才绝艳,妙绝人寰。序言'倾国倾城,无双无对',可谓自评其文。"平心而论,这篇序文在六朝骈文中确属佳作。

徐陵被留邺城时所作的《与齐尚书仆射杨遵彦书》,在他的应用文中最为出色。文中陈说应该放他回南的理由,对北齐强留他的八种借口,一一据理驳斥,不卑不亢,笔法颇得力于《左传》中的行人辞令,说理透辟,而且富于形象性的语言,如:

又闻晋熙等郡,皆入贵朝。去我寻阳,经途何几?至于铓铓晓漏,旳旳宵烽,隔潊浦而相闻,临高台而可望。泉流宝碗,遥忆溢城;峰号香炉,依然庐岳。日者鄱阳嗣王范治兵汇派,屯戍沧波。朝夕笺书,春秋方物。吾无从以蹹騣,彼有路而齐镳。岂其然乎?斯不然矣!

文中反驳北齐方面提到归途不安全的问题时,则义正辞严,表现出凛然不可犯的气概:

如其境外,脱殒轻躯,幸非边吏之羞,何在匹夫之命?又此宾游,通无货殖。悉非韩起聘郑,私买玉环;吴札过徐,躬要宝剑。由来宴锡,凡厥囊装,行役淹留,皆已虚罄。散有限之微财,供无期之久客,斯可知矣。且据图刿首,愚者不为;运斧全身,庸流所鉴。何则?生轻一发,自重千钧,不以贾盗明矣!骨肉不任充鼎俎,皮毛不足入货财,盗有道焉,吾无忧矣!

在写到他的思归之情时,笔端又流露出深沉的哀愁,真挚动人:

岁月如流,平生何几?晨看旅雁,心赴江淮;昏望牵牛,情驰扬越。朝千悲而下泣,夕万绪以回肠,不自知其为生,不自知其为死也!

作者用这种辞藻华丽的骈文来从事外交上的折冲,整篇文字析之以理,动之以情,隶事工而论事畅,是见其驾驭语言的能力确有过人之处。像这样的骈文,在徐陵集中还有《与王僧辩书》等数篇,但稍逊于此文的笔力雄健。

徐陵所作应用文字多是碑志、奏议之类。还有一些文字为代人所作，思想显得不一致，如代萧渊明写给王僧辩的几封信，立场就和后来所作《裴使君(裴之横)墓志铭》迥异。

第二节 《玉台新咏》

徐陵奉萧纲之命编选的《玉台新咏》，是除《文选》以外现存最早的总集。全书十卷，选录自汉迄梁的诗歌六百六十余首①。其中第一卷至第八卷为五言诗；第九卷以七言为主兼收杂言；第十卷是五言四句的小诗，为后来五绝的前身。

徐陵编选《玉台新咏》一事不见《陈书》本传，正如《文选》之名不见《梁书·昭明太子传》一样，本不足怪。但后人却因此而有并非徐陵编选的怀疑②。其实《隋书·经籍志》记载得很明确："《玉台新咏》十卷，徐陵撰。"唐初所编《艺文类聚》也以《玉台新咏序》为徐陵所作，可见此书的编纂出自徐陵当无可疑。

---

① 卷九录《越人歌》一首，见《说苑·善说篇》，当是春秋、战国间作品。吴兆宜序说"孝穆所选诗凡八百七十章"，"宋刻不收者一百七十有九"，今据吴注本实际统计的数字是全书八四三首，宋刻不收者一七九首。吴兆宜的统计数疑有误。吴注本中宋刻所收的诗应是六六四首。但宋刻已有增补的诗，所以徐陵原来选录多少，已难确定。

② 《玉台新咏》在唐代不受重视，远不能和《文选》相比。宋代始有刻本，其后的版本系统比较混乱。明刻本收有庾信入北、阴铿入陈以后的诗，因而导致怀疑。其实这种情况是在流传过程中不断为后人增益的结果。从赵氏覆宋本中已可以看出有的诗是宋人附入的，至明代而阑入更多，几近三百首。

关于《玉台新咏》的编选目的,历来大多相信唐代刘肃《大唐新语·公直》的记载:"梁简文帝为太子,好作艳诗,境内化之,浸以成俗,谓之宫体。晚年改作,追之不及,乃令徐陵撰《玉台集》以大其体。"《玉台新咏》编于萧纲晚年即中大同、太清年间,纯属臆说。在萧纲现存的作品中,完全看不出诗风有所转变,不存在什么"晚年改作"。更重要的是,据《玉台新咏》一书的编次,卷一至卷六的作家是按卒年编排的,只有少数例外。卷七则为梁武帝父子的作品,卷八大致是按官职排列的。这种情况可以说明卷六以前的作者已故,卷七以后尚是生人。而且卷五、六所收已为入梁的作家,如果不是已作古人,绝无排列在梁武帝父子之前的理由。从卷六中最晚卒的作家何思澄大约卒于中大通五、六年(533、534),卷八中最早卒的作家刘遵卒于大同元年(535),由此可以断定《玉台新咏》的成书当在中大通六年前后。其时萧纲刚过三十岁,当然绝不是"晚年"。

编选此书的直接目的,徐陵自己的序文说得很清楚。在上节所引"无怡神于暇景,惟属意于新诗。庶得代彼皋苏,微蠲愁疾"之后,徐陵接着说:"但往世名篇,当今巧制,分诸麟阁,散在鸿都。不藉篇章,无由披览。"于是就编了这部书。南朝皇宫中的妇女数以千万计,长日无聊,需要读书、作文以为消遣。这部《玉台新咏》就是为这一目的而编的一部诗选①。既然如此,入选的作品大都是言情之作,在题材上一般都和妇女有关,在风格上则以宛转绮靡为主。这些作品,多

---

① 近代还有人主张此书是梁元帝徐妃失宠后,"此编乃为供其排遣而作"(《玉台新咏三论》,见《东方杂志》40卷6期),该说甚新奇。但《玉台新咏》成书时,徐陵正任萧纲东宫学士,序中开头一段都是有关皇宫内苑的典故,与荆州刺史萧绎的身份不符。实际上,梁代专为后宫妇女所编的书,至少还有梁武帝命令张率"撰妇人事二十(千)余条,勒成百卷","以给后宫"(《梁书·张率传》)。

数涉及男女之间的欢爱、相思，有一部分则纯粹是对妇女体态或歌声舞姿的欣赏，还有少量作品表面上写男女之情，实则比喻君臣、朋友之义，这是《离骚》和《四愁诗》以来的传统，但由于字面上涉及女性，同时又合于萧纲、徐陵的艺术标准，所以也被选录。

但是并不能这样简单地理解《玉台新咏》的出现。在昭明太子萧统署名编纂的《诗苑英华》和《文选》成书以后十年左右的时间里，又有一部皇太子萧纲指令编纂的选集问世，这标志了梁代前后期以两位皇太子为代表的文学观念上的分歧。这种情况，在前面有关宫体诗和萧纲的部分中已作了论述。刘肃认为《玉台新咏》编于萧纲晚年是错误的，但是认为萧纲令徐陵编选此书，"以大其体"，则在某种程度上接触到了事实的真相。"以大其体"，意思是用来扩大宫体的范围和影响。从深层的意义来说，《玉台新咏》是萧纲一派诗人为反对过去"陈腐"诗风，宣扬自己的文学观念而编选的一部示范性的诗集。

《诗苑英华》早佚，情况已不得而知，但只要把《玉台新咏》和《文选》试加比较，上述的对立以及《玉台新咏》本身的得失就可以看得更加清楚。

首先，萧统的文学观接近刘勰，主张尊经，反对艳诗。《文选》中对艳体、咏物这一类诗一概摒而不录。《玉台新咏》则几乎是专收这一类诗，这虽然和书的读者对象即后宫妇女有关，但更主要的还是萧纲一派文学观的体现。需要说明一点，"撰录艳歌"是徐陵自己的原话，但他的所谓"艳"，并非全指男女之情。书中选录了《汉时童谣歌》、阮籍《咏怀》、左思《娇女诗》、李充《嘲友人》、陶潜《拟古》，等等，虽然为数不多，但都不属于"艳情"之列。所以徐陵之所谓"艳"，主要指的还是辞藻的华丽和情调的缠绵。《玉台新咏》从第一首"上山采蘼芜"下迄徐陵自己的诗，都离不开这一标准。徐陵在序言里自称所选的诗"曾无忝于雅颂，亦靡滥于风人"，就很清楚地表明宫体诗上接风骚乐府的传统,源远流长,属于诗歌的正统。其实书中所选汉晋乐府和许多梁以前作家的诗,尽管"辞关闺闼",写作态度和作品的倾向都与宫体诗不同。徐陵的说法和做法,正如梁启超所批评的"其甄录古人之作,尤不免强彼以就我"(南陵徐氏刊《玉台新咏》跋语)。

从萧纲、徐陵这样的标准出发,《玉台新咏》中选录的诗必然显得内容狭窄,但在艺术上"咏新而专精取丽"(赵均跋语),选择得比较严格。在今天来看,《文选》的体例宽泛,所选作品自较《玉台新咏》所选的覆盖面更广,也更具代表性;但由于思想标准偏于正统,艺术标准偏于典雅,所以也遗漏了一些好诗。《玉台新咏》所收《古诗为焦仲卿妻作》、秦嘉夫妇的赠答诗、繁钦的《定情诗》、杨方的《合欢诗》等,都是《文选》所遗漏的明珠。其他如左思的《娇女诗》,沈约的《六忆》、《八咏》之类,确实可以代表他们一个方面的成就,也端赖《玉台新咏》而得以保存。此外,《文选》不收王融的诗,《玉台新咏》中所录《古意》两首,其实不失为佳作。据《文镜秘府论》载,唐人对《文选》不录这两首诗已有非议。这些都体现了《玉台新咏》编者的识见,可以补《文选》的不足。另一方面,《玉台新咏》意在为宫体诗张目,编选者又是宫体诗的代表作家,所以宫体诗的许多病症,如情调的轻浅乃至庸俗,风格的单一化等,在这个选本中也暴露得十分明显。

其次,《文选》按作品的形式体裁分类编排,赋和诗中又分若干小类,这是魏晋以来文体辨析的体现。比文体辨析稍晚,文学发展的历史观念也正在形成。现今可见最早的材料当是《世说新语·文学》刘孝标注中所引刘宋檀道鸾《续晋阳秋》的一段话。之后沈约《宋书·谢灵运传论》和萧子显《南齐书·文学传论》,可以代表齐、梁间文坛上对文学,特别是对诗歌发展的看法。《文心雕龙》按作品的形式体裁分别论述,但在《明诗》、《乐府》、《诠赋》、《通变》、《时序》等许多篇中论到了文学发展的脉络。《诗品》专论五言诗,作家间风格的继承关系是着重论述的问题之一。可以说,文学中的历史观念,到梁代而更加明确、清晰。《文选》中收录的诗,分类标准基本上根据内容,但像"乐府"、"杂拟"之类又着眼于形式。《玉台新咏》从卷一至卷六以时代先后为序,读者可以从中看到有关妇女题材自汉诗以迄宫体的大致脉络。卷七(除梁武帝)、卷八几乎全属宫体,在编者的心目中,这是前代诗歌发展的必然结果。卷九以七言为主,卷十是五言小诗。前者是五言之外的另一体,后者是五言中富有生命力的新形式,单独成卷,显示了编者的敏感。不论这种编排方式中体现的观念,其合理成分有多少,《玉台新咏》的以史为纲,不妨说是在《文选》以文体为纲之外另树一帜,它和《文选》分别体现了文论发展的两个方面的成果。同时,《玉台新咏》还有一个重要的方面,就是"详今略古",前八卷中,从汉至南齐五百余年占四卷,而梁初至中大通三十余年也占四卷,而且大量选录了存者的作品,这也和《文心雕龙》、《诗品》、《文选》中所论或所选的仅以逝者为限不同,这和萧纲的"今文为是"(《与湘东王书》)的观念又正相一致。

作为一部诗歌总集,《玉台新咏》保存了不少《文选》中没有收录的作品,特别是梁代中期的作品,对了解前代和当时的文学面貌以及诗歌的发展过程都有很重要的意义。《玉台新咏》所保存的乐府诗,以及《文选》所不载的许多作家的作品,也对研究汉魏六朝许多诗人的面貌有很大帮助。还有像曹植《弃妇诗》、庾信《七夕诗》,不见本集,仅见《玉台新咏》;苏伯玉妻《盘中诗》是晋代作品,而后人误作汉代,可据《玉台新咏》改正;一些无名氏古诗,《玉台新咏》题为枚乘、蔡邕等人作,其说虽不可信,却反映了六朝一些人的看法,可以与《文心雕龙》相参证。如此等等,也表明了这部选集的重要价值。

《玉台新咏》现存的版本有敦煌唐写本残卷。刻本今存的则以明代的五云溪馆本和华氏兰雪堂本为较早,但以明崇祯间寒山赵均覆宋本为较近徐陵原貌,过去有些学者甚至误以为就是宋本。如丁福保《全汉三国晋南北朝诗》所称"宋刻玉台",即指此本。赵刻有文学古籍刊行社影印本,《四部丛刊》所影印的则为华氏兰雪堂本。

现今通行的《玉台新咏》经后人添补,增入了陈代以及北朝的一些作品及徐陵所未收的梁以前作品。但因流行已久,所以清人吴兆宜《玉台新咏笺注》、纪容舒《玉台新咏考异》均依据通行本。吴注为目前唯一的注本,现有中华书局排印的穆克宏校点的程琰删补本。纪容舒《玉台新咏考异》,参校清以前各本,作了不少考证和校订,现在较易见到的是《丛书集成》排印本。

第三节 阴铿

陈代比较重要的诗人当推阴铿。阴铿,字子坚,祖籍武威姑臧(今甘肃武威)人。关于他的生平,《陈书·文学传》附见《阮卓传》下,叙述颇为简略。《南史》附见其父《阴子春传》后,内容略同《陈书》,无所增益。因此后人所知甚少,生卒年亦难确考。仅知他的高祖阴袭,在东晋末刘裕北伐灭后秦时随之南归,定居于南平(今湖北公安一带)。祖父阴智伯在南齐时与萧衍邻居友善。父阴子春,梁时官至梁、秦二州刺史。阴铿在梁武帝时,曾为湘东王萧绎法曹行参军。今存阴铿诗中,有《和登百花亭怀荆楚》一首,即和萧绎《登江州百花亭怀荆楚》之作,可见他任湘东王法曹行参军在大同六年至太清元年(540~547)期间,他的诗才,至晚在此时也已经成熟。侯景之乱时,他曾被叛军擒获,遇救逃免。陈文帝天嘉时,曾为始兴王陈伯茂中录事参军。侯安都为征北大将军,于宅中招集文士赋诗,阴铿亦为座上客之一。经过徐陵的推荐,陈文帝即日召见,命作《新成安乐宫诗》,颇受赞赏。累迁招远将军、晋陵太守,后为员外散骑常侍。有集三卷,今仅存诗三十多首。

阴铿的诗以行旅、赠别及游览之作为多,他的名篇亦多为写景及抒发思乡之情的作品。如《渡青草湖》:

洞庭春溜满,平湖锦帆张。沅水桃花色,湘流杜若香。穴去茅山近,江连巫峡长。带天澄迥碧,映日动浮光。行舟逗远树,度鸟息危樯。滔滔不可测,一苇讵能航!

这首诗写洞庭湖的宽广。"带天"二句用水天相接来形容湖面的广阔,一望无际。"行舟"二句从远视的角度写人在船上所见,因为湖面辽阔,尽管船在行驶,而遥望岸上的树木,不见移动,用一个"逗"字以表现路途悠长。紧接着又从近视的角度,写湖面广大,鸟无力飞越,不得不在船樯上歇息,体察入微。前人评"带天"二句为"工切",而"行舟"二句为"细曲"。正因为如此,所以结尾的"滔滔"二句,就显得十分自然。这类作品还有著名的《晚泊五洲》:

客行逢日暮,结缆晚洲中。戍楼因嶬险,村路入江穷。水随云度黑,山带日归红。遥怜一柱观,欲轻千里风。

这首诗着重写行人在旅途中日暮时焦急的心情。五洲在今湖北武汉市武昌区附近,是长江下游通往江陵的必经之路,作者在赴江陵途中日暮泊舟,心中急于到达目的地,因此有"欲轻千里风"之语。此诗以"水随"二句最为传诵。这两句所写水上的薄暮景色,色调鲜浓。前人作品中有过类似的句子,如鲍照《游思赋》"暮色起兮远岸黑,阳精灭兮天际红",江淹《赤亭渚》诗"水夕潮波黑,日暮精气红",写的都是这类的景象。阴铿这两句之所以超越鲍、江,则在字句的锻炼。"水随云度黑"中的"随"字和"度"字,以动态来形容时间的迅速,极写傍晚日落,一片暮云飞过,水色随之发黑。但山峰高峻,还留有落日的余晖,此即所谓"带"。以"山带"的静态反衬"云度"的动态,更显得光景变化,十分传神。正是这种景物,才更能引起行人急于到达目的地的心情。

阴铿写思乡之情的诗,尤为新隽工巧。如《和侯司空登楼望乡》:

怀土临霞观,思归想石门。瞻云望鸟道,对柳忆家园。寒田获里静,野日烧中昏。信美今何益,伤心自有源。

此诗大约是陈文帝天嘉三年秋天所作。"寒田"一联又历来被视为警句。明人钟惺评此二句为"王(维)、孟(浩然)妙语"(《古诗归》卷十五);清陈祚明则认为这两句"景活"而"以朴见妙",甚至说它"高于唐人"(《采菽堂古诗选》卷二九)。这两句的妙处正在"静"字和"昏"字上。秋季农事既毕,作物登场,农民不再在地里劳动,所以寒田显得格外安静。收获完毕后,田里的杂草需要烧掉作为肥料以供来年耕作。这种朴素的田园景象,出现在繁华热闹的宫体诗之间,无疑带给读者以"高风跨俗"(《诗品》评刘桢语)的清新气息。结句用王粲《登楼赋》"虽信美而非吾土"语,再一次虚点题中的"望乡"。

阴铿的一些诗已近律体,绝大多数作品为十句、八句的形式,句中失粘的现象也逐渐在减少。从总体上来看,他的诗歌在格律上是自齐梁诗向初唐沈佺期、宋之问成熟的五言律诗转变的重要环节。这类作品以《新成安乐宫》为代表:

> 新宫实壮哉,云里望楼台。迢递翔鹍仰,连翩贺燕来。重檐寒雾宿,丹井夏莲开。砌石披新锦,梁花画早梅。欲知安乐盛,歌管杂尘埃。

这首诗虽系十句,但每两句平仄相对,已和律诗很相近,所以明胡应麟《诗薮》评此诗为:"平头上尾,八病咸除;切响浮声,五音并协,实百代近体之祖。"此外,阴铿也写过一些艳诗,如《和樊晋陵伤妾》、《侯司空宅咏妓》等,但少为读者重视。

阴铿历来与何逊并称"阴何"。杜甫在诗里一再提到"阴何尚清省"(《夔州咏怀寄郑监李宾客》),"颇学阴何苦用心"(《解闷》其七),又推崇李白"李侯有佳句,往往似阴铿"(《与李十二白同寻范十隐居》其一),可见其在唐人心目中的地位。至于杜甫受阴铿的影响也很明显,《西陂泛舟》"鱼吹细浪摇歌扇,燕蹴飞花落舞筵",出于阴诗《侯司空宅咏妓》"莺啼歌舞后,花落舞衫前";《秦州杂诗》其二的"月明垂叶露,云逐渡溪风",下句明显套用阴诗《开善寺》的"花逐下山风"。宋以后的论者对阴何并称,看法不甚一致。胡应麟《诗薮》认为"阴何并称旧矣。何撼写情素,冲淡处往往颜谢遗韵。阴惟解作丽语,当时以并仲言(何逊),后世以方太白,亦太过。然近体之合,实阴兆端"(《外编》卷二),陆时雍《诗镜总论》则以为"阴何气韵相邻,而风华自布"。这种不同看法与诗论家个人的艺术观和风格爱好有关。但不论如何,认为阴铿和徐陵、江总等几位陈代诗人在五言格律上"乃沈宋近体之椎轮"(黄伯思《东观余论》),标志了律化的新阶段,则并无异说。至于阴铿在艺术上的成就,陈祚明说"一洗《玉台》之陋,顿开沈宋之风,且觉比《玉台》则特妍,较沈宋则尤媚。六朝不沦于晚唐者,全赖有此大雅君子振起而维挽之"(《采菽堂古诗选》卷二十九);和陈氏的批评尺度往往相合的沈德潜,在阴铿的评价上却意见相左,他说"子坚、孝穆,略具体裁,专求佳句,差强人意云尔"(《说诗晬语》)。陈说偏于溢美,沈说又似贬抑。今天来看,何逊、阴铿都是南朝有成就的诗人,在浮靡绮丽之中能坚持自己的特色,独标高格。何逊卒于梁天监末,上承永明诗体,风韵自然,以本色取胜。阴铿的时代在宫体的全盛期,所以较之何逊诗声调浏亮,又力求在前人写熟了的题材里翻出新隽。何逊、阴铿都在诗中追求名句,但细加分辨,何逊重在琢句而阴铿重在炼字。"阴何"的不同或高下,更多的是永明体、宫体之间差异的体现。同时,阴铿传世的诗不如何逊多,传诵的名句当然也会少于何逊。总的来说,阴铿在陈代仍不失为一位有特色的优秀诗人。

第四节　沈炯、周弘正和陈初作家

由梁入陈的作家中,除徐陵、阴铿以外,沈炯、周弘正等人在梁时已比较有名。他们现存的作品多写梁末的丧乱或避世隐逸的生活,与梁陈间一些作家之以艳体诗和咏物诗为主的内容不很相同。

沈炯(501~559),字礼明,吴兴武康(今浙江德清)人。梁武帝末年曾任吴令。侯景之乱,叛将宋子仙据吴兴,召沈炯掌书记。沈炯不肯,几乎被杀,经人解救,被迫就任。后来宋子仙为梁将王僧辩所败,王素闻沈炯之名,让他写作羽檄军书。陈霸先和王僧辩会盟讨伐侯景的誓文即出于其手。梁元帝任沈炯尚书左丞,江陵陷落,被俘至长安。在北方道经汉武帝通天台,作表奏陈思归之意,借吊古以自伤身世,在南朝骈文中是比较著名的一篇。文中说汉武帝"既而运属上仙,道穷晏驾,翠幕珠帘,一朝零落;茂陵玉碗,遂出人间。陵云故基,共原田而芜腆;别风余址,带陵阜而茫茫。羁旅缧臣,岂不落泪",均颇为凄婉。据说此文写成不久,沈炯即被遣回南。他在梁敬帝绍泰二年(556)到达建康,任司农卿,不久,迁御史中丞。陈武帝代梁,加通直散骑常侍。文帝时还乡病卒。

沈炯的作品除《通天台表》外,比较有名的是《归魂赋》。此赋系从长安回建康后作,追述被俘入关的经历。赋中"我何幸于上玄,我何负于邻睦?背盟书而我欺,图信神而我戮。彼孟冬之云季,总官司而就绁。托马首之西暮,随槛车而回辙。履峨峨之层冰,面飕飕之岩雪。去莫敖之所缢,过临江之轨折。矧今古之悲凉,并攒心而沾袂"等,无论情调、句法,与庾信《哀江南赋》都有类似之处。陈寅恪认为此赋曾流传到北周,庾信作《哀江南赋》时,曾受其影响(《读〈哀江南赋〉》,见《金明馆丛稿初编》)。此外沈炯还有些诗,也是凭吊梁亡之作。如《长安还至方山怆然自伤》中"百年三万日,处处此伤情",也许是"百年三万六千日,一日须倾三百杯"(李白《襄阳乐》)这类写法中最早被使用的。

年龄稍长于沈炯的周弘正(496~574),字思行,祖籍汝南安城(今河南汝南)人。通《老子》和《周易》,兼精佛理。梁武帝时为国子博士,侯景之乱中隐遁免祸。王僧辩平侯景,他脱身迎接,深受梁元帝信重,官至左民尚书、散骑常侍。江陵陷落时逃归建康,任王僧辩长史。陈武帝代梁,为太子詹事。文帝时迁侍中国子祭酒,往长安迎接宣帝陈顼南归。宣帝时官至尚书左仆射。曾出使北周,与庾信、王褒等都有来往。庾信集中有《送周尚书弘正二首》和《重别周尚书二首》。他的《于长安咏雁》一诗,《艺文类聚》卷九一误为庾作;《答林法师》诗,《初学记》卷十八误为江总作。诗作中以作于梁后期的《还草堂寻处士弟》为最著:

四时易荏苒,百龄倏将半。故老多零落,山僧尽凋散。宿树倒为查,旧水侵成岸。幽寻属令弟,依然归旧馆。感物自多伤,况乃春莺乱。

诗的风格淡雅,结语尤见深致。他的小诗也能简练遒劲,似受《梁鼓角横吹曲》中的北朝民歌影响:

朝霜侵汉草,流沙度陇飞。一闻流水曲,行住两沾衣。
——《陇头送征客》

这种诗风,大约形成于晚年,因为他早年之作,如《看新婚》《名都一何绮》等,同样也艳丽柔靡,属于当时的一般风格。

周弘正的兄弟弘让,早年隐居茅山,后来曾为侯景的中书侍郎。王僧辩讨侯景,他随兄弘正出迎。陈文帝时官至太常卿,大约卒于陈废帝光大二年①。他的诗今存仅四首,以《留赠山中隐士》为最有名:

行行访名岳,处处必留连。遂至一岩里,灌木上参天。忽见茅茨屋,暧暧有人烟。一士开门出,一士呼我前。相看不道姓,焉知隐与仙。

此诗平淡似口语,全不用典故对仗。清沈德潜评为"清真似陶诗一派,陈隋时得之大难"(《古诗源》卷十四)。他还有和王褒来往的信,都是传诵之作,见《周书·王褒传》。周弘让信中叙述他们在侯景之乱前的欢乐:

---

① 周弘让《与徐陵荐方圆书》作于废帝即位之后。庾信有《和王少保遥伤周处士诗》,王少保即王褒,卒于周武帝建德三年左右,周之卒应在王前。

昔吾壮日,及弟富年,俱值邕熙,并欢衡泌。南风雅操,清商妙曲,弦琴促坐,无乏名晨;玉沥金华,冀获难老。不虞一旦,翻覆波澜,吾已臖阴,弟非茂齿,禽尚之契,各在天涯,永念生平,难为胸臆。

信的最后归结为"但愿爱玉体,珍金箱,保期颐,享黄发。犹冀苍雁赪鲤,时传尺素;清风朗月,俱寄相思"。当时北周武帝宇文邕和南朝力求缓和关系,批准王褒等人和南朝亲友书函来往。王褒和周弘让的信都写得真挚深沉,反映了中华民族在长期分裂之后必将归于一统的趋势。

　　和沈炯等人文风相近的,还有梁代大将陈庆之的长子陈昭,他是义兴国山(今江苏宜兴)人,梁时袭爵永兴侯,卒于陈代。今存诗二首,其《聘齐经孟尝君墓》诗云:

　　　　薛城观旧迹,征马屡徘徊。盛德今何在?唯余长夜台。苍茫空垄路,憔悴古松栽。悲随白杨起,泪想雍门来。泉户无关吏,鸡鸣谁为开。

此诗亦少雕琢,格调悲凉。这些作品说明,即使在梁陈间宫体诗泛滥盛行的时代,一些内容比较充实和艺术上比较刚劲质朴的作品,像上述对离乱的感叹、对恶浊社会的厌恶,在诗文中仍然占着应有的一席之地。

第十五章 江总和陈代其他作家

第一节 陈代诗风的变化

陈初诗人如徐陵、阴铿的创作生涯始于梁代,其诗风也和梁代某些诗人相近。如徐陵之作,与萧纲、萧绎同属一派,阴铿的诗风则近于何逊。陈代诗风,历来和梁代合称"梁陈宫体",但在现象上和梁后期诗人的作品并不完全一样,即拟乐府和以"赋得"为题的诗篇在比重上有所增加。稍后于徐陵、阴铿的诗人,今存作品较多的当推张正见和江总。张正见存诗约八十多首,其中拟乐府有四十多首,以"赋得"为题的诗约十七八首;江总存诗九十余首,其中拟乐府三十余首,还有不少以"赋得"为题的诗和咏物之作。其他如刘删、祖孙登、谢燮、萧诠等人的作品也多半是拟乐府及以"赋得"为题之作。

拟乐府增加的现象,当然和音乐有关。但陈代诗人的拟乐府,却很少模拟"吴声歌"与"西曲歌",而多数是拟作所谓的"汉横吹曲"。这些乐曲之名,不见于《宋书·乐志》和《南齐书·乐志》,而见于唐人所修的《晋书·乐志下》,据云是"胡乐","以为武乐,后汉以给边"。这种乐曲,宋、齐二代极少有文人拟作,今天所见的仅有鲍照《梅花落》一首。从梁以后,拟作者渐多,如吴均、萧纲、萧绎、徐陵等,但还没有蔚成风气。陈代文人拟作乐府,则大都属于这一类。这也许和陈代开国的武臣喜好结纳文士有关。

　　如《陈书·侯安都传》载,侯安都显贵后,"招聚文武之士,或射驭驰骋,或命以诗赋,第其高下,以差次赏赐之"。这些文士中,有褚介、马枢、阴铿、张正见、徐伯阳、刘删、祖孙登等。当时武将在宴会上常奏军乐,如《陈书·章昭达传》就有"每饮食,必盛设女伎杂乐,备尽羌胡之声"的记载。文人们听腻了"吴声"、"西曲",对这些带有金戈铁马情调的"横吹曲"感到新鲜而产生兴趣,因而拟作的风气转甚。所以,"梁陈宫体"在陈代其实主要是后主陈叔宝和宫廷中一些文人的作品,宫廷外的多数文人写作的艳诗并不多。即使陈叔宝本人,对音乐的爱好,也不限于艳歌。《隋书·音乐志上》载:"及后主嗣位,耽荒于酒,视朝之外,多在宴筵。尤重声乐,遣宫女习北方箫鼓,谓之'代北',酒酣则奏之。"他既能欣赏北方的鲜卑音乐,自然更不会排斥"横吹曲"。所以在他现存诗作中,拟作的这一类乐府数量也不少。

　　关于以"赋得"为题的作品,是唐以后"试帖诗"的起源。这类诗歌起源于南齐永明间,在前面对"永明体"的叙述中已经提到。这种风气在梁代发展尤甚。萧纲、萧绎和文士集会唱和,也大量写作咏物诗,并开始以"赋得"为题。如萧纲有《赋乐器名得筝笛》诗,可见"赋得"是"赋诗得到某题"缩称,和谢朓《同咏坐上所见一物·席》的意思近似。宫体诗中这类作品为数不少,如萧纲的《赋得桥》、《赋得蔷薇》,萧绎的《赋得竹》,庾肩吾的《赋得山》等,而且已经出现了分题限韵,如庾肩吾有《暮游山水应令赋得碛字》诗。到了陈代,宫廷中宴会,更常用这种形式赋诗,陈后主集中这类作品极多,而且诗题下往往注明座有某某等几人。由这种咏物诗发展而来的分题作诗,渐渐扩大到以古诗中的句子、古人事迹及古代乐曲作为诗题,如萧纲有《泛舟横大江》(曹丕句)、《枣下何纂纂》(古歌谣句);萧绎有《赋得涉江采芙蓉》、《赋得兰泽多芳草》、《赋得蒲生我池中》（均古诗句）；庾肩吾有《赋得横吹曲长安道》、《赋得嵇叔夜》等。这类作品在陈代更多，张正见等人之大量写作以"赋得"为题的作品，当然就是在文人集会时所作。据《陈书·文学·徐伯阳传》云："太建初，中记室李爽、记室张正见、左民郎贺彻、学士阮卓、黄门郎萧诠、三公郎王由礼、处士马枢、记室祖孙登、比部贺循、长史刘删等为文会之友。后有蔡凝、刘助、陈暄、孔范亦预焉，皆一时之士也。游宴赋诗，勒成卷轴。伯阳为其集序，盛传于世。"在这些文人中，今存张正见所作多以古人诗句为题，如《薄帷鉴明月》（阮籍句）、《秋河曙耿耿》（谢朓句）、《赋得岸花临水发》（何逊句）和《浦狭村烟度》（萧纲句）等。和他同时的贺彻有《赋得长笛吐清气》（曹丕句），贺循有《赋得庭中有奇树》（古诗句），稍后的孔范有《赋得白云抱幽石》（谢灵运句）等。这说明当时文人作诗，已有不少人是命题赋诗，而不是有感而发，因诗名题。在这种出题作文而又要争奇斗胜风气中，不免出现了许多刘勰所谓"为文造情"之作。总的说，陈代开国之初，由于侯景之乱和江陵之陷，梁代文苑中带有一定畸形的繁荣顿形衰败。从陈文帝开始又企图重新振作，至陈宣帝、陈后主时代的近二十年间，出现了南朝文学最后的回光返照，但仅有的一些成就也仅限于琢句炼字以及声调格律方面，而且只是在宫体诗的范围内作了有限的填补、开掘而无所突破。江南的王朝气运、社会结构一直到文学创作都已经面临"穷则变"的前夕。"陈人意气惵惵，将归于尽"，"诗至陈余，非华之盛，乃实之衰耳"（陆时雍《诗镜总论》），就文学而论文学，华实之论，可谓鞭辟入里。《南史·文学传序》说："至有陈受命，运接乱离，虽加奖励，而向时之风流息矣。诗云：'人之云亡，邦国殄瘁。'岂金陵之数将终三百年乎？不然，何至是也！"这虽然是在唐代所作出的结论，但证之以历史和文学的发展，这一结论不失为符合事实的概括。

第二节　张正见、刘删、祖孙登

　　陈宣帝太建时代,在那些为"文会之友"的诗人中,以张正见所存的作品为最多。张正见,字见赜,祖籍清河东武城(今属山东)人。祖、父皆仕北魏,父修礼在梁时入南。张正见十三岁的时候曾向皇太子萧纲献颂,受到赞赏。梁武帝太清初,射策高第,为邵陵王国左常侍。梁元帝时为彭泽令。梁末避乱匡俗山。陈初回建康,官至散骑侍郎,卒于陈宣帝太建中期(576、577年前后),年四十九。《陈书》本传记其"有集十四卷,其五言诗尤善,大行于世"。今存赋三篇、文一篇、诗八十余首。他的赋和文成就均不高,所以明人张溥说他著作可传者"恃有诗耳"(《张散骑集》题辞)。

　　他比较成功的作品是《秋日别庾正员》①:

　　　　征途愁转斾,连骑惨停镳。朔气凌疏木,江风送上潮。青雀离帆远,朱鸢别路遥。唯有当秋月,夜夜上河桥。

诗中"朔气凌疏木,江风送上潮"句,在陈代纤弱的诗风中,足可当"声骨雄整"的评语。"惟有当秋月,夜夜上河桥"两句的意境,在六朝到唐人的诗中一再出现,无非是利用月与人、无情与有情的反差对比来加强艺术效果。人的感情又往往及月,给月涂饰上感情色彩。张正见这两句,过去的诗论家注意者不多,实则即景生情,自然含蓄,可以推为佳句。《秋河曙耿耿》一诗也是比较著名的作品:

---

① 诗见《艺文类聚》卷二九,《文苑英华》卷二六六作徐陵诗。今从《艺文类聚》。

> 耿耿长河曙,滥滥宿云浮。天路横秋水,星桥转夜流。月下姮娥落,风惊织女秋。德星犹可见,仙槎不复留。

诗题无"赋得",实际上用的是谢朓《暂使下都夜发新林至京邑赠西府同僚》诗句。"天路"两句最为后人所赏,陆时雍《诗镜总论》誉为"唐诗无此境界"。还有人认为苏味道的"星河铁锁开"即自此而出。虽然过誉或者牵强,却可见出这两句诗的影响。还有一首《赋得佳期竟不归》也值得注意:

> 良人万里向河源,娼妇三秋思柳园。路远寄诗空织锦,宵长梦返欲惊魂。飞蛾屡绕帷前烛,衰草还侵阶上玉。衔啼拂镜不成妆,促柱繁弦还乱曲。时分年移竟不归,偏憎寒急夜缝衣。流萤映月明空帐,疏叶从风入断机。自对孤鸾向影绝,终无一雁带书回。

南朝文人七言诗写得不多,张正见这首诗,和同类题材、同样形式的诗相比,就可以比较明显地看到特色。萧子显和王褒的《燕歌行》,比张正见这首诗大约要早二三十年,平仄、换韵都还显得不太规律;同时代传为徐陵作的《杂曲》①、江总的《宛转歌》,又专务秾艳。这首《赋得佳期竟不归》,用庾肩吾《赋得有所思》"佳期竟不归,春日生芳菲"句而加铺衍,当然还比不上后来张若虚《春江花月夜》的幽远缠绵,但四句一换韵已经定型,平仄谐调,声调流丽,超过同时人的其他

---

① 《杂曲》歌颂张姓妃嫔,当即张丽华。按徐陵卒于至德元年,未入狎客之列,诗当是陈代其他文人之作而误题徐陵。详见拙作《中古文学史论文集》第 453 页。

作品而可以和唐人成熟的歌行争胜。

张正见诗以乐府为多。他的乐府诗中传统的抒情、叙事成分比较少,而多铺陈典故,致力对仗,其笔法颇似当时流行的咏物诗。如他的《关山月》:

> 岩间度月华,流彩映山斜。晕逐连城璧,轮随出塞车。唐蒙遥合影,秦桂远分花。欲验盈虚理,方知道路赊。

此诗一反传统常例,把描写征夫思家的乐曲写成了咏月诗。他另一首《晨鸡高树鸣》更铺陈了不少关于鸡的典故,其中"蜀郡随金马,天津应玉衡",历来被推为警句,因为暗用碧鸡和玉衡星精散而为鸡两事,所谓"以无为有,以虚为实"(杨慎《升庵诗话》卷十),但字面富丽而实则流于艰涩。正如《关山月》中的"秦桂"句,因月中有桂树的传说而联想到秦代置桂林郡,再说桂林的花分到月中,同样也是追求新奇僻奥而妨碍了读者的感受。

张正见的诗优点是辞藻丰富、音调铿锵而能风格雅净,不像其他同时的诗人中有许多珠玉锦绣、腻得化不开的作品。但正如陈祚明所评论的:"张见赜诗,才气络绎奔赴,使事搴花应手成来,惜少流逸之致。如馆驿庖人,肴羞兰桂,咄嗟立办,乍可适口,不名珍错。""多无为而作,中少性情也。"(《采菽堂古诗选》卷二九)不过这并不是张正见个人的缺点。这一个时代的道路已经走到尽头,主观和客观上都还要诗人大量写作,除了用才气和技巧来掩盖情性的空虚以外,已经别无其他途径可寻,因此才招来严羽借用《论语》所作的过分严酷的批评:"虽多,亦奚以为!"(《沧浪诗话》)

和张正见相唱和的刘删、祖孙登等人,诗风与张正见相近,但存诗不多,都在十首左右。刘删诗以《泛宫亭湖》为最著:

回舻乘派水,举帆逐分风。滉瀁疑无际,飘扬似度空。樯乌排鸟路,船影没河宫。孤石沧波里,匡山苦雾中。寄谢千金子,安知万里蓬!

祖孙登之作,可以《莲调》为代表:

　　长川落照日,深浦漾清风。弱柳垂江翠,新莲夹岸红。船行疑泛迥,月映似沉空。愿逐琴高戏,乘鱼如浪中。

这些诗都以声调接近律体见称,诗中写景,亦间有佳句。

第三节　江总、姚察

　　陈后期文人中较著名的要数江总和姚察。他们都生长于梁代,而卒于隋平陈之后,享年在七十以上。江总(519～594),字总持,祖籍济阳考城(今河南兰考)人。五世祖江湛是宋文帝末年的大臣,家世显贵。父紑,早卒。江总早年依舅家萧氏成长。梁时曾为武陵王萧纪和丹阳尹何敬容属官,迁尚书殿中郎,为名士刘之遴、王筠所赏识,成为忘年交。累官至太子舍人、太常卿。侯景攻陷台城,他避难至会稽。后又转至广州,依附舅父萧勃,遂流寓广州多年。陈文帝天嘉四年(563),被征回建康,任中书侍郎,宣帝时,累迁司徒右长史,掌东宫管记,得与太子陈叔宝相接近。后为太子詹事,朝臣孔奂反对,认为他只是"文华之士",但陈叔宝仍坚持任用。江总为太子詹事后,与陈叔宝为长夜之饮,曾被宣帝免职。陈叔宝即位为后主,江总历任吏部尚书、尚书仆射、尚书令等要职。居官不理政务,唯与后主和陈暄、孔范等在后庭纵酒赋诗,被称为"狎客"。隋文帝开皇九年(589)平陈,江总入长安,依然贵显,官居上开府,不久以年老求南还,卒于江都(治今江苏扬州)。

江总的为人,据他《自叙》说:"不邀世利,不涉权幸","官陈以来,未尝逢迎一物,干预一事"。又引晋代陆玩的话自我解嘲,说:"以我为三公,知天下无人矣。"《陈书》本传录入此文时评论说"时人谓之实录",显然出于《陈书》作者姚察、姚思廉对他的回护①。江总一生以文人而居贵显,佞则有之,并不能算是巨奸大恶,然而亡国的前夕还只知饮酒赋诗作乐,则与陈后主的"全无心肝"(《南史·陈本纪》下载隋文帝语)也相去无几了②。不过唐朝人对他比较原谅,多在文才方面加以肯定,而对其宴游误国少所苛责,《南史·江总

---

① 《南史》本传未录《自序》全文,仅摘录"太建之时,权移群小,谄嫉作威,屡被摧折,奈何命也"数句,接着评论说"识者讥其言迹之乖",明白地表示了与姚氏父子的不同意见。不过《陈书》的作者也并没有完全因为私谊而掩盖事实,"以上与太子为长夜之饮,养良娣陈氏为女,太子微行总舍,上怒免之",仅仅这一件事,江总所谓"未尝逢迎一物"就伪情毕现。传末直斥"君臣昏乱,以至于灭",又是站在唐初史臣立场上所作的评论。既不忘私谊,又要代表官方,前后行文就难免矛盾。

② 宋黄彻《䂬溪诗话》卷九:"退之《韶州留别张使君》云:'久钦江总文才妙,自叹虞翻骨相屯。'……江总乃败国奸回,特引之何故?……是诗恐有讥云。"明杨慎也据此二句而以为韩愈"以忠直自比,而以奸佞待人,岂圣贤谦己恕人之意哉!考曙之为人,亦无奸佞似江总者"(《升庵诗话》卷十四)。其实韩愈的诗只是借江总才名及年寿祝颂对方,并无这一层意思,"奸回"、"奸佞",只是黄彻和杨慎自己的看法,不能强加于韩愈。又,《升庵诗话》多记忆之误,卷四《江总长安九日诗》条说江总活到贞观年间,九十余岁,就是其中的一个例子。

传论》说他"溺于宠狎,反以文雅为败",已经是很严厉的责备。至于韩愈称赞江总"文才妙"(《韶州留别张端公使君》,参看本书第305页注②),刘禹锡称江总为"南朝词人北朝客"(《金陵五题·江令宅》),李商隐说杜牧"前身应是梁江总"(《赠杜牧司勋》),而杜牧不以为忤,又说"满宫学士皆颜色,江令当年总费才"(《南朝》),都说明在唐朝人的心目中,江总只是一个有才华的文人。有时虽不免有所揶揄,却不认为他是什么奸佞的人物。

《陈书》本传称江总"好学能属文,于五言、七言尤善,然伤于浮艳,故为后主所爱幸。多有侧篇,好事者相传讽玩,于今不绝"。《陈书》成于唐初,可见江总在当时的影响。但他的艳诗,经过时间的淘汰,留存至今的已不很多,而且大都是七言。江总的七言诗今存近二十首,占全部作品五分之一强,在南朝诗人里,是写作这种新诗体较多的一位,同时也可以看到七言本身具有舒缓悠扬的特点,更宜于用来表现这一类题材。他的七言艳诗最为选家所注意的是《闺怨篇》:

寂寂青楼大道边,纷纷白雪绮窗前。池上鸳鸯不独自,帐中苏合还空然。屏风有意障明月,灯火无情照独眠。辽西水冻春应少,蓟北鸿来路几千。愿君关山及早度,念妾桃李片时妍。

无论对仗和音节都已和七律相去不远,诗的情调更和晚唐温、韦、韩偓一派颇有相通之处。另外,《杂曲》三首和《宛转歌》都以艳丽缠绵见称,特别是《宛转歌》,音调流丽,同上引张正见的《赋得佳期竟不归》相近,但字面更为华艳,和"狎客"的身份正相吻合。

江总的五言诗中有不少清爽朴素的作品,大抵都是离乱或亡国后所作,和七言诗的秾艳大相径庭。如《秋日登广州城南楼》:

秋城韵晚笛，危榭引清风。远气疑埋剑，惊禽似避弓。海树一边出，山云四面通。野火初烟细，新月半轮空。塞外离群客，颜鬓早如蓬。徒怀建邺水，复想洛阳宫。不及孤飞雁，独在上林中。

此诗是梁末避乱在广州时所作，当时陈霸先已重建南朝，作者登楼有感，兴起怀归之情。"海树"四句写景生动新巧。篇末六句写思归之情，用孙皓时童谣"建邺水"及苏武以雁递书两事，顺畅自然。诗风清劲，一洗宫体的脂粉气。类似的诗还有：

传闻合浦叶，远向洛阳飞。北风尚嘶马，南冠独不归。去云目徒送，离琴手自挥。秋蓬失处所，春草屡芳菲。太息关山月，风尘客子衣。

——《遇长安使寄裴尚书》

诗当是入隋后作，也以清淡见长。陈亡以后，江总被迫北迁，有些小诗亦可推为佳作，如《于长安归还扬州九月九日行薇山亭赋韵》：

心逐南云逝，形随北雁来。故乡篱下菊，今日几花开！

诗题一作《长安九日》。从诗中"形随"两字来看，当是返建康途中所作。用"篱下菊"形象地表现乡思，以小明大，由浅见深，可以与庾信的《和侃法师》等诗媲美。唐初许敬宗有《拟江令于长安归扬州九日赋》二首，都用江作的原韵；后来欧阳修的《清商怨》"雁过南云，行人回泪眼"，似乎也从此脱胎。另一首《哭鲁广达》："黄泉虽抱恨，白日自流名。悲君感义死，不作负恩生。"据《陈书·鲁广达传》，鲁广达原为陈朝将领,对抗隋军,终因寡不敌众而被擒,愤慨而卒。江总乃在其棺头题诗云云。作为"狎客"的江总,在亡国后也不乏感慨和愧愤之情,只是由于性格软弱,所以作品往往悲而不壮。

江总的文多为实用文字,仅赋八篇较有文学价值。其中《修心赋》作于避乱会稽时,略叙早年事迹,抒伤乱之情,篇末归结为皈依佛法。《伤越木槿赋》说木槿"雅什未名,骚人失藻",恐是流寓广州,自伤身世之作。赋中有一段七言诗,篇末的歌又是五言诗,文体显然与萧纲、萧绎、徐陵、庾信的一些短赋相近。《为陈六宫谢表》浮艳华赡,属于标准的御用骈文。

《陈书》本传载江总有集三十卷,又有后集二卷,早佚。明人张溥辑有《江令君集》,在《汉魏六朝百三名家集》中。

在陈代和江总有交谊,陈亡后又一起入隋的姚察(533~606),字伯审,吴兴武康(今浙江德清)人。在梁代曾为南海王国常侍等职,入陈官至吏部尚书,陈亡后入隋,深受隋文帝的器重。姚察主要是史学家,与其子思廉修成《梁书》、《陈书》,为"二十四史"中的两种。但这两部史书于前朝颇有忌讳,史实疏误也比较多。不过由于这两代的事迹,别的书籍记载很少,所以研究这一段历史和文学史仍为必读之书。姚察在陈时游明庆寺,见梁国子祭酒萧子云题禅斋的诗,怆然有感,作《游明庆寺怅然怀古》诗,以步萧原韵:

> 地灵居五净,山幽寂四禅。月宫临镜石,花赞绕峰莲。霞晖间幡影,云气合炉烟。迴松高偃盖,水瀑细分泉。含风万籁响,裹露百花鲜。宿昔寻真趣,结友亟留连。山庭出虀蘼,涧沚濯潺湲。因斯事熏习,便得息攀缘。何言遂云雨,怀此怅悠然。徒有南登望,会逐东流旋。

诗风也比较清淡,颇有今昔之感,和江总一些作品的风格相近。他写文章不作骈俪,是六朝时代不多见的古体散文作者。

第四节　陈后主及其侍从文人

陈后主(553~604),名叔宝,字元秀,吴兴长城(今浙江长兴)人。南朝陈最后一代君主。他是陈宣帝之子,在位七年,祯明三年(589)陈为隋文帝所灭。陈亡入隋,封长城县公,后病卒于洛阳。

陈后主为人"生深宫之中,长妇人之手",在即位前,就耽于诗酒,为长夜之饮。即位后,生活奢侈,建临春、结绮、望仙三阁,宠爱张贵妃、孔贵嫔等。不理政务,日与江总、陈暄、孔范、王瑗等朝臣宴集后庭。因此朝政混乱,终于亡国。隋文帝在开皇八年(588)的诏书中曾说到他为人暴虐,但从《陈书》和《南史》的记载来看,似乎还只是一个昏而不暴的亡国之君。当隋将韩擒虎、贺若弼进入建康,陈后主仓惶无计,只得和张贵妃、孔贵嫔逃入井中,结果当然是做了俘虏。这件事常常为后世的文人所咏叹,于此也可以见出他是一个只知享乐而于世事一无所知的皇帝。陈亡后,后主曾向隋文帝表示"既无秩位,每预朝集,愿得一官号",被隋文帝讥为"全无心肝"。《通鉴》又载隋文帝曾笑他"此败岂不由酒?以作诗之功,何如思安时事"(卷一七七、一七八)。昏庸的亡国之君在艺术上有所成就,历史上不乏其例,陈后主在这方面和李后主、宋徽宗颇相类似。他在文学上,以自己的修养和学力,还是写出了一些值得后人提到的作品。

陈后主的诗歌,历来被人批评得最多的是乐府《玉树后庭花》:

>丽宇芳林对高阁,新妆艳质本倾城。映户凝娇乍不进,出帷含态笑相迎。妖姬脸似花含露,玉树流光照后庭。

轻荡靡丽,是宫体诗的晚期病态,除了华丽的字面外了无新意,由于杜牧的"商女不知亡国恨,隔江犹唱《后庭花》",才使它屡屡为后人作为评论的对象。在音调上则"男女唱和,其音甚哀"(《隋书·乐志》),所以成为亡国之音的同义词。像这一类艳诗,在陈后主今存的作品中还有一些,但并非他的全部创作都是这一流风格。他的诗歌中,还有一些诗值得一读,如:

>塞外飞蓬征,陇头流水鸣。漠处扬沙暗,波中燥叶轻。地风冰易厚,寒深溜转清。登山一回顾,幽咽动边情。
>——《陇头水》其一

这首乐府诗题的拟作者比较多,像梁元帝和车螯之作描写征途艰苦,刘孝威之作空作壮语;陈后主此首后四句新警,结语突出征夫登山回顾,思乡之念油然而生,绾合上文,更具悠然不尽的情韵。他的《自君之出矣》四首之一:

>自君之出矣,房空帷帐轻。思君如昼烛,怀心不见明。

末句以昼烛之有芯比喻人有心,而不为别人所知,这是南朝民歌中常用的手法。他和群臣宴饮时的作品,有些不太浓腻的诗还时有佳句。如《七夕宴玄圃各赋五韵》:

>殿深炎气少,日落夜风清。月小看针暗,云开见缕明。丝调

听鱼出,吹响间蝉声。度更银烛尽,陶暑玉卮盈。星津虽可望,讵得似人情。

"月小"二句,写七夕之晚月色的变化,在月下做浮针之戏的情景,文心颇为细致。"丝调"句写游鱼也能领会美妙的音乐,"吹响"句点出乐声与蝉鸣相杂,以蝉鸣的噪声烘托笙歌的乐音。

总的来看,陈后主的诗以锻炼警句见长,尤其是一些描写自然景物的诗句,如"天迥浮云细,山空明月深"(《同江仆射游摄山栖霞寺》),"沙长见水落,歌遥觉浦深"(《献岁立春光风具美泛舟玄圃》),"水映临桥树,风吹夹路花"(《杨叛儿》),等等,在二谢以来众多的山水诗中,也不难有一席之地。他的好诗一般鲜妍而气局偏于狭小,唯一的例外是入隋以后从隋文帝东巡,登芒山侍饮赋诗:"日月光天德,山河壮帝居。太平无以报,愿上东封书。"前两句气象壮阔,是封建时代标准的颂圣之作,历来为人所称。上句本傅咸"日月光太清"(《赠何劭王济》),下句又为唐太宗《帝京篇》"秦川惟帝宅,函谷壮皇居"和李白"函关壮帝居"(《经乱离后天恩流夜郎忆旧游书怀赠江夏韦太守良宰》)所本。他周围的"狎客",除江总外,孔范、陈暄等也有作品传世,但乏精彩。还有一位太常令何胥,虽不在"狎客"之列,但与陈暄等友善,也曾参与后庭宴集,常为陈后主等人的艳诗谱曲。他的诗今存四首,《伤章公大将军》"百万横行罢,三千白日新。短箫应出塞,长笛反惊邻",曾为皎然《诗式》所称引。《被使出关》"莺啼落春后,雁度在秋前",写塞外节令之异,后来隋代薛道衡"人归落雁后,思发在花前"(《人日思归》)句法相同而翻出新意,成为更上一层之作。

第十六章　南朝乐府歌辞

乐府之名,起于秦汉时代,原意是管理朝廷音乐的官署,并负责搜集、整理民间的乐曲和歌辞。之后,在文学史上就逐渐把可以入乐的诗歌和词曲称为乐府歌辞,简称乐府。本章论述的范围,是南朝乐府歌辞中不署作者的一部分,即过去习惯称之为乐府民歌的作品。文人所作的乐府歌辞,另见于有关该作家的章节。

第一节　南朝乐府新声的兴起和发达

今天所能见到的南朝乐府歌辞,全部录存于南宋郭茂倩所编的《乐府诗集》中,共四百余首。在音乐分类上,绝大部分属于"清商曲辞",只有少量的属于"杂曲歌辞"和"杂歌谣辞";歌辞性质又绝大部分属于情歌,风格以清新艳丽和真挚缠绵见长,与汉魏乐府和北朝民歌迥然不同。这种情况主要是由南朝的经济、政治、文化等因素所形成的时代风尚所决定的。

随着东晋王朝的南渡,北方的士族和农民大量拥向江南,凭借着江南优越的自然条件,以庄园经济为基础的农业、手工业得到了极大的发展。到刘宋时代，原来生产力较为落后的江南已经赶上和逐渐在超过中原地区。农业、手工业的发展促使了商业和城市的繁荣，建康、京口、襄阳、江陵等都是当时具有相当规模的政治、经济中心，集中居住着王公官员和富商大贾。统治者在物质上穷极奢侈之余，伎乐歌舞自然成为不可缺少的精神享受；另一方面，民间的"街陌谣讴"、投足踏歌，又是自古以来下层人民精神生活中不可缺少的部分。据《南史·循吏传》序记载，宋文帝时代，"凡百户之乡，有市之邑，歌谣舞蹈，触处成群"，到南齐武帝永明年间，"百姓无犬吠之惊，都邑之盛，士女昌逸，歌声舞节，袨服华妆。桃花渌水之间，秋月春风之下，无往非适"。由此可见南朝社会自上而下的歌舞之盛。

和文学艺术的整体发展趋势相一致，南朝乐府的音乐也一变前代的古朴拙重而以轻柔哀怨为基调，即所谓"新声"。《乐府诗集·杂曲歌辞》论司马相如、曹植的作品有古之遗风，接着又评论说：

> 自晋迁江左，下逮隋、唐，德泽寝微，风化不竞，去圣逾远，繁音日滋。艳曲兴于南朝，胡音生于北俗。哀淫靡曼之辞，迭作并起，流而忘反，以至陵夷。原其所由，盖不能制雅乐以相变，大抵多溺于郑、卫，由是新声炽而雅言废矣。……虽沿情之作，或出一时，而声辞浅近，少复近古。

郭茂倩的评论可以说明几个问题：第一，南朝的新声蔚为风气，是随着时代发展的必然趋向；第二，新声的特点是哀淫靡曼，繁艳浅近；第三，这种新声和歌辞属于情歌。郭茂倩见到的是书面的乐府歌辞，不可能听到南朝的音乐。关于新声的记载，更直接的材料是宋顺帝昇明二年王僧虔的奏表。由于"民间竞造新声杂曲"（《南齐书·王僧虔传》），王僧虔有感于雅乐沦丧，"十数年间，亡者将半"，要求有关

官署"缉理旧声":

> 自顷家竞新哇,人尚谣俗,务在噍杀,不顾音纪,流宕无崖,未知所极,排斥正曲,崇长烦淫。……故喧丑之制,日盛于廛里;风味之响,独尽于衣冠①。

王僧虔从正统的观点要求复古,这恰恰说明了"烦淫"的"新声杂曲"已经发展为时代新潮流,其势燎原,不可阻遏。

乐曲的风格情调决定于乐曲的内容。南朝乐府歌辞绝大部分都是情歌,从发展线索来看,它上承《诗经》中的"郑、卫之音",汉乐府中的"铙歌"和"瑟调曲"中的爱情诗,即《宋书·乐志》所说的"淫哇不典正"的歌辞。南朝乐府和前代乐府相比,它缺少尖锐地反映社会矛盾的作品;和同时代的北朝乐府相比,又看不到多色彩的社会生活。技巧上虽然精致,内容上却显得比较单调。究其原因,大致有下列三点:

第一,男女之间的相思恋情,本来是人类社会最普遍的感情之一。《诗经》三百篇中情歌的数量就多于其他题材的诗歌;汉代的文人诗和民歌中爱情题材的作品较少,则和儒家伦理道德的统治有关。魏、晋玄学的兴起冲击了儒家思想,崇尚自然,在情与礼的矛盾之中,礼的约束力大为减退,这种人与人之间的正常感情又得以公开地表

---

① 见《宋书·乐志》。《南齐书·王僧虔传》节录此表,文字稍有异同。本书所论述的文学现象,除十六国部分以外,均在刘宋至隋的范围之内,本节论述东晋的情况也较简略。其实"新声"在东晋时已普遍流行,《世说新语·言语》载桓玄问羊孚"何以共重吴声",羊孚回答"当以其妖而浮"。"共重",说明喜爱者已不在少数;"妖而浮"则是宛转缠绵的贬义词。

露而少所顾忌①。尽管在自然、通脱的掩护下也出现了不少丑恶现象,但从正当的人性解放这一意义来说,"魏晋风流"在我国的文化史、思想史上的主要作用是积极的。恋曲情歌大量出现,而且不顾一些人的反对,公然进入艺术殿堂,这是思想上的解放,同时也多少是情绪上的逆反。

第二,统治阶级的思想是时代的统治思想。帝王和其他上层人物家蓄女乐,动辄数百人乃至几千人,酣歌曼舞,歌辞的内容多数离不开刺激感官的儿女之情,而很少是"梁鼓角横吹曲"一类军乐。唐宋词的兴起,主要是由于"词者倚丝竹歌之,所以娱宾而遣兴"(陈世修《阳春集》序),南朝乐府歌辞的题材、情调和初期的词极相近似,也是它本身的性质和功能所决定的。加之南朝诸帝都出自下层,阳春白雪式的雅乐不适合他们的趣味、爱好,相反地却习惯于委巷歌谣。他们不仅欣赏,而且自作、自唱。《宋书·范晔传》:

> 晔长不满七尺,肥黑,秃眉须。善弹琵琶,能为新声。上欲闻之,屡讽以微旨。晔伪若不晓,终不肯为上弹。上尝宴饮欢适,谓晔曰:"我欲歌,卿可弹。"晔乃奉旨。上歌既毕,晔亦止弦。

---

① 不仅是男女之情,就是父子之情,在礼法森严的汉代社会里也受压抑,弄到"君子抱孙不抱子"(《礼记·曲礼》)。但到魏晋以后,情况就大不相同。《晋书·王衍传》载:"衍尝丧幼子,山简吊之。衍悲不自胜,简曰:'孩抱中物,何至于此!'衍曰:'圣人忘情,最下不及于情。然则情之所钟,正在我辈。'"(《世说新语·伤逝》记此作王戎事)公然提出了"情"字。更有趣的是《世说新语·方正》载王述疼爱儿子王坦之,"虽长大,犹抱著膝上",当时王坦之的女儿已经准备议婚,他本人至少已年近三十。以此例彼,男女之情就可想而知。刘宋山阴公主向宋前废帝索要"面首",萧绎的妻子徐妃与多人私通,萧绎只能忍气吞声。这种情形虽发生在上层,也可从中窥见社会风气之一斑。

晋代以前,饮酒宴乐,主人和宾客还要亲自起舞①。刘宋以后,自舞之风似已不再见到,但仍有亲自歌唱的情况。范晔能为新声,宋文帝所唱的不消说也是新声。《乐府诗集》所引《古今乐录》,对"吴歌"、"西曲"中种种曲调都指出为某某帝王贵族所作。所谓"作",主要指曲调,但也并不完全不涉及歌辞,例如《上声歌》八首,因为"哀思之音,不及中和,梁武因之改辞,无复雅句"(《乐府诗集》卷四五)。其他帝王贵族拟作的乐府歌辞更不可胜数。上有好者,情歌的创作就被于朝野。

第三,虽然当时的社会风气自上而下偏于逸乐,但并不等于民歌中就没有反映其他社会内容的作品。《乐府诗集·杂歌谣辞》中根据留存的史料收录过少量如《鄱阳歌》、《雍州歌》、《宋时谣》之类的作品,都是有关于政治的民歌。《乐府诗集》不收而散见的片段材料,如《太平御览》卷八八五所录《时人为檀道济歌》、《隋书·五行志》所录《陈人为齐云观歌》,不被为声色之娱服务的有关官署收录而被之管弦,大约也是由于政治倾向过于明显。这样,它们就逐渐湮没散失,现今所见,就只剩下了情歌的一枝独秀。

第二节 "吴声"和"西曲"

如上所述,南朝乐府在音乐分类上绝大部分归入"清商曲"。

---

① 《宋书·乐志》:"前世乐饮,酒酣,必起自舞。……汉武帝乐饮,长沙定王舞又是也。魏、晋以来,尤重以舞相属,所属者代起舞,犹若饮酒以杯相属也,谢安舞以属桓嗣是也。近世以来,此风绝矣。"

"清商曲"中又按其产生的地域分为"吴声"和"西曲"两大类。本节主要说明有关吴声、西曲产生的时代、地域和其他的有关问题①。

关于吴声,《宋书·乐志》说:"吴歌杂曲,并出江东,晋宋以来,稍有增广。"《乐府诗集》卷四四论吴声歌曲也说:"盖自永嘉渡江之后,下及梁、陈,咸都建业,吴声歌曲起于此也。"两段史料都说明吴声的产生时代在东晋南渡以后,而地域则在以建康为中心的长江下游。据《宋书·乐志》和《乐府诗集》引《古今乐录》,对吴声中许多乐曲的起源所作的说明,可以知道吴声中的《前溪歌》、《阿子歌》、《欢闻歌》、《子夜歌》、《碧玉歌》、《桃叶歌》、《团扇郎歌》、《长史变歌》、《懊侬歌》九曲产生于晋代;《丁督护歌》、《华山畿》、《读曲歌》三曲产生于刘宋;《欢闻变歌》、《子夜四时歌》、《子夜警歌》、《子夜变歌》,其时代当然要晚于《欢闻歌》和《子夜歌》,可能已是晋亡以后的乐曲;另有《上声歌》等八曲不可缺考,以上合计共二十四种曲子,大多产生于晋、宋两代。

关于西曲,《乐府诗集》卷四七引《古今乐录》说:"西曲歌出于荆(治今湖北荆州)、郢(今湖北江陵附近)、樊(属今湖北襄阳)、邓(今河南邓州一带)之间,而其声节送和与吴歌亦异,故□(原缺,疑是"依"字)其方俗而谓之西曲云。"而据其中的《三洲歌》是商人"数游巴陵(治今湖南岳阳)三江口往还"所作,《寻阳乐》明白标出寻阳(治今江西九江),都不在"荆、郢、樊、邓之间"。所以准确地说,西曲产生的地区应当在以江陵为中心的长江中游和汉水流域。《乐府诗集》

---

① 本节中所论述的问题,曾参考王运熙《六朝乐府与民歌》,并采用了其中某些论断。

收录的西曲歌辞共三十三种①,其中舞曲十四种,倚歌十四种;《孟珠》、《翳乐》为舞曲兼作倚歌;《杨叛儿》、《西乌夜飞》、《月节折杨柳》三种性质不明。《古今乐录》特别说明其中一部分属于舞曲,这正是西曲在性质上的特点之一。又,所谓"倚歌",《古今乐录》解释说:"《青阳度》,倚歌。凡倚歌悉用铃鼓,无弦有吹。"可见倚歌并非伴舞的乐曲,而且不用弦乐而仅用管乐。西曲的时代略晚于吴声,多数是宋、齐两代的乐曲。

在吴声、西曲之外,还有一类《神弦歌》。《乐府诗集》把《神弦歌》列入"吴声歌曲",共十一曲,即《宿阿》、《道君》、《圣郎》、《娇女》、《白石郎》、《青溪小姑》、《湖就姑》、《姑恩》、《采菱童》、《明下童》、《同生》。这十一曲都是民间祀神的乐曲,性质与吴声、西曲中的其他歌曲完全不同。郭茂倩之所以把它归入吴声,当是这些歌曲产生和流行于建康附近,声调仍属于吴声这一系统的缘故。近代的多数研究者认为《神弦歌》的性质和功能近似于《楚辞》中的《九歌》。长江流域巫风本盛,南朝政府曾一再下令禁止"淫祀",说明了这种风气较之前代有增无已。《神弦歌》中所祀之神,很少道貌岸然的正统神灵,而多属年轻貌美的男女神鬼。祀神的巫觋也不乏漂亮的女子,这类乐曲置之于歌唱男女之情的南朝乐府之中,全无格格不入之感。

今存南朝乐府中不署作者的歌辞,"清商曲辞"中吴声约三百三十首,《神弦歌》十八首,西曲约一百三十五首,"杂曲歌辞"和"杂歌

---

① 西曲的总数,《古今乐录》说:"西曲歌有《石城乐》、《乌夜啼》……《月节折杨柳歌》三十四曲。"但智匠在这一段文字里仅列三十三种曲名,在下文叙述"倚歌"时列有不见于上述三十三种的《夜黄》,可见"三十四"的总数不误,"夜黄"二字当是传抄刊刻时夺去。又,三十四种之中,《黄缨》之名只见于《古今乐录》,而《乐府诗集》未收,当是歌辞已经佚失,所以实收三十三曲。

谣辞"三十余首,合计得五百余首①。在过去的一些著作里,曾把这些不署名的歌辞全部作为民歌,显然是不妥当的。应当认为,这五百多首歌辞大部分属于民歌,但其中有不少经过文人的加工润色;小部分则原来就是文人的创作,但作者姓名已难确考。理由是:一、这些歌辞的乐曲,大部分来自民间,如《子夜歌》、《欢闻变歌》、《懊侬歌》、《读曲歌》、《三洲歌》、《神弦歌》,等等。帝王贵族搜集乐曲,当然同时也采录歌辞。这些歌辞本身反映的生活面和情调都有浓厚的民间气息,原始作者应多属社会的中下层,其中反映的生活内容以及具有民间特色的表达技巧,很难出于生活于上层人士之中的文人。二、另一部分乐曲如《前溪歌》为沈充所制,《桃叶歌》为王献之所制,等等,但如前所说,"制"虽然也涉及歌辞,但主要还是指乐曲。乐曲不断地演唱和得到加工,新词也不断增加。比如《读曲歌》多至八十九首,自非一时之作,而是多年积累的结果,而其中所写又大多不像上层的生活。这样的歌辞无疑也源自民间。三、南朝文士有不少人喜欢拟作乐府。他们的作品入乐歌唱,年深月久,歌辞随着乐谱而传,创作者的姓名反倒湮没不彰。再有,他们和王公贵族经常在一起饮宴,来自民间的歌辞经他们加工修饰,乃是顺理成章的事。南朝乐府歌辞清新细腻,但缺少民歌通常所有的粗犷泼辣,与文人的加工和拟作的混入应该有直接关系。更明显的迹象是像《子夜四时歌·冬歌》之十四

---

① 这一统计数字的根据是,《乐府诗集》中有几首不署作者姓名的某些歌辞,在有的总集中却署有作者,如《子夜歌》四十二首中最后二首,《玉台新咏》卷十署为梁武帝作;《子夜冬歌》十七首之十五,《诗纪》卷六四亦署梁武帝;《团扇郎》"手中白团扇"、"团扇复团扇"二首,《乐府诗集》夺去作者,《玉台新咏》卷十、《艺文类聚》卷四三却署前者为梁武帝作,后者为桃叶作。同时,《乐府诗集》刊刻中的讹夺也是一个因素。

"白雪停阴冈"一首,全系左思《招隐诗》中的句子拼成;《子夜歌》之二十六"徒怀倾筐情","倾筐"出自《诗经·卷耳》,以兴起怀人之思,之四十二"巧笑倩两犀,美目扬双蛾"出自《诗经·硕人》以比喻女子;《神弦歌·同生曲》"人生不满百,常抱千岁忧",几乎直抄《古诗十九首》;其他像《子夜春歌》中的"绿荑带长路,丹椒重紫茎"(之二)、"鲜云媚朱景,芳风散林花"(之八),对仗相当工整,如此等等,当然都与文人有关①。

第三节 南朝乐府歌辞的文学特色

南朝乐府歌辞绝大部分是情歌,主题范围比较狭窄。反映的生活面主要属于城市居民的中下层,如"登店卖三葛,郎来买丈余"(《读曲歌》之八十二),"暂请半日给,徒倚娘店前"(《西乌夜飞》之二),作商家女子口吻,《三洲歌》更明言是"商人歌也"(《唐书·乐志》);《苏小小歌》、《夜度娘》,从乐曲名称就可看出歌辞反映的是伎女生活;《子夜歌》系统的一百余首歌辞,其中服装、器物多有城市中士女的特征。有关于水上生涯的似乎更为普遍,在《欢闻变歌》、《懊侬曲》、《黄竹子歌》、《襄阳乐》、《女儿子》、《那呵滩》等曲辞中都可以见到,直接涉及农村生活的则为数很少。总起来看,从歌辞内容中可以窥见的作者或歌唱者身份,有商家、伎女、船户、农妇,还有《神弦歌》中的巫觋,一般都作女性的身份。这些情歌中所

---

① 南朝人的文集,由于侯景之乱和江陵之陷而亡失很多,至宋代而散佚更甚,十不存二三。《乐府诗集》中所称"晋宋齐辞"或"晋宋梁辞",其中分明有弄不清作者姓名的文人作品(参看本书第 319 页注①)。

表现的两性关系，极少合乎封建礼教的规范，即并非法定的夫妇之间的爱情。它们公然出现在封建社会中，反映了人们对礼教的蔑视和厌恶，同时也是魏晋以来礼教在意识形态上的控制相对减弱的结果。例如：

前丝断缠绵，意欲结交情。春蚕易感化，丝子（私子）已复生。
——《子夜歌》之八

欢来不徐徐，阳窗都锐户。耶婆尚未眠，肝心如推橹。
——《欢闻变歌》之二

我有一所欢，安在深阁里。桐树不结花，何由得梧子（吾子）？
——《懊侬曲》之七

"欢"是六朝口语，意即情人。偷期密约，把情人深藏于闺阁之中，最终怀孕有了私生子，这当然是不合法的恋爱。不过诗中所表现的两性关系基本上是健康的，和上层统治者的荒淫无耻、以异性为玩弄对象的态度有很大的不同。感情上的大胆、强烈、坚定、执着是乐府歌辞最能打动读者之所在。她（他）们追求恋爱婚姻的自由，例如，"怜欢好情怀，移居作乡里"（《子夜歌》之三七），为追求爱情而不惜移船就岸。然而"不如意事常八九"，何况是不合于封建伦理的感情？"始欲识郎时，两心望如一。理丝入残机，何悟不成匹！"（《子夜歌》之七）美好的愿望终成空想，于是我们就看到了像《欢闻变歌》和《华山畿》中的那种至死不渝：

> 锲臂饮清血,牛羊持祭天。没命成灰土,终不罢相怜。
>
> ——《欢闻变歌》之五

> 未敢便相许。夜闻侬家论,不持侬与汝。
>
> ——《华山畿》之五①

> 懊恼不堪止。上床解要绳,自经屏风里。
>
> ——《华山畿》之六

"锲臂",即《左传》中所记的"割臂盟"或后世的常见的"啮臂盟",而且祭天为证,发下誓愿,身成灰土也要相爱,其坚决的程度与汉乐府《上邪》和明代《挂枝儿》中的《分离》毫无二致。不得比翼双飞,就要解绳自经,千百年来这种悲剧曾经多次地重演。那种强烈的殉情愿望带给读者以真切的感受。这种愿望并不停留在口头上和纸面上,《古今乐录》载:

> 《华山畿》者,宋少帝时《懊恼》一曲,亦变曲也。少帝时,南徐一士子,从华山畿往云阳,见客舍有女子年十八九,悦之无因,遂感心疾。母问其故,具以启母。母为至华山寻访,见女具说闻感之因。脱蔽膝令母密置其席下卧之,当已。少日果差。忽举席见蔽膝而抱持,遂吞食而死。气欲绝,谓母曰:"葬时车载,从华山度。"母从其意。比至女门,牛不肯前,打拍不动。女曰:"且

---

① 《懊侬曲》之十四与"未敢便相许"一首命意遣辞几乎全同。这种一词而两曲的情况还不只一处,比如《子夜歌》之九"今夕已欢别"与《读曲歌》之六三也是这样。

待须臾。"妆点沐浴,既而出,歌曰:"华山畿,君既为侬死,独活为谁施?欢若见怜时,棺木为侬开。"棺应声开,女透入棺。家人叩打,无如之何,乃合葬,呼曰神女冢。

——《乐府诗集》卷四六引

这就是《华山畿》的本事,其中的歌即《华山畿》二十五首中的第一首。这则本事无异于一段美丽的神话。悲剧的结尾透露一丝光明,几分欢乐,在古典文学和民间文学中也是一种传统,美好的愿望即使在现实世界中不能获得,在非现实世界中也要以不同的形式实现,《古诗为焦仲卿妻作》、梁祝故事,都可以看作和《华山畿》同一意义的作品。

这些情歌广泛地描写了恋爱生活中的悲欢离合。欢愉之辞难工,但出现在南朝乐府歌辞中的欢声笑语,却多数纯真、朴素,别有一种动人的情致。这一类歌辞在《子夜歌》系统出现较多。尽管它们经文人加工痕迹最为明显①,然而所透露的少男少女青春的喜悦大体上还是保持了民歌中所特有的炽烈和坦率,其他乐曲歌辞中这一特色更为明显:"七宝珠络鼓,教郎拍复拍。黄牛细犊儿,杨柳映松柏"(《杨叛儿》之四),"气清明月朗,夜与君共嬉。郎歌妙意曲,侬亦吐芳词"(《子夜歌》之三一),岂非就是《南史·循吏传》序所说的"桃花渌水之间,秋月春风之下"的"歌声舞节"?还有一些情歌是结合劳动来抒写爱情生活的,像《采桑度》中的几首,很容易使人联想起《诗经》中的《芣苢》和《十亩之

---

① 之所以这样说,理由除了基调偏于绮艳以外,一百二十多首诗都是五言四句,说明它们是一组经过系统安排润色的整体。《子夜歌》四十二首,实为四十首,末二首为梁武帝所作;《子夜四时歌》每组都应当是二十首,现在秋、冬两部分共缺去五首,这已是研究者基本一致的意见。

间》中的情景。"朝发桂兰渚,昼息桑榆下。与君同拔蒲,竟日不成把"(《拔蒲》之二),借拔蒲之名同舟外出,竟日不得一把,其心不在蒲而在调情嬉戏,不言自明。

然而情歌中更多的却是哀思之音。《古今乐录》中提到《欢闻变歌》"凄苦",《宋书·乐志》说《丁督护歌》"哀切",《南史·袁彖传》记袁廓之批评《杨叛儿》"声甚哀思",可见吴声西曲中这类曲调为数不少。歌辞附著于乐曲,凄凉清怨的情调就弥漫于南朝乐府之中。例如有关相思离别的歌唱:

夜长不得眠,转侧听更鼓。无故欢相逢,使侬肝肠苦。
——《子夜歌》之二八

相送劳劳渚,长江不应满,是侬泪成许!
——《华山畿》之十九

闻欢下扬州,相送楚山头。探手抱腰看,江水断不流!
——《莫愁乐》之二

封建礼教的控制在当时下层人民中影响虽已相对地减弱,但对人们的思想仍有一定约束力。不合法的男欢女爱很容易受到阻挠,产生悲剧的结果,并成为离别相思,这是一。这些情歌又多出于城市居民的中下层,他们为了衣食之资不得不经常奔走于四方,西曲中大多反映商人、船户的生活,相送相忆之作自然就多一些。

哀思之音的另一类是对负心男子的怨恨和谴责。妇女处于封建社会的底层,先不必说供人玩乐的"夜度娘",即使是一时热恋,过后也时常遭到被遗弃的命运:

侬作北辰星,千年无转移。欢行白日心,朝东暮还西。

——《子夜歌》三六

人传欢负情,我自未尝见。三更开门去,始知子夜变。

——《子夜变歌》之一

使用比喻、谐声,极为工巧,不过情调仍然是《诗经·氓》中"女也不爽,士贰其行"式的哀怨,而不是汉乐府《有所思》中的愤慨决绝。

这里要着重分析一下《西洲曲》。这首歌辞在《乐府诗集》中收入"杂曲歌辞",是南朝乐府歌辞中篇幅最长、艺术上最精美的一篇,与北歌中的《木兰诗》堪称双璧:

忆梅下西洲,折梅寄江北。单衫杏子红,双鬓鸦雏色。西洲在何处,两桨桥头渡。日暮伯劳飞,风吹乌臼树。树下即门前,门中露翠钿。开门郎不至,出门采红莲。采莲南塘秋,莲花过人头。低头弄莲子,莲子青如水。置莲怀袖中,莲心彻底红。忆郎郎不至,仰首望飞鸿。鸿飞满西洲,望郎上青楼。楼高望不见,尽日栏干头。栏干十二曲,垂手明如玉。卷帘天自高,海水摇空绿。海水梦悠悠,君愁我亦愁。南风知我意,吹梦到西洲。

此诗《乐府诗集》题为"古辞",可见不知作者,而且不知产生的时代。《玉台新咏》卷五题为江淹作,但吴兆宜注明"宋本不收",认为系明人增入;此外明清的古诗选本如《古诗源》题作"梁武帝",注云"一作晋辞"。从诗的内容到形式均和江淹现存的诗作不类,题作梁武帝,也无文献可征,所以仍宜从《玉台新咏》宋本和《乐府诗集》,把它看作民歌。从全诗的精致和成熟的程度来推断,在流传的过程中应当经过文人的加工修饰,写定的时代大约不会晚于梁初。

全诗作女子怀念所恋男子的口气①,在结构上则为四季相思体。全诗以"忆"起,以"梦"结,而都和西洲有关,也许它正是这一对分离的情人过去欢会的地方。开首两句以景启情,女子看到梅花开放,正如"忽见陌头杨柳色",诱发了绵绵情意。梅花是春天的信息,六朝人折梅以寄远人,象征着爱情或者友谊②,这位女子就到西洲折取梅花寄赠江北的情人,以期唤醒他心底的春意。从此开始,写女主人公从早春到晚秋,从白天到夜晚对情人的思念,一往情深。诗中以景物的变换点明季节,在景物与气候之中写人的活动,而一切活动又无不在刻画这位女子的心理状态,景色清丽而情思清怨。通篇不见一个情字而处处写情,天真稚气,悱恻缠绵。全诗一百六十字,四句或两句一换韵,在声律上已经相当讲究,音节摇曳轻飏,韵随意转,声逐情移。换头处往往用"钩句"上下承接,全篇浑然一体,带给读者的是不

---

① 这首诗究竟作谁的口气,历来是对《西洲曲》讨论的中心问题之一。意见大体有三种:一、男子思念女子;二、女子思念男子;三、第三者代女子叙述。其实二、三两种意见并不互相排斥。古诗中直接叙述和间接叙述的口气常常不易分辨,而从歌唱的角度来看,歌唱者肯定是一位女子,诗中关于服饰、体态的描写,也不妨其为歌唱者的自白。请参看余冠英《谈〈西洲曲〉》(见《汉魏六朝诗论丛》)。

② 梁武帝《子夜春歌》:"兰叶始满地,梅花已落枝。持此可怜意,摘以寄心知。"王金珠(《玉台新咏》卷十作梁武帝,此处从《乐府诗集》)《子夜春歌》:"朱日光素水,黄华映白雪。折梅待佳人,共迎阳春月。"陆凯《赠范晔诗》:"折花逢驿使,寄与陇头人。江南无所有,聊赠一枝春。"均可为证。按,陆凯寄范晔一诗,自来论者颇多疑问,请参看拙著《陆凯〈赠范晔诗〉志疑》(见《中古文学史论文集》),但其为六朝时作品,则无可疑。

纤不碎而又若断若续的情味,和篇中女子情思的起伏,吻合如同胶漆。沈德潜评此诗说:"续续相生,连跗接萼,摇曳无穷,情味愈出。""似绝句数首,攒簇而成,乐府中又生一体。初唐张若虚、刘希夷七言古发源于此。"(《古诗源》卷十二)这一意见本自陈祚明,不失为行家的评论。试把张若虚《春江花月夜》、刘希夷《代悲白头翁》和这首《西洲曲》相比较,就不难发现它们之间的情韵、结构都有一种微妙的相似。

　　情歌中所表现的男女之情大多是健康和活泼的,但其中也有一部分歌辞流于轻佻庸俗。出现这样的现象是不难理解的。就民歌的自然形态而言,必然会或多或少掺杂这些成分。为了迎合听歌者的趣味,采录者和加工者有意无意地保留、甚或加浓了这些成分。归根到底,原因还在于时代和阶级的风尚。

　　上面论述的是乐府歌辞中的情歌。《神弦歌》属于祀神之曲,其歌辞十八首,半数以上描写少年神鬼的容貌、生活和感情,情调和吴歌、西曲的曲辞无异。试看:

　　　　白石郎,临江居,前导江伯后从鱼。
　　　　积石如玉,列松如翠。郎艳独绝,世无其二。
　　　　　　　　　　　　　　　　　　——《白石郎歌》

　　　　开门白水,侧近桥梁。小姑所居,独处无郎。
　　　　　　　　　　　　　　　　　　——《青溪小姑曲》

　　　　泛舟采菱叶,过摘芙蓉花。扣楫命童侣,齐声采莲歌。
　　　　　　　　　　　　　　　　　　——《采莲童曲》

《采莲童曲》写一群少年男神兴高采烈地在摘采荷花,《白石郎曲》和

《青溪小姑曲》却已经涉及爱情生活。朱乾《乐府正义》明白地指出"《白石曲》云'郎艳独绝,世无其二',女悦男鬼;《青溪曲》曰'小姑所居,独处无郎',男悦女鬼"(卷十)。这种人神之间的爱悦分明是从《九歌》、《高唐赋》、《神女赋》这条线索上发展而来的。六朝志怪小说中多载人神恋爱故事,尤其青溪小姑故事几乎家喻户晓。青溪小姑是钟山之神蒋子文的三妹,《续齐谐记》中有一段故事记载她和赵文韶恋爱的故事,并记有《繁霜歌》两首:"日暮风吹,叶落依枝。丹心寸意,愁君未知!""歌繁霜,繁霜侵晓幕。何意空相守,坐待繁霜落!"这两首歌辞似乎凄然有鬼气,《神弦歌》本辞短短十六字,却异常明艳婉娈,人们对她的感情不是虔诚,而是爱慕。李商隐《无题》"神女生涯原是梦,小姑居处本无郎",对句仅就这首歌辞稍加改装,就成为历代传诵的名句。

在不属于情歌的作品中,有《长史变歌》,据《宋书·乐志》,是"晋司徒左长史王廞临败所制也"[1]。从歌辞中"千载表忠烈"、"临霜不改色"等语来看,本事应属可信。《女儿子》两首四句:"巴东三峡猿悲鸣,夜鸣三声泪沾衣"[2],"我欲上蜀蜀水难,蹋蹀珂头腰环环",写船夫劳动的艰辛。记述行旅生涯的,有《懊侬歌》之三"江陵去扬州,三千三百里",《黄督》之一"乔客他乡人"等。不过这些作品所占

---

[1] 晋安帝隆安初,司马道子执政,重用王国宝,企图削弱藩镇。隆安二年(398),王恭以诛王国宝为名,起兵对抗朝廷,王廞在吴郡响应,旋又与王恭自相攻杀,为刘牢之战败而死。事见《晋书·王恭传》、《王廞传》。

[2] 《乐府诗集》卷八六《杂歌谣辞》收《巴东三峡歌》二首:"巴东三峡巫峡长,猿鸣三声泪沾裳。""巴东三峡猿鸣悲,猿鸣三声泪沾衣。"语意与此全同。《水经注·江水注》引《宜都山川记》称此为渔者之歌,当是这一乐曲的原始形态。疑官署入乐时加工并改称《女儿子》,入西曲。

的比重很小。描写船家女子的《长干曲》是一首动人的短诗：

> 逆浪故相邀，菱舟不怕摇。妾家扬子住，便弄广陵潮。

歌辞录入"杂曲歌辞"，作者不详，题作"古辞"。全篇平仄全叶，相同于一首仄起的五绝。长干在建康，左思《吴都赋》说："横塘查下，邑屋隆夸；长干延属，飞甍舛互。"可见自孙吴以来就是相当繁荣的居民区。地在秦淮河畔，靠近长江，《长干曲》当是流行于长干地区的船家女之歌。歌辞中描绘一位破浪冲风、英姿飒爽的劳动女性，和吴歌、西曲中的柔情弱态恰成对照，歌辞的音节也明快、自然。唐代崔颢有《长干曲》四首，其前二首"君家何处住"、"家临九江水"，也是可以追步这首乐府歌辞的佳作。

"杂歌谣辞"中有一些因地因人、伤时寓意之作，如梁代讽刺南平王萧恪和其宾客江仲举、蔡薳、王台卿、庾仲容的《雍州歌》："江千万，蔡五百，王新车，庾大宅，主人愦愦不如客。"歌颂夏侯夔兄弟政绩的《夏侯歌》："我之有州，赖彼夏侯。前兄后弟，布政优优。"看来前一首像是民间的歌谣，后一首直用《诗经·长发》"敷（布）政优优"语，又像是出于文人之手了。这些歌谣艺术上都没有什么成就，但从中可以看到当时并不完全缺乏关心社会政治的歌辞。

乐府歌辞的体制一般为五言，也有一部分三、五杂言和四言、七言。其中《华山畿》和《读曲歌》的一部分形式比较自由，其他都比较规整①。五言四句的小诗约占全部歌辞的十分之七。当这种早期的

---

① 例如《读曲歌》，后五十首除"欢相怜"两首，均是五言四句，"登店卖三葛"、"依亦粗经风"两首相联，为男女唱和赠答之辞。后一首为三句，当是脱去首句。《寿阳乐》九首为五、三、五结构，仅"夜相思"一首为三、三、五，"夜相思"句或有脱文。

五绝在文人作品中还不占主要比重的时候,在乐府歌辞中却已成为最普遍的形式,这对后来五言绝句的正式定型无疑有很大的影响。

具有浓郁生活气息的真挚、新巧是南朝乐府歌辞中鲜明的艺术特色之一。例如"打杀长鸣鸡,弹去乌臼鸟。愿得连冥不复曙,一年都一晓"(《读曲歌》之五五),"可怜乌臼鸟,强言知天曙。无故三更啼,欢子冒暗去"(《乌夜啼》之四),由于"欢娱嫌夜短"而恨及不识时务的长鸣鸡、乌臼鸟。徐陵《乌栖曲》"唯憎无赖汝南鸡,天河未落犹争啼",后来金昌绪的"打起黄莺儿,莫叫枝上啼。啼时惊妾梦,不得到辽西",分明都从这里脱出,但徐诗生搬词句而金诗别开意境,其优劣判若泾渭。"愿得连冥不复曙,一年都一晓",不合理而合于情,明代民歌《鸡》,由恨鸡鸣而怨及钦天监"何不闰下了一更天,日儿里能长也,夜儿里这么样短"(《挂枝儿》卷七),则又同工异曲,别出心裁,但追本溯源,还要联系到上述歌辞。又如"长夜不得眠,明月何灼灼。想闻欢唤声,虚应空中诺"(《子夜歌》之三四),思念不能自持,自设幻境,自作应答,即使是水月镜花,也在情绪上得到了暂时的满足。艺术上这样新巧的手法,类似的例子还有不少。

利用谐音双关以隐喻、暗示,同样源自丰富多彩的生活。这种修辞技巧在南朝乐府歌辞特别是吴声歌辞中被广泛而多样化地运用,成为一个最显著的特色。谐音双关的构成不外同字同音、异字同音两种。同字同音实际上是运用汉语中一字多义的特点,例如"女萝自微薄,寄托长松表。何惜负霜死,贵得相缠绕"(《襄阳乐》之八),女萝即松萝,《诗经·颊弁》就有"茑与女萝,施于松柏"的比喻。"缠绕"既实写"女萝"绕于长松,比喻"女子"对男子的依附,又兼指感情上的缠绵不能分离。"见娘喜容媚,愿得结金兰。空织无经纬,求匹理自难"(同上之六),"娘"是六朝习语,为"郎"的对称,布匹之"匹"谐指匹配之"匹"。其他常见的这类谐音还有"关"(关闭——关心)、

"薄"（厚薄——薄情）、"子"（果实——人）、"消"（消融——消瘦）、"散"（药物、曲名——聚散），等等。

异字同音出现于歌唱中，较之在书面上更易显出效果，因为它是通过听觉而不是视觉。不过我们今天只能见到书面上的歌辞，理解起来要稍费曲折。最常见的字有莲（怜），藕（偶），棋（期），丝（思、私），碑（悲），题、蹄（啼），篱（离）等。例如"春倾桑叶尽，夏开蚕务毕。昼夜理机丝，知欲早成匹"（《子夜夏歌》之十七）既用异字谐声，又用同字谐声。还有更为复杂的情况，如"闻欢远行去，相送方山亭。风吹黄檗藩，恶闻苦离声"（《石城乐》之五），黄檗是一种树，味苦，藩即篱笆，风吹黄檗树枝编成的篱笆，就是苦离声。这种写法，以下句的谐声解释上句，就是前人所说的"风人体"或"吴歌格"①。

由于社会上层的喜爱提倡，南朝文人摹拟乐府民歌蔚成风气，在谢灵运、鲍照、谢朓、沈约、王融、江淹、吴均、江总等诗人的文集中，乐府歌辞都占有可观的数量，梁武帝父子、陈后主则是帝王中致力于此的作家。下及唐人，李白、李贺都深受南朝乐府的影响，杜甫、白居易还开出了即事名篇的新乐府一体。六朝时代民歌和文人创作之间的互相渗透，在中国文学史上是一个比其他时期都要突出的、值得深入探索的现象。

---

① 请参看王运熙《六朝乐府与民歌》中《论吴声西曲与谐音双关语》第一节。清翟灏《通俗编·识余》中也有比较明确的说明。

第十七章 《文心雕龙》和《诗品》

第一节 刘勰和《文心雕龙》

刘勰(466~537),字彦和。原籍东莞莒县(今属山东),出生于一个下级官僚的家庭里,父尚,曾任越骑校尉①。刘勰幼年丧父,家贫,不能婚娶。后入定林寺依附声望极高的僧人、《弘明集》的编者僧祐,与之居处十多年,深受僧祐器重。定林寺是建康著名的寺庙,这样的寺庙往往藏书极富,青年时代的刘勰在这里整理编录,读了寺内的经藏,同时也必然研读了大量的儒家经史和历代文学作品。据《文心雕龙·序志》自记,刘勰年过三十,曾梦见随孔子南行,于是就想到写作这部著作,自动笔至齐末(501~502)而全书告成,历时五年左

---

① 刘勰出身于士族还是世族,当代的研究者颇有不同的意见。王元化《文心雕龙创作论·刘勰身世与士庶区别问题》根据史料及《文心雕龙》的内证,考定刘勰出身于"家道中落的贫寒世族",今从其说。

右①。书成之后,刘勰希望得到沈约的揄扬,就背负此书,假作售货,俟沈约出行时谒于车前。沈约读后大为钦重,认为"深得文理",常常放在案头。梁武帝天监初,起家奉朝请,兼临川王萧宏记室。后授南康王萧绩记室,兼东宫通事舍人。昭明太子萧统深加赏接,又奉梁武帝敕命和僧人慧震在定林寺撰经。事毕,就请求在定林寺出家

---

① 关于《文心雕龙》的成书年代,清人刘毓崧《通义堂文集》卷十四《书〈文心雕龙〉后》列举三证,证明作于齐东昏永泰元年后,后来的研究者皆从此说,今引录于下:

《文心雕龙》一书,自来皆题梁刘勰著,而其著于何年,则多弗深考。予谓勰虽梁人,而此书之成,则不在梁时而在南齐之末也。观于《时序篇》云"暨皇齐驭宝,运集休明,太祖以圣武膺箓,世祖以睿文纂业,文帝以贰离含章,高宗以上哲兴运,并文明自天,缉遐(原注:'遐'疑当作'熙')景祚。今圣历方兴,文思光被"云云,此篇所述,自唐虞以至刘宋,皆但举其代名,而特于"齐"上加一"皇"字,其证一也。魏晋之主,称谥号而不称庙号,至齐之四主,惟文帝以身后追尊,止称为帝,余并称祖称宗,其证二也。历朝君臣之文,有褒有贬,独于齐则竭力颂美,绝无规过之词,其证三也。东昏上高宗之庙号,系永泰元年八月事,据高宗兴运之语,则成书必在是月以后。

刘氏又据《梁书·刘勰传》所记刘勰以此书干谒沈约,考沈约在东昏侯时代未登枢要,所以这应当是齐和帝年间的事。又说:"东昏之亡,在和帝中兴元年十二月,去禅代之期不满五月,勰之负书干约,当在此数月中。"按,萧衍起兵杀东昏侯,事在永元三年(501)初,而非中兴元年(501)十二月,刘氏误记。近一两年又有新说,举《文心雕龙》避"衍"字讳而定为成书于梁初。这一论点颇能给人启发,但书成于齐末,至梁而被人传录,传录前刘勰或传抄者改去"衍"字也是完全可能的。仅凭避讳这一孤证,尚不足以推翻成说。

为僧,改名慧地,未及一年即病故,其时约在梁武帝大同三年(537)左右①。有集,但唐初即已亡佚。现存的著作,除《文心雕龙》外,尚有《灭惑论》,见《弘明集》卷八;《梁建安王造剡山石城寺石像碑》,见《会稽缀英总集》卷十六。《梁书》本传说他"为文长于佛理,京师寺塔及名僧碑志,必请勰制文",据《高僧传》卷九、十三、十四,僧柔、僧祐、超辩诸传所记,这些名僧的墓碑均出其手,但都已亡佚不存。

《文心雕龙》是我国文学理论批评史上一部划时代的巨著,征引书文一百四十余处,论及作家九百余人,总结了历代文学创作和文学理论批评的丰富经验。

《文心雕龙》全书结构严密,共十卷,五十篇,三万七千余字。其中

---

① 关于刘勰的卒年,主要有三种意见:一、普通元、二年(520、521),见范文澜《文心雕龙注》卷十《序志》注。二、中大通四年(532),见李庆甲《刘勰卒年考》(《文学评论丛刊》第一辑,1978年)。三、大同四、五年(538、539),见杨明照《文心雕龙校注拾遗·梁书刘勰传笺注》。李、杨引用的五种佛教编年史,即宋释祖琇《隆兴佛教编年通论》、释志磐《佛祖统记》、释本觉《释氏通鉴》,元释念常《佛祖历代通载》、释觉岸《释氏稽古略》,均记有刘勰出家时间,今从《释氏通鉴》说,即刘勰于大同二年出家。据《梁书》"未期而卒",其卒当在大同二年或三年。参见拙著《刘勰卒年再探讨》(见《古籍整理与研究》第五辑)。

《隐秀》一篇有缺文①。原分上、下两部。上部二十五篇,《原道》、《征圣》、《宗经》、《正纬》、《辨骚》是全书总纲,阐明了全书的基本思想;从《明诗》至《书记》二十篇属于文体论,论述各种文体的源流、特点和作家作品的优缺点。下部主要是创作论,从《神思》至《物色》,除去《时序》以外的二十篇,探讨了从创作原则到具体方法各个方面的问题;《时序》、《才略》、《知音》、《程器》论述文学史和文学批评中的重要问题;最后一篇《序志》属于自序,叙述著作的动机、宗旨和全书结构。各篇之间各有中心,而又前后呼应,互相配合,构成了一个宏大的有机体系。

刘勰受过佛家思想的熏染,但体现于《文心雕龙》中的思想体系基本上属于儒家。《序志》中说:"盖《文心》之作也,本乎道,师乎圣,体乎经,酌乎纬,变乎骚,文之枢纽,亦云极矣。"刘勰的所谓道,是一种存在于客观之外,先天地而生,并且创造了世界万物的一种精神。他论述道、圣、经之间的关系说:

---

① 据何焯《文心雕龙》跋语,《隐秀》篇的元代至正刻本即缺去一页,后来明代的刻本均同于元刻本。但明人钱允治(功甫)在万历甲寅四十二年(1614)的跋语称他从阮华山处借得宋本抄补了缺文,以后传抄刊刻即据钱氏所补,号为完书。《四库全书总目》对此评论说:"然其书晚出,别无显证,其词亦颇不类。如呕心吐胆,似撼李贺小传语;锻岁炼年,似撼《六一诗话》论周朴语;称班姬为匹妇,亦似撼钟嵘《诗品》语。皆有可疑。况至正去宋未远,不应宋本已无一存,三百年后乃为明人所得。又考《永乐大典》所载旧本,阙文亦同。其时宋本如林,更不应内府所藏无一完刻。阮氏所称,殆亦影撰。"据近人黄侃在《文心雕龙札记》中考证,则认为宋本并未残缺,南宋人张戒《岁寒堂诗活》中引用过刘勰说的"情在词外曰隐,状溢目前曰秀",这两句为今本所无。所以今本《隐秀》篇中从"始正而末奇"到"朔风"的"朔"字都为明人所补,至近代已成定说。据说二十年前有人曾见过《隐秀》篇的唐人写本,并有研究者追踪探求,但仍未弄清事实真相。

> 玄圣创典,素王述训,莫不原道心以敷章,研神理而设教。取象乎河洛,问数乎蓍龟。观天文以极变,察人文以成化。……故知道沿圣以垂文,圣因文而明道。
>
> ——《原道》

文学既源于道,道本身又被圣人所发现和体现,并通过圣人之手来表现,所以经过圣人孔子所删述的六经就成为文字表现形式和真理的渊薮。他说:

> 三极彝训,其书言经。经也者,恒久之至道,不刊之鸿教也。故象天地,效鬼神,参物序,制人纪,洞性灵之奥区,极文章之骨髓者也。
>
> ——《宗经》

正是这个命题使刘勰提出了一切文章的本源都起于六经,文学的职能就在于阐明六经中所蕴含的圣道,推行教化。而六经作为文章来说,则是"雅丽"而臻极致,"博文以该情","隐义以藏用"(《征圣》),"辞约而旨丰,事近而喻远"(《宗经》)。因此他又主张文章应该学习六经,以达到内容和形式上的深刻完美。

这种基本思想来源于荀子、扬雄,但刘勰的论述更为系统而详赡。从根本上看,刘勰对道的看法属于客观唯心主义的范畴,由此而推衍出来的道、圣、经、文之间的联系也就不能不带有经学气息和神秘色彩。这些论述无疑有其局限性,但放在当时即刘宋以来片面强调文采华美的具体环境里,这些论述中所包含的对文学社会作用的强调又有矫枉的功能。而更重要的,当刘勰在具体进入探讨各种问题的时候,他却更多地着眼于客观存在即文学作品本身,有意无意地摆脱了保守的指导思想,对文学创作、文学发展的规律、文学批评的尺度等一系列问题提出了精深的见解。

第二节 《文心雕龙》的创作论

《文心雕龙》的创作论,集中在《神思》以下二十篇中,但《神思》以前的各篇中,也有涉及这些问题的地方。刘勰关于文学创作的论述,有许多精辟的看法,这一部分是《文心雕龙》中的主要部分,前后次序井然,对创作中的许多重要问题作了全面的探讨。本节中仅从下列三个主要方面加以说明。

一、客体与主体

《原道》篇中刘勰开宗明义地宣布文源于道,文以明道,但是一经接触到具体问题,他就把道和自然即客观存在联系在一起了。他说:

> 心生而言立,言立而文明,自然之道也。傍及万品,动植皆文;龙凤以藻绘呈瑞,虎豹以炳蔚凝姿;云霞雕色,有逾画工之妙;草木贲华,无待锦匠之奇。夫岂外饰,盖自然耳。

这里的所谓"文",指自然的文饰色彩。接着一转,他就提出"无识之物,郁然有采;有心之器,其无文欤",虽然混淆了自然和社会生活中两种不同性质的美,但他强调美的客观属性则是正确的。从这里出发,他在《明诗》、《神思》、《体性》、《物色》等篇中深入地展开推进了这个论点。他认为"人禀七情,应物斯感,感物吟志,莫非自然"(《明诗》),"情以物迁,辞以情发"(《物色》),这是上继陆机"遵四时以叹逝,瞻万物而思纷"(《文赋》)而作的更明确的说明。在《物色》篇中,

他又作了深入的解释:

> 是以诗人感物,联类不穷。流连万象之际,沉吟视听之区。写气图貌,既随物以宛转;属采附声,亦与心而徘徊。

创作的主体即作家,其创作的灵感只能来自客体,即客观事物。客观的事物千态万状,而且在不断发展变化,作家的思想、感情必然会随不同的外物形态而有不同的反映,而不是先有一个主观的模式,然后加以填充,这就是"既随物以宛转"的含义。所谓"登山则情满于山,观海则意溢于海"(《神思》),"献岁发春,悦豫之情畅;滔滔孟夏,郁陶之心凝;天高气清,阴沉之志远;霰雪无垠,矜肃之虑深"(《物色》),也正是"随物宛转"的补充说明。然而另一方面,刘勰又并没有把文学创作看成是对客观事物的机械摹写,而是充分强调了人的主观能动作用,即"与心而徘徊"。当作者属笔运辞,客观事物就要接受作者思想活动的制约,通过作者的"心"而创造出艺术形象。王元化在《释〈物色篇〉心物交融说》中解释这两者的关系时说,作者一旦进入创作的实践活动,就会形成一种心物之间的融汇交流的现象:"刘勰认为,作家的创作活动就在于把这两方面的矛盾(按:指心与物)统一起来,以物我对峙为起点,以物我交融为结束。"(《文心雕龙创作论》第75页)《物色》篇的赞语说:"山沓水匝,树杂云合。目既往还,心亦吐纳。春日迟迟,秋风飒飒。情往似赠,兴来如答。"往还、吐纳、赠答这些比喻,正是刘勰所要说明的主客体之间交融和谐的最高境界。

刘勰重视作家的创作个性对作品的关系。在《体性》篇中,他提出了作者个性对作品的风格有决定性的影响。他认为把个性的形成分为才、气、学、习四种因素,而这四种因素又各有不同:"才有庸俊,气有刚柔,学有浅深,习有雅郑,并情性所铄,陶染所凝,是以笔区云谲,文苑波诡者矣。"显然,在刘勰看来,才、气属于先天的禀赋,是"情性所铄";学、习属于后天的陶冶,是"陶染所凝"。但是他又没有把先天、后天截然分割,先天的才气要经过后天的陶染才能真正形成独特的创作个性:"才有天资,学慎始习,斫梓染丝,功在初化,器成彩定,难可翻移"(《体性》),"积学以储宝,酌理以富才"(《神思》),类似这样的论述,在其他各篇中也屡屡可以见到。

对文学创作中,客体与主体这一带有根本性的问题,刘勰的论述尽管有所缺陷,有所不足,但这些深刻的见解,不仅发前人所未发,下迄明、清,认真接触到这个问题的人也是不多的。

二、内容与形式

关于文学作品的内容和形式,刘勰强调文质并重的观点,《情采》篇一开头就用生动的比喻说明了二者的关系:

> 水性虚而沦漪结,木体实而花萼振,文附质也。虎豹无文则鞟同犬羊,犀兕有皮而色资丹漆,质待文也。

其他如"衔华而佩实"(《宗经》)、"文质相称"(《征圣》)、"华实相副"(《才略》)等提法,也都能说明刘勰关于文质互相依存的一贯思想。

关于内容,刘勰常常使用质、情、志、理、义等概念来表达。在内容和形式并重的前提下,刘勰又把内容放在第一位,看作文学作品的主要方面:

> 夫铅黛所以饰容,而盼倩生于淑姿;文采所以饰言,而辩丽本于情性。故情者文之经,辞者理之纬。经正而后纬成,理定而后辞畅,此立文之本源也。
>
> ——《情采》

> 夫才量学文,宜正体制,必以情志为神明,事义为骨髓,辞采为肌肤,宫商为声气。
>
> ——《附会》

这一论点,从"诗言志"到王充、陆机、挚虞,是一脉相承的,不过刘勰的论述较前人更为深入具体。他强调"情志"这一概念,把言志缘情结合了起来。志(理、义),大体上相当于今天所说的思想,偏重于理性;情,大体上相当于今天所说的感情,偏重于感性。刘勰认为这两个方面是互相渗透补充的:"情动而言形,理发而文见"(《体性》),"为情造文"、"述志为本"(《情采》),"情以物兴,故义必明雅"(《诠赋》),这些论述,言简意赅,可惜的是在书中没有得到充分的发挥。

在强调内容的同时,刘勰毫不忽视形式的完美。虎豹无文鞹同犬羊,犀兕有皮色资丹漆,所以文学作品必须有文采,"辞约而旨丰,事近而喻远"(《宗经》),"古来文章,以雕缛成体"(《序志》)。这种对于形式美的要求并没有完全离开他所处时代的风气。辞指辞藻,事指用事,在创作的过程中应该严肃地精雕细刻,《文心雕龙》中有不少篇章就是专门讨论写作技巧的。

刘勰的远见卓识在于一方面强调以"雅丽"(《征圣》)的文采来表现情志,另一方面又反对"采滥辞诡"(《情采》)。辞采的淫滥诡讹,归根到底是为了掩饰内容的空虚,"昔诗人什篇,为情而造文;辞人赋颂,为文而造情。……为情者要约而写真,为文者淫丽而烦滥"(《情采》)。这种见解,正是对当时文坛风尚的针砭药石。

和以上问题相联系的是关于风格和风骨的论述。《体性》、《定势》等篇专论作家的个性、文章的体裁主客观两方面的因素与风格的关系。关于前者,即《体性》篇中的论点已见上述。在论述了作者的创作个性对风格的决定作用后,刘勰把各种作品的风格分为四组八类:典雅与新奇、远奥与显附、繁缛与精约、壮丽与轻靡,其中新奇和轻靡带有贬义。《定势》篇提出不同的文章体裁应有不同的风格,这也是沿袭了《典论·论文》和《文赋》的观点而加以发挥的。

在一般地论述了风格之后,刘勰紧接《体性》篇又撰写了《风骨》篇。对风骨一词,刘勰本人说得比较玄虚,历来的解释也颇多分歧。刘勰说:

> 《诗》总六义,风冠其首,斯乃化感之本源,志气之符契也。是以怊怅述情,必始乎风;沉吟铺辞,莫先于骨。故辞之待骨,如体之树骸;情之含风,犹形之包气。结言端直,则文骨成焉;意气骏爽,则文风清焉。
>
> ——《风骨》

"风骨"一词本来是魏晋以来品藻人物的概念,《世说新语》中以两字分用者多,但也有合用的,如《赏誉篇》注引《晋安帝纪》,即有"羲之风骨清举"的赞誉,《宋书·武帝纪》载桓玄谓刘裕"风骨不恒"。"风骨"一词专用为文学批评的术语,则始自刘勰。据范文澜的解释,风骨即气骨:"盖气指其未动,风指其已动。"(《文心雕龙注·风骨》注二)风和骨都是比喻,从这两种喻体本身来说,风代表清朗高爽,骨代表刚健遒劲。合而言之,文章中的风骨,就是鲜明健康的思想感情,通过与之相适应的艺术形式而呈现的一种清峻劲健的风格。同时,他又主张风骨要和辞采相结合,"风骨乏采,则鸷集翰林;采乏风骨,则雉窜文囿"(《风骨》),只有两者俱备,"风清骨峻,篇体光华"(同上),才如同鸣凤,是文章中的至高境界。

刘勰关于风骨的论点,在当时和后世发生过很大的影响。钟嵘《诗品》提出"风力",唐代陈子昂高倡"建安风骨",从此,风骨就成为文学理论和批评中的一个重要概念。

三、创作过程和创作技巧

文学创作中首先遇到的就是构思,这也就是刘勰把《神思》篇放在创作论中第一篇的理由。《神思》篇着重论述了形象思维的问题,它在一开头就提出:

> 古人云,"形在江海之上,心存魏阙之下",神思之谓也。文之思也,其神远矣。故寂然凝虑,思接千载;悄焉动容,视通万里;吟咏之间,吐纳珠玉之声;眉睫之前,卷舒风云之色;其思理之致乎?故思理为妙,神与物游。神居胸臆,而志气统其关键;物沿耳目,而辞令管其枢机。

文思的酝酿从想象开始,由想象而构成意象,然而又接受思想意志(思想)的制约,这正是这种思维方式的特征。接着,刘勰又作了更为深刻的阐述:"是以陶钧文思,贵在虚静,疏瀹五藏(脏),澡雪精神。积学以储宝,酌理以富才,研阅以穷照,驯致以怿辞。"虚静即澄怀静虑,用志不分,通过虚静使"物与神游",客观、主观相契合而融会。这种构思能否成功以及能否形成文字表达,还在于作者的素养,积学酌理,要有广泛的学识和生活知识,这又和《体性》中的学、习互相呼应。

艺术构思成熟以后,准备落笔之前,要注意文意、文辞的安排提炼。《熔裁》篇着重论述了这个问题,提出了"三准"之说:

> 凡思绪初发,辞采苦杂,心非权衡,势必轻重。是以草创鸿笔,先标三准:履端于始,则设情以位体;举正于中,则酌事以取类;归余于终,则撮辞以举要。

这三种准则或者步骤,第一是设情位体,即根据酝酿孕育的"情"来确定作品的体裁;第二是酌事取类,即斟酌去取适当的事义(用事、用典)以使作品具体化;第三是撮辞举要,即选择恰当的文辞来表现要义。三准既定,就要进而研讨字句,去芜存精。他指出,文辞繁富不一定芜,简短不一定精,或繁或简,与作者的个性和内容的要求有关,总之要靠熔意裁辞,才能做到"情周而不繁,辞运而不滥"。

在具体的创作技巧方面,《文心雕龙》对结构、声律、对偶、用事、修辞等都有专门的篇章加以探讨。

《章句》篇提出,应该根据作品的内容和情韵来安排结构:"设情有宅,置言有位。宅情曰章,位言曰句。"要达意传情,就要注意"送迎际会",有开阖,有节奏,首尾一气贯注,"外文绮交,内义脉注",使作品成为一个有机整体。至于韵文,一韵到底或者转韵,韵调的昂扬或者柔和,都要紧密结合所要表达的情绪。《声律》篇在陆厥、沈约等人声律论的基础上着重探讨了"飞沉"和"双迭"。飞沉指字的音调,双迭是双声叠韵的缩称①。刘勰认为飞沉、双迭配合和谐得当,就能起到"玲玲如振玉"、"累累如贯珠"的效果。对偶、用事,是晋、宋以来的许多作家倾其全力去追求的表现方法。《丽辞》篇专讲骈俪对偶,肯定这种形式,同时又指出"气无奇类,文乏异采,碌碌丽辞,则昏睡耳目",这又是《情采》篇反对"采滥辞诡"的补充说明。《事类》篇专讲用事,要求"综学在博,取事贵约,校练务精,捃理须核"。《比兴》篇论比兴,刘勰关于"比显而兴隐"的解释和汉人有所不同,后来清代学者的意见也和他不一样,但是篇末赞语"诗人比兴"、"拟容取心"和《神思》篇的"刻镂声律,萌芽比兴",都把它作为一个统一的概念来使用,其内涵已不限于纯粹的修辞技巧,而牵涉到从"容"和"心"

---

① 关于"飞沉"的解释,诸家之说并不一致,可能就是平仄的别称。

两个方面去塑造艺术形象的问题了。《夸饰》篇强调夸张手法的作用,可以"发蕴而飞滞,披瞽而骇聋",摹难传之状,达难显之情;至于"文辞所被,夸饰恒存",则已经把夸张提到了创作规律的高度。篇中对《诗经》、《离骚》中的合理夸张加以赞扬,而对汉赋中某些过度的夸张作了批评。结论是要"夸而有节,饰而不诬"。

第三节 《文心雕龙》的文学史观和文学批评史观

随着当时文坛上横向的文体辨析的展开,纵向的"史"的概念也更加为人注意。和《文心雕龙》同时代的《宋书》和《南齐书》,都分别在《谢灵运传论》和《文学传论》中提出了自己的看法。刘勰论文学史,有两方面明确而深刻的意见:一、文学在继承中发展;二、文学的发展和时代的政治、风气等因素密不可分。

《通变》篇主要论述文学的发展及各个时期的面貌。通是相通,从古迄今的文学作品,形式上可以有多种变化,然而总可以有共同一致之处,"设文之体有常","序志述时,其揆一也",就是创作的体裁是有一定的,文学作品反映作者的思想和时代也是古今相同的。变是变化,文学从上古以来经常在变化衍进,由简趋繁,由朴趋采。这种变的观点,也正是南朝文学思想中所普遍强调的,说得最明白的就是萧子显的"若无新变,不能代雄"(《南齐书·文学传论》)。刘勰认为,文学创作既要了解通,也要了解变,其卓识之所以超越时流,在于他强调了通变即因革损益之间的统一性,用今天的语言来说,就是继承与革新的关系。只有正确地处理好通与变,文学创作才能够沿着健康的道路发展。

刘勰的观点源自扬雄:"夫道有因有循,有革有化。因而循之,与道神之;革而化之,与时宜之。"(《法言·吾子》)刘勰在《物色》篇中也说:"异代接武,莫不参伍以相变,因革以为功。"不过刘勰把这一原则融会于文学现象的研究,其深度远过于扬雄。他的论述通变,归纳起来就是因通而变,变不失通。不过由于当时文坛上呈现出相当严重的以绮靡讹滥为新的现象,所以他强调对传统的继承即通的方面,"洞晓情变,曲昭文体,然后能孚甲新意,雕画奇辞"(《风骨》),否则,"竞今疏古",就会"风味气衰"。但另一方面,刘勰也反对贵古贱今,"古来知音,多贱同而思古,所谓日进前而不御,遥闻声而相思也"(《知音》)。"文辞气力,通变则久"(《通变》),这种通变既要及于内容,也要及于形式,"斟酌乎质文之间,而櫽括乎雅俗之际",结论是"变则可久,通则不乏"(同上),较之萧子显和徐摛等人仅仅着眼于形式"求新于俗尚之中"(纪昀《通变》篇评语)的"新变",通变之说无疑是一种更高层次的理论。

《时序》篇更为集中地反映了刘勰的文学史观。他在篇中提出了著名的命题:"文变染乎世情,兴废系乎时序",认为文学创作是随着时世的变化而变化的。刘勰对世情、时序的理解是全面的,因而他作出了比庸俗社会学远为正确的阐述。首先,他强调政治和社会的作用,以《诗经》为例,"姬文之德盛,《周南》勤而不怨;大王之化淳,《邠风》乐而不淫。幽厉昏而《板》、《荡》怒,平王微而《黍离》哀。故知歌谣文理,与世推移,风动于上,而波震于下者也"。再以建安文学为例,"观其时文,雅好慷慨,良由世积乱离,风衰俗怨,并志深而笔长,故梗概而多气也"。其次,时代思想的影响也是重要的因素。他指出,战国时代百家争鸣,在文学上"屈平联藻于日月,宋玉交彩于风云",主要是受了纵横家的影响;东汉儒学兴盛,"华实所附,斟酌经辞,盖历政讲聚,故渐靡儒风者也";至于叙述晋代清谈对于文风的影响,"因谈余气,流成文体"一段,更为后世的文学史家所经常引用。

再次，他看到了上层社会特别是君主的爱好提倡所起的作用。他认为，西汉文学的发展，主要是由于汉武帝的重视；曹氏父子雅爱诗章，妙善辞赋，造成了建安文坛的兴盛。这一看法虽然过于强调个人的作用，但毕竟触及了事实中的一个方面。

《时序》篇的重要性，还在于它为上古到南齐各个时代的文学创作勾出了一个相当准确的轮廓，可以和《明诗》篇中关于建安至刘宋的文学发展参照互读。

《知音》篇是《文心雕龙》中集中探讨文学批评的原则的篇章，也是我国文学理论批评史上同类性质的专论中最早的一篇。篇中提出了三个重要问题，即批评的态度、批评的标准、批评者的主观素养。

《知音》篇首先提出真正的知音之难，甚至难到"千载其一"。即使是有一定鉴别能力的批评家，也往往为某种偏见所蔽，即"鉴照洞明而贵古贱今"、"才实鸿懿而崇己抑人"、"学不逮文而信伪迷真"。而且作家的才性风格各异，批评家如果以一己的爱好去衡量作品，也会造成偏差：

> 夫篇章杂沓，质文交加，知多偏好，人莫圆该。慷慨者逆声而击节，酝藉者见密而高蹈，浮慧者观绮而跃心，爱奇者闻诡而惊听。会己则嗟讽，异我则沮弃，各执一隅之解，欲拟万端之变，所谓东向而望，不见西墙也。

这种各执一隅、入主出奴的态度，是主观固执造成的蔽塞。如何纠偏补弊，刘勰提出了"操千曲而后晓声，观千剑而后识器"，博观然后有比较，比较然后有鉴别，见了高山就显出土丘之低，见了沧海就显出水沟之浅。这种种议论，应当是针对当时批评界中的现实而发的，钟嵘《诗品序》中也曾经批评过这种"准的无依"的混乱现象。接着，刘勰从正面提出了"六观"之"术"，也就是六种衡量作品的手段：一观位体，即体裁和内容的确定；二观置辞，即文辞的运用；三观通变，即是否能继承而又有所创新；四观奇正，即能否执正以驭奇；五观事义，即隶事用典是否丰富而恰当；六观宫商，即声律是否和谐。这六条标准的具体内容，刘勰曾在《体性》、《熔裁》、《通变》、《定势》、《事类》、《声律》等篇中作了专门讨论，不过在这一篇中，刘勰又从批评的角度作了归纳，要求批评者用这六种手段去探讨作者的才能技巧。《宗经》篇中提出六义，即情深而不诡，风清而不杂，事信而不诞，义直而不回，体约而不芜，文丽而不淫，主要是从创作的角度提出来的，正可和六观之说互为补充。

最后，刘勰认为批评者的主观素养也十分重要，"缀文者情动而辞发，观文者披文以入情"，创作与批评的不同，在于创作是情以物迁，情动辞发，而批评家的对象则是作家的成品，所以应当"披文以入情"，透过作品去沿波讨源，领会作家创作时的感情、思想和技巧的运用。要达到这样的境界，又必须回到前面所说的"圆照之象，务先博观"，提高自己的学术和艺术素养。

刘勰的文学理论，继承融会了从孔子、荀子、扬雄、王充、桓谭直至陆机等一千年来积累的丰富思想材料，从文学发展中的种种实际问题出发，对文学创作的规律、特点作出了创造性的、系统化的探讨①。章学诚所谓"体大虑周"、"笼罩群言"，《文心雕龙》确实可以

---

① 对前人之说的借用、化用，注家已一一指出。黄侃《文心雕龙札记》论《序志》篇"同乎旧谈者，非雷同也，势自不可异也；有异乎前论者，非苟异也，理自不可同也"，指出"此义最要。同异是非，称心而论，本无成见，自少是非"，"《颂赞》篇大意本之《文章流别》，《哀吊》篇亦有取于挚君"。范文澜《文心雕龙注·宗经》注十五引陈伯弢说，指出篇中自"夫《易》惟谈天"至"表理之异体者也"二百余字，全抄王粲《荆州文学记官志》。按，王粲文见《太平御览》卷六〇八，《宗经》篇中"训诂茫昧"、"最附深衷"、"据事剬范"等均可校正类书中的错讹。

当之无愧。刘勰自己对他的著作也估价很高,他认为前人许多论文之作,从《典论·论文》一直到《翰林论》,"并未能振叶以寻根,观澜而索源"(《序志》),而他的著作则师圣体经,穷究了文学的枢纽、流变,"剖情析采,笼圈条贯"(同上),虽然自负,却并不是夸大。

刘勰精通佛典,最后出家为僧,然而《文心雕龙》中所表现的贯穿于全书的指导思想却是儒家思想。当时流行于思想界的玄学,对刘勰的影响似乎并不十分明显。对于这一现象,至今尚未得到圆满的说明。不过自从刘宋以来,最高统治阶层提倡儒学以适应统治需要的一些措施,也许多少可以从一个方面为这一现象作出说明。

正是由于正统的儒家文艺观,为《文心雕龙》带来了局限和不足。例如原道、征圣、宗经这一贯穿于全书的基本思想,就使得刘勰对文学的产生坠入了客观唯心主义,在对作家的具体评论中,他虽然极力褒美屈原作品"气往轹古,辞来切今,惊采绝艳,难与并能"(《辨骚》),然而又批评其中的诡异、谲怪不合于经典;对汉魏以来的情歌一概排斥,贬为"淫辞"(《乐府》);在《史传》篇中则举班固而抑司马迁;对陶渊明这样的大诗人,全书竟不著一字。凡此等等,都足以显示正统思想所造成的偏见。

尽管刘勰的思想体系为《文心雕龙》带来了缺点,不过总的来说,正像古今中外许多卓越的思想家一样,原理和方法之间,理论和具体的阐述之间,往往会呈现某种不一致,所以《文心雕龙》中许多创见卓识,都是刘勰在进入具体论证领域时对正统文艺观的突破。毫无疑问,它是《文心雕龙》中的主要部分。

《文心雕龙》在唐宋两代并没有引起人们过多的重视,偶有评论,也远不能符合实际。明清人比较重视,开始有人校勘、评点。胡应麟把它与《文选》并列:"萧统之选,鉴别昭融;刘勰之评,议论精凿。"(《诗薮》内编卷二)孙梅誉之为"探幽索隐,穷形尽状,五十篇之内,百代之精华备矣"(《四六丛话》卷三一)。降及近代,对《文心雕龙》的研究如风起云涌,特别是新中国成立以来,研究界对此书的热烈程度,几乎可以和《红楼梦》研究相并列。

现存最早的《文心雕龙》本子为唐写本残卷,依次则为元至正刻本(上海古籍出版社影印),明刻本中以万历本为较早(《四部丛刊》影印)。注释本通行较早的有清乾隆黄叔琳辑校本。今人范文澜《文心雕龙注》、杨明照《文心雕龙校注》和《文心雕龙校注拾遗》、周振甫《文心雕龙注译》,都是用力甚勤的著作。

第四节 钟嵘和《诗品》

钟嵘(467?~519?)[1],字仲伟,颍川长社(今河南长葛东)人。出身于下级官僚家庭。兄钟岏、弟钟屿,和钟嵘一样都能好学深思[2]。钟嵘在齐武帝永明三、四年(485、486)间为国子生,受到祭酒王俭的赏识。他和谢朓有交往,曾在一起讨论诗歌创作。明帝建武初(495年左右),起家为南康王萧子琳侍郎,出为安国令。东昏侯永元末(501),授司徒行参军,迁临川王萧宏行参军,旋随衡阳王萧元简出守

---

[1] 《梁书》、《南史》本传均不记钟嵘卒年、年岁。《梁书》载:"永明中为国子生,明《周易》,卫将军王俭领祭酒,颇赏接之。"王俭为国子祭酒在永明三、四年(485、486),以一般常理而论,其时钟嵘当不足二十岁,所以他的生年或在宋明帝泰始三年(467)左右。晋安王萧纲于天监十七年征为函中郎将,本传说钟嵘"选西中郎晋安王记室","顷之卒官",当在天监十八年(519)。又,《梁书·文学传》传主大体按卒年排列,钟嵘列何逊后,其卒年可能与何逊先后不远。

[2] 钟岏著有《良吏传》十卷,钟屿曾参与修撰类书《华林遍略》。

会稽,为记室,专掌文翰。约在天监十三年(514)返回建康。天监十七年又授晋安王萧纲记室,后人因称为"钟记室"。不久病卒。

《诗品》一名《诗评》,后来习用今名,约撰作于天监十三年至十六年间①。全书分上、中、下三品,每品为一卷,共列论诗人一百二十二人。这种分品论人的风气,从班固《汉书·古今人表》已开其先,曹魏又有九品中正之制,下及齐梁,谢赫有《画品》、沈约有《棋品》、庾肩吾有《书品》,《诗品》的出现也就是很自然的事。

《诗品》是我国文学批评史上第一部讨论五言诗的专著。章学诚说《文心雕龙》"体大而虑周",《诗品》"思深而意远"(《文史通义·诗话》),给了两书以很高的评价。钟嵘在《诗品序》中自己叙述撰写的动机说,当时写诗之风非常盛行,"王公缙绅之士,每博论之余,何尝不以诗为口实。随其嗜欲,商榷不同,淄渑并泛,朱紫相夺,喧议竞起,准的无依",而且前人的评论选录都没有对作家加以品第,所以他有感而作。

《文心雕龙》和《诗品》之所以成为文学理论批评史上的两部重要著作,重要的原因在于都对当时文风中的浮靡讹滥表示不满,并且从正面提出了自己的真知灼见。相比之下,刘勰的意见比较温和全面,钟嵘的意见则尖锐激烈,甚至有时流于矫枉过正。

对文风的批评,主要集中在《诗品序》中。他反对当时文学创作中的拘泥声病和追求用事。他说:

> 古曰诗颂,皆被之金竹,故非调五音,无以谐会。若"置酒高

---

① 《诗品序》说"不录存者"。书中所录作家卒年最晚的可能是沈约(天监十二年)、范缜(天监十三年?)。但书中不录当时诗名很大的柳恽,柳恽卒于天监十六年,可见全书杀青当在此以前。

堂上"、"明月照高楼"为韵之首。故三祖之词，文或不工而韵入歌唱，此重音韵之义也，与世之言宫商异矣。今既不被管弦，亦何取于声律耶？……王元长创其首，谢朓、沈约扬其波，三贤或贵公子孙，幼有文辩。于是士流景慕，务为精密，襞积细微，专相凌架，故使文多拘忌，转伤真美。

诗歌创作应该保持真美，沈约等人关于声病的种种规定，缺点在过于细碎烦琐，易于使作家专务末节的追求而忘记根本，甚至以此掩盖根本中的先天不足。在这一意义上，钟嵘尖锐地指出弊病，是完全正确的。但是他的偏激之处在于否定了四声所体现的自然音律，认为诗歌如果不入乐就无须注意声律，这说明他对永明以来所总结的声律规律并没有真正理解。因为他自己提出诗歌"清浊流通，口吻调利"这一要求，恰恰就是永明声律论的积极意义所在。相比之下，《文心雕龙·声律》篇所论就比较周密完善。《文镜秘府论·天卷·四声论》中对钟嵘这一议论加以攻击，虽不足以有损《诗品》的根本价值，却也正抓住了这一弱点。

对隶事用典，钟嵘的批评尤为激烈：

至乎吟咏情性，亦何贵于用事？……观古今胜语，多非补假，皆由直寻。颜延、谢庄，尤为繁密，于时化之。故大明、泰始中，文章殆同书抄。近任昉、王元长等，词不贵奇，竞须新事，尔来作者，寖以成俗。遂乃句无虚语，语无虚字，拘挛补衲，蠹文已甚。

专务堆砌典故，资书以为诗，在创作中是灵感的腐蚀剂。钟嵘在这方面的意见，较之《文心雕龙·事类篇》的调和折中是明显的进步。当时文坛风气以绮丽为能事,钟嵘的理论虽不够周备,这种逆流而上的勇气和卓识也未能纠偏补弊,但经过时间的淘汰,金屑和泥沙就必然地现出了各自的本来面目。

钟嵘反对时弊的态度源于他对诗歌的根本观点:"气之动物,物之感人,故摇荡性情,形诸舞咏。"不论是季节的变换,或是戍边去国、出朝入宠种种自然现象和社会生活,"凡斯种种,感荡心灵,非陈诗何以展其义,非长歌何以骋其情?"总之,诗歌创作要反映真实的感情,也就是刘勰的"为情而造文"。在这个问题上,钟嵘的意见似乎更为深入,他在具体论作家时一再强调"凄怆"、"哀怨"、"感恨"。诗人所经历的种种不幸和不平会使感情更加强烈,在封建社会里也更带有普遍意义,屈原的"发愤以抒情"(《惜诵》),韩愈的"欢愉之辞难工,而穷苦之言易好"(《荆潭唱和诗序》),都是同样的道理。从反面说,"膏腴子弟"的"终朝点缀,分夜呻吟",写出来的只能是"庸音杂体"。

在内容和形式的关系上,钟嵘在《诗品序》中提出了"干之以风力,润之以丹采"的著名主张,又具体提出了"建安风力"这一概念,论曹植"骨气奇高",论刘桢"真骨凌霜,高风跨俗",都是这一概念的说明。风力和风骨同义(参阅本章第二节对风骨的论述),钟嵘要求风力和丹采统一的意见也和刘勰完全相合。在这一基础上,他还提出了"滋味"说:"五言居文词之要,是众作之有滋味者也,故云会于流俗,岂不以指事造形、穷物写形最为详切者耶?"字面上看是论五言,实际上是指诗歌的一种高级境界,要求诗歌有内蕴,有形象,有风力,有辞采,"使味之者无极","使人味之,亹亹不倦"(论张协条),反之,就会像玄言诗那样"淡乎寡味"。

在具体评论到每一位作家的时候,钟嵘力图贯彻在《序》里所揭示的批评原则。但是他不可能完全跳出时代风气的局囿,所以他尽管标举风力,实际上对风格的典雅和辞藻的繁富还是有所偏爱的。

在上品十一人之中，他最推崇的是曹植，其次是陆机、谢灵运。而在他看来，陆、谢又源出于曹植，相通之处即在于曹的"辞采华茂"、陆的"才高辞赡"、谢的"兴多才高"这条一以贯之的脉络。在陆机、潘岳之间，他右陆左潘，称"陆才如海，潘才如江"，认为潘浅于陆。这种态度和晋、宋之间的评骘就有所区别。钟嵘论潘岳，引用过谢混"潘诗烂若舒锦，无处不佳；陆文如披沙简金，往往见宝"的话；论左思，又引用谢灵运"左太冲诗、潘安仁诗，古今难比"的意见。在陆的繁芜、潘的清浅之间，谢混叔侄和钟嵘的畸轻畸重，多少反映了时代风尚的差异。又如把颇合于风力标准的鲍照列入中品，曹操列入下品，把"古今隐逸诗人之宗"的陶渊明列入中品，历来为人所诟病，原因也在于鲍照"险俗"而曹操"古直"，陶渊明"质直"，即不够典雅和缺乏辞采。这和沈约、萧子显、萧统的意见都大体相似，可见属于一种带有时代色彩的标准。后人如胡应麟、王世贞、王士禛都纷纷指出《诗品》中的品第失当，例如潘、陆宜在中品，曹操、陶、鲍、小谢、江淹宜在上品，这是不同时代的不同尺度，不能以此而苛责钟嵘[①]。

钟嵘具有敏锐的艺术感受，他对作家的评论往往精辟而形象，一针见血。比如论谢灵运，以"譬犹青松之拔灌木，白玉之映尘沙，未足贬其高洁"来比谢诗中的名章迥句和平板的玄理往往杂出的情况；论郭璞诗为东晋第一，《游仙诗》乃是"坎壈咏怀，非列仙之趣"，论鲍照"总四家而擅美，跨两代而孤出"，但在刘宋这个门阀社会里，"才秀人微，故取湮当代"；论沈约"不闲于经纶，而长于清怨，……词密于

[①] 其实钟嵘也并不认为三品的区分完全妥帖而不可更改，《诗品序》说"至斯三品升降，差非定制"，其论张华云"置之中品疑弱，处之下科恨少"，还是比较实际的态度。

范,意浅于江"①;凡此等等,都为后人所重视,在论著中经常引用。同时,钟嵘还在评论中有时引用一些佳话轶事,点缀成趣,并可加深读者的理解。比如谢灵运条记谢灵运小名"客儿"②,谢惠连条记灵运梦见惠连而得"池塘生春草"句,汤惠休以为自己的诗可为吴迈远诗之父,而谢庄认为仅能为吴诗之兄,简练隽永,极似《世说新语·文学》篇中的故事。最有意思的一则是关于区惠恭的记载:

> 惠恭本胡人,为颜师伯干(吏人)。颜为诗笔,辄偷定之。后造《独乐赋》,语侵给主,被斥。及大将军修北第,差充作长。时谢惠连兼记室参军,惠恭时往共安陵嘲调,末作《双枕诗》以示谢。谢曰:"君诚能,恐人未重,且可以为谢法曹造。"遗大将军,见之赏叹,以锦二端赐谢。谢辞曰:"此诗公作长所制,请以锦赐之。"

重虚名而不重实际,人情世态,寥寥数笔就勾勒清楚。把一则故事作为一条评论,又不悖于全书大旨,因为它可以说明区惠恭和谢惠连的诗作风格相似③。

后世批评家对《诗品》的批评,除了品第失当之处以外,还在于对上、中两品中的多数诗人都要找出他作品的源流。钟嵘认为除了阮籍源出《小雅》,其他诗人都源出《国风》或《楚辞》,《国风》派最主要

---

① 请参看本书第 182 页注①。
② 此条实本刘敬叔《异苑》。参见本书第二十五章第二节。
③ 稍感遗憾的是这条记载在年代上有些问题。谢惠连卒于元嘉十年,大将军刘义康修治府第在元嘉七年,其时颜师伯仅十二岁。不过弃末节而务根本,对这一段文字也不妨作如是观。

的诗人是曹植,《楚辞》派最主要的诗人是王粲,以后的许多诗人都源出于曹、王,而且连绵不绝。这种做法可能来自《汉书·艺文志》叙述经学师承和九派"盖出于某官"。钟嵘注意到了文学创作中的吸收继承关系,但他的具体区分多数显得牵强附会。不过当时钟嵘所见的材料较之明代以后要多得多,他的某些结论也许有一定根据而不被今人所了解,例如陶渊明"源出于应璩",就招来许多议论。明人《诗纪》辑古诗,应璩的完篇仅得三首,在这种情况下,已很难断定钟嵘的意见是否言而有据。

《诗品》中的标题,于诗人的年代、职官有多处疏误:如称"晋侍中缪袭",但缪袭卒于魏正始六年。"齐光禄江淹",而江淹受封金紫光禄大夫在梁天监元年。"齐鲍令晖",据鲍照《请假启》,鲍照之妹在鲍照之前已死,当是宋而非齐。"齐道猷上人",按《高僧传》有二道猷,一为帛道猷(见卷五《竺道壹传》),一为释道猷(见卷八),但帛道猷为东晋人,释道猷卒于宋元徽中①。"梁中书令范缜",中书令当是中书郎之误。"梁秀才陆厥",据《南齐书》,陆厥卒于齐东昏侯永元元年,下距梁代建国尚有三年。这些虽属小疵,但都是不应有的疏失。

和《文心雕龙》一样,《诗品》到明代以后才逐渐受到重视。现存版本较早的有明正德元年抄本,常见刻本有《津逮秘书》本和《学津讨原》本。近人和今人注释有陈延杰《诗品注》、许文雨《钟嵘诗品讲疏》和吕德申《钟嵘诗品校释》等。

---

① 帛道猷《陵峰采药触兴为诗》,有"茅茨隐不见,鸡鸣知有人"的名句,《诗品》所论,当是此道猷。

第十八章 北朝文学概说

第一节 北朝的社会和文化

我国历史上的"南北朝",自宋武帝代晋建宋(420)开始,至隋文帝杨坚平陈(589)结束。就北方而论,北魏政权当以晋孝武帝太元十一年(386)魏道武帝拓跋珪重建代国起算。但在拓跋珪时代,北方各地仍处于各族混战的局面之下,直到太武帝拓跋焘神麚四年(431)灭夏,太延五年(439)灭北凉,北方的广大地区才统一于北魏的版图之中。

北魏的统治者鲜卑拓跋氏的先世久处塞北,"不交南夏,是以载籍无闻"(《北史·魏本纪》一)。据史籍记载,拓跋氏初次和中原来往始于三国末年。但当时这个部落尚处于氏族社会的后朝,经济和文化水平都很低。直到十六国的前秦时代,拓跋珪的祖父什翼犍派燕凤去见苻坚,燕凤则夸耀自己这个部落"上马持三仗,驰驱如飞","军无辎重樵爨之苦,轻行速捷,因敌取资"(《魏书·燕凤传》)。后来拓跋氏被苻坚所征服,苻坚曾对什翼犍说:"卿种人有堪将者,召为国家用。"什翼犍回答说:"漠北人能捕六畜,善驰走,逐水草而已,何堪为将?"(《晋书·苻坚载记》)这些事实都说明这个部落还处于游牧状态,并没有形成真正的国家形态。直到道武帝灭后燕,进占今黄河以北一带地区时,他们的阶级和国家还正在形成的过程中。

当时拓跋氏统治者对汉族文化颇为敌视。《北史·贺狄干传》载,贺狄干奉道武帝之命出使后秦被留,在长安,"因习读书史,通《论语》《尚书》诸经,举止风流,有似儒者",后来回到北魏,道武帝"见其言语衣服类中国,以为慕而习之,故忿焉,既而杀之"。贺狄干是道武帝的宠臣,尚且因汉化被杀,其他更可想见。拓跋氏虽不愿本族人效法汉人,但版图所及,已包有今内蒙古南部、山西、河北北部的汉人聚居地区,对汉人实行有效的统治,又只能任用汉族士大夫,并采用一些汉族的制度。所以当时道武帝不得不"立太学","置五经博士",正如《北史·儒林传》所说:"岂不以天下可马上取之,不可以马上临之。"为了巩固统治,必须取得汉族士大夫的合作,并利用他们的知识和才能,这样,清河崔氏的崔宏、崔逞等就成了道武帝的谋士。然而这些汉族士大夫们自恃门第和社会影响,开始时对鲜卑贵族并不恭顺。崔逞就因为向道武帝献取桑椹助粮之策中有过"故飞鸮食椹而改音,《诗》言其事"的话,道武帝认为是有意侮慢,把鲜卑人比于飞鸮,终于借机把他杀掉。崔宏的儿子崔浩权势显赫,却因奉命修史,"书国事备而不典",对鲜卑部落野蛮、落后的一面不加掩饰,鲜卑贵族即以此为借口唆使太武帝把他族诛。当时拓跋氏的部落虽然强悍善战,但进入人口众多且文化远为发达的汉族地区,政治上的统治造成自负,文化上的落后又滋生自卑,矛盾的交织就表现为对被征服者的猜忌。北魏初年,统治者力图保存鲜卑的骑射旧俗是维持统治的必要手段,因为这个政权面临着南朝和北方的柔然两大敌对力量。柔然是北方的游牧民族,只能用鲜卑族的骑兵来对付:"夫以南人追之,则患其轻疾;于国兵则不然。何者?彼能远走,我亦能远逐,非难制也。"(《北史·崔宏传附子浩传》)对待南朝,则如太武帝给宋文帝的信中所说:"彼年已五十,未尝出户,虽自力而来,如三岁婴儿,复何知我鲜卑常马背中领上生活。"(《宋书·索虏传》)不论对北对南,骑射都是立国、卫国之本,所以到太武帝时代,北魏统治者尚以游牧民族的马上生活自豪,并不感到汉化的重要。

北魏初年的统治者所以如此,还和拓跋氏部族的社会发展的水平有关。从道武帝进攻后燕,军粮不继,采桑椹为粮,就可以看出生产水平之低,战争还是以游牧民族的固有方式进行的。前此不久,慕容垂进攻平城(治今山西大同东北),北魏的军队仍是"无辎重樵爨之苦","因敌取资"地作战。到道武帝之子明元帝拓跋嗣时代,北魏的生产力仍然不高。神瑞二年(415)遭天灾,明元帝曾考虑迁都于邺就粮,崔浩反对这一措施,认为鲜卑族不习中原水土,而且暴露了虚实,"四方闻之,有轻之意"。他认为还是应当留在平城一带,"至春草生,乳酪将出,兼有菜果,足接来秋。若得中熟,事则济矣"。这说明了当时农业还处于不很重要的地位,仓库中并无积贮,一旦青黄不接,还要依靠"乳酪"、"菜果"为生。随着拓跋氏在军事上不断取得胜利,强迫被征服的各族居民迁到平城附近,任以农耕,到太武帝时,垦田大为增辟。农业的发展和生产力的提高,北魏的统治集团也逐渐接受了汉族文化,于是出现了《南齐书·魏虏传》所说的"佛狸(太武帝)以来,稍僭华典,胡风国俗,杂相揉乱"的局面。在太武帝时,汉族士人已渐见重用。神䴥四年(431),太武帝下诏征用卢玄、崔绰、李灵、邢颖、高允、游雅、张伟等汉族士大夫,称他们"皆贤俊之胄,冠冕州邦,有羽仪之用"(《北史·魏本纪》二)。平定北凉之后,又把凉州的大批士人迁到平城,加以任用。这些河北和凉州的士人是奠定北朝文化发展基础的重要力量。

尽管北魏的文化到太武帝时已经有所进步,但比起南朝,特别是在文学创作方面,仍显得十分落后。除了鲜卑贵族和汉族高门之间的根本矛盾外,原因之一是当时的政治制度很不健全。文成帝拓跋濬时,朝廷官吏还没有俸禄。《北史·高允传》记载:"时百官无禄,允恒使诸子樵采自给。"高允出身于勃海高氏,门第甚高,尚且"家贫布衣,妻子不立",寒门自然更难涉足仕途。因此北魏初年,置身朝廷的汉人,大抵只限于世家大族,从事文化和文学活动的人也同样只限于这少部分汉人之中。原因之二是当时留在黄河中下游地区的士族中虽然颇有文人,也有家藏的图书,家学世传不绝,如《周书·王褒庾信传论》所说:"当时之士,有许谦、崔宏、崔浩、高允、高闾、游雅等,先后之间,声实俱茂,词义典正,有永嘉之遗烈焉。"其中的崔浩,更是"博览经史,玄象阴阳百家之言,无不该览"。但是由于当时北魏的政治状况和社会风气,这些有较高文化素养的北方士人大多致力于政治和学术,而不像南方士族那样致力于文学创作。

魏孝文帝元宏是在推行汉化过程中一个起过重要作用的人物。北魏在道武帝拓跋珪时定都平城,而整个社会生产方式由游牧转向农业,僻在塞上的平城由于自然条件差,粮食经常不够供应。同时,北方的柔然军事力量不断壮大,平城接近前线,又不断受到威胁。所以孝文帝亲政以后,颁均田令,实行三长制,紧接着就决心排斥部分鲜卑贵族的反对,迁都洛阳。这一决心在太和十九年(495)得到实现,从此在鲜卑贵族中开始了一个全面、彻底汉化的过程。孝文帝从小在祖母文明太后冯氏的教育下长大。冯氏出身于汉族官宦,用以教育孝文帝的就是汉族文化。他所推行的全面汉化措施中,重要的有禁鲜卑语,改鲜卑姓,定郊祀宗庙的礼制,改革官制法令,兴学校。这一系列措施都是当时经济发展和社会演化的需要,孝文帝顺应潮流,对推动北方中国的发展起了重要作用。

孝文帝的改革,实际上是汉化中的鲜卑贵族和北方汉族高门合作支持的结果。当时对汉族士大夫的政策,已与魏初颇有不同。一部分汉族高门在北魏朝廷中身居要职,正如南齐王融对齐武帝建议给北魏书籍的上疏中所说:"至于东都羽仪,西京簪带,崔孝伯、程虞蚪久在著作,李元和、郭季祐上于中书,李思冲饰房清官,游明根泛居显职。"(《南齐书·王融传》)孝文帝时规定诸王的属官,都任用汉族高门。他为几个弟弟定亲,多娶于陇西李氏、荥阳郑氏、范阳卢氏等汉族高门;范阳卢氏则一门中娶了三位公主。这种婚姻纽带更加强了鲜卑和汉族上层之间的联合。南迁洛阳以后的北魏政权,这种联合的关系完全压倒了过去的猜忌、排斥为主的局面。自此以后的三十年间,北魏的经济、政治出现了飞跃式的发展:洛阳的户数超过十万,成为一个可以和建康相并比的繁荣都市。据《洛阳伽蓝记》所载,"当时四海晏清,八荒率职,缥囊纪庆,玉烛调辰,百姓殷阜,年登俗乐","库藏盈溢,钱绢露积于廊者不可较数"(卷四),至于佛寺的壮丽,市场的热闹,贵族的豪奢,在此书中更随处可见。

　　经济的繁荣和政治的安定为文化的发展提供了条件。在孝文帝迁都以前的相当一段时期,雕塑、音乐、书法这些艺术形式已经有了一定的成就。雕塑和音乐在继承了汉魏以来传统的基础上吸收融合了外来艺术。雕塑主要体现于石窟艺术,最著名的是云冈和敦煌两处。云冈石窟中的大佛,高鼻薄唇,形象不像西域人,也不像汉人,不少研究者认为很可能就是鲜卑贵族的形象。乐曲和乐器,也是既有中原的遗存,又有西域的输入(参看本书第二十四章《北朝乐府和歌谣》)。建都洛阳以后,龙门石窟的造像和浮雕,较之云冈石窟又有进一步的发展;洛阳的佛寺园囿,《洛阳伽蓝记》中的描写内容或有所夸张,但从中所表现的总体水平却可以清楚看出当时北方文化所达到的高度。至于书法艺术,北朝的碑志至今仍然是古代书法的典范之一。再从史籍中所记当时鲜卑帝王贵族中一部分人士,其举止雍容、谈吐文雅,这一切都可以说明武力上的征服者在文化上却是被溶化者。这样一个总的文化背景，从北魏后期开始，经东魏、西魏、北齐、北周，一直到隋统一南北，其间虽有动荡变化和不均衡的状态出现，但发展的大趋势则已是不可逆转的了。

第二节　北朝文学的发展和分期

中国北方的黄河流域，东晋以前一直是经济、文化最繁荣的区域，长安、洛阳则是这一区域的中心。东晋南迁和十六国混战，使黄河流域的文化几乎破坏殆尽。北魏王朝初期，拓跋氏仍然以落后的偏见对待汉族文化，文学创作更在歧视之列。相对于西晋来说，北方中国即北朝文学经历过一个由衰微、复苏到兴盛的过程。大致说来，从北魏初到孝文帝迁洛前，即南朝宋到齐武帝永明间，是第一个阶段；从孝文帝迁洛到东、西魏分裂，即南朝齐末到梁武帝中大通间，是第二个阶段；从东、西魏分裂到隋统一南北，即南朝梁武帝大同至陈末，是第三个阶段。隋文帝统一中国，结束了二百八十年的分裂局面，文学上也随之而进入了兼容南北的崭新的时代。

北魏拓跋氏的先世"统幽都之北，广漠之野，畜牧迁徙，射猎为业，淳朴为俗，简易为化，不为文字，刻木结绳而已"，文化较之"十六国"时代受过汉族文化影响的各族还要低得多。今天可以见到的十六国时代的文告，有的还不乏文采；但僻处朔漠的拓跋氏早期的公文，则几乎都是朴拙的散文。这些公文显然出于投奔于拓跋氏的汉人之手，还可能是由鲜卑语译成的汉文。当时的鲜卑族文化低，因此不能不使用这种质朴的语言，使之明白易懂。据《魏书》记载，拓跋氏统治地区最早的文章是西晋末年归附拓跋氏的卫操所建的《桓帝（拓跋猗㐌）功德颂碑》。此文虽见《魏书·卫操传》，但从全文来看，显然是魏收在作史时转述的口气,已经做了润饰,无从得知其本来面目。现今所见较早的文章如道武帝时人许谦所作的《遗杨佛嵩书》、《与杨佛嵩盟》等文,则有一些骈句,也引证过古代史事,原因应当是许谦在苻坚征服拓跋氏时曾被迁到长安,受过汉族文化的影响。当时北魏的整体文化水平还比较低,诗赋等文学作品,恐怕还没有人从事创作,直到太武帝时,出现了崔浩、高允、游雅等文人,他们的文章也多属散体。这些文人的文化教养都比较高,写作朴素的散体,仍然是为了适应社会的文化水平。试看崔浩所作封沮渠蒙逊为凉王的册文就用骈体,原因当然也是凉州的文化远较北魏为高,北魏朝廷要维持"天子"的尊严,就需要这一类典雅的文字。在太武帝平北凉之后,由于凉州文人的东来,和崔浩、高允等交往,开始有了一些赠答的四言诗。与此大体同时,由夏入北魏的天文学家张渊曾写作《观象赋》,稍后,高允在献文帝时写作过《鹿苑赋》,这是今天所能见到的北朝最早的纯文学作品。唐初官书《北史·文苑传序》使用"典正"来描述当时文学创作的面貌,其实不过是"朴拙"的褒义语。不过无论如何,这些作品虽然还谈不上有多高的文学价值,却标志着北人创作诗赋的开始。

北魏从太武帝时"稍僭华风"之后,上层人士已逐步汉化。文明太后冯氏,为了告诫孝文帝,曾作《劝戒歌》三百余章,《皇诰》十八篇。这些文字虽均散佚,但可以说明北魏上层中的文化教养已迅速提高。史称孝文帝"雅好读书,手不释卷。五经之义,览之便讲。学不师受,探其精奥,史传百家,无不该涉。善谈庄老,尤精释义。才藻富赡,好为文章,诗赋铭颂,在兴而作"(《北史·魏本纪》)。他在迁洛以前,曾命弟弟元勰作《问松林》诗,元勰应声口占。迁洛以后,文学创作的全面兴盛,无疑是势所必至了。

孝文帝迁都洛阳之后,北朝文学开始了一个新的阶段。《北史·文苑传序》称:"及太和在运,锐情文学,固以颉顽汉彻,跨蹑曹丕,气韵高远,艳藻独构。衣冠仰止,咸慕新风,律调颇殊,曲度遂改。"孝文帝大力提倡文学创作,他曾在悬瓠与群臣联句赋诗,参加联句的有元勰、郑懿、郑道昭、邢峦、宋弁等。在这些人中,郑道昭比较有名,是著名魏碑《郑文公碑》的书写者,也有诗传世。总的来说,北朝文学在这个阶段只是单纯地摹仿南朝,写作技巧还比较单调。因为北朝文学已经停滞了一百多年,而南朝却已出现过陶、谢到沈约好多优秀作家,其间差距不可能很快地赶上。所以《北史·文苑传》称"雅言丽则之奇,绮合绣联之美,眇历岁年,未闻独得",杨慎说"北朝戎马纵横,未暇篇什。孝文始一倡之,屯而未畅"(《升庵诗话》卷三)。直到孝明帝时,由于袁翻、常景的出现,北方的文风才稍趋华美而接近于南朝。

　　文学发展的趋势方兴未艾,《洛阳伽蓝记》卷五载王公卿士游观凝圆寺,"为五言诗者不可胜数";《魏书·皇后列传》记胡太后与孝明帝幸华林园,"令王公以下各赋七言诗"。这种登临酬酢、奉诏应制之作自然难于出色,但从中可以看到诗歌创作的普遍,特别是七言诗的创作,在南朝诗人中并没有蔚成风气,在北朝自孝文帝《悬瓠联句》效法《柏梁台诗》以来却成为应制的一体,这是值得重视的。不过当时北方文学在南方文人的心目中,一般还无足称道,只有北魏、东魏两朝的温子昇,才被梁武帝称为"曹植、陆机复生于北土"。其实温子昇的骈文,主要仍是模仿南朝,诗歌则颇有北方风情。倒是稍早于温子昇的郦道元《水经注》,足推写景散文的名作。这是因为北朝的诗赋和骈文兴起较晚,而散文的传统则自永嘉之乱以来并未中断。但从性质上说,《水经注》仍是一部学术著作,虽然具有很高的文学性,与诗赋骈文的性质并不能等同。

　　北魏政权经"六镇"起义和尔朱荣之乱以后,于公元五三四年分裂为东魏和西魏。东魏建都于邺,地处今晋、冀、鲁、豫等省,传世十六年即为高欢之子高洋所取代,史称北齐。西魏建都于长安,据有关陇即今陕、甘、内蒙古一带,二十多年后也为宇文氏所取代,史称北周。北魏的分裂使北方文学分为东西两支,并行发展。

东魏、北齐拥有原来北魏的一些文人,最著名的在温子昇以后又有邢劭、魏收等人。同时,南朝发生侯景之乱,南方文人如萧悫、诸葛颍以及颜之推等先后来到北齐。他们继承和发展了魏孝文帝所提倡的效法南朝齐梁的文风,注重辞藻、声律。邢劭、魏收分别师法沈约、任昉,不仅心摹手追,而且党同伐异。但由于北朝的风土人情究竟与江南不同,相对来说,北朝士人较少流连声色而较多留意政事,南朝梁中期以后兴起的"宫体",对北齐文人几乎没有产生什么影响。同时,隋代的著名诗人如卢思道、薛道衡、孙万寿,在北齐时代都已崭露头角。虽然北齐政权中的鲜卑贵族曾经排斥汉人,但是从北魏、西魏开始的对文化和文学的尊重并没有受到多大影响。《北史·文苑传序》记载当时的情况说:"有齐自霸业云启,广延髦俊,开四门以宾之,顿八纮以掩之,邺都之下,烟霏雾集。"后主时又立文林馆,广招文人学士,"当时操笔之徒,搜求略尽"。仅序中所列文人的名字就有七十余人,可见北齐统治者对文学创作的重视。但作家的人数虽多,作品的质量却并不理想,流传至今的一代诗作还抵不上庾信一人的数量,这无疑是历史筛选淘汰的必然结果。

西魏、北周和东魏、北齐的情况不同。宇文泰在割据关陇之初,部下并没有什么出色的文人。由于西魏的实力弱于东魏,宇文泰本人的注意力偏重在军事、政治的创业上,起用文士,多重在利用他们文化素养中经世致用的一面。适应这样的要求,苏绰建议在文学创作中"务存质朴"(《周书·王褒庾信传论》),宇文泰也想改革浮华,下令苏绰仿《尚书》作《大诰》,而且以此为文体的准则。这一复古的方案自然不能去除时弊，实际上也是行不通的。文学创作按照自己本身的规律向前发展，任何权势也难以逆转。到宇文泰晚年攻克江陵，胁迫入关的大批南朝人士中有庾信、王褒。被征服者庾、王入北，在文学上却征服关中，成为文坛上的宗师大匠。庾信的文体本从"宫体"衍化而来，除了追求辞藻、声律而外，还讲究多方用典。在这一意义上说，他的诗文与北齐文人所竭力效法的沈约、任昉又有所不同。《隋书·文学传》在论述南北文风时，先是都加以肯定，然后对梁大同以后的文风作了相当尖锐的批评，并直接点出庾信，说他把绮靡的文风带到关中，造成了普遍的不良影响。其实就庾信本人来说，入关后有不少兼有绮丽遒劲的作品，不愧为南北朝后期最出色的作家，但他在北朝的追随者却只学到了他早年浮艳的一面。《隋书》的议论，和《周书》如出一辙。唐初文化受北齐文化的影响较大，上述史书的议论，在一定程度上反映了北齐文人的看法。附带应该提到的就是《周书》不立《文学传》，这些议论是在《王褒庾信传论》中表达的，由此可见关陇地区的文学创作除庾、王而外并不景气，今天所存留的作品也完全可以证明这一结论。

  北周平北齐，不久又为隋朝所代替，接着隋又平陈而中国复归于一统。隋的统一使原来在北齐和陈的文人云集到长安。这时，北方文学经过了一百年左右的发展，已充分掌握了南方传来的技巧。如前面有关陈代文学章节中所论述，陈代文学内容单调，技巧上也没有多少新的发展。而入隋的文人，据《隋书·文学传》提到的，北人有卢思道、李德林、薛道衡、李元操、魏澹，南人有虞世基、柳䛒、许善心，在这些人中，成就比较突出的是卢、薛二人。这说明到了隋代，北方文人的成就已经超过了南方。卢思道、薛道衡以及杨广、杨素、孙万寿等人的诗作，在绮丽之中蕴蓄有北人的刚健雄浑之气。南北文人的全面交流切磋，由于隋的统一而提供了充分的条件。隋代文学中出现的这种气象,预示着一个光辉灿烂文化高潮的出现,已经为期不远了。

第三节　北朝文学的特色

上一节粗略地描述了北朝文学发展的轮廓。从总的趋势来看,北朝文学的发展是和少数民族的汉化以及北方文人接受南方文学的影响同步进行的。尽管如此,北朝文学仍然保持了自身所固有的特色。《隋书·文学传序》论述南北朝文学的不同时说:

> 江左宫商发越,贵于清绮;河朔辞义贞刚,重乎气质。气质则理胜其辞,清绮则文过其意。理胜者便于时用,文华者宜于咏歌。此其南北词人得失之大较也。

所谓"辞义贞刚"和"重乎气质",当然不应该包括那些被讥为"淫放"、"轻险"的全部南方化的作品。如果承认"贞刚"和"气质"是北朝文学的特色,那么形成这种特色的原因大致有三点:一、北方遭受十六国之乱,生产力遭到相当严重的破坏。在落后与残暴的统治下,受害者不仅是下层人民,汉族的中上层地主门阀也时时处于威胁之中,民族矛盾直到孝文帝迁都洛阳以后才有所缓和。所以,北方的士人不像南方那样耽于清言和享乐。士人们重视经世致用的儒学,"其雅浩奥义,宋及齐、梁不能尚也"(《隋书·儒林传序》)。放诞通脱的玄学,随着东晋的南迁而被带到南方,在北方并不受欢迎;佛教的风靡,表现形式也多是宗教的狂热而非哲理的探讨。在这样的社会环境中,中断了一百多年的文学创作重新复苏,必然趋向于质朴、慷慨。

以后的清绮浮靡，那是从南方引进的精神产品，是南方文学向北方渗透的结果，并不代表北方的本色。二、北方中国在鲜卑贵族的统治之下，鲜卑民族的生产、生活方式以及尚武的民族性格，当然不能不对文学创作发生影响。这种情况更多地体现在比较原始的作品乐府歌谣里。这一部分作品数量不算太多，但更能鲜明地表现北方文学的特色。三、前人的论著，从《颜氏家训·音辞》到刘师培的《南北文学不同论》，都以水土的不同来解释南北文风的差别，虽然只是从地域来观察问题，但应该说这种现象是确实存在的，需要的是更科学的解释。自然条件可以在某种程度上影响人的气质，更重要的，它还是文学创作的重要生活背景。辽阔的草原上不可能产生"看林花多媚，春意鸟多哀"的情歌，江南水乡也不会有"健儿须快马，快马须健儿"的豪语，这都是必须正视的事实。

北朝文学不论从思想内容或艺术形式方面来看，都有其不同于南朝文学的特点。从思想内容方面论，由于北朝士人长期聚族而居，靠宗族的力量以抵御侵扰，宗族观念比较强，尊崇儒学，维护礼教、纲常。这在北朝初期一些人的作品中表现最为明显。如北魏较早的文人高允所作那些四言诗，像《咏贞妇彭城刘氏诗》就是突出的例子，《答宗钦诗》及《征士颂》、《酒训》等也是如此。同时，儒家学说中又有强调耿介、要求道德上自我完善的一面，对文学作品的要求重在社会功能，即《诗序》所谓"风教"。所以相对来说，北朝文人又比较关心社会现实，而且在作品中往往能直率地表露自己的观点，很少使用隐晦曲折的手法。他们所作一些讥刺现实的作品如元顺《蝇赋》、卢元明《剧鼠赋》及阳固的《刺谗诗》、《疾幸诗》等，无不大声疾呼，倾吐自己的不平。

从总的倾向上来说，北朝文学偏重于实用。《颜氏家训·文章》：

> 齐世有席毗者,清干之士,官至行台尚书,嗤鄙文学,嘲刘逖云:"君辈辞藻,譬若荣华,须臾之玩,非宏才也。岂比吾徒千丈松树,常有风霜,不可凋悴矣。"刘应之曰:"既有寒木,又发春华,何如也?"席笑曰:"可哉!"

魏孝文帝推行汉化,在文学上提倡诗歌一类的"纯文学"。他的措施起过相当大的作用,但没有也不可能使北方文学全部南方化。儒家的文学观加上长期文化落后,视文学创作为小道的观念依然为相当一部分的士大夫所固守。席毗是北齐人,尚且如此,可见这种观念的顽固。刘逖这种调和折中的主张是能够为各种社会力量所共同承认的,即文学创作既要经世致用,又要文采斐然。能符合这种要求的文体,自然是散文而不是诗歌。而从社会需要来看,北方自永嘉之乱以后,诗赋等"纯文学"作品的创作极为萧条,而应用文的创作虽然比较粗糙,却一直没有中断,所以《周书·王褒庾信传论》才说"竞(章)奏符檄,则粲然可观;体物缘情,则寂寥于世。非其才有优劣,时运然也"。到后来虽有南方文学的引进,传统的重视却始终没有中断。所以北朝散文的繁荣,为南朝所不及。这一时期的散文名著《水经注》、《洛阳伽蓝记》和《颜氏家训》都产生在北朝,而总体文化水平要远远高出北朝的南朝,除《世说新语》外,并没有产生纯粹的散体名文。另外,北魏统治者很早就有勒石纪功的习惯。《北史·魏本纪》载,道武帝天兴二年(399)北巡,就在薄山"刻石纪功"。太武帝太平真君四年(443),"次于恒山之阳,诏有司刊石勒铭"。《水经注·滱水》还录有太武帝太延元年(435)的石刻原文。与此相反,南方的东晋和南朝则对立碑有所限制。据任昉《为范始兴作求立太宰碑表》称"晋氏初禁立碑",后来宋、齐仍未开禁(参阅《管锥编》第四卷第 1466 页)。所以,今存北朝碑版数量远多于南朝。这些北碑,多属散体,这也在一定程度上促进了北朝散文的发达。刘师培在《南北学派不同论》中说:"惟北朝文人,舍文尚质。崔浩、高允之文,咸硗确(墝埆)自雄。温子昇长于碑版,叙事简直,得张(衡)、蔡(邕)之遗规。卢思道长于歌词,发音刚劲,嗣建安之逸响。子才(邢劭)、伯起(魏收)亦工记事之文。岂非北方文体,固与南方文体不同哉?"刘师培对北朝诗人只提一个卢思道,而特别强调当时的散文,这是从宏观上所得出的符合事实的结论。

北朝文人之长于散文,也表现为他们常常在应用文字上争胜。即使到魏孝文帝迁洛,朝廷中应用文字大体上都改用骈体以后,"笔"的地位仍高于诗。《魏书·自序》载高澄对人说:"在朝今有魏收,便是国之光采。雅俗文墨,通达纵横。我亦使子才、子昇时有所作,至于词气,并不及之。"魏收高自标榜,但不至编造高澄的话以打击自己的对手。之所以引用这段话,可见魏收自以为压倒温子昇、邢劭之处,正在于应用文。当然,他有时也自夸能作赋,经常声称"会须能作赋,始成大才士。唯以章表碑志自许,此同儿戏"。他所重视的是赋和文,而没有提到诗。魏收学任昉,邢劭学沈约,究竟学的哪一方面,由于史料记载简略,已难确知。南朝称"沈诗任笔",但从今天所存邢、魏的作品看,邢诗的词藻反倒不及魏诗华丽。这一方面是他们作品多已散佚,不足以见全貌;但另一方面也多少说明他们争胜处并不在诗,而在文和赋。北朝人重视应用文学,正是尊儒务实和不同于南朝的社会生活影响下的必然结果。

也因为北朝人"尊儒"和"务实",所以他们在文学方面的"仿古"和"复古"主张也远比南朝人激烈。北朝的文学兴起较南朝为晚,直到魏孝文帝时代出现的《吊比干文》以及郑道昭的一些诗,还多用古字古语,文体也追摹先秦两汉。稍早的高允、宗钦等人的四言诗,则全取法《诗经》及汉韦孟《讽谏诗》等作品,与南朝四言诗大异其趣。

其实高允生活的时代,在南方已属"永明体"兴起之际;孝文帝及郑道昭的创作还要更晚一点。不但如此,后来西魏时苏绰之作《大诰》,"糠秕魏晋,宪章虞夏",并且被政府指定为文体的典范。这种主张也正与永明诗人提倡的"新变"南辕北辙。

北朝文人接受和吸取南方文化,有自己的选择标准。他们歆羡南朝文学华丽的辞藻,但对缠绵的儿女之情及某些纤巧的诗风则不甚赞赏。据《魏中书令秘书监兖州刺史郑羲碑》(即《郑文公碑》)载,郑羲在刘宋末以北朝使节的身份来到南朝,"宋主客郎孔道均就邸设会,酒行乐作",孔道均问郑羲"乐其何如?"郑羲回答:"哀楚有余而雅正不足,其细已甚,其能久乎?"郑羲的话搬用《左传》季札观乐时对《郑风》和《陈风》的批评,碑的作者附会为郑羲从音乐中预知了萧齐代宋的先兆,这当然不可信。郑羲在南方所听到的,正是当时盛行的《子夜》、《读曲》一类吴歌。那种缠绵的情调,在北朝人的感官中,显然是很难接受的"郑声"。又如《魏书·祖莹传》所载王肃的《悲平城》诗,诗体本同于南方民歌《华山畿》,其后彭城王元勰及祖莹之作,也属于这一体,然而与《华山畿》或者沈约《六忆》比较,形式虽同而风格大异。当然,北朝人也仿作过《子夜歌》一类作品,如《洛阳伽蓝记》载魏陈留长公主所作《代王肃答谢氏》诗,就颇近《子夜歌》,但这一体在北朝并没有得到普遍的仿效。北方文人在艺术趣味方面不同于南方的事例,从《颜氏家训·文章》所载卢询祖、魏收的不满意王籍"蝉噪林逾静,鸟鸣山更幽"以及卢思道的不喜欢萧悫"芙蓉露下落,杨柳月中疏"等句为最著。这些名句确实精警动人,但不免以小巧取胜,与北方文人之重气质的风尚不同。唐初杨炯在《王勃集序》中说当时一些人"专求怪说,争发大言"等作风,"已逾江南之风,渐成河朔之制"。杨炯的评论对"河朔"诗风含有贬抑的味道,但从中也可以体会到南北朝诗的风格,就其不足的一面来说,北朝流于粗豪,而南朝失于纤巧。这种诗风的不同,当然又和上述的南北朝不同的社会生活、文化心理因素甚至地理环境都有密切的关系。

第十九章 "十六国"文学

第一节 "十六国"文学概况

过去通常把西晋灭亡后到北魏统一北方前割据中原进行混战的一些少数民族政权称为"五胡十六国"。其实当时出现的一些政权,并不全是少数民族所建立的,如北燕冯氏、前凉张氏、西凉李氏都是汉人;北凉的沮渠蒙逊据说是"长水胡",一般以为不在匈奴、羯、氐、羌和鲜卑五族之内;成汉李氏是巴氏,其割据地区则在四川而不是北方。在这些割据政权中,后赵、前燕、前秦和后秦版图较广,且据有黄河中下游,和东晋的接触比较多。这几个政权对待汉族士人和汉族文化的态度有三种情况:一种是以民族矛盾为号召,率领本族反晋。如羯族石勒的后赵,政权初起,攻城略地以后,对汉族不论士庶一律屠杀;到后来则因为统治的需要,也任用过某些汉族士人;另一种是本居边境,打着兴复晋室的旗号,与前赵、后赵为敌,因此对汉族士大夫较能优容,如鲜卑慕容氏所建的前燕;再一种是与汉族杂居既久,早已汉化,已经以中原天子自居,虽然与东晋为敌,却不排斥汉族士人,如氐族苻氏的前秦和羌族姚氏的后秦。

总的来说,原来作为全国政治、文化中心的黄河中下游地区在长

期战乱中,文化衰落,已完全不能和江南并比。《隋书·牛弘传》录牛弘《请开献书之路表》:

> 永嘉之后,寇窃竞兴,因河据洛,跨秦带赵。论其建国立家,虽传名号,宪章礼乐,寂灭无闻。刘裕平姚,收其图籍,五经子史,才四千卷,皆赤轴青纸,文字古拙。

《周书·王褒庾信传论》:

> 既而中州版荡,戎狄交侵,僭伪相属,士民涂炭,故文章黜焉。其潜思于战争之间,挥翰于锋镝之下,亦往往而间出矣。若乃鲁徽、杜广、徐光、尹弼之畴,知名于二赵,宋谚(该)、封奕、朱彤、梁谠之属,见重于燕秦,然皆迫于仓卒,牵于战争。竞(章)奏符檄,则粲然可观;体物缘情,则寂寥于世。

从这些记载中可以看出,中原地区的文化虽然遭到摧残,但少数民族政权的统治者如后秦姚氏,也适当地注意吸收汉文化,政府藏书中主要仍是五经子史,同时又拥有一批文化较高的汉族士人。不过当时的创作以应用文为主,很少"纯文学"的作品,而且已经散佚尽净。牛弘表中还说"僭伪之盛,莫过二秦",和其他政权相比较,前后秦的文化,衰败得还不太严重,今天还能看到前秦王嘉的《拾遗记》、苻朗的《苻子》佚文和苏蕙的《回文诗》,后秦僧肇的《肇论》,鸠摩罗什的译经。

同时,据《晋书·苻坚载记》,苻坚南游霸陵,"酣饮极欢,命群臣赋诗";苻融出为冀州牧,苻坚为之饯行,"奏乐赋诗";大宛国献汗血马,苻坚命群臣作《止马诗》,遣返所献,"其下以为盛德之事,远同汉文,于是献诗者四百余人"。可见在上层人士中还有不少人能够写作应制颂圣之诗。由此推想,至少在前秦,文人写诗的风气并没有涤荡以尽,不过作品都已不存,史料又缺乏记载而已。否则,如果在一片文化荒漠之上,是不可能产生《回文诗》这样形式精巧的作品的。

正当黄河中下游文化遭到严重破坏,今甘肃西部一带却成了北方的文化中心,这主要应当归功于西晋后期凉州刺史张轨的提倡。当时凉州一带比较安定,中原士族有很多人逃奔到这里。前凉时代,张骏能文善诗,尚有作品流传至今;大臣如谢艾,也曾有集子流传到南方。《文心雕龙·熔裁》称:"昔谢艾、王济,西河文士,张俊(骏)以为'艾繁而不可删,济略而不可益',若二子者,可谓练熔裁而晓繁略矣。"谢艾、王济的作品今已散佚,但得到刘勰的称赏,应该是比较有价值的。前凉亡后,后凉、西凉、北凉一直保持这一传统。西凉李暠提倡文学,著名的文人刘昞,为三国刘劭《人物志》作注,其书至今尚存。《周书·王褒庾信传论》还说到刘昞作过《酒泉铭》,"可谓清典"。李暠本人也有文章辞赋传世。北凉沮渠蒙逊和江南的东晋、刘宋在文化上的联系也相当密切。所以《王褒庾信传论》称"区区河右,而学者埒于中原",这大约是十六国和北朝时代公认的看法。所以在北凉未亡时,河西人程伯达曾称"自张氏以来,号有华风"(《北史·胡叟传》);北魏崔浩作《易注》,自称曾与凉州儒者张湛、宗钦和段承根等互相讨论。北魏平北凉,把凉州的许多文人和能工巧匠都迁到平城。这些事实都能说明当时凉州文化的繁荣。

在十六国时代的混战中,北方的汉族文化虽然遭到了摧残,但各少数民族入据中原,促使各族互相融合,却又为日后更高层次的文化繁荣准备了条件。从史书的记载看来,当时各族也曾产生过一些文人和民间口头创作,其中有的用汉语写作,有的则用本民族的语言写作。例如前赵的刘聪,"善属文,著《述怀诗》百余篇,赋颂五十余篇"

(《晋书·刘聪载记》);南凉秃发傉檀之子秃发归"年十三,命为《高昌殿赋》,援笔即成"(《太平御览》卷六〇〇引《十六国春秋·南凉录》)。这些作品大抵都已散佚不存,只有前秦苻朗的《苻子》,因作者后来归降东晋,其书有一部分佚文得以保存。另一些人则用本民族语言进行创作,或杂用汉语和本族语言。如前燕的慕容廆,因思念其兄吐谷浑而作《阿干之歌》,据《宋书·吐谷浑传》说,"廆子孙窃号,以此歌为辇后大曲",可见此歌曾谱乐歌唱。又如《旧唐书·乐志》所载北魏乐府中北歌,至唐时所存尚有五十三章,其中可解者有《慕容可汗》、《吐谷浑》、《部落稽》、《巨鹿公主》、《白净皇太子》、《企喻》等"燕魏之际鲜卑歌"。《乐府诗集》所载《梁鼓角横吹曲》中,有一部分显然是原来用少数民族语言写作而译成汉语的歌词。这些少数民族的歌曲,对我国的文学和音乐发生过重要影响。此外还有人以汉语作诗而杂有少数民族语言。如《晋书·苻坚载记》下:"坚之分氐户于诸镇也,赵整因侍,援琴而歌曰:'阿得脂,阿得脂,博劳旧父是仇绥,尾长翼短不能飞。远徙种人留鲜卑,一旦缓急语阿谁!'坚笑而不纳。①"这首歌后半首纯系汉语,明白易懂,但前半首颇为费解。《通鉴》胡三省注引证《尔雅》、《广雅》诸书,认为"博劳"即"伯劳"或"伯赵",鸟名,"仇绥"则不知为何物。其实像"阿得脂"、"仇绥",当皆为氐语,与《晋书·艺术·佛图澄传》所载"秀支替戾冈,仆谷劬秃当"之为羯语一样,纯为音译,不必强为之解。从《晋书》、《高僧传》等书的记载看来,赵整其人籍贯为略阳清水,当系氐族。他能用汉语作诗,现在尚有一些诗作传世。

---

① 歌辞也见于《通鉴》卷一〇四、《乐府诗集》卷六〇。《通鉴》"旧父"作"舅父","语阿谁"作"当语谁"。"旧父"或与"阿得脂"等同为音译,所以也记作"舅父"。

第二节　王嘉和《拾遗记》

"十六国"时代的作品中，前秦王嘉所作的《拾遗记》较为著名，对南朝也曾有一定影响。王嘉，字子年，《晋书·艺术·王嘉传》说他是陇西安阳（今甘肃陇西一带）人①，《高僧传·道安传》则说是洛阳人。生卒年不详，据《晋书》本传谓为姚苌所杀，当卒于晋孝武帝太元十年（385）道安死后②，太元十八年（393）姚苌卒以前。《晋书》和《高僧传》所载王嘉事迹，均极离奇荒诞，仅知他早年隐于东阳谷，后迁终南山，苻坚迎至长安。苻坚失败，姚苌亦待以宾礼。后因言姚苌与苻登作战忤苌，被杀。从他的行止看来，当是一名方士，而且影响远及南朝，南朝的典籍中有过不少关于他的传说，例如《南齐书·祥瑞志》就载有《王子年歌》三首，以说明萧齐取代刘宋上应天命。这些歌虽未必是王嘉所作，但可以说明王嘉在南朝被视为神仙，所以才被借重作为改朝换代的依据。

《隋书·经籍志》"杂史类"，有《拾遗录》二卷，题"伪秦姚苌方士王子年撰"；又有《王子年拾遗记》十卷，题"萧绮撰"。据研究者的一

---

① 安阳县不见《晋书·地理志》。吴士鉴《晋书斠注》认为是前秦所立，据《秦安县志》卷二，谓即今秦安。
② 《晋书·艺术·王嘉传》："先此，释道安谓嘉曰：'世故方殷，可以行矣。'嘉答曰：'卿其先行，吾负债未果去。'俄而道安亡，至是而嘉戮死，所谓'负债'者也。"故事虽然荒诞，却足证王嘉卒于道安之后。据汤用彤考证，道安卒于苻坚建元二十一年（385），姚苌卒于晋太元十九年（394），故《辞海》谓王嘉卒年约在三九〇年左右，似近事实。

般意见，《拾遗录》二卷是王嘉所作，而《王子年拾遗记》十卷，也即今天我们所能见到的《拾遗记》，则是萧绮所辑录整理的本子。明代胡应麟《少室山房笔丛》卷三十二认为"盖即绮撰而托之王嘉"。现代学者虽还有人信从胡应麟的说法；但多数人认为此书并非全出萧绮伪托，确有一部分是王嘉原作。从现存的文字看来，书中记述故事的部分，和称为"录曰"的议论部分，文体颇不一致。"录曰"部分，骈俪化的倾向十分明显，而记述故事的部分，文字尚较少骈化。"录曰"部分中曾多次引用东晋以后出现的伪古文《尚书》，当非王嘉所及见；有时又对所叙故事提出异议，卷四且明言"今观子年之记"云云，说明这两部分文字并非同一个人的手笔。"录曰"当是萧绮所撰，至于记事部分，是否都出王嘉之手，也很难完全确断。如卷九"张华为九酝酒"条，提到"至刘、石、姚、苻之末"，"姚"指后秦，而后秦之亡，距王嘉死时尚有二十年左右。又卷六所载汉昭帝游淋池命宫人所唱的歌，前人认为已是六朝诗体。再说记事部分文字，虽非骈俪，亦颇华美，比起干宝《搜神记》的古拙有很大区别。干宝虽比王嘉早五十年左右[①]，却生活于文学兴盛的南方；王嘉则生活于干戈扰攘的北方，从记事部分的文字风格来看，似有一定的"超前性"，至少应当经过后人、也许就是萧绮的润饰。

关于《拾遗记》的辑录和整理者萧绮，生平已无可考。只知道他是南北朝后期人，可能是梁代的宗室。他为本书所作的序提到王嘉所撰"凡十九卷，二百二十篇，皆为残缺"，经他"搜检残遗"，才"合为一部，凡一十卷"。

《拾遗记》一类的志怪小说，在写作的当时，一般是作为"前史所

---

① 《建康实录》卷七咸康二年（336）载："三月，散骑常侍干宝卒。"是则下距王嘉之死约五十年。

遗,后人所记,求诸异说"(《史通·杂说》)而撰作的。所以《隋书·经籍志》等书中均作为"杂史"著录,至宋陈振孙《直斋书录解题》才改入"小说类"。全书按所记故事时代先后编排,自庖牺、神农、黄帝一直到后赵石虎,卷十则记昆仑、蓬莱等仙山,取材多出自民间传说或方士的编造,内容主要记录帝王后妃和贵族文人的遗闻佚事,多属荒诞,但也不乏比较有意义的片断。如卷七记魏文帝曹丕宠薛灵芸故事,说曹丕选良家女入宫,常山太守谷习因薛灵芸"容貌绝世",献之。灵芸闻别父母,嘘唏累日,泪下沾衣。至升车就路之时,以玉唾壶承泪,壶则红色。既发常山,及至京师,壶中"泪凝如血"。接着又写曹丕"以文车十乘迎之",竭力铺叙车牛的精良,途中的盛况:"灵芸未至京师数十里,膏烛之光,相续不灭,车徒咽路,尘起蔽于星月,时人谓为'尘宵'。又筑土为台,基高三十丈,列烛于台下,远望如列星之坠地。"又如卷六写汉昭帝游淋池,卷九写石崇之宠翔风和石虎的奢侈生活,都极尽夸饰之能事,不必待"录曰"中点出"骄奢僭暴",读者已可以自己得出"残民以逞"的结论。

卷四写秦王子婴杀赵高事,尤为曲折有味:

秦王子婴立,凡百日,郎中赵高谋杀之。子婴寝于望夷之宫,夜梦有人身长十丈,须鬓绝青,纳玉舄而乘丹车,驾朱马而至宫门,云欲见秦王子婴,闻者许进焉。子婴乃与言。谓子婴曰:"余是天使也,从沙丘来。天下将乱,当有同姓名欲相诛暴。"翌日乃起,子婴则疑赵高,囚高于咸阳狱,悬于井中,七日不死;更以镬汤煮,七日不沸,乃戮之。子婴问狱吏曰:"高其神乎?"狱吏曰:"初囚高之时,见高怀有一青丸,大如雀卵。"时方士说云:"赵高先世受韩终丹法,冬月坐于坚冰,夏日卧于炉上,不觉寒热。"及高死,子婴弃高尸于九达之路,泣送者千家,或见一青雀从高尸中出,直飞入云。九转之验,信于是乎?子婴所梦,即始皇之灵;所著玉舄,则安期先生所遗也。鬼魅之理,万世一时。

作者记子婴所见之鬼,自称"从沙丘来",而不立即道破就是秦始皇。又说"当有同姓者欲相诛暴",暗指赵高而不点明。作者显然熟知《史记·蒙恬列传》中说"赵高者,诸赵疏远属也"的话①。接着写赵高被杀经过,更显得复杂离奇。赵高其人在历史上本是众所周知的坏人,这一段故事也许是古今文学作品中唯一为之"翻案"的文字,不但写出他有异术,而且死后居然还有"泣送者千家"。最后又补叙出子婴所见鬼魂即秦始皇,回应上文,使故事显得有层次、有波澜。魏晋六朝志怪小说,情节一般比较简单,只是以神怪吸引读者,像这样的叙述技巧并不多见。

《拾遗记》中还有一些故事也反映了当时人的奇特幻想,如卷二说"因祇之国","其国丈夫勤于耕稼,一日锄十顷之地";卷三说周灵王时的仙人,"时天下大旱,地裂木燃。一人先唱'能为雪霜',引气一喷,则云起雪飞"。这些都曲折地反映了农业社会中人们要求提高劳动效率和消灭天灾的愿望。卷一所说的"贯月查"或"挂星查",卷四所说的"沦波舟",则表现了征服太空和海底的幻想。此外,书中还录存了相当数量的谣谚诗歌,如卷一白帝子与皇娥清歌赠答,卷五汉武帝《落叶哀蝉》之曲,以及上文提到的淋池宫人之歌,虽然都出假托,但均情致缠绵,不失为比较优秀的作品。

---

① 秦朝姓嬴,又以赵为氏。《史记·秦本纪》太史公曰:"然秦以其先造父封赵城,为赵氏。"《秦始皇本纪》:"及生,名为政,姓赵氏。"所以这里说赵高是"同姓者"。

第三节 苏蕙、苻朗和僧肇

除王嘉以外,前秦和后秦比较有名的作家要数苏蕙、苻朗和僧肇。苏蕙,字若兰,前秦秦州刺史窦滔之妻。窦滔因事被徙流沙,苏蕙想念丈夫,"织锦为回文旋图诗以赠滔,宛转循环以读之,词甚凄惋,凡八百四十字"(《晋书·列女·窦滔妻苏氏传》)。此诗一名《璇玑图诗》,全文见《文苑英华》卷八三四。《隋书·经籍志》著录有"《织锦回文诗》一卷,苻坚秦州刺史窦氏妻苏氏作",此诗系苏蕙作,当无疑问。但《文苑英华》附载武则天所作说明,其本事比《晋书》增加了许多情节,说窦滔有宠妾赵阳台与苏蕙互妒,滔出镇襄阳,不与苏蕙偕行,并断绝音问。据《晋书·苻坚载记》,前秦统治襄阳仅四年,镇守者系都贵,此后即被东晋收复,并无窦滔代都贵的记载。又该文署作"大周天册金轮皇帝"于如意元年(692)作。但据《新唐书·则天皇后纪》,武则天称"天册金轮大圣皇帝"在天册万岁元年(695),可见称号与时代也不相合,疑是后人伪托。

"回文诗"可以用种种方式阅读。《初学记》卷二七所引的一段作:"仁智怀德圣虞唐,真妙显华重荣章。臣贤惟圣配英皇,伦匹离飘浮江湘。津河隔塞殊山梁,民士感旷怨路长。身微闵己处幽房,人贱为女有柔刚。亲所怀想思谁望,纯清志洁齐冰霜。新故或亿殊面墙,春阳熙茂凋兰芳。琴清流楚激弦商,奏曲发声悲摧藏。音和咏思惟空堂,心忧增慕怀惨伤。"这虽非全文,可见一斑。此诗顺读或倒读都是"柏梁体"的七言诗,顺读押"阳"韵,倒读押"侵"韵,虽然纯属文字游戏,并无很高的文学价值,但也反映了作者技术的熟练和巧思。自苏蕙以后,许多文人都写过回文诗,在诗中成为一体。这首《回文诗》

在南朝也引起过文人的注意。江淹《别赋》中的"织锦曲兮泣已尽,回文诗兮影独伤"句,即用此事,后来吴均等人也多次使用这一典故。在后世的诗文中,凡形容才女,"织锦"、"回文"的字眼更是层见叠出。

前秦文人中还有一位氏族作家苻朗(？～389),苻坚从兄之子,字元达,曾任前秦镇东将军、青州刺史,被苻坚称为"吾家之千里驹"。淝水之战后,归降东晋。后为王国宝所谮,被杀。他著有《苻子》一书,《隋书·经籍志》录入"道家类",共二十卷,佚。清严可均《全上古三代秦汉三国六朝文·全晋文》卷一五二辑有佚文数十条,其中有的还具有相当浓厚的文学意味。如:

> 东海有鳌焉,冠蓬莱而浮游于沧海。腾跃而上,则干云之峰,迈类于群岳;沉没而下,则隐天之丘,潜峤于重泉。有红蚁者,闻而悦之,与群蚁相邀乎海畔,欲观鳌之行焉。月余日,鳌潜未出,群蚁将反。遇长风激浪,崇涛万仞,海中沸,地雷震。群蚁曰:"此将鳌之作也。"数日,风止雷默,海中隐沦如岳,其高概天,或游而西。群蚁曰:"彼之冠山,何异我之戴笠也,消摇乎壤封之巅,归伏乎窟穴之下。此乃物我之失,自己而然。何用数百里劳形而观之乎。"

故事有摹仿《庄子·逍遥游》的痕迹,使用寓言的形式,并且绘声绘色,形容鳌的出没,颇具气势。又如:

> 郑人有逃暑于孤林之下者,日流影移,而徙衽以从阴。及至暮,反席于树下,及月流影移,复徙衽以从阴,而患露之濡于身。其阴逾去,而其身逾湿。是巧于用昼,而拙于用夕。奚不处暗而

辞阴,反林息露,此亦愚之至也。

故事嘲笑一些人在条件改变之后,不善于适应情况,道理虽然简单,但讽刺却很辛辣,活画出一个愚人的迂执,至今民间传说中尚有类似的故事。魏晋的大量谈玄之作,多属思辨性的说理文,唯独《列子》和这部《苻子》却继承先秦诸子的传统,能够熟练地运用寓言故事以启发联想,增强哲理的说服力和感染力。这种情况在晋人的著作中本来并不多见,《苻子》出自少数民族作者之手,更觉难能可贵[①]。

《世说新语》中记载苻朗为人傲诞,善于辨别食物的滋味,其人显然已经汉化。他在被杀前,曾作诗一首,属东晋玄言诗的调子,不见特色。

僧肇(384~414)[②],京兆长安(今陕西西安)人,俗姓张。早年生活贫困,为人抄书以维持生计,因得阅读经史百家之书。据《高僧传·僧肇传》说,他曾读《老子》,觉得"美则美矣,然期栖神冥累之方,犹未尽善",后来见到佛教的《维摩诘经》,这才十分倾倒,从此出家为僧。当他听说西域高僧鸠摩罗什到达姑臧(治今甘肃武威),就赶去拜罗什为师。后秦姚兴派人迎接罗什至长安,他也随同归来。僧肇曾协助罗什翻译佛教经典,学大乘般若空宗的学说,著有《物不迁论》、《不真空论》、《般若无知论》等佛学论文。后来传入南方,经梁、陈间人编为《肇论》一书,其中《涅槃无名论》一篇,现代学者多疑

---

① 今本《列子》八篇,学术界的多数意见认为出于晋人之手。又,《世说新语·排调》注引裴景仁《秦书》,说苻朗"著《苻子》数十篇,盖老庄之流也",言下似乎也注意到了书中运用寓言形式的特点。
② 僧肇之死,严可均《全晋文》据《传灯录》,谓系被姚兴所杀。其说不足据,汤用彤《汉魏两晋南北朝佛教史》第329页已有驳正。

为非僧肇作。此外,他还为《维摩诘经》作注,并为几部佛经作序,又有《答刘遗民书》及《鸠摩罗什法师诔》等文章。

僧肇作为一个佛教徒,他认为宇宙间一切事物,均无独立的自性。因此"不真";因为"不真",所以又是空的,这就是"不真空"。他否定事物的运动,认为"动静未始异"这就是"物不迁"。他用极华美的骈句去宣扬自己的哲学,文中常有很形象的辞句,因此颇为后人所推崇,如:

> 旋风偃岳而常静,江河竞注而不流,野马飘鼓而不动,日月历天而不周。
>
> ——《物不迁论》

虽属诡辩,但在排偶和对仗中表达的一连串的形象,使文章呈现出强烈的自信和气势。《答刘遗民书》中表示对刘遗民的钦慕:"公以过顺之年,湛气弥厉,养徒幽岩,抱一冲谷,遐迩仰咏,何美如之!每亦翘想 隅,悬庇霄岸,无由写敬,致慨良深。"笔调也和东晋文人的书柬相近。《鸠摩罗什法师诔》尤富辞采,文中写到鸠摩罗什之死:

> 公之云亡,时唯百六。道匠韬斤,梵轮摧轴。朝阳颓景,琼岳颠覆。宇宙昼昏,时丧道目。哀哀苍生,谁抚谁育?普天悲感,我增摧忸。

情调悲凄,用典兼综儒道,见出他具有很高的学术修养。十六国时代的僧人能写哲学文章的并不少,但富于文采的却不多,因此僧肇才能独擅文名。

第四节　张骏和李暠

张骏（307~346），字公庭，安定乌氏（今甘肃平凉）人，张轨之孙。《晋书》本传称他"十岁能属文"，十八岁嗣位为凉州牧。他曾遣使与东晋通问，并与前赵刘曜之间有过战事。著述有《山海经图赞》，今佚，尚有零星佚文见于《初学记》、《太平御览》等类书。据《隋书·经籍志》著录，张骏有集八卷，唐初已残缺。今存诗二首，见《乐府诗集》卷二七和三七；文二篇，见《晋书》本传。

张骏的《薤露》写西晋灭亡的经过以及他企图恢复晋室的雄心。此诗的体制和文字全仿曹操的《薤露》。他的《东门行》，一作《游春诗》，是写春景之作：

> 勾芒御春正，衡纪运玉琼。明庶起祥风，和气翕来征。庆云荫八极，甘雨润四坰。昊天降灵泽，朝日耀华精。嘉苗布原野，百卉敷时荣。鸠鹊与鸳黄，间关相和鸣。芙蓉覆灵沼，香花扬芳馨。春游诚可乐，感此白日倾。休否有终极，落叶思本茎。临川悲逝者，节变动中情。

这首诗大约是在春天到姑臧近郊游览时所作。诗的后半吐露了建功立业的壮志和对时光易逝的感叹。从《晋书》本传所载给东晋皇帝的奏疏看来，他确有澄清中原之志，所以在《薤露》中，也有"誓心荡众狄，积诚彻昊灵"之句。这首诗中所写春景，虽无华丽的辞藻，但比起当时流行于南方的玄言诗来，还有一定的形象和感情。他请求东晋讨伐石虎、李期的奏疏中有一段写得颇为沉痛："铅刀有干将之志，萤烛希日月之光。是以臣前章恳切，欲齐力时讨，而陛下雍容江表，坐观祸败。怀目前之安，替四祖之业，驰檄布告，徒设空文，臣所以宵吟荒漠，痛心长路者也。"不但言辞剀切，在晋代章表中也属于骈俪气息较重的一篇。这篇奏疏是否出于张骏亲笔，已无由得知，但当时凉州的文化水平，却可于此窥见一斑。上引《文心雕龙·熔裁》转述他评谢艾、王济文章的意见，可见曾经引起刘勰的重视。

　　张骏以后，割据凉州西部的李暠，也具有文学修养。李暠（351～417），字玄盛，陇西成纪（今甘肃秦安）人。后凉时尝为效谷令，后为敦煌太守。晋安帝隆安四年（400）据敦煌，自称凉公，领凉秦二州牧，后迁都酒泉。卒，谥武昭王。他曾奉表东晋，并企图统一凉州，但为北凉沮渠蒙逊所阻，至其子李歆时为北凉所灭。李暠"通涉经史，尤善文义"，据《北史·刘延明传》载，他优礼文人刘昞，并且"好尚文典，书史穿落者，亲自补葺"。他的作品今存有《述志赋》。赋中写到凉州自前凉亡后的混战局面说："疾风飘于高木，回汤沸于重泉；飞尘翕以蔽日，大火炎其燎原；名都幽然影绝，千邑阒而无烟。"写到西凉的处境时说："跨弱水以建基，蹑昆墟以为墉。总奔驷之骇辔，接摧辕于峻峰。崇崖嵯峩，重崄万寻。玄邃窈窕，磐纡欹岑。榛棘交横，河广水深。狐狸夹路，鸮鵄群吟。"文风与西晋潘岳《西征赋》及东晋初郭璞的《流寓赋》、《登百尺楼赋》等相近。赋的前半部还有一些玄言气息，如果和本传中所载对他儿子的教导参观互读，可以清楚地理解他虽身居凉州，在思想和文风方面，却和江南文人比较相近。

　　据《隋书·经籍志》载，李暠著有《靖恭堂颂》一卷，《晋书》本传还记载他的《述志赋》及一些应用文字，作有《大酒容赋》、《槐树赋》等，均佚。

第五节　汉族民歌

十六国时代文人很少创作诗歌,但当时产生的民间歌谣却为数不少。其中少数民族的民歌,因大部分被收入《梁鼓角横吹曲》中,将在下面的《北朝乐府与歌谣》中论述。但十六国时代汉族的民歌,也为数不少。其中比较著名的是这一时代初期的《并州歌》和《陇上歌》。

《并州歌》,据《乐府诗集》卷八五引《乐府广题》:"晋汲桑力能扛鼎,呼吸闻数里,残忍少恩。六月盛暑,重裘累茵,使人扇之,忽不清凉,便斩扇者。并州大姓田兰、薄盛斩于平原,士女庆贺,奔走道路而歌之。"歌云:

> 士为将军何可羞,六月重茵披豹裘,不识寒暑断他头。雄儿田兰为报仇,中夜斩首谢并州。

汲桑本是一个"马牧"(牧民)的首领,起兵反晋,曾和羯族首领石勒合作。田兰是"乞活"(流民)首领,出身豪族。汲桑起兵后是否像《乐府广题》所讲的那样残暴与不通人情,已难确知。但从诗中所讲的情况看来,"六月重茵披豹裘"而还要叫人扇风取凉,颇悖于一般的情理。在西晋末年的大动乱中,不乏揭竿而起的人物。由起义者蜕化为残暴的统治者,历史上并不少见,"六月重茵"云云,不妨理解为夸大了的胡作非为、怪僻变态,和《世说新语·汰侈》所记石崇杀行酒美人颇有某种相似。这就无怪人们要在民歌中反映对他的不满和对田兰的歌颂。

《陇上歌》流行于今甘肃东部一带，叙述晋明帝太宁元年(323)陈安与前赵刘曜作战被杀的事：

> 陇上壮士有陈安，躯干虽小腹中宽，爱养将士同心肝。马𫘧骢父马铁锻鞍，七尺大刀奋如湍。丈八蛇矛左右盘，十荡十决无当前。战始三交失蛇矛，弃我𫘧骢窜岩幽，为我外援而悬头。西流之水东流河，一去不还奈子何！

据《晋书·刘曜载记》，陈安本是西晋将领，曾一度降于刘曜，后来又和刘曜相攻，最后在陇城被击败，战死。在西晋末年能够抵御前赵侵犯的人，当然会得到同情和受到哀悼。诗中写陈安既能爱抚将士，又刀马娴熟，武艺高强，但终因众寡不敌而阵亡。这首民歌在北方颇为流行，《洛阳伽蓝记》卷四《法云寺》载北魏的征西将军崔延伯出兵时，有一位善于吹笳的乐人田僧超，"能为《壮士歌》"，"闻之者懦夫成勇，剑客思奋"。《陇上歌》一开头就是"陇上壮士"，所以应当就是《壮士歌》。可见这首民歌在北方曾长期流传，为人喜爱。

除了《并州歌》、《陇上歌》以外，史书中所载北方民间歌谣还有一些，但都较简短而少形象。可能还有不少好诗，因为缺乏有组织的搜集而散失不存。

第二十章　北魏和北齐文学

第一节　北魏初期文学

　　鲜卑拓跋氏所建立的北魏政权,由于统治集团和中原文化接触较晚,所以在勃兴之初,文化比较落后。据《魏书·序记》载,拓跋氏部落虽最迟到三国时已和中原有所交往,但部落首领们对汉族文化抱有敌意,受汉化影响的人,往往遭到杀害。到了西晋末年,中原战乱,曾有一些汉族官员来到拓跋氏部落中,想借他们的力量对付刘聪、石勒,而拓跋氏首领猗㐌确也曾出兵帮助过刘琨作战。当时有一个叫卫操的人,本是晋征北将军卫瓘的部下,后来投奔拓跋氏。猗㐌死后,卫操为他立碑歌颂功德。这篇碑文经魏收节录载入《魏书·卫操传》。这大约是现存拓跋氏政权下最早的汉文文章[①]。

　　拓跋氏部落在西晋、东晋之交。还没有正式形成国家,政权很不巩固,曾被前秦苻坚所征服。到武帝拓跋珪时,这个部族崛起于北

[①] 严可均《全后魏文》据《魏书》录入此文,但误解魏收行文文义。"言桓、穆二帝"、"又称桓穆二帝"、"二帝到镇"等语,当是魏收的说明文字,而非碑文原文。中华书局标点本不误。

方,还谈不上文学创作。太武帝拓跋焘统一北中国前后,北魏统治者开始以中原"天子"自居,稍稍讲究文治,但留存至今的文章绝大部分还是公文即应用文字。尽管曾出现过一些较重辞藻且带骈体色彩的文章,但为数不多。质朴而近于口语的公文在当时并未绝迹,如《宋书·索虏传》载有太武帝致宋文帝的两封信,全系口语,有的几同漫骂。这大约是太武帝口授,而由掌管文书的人直接用汉文写成,未加藻饰。这种文体倒是北魏初年朝廷中流行文体的本色。

如果单纯从朝廷中的应用文字看,那么北魏初期的文章,较之十六国时代确实大为逊色。不过,考察当时的文化和文学水平,不能仅仅着眼于此。因为一般来说,公文并非文学作品。只是现存当时的文章大多是公文,而了解当时的公文,也多少有助于对当时人文学修养的认识。北中国的汉族士人,并不会因拓跋氏入主中原而丧失文学才能。他们未始不能写传统的华丽文章,有些人也可能从事创作,只是由于统治者不重视甚至歧视,所以作者较少,纵有作品,也流传不广。从现存的史料看来,北魏初期的文人约有两部分:一部分是留居黄河中下游地区的汉族士人,这些人中比较有名的是崔浩和高允;另一部分人是在太武帝统一北方后由关中、凉州等地入魏的文人如张湛、宗钦、段承根和张渊等。此外如刘昞、胡方回等也由凉州和夏入魏,不过他们的作品大多作于入魏以前,所以只能算十六国作家。

崔浩(380?~450),字伯渊,东清河武城(今山东武城北,属河北省境)人。他是太武帝的重要谋士,在削平各个割据政权时,曾出谋划策,建立功勋,因此颇受重用,官至司徒。后因修史得罪鲜卑贵族被杀。

崔浩的贡献偏于学术方面。《北史》本传说:"自朝廷礼仪,优文策诏,军国书记,尽关于浩。浩能为雅(杂)说,不长属文,而留心于制度科律及经术之言。"他的文章存世不多,而且多属应用文字,散见于

《魏书》中。他曾为《周易》作注,至唐初修《隋书·经籍志》时犹存。另外,《隋书·经籍志》还著录有《赋集》八十三卷,题"后魏秘书丞崔浩撰",与《周易注》题"后魏司徒崔浩注"的官名不同。《魏书》、《北史》本传未载崔浩任秘书丞事,但他"总理史务"时,《北史》本传有"监秘书事"一语,也许当时曾经兼任过这一职务。这一记载,说明了崔浩从事过文学作品的编选工作。他自己也能写韵文,如《水经注·河水三》所引《广德殿碑颂》,系四言韵文,摹仿《诗经》虽不见特色,至少可以证明他有能力写作文学作品。他有些文章的性质属于论史或议政,虽不尚华丽,而说理清楚,逻辑比较严密。至于《册封沮渠蒙逊为凉王》一文,则遣辞典雅,略带骈文气息,基本上模仿三国时潘勖的《册魏公九锡文》。这是北魏初年应用文字中比较少见的华丽文章。

稍后于崔浩的高允(390~487),字伯恭,勃海郡(治所在今河北南皮北)人。早年曾和崔浩一起修史,后来官至尚书、散骑常侍,卒赠侍中、司徒。他为人以儒雅和耿直著称,颇受朝廷优礼。《隋书·经籍志》著录有"后魏司空高允集二十一卷",佚。清严可均《全上古三代秦汉三国六朝文·全后魏文》辑其文为一卷,此外他还有诗四首,见《魏书》和《乐府诗集》。

高允现存的作品有诗有赋,但艺术价值不高。据《魏书》、《北史》本传载,他作有《代都赋》,据云有讽谏之意,"亦《二京》之流也"。这篇赋并未保存下来,无由论其优劣。但他还有一篇《鹿苑赋》,见于《广弘明集》,可以从中大略窥其辞赋的风貌。这篇赋写的是由凉入魏的昙曜开始凿雕云冈石窟,赋中对北魏皇帝备极歌颂,有"禅储宫以正位,受太上之尊号"、"顾衰年以怀伤,惟负忝以危惧"等语,可见作于献文帝拓跋弘禅位于孝文帝之际。有些句子尚有辞采,如"即灵崖以构宇,竦百寻而直正,緫飞梁于浮柱,列荷华于绮井";有些句子对仗亦颇工整,如"固爽垲以崇居,枕平原之高陆,惬仁智之所怀,眷山水以肆目;玩藻林以游思,绝鹰犬之驰逐"。作为文学史料,表明了在孝文帝提倡汉化之前,北方文人中已有人能写作这种基本上是四言句和六言句的骈赋。

高允的四言诗载于《魏书》,似乎是当时的重要作品,但质木无文,多系枯燥的说教。他的五言诗如《罗敷行》,也是仿古之作,并无新意:

> 邑中有好女,姓秦字罗敷。巧笑美回盼,鬓发复凝肤。脚着花文履,耳穿明月珠。头作堕马髻,倒枕象牙梳。姗姗善趋步,襜襜曳长裾。王侯为之顾,驷马自踟蹰。

全诗只是复述汉乐府《陌上桑》上半首的梗概,着力于陈述罗敷的装饰,似乎又有意摹仿曹植的《美女赋》。但它既缺乏《陌上桑》那种民歌的清新气息和对人物性格的细腻描写,也没有曹植诗那样华美与工致,自然不能算什么佳作。另一首《王子乔》,也刻意摹仿汉乐府,但"遗仪景,云汉酬,光骛电逝忽若浮"诸句,已经有了一些诗的气息。可以说,高允的出现,标志着黄河中下游地区的文学创作正在开始复苏。

从凉州及关中入魏的一部分文人,在艺术技巧上较之崔浩、高允稍为成熟。原因是前凉、西凉和后秦的统治者都奖励文学,而且凉州在十六国时代的混战中遭到破坏比较少。这部分文人对崔浩、高允有过一定的影响。《魏书·张湛传》载有崔浩所作《周易注》的自序,声称自己常与张湛、宗钦、段承根三人论《易》。《宗钦传》载宗钦赠诗给高允,高允答诗时有书信推崇他"唱高则难和,理深则难酬"。宗钦赠高允的诗也是四言,且多说教,但颂扬高允的"口吐琼音,手挥霄翰;弹毫珠零,落纸锦粲",自叹年老说"素发掩玄,枯颜落茜",在选字造句上较高允答诗为胜。段承根的《赠李宝诗》七章,也有较好的片断,如:

> 自昔凉季,林焚渊涸。矫矫公子,鳞羽靡托。灵慧虽奋,祅氛未廓。凤戢昆丘,龙潜玄漠。(第三章)

遣辞用语已经相当典雅,末两句令人联想起陶渊明《命子诗》的"凤隐于林,幽人在丘",以"昆丘"、"玄漠"指西部地带,也相当妥切。这可以见出凉州文人在艺术技巧上所达到水平的一斑。事实上,北魏的文化深受凉州影响,不仅文学,天文、历算、音乐、雕塑等也无不如此。

张渊由关中入魏,他的《观象赋》作于入魏之前,但载于《魏书》本传。这篇赋的内容主要讲天象。辞藻尚属可观,带有抒情的意味,如:"尔乃凝神远瞩,皮开肉绽矖目八荒,察之无象,视之眇茫;状若浑元之未判别,又似浮海而睹沧浪;幽遐迥以希夷,寸眸焉能究其傍。于是乎夜对山水,栖心高镜;远寻终古,攸然独咏。"仰望广阔的星空,但觉宇宙无穷,难以窥测,因自身的渺小而感到惆怅。作者思索的是宇宙和个人的关系,反映了他的文化素养和思想深度。

北魏初期也有一些人由南方投奔北魏。但不论由晋入魏的韩延之或由北凉入魏的胡叟,在入魏前都写过较有真情实感的诗文,而入魏以后,却并无作品传世。这可能是他们有作品而未被保存下来,但也可能是由于上面所说北魏统治者对此道并不重视,因而这些文人也就此搁笔。

第二节　北魏中后期文学和温子昇

北方文学的正式兴起始于魏孝文帝元宏即位以后。太武帝统一北中国,政局比较安定,生产得到一定的恢复和发展。加上凉州文化的影响,使多数鲜卑贵族在生活上逐步汉化,朝廷制度也渐渐采用魏晋旧制,即《南齐书·魏虏传》所说的"稍僭华风"。经过文成帝、献文帝两代,汉化的程度日渐加深。到孝文帝时代,终于由皇帝以政治的力量来提倡全面改制,汉族士大夫的地位随之日益提高。当时南方政权更迭动荡,一些文人由南入北,影响所及,更促使北方士大夫视文学为社会地位的标志。孝文帝的奖励文学,正是在这种基础上加速汉化的措施之一。

孝文帝本人就善于吟诗作文,《隋书·经籍志》著录有"后魏孝文帝集三十九卷"。史称他在太和十年以后的诏令等文字都出于他本人之手。据《魏书》记载,他还屡次写诗,但只留下了和郑道昭等人联句中的四句:"白日光天兮无不曜,江左一隅兮独未照。""遵彼汝坟兮昔化贞,未若今日道风明。"写诗的背景类似于《古文苑》所记汉武帝柏梁台联句,诗本身则是楚歌体。这四句诗并没有多少诗味,但可以体现奋发的精神面貌和奄有北中国的"帝王气象"。"遵彼汝坟"用《诗·周南·汝坟》原句,按传统的理解是"文王之化行于汝坟之国",可见他对于汉文化几乎持"全盘接受"的态度。他的文多属应用文字,散见于《魏书》中,为数不少,有的已接近成熟的骈文。历来史家的记载中对他的文学才能虽不免有所溢美,但在当时的北方确已足称难能。如《吊比干文》,典雅古奥,文中"脱非武发,封墓谁园?呜呼介士,胡不我臣",感慨淋漓,也吐露了他求贤的愿望。此文"重曰"以下纯用骚体,似乎是有意模仿《楚辞·远游》和张衡《思玄赋》。

对孝文帝的政治措施,现代的史学家们的评价不尽相同,但他对文学的奖励确实是顺应了历史的必然趋势。在他的奖励下,北魏文学能够以相当快的速度得到发展。鲜卑上层人士中也已有人能用汉语写诗,如孝文帝的兄弟彭城王元勰,"博综经史,雅好属文",曾奉孝文帝之命写过一首《问松林》,据说是"未十步"而成:

问松林,松林经几冬?山川何如昔,风云与古同。

风格刚健,多少还是北方民族质朴之风的遗存。但从形式上说,则显然受南朝作品的影响。这种三字句起首的五言诗,始于南朝民歌《华山畿》。齐梁时代的沈约曾用这种体裁写作《六忆诗》。北朝人写这种体裁的诗,大约是从南朝降人王肃开始的。《魏书·祖莹传》载,王肃入北魏,曾写过一首《悲平城》:

悲平城,驱马入云中。阴山常晦雪,荒松无罢风。

这首诗写一个南方人对平城景色的观感,已经带上了北方的苍凉之气。祖莹接着作了一首《悲彭城》。祖莹之作出于明显的摹仿自不必说,元勰之作同样亦步亦趋,可见这种"三、五、五、五"的格律曾经流行一时。

据《洛阳伽蓝记》卷三"报德寺"条载,王肃入北后,娶了北魏陈留长公主。他在南方的原配谢氏(谢庄之女)后来也到了北方,作五言诗赠王肃,诗云:"本为箔上蚕,今作机上丝。得络逐胜去,颇忆缠绵时。"陈留长公主代王肃作答诗一首:"针是贯绅物,目中常纴丝。

得帛缝新去,何能衲故时。"两诗均仿《子夜歌》体,比喻双关,这在谢氏也许并非难事,但出于北魏长公主之手,就充分表明了鲜卑贵族汉化之深和在文学创作上已臻于相当纯熟的境地。

上述短诗当属即兴之作。至于《魏书·韩麒麟传》所载韩麒麟子显宗赠李彪的诗,虽较质朴,然已多少注意用典和对仗,更具有文人诗的特点:

> 贾生谪长沙,董儒诣临江。愧无若人迹,忽寻两贤踪。追昔渠阁游,策驾厕群龙。如何情愿夺,飘然独远从。痛哭去旧国,衔泪届新邦,哀哉无援民,嗷然失侣鸿。彼苍不我闻,千里告志同①。

这首诗感情强烈,笔力刚劲,诗风接近两晋之交的一些作品。稍后于韩显宗的郑道昭,是当时著名的书法家。他除了曾和孝文帝联句外,今存诗三首,录于《山左金石志》中,大约是在宣武帝元恪时出任青州刺史时作,技巧较韩显宗为成熟。如《登云峰山观海岛》:

> 山游悦遥赏,观沧眺白沙。云路沈仙驾,灵章飞玉车。金轩接日彩,紫盖通月华。腾龙蔼星水,翻凤映烟家。往来风云道,出入朱明霞。雾帐芳霄起,蓬台植汉邪。流精丽旻部,低翠曜天葩。此瞩宁独好,斯见理如麻。秦皇非徒驾,汉武岂空嗟。

---

① 丁福保《全后魏诗》从《诗纪》,将此诗作者误作晋末由南方入魏的韩延之,逯钦立《先秦汉魏南北朝诗》误同。其实韩延之虽字显宗,与李彪年代相去甚远,且《魏书》记韩显宗事甚明,《诗纪》显然失考。

所存诗三首中唯此首完整,其余两首字迹均有缺损。此诗起二句似谢灵运,惟"观沧"二字生造,中间和结尾则似郭璞。其他两首诗中有些句子也比较奇崛,有学鲍、谢的痕迹。

和郑道昭差不多同时的甄琛和常景都很注意南朝文人对诗歌声律的探讨,曾对沈约的"四声八病"说各持己见。甄琛作《磔四声》,对沈约的意见提出诘难。据《文镜秘府论》的记载,他还从沈约早年诗歌中找出一些不符合"四声八病"说要求的例子,指出此说窒碍难通。这些意见传到了南方,沈约还专门为此作文章答辩。

常景则是"四声八病"说的拥护者,他作有《四声赞》:"龙图写象,鸟迹摘光。辞溢流徵,气靡轻(清)商。四声发彩,八体含章。浮景玉苑,妙响金锵。"(见《文镜秘府论·四声论》)常景自己是一个诗人,《洛阳伽蓝记》卷一"永宁寺"条说他"著文集数百余篇"。据《魏书》本传记载,他曾拟刘琨《扶风歌》作诗十二首,惜已失传。《蜀四贤赞》则虽名为"赞",实为四首五言八句的诗。这四首诗立意与鲍照《蜀四贤咏》及颜延之《五君咏》相近,无非是借古人为题,说自己的才能不为当道所赏识,形式上则全仿《五君咏》。如《司马相如赞》:

> 长卿有艳才,直致不群性。郁若春烟举,皎如秋月映。游梁虽好仁,仕汉常称病。清贞非我事,穷达委天命。

第三、四两句和五、六两句都是对仗,并且基本上平仄声相对。尽管声调格律尚不符合严格的律体,但可见律体在北方也正在逐步形成。

和常景同时的卢元明,《隋书·经籍志》著录有集十三卷。《艺文类聚》卷四所载他的《晦日泛舟应诏诗》"轻灰吹上管,落荚飘下蒂。迟迟春色华,婉婉年光丽",与南朝一些应制之作并没有多大区别。《剧鼠赋》则显然是刺世之作,刻画鼠类可憎的面目,工巧传神,如"须似麦穗半垂,眼如豆角中劈,耳类槐叶初生,尾若酒杯余沥",可能得力于当时一些通俗的俳谐作品。卢元明的友人李骞兼擅诗赋,曾作诗赠卢元明和魏收:

幽栖多暇日,总驾萃荒坰。南瞻带宫雉,北睇拒畦瀛。流火时将末,悬炭渐云轻。寒风率已厉,秋水寂无声。层阴蔽长野,冻雨暗穷汀。侣俗浮还没,孤飞息且惊。三褫俄终岁,一九曾未营。闲居同洛涘,归身款武城。稍旅原思藋,坐梦尹勤荆。监河爱斗水,苏子惜余明。益州达友趣,廷尉辩交情。岂若忻蓬荜,收志偶沉冥。

——《赠亲友》

此诗是一首失职牢骚之作,用典很多,有的还比较生僻。除首二句及末二句外,都是很工整的对仗。"寒风"几句,写景色气氛比较成功。唐段成式《酉阳杂俎·语资》载,他出使南朝时,梁代文人明少遐曾称赞他的"萧萧风帘举"之句。可见北朝诗歌的艺术水平正在不断提高,连南朝文人也不能轻视。李骞还有一篇《释情赋》,前半述自己出仕经过和北魏衰乱情况,后半则写自己对归隐田园的向往。

在北魏中后期文人中,善于以辞赋抒情的当推袁翻。他的《思归赋》摛文铺采,多少近于南朝鲍照、江淹赋的风格:

俯镜兮白水,水流兮漫漫。异色兮纵横,奇光兮烂烂。下对兮碧沙,上睹兮青岸。岸上兮氤氲,驳霞兮绛氛。风摇枝而为弄,日照水以成文。行复行兮川之畔,望复望兮望夫君。

北魏文人努力向南朝学习写作技巧,南朝人的作品传到北方,很快就在上层人士中广为传颂。《北史·元文遥传》载,北魏末,《何逊集》传入洛阳,济阴王元晖业大会宾客,诸文士在席间对《何逊集》大加赞赏。邢劭试让元文遥诵读,文遥一览便能背诵。故事本身意在夸张元文遥的聪明,但于此可见他们对南方文化的心仪神往。袁翻《思归赋》这类作品,显然是学习南人的成果。不过,当时北方文人中,也有些人的作品较为本色,与南方文风迥异。如元顺的《蝇赋》立意近于东汉赵壹的《刺世疾邪赋》,手法上则和前面所举出的卢元明《剧鼠赋》相同,都是比兴。阳固《刺谗诗》、《疾倖诗》形式近于《小雅》,大声疾呼,淋漓痛快。但阳固所擅长的文体,主要仍为辞赋,他曾作《北都》、《南都》二赋,据《魏书》本传说具有讽谏的意图,今佚。他的《演赜赋》则和李骞《释情赋》相似,也很注意辞藻。上述这些刺世的作品,在艺术上尽管不很成熟,但所反映的社会内容,却在南方作品中很难找到,多少显示了北方文学的特点。

北魏诗歌中艺术上最成熟的,要推萧综(501～528)的《听钟鸣》和《悲落叶》。萧综号为梁武帝第二子,其母吴淑媛本南齐东昏侯宫人,齐亡,为梁武帝所得,七月而生萧综。萧综自疑为东昏侯子,因此于普通六年(525)投奔北魏。在洛阳写作了《听钟鸣》、《悲落叶》两首诗。《听钟鸣》:

历历听钟鸣,当知在帝城。西树隐落月,东窗见晓星。雾露朏朏未分明,乌啼哑哑已流声。惊客思,动客情,客思郁纵横。翩翩孤雁何所栖,依依别鹤半夜啼。今岁行已暮,雨雪向凄凄。飞蓬旦夕起，杨柳尚翻低。气郁结，涕滂沱，愁思无所托，强作听钟歌①。

萧综奔魏后，受封丹阳王，并娶寿阳公主为妻，但并没有得到真正的信任，只能起政治上装饰品的作用。此诗情调哀怨，当如《梁书》所说是由于在魏不得志而作。这种杂言诗体，显然上继湛方生、谢庄和沈约等的影响，下开卢思道等人《听鸣蝉篇》的先河。《听钟鸣》用赋体，直陈愁绪；《悲落叶》则用比体，以落叶自喻。两诗缠绵流宕，即在齐梁诗中也是难得的作品。

北魏作家中最著名的是温子昇（495～547）。他字鹏举，自称

---

① 此诗引文据《艺文类聚》卷三十。《文苑英华》卷三三四及《诗纪》、逯钦立《先秦汉魏晋南北朝诗》并同。"依依别鹤半夜啼"句，"啼"字《类聚》作"鸣"，似失韵，据《先秦汉魏晋南北朝诗》改。此诗亦见《梁书》本传，原文云："听钟鸣，当知在帝城。参差定难数，历乱百愁生。去声悬窈窕，来响急徘徊。谁怜传漏子，辛苦建章台。听钟鸣，听听非一所。怀瑾握瑜空掷去，攀松折桂谁相许。昔朋旧爱各东西，譬如落叶不更齐。漂漂孤雁何所栖，依依别鹤夜半啼。听钟鸣，此听何穷极。二十有余年，淹留在京城。窥明镜，罢容色，云悲海思徒掩抑。"与《艺文类聚》等书所载出入很大。《悲落叶》一诗，也有同样的情况。这种情况除乐府诗以外是比较少见的。《梁书》在记录这两首诗时说明是"大略曰"，疑为据当时口头流传而加记录，而《艺文类聚》成于唐初，所据或是北方的书面材料。又，据《洛阳伽蓝记》卷二"龙华寺"条记，萧综造《听钟歌》三首传于世，今《梁书》所录正是三首。疑是其他二首已佚，《梁书》作者把一诗分而为三，以凑成三首之数。

祖籍太原,本人生长于济阴冤句(今山东菏泽西南)①。家世寒素,曾为广阳王元渊属官,后因文才而显贵,官至金紫光禄大夫、散骑常侍、中军大将军。魏末一些重要的朝廷文告,如孝庄帝元子攸《杀尔朱荣大赦诏》、孝武帝元修《答高欢敕》等均出其手。后来东魏孝静帝元善见与元瑾、荀济等密谋反对高澄,事败,高澄怀疑温子昇参与其事,将他囚禁于晋阳狱,饿死。《隋书·经籍志》著录其文集三十九卷。

温子昇最擅长骈文。据《魏书》本传载,他的文章曾流传到吐谷浑和梁朝,梁武帝见到后认为"曹植、陆机复生于北土"。北魏的济阴王元晖业甚至说:"江左文人,宋有颜延之、谢灵运,梁有沈约、任昉,我子昇足以陵颜轹谢,含任吐沈。"夸奖未免夸大,但他的骈文确实有相当高的成就。如著名的《韩陵山寺碑》(见《艺文

---

① 温子昇的家世,据《北史》本传谓:"自云太原人,晋大将军峤之后也。世居江左。祖恭之,宋彭城王义康户曹,避难归魏,家于济阴冤句,因为其郡县人焉。父晖,兖州左将军长史,行济阴郡事。"按:所谓"自云"某地人,语气属存疑之辞。至所云祖为刘义康户曹,疑亦出假托。因义康被黜,在宋文帝元嘉十七年(440),当时济阴冤句尚在刘宋版图之内,"避难归魏",不当止于冤句。又,其祖恭之为刘义康户曹时,年当在二十以上,则其生年不得迟于四二〇年,即宋武帝永初元年,而温子昇生于四九五年,祖孙相去至少七十五岁,疑有误。按,《北史》谓子昇"为广阳王深(渊)贱客",疑是宋明帝泰始五年(469)魏平青州时入魏之民。后子昇显贵,才托言是温峤之后,又讳言家世微贱,谬称"避难归魏"。

类聚》卷七七)就颇受人们称道①。这篇碑文是为高欢纪功之作,运用典故叙事,而所运用的典故又多是人所常见之事,极少生僻难解之处。这种技巧,相对来说要比使用僻典更难。如文中写到尔朱氏执政期间政局的动乱说:

> 永安之季,数钟百六,天灾流行,人伦交丧。尔朱氏既绝彼天纲,断兹地纽,禄去王室,政出私门。铜马竞驰,金虎乱嗁,九婴暴起,十日并出,破璧毁珪,人物既尽,头会箕敛,杼柚其空。

用上古天灾、秦时人祸以及东周、西汉末年的动乱相比,用典贴切。传说庾信曾称赞此文,虽未必是事实,但至少反映唐以前人对这篇碑文有比较高的评价②。温子昇的文章不仅以辞藻见长,而且善于表达辞令。《北齐书·神武纪》下载有他为元修作《答高欢敕》,语气不卑不亢,处处责难高欢而又宛转合度,如:"本望君臣一体,若合符契,不图今日,分疏到此!古语云:越人射我,笑而道之;吾兄射我,泣而道之。朕既亲王,情如兄弟,所以投笔拊膺,不觉歔欷。"当时双方矛盾已发展到剑拔弩张的程度,而敕义还是那样雍容自如。这种文章

---

① 《韩陵山寺碑》,《艺文类聚》及《全后魏文》均作"寒陵山寺碑",唯唐张鷟《朝野佥载》卷六载庾信说北方文人"唯有韩陵山一片石堪共语"作"韩"。考史籍,高欢战胜尔朱氏之地实名"韩陵",作"寒"乃音近而误。古书中"韩"字误作"寒"者不乏其例。如庾信《燕歌行》"辟恶生香赠韩寿"句,《文苑英华》卷一九六误"韩"为"塞"。韩寿乃西晋人名,作"塞"者当由"韩"、"寒"音同,误为"寒寿",又在传抄中误而作"塞"。
② 《朝野佥载》所记庾信称赞《韩陵山寺碑》事,可靠性尚难判定。但下文又言庾信称赞卢思道、薛道衡事,则不可信,详见本书第 435 页注①。然而即使并非庾信的话,也是反映了唐以前人的看法。

正是继承了《左传》、《国语》中行人辞令的传统,而这类文字,又为实际政治中所需要。温子昇的骈文能够做到典雅而达意,恰当掌握分寸感,因此就成为北朝文的典范之作。北魏各派政治力量常常要让他起草文书,当然是由于他在这方面的技巧高出时辈。

温子昇也善于写诗。他的诗明显地从南朝诗歌中学习借鉴到不少有益的成分,像《从驾幸金墉城》中"细草缘玉阶,高枝荫桐井。微微夕渚暗,肃肃暮风冷",写行宫的幽静,宛然齐、梁体格。不过他也有自己的特色,例如有名的《捣衣》诗:

> 长安城中秋夜长,佳人锦石捣流黄。香杵纹砧知近远,传声递响何凄凉。七夕长河烂,中秋明月光。蠮螉塞边绝候雁,鸳鸯楼上望天狼。

这首诗写思妇的心情。诗中并没有直说到征戍,但处处表现出思妇对征夫的想念。在北朝文人诗中,这是比较为人传诵的一篇。诗纯用白描,气格已和后来沈佺期等人的作品较为相近。他还有一些诗更能代表北朝诗风,如《白鼻䯈》,模仿《梁鼓角横吹曲》中的《高阳王乐人歌》。诗中写豪门少年相聚酒肆的情状,在南朝诗中为少见,而和唐代卢照邻《长安古意》、骆宾王《帝京篇》中某些描写类似。他的《凉州乐歌》二首更有新意。如第二首:

> 路出玉门关,城接龙城坂。但事弦歌乐,谁道山川远!

描写征戍远行的诗歌,多作悲愁凄苦之音,温子昇这首诗却以之为乐事,独标一格。从标题来看,这两首可能受到西凉音乐的影响。

第三节　邢邵、魏收和北齐作家

　　自从公元五三四年北魏孝武帝元修西奔长安之后,北方就出现了东魏和西魏两个政权。不久,东魏又为北齐所替代,而西魏也为北周所替代。东魏和北齐占据的是原来北魏时代政治、经济和文化最发达的黄河中下游地区。北方的文人大抵聚居在这一带。再加上南朝自侯景之乱后,一些文人也逃到北齐境内,更促进了北齐文学的繁荣。所以《北齐书·文苑传序》说:"有齐自霸图云启,广延髦俊,开四门以纳之,举八纮以掩之,邺京之下,烟雾霏集。"

　　北齐作家中最著名的当推邢邵(496~?)①。邢邵,字子才,河间鄚县(治今河北任丘北鄚州镇)人。早年曾任北魏宣武帝元恪的"挽郎"(皇帝丧仪中唱挽歌者),卒年在北齐武成帝高湛即位(561)以后②。他曾历任骠骑将军西兖州刺史、中书令、国子祭酒,加特进。《隋书·经籍志》录其集三十一卷(《北齐书》本传作三十卷);而《洛阳伽蓝记》则记为五百余篇。但《洛阳伽蓝记》写成时,邢邵尚在③,

---

① 《北齐书·魏收传》云:"收少子才十岁。"魏收生于北魏宣武帝正始三年(506),则邢邵当生于孝文帝太和二十年(496)。请参看拙作《邢邵生平事迹试考》,文见《中古文学史论文集》第427页。
② 据《北齐书·袁聿修传》,武成帝大宁初年(561~562),袁聿修还有书信与邢邵来往,说明邢当时尚在。
③ 《洛阳伽蓝记》原序提到东魏武定五年(547)杨衒之行役重过洛阳之事。但全书杀青当在其后。书中记邢邵官至中书令,乃入齐后官职。再后的经历,《洛阳伽蓝记》没有提到,可见成书时邢邵尚在。因此五百余篇恐不包括他晚年所作诗文。

所记篇数恐非全部著作的数字。

邢劭为人不拘小节,有晋人通脱的遗风。性聪明,博闻强记,《北齐书》本传称他"博览坟籍,无不通晓,晚年尤以五经章句为意,穷其指要。吉凶礼仪,公私咨禀,质疑去惑,为世指南。每公卿会议,事关典故,劭援笔立成,征引该洽,帝命朝章,取定俄顷。词致宏远,独步当前,与济阴温子昇为文士之冠,世论谓之温、邢"。东魏时,他曾与温子昇一起修订法律,名为"麟趾新制",又曾任国子祭酒,提倡儒学。据《北齐书·杜弼传》载,他曾与杜弼争论生死问题,他以为"人死还生,恐是蛇足",反对佛教的轮回之说。又说:"神之在人,犹光之在烛,烛尽则神灭。"这些论点都与南朝范缜《神灭论》的见解一致。《北齐书》说邢劭"理屈而止",但杜弼的反驳,实在很难使他"理屈",止而不论,恐怕是屈从于某种压力的结果。

邢劭早年就以文学才能见称。他的诗文取法南朝沈约,而比他稍稍年轻的魏收则仿效任昉。邢劭曾指责任昉"文体本疏",而魏收却一味模仿。魏收反唇相讥,说他剽窃沈约。《颜氏家训·文章》载,邢、魏二人形成了两个文人集团,"各为朋党"。邢劭佩服沈约的原因是"沈侯文章用事,不使人觉,若胸臆语也"。这种主张实际上是反对用僻典,强调写诗文要力求平易自然。尽管如此,邢劭并不主张单纯模仿南朝文风。在《萧仁祖集序》中,他表示:"昔潘陆齐轨,不袭建安之风;颜谢同声,遂革太元之气。自汉逮晋,情赏犹自不谐;河北江南,意制本应相诡。"主张文学应随着时间、地点的变更而不同,无疑是正确的。然而他的创作实践和理论并不能完全一致,骈文写作仍以模仿为主;诗歌华丽处不及沈约,也只是学而未至,并非故意立异创新。但邢劭生活和创作的时代,南朝文人已经坠入宫体诗风之中而不能自拔,从总的成就来说,难于和沈约等人媲美,所以他认真学习沈约所取得的成就,不但见重于北朝,也为南方士人所重视。据《北史》本传载,南朝曾称他为"北间第一才士",和温子昇在南朝人心目中的地位颇相近似。

邢劭的骈文大抵是应用文字,文风华丽和温子昇相近。他的《新宫赋》尚有佚文,见《艺文类聚》卷六二。其中有些地方铺陈雕绘:

> 尔其状也,则瑰谲屈奇,澜漫陆离。嵯峨崔嵬,巉岩参差。若密云之乍举,似鹏翼之中垂。布菱华之与莲蒂,咸反植而倒施。若承露而将转,似含风而欲披。土成黼黻,木化蛟螭。布红紫之融泄,间朱黄之赫曦。兽狂顾而犹动,鸟将骞而中疲。木神水怪,海若山祇,千变万化,殊形异宜。

像这些描写都吸取了汉赋夸饰的手法而避免了堆砌奇字的弊病。北朝辞赋中除庾信的作品以外,这篇赋还是值得提到的。他的诗成就较高,其中如《思公子》:

> 绮罗日减带,桃李无颜色。思君君未归,归来岂相识!

写妇女想念丈夫,扫尽浮靡,在平易清淡中见出深情,颇近谢朓、王融等人的短诗。他的《七夕》诗和梁陈一些诗人同类题材的作品写法相似而较古拙。至于《冬日伤志篇》则更能显出他自己的特色:

> 昔时惰游士,任性少矜裁。朝驰玛瑙勒,夕衔熊耳杯。折花赠淇水,抚瑟望丛台。繁华忽昔改,衰病一时来。重以三冬月,愁云聚复开。天高日色浅,林劲鸟鸣哀。终风激檐宇,余雪满条枚。遨游昔宛洛,踟蹰今草莱。时事方去矣,抚己独怀哉!

情调悲凉,对洛阳残破景象感慨极深,大约作于晚年。据《北齐书·魏收传》载,邢劭晚年"既被疏出",再加上孝昭帝高演杀杨愔,总揽政权以后,政治日趋混乱。邢劭本人和杨愔交谊甚笃,因此感受更为深切。全诗属对自然,笔力刚劲,以感情真切取胜。诗风高古,近于魏晋间的作品。

在"温、邢"之后又有"邢、魏"并称。魏即魏收(506~572),字伯起,巨鹿下曲阳(今河北晋州)人。他自矜文才,在《魏书·自序》中有许多自我标榜,而且借引齐文襄帝高澄的话,贬抑温子昇和邢劭。魏收虽有才华,而儇薄傲物,所以颇招非议。他虽然自负,但南朝文人对他却不大重视。据唐刘悚《隋唐嘉话》下卷载,徐陵出使北齐南归时,魏收把自己文集送他,"令传之江左",徐陵渡江时把它投入水中,说"吾为魏公藏拙"。魏收诗基本上只是模仿南朝诗风,不像温、邢的诗作有自己的特色。如:

绮窗斜影入,上客酒须添。翠羽方开美,铅华汗不沾。关门今可下,落珥不相嫌。

——《永世乐》

春风宛转入曲房,兼送小苑百花香。白马金鞍去未返,红妆玉箸下成行。

——《挟琴歌》

情调与宫体诗毫无二致。其他几首五言八句的诗,如《月下秋宴》、《五日》,还有一点浑厚之气。至于像为高澄所赏识的"尺书征建邺,折简召长安",似乎国力雄厚到不动干戈就能使南方和西方的敌国臣服,不过是徒作壮语,以取媚当道而已。

魏收的宗尚任昉，创作的主要成就在文。他自称"会须作赋，始成大才子。唯以表章自许，此同儿戏"①。可惜他的辞赋没有一篇流传，只能从《北齐书》本传所载才知道他写过《南狩赋》《骋游赋》《皇居新殿台赋》《怀离赋》。实际上当时朝廷所重视的正是他的章表诏令类应用文，"自武定二年(544)以后，国家大事诏命，军国文词，皆收所作。每有警急，受诏立成。或时中使催促，收笔下有同宿构，敏速之工，邢、温所不逮"。《北史》本传还有一段更加具体的记载："侯景叛入梁，寇南境。文襄(高澄)时在晋阳，令收为檄五十余纸，不日而就。又檄梁朝，令送侯景，初夜执笔，三更便了，文过七纸，文襄善之。"后者现存，见《文苑英华》卷六五〇，全文近一千八百字②，虽然是照例的虚声恫吓，但说到侯景"豺声蜂目之首，狼心狐魅之徒，义无父子，弃同即异，捐亲背德，于我尚反目而去，在梁则何施可怀"，却不幸而言中。

　　魏收在散文方面的成就表现在《魏书》的写作中。此书虽被称为"秽史"，以徇私曲笔为人诟病，但其叙事技巧则多有可取。书中记魏孝文帝政绩及北魏后期诸王贵族事迹，朝廷内部争权斗争，尽管很复杂，却写得层次井然，有声有色。书中写北魏前期事稍为逊色，但某

---

① 《北齐书·魏收传》："收以温子昇全不作赋，邢(劭)虽有一两首，又非所长。常云：'会须作赋，始成大才士。唯以章表碑志自许，此外原同儿戏。'"中华书局标点本据《太平御览》卷五八七引《三国典略》作"唯以章表自许，此同儿戏"，并以《御览》为是。按，所校是。魏收这一番话意在贬抑温、邢，若据《北齐书》则文义难通，此处引文从《御览》。

② 侯景叛魏入梁，北朝政府移檄南朝恐不止一次。《魏书·岛夷萧衍传》《艺文类聚》卷五八、《文苑英华》卷六四五等都收有这一性质的移檄，共三篇，作者的主名也有慕容绍宗、杜弼、魏收等三人。请参阅严可均《全后魏文》卷五四、《全北齐文》卷四、卷五。

些传说如《高允传》中记高允现崔浩史案中的刚直性格,以及其他一些传记中写宋魏交兵中的一些史实,也很生动。所以张溥认为魏收尽管倾心任昉,"若问史才,隐侯(沈约)《宋书》亦其兄事也"(《魏特进集》题辞)钱锺书更明确指出"魏收《魏书》叙事佳处,不减沈约《宋书》"(《管锥编》卷四第 1509 页)。

除了邢、魏外,北齐作家以祖鸿勋、刘逖、祖珽、阳休之等人比较有名。祖鸿勋的《与阳休之书》,在北朝骈文中颇得潇洒之致,如:

> 萝生映宇,泉流绕阶。月松风草,缘庭绮合;日华云实,傍沼星罗。檐下流烟,共霄气而舒卷;园中桃李,杂椿柏而葱蒨。时一褰裳涉涧,负杖登峰,心悠悠以孤上,身飘飘而将逝,杳然不复自知在天地间矣!

这种情调很接近魏晋人,清逸而无浓丽之色,刘逖的诗则属艳丽工整一派。如《秋朝野望》:

> 驻车凭险岸,飞盖历平湖。菊寒花稍发,莲秋叶渐枯。向浦低行雁,排空转噪乌。若将君共赏,何处减城隅。

其他诗作如《对雨》、《浴温汤泉》也是这种格调。祖珽在政治上的事迹,论者毁誉不一,但诗作则较质朴,如《从北征》、《望海》诸作,景象比较开阔。阳休之活到隋代,他曾为《陶渊明集》作序,称陶诗"辞采虽未优,而往往有奇绝异语"。他自己的创作,《北齐书》本传评为"文章虽不华靡,亦为典正"。但他今存诗作,如《春日》、《咏萱草》等,却是刻意求对的绮丽之作。据《文镜秘府论·四声论》云:"齐仆射阳休之,尝(当)世之文匠也,乃以音有楚夏,韵有讹切,辞人代用,今古不同,遂辨其尤相涉者五十六韵,科以四声,名曰《韵略》,制作之士,咸取则焉,后生晚学,所赖多矣。"《隋书·经籍志》录有阳休之《韵略》一卷。此外,声望不大的郑公超,虽仅存诗一首,但颇有情致。这说明到北齐时,一些北方文人在诗歌技巧方面已有长足的进步。

由南朝入北的一部分作家,也为北齐文学的兴盛做出了贡献。其中最有名的颜之推,将在下一章中作专节论述。除颜之推以外的作家以萧悫为最著,其代表作为《秋思》:

> 清波收潦日,华林鸣籁初。芙蓉露下落,杨柳月中疏。燕帏绀绮被,赵带流黄裾。相思阻音信,结梦感离居。

据《颜氏家训·文章》说,颜之推和他的朋友如诸葛汉等都欣赏"芙蓉"二句,但卢思道等北方文人则不以为然。这两句诗锻炼之极而归于自然,颜之推说"吾爱其萧散,宛然在目",还是中肯的评论。卢思道之徒不喜欢,或许是嫌其流于纤细。诗的后四句写相思之情,则给人以拼凑续貂之感。萧悫的诗也有通篇较好的,如《春庭晚望》:

> 春庭聊纵望,楼台自相隐。窗梅落晚花,池竹开初笋。泉鸣知水急,云来觉山近。不愁花不飞,到畏花飞尽。

前人评末二句为"情深妙语"。这种深婉细腻的伤春情调,在南北朝诗作中并不多见,到了唐宋词中才大量以各种形式被曲折地表达。

北齐的一部分作家,如卢思道、薛道衡、李孝贞、孙万寿等,都生活到隋代,将在隋代部分加以论述。

第二十一章 《水经注》、《洛阳伽蓝记》和《颜氏家训》

第一节 《水经注》

《水经注》是北魏时期的一部重要地理著作,同时也是一部价值很高的文学作品。

作者郦道元(466？~527),字善长,北魏范阳涿(今河北涿州)人①。父郦范,孝文帝时曾任平东将军,青州刺史。郦道元在孝文帝太和后期任尚书主客郎,治书侍御史②。宣武帝景明中(500~503),

---

① 《魏书》、《北史》皆作"范阳鹿人"。《魏书·地形志》范阳郡有涿无涿鹿。按,《水经注·巨马河》:"巨马水又东,郦亭沟水注之。水上承督亢沟水于迺县东,东南流,历紫渊东,余六世祖乐浪府君,自涿之先贤乡,爰宅其阴。"据此则郦道元当为涿人而非涿鹿人。请参阅段熙仲《郦道元评传》,见《中国历代著名文学家评传》第一册。

② 郦道元任治书侍御史,《魏书》本传仅言在孝文帝太和间。但郦道元得任此职是由于御史中尉李彪的汲引,李彪免官,郦道元也随之罢职。据《魏书·李彪传》、《高祖纪》,事当在太和十九至二二年间(495~498)。

任冀州镇东府长史,代行州事。为政严刻,吏人畏惧。又任鲁阳太守,设立学校,崇劝教化。延昌中(512~515),为东荆州刺史,河南尹。孝明帝孝昌元年(525),元法僧在彭城反魏自立,不久投梁,郦道元奉诏节度诸军追讨。旋授御史中尉,执法威猛。汝南王元悦嬖人丘念干预官吏任免,郦道元收念付狱,依法处死,并上疏参劾元悦,因此得罪皇亲贵族。其时适逢雍州刺史萧宝夤反形已露,元悦与侍中元徽合谋借刀杀人,派郦道元为关右大使,巡视雍州,萧宝夤果然恐惧,派人在途中设伏,杀死郦道元。

郦道元平生好学,博览群书。撰有《本志》十三篇,又有《七聘》及其他文章行世,今均佚。现存仅《水经注》四十卷。

《水经注》顾名思义,是为《水经》作注。《水经》是一部记述水道的古书,传为汉人桑钦作,但其中有三国时地名,郦道元注中曾屡引桑钦的话而不言是经,所以清代学者多疑并非桑钦所著,而以为三国时佚名氏作。《水经》内容简略,文字枯燥。郦道元以《水经》水道为纲,作了二十倍的补充发挥,实际上已另成专著。全书约三十万字,所记水道一千二百八十九条[①],逐一说明各水的源头、流向、经过、支津、汇合及河道变迁情况,并对每个流域内的山陵岗峦、陂池湖沼、水利工程、名胜古迹、神话传说、历史故事、风土民情、动植矿物、土特名产,等等,都有具体详明的记载。作者的手法是"因水以记地,即地以存古",繁征博引,详加考究,采用书籍多达三百四十多种。其中以北方水系最为精详,对前人讹误多所厘正,对某些没有太大把握之处,则付阙存疑,态度十分严谨。南方某些水系,因为当时南北政权对峙,足迹不及,情况不熟,难免有所疏误。总的看来,《水经注》集我国

[①] 《水经注》所记水道数,过去多作一千二百五十二条。此处据辛志贤《〈水经注〉所记水数考》一文中的数字,见《北京师范大学学报》1981年3期。

六世纪以前地理著作之大成,一千五百年来,一直是历史地理学、考古学、水利史等方面的重要文献,经常为各方面研究者作为权威著作称引。

先秦两汉时期,散文题材以哲理和史传为主,手法以议论和抒情见长。至于自然界景物的描写,虽然《禹贡》、《山海经》、《史记·河渠书》、《汉书·地理志》已有许多山水的名目,却无山水的形象。《楚辞·山鬼》、淮南小山《招隐士》虽有一些山水的形象,但仅仅是想象中的概括,并非真实的摹写,而且主要是作为人物的背景出现。两汉辞赋中有不少山川形势的铺叙形容,但多属表面现象的夸张和品物典故的罗列,缺乏具体如实、形神兼备的刻画。唯一的特例是东汉初马第伯《封禅仪记》中对泰山的集中描写(《续汉书·祭祀志》刘昭注引)。真正山水散文比较普遍的产生,乃是在两晋南北朝时期。

这时的山水散文,首先萌发于地理著作之中,如晋袁山松《宜都山川记》、晋罗含《湘中记》、刘宋盛弘之《荆州记》、刘宋孔晔《会稽记》等。同时包孕于从征出访的记述之内,如晋郭缘生《述征记》、戴延之《西征记》、释法显《佛国记》,等等①。这些书在着重记录山河、城邑、关隘、宫殿、庙宇的同时,也即兴描写了一些名山胜水的奇特而优美的景物。东晋以后,和山水田园诗的兴起同步,诗人们唱和之余,也用散文的形式模山范水,作为诗集的序言或说明,有东晋庐山诸道人《游石门诗序》、王羲之《兰亭集序》、陶渊明《游斜川诗序》、颜延之《三月三日曲水诗序》、王融《三月三日曲水诗序》等;专门的山水游记,有慧远的《庐山记》、谢灵运的《游名山志》等;书信中着力于描写山水自然之美的,有鲍照《登大雷岸与妹书》、吴均《与朱元思书》、陶弘景《答谢中书书》等。《水经注》就是在这样的文学潮流中产生的。

---

① 除《佛国记》以外,别的书都已亡佚。上述结论是据现存片断材料得出的。

《水经注》描写自然山水的篇章，一部分是郦道元根据亲身见闻写的，是他亲自调查访问的记录；一部分则是提炼或抄缀他人著作而成，如三峡部分取自《荆州记》，浙江风光多参考《会稽记》等。后一种情况，往往也在前人的基础上有所创新或加工润色，统摄熔铸，而后荟萃成一家言。所以，《水经注》的山水散文，在某种意义上也是两晋南北朝时期许多作家共同劳动的结晶。

《水经注》山水散文的一个显著特色是艺术的真实感。由于大多出自作者的直接观察，体受深切，所以能够抓住各地山山水水的特殊面貌，突破辞赋中山川描写的类型化、概念化的手法，进行细致入微的刻画，使山水散文走向个性化，从而显示它们的千姿百态。例如同样是写水，长江不同于黄河。同样是岸高水急，写巫峡则突出其凄清幽邃、四季景物各别的优美境界：

> 重岩叠嶂，隐天蔽日。自非亭午夜分，不见曦月。至于夏水襄陵，沿溯阻绝。或王命急宣，有时朝发白帝，暮到江陵，其间千二百里，虽乘奔御风，不以疾也。春冬之时，则素湍渌潭，回清倒影。绝巘多生怪柏，悬泉瀑布，飞漱其间。清荣峻茂，良多趣味。每至晴初霜旦，林寒涧肃。常有高猿长啸，属引凄异，空谷传响，哀转久绝。
>
> ——《江水注》

写孟门则强调其石危浪猛、汹涌奔腾的雄伟气势：

> 此石经始禹凿，河中漱广，夹岸崇深，倾崖返捍，巨石临危，若坠复倚。古之人有言，"水非石凿，而能入石"，信哉！其中水流交冲，素气云浮，往来遥观者，常若雾露沾人，窥深悸魄。其水尚崩浪万寻，悬流千丈，浑洪赑怒，鼓若山腾。浚波颓叠，迄于下

口。方知《慎子》下龙门,流浮竹,非驷马之追也。

——《河水注》

而同一个山峡,西陵又有别于巫峡,沿岸怪石嶙峋,多所象类,如人,如狗,如牛,如虎牙……想象丰富,形容逼真。江浙则是另一番景象:山高林茂,鸟语花香,"涧下白沙细石,状若霜雪,山木相映,泉石争晖","其间倾涧怀烟,泉溪引雾,吹畦风馨,触岫延赏"。种种描写使人应接不暇,美不胜收。

有的篇章还写出了某种自然情趣和意境。如《济水》二:

其水北为大明湖,西即大明寺,寺东北两面侧湖,此水便成净池也。池上有客亭,左右楸桐,负日俯仰,目对鱼鸟,极望水木明瑟,可谓濠梁之性,物我无违矣。

只用几十个字,就勾勒出一幅透明淡雅富于立体感的图画,谱写了一首水流清澈、鱼鸟依人的景象,抒发了投身大自然、忘却人间一切疲劳的无限乐趣,兼有诗画音乐之美。

《水经注》写水着眼于动态,注意力分布于沿岸不同景物的差异,手法上移步换形,随物宛转。而写山则致力于静态,把镜头集中于最有利角度的观察,手法多用鸟瞰和点染。例如写华山突出其上山之艰险,泰山突出其高峻,衡山以芙蓉峰为重点,庐山之胜在瀑布。一些较小的山,则用全景镜头,尽可能给人以整体感。如华不注山,"孤峰特拔以刺天,青崖翠发,望同点黛";嵩梁山"望若苕亭,有似香炉";九疑山"罗岩九举,各导一溪,岫壑负阻,异岭同势,游者疑焉,故曰九疑"。还有的山像宝塔,有的像双阙,有的像楹柱,肖貌传神,曲尽其妙。书中写了许多湖泊池沼。大明湖具有城郊公园特征,湖里渊颇饶南方风味,而阳城淀则"匪直蒲笋是丰,实亦偏饶菱藕。至若娈童丱角,及弱年崽子,或单舟采菱,或叠舸折芰,长歌阳春,爱深渌水,掇拾者不言疲,谣咏者自流响"(《滱水》)。不但写景,而且写人,格调和他处又不相同。

《水经注》不但刻画了许多真山真水的真实面貌,还表现了作者和游人的真情实感,抒发了不同自然环境中审美者不同的心情和体验,使审美的客体和主体在一定程度上得到交融,这是它的又一特色。如《巨洋水》:

水色澄明而清冷特异,渊无潜石,浅镂沙文。中有古坛,参差相对,后人微加功饰,以为嬉游之处。南北邃岸凌空,疏木交合。先公以太和中作镇海岱,余总角之年,持节东州。至若炎夏火流,闲居倦想,提琴命友,嬉娱永日,桂楫寻波,轻林委浪,琴歌既恰,欢情亦畅。是焉栖寄,实可凭袊。

这是郦道元对少年时期和朋友们在熏冶泉上游玩的回忆。感情充沛,笔墨酣畅,语言明快,感人至深。

有些地方,郦道元虽然不曾亲见,但倾心向慕,往往通过别人的话来形容赞美,实际上代表他自己的思想感情。如写西陵峡,作者转引了袁山松的一大段话:

常闻峡中水疾,书记及口传悉以临惧相戒,曾无称有山水之美也。及余来践此境,既至欣然,始信耳闻不如亲见矣。其叠崿秀峰,奇构异形,固难以辞叙。林木萧森,离离蔚蔚,乃在霞光之表。仰瞩俯映,弥习弥佳,流连信宿,不觉忘返,目所履历,未尝有也。既自欣得此奇观,山水有灵,亦当惊知己于千古矣。

——《江水》

这段话不仅写景抒情俱佳,而且说明了一个基本的美学原理:美的事物只有被具有审美眼光的人所发现,才能成为审美的对象。郦道元等人(包括袁山松)正是祖国丰富绚丽的山水自然之美的发现者。

《水经注》的写景语言,既不同于辞赋,没有堆砌奇字僻词的现象;也不完全是骈文,而是以散驭骈,流畅自然,摇曳多姿。在文字技巧上,它综合吸收了辞赋、骈文尤其是山水诗的经验,形成了简练精粹、绚丽多彩、峭拔隽永的鲜明风格,有些句子几乎诗化。如"林渊锦镜,缀目新眺",几层意思只用八个字概括。"青崖翠发"、"奇峰霞举",故意颠倒词序,这样的造句方法显然从诗歌中汲取而来。"云峰相乱","云垂烟接","峰次青松,岩悬赭石,于中历落有翠柏生焉。丹青绮分,望若图绣矣",如此细致地观察和安排色彩,当和绘画艺术的发展不无关系。作者还特别善于运用比拟手法。"长林插天,高柯负日",把静物写成动态;"襟涧带谷",则是用静物比拟动态。有的形容比喻,充满了丰富奇特的想象。如"山高入云,远望增状,若岭纡曦轩,峰枉月驾",极言山之高峻,其峰岭竟然可以使日月之神的车子绕道才能通过。虽然不是神话,却含有神话般的幻境。这些地方,都可以看出和当时的山水诗有密切的联系。《水经注》多次提到谢灵运、吴均的诗歌,个别句子甚至有意模仿;其笔调淡雅清绮又和谢朓类似,而意境开阔深邃则与鲍照相通。

从现有史料来看,郦道元为官风厉,属于作风正派的人物。魏收把他列入《酷吏传》,很可能是因为当时权贵对郦道元舆论不佳的缘故①。《水经注》中有一些记载,记录了古人为民造福的业绩而加表

---

① 《魏书》中许多记载是否真实,褒贬是否得当,后代史家颇多议论。列郦道元于"酷吏",显然未必恰当,因为《魏书》中"酷吏"的概念和汉代不同,而魏收并没有举出有力的史实。

彰，如记李冰修都江堰、王景开浪荡渠等；有一些记载对残忍暴虐表示了强烈的愤慨，如记秦始皇修陵墓、项羽坑降卒；有一些记载表示了对下层人民的同情，如记流头滩、沔滩水急浪险的行者之苦。作者在记录描写中有时也发一点议论，不过更多的是引用民歌民谣来表示自己的倾向。

《水经注》还记录了许多流行于各地的神话传说和民间故事，或赞扬不屈服于暴力的反抗者，如神童王次仲的传说；或说明行善济困终得好报，如阳翁种玉；或表现人民的苦难，如女观山、贞女石，等等，和当时志怪小说中常常出现的迷信恐怖颇有不同。《水经注》中关于名胜古迹、园林、宫殿、寺庙、墓葬的记述很多，在历史学、考古学上也具有价值，如洛阳华林园、成都七桥、长安十二门、邺城三台、平城永固石室等，描写精致、准确、详细，重点突出，层次分明，恰似一幅导游图，和同类题材的大赋之铺张扬厉，夸饰渲染风格迥然有别。此外，书中还记录了全国各地一些风土民俗、土特名产、动植矿物，以及各种奇怪罕见的自然现象，娓娓而谈，都可看作知识小品、札记随笔，科学性、文学性兼而有之。

《水经注》规模宏大，包举万状，各种描写技巧被娴熟地运用，但由于涉及的对象过多，命意遣辞，有时难免有某种程度的重复。然而总的来说，仍无愧于前人的种种赞誉。许多古代学者认为郦道元是山水散文的高手，《水经注》是游记文学的先导。如明人张岱说："古人记山水手，太上郦道元，其次柳子厚，近时则袁中郎。"(《跋寓山注》)柳宗元的游记不少地方可以看出受《水经注》的影响，如《小石潭记》中的"潭中鱼可百许头，皆若空游无所依"，所本为《水经注·沔水》，是最明显的一例。宋苏轼，元刘因，明杨盛，清刘献廷、赵一清、刘熙载等，都十分喜爱《水经注》的文字。明钟惺、谭元春、朱之臣、陈仁锡，清马曰璐、王礼培等人，都有《水经注》评点行世。宋陆游《入蜀记》，明徐宏祖《徐霞客游记》,刘侗、于奕正《帝京景物略》,清姚鼐、恽敬、袁枚等人的游记,也深受《水经注》的启发。书中某些文字技巧,绮语佳句还常为后代诗人所吸收借鉴,浸润极为深广。至于在历史地理学方面,研究《水经注》已成为明清时代史学热门之一,被称为"郦学"。

关于《水经注》的版本,最著名的是《永乐大典》本,其所据原本无疑是宋、元遗物。卷首有郦道元原序,为各本所无。明刊本中最重要的是朱谋㙔的《水经注笺》。在清代的研究者中,最早有赵一清的《水经注释》,稍晚有戴震为首的官校武英殿本,吸收了赵一清及其他各本的成果,被认为代表清代郦学的最高水平。此外,还有全祖望的七校本,王先谦的合校本,影响都很大。近人杨守敬、熊会贞的《水经注疏》(科学出版社一九五五年影印本),集各家校勘之大成,并且有详细的疏证,是目前最好的校注本。

第二节 《洛阳伽蓝记》

《洛阳伽蓝记》是东魏时期的一部散文著作。作者杨衒之[①]。原籍北平(今河北满城)人。其生卒年和生平都不详,仅有零星的材料知道他在孝庄帝永安年间(528～530)为奉朝请,曾参预孝庄帝华林园的马射,在百官中解释"苗茨"的意思是"以蒿覆之",即"苗"为

[①] 杨衒之的姓,《史通·补注》、《郡斋读书志》二、《百川书志》五作"羊",《新唐书·艺文志》作"阳",有的研究者且怀疑为阳固之子、阳休之弟。由于缺乏确证,本节中从《洛阳伽蓝记》中作者自书和最早的目录如《历代三宝记》、《隋书·经籍志》,姑作"杨"。

"茅"的假借字①。后来做过期城太守,时间当在东魏孝静帝元象元年(538)期城陷于西魏之前②。本书自序记"武定五年,岁在丁卯",作者重过洛阳,然后写作此书,所署官衔为"魏抚军府司马",其在孝静帝武定五年(547)曾任此职。之后又外任秘书监,曾上书批评"释教虚诞,有为徒费",并列举僧徒的"贪积无厌"(《广弘明集》卷六《叙历代王臣滞惑解》)③。

北魏时期,统治阶级普遍佞佛。在建都平城时期,太武帝拓跋焘曾大规模灭佛,但拓跋焘死后不久,文成帝拓跋濬即重兴佛教。和平元年(460),昙曜开始在平城开山凿窟,雕建佛像,其后不断凿建,留存至今,即大同的云冈石窟。孝文帝迁都洛阳后,几代帝王一方面开凿龙门石窟,一方面又在城内外大量兴建佛寺,最盛时多达一千三百六十七所,占民房的三分之一,耗费的资财难以想象。北魏末,六镇军人的首领高欢击败尔朱氏,入洛阳,又与关中的西魏不断争战,迁都邺城。极度繁华的洛阳"城郭崩毁,宫室倾覆,寺观灰烬,庙塔丘墟"(《洛阳伽蓝记序》),史称永熙之乱。乱后十余年,杨衒之因公重返洛阳,看到这种

---

① 见《洛阳伽蓝记》卷一记华林园,原文作"永安中年,庄帝马射于华林园"云云。永安仅三年,可见此当为五二九年事。又,奉朝请在元魏为从第七品,官阶甚低,一般为始入仕途的官职。其时杨衒之当在二十余岁,所以可以推测其生年大约在公元五〇〇年以后不久,即魏宣武帝元恪初年。
② 参看范祥雍《洛阳伽蓝记校注》附编一《杨衒之传略》。
③ 原文作"杨衒之,北平人,元魏末为秘书监"。据《魏书·官氏志》抚军将军属从第二品,从第二品将军司马属第五品,秘书监属第三品。但北齐代东魏在公元五五〇年,与杨衒之行役洛阳仅相去三年,如署衔和《广弘明集》的记载均不误,就可以推得此书大约成于公元五四七年之后一二年,而外任秘书监则已是东魏亡国的前夕。由此还可以推测作者当卒于北齐时期,年过五十。严可均《全上古三代秦汉三国六朝文》于杨衒之小传云"齐天保中卒",虽近事理,但不知何据。

凄凉残破的情况,有黍离麦秀之感,于是写作了这部《洛阳伽蓝记》。伽蓝,意即寺庙。作者在书中所表露的感情是鲜明的,他通过佛寺的兴废寄托了对元魏王朝崩溃的哀悼,也表达了对王公贵族奢靡淫佚、"不恤众庶"的谴责。

《洛阳伽蓝记》共分城内、城东、城南、城西、城北五卷,每卷以著名佛寺为纲目,兼及有关的宫殿、邸宅、园林、佛塔、塑像等。刘知几《史通·补注》指出,《洛阳伽蓝记》的文字中有一部分是作者自己作的注释,在行中连写,"如子从母",称为"子注"。从实际情况看,这个判断是没有疑问的,惜乎今天已难于分辨了①。

在传统的分类方法中,《洛阳伽蓝记》属于史部地理类,它也确实是一部有关北魏洛阳的重要的历史资料。但和《水经注》近似,它同时又是一部成就很高的散文。这首先表现在作者以生动精致的笔墨,巧妙地描述了不同建筑的多姿多彩,或宏丽,或精美,标志了我国散文写景状物的艺术水平有了新的开拓。

洛阳佛寺中规模最大的永宁寺,为胡太后所造。卷一《永宁寺》条先叙寺内木塔高达九十丈②,共九级,每级四角,每角皆悬金铎,"高风永夜,宝铎和鸣,铿锵之声,闻及十余里"。在对这一主建筑作了详尽的描写以后,乃接叙佛殿、佛像、僧房,"楼观一千余间,雕梁粉壁,青琐绮疏,难得而言。栝柏椿松,扶疏檐霤,翠竹香草,布护阶

---

① 清代的吴若准,近代的唐晏都做过分辨工作,但至多只能是一家言,无法证明其确能符合原书的本来面貌。

② 胡太后,宣武帝皇后,孝明帝母,是类似于汉代吕后、唐代武则天式的人物。曾临朝听政,自称曰朕,群臣尊称为陛下。魏献文帝天安元年(466)在平城造永宁寺,洛阳的永宁寺则建于孝明帝熙平中(516年左右),均见《魏书·释老志》。至于塔高九十丈,当然是夸大之辞。

墀"。然后又接叙四门,门前的四力士、四狮子。对这样一所集合建筑、雕塑、绘画、装饰多种艺术于一体的文物群,作者的描摹由远而近,由大至小,由主及次,极为清晰具体,繁简适中。再如对园林的描写:

> 千秋门内道北有西游园,园中有凌云台,即是魏文帝所筑者。台上有八角井,高祖于井北造凉风观,登之远望,目极洛川。台下有碧海曲池,台东有宣慈观,去地十丈。观东有灵芝钓台,累木为之,出于海中,去地二十丈。风生户牖,云起梁栋,丹楹刻桷,图写列仙。刻石为鲸鱼,背负钓台,既如从地踊出,又似空中飞下。
>
> ——卷一《瑶光寺》

作者一路写来,景象迭出,若不经意而自然生动,足以代表北朝散文的特色。其他如建中寺凉风堂(卷一)、正始寺旁张伦宅中景阳山(卷二)、景明寺三池(卷三)等,都着墨不多而能绘声绘色,曲尽其妙。

这一类对于洛阳名胜的记载说明,在历史的兴废变迁和地理的距离方位、四傍依附等各方面,都做到了体例清晰、层次分明、井然有序,显然受到过《水经注》的启发。在语言的运用上,其夸饰渲染,无疑有辞赋的影响,但并不像汉人那样铺张扬厉。记事以散体为主,繁而不厌,骈偶倾向则较《水经注》更为明显,这和当时碑志文的发展有一定关系。明代毛晋对此书的语言作了很高的评价:"妙笔葩芬,奇思清峭,虽卫叔宝之风神,王夷甫之姿态,未足以方之矣。"(绿君亭本《洛阳伽蓝记》跋语)晚明时代"性灵说"风靡文坛,《洛阳伽蓝记》中小品式的文字受到称赏,是很自然的事。

杨衒之在书中对贵族的荒淫豪侈表现了极大的厌恶,明白地指出"帝族王侯,外戚公主,擅山海之富,居川林之饶,争修园宅,互相夸竞"。其中以河间王元琛最为豪富:

> (琛)引诸王按行府库,锦罽珠玑,冰罗雾縠,充积其内,绣缬、绸绫、丝彩、越葛、钱绢等不可数计。琛忽谓章武王融曰:"不恨我不见石崇,恨石崇不见我!"融立性贪暴,志欲无限,见之惋叹,不觉生疾,还家卧三日不起。……及太后赐百官负绢,任意自取,朝臣莫不称力而去。唯融与陈留侯李崇负绢过任,蹶倒伤踝。太后即不与之,令其空出,时人笑焉。侍中崔光止取两匹,太后问:"侍中何少?"对曰:"臣有两手,惟堪两匹,所获多矣。"朝贵服其清廉。
>
> ——卷四《法云寺》

作者揭示了这种骇目惊心的侈靡和贵族们的贪鄙,但笔下仍然微而且婉。前面记元琛在秦州刺史任,"多无政绩",较之《魏书·河间王若附琛传》所记元琛"在州聚敛","百姓患害,有甚狼虎",要显得缓和,但杨衒之用一连串事实所说明的问题,则又远非《魏书》几行抽象的评述所能比拟。两段小事中所写元融贪鄙的性格,尤为鲜明突出,而且又通过崔光的知足谦让以作对比,这种技巧,也可以算得"狙击之辣手"了。

《洛阳伽蓝记》毕竟是一部史书,作者在叙述佛寺的同时,往往连带而及有关的人物和事件,有的是以史家的谨严秉笔直书,有的则是随意点染。书中有两大段文字最为史学家所注意。其一是《永宁寺》中详细记叙了元魏皇室和尔朱氏军阀集团之间的斗争经过,从胡太后专政到孝庄帝诱杀尔朱荣,尔朱世隆又杀孝庄帝,对这次北魏后期政治上最重大的事件,叙述周详而重点突出,不但说明了事件的原因、经过,而且刻画了一些激烈的场面和精彩的细节,如同目睹刀光剑影和当事者的钩心斗角,使人惊心动魄,正史中所不便或不敢明白记载的地方,赖此而得到了补足。其二是卷五之末记敦煌人宋云宅一大段,这是杨衒之据惠生《行纪》、宋云《家纪》、《道荣传》综合而成的文字,记惠生等西行求法取经途中各国的地理、风俗、人物,为中外交通史上的重要文献。《行纪》等三书早佚,仅赖杨衒之的综合而得以保存某些部分,所以历来为中外的专家所重视。

除了上述两大段重要文字以外,书中还有许多值得注意的社会经济文化史料,举几例以见一斑。一、当时元魏虽然汉化,南北之间的界限依然严格。朝臣中南人投北或北人投南,都可以受到封赏,但从卷二《洛阳小寺》所记洛阳的南人三千余家聚居一处,自立巷市,北人谓之鱼鳖市,可见北人对南人的抵制、防范、轻视,依然是社会生活中的一个不能回避的问题。此条并记梁武帝遣陈庆之送元颢入洛,陈庆之与杨元慎争论正统,陈庆之为杨元慎所嘲谑。作者站在北方士族的立场对南人多所诋毁,当然并不足怪,然而陈庆之竟为之心悦诚服,返梁为习州刺史,"羽仪服式,悉如魏法。江表士庶,竞相模楷,褒衣博带,被及秣陵"。所记或属夸大,但对南北之间的排斥和交融写得极为生动,在南朝的史料中很难看到这样的记载。二、卷三《报德寺》记南齐王肃因父兄为齐武帝所杀奔逃入魏,极为孝文帝所重。王肃食性不改,不食羊肉、酪浆而喜鱼羹、茗汁,不为北人所理解。王肃回答孝文帝,说羊与鱼的味道各有优劣,"唯茗不中与酪作奴"。北人刘缟效法王肃喝茶,被讥为逐臭之夫、学颦之妇和"水厄"。从此"酪奴"与"水厄"遂成后代文人戏谑习语。三、某些轶事传闻,如田僧超以悲壮的笳声鼓舞战士杀敌(卷四《法云寺》);朝云假扮贫妇,吹篪感动羌人归降(同上);荀子文与李才对答,言辞锋利,颇似《世说新语·言语》所记孔融之对李膺(卷三《高阳王寺》);刘白堕善酿酒,盗饮之而醉,致使游侠有"不畏张弓拔刀,唯畏白堕春醪"之语(卷四《法云寺》),等等,穿插点缀,得当合度,笔墨不多而得自然隽永之致。

《洛阳伽蓝记》中还记载保存了一些珍贵的文学史料。例如有关常景、温子昇、张斐裳、邢劭等人的多处记载,研治文学史的人都可以从中取资;李元谦和郭文远家婢春风用双声字互相嘲谑(卷五《凝圆寺》),可以看出声韵之学在北朝的发展;梁豫章王萧综入北,作《听钟歌》,哀怨悱恻,在卷二《龙华寺》中就记载有一些背景材料①。

杨衒之曾上书辟佛,但看来主要是从政治、经济,而不是从世界观的角度出发的。因为《洛阳伽蓝记》中录有大量神怪灵异、因果报应的故事,有的还比较恐怖,不像郦道元《水经注》中所记载的善善恶恶,富有人情味。

总的来说,《洛阳伽蓝记》是一部有价值的北朝历史散文。清人吴若准说:"杨衒之慨念古都,伤心禾黍,假佛寺之名,志帝京之事。凡夫朝家变乱之端,宗藩废立之由,艺文古迹之所关,苑囿桥梁之所在,以及民间怪异,外夷风土,莫不巨细毕陈,本末可观,足以补魏收所未备,为拓跋之别史。"(《洛阳伽蓝记集记》自序)李宗昉说:"抚军行役,感念兴废,用是拾旧闻,叙故迹,成书五篇。文足与郦道元《水经注》肩随,述尔朱之乱足与史传参证,采古迹艺文及外国风土道里,又可广博见闻,非止词藻秾丽,援据精审而已。"(同上题辞)这两家的评论,大体上可以概括此书的价值。此书目前较好的通行本是今人范祥雍的《洛阳伽蓝记校注》和周祖谟的《洛阳伽蓝记校释》。

---

① 请参看本书第399页注①。

第三节　颜之推和《颜氏家训》

颜之推(531~591?),字介,祖籍琅邪临沂(今属山东)人。先祖随东晋元帝过江,定居建康。父颜协是梁代文人,曾在萧绎幕下,《梁书·文学传》有传。颜氏世通《周礼》、《左传》,又通文字学。颜之推九岁丧父,在兄长抚养下长大,继承家学,同时又喜好文学。梁武帝太清初,曾任湘东王萧绎国常侍,加镇西墨曹参军①。太清三年(549),侯景攻陷台城。萧绎使其子萧方诸出镇郢州(治所在江夏,今湖北武昌),以颜之推掌管记,随行。梁简文帝大宝二年(551),侯景派兵进攻郢州,擒方诸,颜之推亦被执。侯景平后,还江陵,任散骑常侍,奉元帝萧绎命校勘王僧辩自建康运至江陵的典籍。西魏攻克江陵,颜之推又被掳至关中,在弘农为西魏阳平公李远掌书翰。后闻在北齐的梁代旧臣有人被遣送回南,又逃奔北齐,想由此南返。但不久陈霸先代梁称帝,他就滞留于北齐,颇得文宣帝高洋的信任,官奉朝请。后主武平中,待诏文林馆,为司徒录事参军,撰《修文殿御览》。又任通直散骑常侍、黄门侍郎诸职。齐亡入周,为御史上士。隋文帝开皇中,太子杨勇曾召以为文学,颇加优礼,不久病卒,年六十余岁。

颜之推是一位学者,思想体系属儒家,不喜老、庄。著有《颜氏家训》二十篇,又有《冤魂志》三卷、《证俗文字》五卷、文集三十卷。今

---

① 颜之推出仕时官职为湘东王国常侍,加镇西墨曹参军。据《梁书·元帝纪》,萧绎第一次任镇西将军为大同二至五年,时颜之推仅七岁。可见他出使时间应在太清元年,萧绎再次为镇西将军荆州刺史之后。

除《颜氏家训》及《冤魂志》外均早佚①,存诗四首,《观我生赋》一篇。

颜之推在《颜氏家训·文章》中,称"吾家世文章,甚为典正,不从流俗";并说萧绎作《西府新文纪》,不收录颜协之作,因为"不偶于世,无郑卫之音故也"。他自己的诗文,大约以他父亲为榜样,不作艳诗,而且辞藻也远不像一般南朝文人那样华丽。但是和北齐同时文人之作相比,则又略见藻绘,所以《北史》本传评为"辞情典丽"。《古意二首》之一写出仕梁元帝受到宠信和江陵陷落入北后的悲痛。作为世代正统的儒生,祖父颜见远曾在齐梁易代之际不食而死,颜之推的伦理道德观念比庾信要强烈,入仕北朝,思想矛盾也更尖锐,所以诗中毫不避讳地有"未获殉陵墓,独生良足耻。悯悯思旧都,恻恻怀君子"这样的句子。诗的辞藻不求华丽,对仗不求工切,这也许正是他所标榜的"典正"的内容之一。另一首《从周入齐夜度砥柱》则较近南朝的诗体:

> 侠客重艰辛,夜出小平津。马色迷关吏,鸡鸣起戍人。露鲜华剑彩,月照宝刀新。问我将何去,北海就孙宾。

就诗论诗,并不能算出色,但气格已是近体诗,风格较南朝一般的作品要质朴刚健。

《观我生赋》是一篇自叙性的辞赋,作于齐亡入周以后。其中记述史实,和庾信《哀江南赋》近似而脉络更为清楚。《哀江南赋》为了加强抒情性,常用倒叙的手法,而且借用典故比喻时事处处可见,易

---

① 《北史》本传记其有集三十卷,《北齐书》本传仅记"之推集在,思鲁(之推子)自为序录"。但《隋书·经籍志》不录颜集,可见唐初已亡佚。《颜勤礼碑》记之推著作,除《冤魂志》、《证俗音字》外,文集记作三十一卷。

生歧义。但《哀江南赋》苍凉凄婉，是具有高度感染力的文学作品，《观我生赋》行文过于平实，远不能达到这样的效果。《观我生赋》还有说明性的自注，又近于谢灵运的《山居赋》。同时，即就记事而言，由于作者谨守"温柔敦厚"的原则，又久在萧绎幕下，所以对萧绎隔岸观火、骨肉残伤的行为也颇多隐讳。不过以当时人而记当时事，对了解那个时代及颜之推本人，都不失为重要的史料。

《颜氏家训》在北朝散文中占有很重要的地位。家训、家诫一类的文字，起源甚早①，但洋洋洒洒而能成为一书，却以此为始祖。《颜氏家训》的写作目的也是在于"整齐门内"，教育子孙，而不是"规物范世"（《序致》）。从书中对世情物态的尖锐抨击来看，最初确也是不准备问世的。唯其如此，书中才得以见到较多的真事真话。同时由于作者屡经变故，历事南北四朝，阅历既多，书中每每把南北方的文化风俗、世态人情加以比较，评骘优劣，读者又可以从中了解到当时社会的种种情况。

此书从开始写作到定稿，经过的时间比较长②，可能是偶有所感即随手记下，即或一篇之中的文字也未必作于一时。例如《慕贤》主旨在强调以贤者为规范，以提高自己的德行。最后讲"凡有一言一行取于人者，皆显称之，不可窃人之美以为己力，虽轻虽贱者，必归功焉"，举梁元帝在荆州时有丁觇，善作文、草书，由于地位低微而不为

---

① 请参看本书第四章《颜延之和谢庄》中的有关论述。
② 《终制》中提到"今虽混一，家道罄穷"，显然在隋文帝开皇九年（589）平陈一统南北之后。但像《止足》中提到"吾近为黄门侍郎"云云，又是北齐后主武平五、六年（574、575）间事，下距隋的统一已有十五年左右。此书作者官衔署作"北齐黄门侍郎"，大约是颜之推在北齐时间较久，而且黄门侍郎官职清贵，为当时人所重视。请参看余嘉锡《四库提要辨证》。

人所重,用以作上文实例,文意本已完备。但接着又举梁代羊侃、北齐杨愔、斛律光的政治、军事才能,上下文气不甚连贯,当是作者在后来又想起这些人的事迹后附于篇末。

家训一类文字,大抵总是告诫儿孙要安分守业。颜之推自南入北,顾虑更多,然而他是一个作风正派的学者,对社会上的种种弊病都有自己的看法,所以他力求寻觅一套既不悖于自己的道德标准而又能圆通自在的处世哲学。用颜之推自己的话来概括,就是"墨翟之徒,世谓热腹;杨朱之侣,世谓冷肠。肠不可冷,腹不可热,当以仁义为节文耳"(《省事》)。但在现实中却很难保持这两者的平衡,《颜氏家训》中凡是涉及处世、伦理的,经常会露出这一矛盾。

颜之推对子孙的告诫,除了说教以外,还经常利用所见所闻的事实以作补充。由于他对社会有深刻的不满,说教部分尽管藏锋敛锷,愤慨已不由自主地露于笔端;而一旦对具体的人和事进行评论,他的态度就更加鲜明。比如《涉务》中对梁代士大夫的腐败所作的尖锐揭露,就常常为后世的学者所引用:

> 梁世士大夫,皆尚褒衣博带,大冠高履。出则车舆,入则扶侍,郊郭之内,无乘马者。周弘正为宣城王所爱,给一果下马,常服御之,举朝以为放达。至乃尚书郎乘马,则纠劾之。及侯景之乱,肤脆骨柔,不堪行步,体羸气弱,不耐寒暑,坐死仓猝者,往往而然。建康令王复,性既儒雅,未尝乘骑,见马嘶歕陆梁,莫不震慑,乃谓人曰:"正是虎,何故名为马乎?"

王复之名不见史传,想来当是琅邪或太原王氏子弟。为马为虎,可以和宋人笔记中记蔡京诸孙以米产于石臼之中相伯仲①。对照《勉学》篇中"梁朝全盛之时"的描写,统治者腐朽到这样的地步,侯景之乱就有其不可避免的必然性了。而当这些高门阀阅一旦失势,就极易由颐指气使变成奴颜婢膝:

> 齐朝有一士大夫,尝谓吾曰:"我有一儿,年已十七,颇晓书疏,教其鲜卑语及弹琵琶,稍欲通解,以此伏(服)事公卿,无不宠爱,亦要事也。"吾时俯而不答。异哉,此人之教子也!若由此业,自致卿相,亦不愿汝曹为之。

所记自属北齐朝汉族士大夫的情况。撇开"夷夏"的偏见,谄媚事人不顾羞耻,也和中国人传统的气节不能相容。以上两则故事,记录不加夸饰,由于选择的事例本身有很强的代表性、说服力,所以议论虽然温和,内心的沉痛愤懑却通过白描式的语言使读者的感情产生共鸣。这些记载自然可以看成笔记文学,有时对某些琐事的记载,也颇能涉笔成趣:

> 齐吏部侍郎房文烈,未尝嗔怒。经霖雨绝粮,遣婢籴米,因尔逃窜。三四许日,方复擒之。房徐曰:"举家无食,汝何处来?"竟无捶挞。尝寄人宅,奴婢彻屋为薪略尽,闻之颦蹙,卒无一言。
> ——《治家》

---

① 南朝士大夫畏马如虎,除生活上久安逸乐外,周一良更指出"东晋南朝后期骑马一事在某种程度上竟成政治野心之表现"。见《魏晋南北朝史札记》第161页。

> 南阳有人,为生奥博,性殊俭吝。冬至后,女婿谒之,乃设一铜瓯酒,数脔獐肉。婿恨其单率,一举尽之。主人愕然,俯仰命益,如此者再。退而责其女曰:"某郎好酒,故汝常贫。"
>
> ——《治家》

写驭下过宽与居家过吝的人物可谓传神。第二则和《世说新语·俭啬》中的描写极相类似,"愕然""俯仰命益",寥寥数字,活画了吝啬者的性格,简洁而意味隽永。

《颜氏家训》中和文学创作关系最密切的部分是《文章》篇,可以从中看到作者的文学观和批评标准。颜之推在原则上以文学为小道,"行有余力,则可习之",文学的作用不过是"陶冶性灵,从容讽谏",然而自古文人,"多陷轻薄",往往遭到杀身之祸,原因乃是"文章之体,标举兴会,发引性灵,使人矜伐,故忽于持操,果于进取",并例举从屈原到谢朓等三十余人的不幸遭遇作为证明。这种看法,一方面反映了正统的儒家立场,另一方面又反映了生当乱世,看到自古文人多遭厄难所引起的不安。但是一进入到具体的议论,颜之推又兴致盎然,提出创作需要天才,"必乏天才,勿强操笔",又说:

> 凡为文章,犹人乘骐骥,虽有逸气,当以衔勒制之,勿使流乱轨躅,放意填坑岸也。
> 文章当以理致为心肾,气调为筋骨,事义为皮肤,华丽为冠冕。

这些看法,和《文心雕龙·附会》中的提法大体一致,不妨认为就是受刘勰的影响。而且他还很明确地说,今世之文,"辞与理竞,辞胜而理伏;事与才争,事繁而才损",这也是一种不能违抗的潮流;"古人之文,宏材逸气。体度风格,去今实远,但缉缀疏朴,未为密致耳。今世音律谐靡,章句偶对,讳避精详,贤于往昔多矣"。以一位"正统派"的学者标榜典正,而又在理论上肯定南朝齐梁以来文学创作中在音律、对仗方面的成就,主张效法古人而又不废时人的技巧,确实是难能可贵的,较之钟嵘、裴子野对齐梁文风的基本否定显然要更为周密、稳妥。仅就从发展的观点来看待自古及今的创作现象而言,其看法与刘勰相近。

以文章为小道,然而接着就对扬雄认为辞赋是"童子雕虫篆刻,壮夫不为也"的议论提出批评,说他摹拟《周易》而作的《太玄经》一无所用。他通过以下一段故事提出正面解决问题的方案:

> 齐世有席毗者,清干之士,官至行台尚书,嗤鄙文学,嘲刘逖云:"君辈辞藻,譬若荣华,须臾之玩,非宏才也。岂比吾徒千丈松树,常有风霜,不可凋悴矣!"刘应之曰:"既有寒木,又发青华,何如也?"席笑曰:"可哉!"

同样,他肯定今世之文比古文"密致",但又立刻表示"宜以古之制裁为本,今之辞调为末,并须两存,不可偏弃也"。在各种矛盾中,大至立身处世,小至吟诗作文,颜之推都努力企图找出一个平衡点,既无背于圣贤之道而又适应现实环境,这可以说是贯穿于《颜氏家训》中的基调,不过在《文章》篇中表现得比较明显而已。

《文章》篇中还有一些记载,在文学史上也有比较重要的史料价值。如记沈约主张"文章当从三易",就不见于他书记载,而沈约这一主张又是"永明体"的特点之一。又如关于北齐文人邢劭与魏收之争,南北文人对王籍"蝉噪林逾静,鸟鸣山更幽"、萧悫"芙蓉露下落,杨柳月中疏"的不同评价,南北文人对待批评切磋的不同态度,刘孝绰对何逊的轻视嫉忌,等等,都反映了当时南北文坛上的一些重要现象。

颜之推是一位学者,对史学、文字、音韵、训诂等都有研究,《勉学》、《书证》、《音辞》、《杂艺》等篇比较集中地表现了这些方面的成就。他痛恨不学无术之徒,曾屡屡加以讥讽。《勉学》篇中记邺下儒生除经纬义疏而外一无所知,"先儒之中,未闻有王粲也";江南有一权贵,读《蜀都赋》注"蹲鸱,芋也",抄本误"芋"为"羊",有人送给他羊肉,答书偏要附庸风雅说"损惠蹲鸱",使得"举朝惊骇"。写得尤为生动的是以下一段:

魏收之在议曹,与诸博士议宗庙事,引据《汉书》。博士笑曰:"未闻《汉书》得证经术。"收便忿怒,都不复言,取《韦玄成传》掷之而起。博士一夜共披寻之,达明,乃来谢曰:"不谓玄成如此学也!"

颜之推在正面讲到古书中的音读和训释问题,也不乏精当的见解;如《勉学》中据《说文》、《韵集》辨"鹢"、"鸤"二鸟之别;《书证》中据兖州单父县《虙子贱碑》证"虙"字与"伏"字古通;据《礼记》、《三苍》等书证当时通行的《史记·黥布列传》中"妒媚"为"妒娼"之误;据开皇二年出土秦权证《史记·秦始皇本纪》所载"丞相隗林"为"隗状"之误,如此等等,都足资学术研究的参考。

《颜氏家训》较好的通行本有今人王利器《颜氏家训集解》。

第二十二章 庾 信

第一节 庾信的生平和思想

庾信(513~581),字子山,祖籍南阳新野(今属河南)人①。八世祖庾滔,当东晋初年,因永嘉之乱,迁居江陵。祖庾易,南齐隐士;父肩吾,梁代著名作家。庾信在梁武帝天监十二年(513)生于建康或广陵②。早年聪敏,博览群书。梁武帝大通元年(527),年十五,为昭明太子萧统东宫讲读。中大通三年(531),萧统卒。其年,晋安王萧纲(简文帝)被立为皇太子。庾肩吾为东宫通事舍人。不久,庾肩吾

---

① 庾信祖籍是南阳新野,但他在《哀江南赋》中自述其家族历史,谓"禀嵩、华之玉石,润河、洛之波澜;居负洛而重世,邑临河而宴安",清倪璠注以为"言庾氏本鄢陵人,再世之后,分徙新野,故又为南阳新野人也"。北周宇文逌《庾信集序》亦有"皇晋之代,太尉阐其宗谱"之语,以皆指庾信与庾亮为同族。此说或有根据,但已无确证。
② 《梁书·庾肩吾传》:"初为晋安王国常侍,仍迁王宣惠府行参军。""晋安王"即简文帝萧纲。《梁书·简文帝纪》:"(天监)九年,迁使持节、都督南北兖青徐冀五州诸军事、宣毅将军、南兖州刺史。十二年入为宣惠将军、丹阳尹。"

被任为安西湘东王录事参军,去荆州萧绎(元帝)幕下任职,庾信亦随同去荆州,入仕为湘东国常侍,时年仅二十余岁。梁武帝大同初(535),到江州,为安南将军江州刺史庐陵王萧续行参军①。未几,回建康,时庾肩吾为太子中庶子。庾氏父子与徐摛父子出入禁闼,为东宫抄撰学士,深受太子萧纲宠信。他们都富有文才,写作的绮艳诗文为当时所传诵,号称"徐庾体"。此后,庾信曾历任尚书度支郎中、通直正员郎诸职,又出为郢州别驾②。

大同十一年(545),庾信兼任通直散骑常侍,奉命出使东魏,和东魏的文人有所接触。据唐段成式《酉阳杂俎》等书记载,他在东魏,曾与北方的魏肇师、尉瑾等人讨论古代辞赋问题。据宇文逌《庾信集序》称他"接对有才辩";《周书》本传说他"文章辞令,盛为邺下所

---

① 庾信入仕及为东宫抄撰学士时间,清倪璠《庾子山年谱》谓:"大通元年乙未,十有五岁,侍梁东宫讲读。起家湘东王国常侍,转安南府参军。中大通三年辛亥,年十九岁。晋安王为皇太子,与父肩吾及东海徐摛、摛子陵并为抄撰学士,宫中称'徐庾体'。"据倪说,似以信为十五岁出仕,为安南府参军在为东宫抄撰学士之前。据《周书·庾信传》庾信为东宫抄撰学士在为安南府参军之后。"安南府行参军"乃庐陵王萧续属官,庾信任此职当在大同元年以后。倪说恐不确。

② 庾信为郢州别驾,《周书》本传及宇文逌《庾信集序》都有记载。倪璠注宇文逌序时说:"《南史·武帝纪》(当即《南史·梁本纪》)云:'大同八年春,安城郡人刘敬躬挟左道以反。江州刺史、湘东王绎遣中兵曹子郢讨擒之,送于都,斩之建康市。'《哀江南赋》云'论兵于江汉之君'是也。"又注《哀江南赋》云:"江汉,谓元帝之为湘东王时也。湘东,楚地,故云江汉。"似是大同八年事。然据《梁书·武帝纪》,大同六年,以邵陵王萧纶为郢州刺史;同年湘东王萧绎为江州刺史。庾信与萧绎论兵不知何年事。倪注以刘敬躬事当之,但刘敬躬系为曹子郢所擒,而宇文逌序所言"江路有贼","遂即散奔",二者是否即为一事,也难确断。

称",可见这次出使颇有成效①。他从东魏返梁后,又任正员郎兼东宫学士,领建康令②。这时,他更为萧纲所宠任。

正当庾信仕途得意,梁朝政权在长期的文恬武嬉之后,爆发了侯景之乱。梁武帝太清二年(548)十月,侯景已攻到建康城下。萧纲派庾信率领宫中文武三千余人守朱雀门。侯景兵到,庾信弃军逃入城中。次年初,台城被攻陷。庾信假充使者,逃奔江陵③。他的两个儿子和一个女儿相继死于这次战乱中。

当庾信逃向江陵时,正值侯景派兵西上攻打郢州。庾信一路经历险阻,直到梁简文帝大宝二年(551)秋天,才到达江陵。抵达江陵后,荆州刺史萧绎正奉命为侍中假黄钺大都督中外诸军事、司徒,他任命庾信为御史中丞。这时,庾肩吾也从建康经会稽等地逃奔江陵,被萧绎任为江州刺史领义阳太守,封武康县侯。庾信和父

---

① 唐朝人的笔记中还有一些有关的记载,多不可信。如张鷟《朝野佥载》卷六所记"梁庾信从南朝初至北方,文士多轻之,信将《枯树赋》以示之,于后无敢言者",这显然出于附会。因为《枯树赋》是庾信入北周后的作品。《朝野佥载》又记庾信称北方文士"薛道衡、卢思道少解把笔",也不合事实。庾信出使东魏时,卢思道才十五岁,据《隋书·卢思道传》,当时他读刘松所作碑铭,尚不能解;薛道衡则仅七八岁,焉得为庾信所知?
② 庾信自东魏返梁后,据宇文逌说:"为正员郎,职位清显,以望以实。又为东宫领直,春宫兵马并受节度。"宇文逌此序作于庾信生前,并经其本人过目。《周书》和《北史》不言为正员郎,乃行文时略去。
③ 庾信在朱雀门战败,据《通鉴》卷一六一记载,谓"遂弃军走"。《周书》、《北史》则谓"信以众先退","台城陷后,信奔江陵"。朱雀门之战,在太清二年十月,台城失陷则在太清三年三月。庾信"弃军走",当是逃入城内,至次年台城失陷才逃向江陵。倪璠《庾子山年谱》谓庾信守朱雀门时,"景至,以众先退,遂尔西奔",恐非。

亲团聚不久,庾肩吾就去世了①。次年,萧绎的大将王僧辩、陈霸先等平定建康,杀死侯景。萧绎即于江陵称帝,改元承圣。以庾信为右卫将军,并袭父爵武康县侯。当王僧辩平定建康时,收集图书八万卷,运到江陵,庾信和一些学士奉命整理这些书籍。这时,萧绎平定侯景,又转而与割据益州的武陵王萧纪、割据湘州的河东王萧誉及雍州的岳阳王萧詧互相攻杀。萧绎在击灭萧纪时,曾借用西魏兵力,因而引起了西魏执政者宇文泰并吞南方的野心。承圣三年(554)四月,萧绎派庾信出使西魏。当他到长安尚未完成使命时,西魏就于九月决定派于瑾等人率兵会同萧詧进攻江陵,并在十月正式出兵。十二月,江陵陷落,萧绎被杀,庾信从此被留在北方,一直没有南归②。

　　庾信在到达长安后不久,宇文泰"赐职如旧"。江陵失守后,西魏任命他为使持节,抚军将军,右金紫光禄大夫,不久,又迁为车骑大将军,仪同三司,后又迁为骠骑大将军,开府仪同三司。北周孝闵帝宇文觉代西魏,以庾信为司水下大夫,曾参加渭桥的修治。周明帝元年(557),出为弘农郡守③。武成二年(560),又把他调回长安,充麟趾

---

① 请参看本书第272页注①。
② 江陵陷落后,庾信的家属到了长安。宇文逌《庾信集序》提到庾信之母死时,宇文护已自称"寡人",可见活到了北周时代。庾信家属本在建康。庾肩吾、庾信逃奔江陵,都是流亡,不可能携家眷,疑是王僧辩平建康后遣送江陵。至于江陵陷落时,他的家属如何又到长安,研究者有被掳和礼送两说,均属推测。
③ 庾信《陕州弘农郡五张寺经藏碑》云:"天子命我,试守此邦,墨灶未黔,孔席无暖,才临都尉之境,即有楼船之役。"所谓"楼船之役"当指达奚武、杨忠迎司马消难之事,用汉楼船将军杨仆作比。因此知庾信为弘农郡守当在此时。

学士,刊校经史①。是年,权臣宇文护令人进毒,害死周明帝宇文毓,武帝宇文邕继立。明帝、武帝以及他们的弟弟赵王宇文招、滕王宇文逌等,都很赏识庾信的才华,宇文招、宇文逌和他过从尤密,并不断馈赠丝布、米肉以及马匹等。他们的文体也都步趋庾信。其时北周贵族的碑志,往往都请庾信撰作。从现存的这些碑志看来,有不少作于武帝保定元年(561)至天和元年(566)二月间,而更多的则作于天和三、四年(568、569)以后。可能庾信在天和初遭母丧,所以不写文章②。天和三年秋天,周、齐言和,周武帝派使者到北齐。不久,北齐也派使者到长安,庾信曾奉命陪宴,并作《对宴齐使》诗③。次年秋天,又曾一度奉命出使北齐。在这期间,周、齐边境仍有战事,庾信在天和四年四月和十一月,曾两次为宇文宪和梁昕作《移齐河阳执事文》。

  庾信于天和末、建德初任司宪中大夫,不久又出任洛阳刺史④。这时,南方的陈朝和北周通好,派使者请求北周放庾信、王褒等人回江南,但周武帝未予允准。建德六年(577),周武帝灭北齐,庾信当时还在洛州刺史任上,作《贺平邺都表》,不久又回长安任司宗中大夫。

---

① 《北史·艺术·庾季才传》:"武成二年('成'原作'定',中华校点本据《隋书》及《通志》改),与王褒、庾信同补麟趾学士。"
② 庾信《周陇右总管长史赠太子少保豆卢公神道碑》称"天和元年二月六日,葬于咸阳之洪渎川"。此文当是葬前预作。又《周太傅郑国公夫人郑氏墓志铭》称"天和三年三月二十日薨",未言葬期,然按常例,人卒后须经数月而葬。自天和元年二月至三年四、五月,凡二年余,正合古人服丧期限。据宇文逌《庾信集序》,庾信母在入关后卒,疑即此时。
③ 庾信《对宴齐使》诗,倪璠以为是天和四年四月作,与诗中"林寒木皮厚,沙回雁飞低"时令不合。疑作于天和三年冬。
④ 周武帝建德六年平齐,庾信正任洛州刺史。见《贺平邺都表》。

周静帝大象元年,编成文集二十卷,并由滕王宇文逌作序。隋文帝开皇元年,病卒,年六十九岁。

庾信出身于新野庾氏这样一个虽非十分显贵却也属于士族的家庭。从小受到父亲庾肩吾等人的影响,"博览群书,尤善《春秋左氏传》",可见他所受的教育基本上还属于儒家的范畴。

但是儒家学说中有关经世致用和道德修养的积极方面,在庾信身上并没有能起多大的作用。早年的庾信,纵然才华焕发,充其量也不过是一个"承平之世"的文学侍从之臣而已。这可以分两方面说:第一,齐梁时代的士大夫,大抵都如裴子野所说的"罔不摈落六艺,吟咏情性"(《雕虫论》),即使留心典籍,也不过用以作为文学作品的隶事用典所需而无关于用世。庾信十五岁就出入东宫,和上层文人相唱和,更不能不受到这种风气的影响。第二,他的青年时代,正值梁代尚属承平之际,统治阶层沉湎于宴安之中。作为文人,日常生活是侍宴、侍游,创作生活是应制、应教,习惯于上层统治者的闲适以至放荡①,正像颜之推所说的"居承平之世,不知有丧乱之祸;处廊庙之下,不知有战阵之急"(《颜氏家训·涉务》),其思想境界的狭窄可想而知。这样,哪怕天才再高,他也很难写出真正有价值的作品来。

台城的陷落和逃奔江陵途中所遭受的苦难,对庾信的思想有很大的触动。他在江陵所作的《燕歌行》,开始反映了战乱给人民带来的痛苦。据宇文逌《庾信集序》说,他在江陵任御史中丞时,"贵戚敛手,豪族屏气",入周后任洛州刺史时,"吏不敢贿,人不忍欺",虽可能有所溢美,但从他后来所作的《哀江南赋》中能比较严肃而清醒地批评梁代政局看来,至少说明他在遭乱之后,思想上有了比较明显的

---

① 庾信曾和宗室萧韶有"断袖之欢"。这种腐朽现象在南朝文士身上并不少见,请参看第266页注①。

转变。

对于庾信出仕北朝一事,历来的评价颇有出入。杜甫在《咏怀古迹》中对此表示同情谅解。到了晚唐的崔涂,在《读庾信集》一诗中有"四朝十帝尽风流,建业长安两醉游"之句,流露了不满和讥讽。清初的全祖望在《鲒埼亭集·外编》卷三三《题〈哀江南赋〉》一文中,则指斥庾信此赋为"无耻",说他是为自己"失节"掩饰①。《四库总目提要》也有类似的话。然而庾信去长安,本出于萧绎之命,在江陵陷落后,他已无可归回,且被宇文泰强留,本非迎降。而且宇文氏虽源出鲜卑,但和汉族杂居已久,民族界限基本上已经泯灭,北周政治又显然比萧绎的小朝廷要清明。在今天看来,庾信出仕北周,是不应当受到责难的。当然,作为受过传统教育的士大夫,在庾信思想中,对出仕二朝多少会引以为耻,对故土的依恋更在所难免。钱锺书在《管锥编》中论及全祖望对庾信、顾炎武对谢灵运的批评时说:"盖'韩亡''天醉'等句,既可视为谢、庾衷心之流露,因而原宥其迹;亦可视为二人行事之文饰,遂并抹杀其言。好其文乃及其人者,论心而略迹;恶其人以及其文者,据事而废言。半桃啖君,憎爱殊观;一口吐息,吹嘘异用;论固难齐,言不易知也。"(第四册1519~1520页)这是最为通达之论。如果放在具体的历史条件中去考查,这种"殊观"、"异用",都属于古人的"古为今用",评价的高低、涨落,和当时的政治需要、道德标准是紧密联系的。

由于流离颠沛的经历和个人的种种不幸,以及南归的愿望不得实现,庾信晚年的思想偏于自伤身世,向往隐逸求仙。他写了一些有

---

① 崔涂是一个比较关心政治的诗人,生当唐代季世,国势日非,作有不少赞美奋发忠义之士的诗,如《读段太尉碑》、《读留侯传》、《东晋》,等等,《读庾信集》主要讥讽的是他宴安逸乐的一面。全祖望的议论,则明显针对钱谦益等人。

关佛教和道教的诗文,恐怕与这种情绪有关。但总的说来,他作品中感人最深之处,仍是他自伤及思乡的成分。

第二节　庾信前期的作品

庾信在诗歌、辞赋和骈文各个方面都有突出的成就。以入北不还为分界,他的作品分为前后两期。总的来说,前期的作品虽然在艺术技巧上已有一定成就,但题材狭窄,风格也比较单一;后期的作品大量地抒发了乡关之思,反映的生活面比前期远为广阔,艺术技巧上更臻成熟,形成了以雄健遒劲为主的独特风格。

庾信的诗歌今存三百二十首左右,前期之作数量很少①,但不乏精美的作品。其中比较有名的如《奉和山池》:

乐宫多暇豫,望苑暂回舆。鸣笳陵绝浪,飞盖历通渠。桂亭花未落,桐门叶半疏。荷风惊浴鸟,桥影聚行鱼。日落含山气,云归带雨余。

诗中运用大量典故和前人辞语,了无痕迹,似乎全属自出机杼。"荷风"二句体物入微,描摹也极为细致,历来被视为代表庾信诗中清新特色的名句。

---

① 参看本章第四节的论述。今存的诗作中,像《夜听捣衣》、《咏画屏风》等,风格轻艳,类似入北前的作品,研究者对这些诗的写作年代意见也颇不一致。但宇文逌已说"百不存一",即便后人搜集遗佚,为数也绝不会太多。所以凡属疑似之间的作品,本章中多归入后期论述。

本集失收而见于《玉台新咏》卷八的《七夕》一诗，与同书卷七萧纲的《七夕》，疑是唱和之作。庾诗云：

> 牵牛遥映水，织女正登车。星桥通汉使，机石逐仙槎。隔河相望近，经秋离别赊。愁将今夕恨，复著明年花。

七夕本是晋宋以后文人经常吟咏的题材，仅《玉台新咏》所收，就有王鉴、王僧达、颜延之、谢惠连等人的作品。这些作品篇幅较长，诗风比较古奥，手法上偏于铺叙和形容。萧纲的一首虽见流丽，然重在运用典故，堆砌辞藻，接近当时咏物诗的写法。庾信则翻出新意，从一年一度的相见反增离别的幽恨落想，"隔河"两句，从"河汉清且浅，相去复几许，盈盈一水间，脉脉不得语"（《古诗十九首》）化出，从空间的阻隔进一步想到时间的悠长，虽稍逊于古诗的朴素真挚，却另有耐人咀嚼之处。一结二句，尤为悠然不尽。此诗在梁陈时代的七夕诗中是一首出色的作品。

庾信还有一些写和友人交往的诗，也颇有佳作。如《寻周处士弘让》：

> 试逐赤松游，披林对一丘。梨红大谷晚，桂白小山秋。石镜菱花发，桐门琴曲愁。泉飞疑度雨，云积似重楼。王孙若不去，山中定可留。

通篇已近首句入韵的五律。诗中用潘岳《闲居赋》和淮南小山《招隐士》的典故，平易自然。"泉飞"二句，眼前实景，想象新奇而不怪异，显然为李白"月下飞天镜，云生结海楼"之所本。同时所作的《赠周处士》，风格与此诗相类。

在台城陷落,逃奔江陵以后的这一时期,庾信写作过不少作品,据宇文逌《庾信集序》说,共有三卷之多,但"一字无遗"。由于战乱而散失殆尽,当合于事实,不过其后隋、唐一统南北,庾信在建康和江陵时期的遗稿当尚有存者,可以见到一鳞半爪。例如《燕歌行》等个别篇章,应当就是在江陵时所作①。《燕歌行》是乐府旧题,曹丕、陆机、谢灵运等利用这一旧题抒写思妇的情怀;庾信此作,前半写战士被围,后半写少妇闺中独守,互相思念;下及唐代高适的名作《燕歌行》,就是专门写征战之苦了。这首诗为历来的评论家所注目,刘熙载认为"庾子山《燕歌行》开唐初七古"(《艺概·诗概》),从文体递嬗的轨迹来看,这一评论是有理由的。

庾信的辞赋现存十五篇,数量不如诗文,但艺术成就却过于诗文。这一时期的辞赋现存的有《春赋》、《七夕赋》、《灯赋》、《对烛赋》、《镜赋》、《鸳鸯赋》和《荡子赋》等七篇。这些赋都是奉教或酬和之作,题材多与妇女生活有关,情调偏于轻艳哀怨。其中有些篇的文体为五、七言诗杂以四、六言骈文。萧纲兄弟的作品中也有这一种体格,当是从谢庄、沈约同类的作品中演化发展而来。比如《春赋》的开端:

> 宜春苑中春已归,披香殿里作春衣。新年鸟声千种啭,二月杨花满路飞。河阳一县并是花,金谷从来满园树。一丛香草足碍人,数尺游丝即横路。

描写贵族妇女游春,旖语闲情,加上流利的音节,比起他的七言诗来,

---

① 据《北史·王褒传》:"褒曾作《燕歌》,妙尽塞北寒苦之状。元帝及诸文士并和之,而竞为悽切之辞,至此(指江陵陷落)方验焉。"王褒之作今存,庾信《燕歌行》当为在江陵时和王褒而作。

这种情调,似乎更接近于初唐的歌行。以下转入辞赋的正格,四、六句式而偶间以五言对句,如"钗朵多而讶重,髻鬟高而畏风","影来池里,花落衫中",描摹细腻。《荡子赋》的文体与《春赋》相近,赋中写思妇在丈夫离家之后的苦闷,"前日汉使着章台,闻道夫婿定应回。手巾还欲燥,愁眉即剩开。逆想行人至,迎前含笑来",情思深而用语浅,心理描写颇能传神。《镜赋》和《灯赋》是咏物小赋,但所咏的镜和灯又是闺中必备之物,这就自然而然地要及于妇女的体态和心理。如《灯赋》:

乃有百枝同树,四照连盘。香添然蜜,气杂烧兰。烬长宵久,光青夜寒。秀华掩映,蚖膏照灼。动鳞甲于鲸鱼,焰光芒于鸣鹤。蛾飘则碎花乱下,风起则流星细落。

写夜深时灯光的明灭变化,表现失眠之夜所见的情景,借物以寄情,写的虽全是灯,实则把灯下人的心绪和盘托出。

综观庾信前期的诗赋,由于生活环境和当时文坛上的风气所决定,作品的内容显得狭窄,大抵离不开刻画自然界的良辰美景和人际关系中的儿女之情。不过,即使如此,在这些作品里仍然流露出了他过人的才华,用事繁富而多归于自然,刻镂雕琢而不流于怪涩,在艳丽中透出了清新,气格高出于其他宫体作家。同时,他的作品注意声律和谐,在形式上也作了多方面的探索。可以注意的是,他一些比较成功的作品竟然都在上述的内容范围里,有一些传统上本来可以言志抒情的题材,却往往不见特色,比如出使东魏时所作的《将命使北始渡瓜步江》等诗,用典颇见填塞;《入彭城馆》意在吊古,而真能动人的却是"槐庭垂绿穗,莲浦落红衣"之类的写景。这种情况无疑可以说明生活环境和思想境界为作家所造成的局限,而只有在经历了侯景之乱和江陵之变以后,他才能成为这一时代成就最高的文人。

第三节　庾信后期的作品

庾信入北以后,在政治上的显贵更甚于南朝。由于北周明帝、武帝和一些宗室贵族爱好文学,对庾信和王褒倍加优礼,俨然一代文宗。庾信现存的诗、赋、骈文,绝大部分是这一时期的作品,而且从内容到风格,较之前期也发生了明显的变化。具体说,乡关之思成了作品中最突出的内容;作品风格则由清新转化为苍劲,即便是一些应诏、奉和之作,也多能见出遒劲而有别于前期的宫体诗。

乡关之思的提出,最早见于《北周书》本传的"信虽位望通显,常有乡关之思",后来杜甫的"庾信平生最萧瑟,暮年诗赋动江关"(《咏怀古迹》)也是同样的意思。这种乡关之思,实际上包含了亡国之痛和羁旅之愁两个方面,反映了庾信内心的矛盾和痛苦。最集中地体现了这种思想感情的作品是《拟咏怀》诗和《哀江南赋》。

《拟咏怀》二十七首虽未必是一时之作,但主旨相似,不出自伤身世、思念家乡和哀悼梁代亡国的内容。倪璠认为:"昔阮步兵《咏怀》诗十七首①,颜延年以为在晋文代虑祸而发。子山拟斯而作二十七篇,皆在周乡关之思,其辞旨与《哀江南赋》同矣。"(《庾子山集注》卷二)沈德潜则认为这些诗"无穷孤愤,倾吐而出,工拙都忘,不专拟阮"(《古诗源》卷十四),把这一组诗看成自抒胸臆而非专在拟古,似

---

① 倪璠所说阮籍《咏怀诗》十七首,乃入选《文选》的数目。倪氏因转引《文选》李善注所引颜延之说,所以称"十七首"。其实阮籍《咏怀诗》五言凡八十二首,又有四言《咏怀诗》十三首。

乎更为恰当。从诗风看,庾信诗大体上每首都与身世紧密相关,和阮籍诗的"厥旨渊放,归趣难求"(《诗品》)不同。在这组诗中,他写到了江陵陷落的悲剧:

摇落秋为气,凄凉多怨情。啼枯湘水竹,哭坏杞梁城。天亡遭愤战,日蹙值愁兵。直虹朝映垒,长星夜落营。楚歌饶恨曲,南风多死声。眼前一杯酒,谁论身后名!(其十一)

诗用倒叙的手法,前四句写作者眼前的悲苦,后六句写江陵之陷,末两句总结全诗。在技巧上最值得注意的是用典自然贴切。"楚歌"用项羽被困垓下事,"南风"用楚臣钟仪为晋国俘虏事,既属败亡,又切楚地。结句几全用张翰"使我有身后名,不如即时一杯酒"(《世说新语·任诞》),然而又是万分感慨地指责萧绎只顾苟安,不修政事,终于导致了梁朝的覆亡。这种融化无迹的能力,后来的杜甫曾从中得到有益的启发。

写到羁旅之愁,庾信的情绪尤为真挚。如:

榆关断音信,汉使绝经过。胡笳落泪曲,羌笛断肠歌。纤腰减束素,别泪损横波。恨心终不歇,红颜无复多。枯木期填海,青山望断河。(其七)

从屈原开始在作品里以妇女自比的手法,被庾信再一次成功地运用到《拟咏怀》诗里。在第三首中,他还更加沉痛地用"倡家遭强聘"来宣泄自己的屈辱。这首诗使用的词语和表露的悲愁使人想起蔡琰,胡笳羌笛只能使腰围日减,别泪频添。年华消逝,思乡之念像精卫填海始终不歇。"青山望断河",毕竟是声泪俱下之词,所以历来论者几乎一致以此诗为真性情的自然流露。

《拟咏怀》二十七首的主旨虽然相近,但情调及手法则颇多不同。如第十八首就又是一种写法:

> 寻思万户侯,中夜忽然愁。琴声遍屋里,书卷满床头。虽言梦蝴蝶,定自非庄周。残月如初月,新秋似旧秋。露泣连珠下,萤飘碎火流。乐天乃知命,何时能不忧!

这首诗与前两首不同之处在于并不直接叙述梁亡和自己托身北国。只是抒写内心的苦闷。夜半愁来,虽有琴书,却无法排遣。"虽言"二句用意比较曲折,假托像庄周那样梦中化蝶,自由飞舞,醒来依然故我,然而又做不到庄周的达观超脱。"残月"二句清新自然,属对工巧,通过易于使人惆怅的景物和气候以表达月复一月、年复一年,无须实写,情绪已不言自喻。露珠本像泪珠,萤火飞舞,又使他联想起"七月流火,九月授衣"(《诗经·七月》),预感岁暮将临。一层层的愁绪,最后落到结句"乐天乃知命,何时能不忧"。同梦蝶的用法一样,这两句也是反用其意。本来乐天知命就无可忧虑,然而虽明知如此而仍不能解忧,这就和"定自非庄周"互相呼应。全诗从正反两面对比渲染,愁苦之情的既浓且深,就由抽象、难于捉摸,变得具体、形象。另外,这一组诗中,如第六首"畴昔国士遇",第十七首"日晚荒城上",第二十六首"萧条亭障远",也为历来所称。

除了《拟咏怀》以外,在其他不少诗作中,也寄托了这种乡关之思,例如《率尔成咏》、《奉和永丰殿下十首》的后四首等,都情调慷慨,风格高古,体现了"老成"的特色。

由于迭经忧患,身居北国,加上年华老大和北方的自然环境等原因,庾信后期所作的写景诗也多和前期有明显的不同。如:

风雪俱惨惨,原野共茫茫。雪花开六出,冰珠映九光。还如驱玉马,暂似猎银獐。阵云全不动,寒山无物香。薛君一狐白,唐侯两骕骦。寒关日欲暮,披雪渡河梁。

——《郊行值雪》

写大雪后的景色,用大笔渲染而出,不仅不同于他自己早年的工笔描摹,在梁、陈时代其他的诗作中也很少能找到这种风格。而另一些描写征战、游猎的诗,沉郁雄健,非故作壮语者可比,像"地中鸣鼓角,天上下将军"(《同卢记室从军》),"阵后云逾直,兵深星转高"(《侍从徐国公殿下行军》),"雨歇残虹断,云归一雁征"(《奉报赵王出师在道赐诗》),置之唐代大家的集中,也毋庸多让。这一类诗作的出现,说明了南朝自永明以来积累的创作经验在北国的苍茫大地上生根发芽,长成了健壮挺拔的花枝。

庾信后期的诗歌,在体裁上也呈现出多样化。这方面的探索也许前期已经开始,只是现今所见到的都是后期的作品。其中以五言小诗最为清新可喜。如:

玉关道路远,金陵信使疏。独下千行泪,开君万里书。

——《寄王琳》

阳关万里道,不见一人归。惟有河边雁,秋来南向飞。

——《重别周尚书二首》之一

树似新亭岸,沙如龙尾湾。犹言吟暝浦,应有落帆还。

——《望渭水》

所表达的仍然是乡关之思，但诗的风致已近唐人五绝，直抒胸臆，不事用典，特别是第三首，已完全叶律。这一类小诗，虽然在王融、谢朓的诗作中已经出现，但多少还有拟作乐府民歌的意味，而庾信这些诗则纯是抒写自己的思想感情了。

当然，庾信入北以后的诗歌，有一些应酬唱和之作仍和前朝的宫体相似，这一方面说明了这样的诗体在北方也有其孳生的条件，另一方面也说明了庾信并没有完全摆脱积习的影响。

庾信的辞赋和诗歌一样，感人的作品都作于被留在长安之后。这一时期的作品，今存《三月三日华林园马射赋》、《小园赋》、《竹杖赋》、《邛竹杖赋》、《伤心赋》、《象戏赋》、《枯树赋》和《哀江南赋》八篇。这些作品在形式上与前期的作品有明显的不同，即基本上属于骈赋的体裁，中间杂有散文式的句法，而五、七言诗的句式则极少出现。这是由于它们所要表现的内容迥异于前期，因而在形式上也随之而有所改变。

《小园赋》是一篇抒情小赋，大约作于北周初年官位不很显达之时。通过对长安住宅的描写，反映了自己在羁旅中的孤独、苦闷：

> 拨蒙密兮见窗，行攲斜兮得路。蝉有翳兮不惊，雉无罗兮何惧。草树混淆，枝格相交。山为篑覆，地有堂坳。藏狸并窟，乳鹊重巢。连珠细菌，长柄寒匏，可以疗饥，可以栖迟。敧区兮狭室，穿漏兮茅茨。檐直倚而妨帽，户平行而碍眉。坐帐无鹤，支床有龟。鸟多闲暇，花随四时。心则历陵枯木，发则睢阳乱丝。非夏日而可畏，异秋天而可悲。

这座小园实际上也许并没有那么简陋，环境的荒芜无非在于衬托心

境的悲凉,花鸟的欣欣生意已不能在槁木死灰的感情世界中激荡出波澜涟漪。接下去,又从另一层意思上作了渲染:

> 一寸二寸之鱼,三竿两竿之竹。云气荫于丛著,金精养于秋菊。枣酸梨酢,桃槤李薁。落叶半床,狂花满屋。名为野人之家,是谓愚公之谷。试偃息于茂林,乃久羡于抽簪。虽有门而长闭,实无水而恒沉。三春负锄相识,五月披裘见寻。问葛洪之药性,访京房之卜林。草无忘忧之意,花无常乐之心。鸟何事而逐酒,鱼何情而听琴?

从另一角度看,简陋的小园似乎也颇适合于怡情养性,自得其乐。然而,外物固无所谓悲欣,著于愁人之眼,则无不蒙上悲凉的色彩,所以花草鱼鸟也不能常乐忘忧了。此赋前半还都是从小园落想,后半才正面转入故国乡关的怀念:"荆轲有寒水之悲,苏武有秋风之别。关山则风月悽怆,陇水则肝肠断绝。"感情奔放淋漓而不能自抑。全文用典和白描间杂,颇见匠心。"非夏日而可畏"用《左传》、"异秋天而可悲"用宋玉《九辩》、"虽有门而长闭"用陶渊明《归去来兮辞》、"实无水而恒沉"用《庄子·则阳》。这些典故和"桐间露落,柳下风来"、"一寸二寸之鱼,三竿两竿之竹"、"落叶半床,狂花满屋"这些似乎随笔写出的隽语放在一起,而显得那样调和,这确实见出作者炼字炼句的高度技巧。

《枯树赋》也是历来传诵的名作。赋的体格与谢惠连《雪赋》、谢庄《月赋》近似。拟托殷仲文出为东阳太守,赋的本文就是殷仲文对庭中的枯槐发出的感慨,文末以桓温"闻而叹曰"作结①。赋的篇幅不长,思想内容却比较复杂。

殷仲文的感慨无疑就是庾信的感慨。庾信在赋中以枯树自比,寄托了自己的身世之感。前半写枯亡的贞松文梓,当年既曾集凤巢鸳,也曾以自己的文理斑斓而引起大匠的注意:"匠石惊视,公输眩目。雕镌始就,剞劂仍加。"然而目前却已"销亡"、"半死"。接着又叙"森梢百顷,槎枿千年"的古木,到头来"莫不苔埋菌压,鸟剥虫穿。或低垂于霜露,或撼顿于风烟"。后半直入点题,佳树之被砍伐,羁臣之离故乡,已经混而为一:

若乃山河阻绝,飘零离别。拔本垂泪,伤根沥血。火入空心,膏流断节。横洞口而歆卧,顿山腰而半折。文斜者百围冰碎,理正者千寻瓦裂。载瘿衔瘤,藏穿抱穴。木魅睅睒,山精妖孽。况复风云不感,羁旅无归,未能采葛,还成食薇。沉沦穷巷,芜没荆扉。既伤摇落,弥嗟变衰。

这真可谓血泪俱下之辞,可以和《谢滕王集序启》"比年疴恙弥留,光阴视息,桑榆已逼,蒲柳方衰,不无秋气之悲,实有途穷之恨"对读,都是宋玉《九辩》"悲哉秋之为气也,萧瑟兮草木摇落而变衰"的变化发挥。至于"采葛"、"食薇",则已完全由树及人,明言屈节仕于北朝,

---

① 殷仲文出为东阳太守时,桓温早已死去。这种情况在辞赋中不乏其例,请参看《管锥编》第四册第1295页论"词章中之时代错乱"。庾信之所以把殷仲文和桓温捏合一起,原因之一当是两人都对树木发过感慨。

既仕以后又不能畏讥避谗,内心矛盾重重,既有自伤,也有自责①。唐代以来,此赋就为许多人所喜爱,原因就在于短短的篇幅之中可以看到作者思想中的矛盾忧伤,感情上的跌宕起伏,托物喻人而能浑成一体,风格沉郁,音节和谐,确实是庾信晚年的一篇力作。

庾信辞赋中最具代表性的作品是《哀江南赋》。南北朝的辞赋中此篇堪推压卷。赋前有序,序文和赋文合计三千九百零四字。这篇赋作于周武帝宣政元年(578)岁末②,和颜之推的《观我生赋》内容相近,都有自叙传的性质,但在艺术成就上远过颜赋。

《哀江南赋》以宏大的气魄和雄伟的笔力画出了萧梁一代从兴盛到衰亡的整个过程,剖析了统治集团,特别是梁元帝萧绎的腐朽和罪恶,描绘了侯景攻陷建康和西魏攻陷江陵时人民所遭受的苦难,评论家誉之为"史诗",可以当之而无愧。

赋的一开头自叙家世,接着写侯景之乱前梁代的承平盛况和自己所受的荣宠,"五十年中,江表无事",当权者沉溺在歌舞清谈之中,已不知干戈为何物。"岂知山岳暗然,江湖潜沸",一场大乱的幽灵正在逼近:"乘渍水以胶船,驭奔驹以朽索。小人则将及水火,君子则方成猿鹤。敝箄不能救盐池之咸,阿胶不能止黄河之浊。"这些形象而贴切的语言,展示了毁灭性的地震、海啸即将来临,总崩溃的局面已经无可避免。乃至侯景之乱一旦爆发,慷慨死节如韦粲、江氏兄弟者固不乏人,但萧氏子弟却现出了形形色色的丑恶面目。萧正德开门

---

① 《采葛》见《诗·王风》。毛传:"采葛,惧谗也。"郑笺:"采葛,喻臣以小事使出。"食薇是伯夷、叔齐的典故,庾信所取的是身历二朝而非不食周粟。《拟咏怀》二十一云:"倐忽市朝变,苍茫人事非。避谗应采葛,忘情遂食薇。怀愁正摇落,中心怆有违。独怜生意尽,空惊槐树衰。"可以看成是《枯树赋》的骤括。

② 请参看陈寅恪《读〈哀江南赋〉》(《金明馆丛稿初编》第209至216页)。

揖盗,幽囚梁武;萧绎拥兵观火,兄弟阋墙,目的无非都是争夺皇帝的宝座。其中对萧绎的斥责尤为尖锐:

> 沉猜则方逞其欲,藏疾则自矜于己。天下之事没焉,诸侯之心摇矣。既而齐交北绝,秦患西起。况背关而怀楚,异端委而开吴。驱绿林之散卒,拒骊山之叛徒。营军梁溠,蒐乘巴渝。问诸淫昏之鬼,求诸厌劾之符。荆门遭廪延之戮,夏口滥逵泉之诛。……登阳城而避险,卧砥柱而求安。既言多于忌刻,实志勇而形残。但坐观于时变,本无情于急难。地惟黑子,城犹弹丸。其怨则黩,其盟则寒。

所叙述的都是当时实事,即写萧绎坐视生身之父的急难而不救,平定侯景之乱后又致力于攻杀萧纪、萧誉兄弟,一心争夺帝位,苟安江陵,致使梁朝文武人心离散。不过,由于典故的装点,多数读者还需借助于笺释才能豁然顺畅。庾信入北以后的作品,基调以悲凉为主,这篇赋的序文也说赋文"不无危苦之辞,惟以悲哀为主",但是从这样的描写中所看到的已经不是怨而不怒的风人之旨,揭露萧绎的忌刻残忍,行文用语极为尖锐,甚至尖刻地嘲笑他的昏聩和迷信。这种少有的现象,说明了作者的愤慨已经不能抑制。

对江陵陷落,给社会各阶层带来的苦难,庾信寄予了深刻的同情:

> 章华望祭之所,云梦伪游之地。荒谷缢于莫敖,冶父囚于群帅。硎谷摺拉,鹰鹯批攩。冤霜夏零,愤泉秋沸。城崩杞妇之哭,竹染湘妃之泪。水毒秦泾,山高赵陉。十里五里,长亭短亭。饥随蛰燕,暗逐流萤。秦中水黑,关上泥青。于时瓦解冰泮,风

飞电散。浑然千里,淄渑一乱。雪暗如沙,冰横似岸。逢赴洛之陆机,见离家之王粲。莫不闻陇水而掩泣,向关山而长叹。况复君在交河,妾在青波。石望夫而逾远,山望子而逾多。才人之忆代郡,公主之去清河。栩阳亭有离别之赋,临江王有愁思之歌。

人无分贵贱,在国破家亡的掩泣长叹声中被驱而北。这段笔锋充满感情的描写,简直就是一幅流民图长卷。据《周书·文帝纪》载,于谨平江陵,"擒梁元帝,杀之,并虏其百官及士民以归。没于奴婢者十余万,其免者二百余家"。这种残忍的行为,连《周书》都不能曲为之讳,认为"乖于德教",并推断"周祚之不永,或此之由乎"。关于这段历史,《观我生赋》中写得比史籍记载要详细一些,但文字并没有像这样不顾忌避、喷薄而出。

《哀江南赋序》是庾信作品中最出色的骈文。作为全赋的一个组成部分,譬如序曲,奏出了全部乐章的基调,然而它又是首尾兼备、相对独立的文章,和赋文起相辅相成的作用。全祖望出于成见,指责"赋本序体也,何用更为之序?故其词多相复"(《鲒埼亭集·外编》卷三十三《题哀江南赋后》),其理由是不充分的。在某种意义上,甚至可以说,赋文中的兴亡之感和身世之悲在序文中得到了更集中、感人的表现:

> 日暮途远,人间何世!将军一去,大树飘零;壮士不还,寒风萧瑟。……孙策以天下为三分,众才一旅;项籍用江东之子弟,人惟八千。遂乃分裂山河,宰割天下。岂有百万义师,一朝卷甲,芟夷斩伐,如草木焉?江淮无涯岸之阻,亭壁无藩篱之固。头会箕敛者,合从缔交;锄耰棘矜者,因利乘便。将非江表王气,终于三百年乎?

在以四、六句式为主的偶句中间杂以散句，骈散间行，和谐错综。特别是散句出以反问的语气，感慨万端，含蓄不尽。"日暮"六句连用《史记》、《庄子》、《后汉书》等故实词语，气氛全出而如同白描，丝毫不觉其为用事。

《哀江南赋》概括一代兴亡，描写人民苦难，在六朝辞赋中为绝无仅有，就是在历来所有的辞赋中也是罕见的。两汉的赋家叙事，往往限于铺陈，不易见到作者的感情；魏晋以后的小赋一改而以抒情为主，而又很少有叙事成分，所写的感情又往往是一些离愁别恨之类。庾信这篇《哀江南赋》，以炽烈的感情写出了历史上的一个重大事件，"援古证今"，"用人若己"（《文心雕龙·事类》），在纷披的文采和宏亮的音节中显出了沉郁苍凉的骨力，内容和形式得到完美的统一，不能不承认是出色的大手笔。自然，由于骈体的局限和过于追求形式，序文和赋文的用典造句都有一些毛病。如"枒阳亭有离别之赋"，顾炎武《日知录》、钱大昭《汉书辨疑》中已指出其用典有误；"崩于钜鹿之沙，碎于长平之瓦"等句，王若虚《滹南遗老集》中已指出其语法不通；某些典故词语，如陆机、班超、秦庭、骊山等，回环迭出，钱大昕《十驾斋养新录》也指出其修辞欠妥。另外，叙事中也有前后失次之处。如梁元帝的"但坐观于时变"、"本无情于急难"，应在建康陷落之前，赋中则记在平侯景后骨肉相残之时。不过这都是大醇小疵，无损于这篇作品的整体价值及其在文学史上的重要地位。

庾信的骈文，除了《哀江南赋》序以外，《拟连珠》四十四首也是比较重要的作品。"连珠"这种文体，前人以为兴起于西汉末扬雄、东汉初班固、傅毅、贾逵诸人，在庾信之前，现存的作品中则以陆机的《演连珠》为最著名。这种文体往往假托物象讽喻政治和道德的问题。庾信的《拟连珠》，据"盖闻五十之年，壮情久歇"等语，当是周武帝保定、天和间作，内容和《哀江南赋》中所表达的近似。如：

> 盖闻市朝迁贸，山川悠远。是以狐兔所处，由来建始之宫；荆棘参天，昔日长洲之苑。（其十）

这是写梁代亡国后，昔日的繁华变为一片荒凉。又如：

> 盖闻营魂不反，磷火宵飞。时遭猎夜之兵，或毙空亭之鬼。是以射声营之风雨，时有冤魂；广汉郡之阴寒，偏多夜哭。（其十六）

这是写流落关中、客死不返的江陵士民的冤苦。又如：

> 盖闻卷葹不死，谁必有心；甘蕉自长，故知无节。是以螺蚌得路，恐异骊渊；雀鼠同归，应非丹穴。（其三十八）

这是写自己被强留思归的痛苦。这里用了卷葹拔心而不死、甘蕉无节而空长的比喻，既是自我辩解，也是自我谴责。庾信屈身异代，在今天看来本未可深责，然而在当时人心目中还有所谓"华夷"之辨。异代而兼异族，在庾信思想中引起的矛盾痛苦是极为强烈的，联系到《拟咏怀》的"倡家遭强聘"，自责至于不惜自污，这类文字应当看作是庾信在思想上企图解脱的一种途径。

庾信的骈文绝大部分是碑、铭、书、赞之类的应酬之文、谀墓之作。不过像《齐王宪神道碑》、《吴明彻墓志铭》等作品，表达了政治见解和寄托了身世之悲，都还是较好的作品。《思旧铭》哀悼友人萧永，更见真情实感。萧永是鄱阳王萧恢之子，江陵陷落时被俘入关，

客死于长安。文中最动人的一段是:

> 河倾酸枣,杞梓与樗栎俱流;海浅蓬莱,鱼鳖与蛟龙共尽。焚香复道,讵敛游魂;载酒属车,宁消愁气?芝兰萧艾之秋,形殊而共瘁;羽毛鳞介之怨,声异而俱哀。所谓天乎?乃曰苍苍之气;所谓地乎?其实抟抟之土。怨之徒也,何能感焉!

人悲痛而呼天抢地,而这里却说天地是无知之物,对有神论者如庾信来说,正是悲痛之极的激愤之语,和江淹的"人生到此,天道宁论"是同一表现手法。

庾信的骈文历来与徐陵并称,号"徐庾体",是南北朝骈文中很重要的一派。在辞藻华丽、典故繁富、对仗工整等方面,二人可谓工力悉敌。清人蒋士铨说:"唐四六毕竟滞而不逸,丽而不遒,徐孝穆逸而不遒,庾子山遒逸兼之,所以独有千古。"(《评选四六法海·总论》)这种遒劲之气主要来自入北以后的经历和思想变化,这也正是徐陵所缺乏的。

第四节 庾信的成就和影响

庾信是整个北朝时代成就最高的作家,也是影响最大的作家。由于他过人的才华和独特的经历,在中国文学史上,他是最早把南方文学的文采和北方文学的气骨在作品中溶化、统一的大作家。清人倪璠以庾信的作品为"穷南北之胜"(《庾子山集注·题辞》),可谓要言不烦。六朝作家中,对唐代文学影响最大的是谢朓和庾信,但谢朓的影响偏于文学形式,庾信在这方面,例如体裁、用事、炼句,等等,当然也创造了值得借鉴的经验,但更重要的却是他作品中兼该南北之长的风格、气韵,为唐代文学提供了优秀的范例。明人杨慎认为,庾信的诗"为梁之冠绝,启唐之先鞭"(《升庵诗话》卷九),《四库全书总目提要》认为庾信的骈偶之文"集六朝之大成,而导四杰之先路",都是符合实际情况的评论。

庾信挟重名入北,他清新绮艳的文风对当时的北方文坛是有益的营养,上层文人一时靡然风从。据《北史》本传记载,"当时后进,竞相模范,每有一文,都下莫不传诵",其情形可以与南朝的谢灵运、沈约相埒,甚或过之。周明帝宇文毓、赵王宇文招、滕王宇文逌都是庾信的追随者。庾信的作品在生前就已结集,编辑者就是宇文逌。宇文逌还写了一篇序文,称赞庾信的诗文可以"贻范缙绅,悬诸日月",而且连序文的文风都模仿庾信。

隋、唐之际,开始反对齐、梁的浮艳文风,锋芒所及,对庾信的评价显得偏低。王通贬责徐陵、庾信为"古之夸人也,其文诞"(《文中子·事君》),官修的《周书》、《北史》、《隋书》对庾信的批评也很严厉。《周书》本传在肯定"王褒、庾信,奇才秀出,牢笼于一代"之后,接着就说:"然则子山之文,发源于宋末,盛行于梁季。其体以淫放为本,其词以轻险为宗,故能夸目侈于红紫,荡心逾于郑卫。昔扬子云有言:'诗人之赋丽以则,词人之赋丽以淫。'若以庾氏方之,斯又词赋之罪人也。"《北史·文苑传序》、《隋书·文学传序》持论大体相同。按之唐初文坛的实际,几乎无不在"徐庾体"的笼罩之下,直到武后时代的"四杰"仍然如此。不过,初唐作家从庾信作品中所汲取到的,并不全像令狐德棻所说的那么消极,而是有着更积极的成分。清人谭献说"四杰""追徐庾之健笔"(《骈体文钞》卷十九引),无疑要比较公允。

唐代诗人对庾信的作品都很熟悉。杜甫曾以"清新庾开府"

（《春日忆李白》）来称赞李白。从李白的诗来看，受庾信的影响不算很明显，但他的《古风五十九首》之二十五"世道日交丧"，《侍从宜春苑奉诏赋龙池柳色初青听新莺百啭歌》，笔调都与庾信诗相近。《系寻阳上崔相涣三首》之三的"虚传一片雨，枉作阳台神"，即明显袭用庾信《咏画屏风》其三的"何劳一片雨，唤作阳台神"。至于杜甫，其与庾信的渊源尤为清楚，除了《春日忆李白》以外，还曾多次提到庾信："庾信文章老更成，凌云健笔意纵横"（《戏为六绝句》之一）；"庾信平生最萧瑟，暮年诗赋动江关"（《咏怀古迹》之一）；在临终绝笔《风疾舟中伏枕书怀》中还说自己"哀伤同庾信，述作异陈琳"。后来元稹为杜甫作墓志铭，称其诗"杂徐庾之流丽"，杜诗中有不少迹象都可以证明这评语合乎事实。前面提到高适的《燕歌行》，立意和结构都取法于庾信的《燕歌行》。李德裕平生不喜《文选》，但他作诗未始不学庾信，其《谪岭南道中作》"三更津吏报潮鸡"，即出于庾信《奉和濬池初成清晨临泛》中的"鸡鸣潮即来"。宋代洪皓的《江梅引·怜落梅》中"不见娇姿，真悔著单衣"之后，下句全抄庾信《梅花诗》原句，这些例子，都足以说明庾信对唐宋诗词的影响。

仅就诗歌形式而论，庾信上沿永明新变体所开拓的道路，在格律、炼字琢句方面做出的贡献也是重大的。刘熙载说："庾子山《燕歌行》开唐初七古，《乌夜啼》开唐七律。其他体为唐五绝、五律、五排所本者，尤不可胜举。"（《艺概·诗概》）前面举出的《寄王琳》等小诗，已宛然五绝。尤其值得注意的是集中有《和侃法师三绝》、《听歌一绝》这样明题为"绝"的五言四句。《玉台新咏》卷十录有《古绝句》四首，看来还是民歌，诗题也当是徐陵所加，不像庾信是有意识的创作。《拟咏怀》二十七首，除个别几首外，都是每首十句或八句，而且除首尾四句外均作对偶，《奉和永丰殿下十首》则全都是每首八句，这种形式的五言诗在集中占有主要部分，应当不是偶然的巧合而是有意识的探索,这些创作实践在五言律诗的定型过程中无疑起了重要作用。又如《和李司录喜雨》、《伤王司徒褒》,也已经具备了五言排律的雏形。至如他作品中的使事无迹,以及如"麦随风里熟,梅逐雨中黄"(《奉和夏日应令》),"有城仍旧县,无树即新村"(《望野》)等句子,都是前此所罕睹,而在唐诗中却为习见的句法字法。

　　庾信的作品在生前结集。据宇文逌原序说:"昔在扬都,有集十四卷。值太清罹乱,百不一存。及到江陵,又有三卷,即重遭军火,一字无遗。今之所撰,止入魏以来,爰洎皇代。凡所著述,合二十卷。"《隋书·经籍志》著录为二十一卷,或以为多出的一卷是隋平陈以后,搜集到作者在南方的旧作补入的,但《旧唐书·经籍志》和《新唐书·艺文志》所载仍为二十卷,所以具体情况已难确断。宋代一些书目也记作二十卷,但宋本今已不存,今天所见的本子,当是明人抄撮类书及《文苑英华》等重行编定。其中以正德十六年(1521)朱承爵刊《庾开府集》为最早,凡四卷;其次是嘉靖间朱曰藩刊本,凡六卷,较朱承爵刊本为完备,但二本均有诗无文。诗文合集,则以万历间屠隆评点本为较早,凡十六卷,有《四部丛刊》影印本。天启元年(1621)张燮本亦为十六卷,通行的张溥刊《汉魏六朝百三名家集》本即从张燮本而来。这些刊本多有疏误,如《玉台新咏》所载《七夕》诗,各本均失收;而碑志中又误收杨炯文二篇,当是抄录《文苑英华》时未及细辨而致。

　　庾信集的注释本有清康熙间吴兆宜及倪璠注两种,以倪注为较详,《四部备要》即据此排印。有中华书局1980年排印本,许逸民校点,覆核引书,校改错字,较原刊本为可据,卷末并有附辑佚文十余条。

第二十三章　王褒和西魏北周文学

第一节　西魏的文化和文学

　　北魏经过"六镇"起义及尔朱荣之乱后,孝武帝元脩被高欢所逼,于五三三年西奔,从此北魏就分裂为西魏和东魏。西魏建都长安,割据关陇一带,名义上仍奉元氏为国君,但它的建立者和实际操纵者是鲜卑族人宇文泰(周文帝)。五五七年宇文泰的儿子宇文觉以"禅让"的形式取代西魏,建立北周。宇文氏本是鲜卑族的一个部族,"十六国"初期被慕容氏所征服。北魏时,宇文泰的祖先徙居代郡武川(今属内蒙古),成为北魏"六镇"的士兵。宇文泰早年曾参加鲜于修礼和葛荣的起义队伍。后降于尔朱荣,成为尔朱荣部将贺拔岳的部下,因镇压当地起义,驻扎关陇地区。贺拔岳被侯莫陈悦所杀。宇文泰遂率领贺拔岳旧部,成为这一地区的割据者。

　　西魏统治区远不如东魏广大和富庶,军事实力也不及东魏强大。在文化方面,由于关陇地区在北魏时代并非政治中心,北方主要的文人大抵聚集在东魏统治下的黄河中下游地区,因此也很难和东魏相比。在这种情况下,宇文泰对政治、经济和文化实行了一系列的改革,以便和东方的东魏、南方的梁代对抗,使西魏——北周政权逐步强大起来,并为隋唐的统一奠定了基础。

宇文泰所统率的军队,本是尔朱荣部下的一支,其实力和高欢所掌握的军队相比要小弱得多。光凭这支军队,显然很难和东魏抗衡,因此,必须争取当地汉族士大夫如苏绰、韦孝宽、梁士彦、皇甫璠、辛庆之等,并委以重任。他的改革以汉族士大夫苏绰为谋主。《周书·苏绰传》说:"太祖(宇文泰)方欲革易时政,务弘强国富民之道,故绰得尽其智能,赞成其事。减官员,置二长,并置屯田以资军国。又为六条诏书,奏施行之。"这"六条诏书"的内容归结起来就是:"先治心";"敦教化";"尽地利";"擢贤良";"恤狱讼";"均赋役"。这"六条诏书"充满着儒家思想的色彩,在当时对减轻人民负担和发展生产起了积极的作用;同时,这种传统的思想自然也为当地汉族士大夫所欢迎。

宇文泰在政治、经济等方面实行改革的同时,在文化方面也采取一种不同于北魏和南朝的政策。在割据之初,宇文泰的幕下本来没有什么著名的文人,关陇地区也没有重要的文学活动。宇文泰初期所发布的文告,多数出于一个由南朝入魏的文人申徽之手。申徽其人,据《周书》本传记载,虽也曾在襄州清水亭题过诗,却不以文学见称。从他代宇文泰所作的公文看来,有些基本上是散体,也有些是当时流行的骈体,但辞藻远逊于南朝和北朝后期一些文人之作的华丽。后来宇文泰识拔的苏绰,是一个具有政治才能的人,曾向宇文泰指陈帝王之道,兼述申韩之要(事见《周书·苏绰传》),主张兼用儒法以求强国富民。苏绰被任用参与机密后,"断雕为朴,变奢从俭",反对浮华,在文风上也要求有所变革。他代宇文泰起草的"六条诏书"就用的是质朴的散文。《周书·苏绰传》:"自有晋之季,文章竞为浮华,遂成风俗。太祖欲革其弊,因魏帝祭庙,群臣毕至,乃命苏绰为大诰,奏行之。"这篇"大诰"的文体一仿《尚书》。据说"自是之后,文笔皆依此体"。宇文泰和苏绰的这一政策,显然是适应政治、经济上一系列措施的需要。因为宇文泰的改革本来以"托古改制"为手段,形式上全用儒家的一套,所以他在改定官制时,就全仿《周礼》的"六官",带有浓厚的复古色彩。在文体上模仿《尚书》,也是显示其崇儒宗经,以便争取汉族士大夫的拥护。当时他们对文体的要求未必得到所有的人赞同,像柳虬就表示异议。《周书·柳虬传》:"时人论文体者,有古今之异。虬又以为时有今古,非文有今古,乃为《文质论》。"显然不赞成苏绰那种做法。宇文泰和苏绰的尝试,一方面是北魏自孝文帝元宏迁洛以后,大力推行汉化,造就了一批文人,而这些北方文人大体上又师法南朝文人的绮丽文体,写作骈四俪六的文章。这种文章确有不适于实用的一面。在这个意义上说,宇文泰、苏绰在政治、经济上以儒术为主而参用申、韩,而这两家都主张文学应该偏于实用,反对浮华的文体是他们治国之道整体中的一个部分。另一方面,文体的发展有其自身的规律和社会的影响,不是帝王或大臣的意志或命令所能决定的。尤其像苏绰"大诰"这种仿《尚书》的文体,事实上也难以通行。所以他们的主张最终收效甚微。在苏绰作"大诰"之后不久,随着西魏军队的攻陷江陵和庾信、王褒相继入北,北方文人就纷纷效法他们的文风。所以《周书·王褒庾信传》说:"然绰建言务存质朴,遂糠秕魏晋,宪章虞夏。虽属词有师古之美,矫枉非适时之用,故莫能常行焉。"这一评论确实道出了苏绰的主张在当时不能取得预期成果的原因。文学史上"文"、"质"之间长期存在着既对立又统一的复杂现象,从这一角度来看,宇文泰矫正华靡之风的做法仍有其一定的作用和影响。继苏绰"大诰"之后,到隋代出现了李谔请求端正文体的上疏;到唐代又出现了陈子昂反对齐梁文风的主张和韩愈、柳宗元为代表的"古文运动",终于使六朝以来的骈文变为比较流畅质朴的散文。关于这一点,清初思想家王夫之曾说:"文章之体,自宋、齐以来,其滥极矣。人知其淫艳之可恶也,而不知相率为伪之尤可恶也。南人倡之,北人和之,故魏收、邢子才之徒,与徐、庾而相仿佛。悬一文章之影迹,役其心以求合,则弗论其为骈丽、为轻虚而皆伪。人相习于相拟,无复有由衷之言,以自鸣其心之所可相告者。其贞也,非贞也;其淫也,亦非淫也;而心丧久矣。故弗获已,裁之以六经之文以变其习。夫苟袭矣,则袭六经者,亦未有以大愈于彼也,而言有所止,则浮荡无实之情,抑亦为之小戢。故自隋而之唐,月露风云未能衰止,而言不由衷,无实不祥者,盖亦鲜矣,则绰实开之先矣。宇文氏灭高齐而以行于山东,隋平陈而以行于江左,唐因之,而治术文章咸近于道,生民之祸为之一息,此天欲启晦,而泰与绰开先之功亦不可诬也。非其能为功也,天也。"(《读通鉴论》卷十七)王夫之这段议论,虽然从"文以载道"的儒家立场出发来评价宇文泰、苏绰,但他指出的南北朝文风的弊病及苏绰"大诰"的历史作用和地位,也不失为一种见解。

短暂的西魏仅仅存在了二十三年,而且基本上是在干戈扰攘和内部纷争之中度过的。据《周书》记载,当时曾产生过苏亮、柳虬、薛憕、唐瑾、李昶、檀翥等一些人,皆能文,但其作品存者极少。如李昶的《答徐陵书》、唐瑾的《华岳颂》等仅存的文章,均属骈文而并无特色,而且李、唐二人虽身历西魏,而其文皆作于北周之世,所以西魏一代在文学史上值得一提的仅仅是苏绰作"大诰"这一件事的背景及其影响。

第二节 王褒

宇文泰攻克江陵时由南朝入北的文人中,除庾信外,最重要的是王褒(514?～575?)。王褒,字子渊,祖籍琅邪临沂(今属山东)人。他是南齐名臣王俭的曾孙,梁代作家萧子云的内侄。梁武帝时,曾任秘书郎、太子舍人、秘书丞、安成内史等职。梁元帝即位于江陵,召为侍中,官至吏部尚书、尚书左仆射等高位。当时梁元帝左右的大臣曾对建都问题有不同主张。一些出生在江陵的人主张定都江陵,而另一些来自长江下游的人则主张还都建康。王褒曾乘间密谏,力主还建康,但元帝未加采纳。西魏军队进攻江陵时,元帝委派他防守城西方面。不久江陵失陷,元帝出降,王褒也被迫出见西魏将领于谨,并随之入长安。宇文泰对他厚加抚慰,授以车骑大将军、仪同三司之位。周孝闵帝宇文觉取代西魏,遂仕周。明帝即位,笃好文学,王褒与庾信才名最高,常在明帝左右赋诗谈论。周武帝时,官至内史中大夫。武帝建德初的重大诏册,大多令王褒起草。后授太子少保、小司空,出为宜州刺史。卒年六十四。

　　王褒早年即以才名著称。他在南方的诗,今存者似稍多于庾信;但入北以后的作品,则不论数量或质量都不足与庾信相比。从现存的作品看来,他的诗风在南方时期已经定型,这一时期的诗,以写景、赠别的作品见长,风格较近谢朓、何逊,而异于徐陵、庾信的好用典故。如《山池落照》诗①,大约作于侯景之乱以前:

---

① 《山池落照》当作于建康。梁简文帝萧纲有《山池》诗,庾信有《奉和山池》诗,皆作于建康。王褒此诗写的当是同一地点的景色。《始发宿亭》诗,内容较为闲适,当是自安成赴荆州时作。《周书·王褒传》:"寻迁安成郡守。及侯景渡江,建业扰乱,褒辑宁所部,见称于时。梁元帝承制,转智武将军、南平内史。及嗣位于江陵,欲待褒以不次之位。褒时犹在郡,敕王僧辩以礼发遣。褒乃将家西上。"按,南平在江陵以南,相去甚近。由南平至江陵,乃北行,非"西上",更不必叫在建康的王僧辩"以礼发遣",证明他实未至南平,而是由安成直接去江陵的。

> 竹馆掩荆扉,池光晦晚晖。孤舟隐荷出,轻棹染苔归。浴禽时侣窜,惊羽忽单飞。

又如《始发宿亭》诗,大约是被征赴江陵时作:

> 送人亭上别,被马枥中嘶。漠漠村烟起,离离岭树齐。落星侵晓没,残月半山低。

这些诗都写得平易自然。前一首的"孤舟"四句和后一首的"漠漠"四句,一写傍晚,一写清晨,都生动传神。他的《别陆子云》诗,也属于这一类,而对唐人的影响尤为明显:

> 解缆出南浦,征棹且凌晨。还看分手处,唯余送别人。中流摇盖影,边江落骑尘。平湖开曙日,细柳发新春。沧波不可望,行云聊共因。

写惜别之情,颇为深切。"平湖"二句描写早春景色,显然是唐杜审言《和晋陵陆丞早春游望》中"云霞出海曙,梅柳渡江春"二句所本。除这些诗以外,王褒还写过很多乐府诗。这些诗究竟是在南方所作或入北后所作,已难确考。梁代后期,由于"汉横吹曲"的流行及北朝民歌的传入,在南朝文人中,写作从军和边塞题材的乐府诗已很普遍。例如他的《燕歌行》七言,据《周书》本传说是"妙尽关塞寒苦之状,元帝及诸文士并和之,而竟为凄切之词"。可见他在入北前,已经写过边塞诗,而且当时和作的人不少。他写边塞寒苦情状的诗不止《燕歌行》一篇,像《关山篇》、《从军行》(二首)、《出塞》、《入塞》、《饮马长城窟》、《关山月》等都有类似的内容。这些诗的出现,作者并不一定有过亲身经历,而多半是由于乐府诗的影响。他那首《燕歌行》,虽然华丽流宕,其实并不如庾信同题之作真切感人,其中边塞苦战的描写,也不如庾信那首强烈。原因应当是庾信毕竟目睹并且参加了侯景围攻建康的战争,而王褒则缺乏亲身感受。但是这些作品的存在,表明王褒早年对北方的景色也具有若干间接地了解。因此一些作品究竟是早年在南还是中年入北后所作,就很难断定。如历来经常征引的《渡河北》诗:

秋风吹木叶,还似洞庭波。常山临代郡,亭障绕黄河。心悲异方乐,肠断陇头歌。薄暮临征马,失道北山阿。

这首诗一起警绝,化用《九歌·湘夫人》而浑成无迹。诗中出现了"常山"、"代郡"等地名,王褒当时在北齐境内,所言不是他入北所经之地。诗中"亭障绕黄河"、"肠断陇头歌"等句,写的又是边塞风光。这些内容,在一些乐府诗中经常出现。南北朝时期许多文人拟作的乐府可以和本人的一贯诗风大相径庭,因此像这样的作品虽然风格苍劲,与早年的写景诗几乎似出二人之手,却也很难说一定是入北后所作。

王褒后期的经历和庾信类似。他被俘入关后,也不可能没有"乡关之思"。但反映在作品中这种情绪远不如庾信那样强烈。原因可能出于个性上的差异,同时还可能他入北后所受优礼较庾信更厚、官位更高,因此多少像《周书》本传所说的那样"忘其羁旅焉"。

王褒入北后的诗作也写乡思,但多半仅限于思念旧友或抒发愁绪,缺乏庾信诗中的沉痛和遒劲。如《赠周处士》:

我行无岁月,征马屡盘桓。崤曲三危阻,关重九折难。犹持汉使节,尚服楚臣冠。巢禽疑上幕,惊羽畏虚弹。飞蓬去不已,客思渐无端。壮志与时歇,生年随事阑。百龄悲促命,数刻念余欢。云生陇坻黑,桑疏蓟北寒。鸟道无蹊径,清汉有波澜。思君化羽翮,要我铸金丹。

此诗大约和《与周弘让书》同时,已属晚年之作。诗中"犹持"二句,不过是自我解嘲。因为当时梁亡已久,他也仕周而历官显位,和苏武持节、钟仪被囚的情况完全不同。但可以相信,由于羁旅关中,忧谗畏讥,心情寂寞而想念故人的心情则是真实的。此诗风格已趋质朴,不像早年所作那样辞采绚丽。但悲而不愤,比较消极。他的《咏雁诗》也是这样:

伺潮闻曙响,妒垄有春翚。岂若云中雁,秋时塞外归。河长犹可涉,海阔故难飞。霜多声转急,风疏行屡稀。园池若可至,不复怯虞机。

这种自叹不如秋雁的心情,正是张溥所说的"外縻周爵、而情切土风"(《王司空集》题辞)的反映,说明他仍未忘情于旧乡。

王褒的骈文在当时也颇负盛名。但存者多系应用文字,铺陈排比,见到的是学力和技巧,只有《周书》小传所载《与周弘让书》情文兼备。文中写到自己年已就衰,南归无期时说:

顷年事迫尽,容发衰谢,芸其黄矣,零落无时。还念生涯,繁忧总集。视阴惄日,犹赵孟之徂年;负杖行吟,同刘琨之积惨。河阳北临,空思巩县;霸陵南望,还见长安。所冀书生之魂,来依旧壤;射生之鬼,无恨他乡。白云在天,长离别矣!会见之期,邈无日矣！援笔揽纸，龙钟横集。

人到暮年，首丘之感会一天比一天强烈，而且故友分手，虽属生离而实即死别。王褒承受这两方面的感情震荡，就更加难于自抑，书中层层渲染，悲戚动人。

自梁入周的文人为数不少，诗赋两方面的成就，庾信自属第一。王褒的成就虽不足与庾信抗手敌体，但仍高出其他文人而可以追随于庾信之后。

第三节　北周其他作家

除了由南入北的王褒和庾信外，北周一代值得一提的作家并不多。北周文人大部分是江陵陷落时来到关中的南方人，如庾、王及宗懔等；也有一部分是在西魏攻占益州时入北的，如萧㧑、刘璠；仅有个别文人是北方人，像北魏李彪之孙李昶。但不论从哪一方面看，江陵之役以后，北周文坛总离不开庾信、王褒，特别是庾信的影响。正如《北周书·王褒庾信传论》所说："唯王褒、庾信奇才秀出，牢笼于一代。是时，世宗雅词云委，滕、赵二王雕章间发，咸筑宫虚馆，有如布衣之交，由是朝廷之人，间阎之士，莫不忘味于遗韵，眩睛于末光，犹丘陵之仰嵩岱，川流之宗溟渤也。"如宗懔的《早春》、《春望》诸作，流露出淡淡的羁旅之愁，可以说是入北南人的共同感情。他是《荆楚岁时记》的作者，主要贡献在于著述而不在诗文。同样，史学家刘璠，作有《梁典》三十卷，在《文选注》等书中尚保存若干佚文。他的创作则仅有一篇《雪赋》，风格与同时人无甚区别，也很少特色可言。萧㧑的作品也是这样，他的《孀妇吟》，笔调和梁后期的"宫体诗"十分类似。

《上莲山诗》是写景之作,诗中仅"沙崩闻韵鼓,霜落候鸣钟","飞花满丛桂,轻吹起修筇"两联稍佳。李昶的诗也显然学南朝人作品,如:

衔悲向玉关,垂泪上瑶台。舞阁悬新网,歌梁积故埃。紫庭生绿草,丹墀染碧苔。金扉昼常掩,珠帘夜暗开。方池含水思,芳树结风哀。行雨归将绝,朝云去不回。独有西陵上,松声薄暮来。

——《奉和重适阳关》

此诗从内容至风格均与南朝文人之作不殊。作者的祖父李彪曾多次出使南朝,深受南方文学的影响。李昶本人又在洛阳一带长大,当时洛阳一带文人,正大力模仿南朝文风,再加上此诗之作,当在北周建国以后①,朝廷上下都风靡于庾信的诗体之际,所以诗风亦与庾、王相近。

除上述的文人以外,宇文泰的几个儿子也深受庾信的影响。长子明帝宇文毓,史称其"幼而好学、博览群书,善属文,词采温丽"(《周书·明帝纪》)。著有文章十卷,今所存者虽寥寥无几,但所谓"温丽",当然也是南朝的风格。诗今存三首,《和王褒咏摘花》诗,可证《周书·王褒传》说他"笃好文学"和对王褒、庾信的优礼。《过旧宫》诗更显得与庾、王的诗风类似:

玉烛调秋气,金舆历旧宫。还如过白水,更似入新丰。秋潭渍晚菊,寒井落疏桐。举杯延故老,今闻歌"大风"。

---

① 此诗题为《奉和重适阳关》。仅用"奉和",不提被和者姓名,恐系和赵王宇文招或滕王宇文逌之作。

此诗虽非名篇,但"还如"二句用汉光武及高祖典,"秋潭"二句颇有齐梁诗的风格,一结又归到汉高祖还乡,章法井然,说明了他这样一位鲜卑最高统治者在文化上已基本汉化。

宇文觉的弟弟赵王宇文招和滕王宇文逌受庾信影响尤深。《周书·赵僭王招传》说宇文招"学庾信体,词多轻艳",但今存诗仅一首《从军行》。滕王宇文逌所作的《庾信集序》,几乎是亦步亦趋地摹仿庾信的骈文。他还有一首《至渭源》诗:

> 源渭奔禹穴,轻澜起客亭。浅浅满涧响,荡荡竟川鸣。潘生称运石,冯子听波声。斜去临天半,横来对始平。合流应不杂,方知性本清。

和宇文毓的诗作一样,同样也属于"庾信体",但称不上什么佳作。在此引录,不过是借此以窥见北周诗风的一斑而已。

在南朝文风弥漫于北周文坛之际,原来出身鲜卑族的宇文氏家族中,仍有一部分人使用的文体与文人之作面目迥异。如宇文泰的侄儿宇文护从小跟随宇文泰在军中,其母阎氏则留在北齐统治区。后来阎氏曾叫人写信给宇文护,宇文护也写了回信。最后通过交涉,宇文护终于把阎氏迎到长安。这两封信,今存于《周书·晋公护传》中①。文体与当时通行的散文和骈文都不相同,尤其阎氏《与宇文护书》,几同口语,中间还夹杂了一些鲜卑族的称谓。书信的文字虽乏雕采,而以口语记叙往事及细节,却也显得生动、亲切。如:

---

① 阎氏的信,严可均《全上古三代秦汉三国六朝文》收入《全北齐文》卷九"阙名"一类,原因是阎氏当时尚未到达长安,而且不知代笔者的名姓。

昔在武川镇,生汝兄弟,大者属鼠,次者属兔,汝身属蛇。鲜于修礼起日,吾之阖家大小,先在博陵郡住,相将欲向左人城,行至唐河之北,被定州官军打败。汝祖及二叔,时俱战亡。汝叔母贺拔及儿元宝,汝叔母纥干及儿菩提,并吾与汝六人,同被擒捉入定州城。

又如:

　　其后,尔朱天柱亡岁,贺拔阿斗泥在关西,遣人迎家累。时汝叔亦遣奴来富迎汝及盛洛等。汝时着绯绫袍、银装带,盛洛着紫织成襽通身袍、黄绫裹,并乘骡同去。盛洛小于汝,汝等三人并呼吾作"阿摩敦"。如此之事,当分明记之耳。

这些家常琐事,娓娓道来,别有风味。这两段文字中,有些话已和今天的口语相似。据信中说,那位代笔的人写信时"书依常体",说明这是一般人写家信常用的形式。宇文护的复信,文体稍有不同,字句比较整齐,基本上是四言句,和口语的距离稍大。这大约是宇文护当时已位居宰辅,身份和素养都使他习惯于使用书面语言。但他的复信中说到母子离居的悲痛时,仍用比较口语化的文字。如"子为公侯,母为俘隶。热不见母热,寒不见母寒,衣不知有无,食不知饥饱"诸语,不假修饰,写出了人世间最普遍的母子之情。阎氏家书这种文字的存在,和南朝梁任昉《奏弹刘整》中保留的诉状一样,都是当时一般人日常生活中通用的文体和语言。这一类史料,今天所存不多,所以值得重视。

第二十四章　北朝乐府和歌谣

　　北朝诗歌中,最能代表北方民族气质贞刚的一部分作品是乐府歌辞。因为这些歌辞多数来自民间,早期的自不必说,后期社会汉化较深,民间歌谣的作者也不像士大夫一样去追求摹拟南朝的华美诗风,所以在这些作品里最容易见出北方诗歌的原始面貌。

　　据有限的史料记载,可以知道在永嘉之乱后,晋代的一部分乐工和乐器为刘聪、石勒所获。到北魏时期已有正式的乐署。南北之间的乐曲很早就有所交流。《魏书·乐志》载,道武帝拓跋珪曾下诏定律吕、协音乐,元旦飨宴群臣,奏乐有"燕、赵、秦、吴之音,五方殊俗之曲"。到孝文帝元宏时代,曾因为"末俗陵迟,正声顿废,多好郑卫之音以悦耳目",所以下令除去"新声不典之曲"。可见其时各种新声已经充斥于上层贵族之中,这种"郑卫之音",有一部分当是江南的吴声、西曲(参阅本章第二节)。与此同时,北方的乐曲也陆续传入南方,为乐府官署所收集、加工,这就是保存在《乐府诗集》中"梁鼓角横吹曲"和"杂歌谣辞"、"杂曲歌辞"中的有关作品,共计七十首左右。

　　长期以来,文学史家们习惯于把这些诗歌称作"北朝乐府民歌",以之与以吴声、西曲为主的"南朝乐府民歌"相对举。这种约定俗成的称谓其实未必妥帖。因为这些产生于北方的作品,有些显然还是十六国时期之作,从时间上说,和一般所理解的"南北朝"概念不完全相同。其次,这些诗歌虽产生于北方,但未必都曾被北朝的乐官所采录而谱曲歌唱。而像"梁鼓角横吹曲",流传到南朝后多少已曾经过南方乐官加工润饰,有些作品常有南方歌曲的色彩。再次,这些作品中,如"梁鼓角横吹曲"中的《高阳王乐人歌》为高阳王元雍的乐人所作,"杂曲歌辞"中的《杨白华》则为北魏胡太后作,"杂歌谣辞"中的《咸阳王歌》为北魏咸阳王元禧的宫人所作,都不是民歌。但由于"北朝乐府"一名沿用已久,为叙述的方便,仍把十六国和北朝时期的这类作品合并为本章。

第一节 北歌的创作和流传

流传至今的北歌,绝大部分保存在"梁鼓角横吹曲"中。"横吹曲",据《乐府诗集》卷二一说:"其始亦谓之鼓吹,马上奏之,盖军中之乐也。"又,卷二五引《古今乐录》:

"梁鼓角横吹曲"有《企喻》、《琅琊王》、《钜鹿公主》、《紫骝马》、《黄淡思》、《地驱乐》、《雀劳利》、《慕容垂》、《陇头流水》等歌三十六曲。二十五曲有歌有声,十一曲有歌。是时乐府胡吹旧曲有《大白净皇太子》、《小白净皇太子》、《雍台》、《擔台》、《胡遵》、《羋女》、《淳于王》、《捉搦》、《东平刘生》、《单迪历》、《鲁爽》、《半合企喻》、《比敦》、《胡度来》十四曲。三曲有歌,十一曲亡。又有《隔谷》、《地驱乐》、《紫骝马》、《折杨柳》、《幽州马客吟》、《慕容家自鲁企由谷》、《陇头》、《魏高阳王乐人》等歌二十七曲,合前三曲,凡三十曲,总六十六曲。

现存于《乐府诗集》中的有《企喻歌辞》(四曲)、《琅琊王歌辞》(八曲)、《钜鹿公主歌辞》(三曲)、《紫骝马歌辞》(六曲,又一曲)、《黄淡思歌辞》(四曲)、《地驱乐歌辞》(四曲,又一曲),《雀劳利歌辞》(一曲)、《慕容垂歌辞》(三曲)、《陇头流水歌辞》(三曲)、《隔谷歌》(二曲)、《淳于王歌》(二曲)、《东平刘生歌》(一曲)、《捉搦歌》(四曲)、《折杨柳歌辞》(五曲)、《折杨柳枝歌》(四曲)、《幽州马客歌辞》(五曲)、《慕容家自鲁企由谷歌》(一曲)、《陇头歌辞》(三曲)、《高阳王乐人歌》(二曲)。这里所谓"一曲"即一首,共计六十七首。此外,《乐府诗集》所载《雍台》系梁武帝和吴均等人所拟作,《白鼻騧》系北魏温子昇作(恐即仿《高阳王乐人歌》)。又《木兰诗》一首,也在"梁鼓角横吹曲"之列,有的研究者曾对此提出疑问。

上述这些乐曲,情况比较复杂,其中有一些显系北方少数民族的歌曲;有一些其曲调可能是少数民族所创,而歌辞则系汉人改作或拟作;也有一些则或属魏晋以前的曲调,其创始者是汉族抑为少数民族,已不可考。

这些乐曲本出北方,大约是从东晋开始直到梁代逐步传入江南的。其中如有关鲜卑慕容氏的歌,可能是刘裕平南燕时所获;《琅琊王歌辞》和《钜鹿公主歌辞》,据云与羌族姚氏有关,也可能是刘裕平后秦所获;《高阳王乐人歌》则产生于北魏后期,可能产生不久就由北魏逃奔梁朝的人带到江南。这些乐曲据《乐府诗集》卷二一说:"自汉以来,北狄乐总归鼓吹署。"因为非朝廷郊祀燕享或帝王娱乐所用,所以不见于《宋书》和《南齐书》的《乐志》。但其中有些歌,可能已在南朝军乐中演奏。如《南齐书·柳世隆传》载宋末萧道成对沈攸之作战时,"平西将军黄回军至西阳,乘三层舰,作羌胡伎,溯流而进"。又《东昏侯纪》载齐东昏侯萧宝卷出游时,"高障之内,设部伍羽仪,复有数部,皆奏鼓吹羌胡伎,鼓角横吹"。这里所谓"羌胡伎","鼓角横吹",恐怕就包括这些北方歌曲中的若干乐曲。只是由于梁陈以后,这些来自北方的军乐,出于口味多样化的需要,为一部分帝王和士大夫们所欣赏,才得到人们重视①。

　　从这些乐曲的歌辞来看,绝大部分反映的都是北方各少数民族的生活,其中有的还可以考出是哪一个民族。如《琅琊王歌辞》中"谁能骑此马,唯有广平公"句,"广平公"即后秦姚兴之子姚弼,当出羌族。《钜鹿公主歌辞》亦出羌族,见《旧唐书·音乐志》。《慕容家自鲁企由谷歌》当出鲜卑族,《慕容垂歌辞》则出于氐族。《乐府诗集》卷二五引《古今乐录》又谓今《企喻歌辞》第四首是苻融所作,末二句"尸丧狭谷中,白骨无人收",原作"深山解谷口,把骨无人收",因此这首乐曲可能原出氐族,先由北魏乐官采集,译为鲜卑语,以后传入南方。有些歌辞出于哪一族则已难确知。如《琅琊王歌辞》第七首:"客行依主人,愿得主人强。猛虎依深山,愿得松柏长。"反映的是北方人民聚居山泽,建筑坞堡,推举豪强作为"坞主"以抵抗抄掠者。这些"坞堡"中的居民,大多数是汉族流人。但由于北方各族长期杂居,当然会杂有少数民族。如《通鉴》卷一○五载,前秦瓦解后,"东胡王晏据馆陶,为邺中(前秦苻丕)声援,鲜卑、乌桓及郡县民据坞壁,不从燕(后燕慕容垂)者尚众。"在各族杂曲之地,其垒主乡豪也不必

---

① 在《宋书》和《南齐书》的《乐志》中,均未提及"汉横吹曲",更未提及这些北朝歌曲。但鲍照曾拟作"汉横吹曲"中的《梅花落》,梁以后人拟作"汉横吹曲"者甚多。至于拟作北歌始于梁武帝和吴均。文人拟作这种乐曲,就说明他们已在欣赏这类音乐。从《陈书·章昭达传》载章昭达欣赏羌胡乐及《隋书·音乐志》载陈后主欣赏代北乐曲的情况看来,北朝乐曲在陈代已流行于某些上层人士中。以此推测,梁代文人拟作"横吹曲",当然也是因为这个原因。

定为汉人①。所以此歌原出哪一民族已不可知。

今天所见北歌的歌辞,全都是用汉字记录的。在当时北歌传入南方时,有一部分是用少数民族语言演唱的,并未经过汉语翻译,当然就无法用文字记录。《旧唐书·音乐志》载,北魏时代的北歌,到北周和隋代"与西凉乐杂奏,今存者五十三章,其名目可解者六章,《慕容可汗》、《吐谷浑》、《部落稽》、《钜鹿公主》、《白净皇太子》、《企喻》也。其不可解者,咸多'可汗'之辞。……北虏之俗,呼主为可汗,吐谷浑又慕容别种,知此歌是燕、魏之际鲜卑歌,歌词虏音,竟不可晓"。这种无法用汉字记录的歌辞,在一定时期里可以口口相传,最终总不免消失。至于用汉字记录下来的歌辞,也有三种情况:

第一,有的歌曲原来是少数民族语言,传入南方时经过汉语翻译。这种情况在今存的歌辞中就有内证。《折杨柳歌辞》中有"遥看孟津河,杨柳郁婆娑。我是虏家儿,不解汉儿歌"一首,歌唱者自称"虏家儿",又不解"汉儿"的歌曲,原作为少数民族语言自不成问题。"虏"是当时汉人对北方少数民族的蔑称,自然是南朝乐官在译成汉语时所改②。又,《慕容垂歌》的第一首说:"慕容攀墙视,吴军无边岸。我身分自当,枉杀墙外汉。"这首歌是前秦人嘲笑后燕慕容垂作

---

① 唐长孺《晋代北境各族"变乱"的性质及五胡政权在中国的统治》一文对此有所论述,见《魏晋南北朝史论丛》第 181 页。
② 两晋南北朝时,即在北方,匈奴、羯、氐、羌等族有时直称族名,有时则常被称为"虏"。如《北史·薛聪传》载,薛聪曾对魏孝文帝说:"臣远祖广德,世仕汉朝,时人呼为汉。臣九世祖永,随刘备入蜀,时人呼为蜀。臣今事陛下,是虏非蜀也。"孝文帝笑道:"卿幸可自明非蜀,何乃遂复苦朕。"又《晋书·苻坚载记》记苻坚在慕容垂起兵时曾说"吾不用王景略、阳平公之言,使白虏敢至于此"。又载民谣曰"长鞘马鞭击左股,太岁南行当复虏",并解释说"秦人呼鲜卑为白虏"。据此则"虏家儿"或系鲜卑族。

战失败的一首歌。东晋太元十年(385),慕容垂率兵攻苻丕,晋刘牢之率兵救苻丕,慕容垂在一次战役中兵败。歌中"吴军"即晋军,"我"是代慕容垂自称,"汉"指汉人。这首歌辞也显然原是苻氏氏族语言而后译成汉语的。另外,《旧唐书·音乐志》在记载《钜鹿公主歌辞》时说:"梁有《钜鹿公主歌辞》,似是姚苌时歌,其词华音,与北歌不同。"《旧唐书》的作者还听到过不用汉语的北歌演唱或者看到过有关材料,所以才作了这一段说明。

第二,魏孝文帝推行汉化,迁都洛阳后,断然作出了以汉语为官方标准语言的决定。《北史·魏咸阳王禧传》载,孝文帝曾对群臣说,"今欲断诸北语,一从正音(汉语)",三十岁以下的官员一律要说汉语。太和十九年(495)六月,正式下诏"不得以北俗之语言于朝廷"(《魏书·高祖纪下》),违者免官。可以想见,当时乐府所收录的歌谣也会是用汉语写成的。比如《高阳乐人歌》,《古今乐录》说是"魏高阳王乐人所作也,又有《白鼻䮪》,盖出于此"。高阳王元雍是孝文帝之弟,府中乐人所作歌辞应当就是用汉语歌唱的。又如《紫骝马歌辞》六首,从第三首"十五从军征"以下四首,实际上是一首古诗,写一个男子少小从军,"八十始得归",归后所见家园残破的景象。《古今乐录》就明确说"《十五从军征》以下是古诗",可见原来就是汉语。

第三,北歌中有一部分歌辞,用语和风格极似南方民歌。如上引《紫骝马歌辞》除六首外,又另有一首:"独柯不成树,独树不成林。念郎锦裲裆,恒长不忘心。"另外,《黄淡思歌辞》三首:"归归黄淡思,逐郎还去来。归归黄淡百,逐郎何处索。""心中不能言,复作车轮旋。与郎相知时,但恐傍人闻。""江外何郁拂,龙洲广州出。象牙作帆樯,绿丝作纬繂。"如果认为这些歌辞都不是出于南方,而是南方乐官作过文字加工,当然也是可以成立的一种推测;但《黄淡思》的第三首中连所写的地名、事物都不似北人口吻,很可能本来就是南人所作而配以北方乐曲演唱的①。

第二节　北歌所反映的社会生活

　　北歌的数量虽不如吴歌、西曲,但反映的社会生活面却比以歌唱爱情为主的吴歌、西曲远为广阔,情调也迥不相似。入据中原的各族多善骑射,崇尚刚强武勇,这种豪侠尚武之情在民歌中有充分的反映。如《企喻歌辞》之一:

　　　　男儿欲作健,结伴不须多。鹞子经天飞,群雀两向波。

　　以猛禽鹞子比喻男子汉,独往独来,振翮一飞,群雀立刻往两边逃窜,这和《子夜歌》中"郎来就侬嬉"、"郎歌妙意曲"这样的男子相去就不可以道里计了。中国封建社会中"南人"、"北人"之分不仅是地域概念的不同,主要还在于精神气质上的某种带有共同性的差异。从历史的发展来看,南北朝时期的大分裂应当是形成这种差异的一个关键时期。又如:

　　　　新买五尺刀,悬着中梁柱。一日三摩娑,剧于十五女。
　　　　　　　　　　　　　　　　　　——《琅琊王歌辞》之一

---

① 《古今乐府》说:"李延年造'横吹曲',二十八解,有《黄覃子》,不知与此同时否。"按:《晋书·五行志中》:"桓石民为荆州,镇上明。百姓忽歌曰:'黄昙子。'曲中又曰:'黄昙英,扬州大佛来上明。'顷之而桓石民死,王忱为荆州。'黄覃子'乃是王忱字也。忱小字'佛大',是'大佛来上明'也。"据此则东晋时南方亦有《黄昙子》歌,与此首不同。此首歌辞,疑南方乐官取南方其他民歌配以北方曲调演唱。覃、昙、淡同音,盖为记录时的文字之异。

> 憎马高缠鬃,遥知身是龙。谁能骑此马,唯有广平公。
> ——同上之八

> 健儿须快马,快马须健儿。跋跋黄尘下,然后别雄雌。
> ——《折杨柳歌辞》之五

烈士之于快马宝刀,有常人所难于理解的喜爱。试把后世小说《水浒传》中关于林冲买刀一段描写与此加以比较,当可加深对"一日三摩娑"的理解。"健儿须快马"四句,一股骠悍之气扑面而来,这又极易使读者联想对比《颜氏家训·涉务》中梁代建康令王复以马为虎的记载。

豪侠尚武不仅为男子所专有,北歌中的《李波小妹歌》和《木兰诗》中所歌颂的对象就是女性。《木兰诗》将在下节详论,先看《李波小妹歌》:

> 李波小妹字雍容,褰裙逐马如卷蓬,左射右射必叠双。妇女尚如此,男子那可逢!

此诗见于《魏书》和《北史》的《李安世传》,是北魏孝文帝时代流行于广平(治今河北永年)一带的民谣。《北史》记"广平人李波宗族强盛,残掠不已,前刺史薛道㰘亲往讨之,大为波败,遂为逋逃之薮,公私成患",百姓因而作了这首歌谣。之后李安世做刺史,设计诱杀李波和子侄三十余人,于是"州内肃然"。这样的记载是官书的立场。如前所述,从十六国以来,北方的汉族人为了抵御劫掠残杀,往往聚族而居,习武以求自保,同时收留逃亡者,这中间自然也免不了有恃强劫掠的行为。这首民谣对李波小妹乃至李氏家族都采取歌颂的态度,或即李波部下所作。

北朝时代长期处于兵荒马乱、各族混战之中,反映战争的民歌本来就应该比较多,"梁鼓角横吹曲"又是军乐,所采录的歌曲也必然偏

重和战争有关的一类。这类歌辞中有从军之乐,也有从军之苦:

> 放马大泽中,草好马著膘。牌子铁裲裆,鉬鍪鹳尾条。
> ——《企喻歌辞》之二

> 前行看后行,齐著铁裲裆。前头看后头,齐著铁鉬鍪。
> ——同上之三

> 兄在城中弟在外,弓无弦,箭无括,食粮乏尽若为活?救我来,救我来!
> ——《隔谷歌》之一

> 兄为俘虏受困辱,骨露力疲食不足。弟为官吏马食粟,何惜钱刀来我赎!
> ——同上之二

前两首中的裲裆,即今所谓坎肩、背心,铁裲裆即铁甲,《木兰诗》所谓"铁衣";鉬鍪,即头盔,上插鹳(雉鸟)尾。这种武装和头饰,在今天的戏曲舞台上仍然常见。前后整齐,服装一色,可见军容之盛。寥寥数语,就表达了从军者的自豪心理。后两首则写被围战败的痛苦。从军的哥哥被敌方围困,被俘而为奴隶,做官的弟弟却丝毫不加顾恤,虽是兄弟,却分明属于两个阶层,苦乐悬殊。"救我来,救我来",窘迫危苦的哀鸣,全无雕饰,感人至深。

和长期的战乱相联系的是社会上大批的人离乡背井,到处流亡。北歌中也有一些作品反映了这种羁旅之思:

> 上马不捉鞭,反拗杨柳枝。下马吹长笛,愁杀行客儿。
>
> ——《折杨柳歌辞》之一

> 琅琊复琅琊,琅琊大道王。鹿鸣思长草,愁人思故乡。
>
> ——《琅琊王歌辞》之四

> 高高山头树,风吹叶落去。一去数千里,何当归故处。
>
> ——《紫骝马歌辞》之二

这时由于战乱和饥荒,不但大量汉族人民流离失所,少数民族也往往被迫迁徙。如后赵时曾将关中的氐、羌族东迁到清河(今山东、河北边境)等地;前秦灭前燕,又把今冀东一带的鲜卑族迁到陕西。此外,征服者还派本族人驻防各地,如前秦苻坚就派氐族到各地镇守。《晋书·苻坚载记上》称"诸戎子弟离其父兄者,皆悲号哀恸,酸感行人"。上面举出的三首诗虽未必都是反映这种流亡或被迫迁徙,但作为背景材料,可以有助于对北歌中这一部分作品的理解。

社会上贫富不均和被剥削者的不平在北歌中也有反映。如:

> 雨雪霏霏,雀劳利。长觜饱满短觜饥。
>
> ——《雀劳利歌辞》

这里显系以鸟比人,以"长觜"喻富人,以"短觜"喻穷人。这和鲍照《赠傅都曹别》中"短翮不能翔,徘徊烟雾里"异曲同工。民歌作者不知鲍诗,而鲍照也未必见过此歌,但艺术家的构思,由于生活本身的相似,往往可以暗合,这一类型的比喻可以一直上推到《诗经》里的《鸱鸮》。《捉搦歌》的第一首:"粟谷难舂付石臼,弊衣难护付巧妇;男儿千凶饱人手,老女不嫁只生口。"这首歌谣也是被压迫者的悲愤之词。歌中所谓"饱人手"指挨打①;"生口"指沦为奴婢。总之,被压迫者很难有好日子,正如《诗经·苕之华》中所谓"知我如此,不如无生"。这是极为悲愤之词。

北方歌曲中也有情歌,但一般都显得坦率粗犷,与南朝情歌的细腻缠绵完全不同。如:

摩捋郎须,看郎颜色。郎不念女,不可与力。
——《地驱乐歌辞》其四

月明光光星欲堕,欲来不来早语我。
——《地驱乐歌》

大胆、干脆而毫不忸怩,这说明当时北方妇女受封建礼教的拘束还比较少。在北方民歌中,妇女在婚姻问题上的态度尤为坦率,这更是历来民歌中少有的。如:

驱羊入谷,白羊在前。老女不嫁,蹋地唤天。
——《地驱乐歌辞》其二

门前一株枣,岁岁不知老。阿婆不嫁女,那得孙儿抱!
——《折杨柳枝歌》其二

---

① 魏晋六朝称毒打人或杀人为"与手"。《宋书·薛安都传》载薛安都想杀庾淑之,柳元景对他说:"卿往与手,甚快。"《搜神后记》卷九《乌龙》条载张然嗾狗咬敌人,亦呼"乌龙与手"。"饱人手"即饱尝人的毒手之意。《晋书·石勒载记》下载石勒曾对其起兵前的邻居李阳追叙当年互相斗殴之事云:"孤往日厌卿老拳,卿亦饱孤毒手。"孙楷第已有此说,参看《沧州集》下册第552~553页。

谁家女子能行步,反著袂襌后裙露。天生男女共一处,愿得两个成翁妪。

——《捉搦歌》其二

丁壮在战争中大批阵亡,造成许多妇女"更遭丧乱嫁不售"的现象,怨女思嫁就成了突出的社会问题。像"老女不嫁,蹋地唤天"的诗句,看似俚俗,却真情不讳,所以极为动人。前人评"阿婆不嫁女"之句为虽"老妪所能解,而绝不鄙俗",这是因为这些诗写出了人的真实心情,所以不假雕琢,而自然感人。至于像《慕容家自鲁企由谷歌》:

郎在十重楼,女在九重阁。郎非黄鹞子,那得云中雀!

前两句的情调近似南方民歌,但从曲名看显然是南燕时作品,鹞子捕雀也是北方生活中习见的场景,所以它可能是北歌传入南方后经过润色之作。另外一首《杨白华》风格更为缠绵而与南方民歌无异:

阳春二三月,杨柳齐作花。春风一夜入闺闼,杨花飘荡落南家。含情出户脚无力,拾得杨花泪沾臆。春去秋来双燕子,愿衔杨花入窠里。

作品见于《乐府诗集·杂曲歌辞》。据《梁书·王神念传附杨华传》载,杨华是名将杨大眼之子。"少有勇力,容貌雄伟。魏胡太后逼通之,华惧及祸,乃率其部曲来降。胡太后追思之不能已,为作《杨白华歌辞》,使宫人昼夜连臂蹋足歌之,辞甚凄惋焉"。《南史》更明白记载"华本名白华",在杨大眼死后改名华,降梁①。全诗旖旎婉转,切隐姓名,句句双关,特别是采用七言的形式,更显得音韵悠扬。《魏书·宣武灵皇后传》记胡太后性聪明,多才艺。尝幸华林园,令王公以下各赋七言诗,可证她喜爱七言。这首歌辞所达到的艺术水平,即在南朝也不多见。出现这首歌辞以及另一首风格相似的《咸阳王歌》,显然是魏孝文帝大力推行汉化的结果。北魏宫廷和贵族间所欣赏的乐曲不少来自南方,如魏孝武帝曾命宫人唱鲍照的《代淮南王》(《北史·魏本纪》),河间王元琛的婢女能吹奏《团扇歌》(《洛阳伽蓝记》卷四)。这些南方歌曲的流行,自然不能不对北方的乐曲和歌辞产生直接的影响。

第三节 《木兰诗》和《敕勒歌》

著名的长篇叙事诗《木兰诗》,在《乐府诗集》中也收入"梁鼓角横吹曲"一类,但前面所引《古今乐录》所记"梁鼓角横吹曲"六十六曲中并无《木兰诗》。《乐府诗集》在《木兰诗》题下作了说明:"《古今乐录》曰:木兰不知名。浙江西道观察使兼御史中丞韦元甫续附入。"这句话显然有问题,因为《古今乐录》作于陈代,当然不可能提到唐朝代宗时代的韦元甫,所以下一句无疑是郭茂倩或者其他人的话。同时,诗中又有"策勋十二转"之语,十二转勋制始于唐代,因此一些研究者疑为唐人所作。但另一些研究者则认为"木兰不知名"一语确系《古今乐录》的原文,同时据诗中"可汗大点兵"、"可汗问所欲"等句,以为隋唐帝王不当称"可汗",所以这一首诗仍应是北朝的产物。这一争

---

① 《魏书·宣武灵皇后胡氏传》不讳胡太后淫乱,但没有记载这件事。《北史》同。按:《杨大眼传》载大眼有三子,即甄生、领军、征南,均侧出。大眼死后,由于和继母元氏有矛盾,均奔襄阳投梁。杨白华当是三子中之一的小名。

论,从宋代已经开始,至今尚难论定。从全诗的内容和风格来看,所叙故事当起于北朝,并在当时已形成诗歌的原始形态。后来流传到南方,又经南朝人和唐人润饰,最后成为今天的《木兰诗》①。

---

① 《木兰诗》产生的时代和地域有北魏、西魏、齐梁、隋唐诸说。按:此诗全文最早见于《古文苑》卷九及《文苑英华》卷三三三。《古文苑》以为唐人作,《文苑英华》则以为韦元甫作。但《古文苑》究系何时人所编,颇难考知,据说是宋人孙洙得之于佛寺经龛中,乃唐人所藏。《四库全书总目》认为此书"其真伪盖莫得而明也"。《文苑英华》以为韦元甫作,彭叔夏《文苑英华辨证》卷五已指出其误。彭叔夏是南宋人,所引《乐府诗集》与今本相同。可见今本《乐府诗集》中《古今乐录》曰'木兰不知名'十字本无误,只是后人误以'浙江'以下十八字为《古今乐录》语"。据此则智匠虽未必认为《木兰诗》是"梁鼓角横吹曲"中作品,但确曾见过这一歌曲。彭叔夏认为"古词",似有据。萧涤非根据《四部丛刊》影宋本《分门集注杜工部集》在《兵车行》注下有"彦辅曰:杜元注云:《古乐府》云:'不闻耶娘哭子声,但闻黄河之水流溅溅'"语,认为杜甫不会以唐人诗为"古乐府"。杜甫注所引诗与此诗仅几个字的出入,所谓《古乐府》当即此诗。木兰故事在唐代即已流传,除杜诗中引用外,白居易《戏题木兰花》有"怪得独饶脂粉态,木兰曾作女郎来"之语,杜牧有《题木兰庙》诗,皆可证。如果认为这首诗出于唐人,与上述诸证似扞格难通。又按:诗中屡次提及"可汗",当是北方歌曲。据《旧唐书·音乐志》,北魏的北歌,"其不可解者,咸多'可汗'之辞。……北虏之俗呼主为可汗。吐谷浑又慕容别种",因此说这些歌都是"燕、魏之际鲜卑歌"。疑此曲本北歌,梁时传入南方,但不在"梁鼓吹横吹曲"之列。侯景之乱,散在民间,经南朝人和唐人不断加工,才成今日面目。据宋黄庭坚《题乐府木兰诗后》(《四部丛刊》影宋本《豫章黄先生文集》卷二五)云:"唐朔方节度使韦元甫得于民间。刘原父往时于秘书省中录得。"按,黄氏称韦元甫为"朔方节度使",显然有误。据《旧唐书·韦元甫传》,韦曾任浙西观察使诸职,在江南居官甚久,未言为朔方节度使。又据《新唐书·方镇表》、《唐会要》及《通鉴》诸书,自玄宗至德宗时朔方节度使姓名历历可考,无韦元甫名。疑黄氏误记"浙西观察使"或"淮南节度使"为"朔方节度使"。然其谓韦"得于民间",或有所本,故《文苑英华》编者不察,误谓韦元甫作。黄氏言"于秘书省中录得",恐与官书《文苑英华》所据出自一源。此诗虽产生于北方,然经翻译、修改,已多南朝及隋唐事物。如"对镜贴花黄"句,即是南朝后期至唐初妇女的装饰。梁简文帝《倡妇怨情十二韵》:"生情新约黄";《戏赠丽人》:"异作额间黄";唐卢照邻《长安古意》:"纤纤初月上鹅黄"。至于"策勋十二转",本属唐制,更是历来研究者所一致同意。诗中"朔气传金柝,寒光照铁衣,将军百战死,壮士十年归"诸句,用词华丽,对仗工整,亦似梁陈以后体格。但从全诗看来,尚多民歌气息。因此,此诗虽经后人润饰,但起源当仍为北朝。

《木兰诗》是记载一位女郎代父从军,出征十二年,屡立战功,不愿做官,回家恢复女装的故事。全诗如下:

唧唧复唧唧,木兰当户织。不闻机杼声,唯闻女叹息。"问女何所思?问女何所忆?""女亦无所思,女亦无所忆。昨夜见军帖,可汗大点兵。军书十二卷,卷卷有爷名。阿爷无大儿,木兰无长兄。愿为市鞍马,从此替爷征。"东市买骏马,西市买鞍鞯,南市买辔头,北市买长鞭。旦辞爷娘去,暮宿黄河边。不闻爷娘唤女声,但闻黄河流水鸣溅溅。旦辞黄河去,暮至黑山头。不闻爷娘唤女声,但闻燕山胡骑声啾啾。万里赴戎机,关山度若飞。朔气传金柝,寒光照铁衣。将军百战死,壮士十年归。归来见天子,天子坐明堂。策勋十二转,赏赐百千强。可汗问所欲,木兰不用尚书郎。愿借明驼千里足,送儿还故乡。爷娘闻女来,出郭相扶将。阿姊闻妹来,当户理红妆。小弟闻姊来,磨刀霍霍向猪羊。开我东阁门,坐我西阁床。脱我战时袍,着我旧时裳。当窗理云鬓,对镜贴花黄。出门看火伴,火伴皆惊惶。同行十二年,不知木兰是女郎。雄兔脚扑朔,雌兔眼迷离。双兔傍地走,安能辨我是雄雌!

《木兰诗》是一首叙事诗。在唐以前的叙事诗中,除《古诗为焦仲卿妻作》以外,这首诗是篇幅较长而且故事完整的一篇。写木兰以一个女子而代父从军,故事本身就很富传奇色彩。全诗歌颂木兰只求保卫国家而不计富贵功名的情操,塑造了一位普通北方女性纯朴高尚的形象,从中又展示了北方少数民族的尚武精神。故事所写的可能是北魏与柔然间的战争,因为作战的敌方是"燕山胡骑",行军所过有"黄河"、"燕山"。从木兰的家庭来看,她的父亲大约是北魏"六镇"士兵,所以可汗点兵,要征募入军①。"六镇"士兵本是鲜卑族的自由民,以英勇善战著称。在这样的时代条件和背景下产生木兰故事和《木兰诗》,才是可以理解的。木兰的飒爽英姿,在汉族的诗歌中从来没有出现过。唐以前汉族作家写战争的诗歌,不论是乐府中的《战城南》《饮马长城窟》,还是文人的诗歌或者拟作乐府,一写到战争,总不离黄尘白刃的场景,建功立业的抱负,以及边塞苦寒、思乡恋土这些方面,诗中的主人公也都是男性。至于有关妇女生活的作品,则基本上以哀婉、缠绵为特点,即使像左延年和傅玄的两首《秦女休行》,写秦女休和庞娥为父报仇的故事,虽然比较壮烈,总不免有悲凉凄婉的情调。《木兰诗》的基调豪迈乐观,木兰的形象开朗俊爽而又不失女性固有的妩媚,都应当和北方少数民族当时的习俗、妇女地位等和汉族不同有关。

《木兰诗》虽然经过文人加工,但仍然保留了浓郁的民歌风味。起首八句和《折杨柳枝歌》第三、四曲如出一辙,前六句几乎全同,只是改"敕敕何力力"为"唧唧复唧唧",而《文苑英华》卷三三三所录此歌的首句正作"唧唧复力力",可见其在口头流传的过程中曾有过不同的记录。这种开端的形式在汉魏和南北朝歌辞中常见,相当于汉代《相和歌》中的"艳"和南朝民歌中的"和";最后"雄兔脚扑朔"四句,则相当

---

① 诗中云"阿爷无大儿,木兰无长兄",其父年迈可知。然又云"军书十二卷,卷卷有爷名",其父盖身在军籍。南北朝时身在军籍者"或年几八十,而犹伏隶;或年始七岁,而已从役"(《宋书·自序》)。北魏军府设置,大体与南朝相同,请参看唐长孺《魏周府兵制度辨疑》(《魏晋南北朝史论丛》第 250~288 页)。诗中"东市买骏马"以下四句,颇有"私装从军"之概。据《北齐书·魏兰根传》,北魏时边防军"昔时初置,地广人稀,或征发中原强宗子弟,或国之肺腑,寄以爪牙。中年以来,有司乖实,号曰府户,役同厮养"。《木兰诗》中称君主为"可汗",大约起源于孝文帝改制以前,所以颇似"良家子"以私装从军。此亦鲜卑族军制,详见谷霁光《府兵制度考释》第 282~290 页。

于《相和歌》中的"趋"和南朝民歌的"送",都可能是南朝乐官加工的产物。起句一开始就提出了悬念,由停机叹息自然而然地转入母女对话,引出故事。紧接木兰平静而坚定的回答,出征前的准备工作立即开始。"朝辞爷娘去"以下八句写出征途中的艰难辛苦和对父母的思念。两组排句,句式由五而七而九,音节由急促而悠扬,抒情气氛随之而步步深化。"万里赴戎机"六句工整沉着,言简意赅,三十个字概括了漫长的岁月和激烈的战斗。以下叙胜利归来,不受爵禄,回返家园重叙天伦之乐,再过和平宁静的生活。这种功成不居既不同于鲁仲连,也不同于范蠡、张良,它正是普通下层人民生活理想的艺术再现。最后"雄兔脚扑朔"四句,可能也和起首的几句同样,本是另一首民歌。以此作结,构思也很奇妙,正好在有意无意之间显示了木兰的自喜自豪,余味无穷。全诗叙事,着重在出征之前和战罢归来的细节描写,至于战争本身,却一笔带过。在这繁简、虚实、疏密之间,既体现了作者的匠心,也说明了作者真正的意图在于通过叙事而写出人和情。

《木兰诗》在语言上也很有特色。首先是复叠铺排的手法,如"东市买骏马,西市买鞍鞯,南市买辔头,北市买长鞭","爷娘闻女来,出郭相扶将。阿姊闻妹来,当户理红妆。小弟闻姊来,磨刀霍霍向猪羊","开我东阁门,坐我西阁床。脱我战时袍,着我旧时裳",等等,多方铺陈,反复渲染,匀称而有错落之致,遂能化平板为灵活,意趣盎然。其次是顶真即连锁句式的运用,如"军书十二卷,卷卷有爷名","将军百战死,壮士十年归。归来见天子,天子坐明堂",等等,上下勾连,一气贯注,丰富了诗的节奏感。同时,这首诗还使用了问答、比兴、夸张、换韵等各种手法,使全诗浑成而抑扬跌宕,朴素而活泼多姿。

历代的诗论家对《木兰诗》都给予很高的评价,或推为乐府中千古杰作,或与《西洲曲》并举为双璧。由于这首诗千百年来广为流传,同时又由于后世作家一再把这一故事写成戏剧、小说①,木兰的形象不断被丰富,家喻户晓,成为中华民族历史上最著名的女性英雄人物之一。

北歌中除《木兰诗》外,还有一首脍炙人口的名作《敕勒歌》。诗为杂言,仅短短七句:

> 敕勒川,阴山下。天似穹庐,笼盖四野。天苍苍,野茫茫,风吹草低见牛羊。

关于这首歌的本事,见于《乐府诗集》卷八六引《乐府广题》:

> 北齐神武(高欢)攻周玉璧,士卒死者十四五。神武恚愤疾发。周王下令曰:"高欢鼠子亲犯玉璧,剑弩一发,元凶自毙。"神武闻之,勉坐以安士众。悉引诸贵,使斛律金唱《敕勒》,神武自和之。其歌本鲜卑语,易为齐言,故其句长短不齐。

据《北齐书·神武纪》,高欢攻玉璧事在东魏孝静帝武定四年(546),其时北齐、北周均未建立,《乐府广题》所记"北齐神武"、"周王",都是后人习惯上的称谓。《通鉴》卷一五九所记大体相同,但把"唱《敕勒》"改成"作《敕勒》"。这一改动,就使这首歌的作者是无名氏还是

---

① 例如明徐渭《四声猿》中即有《雌木兰》,清道光间有小说《忠孝勇烈奇女木兰将军传》,清末以来的戏剧上演木兰故事的更多,而且见于京剧、豫剧、话剧等多种剧种。

斛律金,以及敕勒川究竟在什么地方等比较重要的问题上出现了争议①。由于《通鉴》的影响远过于《乐府广题》,所以后人多以为作者即斛律金。但《乐府广题》系宋初人沈建所作,他的记载当有所据。同时,据《北史·斛律金传》所载,他自称"不读书",恐怕很难创作出这样水平的诗歌。川,意即平原。敕勒川在今何地,已难确指,大体上说,当是在阴山之南,即今内蒙古自治区中西部河套以北土默川平原一带。这里水草丰茂,所以敕勒族可以在这一带生活放牧。这首《敕勒歌》应当是产生于敕勒族中的民歌,产生的时代当较斛律金演唱的时间要早得多。至于斛律金是否用鲜卑语演唱,研究者也颇多不同的说法。今天来看,重要的倒是"易为齐言",即译为汉语的译者肯定是一位具有很高的语言和文学水平的作家,可惜如同《越人歌》的译者一样,已无从得知其姓名了。

全诗短短二十七字,语言浑朴自然,气象苍茫辽阔,如同画家大笔挥洒,顷刻之间,便在笔底出现了一幅粗线条的塞外风情画。绵亘无际的阴山脚下,一片莽莽的平川无边无际地延伸。"天似穹庐",比喻的喻体就是本地风光,以小喻大而读者但见其大。"笼盖四野",碧空绿草连成一片。"天苍苍,野茫茫",重言叠韵,舒徐响亮的阳韵已适于所要表现的景象。最后一句是点睛之笔,在六句静态的描写之后写出动态,风、草、牛、羊与山、川、天、野前后对比衬映,融成一体。在一派原始的自然风光中,歌唱者对自己生活的热爱、自豪也跃然

---

① 宋人如黄庭坚《山谷题跋》卷七《书韦深道诸帖》以此为斛律金召其子明月所作以排遣愁闷;王灼《碧鸡漫志·汉之歌》以为斛律金作。洪迈在《容斋随笔》卷一中则仍记作高欢使斛律金"唱《敕勒》"。其后明清人的诗话、选本,多沿《通鉴》之说而把著作权归于斛律金。至近代,研究者则多数倾向于作者为无名氏,作品为民歌。还有的研究者则以为此歌乃贺六浑(高欢)所作。

欲出。

后代的评论家都指出这首诗的艺术魅力在于"自然"或"天然"。宋王灼以为"能发挥自然之妙如此,当时徐、庾辈不能也"(《碧鸡漫志》)金元好问说:"慷慨悲歌绝不传,穹庐一曲本天然。中州万古英雄气,也到阴山敕勒川。"(《论诗绝句》)明胡应麟说:"此歌之妙,正在不能文者以无意发之,所以浑朴苍茫暗合前古。"(《诗薮》内编卷三)王国维《人间词话》则举出此诗与陶诗"采菊东篱下"四句同为"写景不隔"之例。过去的汉族文人素来轻视少数民族,但对这首《敕勒歌》却无不赞赏,可见它确是北朝民歌中一首出色的作品。

第二十五章 《世说新语》和南北朝志怪小说

第一节 小说在南北朝的发展

南北朝的小说基本上沿袭魏晋，大致可分为"轶事"（或称"志人"）和"志怪"两类。据《隋书·经籍志》所著录的看来，其作者多数为南朝文人，即如《冤魂志》的作者颜之推，也是由南入北的。从唐李延寿所作《南史》和《北史》看来，《南史》中所载志怪成分远较《北史》为多。这也说明当时的小说多产生于南方。

"轶事"类小说的内容主要是记载自汉代以来一些名士的言行，其中有一部分确系史实，也有一部分则出于传闻，不全可信。这种记载名人轶事的著作，在现存的书籍中当以东汉应劭《风俗通义》中的《正失》、《愆礼》、《过誉》、《十反》、《穷通》中一些片断为较早。后来三国至晋初人的著作如张骘《文士传》、傅玄《傅子》等书中，也有类似的内容。但像应劭、傅玄记载这些轶事，往往杂以评议。东晋时郭澄之作《郭子》，裴启作《语林》等，则纯记事实，绝少评骘。这些著作今已散佚，仅有少量佚文，它们开创了"轶事"类小说的先例。这类小说中至今较完整地保存的则是南朝宋刘义庆的《世说新语》。

"志怪"类小说萌芽于先秦时代的古籍如《山海经》、《穆天子传》、《逸周书》等书。到了汉代,由于儒家思想占统治地位,士大夫们笃守孔子"不语怪力乱神"的传说,很少人专门去记载神怪故事。但由于谶纬迷信之说和民间各种巫术及神仙故事的盛行,仍有不少传说在口头流行。从王充《论衡》、应劭《风俗通义》及无名氏的《太平经》等书中看来,这些故事仍有很大影响。三国以后,出于儒学的衰微及"五斗米道"等宗教的兴盛,再加上佛教故事的传入,在士大夫中间产生了较大影响,于是"志怪"小说就逐步兴起。如傅玄《傅子》中就有"志怪"的内容,此外像张华《博物志》、陆氏《异林》等均产生于西晋初年。继之而起的如东晋干宝的《搜神记》、十六国后秦王嘉的《拾遗记》等,均为"志怪"小说的名作。在这些书中,《博物志》和《搜神记》多少有"广异闻"的用意。《搜神记》中有部分内容近似于《风俗通义·怪神篇》和史书中的《五行志》,但其中也保存了一些优秀的民间故事。《拾遗记》的作者王嘉是一位方士,主要宣传神仙思想,所以唐刘知几《史通·杂述篇》斥之为"全构虚辞,用惊愚俗",但其中也有些奇特的幻想为人们所欣赏。到了南朝,"志怪"小说仍不断出现,其中较著名的有宋刘义庆的《幽明录》、刘敬叔的《异苑》、东阳无疑的《齐谐记》、梁吴均的《续齐谐记》及托名陶潜的《搜神后记》等。这些小说的内容大抵类似《搜神记》,而已消除了那种类似史书《五行志》的成分,同时文笔益趋华丽,故事情节亦更曲折离奇。此外,还有一些以宣传宗教为目的的小说,如刘义庆的《宣验记》、齐、梁间王琰的《冥祥记》等,从思想内容到艺术技巧均较《幽明录》、《异苑》等书为逊色。

第二节 《世说新语》

《世说新语》的作者刘义庆(403~444),南朝宋武帝刘裕之侄,长沙王刘道邻之子①,出继临川王道规,袭封临川王,曾任荆州刺史、江州刺史及南徐州刺史等职。《宋书·宗室传》说他"爱好文义,才词虽不多,然足为宗室之表";又说他"招聚文学之士,近远必至"。先后在他幕下的著名文人有袁淑、盛弘之、鲍照、何长瑜等。据《隋书·经籍志》和《南史·宋宗室及诸王传》记载,他的著作除《世说新语》外,还有《徐州先贤传》、《幽明录》、《宣验记》、《集林》、《典叙》等书及文集八卷。这些著作大都散佚。《幽明录》和《宣验记》尚有后人所辑的佚文。

《世说新语》和《幽明录》等书虽题刘义庆撰,其实是他组织门下的文人学士杂采众书编纂而成。从今存的《语林》佚文和《搜神记》中故事看来,其中往往有与《世说新语》及《幽明录》相同的内容,有些甚至文字都大体相同。今本《世说新语》凡三卷,每卷又分上下。全书分《德行》、《言语》、《政事》、《文学》等三十六门,每门都记载名人轶事若干则。此书所记上起西汉,下迄宋初。其中最早的是《贤媛篇》中记陈婴之母,最晚的则是《言语篇》中记谢灵运、《文学篇》和《识鉴篇》中记傅亮,绝大部分所记则为魏晋人的言行。

《世说新语》中所载名人言行,虽多为片言只语或畸行琐事,但涉及魏晋上层社会士大夫政治斗争、社会风尚、人际关系以至学术文艺思想等种种方面。书中所载东晋政治人物如王导、周顗、庾亮、温峤、陶侃、桓温、谢安等事迹尤详,所载有关他们的言行,往往可以由小见

---

① "刘道邻",诸书均作"道怜",今从中华书局标点本校记改。

大。例如王导,《方正篇》记他欲与陆玩结亲,《政事篇》记他接待临海任姓及几个胡人的故事,表现了他善于团结各种力量的才能;《雅量篇》记他听到庾亮有东下夺权的传闻时的态度,《轻诋篇》记他因大风扬尘而说"元规尘污人",《尤悔篇》记他误会周颉的言语,以致周为王敦所害,这些故事表现了几个豪门士族集团之间互相联合又互相倾轧的史实。《排调篇》记诸葛恢和王导关于两姓先后的调笑,《方正篇》记诸葛恢拒绝谢衷结亲的要求,和同篇载韩康伯关于谢氏的评论,反映了东晋士族之间地位和势力的升降。甚至有些出于传闻,并非事实的故事,也多少反映了某些真实的社会状况。如《贤媛篇》所载周颉之母络秀的故事,并不合乎史实。因为周母李氏出身名门,并非周浚之妾①。但故事中写到家产"富足",而自称"门户殄瘁",说明当时社会地位与财产占有情况有时不很一致,至于联姻贵族可以提高社会地位,则显属当时的真实情况。

　　《世说新语》中写到的大多数人物属魏晋的清谈名士,因此《世说新语》也是研究当时学术思想史的重要资料。例如《文学篇》中所记王弼注《老子》,何晏作《道德论》事,郭象窃取向秀《庄子注》事及支遁对《庄子·逍遥游》的解释等事,均为历来学者考订这些著作的主要依据。书中记述魏晋名士谈玄情况,一般只记其互相诘难的情状及胜负,不大具体述及辩论的内容。但有时也记载他们一些言论,涉及哲理,其中不乏精辟的见解。如:

　　　　阮宣子(修)论鬼神有无者,或以人死有鬼,宣子独以为无,曰:"今见鬼者,云著生时衣服,若人死有鬼,衣服复有鬼邪?"

　　　　　　　　　　　　　　　　　　　　　　——《方正篇》

---

① 据余嘉锡说。见《世说新语笺疏》第 689~690 页。

> 卫玠总角时,问乐令(广)梦,乐云:"是想。"卫曰:"形神所不接而梦,岂是想邪?"乐云:"因也。未尝梦乘车入鼠穴,捣齑啖铁杵,皆无想无因故也。"
>
> ——《文学篇》

前一则基本上继承王充《论衡·死伪篇》的观点,后一则对梦的解释十分透辟,在当时的历史条件下,都是比较难得的。书中所记的有些清谈也反映了当时思想界的重要倾向。如:

> 王辅嗣(弼)弱冠诣裴徽。徽问曰:"夫无者,诚万物之所资,圣人莫肯致言,而老子申之无已,何邪?"弼曰:"圣人体无,无又不可以训,故言必及有;老、庄未免于有,恒训其所不足。"
>
> ——《文学篇》

这种言论,表面上尊崇儒家,以为比老、庄更高,而实则是用老、庄学说来改造儒家。又如:

> 嵇中散(康)既被诛,向子期(秀)举郡计入洛。文王(司马昭)引进,问曰:"闻君有箕山之志,何以在此?"对曰:"巢(父)、许(由)狷介之士,不足多慕。"王大咨嗟。
>
> ——《言语篇》

> 阮宣子有令闻,太尉王夷甫(衍)见而问曰:"老、庄与圣教同异?"对曰:"将无同?"太尉善其言,辟之为掾。世谓"三语掾"。
>
> ——《文学篇》

这里向秀以此免祸,阮修以此得官,说明这种"名教"、"自然"合一的观点反映了当时哲学思想和政治斗争的关系。这些事实,也为研究思想史的人所经常援引。

《世说新语》中所记的名士中,有一部分是著名的文人,因此其中也保存着不少关于文学史和文学批评史的材料。如《文学篇》中所引郭璞《幽思篇》的佚句"林无静树,川无停流",就赖此保存。书中所载有关晋代作家的史料颇为丰富,如有关左思作《三都赋》的故事,即常为文学史家所引用。尤其是对东晋一代作家的文学活动以及他们的文学观点,如以"玄言诗"闻名的孙绰、许询、袁宏、庾阐等人的创作活动和当时人对他们的评价记述颇多,是研究这一时期文学史的重要史料。其中有一些文学批评的语言、观点,虽属片言只语,对后代也发生过重要的影响。如所记孙绰的两段话:

> 孙兴公(绰)道:"曹辅佐(毗)才如白地明光锦,裁为负版绔,非无文采,酷无裁制。"
>
> ——《文学篇》

这个比喻,就为后来一些散文家所引用,以此批评像汉邹阳《狱中上梁王书》这类颇有文采而略带骈文气息的文章。又:

> 孙兴公云:"潘文烂若披锦,无处不善;陆文若排沙简金,往往见宝。"
>
> ——同上

这一评语,对历来评论潘岳、陆机发生过重要的影响。同时孙绰还说过"潘文浅而净,陆文深而芜"的话。南朝至唐,人们多推崇陆机,实即强调其"深";宋严羽以后,人们对陆机评价较低,则多着眼于"芜"。这种不同的尺度,主要都是以孙绰的评论为依据的。

《世说新语》虽然出于众手,且系杂采诸书而成,但在编纂和措词方面也时时流露出编者的思想倾向。总的说来,所肯定的大抵就是"名教"、"自然"合一的观点。从书中的分类来看,《德行》、《言语》、《政事》、《文学》、《方正》等篇中所记事迹,编者大抵持赞赏态度;至于《任诞》、《谗险》、《尤悔》、《纰漏》诸篇,则多取批评态度。其他各篇,一般有赞赏也有批评,而赞赏的成分显然多于批评。刘义庆所最推崇的人物是东汉后期那些名士,如《德行篇》:

> 陈仲举言为士则,行为世范,登车揽辔,有澄清天下之志。为豫章太守,至,便问徐孺子所在,欲先看之。主簿白:"群情欲府君先入廨。"陈曰:"武王式商容之闾,席不暇暖。吾之礼贤,有何不可?"

这个故事颇能代表刘义庆心目中的标准。他作为刘宋宗室中有声望的人物,得到宋文帝的重视,确有建功立业的抱负,又好招集文学之士,所以把这段故事列为全书之首。

刘义庆对魏晋的清谈名士,所赞扬的大抵是名流士族,如:《赏誉篇》引钟会的话,说"裴楷清通,王戎简要";又别人评论钟会"如观武库,但睹矛戟",山涛"如登山临下,幽然深远"。对那些任诞放达的人,他是不满意的,如《德行篇》引乐广批评王澄、胡母辅之等人的话说:"名教中自有乐地,何为乃尔也!"这种思想和《宋书·谢灵运传》所载,何长瑜在刘义庆幕下作诗嘲笑陆展而遭义庆黜迁颇有一致之处。不过刘义庆虽不满意阮籍等人的狂放,但在《德行篇》中讲到阮籍"未尝臧否人物",嵇康不流露"喜愠之色",辞气之间则多所赞赏。

《世说新语》中所记名士言行多属简短的片段,有些出于当时人亲自见闻,有些虽出传闻却也经过人们自觉或不自觉的加工,因此在细节描写上极为生动、传神,给人以深刻印象。如《任诞篇》写刘伶的放达:

> 刘伶恒纵酒放达,或脱衣裸形在屋中,人见讥之。伶曰:"我以天地为栋宇,屋室为裈衣,诸君何为入我裈中?"

这段描写虽很简短,却鲜明地展示了刘伶的性格。又如《忿狷篇》写王述吃鸡子时狂怒的神态,也极生动传神。至于《汰侈篇》对王敦、石崇的残暴,记述中的倾向性更为明显:

> 石崇每要客燕集,常令美人行酒。客饮酒不尽者,使黄门交斩美人。王丞相(导)与大将军(敦)尝共诣崇。丞相素不能饮,辄自勉强,至于沉醉。每至大将军,固不饮,以观其变。已斩三人,颜色如故,尚不肯饮。丞相让之。大将军曰:"自杀伊家人,何预卿事!"

这个故事似乎有些夸张,前人颇有疑为"传闻过实之辞"[①]。因为客人不肯喝酒而杀劝酒的人,毕竟过于残暴。但"自杀伊家人,何预卿事"一语,却完全符合王敦这样一个军阀的性格。从他后来的杀害诗人郭璞、名臣周𫖮及族兄王澄等事看来,这种冷酷的语言,确是王敦的心声。

《世说新语》中写到一些人物在不同的处境中各自不同的表现,都很能显出各自的特点。如《雅量篇》:

[①] 见《世说新语笺疏》第 877 页引李慈铭、程炎震语。

桓公伏甲设馔，广延朝士，因此欲诛谢安、王坦之。王甚遽，问谢曰："当作何计？"谢神意不变，谓文度(坦之字)曰："晋祚存亡，在此一行。"相与俱前。王之恐状，转见于色。谢之宽容，愈表于貌，望阶趋席，方作洛生咏，讽"浩浩洪流"。桓惮其旷远，乃趣解兵。

这里写出了谢安、王坦之两人的不同性格，写王坦之的恐慌，更烘托出谢安的镇静。书中多次写到谢安的从容不迫，颇能显示他作为政治家的风度。这种在复杂残酷的政治斗争中锻炼出来的气度，通过寥寥数笔，即颇得"传神阿堵"之妙。同篇写刘舆的故事，却另是一种情况。刘舆"性俭家富"，司马越想对他敲诈，在稠人广坐中当面表示这一意图："庾时颓然已醉，帻堕几上，以头就穿取，徐答云：'下官家故可有两婆(三)千万，随公所取。'"这对答虽也很从容，却并不显示刘舆的政治才能，而只是表示他风流自赏，不以财物为意。

书中写到那些名士在平时的生活态度，尤其显得潇洒有致，如：

庾太尉(亮)在武昌，秋夜气佳景清。佐吏殷浩、王胡之之徒移登南楼理咏，音调始遒；闻函道中有屐声甚厉，定是庾公。俄而率左右十许人步来。诸贤欲起避之，公徐云："诸君少住，老子于此处兴复不浅。"因便据胡床与诸人咏谑，竟坐甚得任乐。

——《容止篇》

王子猷(徽之)居山阴，夜大雪，眠觉，开室，命酌酒，四望皎然，因起彷徨，咏左思《招隐诗》，忽忆戴安道(逵)。时戴在剡，即便夜乘小船就之，经宿方至，造门不前而返。人问其故，王曰："吾本乘兴而行，兴尽而返，何必见戴。"

——《任诞篇》

这两个故事历来颇为人们所熟知,庾亮、王徽之那种流连自然景物及不拘礼俗的行为,都相当典型地代表了东晋士大夫们的生活态度。

《世说新语》中记人物的言语,往往能逼肖其人的身份,烘托其人的性格。如:

> 王子猷作桓车骑(冲)骑兵参军。桓问曰:"卿何署?"答曰:"不知何署,时见牵马来,似是马曹。"桓又问:"官有几马?"答曰:"'不问马',何由知其数?"又问:"马比死多少?"答曰:"'未知生,焉知死!'"
>
> ——《简傲篇》

这里写王徽之的答语,活画出东晋高门士族居官而不理事的情状,连自己做的是什么官也说不清,却能"振振有词"地援引《论语》中的话来为自己找借口。《世说新语》记人物的语言,不但有这类典雅的辞句,有时也有当时人口语。如《规箴篇》记王衍口不言钱,其妻令婢用钱绕其床,使之不得行。他就喝令:"举却阿堵物!"、"阿堵"犹今言"这个"。又如《忿狷篇》:

> 王司州(胡之)尝乘雪往王螭(恬)许。司州言气少有悟逆于螭,便作色不夷。司州觉恶,便舆床就之,持其臂曰:"汝讵复足与老兄计?"螭拨其手曰:"冷如鬼手馨,强来捉人臂!"

"馨"也是当时口语,如同今语的"样"。利用这种口语,更表现了王螭不耐烦的心情,活画出这位人物的孤僻易怒。这些口语的自如运用使作品显得生动潇洒,同时也使《世说新语》成为语言史上的重要材料。

总之,《世说新语》的文字简短,而表现人物的特点往往很鲜明形象,有些故事还颇有哲理性,因此历来为人们视为意味隽永的文学珍品。

《世说新语》的注释者,最早的当数南朝宋齐间人敬胤。他所作的注已佚,仅日本金泽文库所藏宋刊本附汪藻所作《考异》中尚有若干佚文。现在所能见到的则为梁刘峻(孝标)注。据《隋书·经籍志》载,刘义庆原书为八卷,刘孝标作注分为十卷。刘孝标不但是一位著名的作家,而且也是一位渊博的学者。他为《世说新语》作注,主要是广搜异闻,博引载籍以与本文相发明,有时且能纠正本文之误,其体例与裴松之的《三国志注》相近。刘注所引典籍,大部分已经散佚。不少珍贵史料赖此得以保存;有些亦赖此书得以略知梗概。其有关学术思想史的,如《文学篇》记《庄子·逍遥游》:"支(道林)卓然标新理于二家(向秀、郭象)之表,立异义于众贤之外,皆是诸名贤寻味之所不得,后遂用支理。"支遁的"新理"究竟如何,注文引述向、郭注及支遁《逍遥论》原文,可以使人得知大略。又如《假谲篇》注阐明了支愍度的"心无论"与"旧义"的不同,《文学篇》注关于"四本论"的说明,指出了才性"同、异、离、合"之辨及其立论者,今天的研究者依靠这些注文才窥见了当时思想界一场争论的大致情况。《世说新语》中有些记载不合史实处,刘注常作纠正,如《言语篇》载刘桢得罪魏帝事,记刘桢称曹丕为"陛下"。刘注指出刘桢死于建安时,并非曹丕称帝后的黄初时代。又同篇记乐广答长沙王司马乂的话,《世说新语》说司马乂"由是释然,无复疑虑",显然不合史实。刘注则引《晋阳秋》,以为"乂犹疑之,遂以忧卒"。刘注有时还记载与本文类似的故事,以广见闻。如《文学篇》记袁宏作《东征赋》不道陶侃事,刘注则引《续晋阳秋》记袁宏不道桓彝事,性质相近,以为补充。这都可以见出刘峻学识之博和用力之勤。所以唐刘知几在《史通·补注》中说:"孝标善于攻谬,博而且精,固以已通察及泉鱼,辨穷河豕。嗟乎!

以峻之才识,足堪远大,而不能探赜(司马)彪、(华)峤,网罗班(固)、马(司马迁),方复留情于委巷小说,锐思于流俗短书,可谓劳而无功,费而无当者矣。"刘知几作为史学家,轻视小说,当然出于偏见,但推崇刘峻之精博,则是符合事实的。

《世说新语》今存最早版本为日本所藏唐写残卷,存《规箴篇》"孙休好射雉"条至《豪爽篇》"桓玄西下"条,题《世说新语》卷六,似是十卷本原貌。此本有罗振玉影印本,文字与今本颇有异同,有的专家认为远胜于刻本。现存刻本,以日本金泽文库藏宋刊本为最早,有文学古籍刊行社和中华书局影印本。通行本以明袁氏嘉趣堂本为较早,有《四部丛刊》影印本。此外,清王先谦刊本有上海古籍刊行社影印本。今人对《世说新语》的笺释著作,有余嘉锡《世说新语笺疏》,考证详明,对当时史实及社会风气的论述尤多精辟的见解。徐震堮《世说新语校笺》则着重词语的诠释。二书均为中华书局排印本。

第三节 志怪小说

南北朝的志怪小说为数不少,作者多为南朝人。这些小说大抵早已散佚,存者多为后人所辑。其中影响较大、所存文字较多的当推刘义庆的《幽明录》和刘敬叔的《异苑》。其他如宋东阳无疑《齐谐记》、梁任昉《述异记》、吴均《续齐谐记》等,也有一些较好的故事,但所存文字较少。这些小说中的故事往往互相重复或类似,其中有的是转相采择,也有的是出于同一传闻,还有一些也可能是后人在类书中搜辑佚文时,由于类书所记书名有误,遂误以为出于二书①。

《幽明录》应当也是刘义庆组织他门下的"文学之士"所编集,其中有些内容,偶与《世说新语》相重复。如:

> 王丞相(导)见郭景纯(璞),请为一卦。卦成,郭意甚恶,云:"有震厄。公能命驾西出数里,得一柏树,截如公长,置常寝处,灾可消也。"王从之。数日果震,柏木粉碎。
>
> ——《太平御览》卷九五四

此事亦见《世说新语·术解》,文字稍有出入。但《世说新语》有王敦笑王导"君乃复委罪于树木"的情节,而《幽明录》不载。又:

> 晋太元末,长星见,孝武心恶之。夜在华林园中饮酒,因帝举杯属星曰:"长星,劝尔一杯酒,自古亦何时有万岁天子耶!"帝亦寻崩也。
>
> ——《开元占经》卷八八

这个故事也见于《世说新语·雅量》而无"帝亦寻崩也"一句。这些都说明编者是有所斟酌的,并非出于后人误将《世说新语》文字当作《幽明录》。《幽明录》中所载,以《太平御览》卷四一和卷九六七所引刘晨、阮肇入天台山逢仙女的故事为最著名。这个故事记刘、阮二人入天台山迷路,在溪边遇到两个女子,邀他们还家,遂为夫妇。在山

---

① 如《异苑》卷八记宋张昌为武昌太守时,有巫以术擒龟、蛇、白鼍事,与《太平御览》卷九三二引《幽明录》佚文仅少数文字略有出入,显属同一记载。刘敬叔与刘义庆是同时人,未必互相采录,当是后人搜辑佚文时误分为两书,其中必有一误。

中居住半年,"气候草木是春时,百鸟啼鸣,更怀悲思,求归甚苦"。女子同意他们回家,"既出,亲旧零落,邑屋改异,无复相识,问讯得七世孙,传闻上世入山,迷不得归"。这段故事经常为文人用作典故。其中的仙女,生活不异常人,"食胡麻饭、山羊脯、牛肉,甚甘美",可以看出是出于民间传说,与佛教主张的戒杀、吃素不同。

《幽明录》中还有一些故事,既承认鬼的存在,又认为人可以制鬼。如《太平广记》卷三二〇引刘康祖用戟刺鬼;卷三七三记晋穆帝升平末,余杭县人□广强使老鬼命令小鬼让祟死的老翁复活。这些故事情节生动,富于民间传说的色彩。但《幽明录》一书出于众手,主其事者刘义庆,笃信佛教,所以在书中也载有不少宣扬佛教的故事。如《太平广记》卷一〇九所引赵泰死后复生的故事①,强调"人死有三恶道,杀生祷祠最重。奉佛持五戒十善,慈心布施,生在福舍,安稳无为";又卷三七五引巫师舒礼暂死,因杀生祷祀,受火刑,后来因为阳寿未尽,让他复生,从此再不做巫师。这两个故事,多少反映了当时佛教和中国原有的巫术之间的斗争。

和《幽明录》一样,经常为人们提到的另一部南朝志怪小说是刘敬叔的《异苑》。刘敬叔的生平不见史传,从《四库全书总目》以来,都根据明人胡震亨之说,认为他是"彭城人,起家中兵参军,元嘉三年为给事黄门郎,泰始中卒"。又说他"尝为刘毅郎中令,以事忤毅,为所奏免官"。"以事忤毅"云云,大约是根据《宋书·五行志》所载晋安帝义熙七年(411)"晋朝拜授刘毅世子",失礼,"毅方知,大以为恨,免郎中令

---

① 这个故事据《太平广记》原文谓"宋太始五年"事,但一本"宋"作"晋"。鲁迅《古小说钩沉》第 268 页从《广记》。按:刘义庆卒于元嘉时代,泰始乃明帝年号,非刘义庆所及见。如从《广记》,则此条非《幽明录》文字。但据《法苑珠林》卷七及《太平广记》卷三七七引《冥祥记》,则作"晋太始五年",可见"晋"字不误。

刘敬叔官"的记载。其他记载或有所据，已难确考。至于刘敬叔的卒年，应比刘义庆为晚，大约在刘宋后期。《异苑》的成书应当在作者谢世前不久。但今天所见《异苑》，似非原来面貌而已有窜乱①。

---

① 刘敬叔《异苑》据《隋书·经籍志》著录为十卷，今《学津讨源》本亦为十卷，似未散佚，故鲁迅《古小说钩沉》未加搜辑。但从《学津讨源》本看，其书恐亦非本来面目。如卷三称"晋义熙十三年，余为长沙景王骠骑参军"，则刘敬叔其人当为由晋入宋。义熙十三年为公元四一七年，此时敬叔已为刘道邻参军，则年龄当在二十以上。其生年当不得晚于晋安帝隆安元年(397)。但卷七称"吴兴沈庆之，字宏先，废帝遣从子攸之赍药赐死"云云，按沈庆之被害在宋前废帝景和元年(465)，时刘敬叔年已近七十。卷五记萧惠朗为吴兴太守，为项羽神所杀事，云"晋太始初"，按"晋"字乃后人妄改，检《南史·萧惠明传》，此乃宋明帝泰始初吴兴太守萧惠明事，惠朗乃惠明弟，乃南齐时人，当属误以弟为兄。据此则刘敬叔至明帝泰始时犹在。卷三记蔡喜夫奴蓄大鼠事称"前废帝景和中"，既称"前废帝"，则必知有后废帝。据此推论，刘敬叔至齐初仍在，而其书当成于齐时。年逾八十，尚能著书，未免可疑。又卷四称"宋武帝刘裕，字德舆，小字寄奴"，卷六记刘元事也直称"刘裕"，而当时人无直呼其开国之君名讳及小字之理。《异苑》称宋武，例称"高祖"，如卷八记张春事可证。记刘元事且言紫玉之神以刘元不为何无忌所容，而劝元投魏。据《宋书·武帝纪》上，何无忌在义熙六年(410)与卢循战败死。但义熙六年以前南人北奔，大抵投后秦，如刁雍、司马休之、王慧龙、韩延之等，从无奔魏之例。《异苑》又谓刘元投魏为青州刺史，更背于史实。因为青州自义熙五年刘裕平南燕即入南朝版图，至宋明帝泰始初，又重归于魏。据此则纵使入魏，亦不能为青州刺史。故疑此书亦有窜乱。今人周楞伽谓："盖清初馆阁诸臣编《渊鉴类函》时，犹得见《异苑》原书也。"（上海古籍出版社《殷芸小说》第127页按语）其根据为《渊鉴类函·鳞介部·龟二》所引《异苑》记孙权烹大龟事，较今本《异苑》为详。此说不为无据。然《四库全书总目》称此书为江苏巡抚采进本，且言"疑已不免有所佚脱窜乱"。《渊鉴类函》成于清康熙四十九年，距《四库全书》为时不远，若当时真有原书，修《四库全书》时似不当佚失。清初《永乐大典》尚存，馆阁诸臣或从他书辑出，其所据未必即《异苑》原书。

《异苑》一书,对当时和后世也颇有影响。书中有些材料,早在齐梁时代,就有人引证。如卷七载:"临川太守谢灵运,初,钱塘杜明师夜梦东南有人来入其馆,是夕即灵运生于会稽,旬日而谢玄亡①,其家以子孙难得,送灵运于杜治养之。十五方还都,故名客儿。"这个故事,与《诗品》所记相同,或即为《诗品》所本。又,王琰《冥祥记》载周嵩妻胡母氏所藏佛经事,也提到"刘敬叔云,曾亲见此经"。至于唐人所修《晋书》、《南史》,更采用了此书中不少材料。从《异苑》中所记故事看来,刘敬叔受过佛教影响。如卷三所记鹦鹉救火故事,与佛经中寓言故事颇为相似。卷六记梁清家闹鬼的故事,记"清厌毒既久,乃呼外国道人波罗甗诵咒文,见诸鬼怖惧,逾垣穴壁而走,皆作鸟声,于此都绝",似乎也很强调佛教威灵。此书卷五所记曹植故事尤可注意:

  陈思王曹植字子建,尝登鱼山,临东阿,忽闻岩岫里有诵经声,清通深亮,远谷流响,肃然有灵气,不觉敛衿祗敬,便有终焉之志,即效而则之。今之梵唱皆植依拟所造。一云:陈思王游山,忽闻空里诵经声,清远道亮,解音者则而写之为神仙声,道士效之,作步虚声也。

这段记载说明佛、道二教都想借重曹植,而刘敬叔的记载则不偏不倚,把两种故事都记了下来。后来梁殷芸《小说》、释慧皎《高僧传》讲到梵诵起源,均取此说,但他们都只取前面佛教徒的说法,而删去

---

① 谢玄卒年为晋太元十三年(388),乃灵运生后三年。但谢安以太元十年(385)卒,是年正灵运生年。"玄"疑"安"之误。刘敬叔年辈与谢灵运相近,似不当误记,恐是传抄之误。

了后面的道教故事。这些情况多少表明刘敬叔虽曾接触佛教,而《异苑》的主旨似仅在志怪,不专主宣扬佛教。所以慧皎在《高僧传》中,对《幽明录》等书颇加称赞而不及《异苑》。《异苑》中故事,对后世影响比较大的还有:

> 晋温峤至牛渚矶,闻水底有音乐之声,水深不可测,传言下多怪物,乃燃犀角而照之。须臾见水族覆火,奇形异状,或乘马车,著赤衣帻。其夜,梦人谓曰:"与君幽明道隔,何意相照耶?"峤甚恶之,未几卒。

从此"燃犀烛照"就成了通用的典故。

除了《幽明录》和《异苑》以外,南朝志怪小说以吴均的《续齐谐记》为较完整,现存故事十七则,大约是续东阳无疑的《齐谐记》而作。书中有名的篇幅如阳羡书生寄居鹅笼之内,又能吐出女子,而女子口中,又能吐出另一男子,等等,情节离奇,显然受佛经故事影响。张华识别斑狸精的故事,则从《幽明录》中董仲舒识老狸及《异苑》中孙权烹大龟两个故事演化而来,但写得更细致、更曲折。志怪小说发展到梁以后,已有一些人对此取怀疑态度。所以唐段成式《酉阳杂俎·语资》载:"庾信作诗用《西京杂记》事,旋自追改,曰:'此吴均语,恐不足用也。'"把《西京杂记》说成吴均作,当系记忆之误,但庾信所以提到吴均,则是他认为《续齐谐记》一类书中所记故事并不可信。其他志怪小说,如《齐谐记》、《述异记》以及托名陶潜的《搜神后记》等,也都有一些较有价值的故事,如《述异记》中关于陆机使犬黄耳传书的故事,《齐谐记》中关于吕思杀狸精的故事,《搜神后记》中关于陈斐和狐精的故事以及义犬乌龙的故事等,情节都曲折感人。至于殷芸的《小说》,则兼采志怪和轶事小说两类内容,已不能算纯粹的志怪小说了。

在南朝志怪小说中，还有一类似专以宣传佛教为目的的作品，如刘义庆的《宣验记》、王琰的《冥祥记》等，性质与前面所说的志怪小说不尽相同。这两部小说均已散佚，从后人所辑的佚文看来，《宣验记》的故事情节比较简单；《冥祥记》则常有较详细的描写。这些小说的一大缺点是为了宣扬佛法的威灵，有些故事未免形成了公式。如《冥祥记》中关于赵泰、刘萨荷、程道惠三人的故事，基本情节相差无多，都是死后复生，因而倍敬佛法的事，其差别只在于赵为儒生，刘是兵士，而程则原来是"五斗米道"的信徒。作者的原意大约是想号召当时各种人都来皈依佛门。这些故事在当时确实也有影响，如刘萨荷故事流传到西北，在敦煌和武威出土石刻中，均有这个故事的图画。

在这部小说中，有些故事显然是民间原有的传说，而经佛教徒加以改造的。如关于宋将王懿从北方脱逃、投奔南朝所历的艰险及一些传说，在《宋书》本传中原有记载，但并未说他是佛教徒，而在《冥祥记》中，则把他说成"世信奉法"，还编造了他投南富贵以后，亲见五沙门的神话。总的来说，《冥祥记》一类作品，在思想和艺术方面都不能算高，但其中也有个别故事却值得注意。如：

> 晋张崇，京兆杜陵人也。少奉法。晋太元中，苻坚既败，长安百姓有千余家，南走归晋，为镇戍所拘，谓为游寇，杀其男丁，虏其子女。崇与同等五人，手脚共械，衔身掘坑，埋筑至腰，各相去二十步，明日将驰马射之，以为娱乐。

这种官兵残害人民的事，不论在历史著作和当时的文学作品中都很少这样彻底的揭露。尽管从故事本身看来是宣扬"观世音"的灵验，却在客观上保存了当时的史实。

第二十六章　隋代文学

第一节　隋代文学鸟瞰

隋文帝杨坚于开皇元年(581)代周自立,并于开皇九年(589)平陈,结束了西晋灭亡(316)以来二百多年南北分裂的局面。隋的统一也为南北文化和文学的融合创造了条件,使南北朝后期已开始出现的趋势得以加速发展。隋文帝本人原是北周的大臣和外戚。据说他是东汉名臣杨震之后,祖籍弘农华阴(今属陕西),六世祖铉,十六国时仕于慕容氏;五世祖元寿,为北魏武川镇司马,因此世为"六镇"军人,家于朔州神武郡树颓县(今山西寿阳县北)。他的父亲杨忠是宇文泰的部将,"十二大将军"之一,赐姓普六茹氏,位至随国公。这表明他的家庭属于鲜卑化的汉人。隋文帝代周时,北周已经统一了北方。他在政治、文化等制度方面,虽有不少沿袭北周,而他所信用的大臣则兼有周、齐两朝的人才。

隋文帝的文化政策,和他的政治措施一样,一方面由于政权继自北周,因此不能不以北朝为正统。另一方面,他和宇文泰不同。经过西魏、北周约半个世纪的时间,原来的"六镇"鲜卑军人已逐步和关陇士族相融合;再加上杨氏本是汉族,因此他也能更大胆地起用南方来的汉族士大夫和标榜"华夏"文化。

南北朝后期,整个中国的文化形态仍然以汉族文化为主。但大体上可以分为三个部分,即南朝的梁、陈文化,北朝的北魏—东魏—北齐文化即山东文化,西魏—北周文化即关陇文化。在北中国,山东文化的发达远过于关陇文化。隋文帝统一中国以后,在文化政策和措施上并没有拘囿于北周宇文氏在托古改制掩盖下的汉族、鲜卑族的混合文化形态,而是力图树立山东文化以为主干,同时也不完全排斥南朝的文化①。比如制礼作乐,历代的统治者都视为文化措施中的大事。隋代初年,被指定修撰五礼的薛道衡、王劭、刘焯、刘炫,都出自北齐,而许善心、虞世基则属于南朝。《隋书·礼志》更明确地记载隋文帝命"牛弘、辛彦之等采梁及北齐仪注以为五礼"。至于音乐,隋初沿袭北周旧曲,其中有不少是"鲜卑之音"和西域高昌、龟兹的"胡声"。隋文帝对沿用周乐不满意,同时在开始也不同意采用南朝乐曲,以为"梁乐亡国之音,奈何遣我用邪?"(《隋书·音乐志》)他所用的雅乐即"郊庙歌辞"一类,是由李元操、卢思道等由齐入隋的文人所制订的。但稍后他同意牛弘和杨广的建议,参用梁、陈的雅乐。

在文学上,隋文帝的观点比较保守。《隋书·高祖纪》直言不讳地说他"素无学术","又不悦诗书"。他可以任用南方的文人学者,但和宇文泰一样,对南方的靡丽文风则颇为不满。《隋书·文学传》说:"高祖初统万机,每念斫雕为朴,发号施令,咸去浮华。然时俗词藻,犹多淫丽,故宪台执法,屡飞霜简。"开皇四年,曾下诏要求"公私文翰,并宜实录",而且令出法随,泗州刺史司马幼之因为文表华艳,竟因此被治罪。后来治书侍御史李谔又上书请正文体。在这篇上书中,他公开指责三国以来的文风说:

---

① 请参阅陈寅恪《隋唐制度渊源略论稿》第一、二章。

魏之三祖，更尚文词，忽君人之大道，好雕虫之小艺。下之从上，有同影响，竞骋文华，遂成风俗。江左齐梁，其弊弥甚，贵贱贤愚，唯务吟咏。遂复遗理存异，寻虚逐微，竞一韵之奇，争一字之巧。连篇累牍，不出月露之形；积案盈箱，唯是风云之状。世俗以此相高，朝廷据兹擢士。禄利之路既开，爱尚之情愈笃。于是闾里童昏，贵游总丱，未窥六甲，先制五言。至如羲皇、舜、禹之典，伊、傅、周、孔之说，不复关心，何尝入耳。以傲诞为清虚，以缘情为勋绩，指儒素为古拙，用词赋为君子。故文笔日繁，其政日乱，良由弃大圣之轨模，构无用以为用也。

李谔这篇上书所指斥的"江左齐梁"文风，即内容的空虚和辞藻的华艳。这篇文章是骈体，所以他所反对的不全是骈文这种文体。从"雕虫小艺"、"先制五言"的提法来看，矛头针对的是南朝人潜心专志的诗赋。这种看法代表了北齐一些世家大族的观点。李谔本人由齐入周，出身于家世显贵的赵郡李氏，和后来唐代自称"不于私家置《文选》，盖恶其祖尚浮华，不根艺实"的李德裕出于同一家族①。北齐境内一些世家，确实比较坚持正统的儒学而不大讲究诗赋。《颜氏家训·勉学》篇重点就论儒学，而且说"夫明六经之指，涉百家之书，纵不能增益德行，敦厉风俗，犹为一艺，得以自资"，可见当时北方的学术风气偏于实用。李谔的主张，正是反映了这种看法。这篇上书既与隋文帝的观点相符，当然得到采纳。他所指出的弊病是确实存在

---

① 李德裕论进士科第语，见《旧唐书·武宗纪》。关于李德裕的家世，陈寅恪《论李栖筠自赵徙卫事》曾有所论述，见《金明馆丛稿》二编。请参阅傅璇琮《李德裕年谱》。

的,但改革的方案却并不正确。以儒学取代文学和把文学的功能局限于实用,而且企图用行政命令改变长期流行的文风,和北周苏绰的做法类似,当然也不能真正奏效。事实上在隋文帝时代的文人,不论出身南方或北方,都仍在吟诗作赋,行政命令能起的作用,充其量不过使当时的公文稍趋质朴而已。

事物的发展进程并非少数人的意志可以左右。无独有偶,正如宇文泰的诸子不学苏绰而模仿庾信的文风一样,隋文帝的两个儿子同样喜欢庾信。太子杨勇曾经命令魏澹注《庾信集》,杨广"属文效庾信体"(《隋书·柳辩传》)。炀帝杨广在政治上是一个昏暴之君,在文化和文学方面的主张却并没有逆潮流而动,与他父亲并不相同。开皇九年的伐陈之役,杨广充任行军元帅,到过江南。正如岑仲勉所说:"陈平后,广为扬州总管,前后十年,以北方朴俭之资,熏染于江南奢靡之俗。"(《隋唐史》上第39页)再加上他的妻子萧后是后梁明帝萧岿之女(梁昭明太子萧统曾孙女),《通鉴》还说他"好为吴语"(卷一八五),所以对南方文化所持态度也与隋文帝迥异。据《大业拾遗记》载,他即位后,命令内史舍人窦威、起居舍人崔祖濬撰《区域图志》,又著《丹阳郡风俗》。窦、崔二人把吴人斥为东夷,炀帝大怒,下敕云:

> 昔汉末三方鼎立,大吴之国,以称人物。故晋武帝云:"江东之有吴、会,犹江西之有汝、颍。衣冠人物,千载一时。"及永嘉之末,华夏衣缨,尽过江表。此乃天下之名都。自平陈之后,硕学通儒、文人才子,莫非彼至。尔等著其风俗,乃为东夷之人,度越

礼义,于尔等可乎①?

结果竟将二人"各赐杖一顿"。"文人才子,莫非彼至"一语,很能代表隋炀帝对当时文坛的态度。因为到了隋代,北方出身的文人如薛道衡、杨素等人的诗,水平已不在由陈入隋的某些文人之下;然而隋炀帝的文学侍从之臣许善心、虞世基等都是南人,而对出身北齐的文人一般并不宠信。除了前面所说"熏染于江南奢靡之俗"的原因而外,还因为由陈入隋的文人和他直接有关,为他所赏识提拔,而北朝文人一般是文帝时所起用,并非他的亲党。所以,到炀帝时代,南方靡丽的文风又得到提倡,他本人后来也写了一些艳歌。尤其值得注意的是大业三年,下诏令诸臣以十科举人,使文学正式成为获得利禄的工具。炀帝这种不同于文帝的爱好和措施,对文学的发展无疑起了积极的推动作用②。

《隋书·文学传序》论南北文风时说:"江左宫商发越,贵于清绮;河朔词义贞刚,重乎气质。气质则理胜其词,清绮则文过其意。理深者便于时用,文华者宜于咏歌,此其南北词人得失之大较也。若能掇彼清音,简兹累句,各去所短,合其两长,则文质斌斌,尽善尽美

---

① 《大业拾遗记》旧题唐颜师古撰,恐系唐人伪托。但像这一段故事,颇能与炀帝的性格和作风相合,当有所据。
② 据《旧唐书·杨绾传》:"近炀帝始置进士之科,当时犹试策而已。"但文学的作用显然更受当道的重视。《隋书·杜正玄传》:"开皇末,举秀才,尚书试方略,正玄应对如响,下笔成章。仆射杨素负才傲物,正玄抗辞酬对,无所屈挠,素甚不悦。久之,会林邑献白鹦鹉,素促召正玄,使者相望。及至,即令作赋。正玄仓卒之际,援笔立成。素见文不加点,始异之。因令更拟诸杂文笔十余条,又皆立成,而辞理华赡,素乃叹曰:'此真秀才,吾不及也。'"

矣。"这一段评论中的南北之辨基本上是准确的。南北之间的交融，从侯景之乱以后就在加快进行，到隋代而成为文士普遍努力的趋向，不论其自觉还是不自觉。从总体来说，隋代的诗文就是一个南北交融的产物，不过有的做到了"合其两长"，有的还继续为南方的香风华彩所陶醉，不合"文质斌斌"的规范。这种情况在下面各节中将作具体的叙述。

第二节 卢思道

卢思道（535～586），字子行，范阳（今河北涿州一带）人。祖卢阳乌，曾为北魏秘书监；父道亮，隐居不仕。卢思道出生于北魏末年的动乱之际，长于北齐。他十六岁时，读刘松所作碑铭，多处不解，于是师事邢劭，发愤读书。又向魏收借书阅读，几年之后，文才学识乃著于当时。他性格狂傲不羁，北齐文宣帝时，魏收奉命撰著《魏书》，尚未定稿，卢思道由于和魏收的关系得以先睹，又把内容泄漏出去，一时许多人议论纷纷，因此"大被笞辱"。文宣帝天保后期，由于杨愔的举荐，官司空行参军，长兼员外散骑侍郎，直中书省。文宣帝死后，他所作挽歌颇为朝廷所重。但不久又因泄漏中书省的机密被贬，其后又因擅用库钱被免职。直到北齐后主高纬时，才重新出仕为黄门侍郎。齐亡入周，周武帝去世，卢思道的乡人祖英伯等在范阳举兵作乱，拥立北齐文宣帝子高绍义，并向突厥乞援。北周朝廷派柱国宇文神举讨平叛乱，卢思道因参预其事，当判死罪。由于宇文神举爱才，让他试作檄文，卢思道援笔立成，宇文神举大为欣赏，得以免罪。杨坚为丞相，他出任武阳太守，颇不得志，作《孤鸿赋》。杨坚代周，又以母老辞归，在乡作《劳生论》、《北齐兴亡论》及《后周兴亡论》。后随高颎伐陈，作《檄陈文》、《祭澡湖文》等。卒于开皇六年左右，年五十二。有集二十卷，今佚。明张溥辑有《卢武阳集》。

范阳卢氏是北方名门望族，卢思道在《劳生论》中也极为自负地说自己"生于右地，九叶卿族"。高门加上文才横溢，在仕途上当然充满高升的希望。他早年曾经"服膺教义，规行距步"，但当时北齐朝政昏乱，他却自恃门第和才华，渐变而为"不持操行，好轻侮人物"，因此居官"多被谴辱"。北齐后期，他曾一度得意，参与军国大事。后参加卢昌期之乱，当与在北周仕途失意有关。北周不久灭亡，隋文帝对他比较重视，因此他后期的一些文章中对隋文帝颇多歌颂。他现有的作品中较好的诗大抵作于齐、周之世，而较有价值的文则多为隋初所作。

卢思道的诗以《从军行》为最著名：

朔方烽火照甘泉，长安飞将出祁连。犀渠玉剑良家子，白马金羁侠少年。平明偃月屯右地，薄暮鱼丽逐左贤。谷中石虎经衔箭，山上金人曾祭天。天涯一去无穷已，蓟门迢递三千里。朝见马岭黄沙合，夕望龙城阵云起。庭中奇树已堪攀，塞外征人殊未还。白雪初下天山外，浮云直上五原间。关山万里不可越，谁能坐对芳菲月？流水本自断人肠，坚冰旧来伤马骨。边庭节物与华异，冬霰秋霜春不歇。长风萧萧渡水来，归雁连连映天没。从军行，军行万里出龙庭。单于渭桥今已拜，将军何处觅功名！

这首诗大约作于北齐文宣帝天保中叶，标志着他的诗才已经成熟。

当时卢思道年二十余,正在邺城,尚未经杨愔举荐出仕①。诗的体裁、风格显然和王褒、庾信《燕歌行》近似,内容也总不离边塞征人、闺中思妇。如果把这首诗与庾信、王褒的《燕歌行》并读,就可以发现庾、王之作,对塞北苦寒之状的描写只是轻轻一点,着力写的还是夫妇间的相思;而卢思道的这首诗写战争虽非亲历,写苦寒之状则要具体形象得多②。因为卢思道是真正的北人,对北国风光有亲身的感受而不是仅凭想象。全诗轻清流宕,最后以"单于渭桥今已拜,将军何处觅功名"作结,也曲折地表达了他有意仕进而进身无路的苦闷。《明皇杂录·补遗》记唐玄宗自蜀返长安,夜登勤政楼,凭栏南望,烟云满目,因歌"庭前琪树不堪攀,塞外征夫久未还",即此诗中的两句,但文字稍有出入。

如果说《从军行》的风格较多地表现了北朝诗人清刚之气,《有所思》则受南朝诗人的影响较深:

　　长门与长信,忧思并难任。洞房明月下,空庭绿草深。怨歌裁洁素,能赋受黄金。复闻隔湘水,犹言限桂林。凄凄日已暮,谁见此时心。

---

① 此诗所称"单于渭桥今已拜",当指柔然(蠕蠕)可汗。《北史·齐本纪》中载,天保四年,"十二月己未,突厥复攻蠕蠕,蠕蠕举国来奔。癸亥,(文宣)帝北讨突厥,迎纳蠕蠕。乃废其主库提,立阿那瓌子菴罗辰为主,置之马邑川。追突厥于朔方,突厥请降,许之而还"。此后则柔然乱亡,突厥勃兴,不复有单于拜渭桥的事情。同书《卢观附询祖传》载,卢询祖举秀才,至邺,预李祖勋宴,会齐文宣敕祖勋母曰:"蠕蠕既破,何无贺表?"询祖作贺表云:"昔十万横行,樊将军请而受屈;五千深入,李都尉降而不归。"世以为工。此可为《从军行》写作时间的佐证。
② 庾信、王褒的《燕歌行》作于江陵,大约是承圣初(552~553)作,卢氏《从军行》可能为天保四、五年间(553~554)作。可以说几乎同时。

据《隋书》本传说,作者在"擅用库钱"被免职后,"尝于蓟北怅然感慨,为五言诗以见意,人以为工"。《隋书》说的虽未必即是此诗,但此诗为作者失职时所作大致不会有疑问。诗中用陈皇后请司马相如作《长门赋》和班婕妤被疏作《怨歌行》两事作比,以寄寓自己命途多蹇。"复闻"二句则用张衡《四愁诗》典。短短十句,连用古事成语,而且中间六句都是很工整的对仗,这都与梁代诗风相近。如果此诗确是在《隋书》中所说的情况下所作,写作年代当在北齐武成帝时(561~564)①。当时正值南朝侯景之乱和江陵失陷之后十余年光景,大批南朝文人逃亡到北齐,文风的交融、渗透已经灼然可见。所以他在北齐后期所作的《后园宴诗》中"媚眼临歌扇,娇香出舞衣。纤腰如欲断,侧髻似能飞"等句,已几乎与《玉台新咏》中作品无别。

北齐亡国后,卢思道被征到长安,开始时期望得到北周朝廷重用,所以在《赠李若诗》中有"短歌虽制素,长吟当执珪;寄语当窗妇,非关惜马蹄"之句。但不久就发现北周对他也不甚重视,所以在《听鸣蝉篇》中,又表示向往隐逸:

听鸣蝉,此听悲无极。群嘶玉树里,回噪金门侧。长风送晚声,清露供朝食。晚风朝露实多宜,秋日高鸣独见知。轻身蔽数叶,哀鸣抱一枝。流乱罢还续,酸伤合更离。暂听别人心即断,才闻客子泪先垂。故乡已超忽,空庭正芜没。一夕复一朝,坐见凉秋月。河流带地从来崄,峭路干天不可越。红尘早弊陆生衣,

---

① 《隋书》本传记文宣帝死后,卢思道作过太子舍人。废帝时无太子,当是孝昭帝或武成帝时官职。又,他的《卢记室诔》作于后主天统二年(566),当时已在邺。其失职在蓟北时,只有武成帝时代最有可能。

明镜空悲潘掾发。长安城里帝王州,鸣钟列鼎自相求。西望渐台临太液,东瞻甲观距龙楼。说客恒持小冠出,越使常怀宝剑游。学仙未成便尚主,寻源不见已封侯。富贵功名本多豫,繁华轻薄尽无忧。讵念嫖姚嗟木梗,谁忆田单倦土牛。归去来,青山下。秋菊离离日堪把,独焚枯鱼宴林野。终成独校子云书,何如还驱少游马!

此诗同作者有阳休之、颜之推等。《隋书·卢思道传》说"庾信遍览诸同作者",而对卢作深加叹美。阳诗今已不存,颜、卢两诗,在形式上显然受萧综《听钟鸣》、《悲落叶》的影响,为杂言歌行。内容写宦游不达,儒冠误身,反不如求仙和冒险的"浮华"之士可取富贵,因此勾起了思乡和归隐的想法。一个恃才傲物的诗人屡经蹉跌,归隐是保持高傲和远离祸患可以得兼的唯一途径。这种情绪和庾信后期之作虽不全同,却有相通之处,都企图在思想中寻觅平衡。从诗风来说,庾信是南朝人而入北后逐渐吸取北方慷慨之风,卢思道则是北人而融合了南朝清丽之气,异途同趋,互为映照。这首诗之得到庾信称赏,当由于此。

卢思道也善于文和赋。他的辞赋仅存两篇,《纳凉赋》只存类书所载的残文。《孤鸿赋》见于《隋书》和《北史》本传,对了解作者的生平有相当大的史料价值,但作为文学作品,却不见突出的长处。他的骈文《北齐兴亡论》、《后周兴亡论》和陆机《辩亡论》类似,目的在总结齐、周二代历史经验,可能想以此表见,作为进身之阶,企求隋文帝任用自己。这两篇文章中对北齐神武帝高欢、孝昭帝高演采取明显的肯定态度,对北周文帝宇文泰和武帝宇文邕虽然也有肯定,但似更多保留。他认为宇文邕得以吞并北齐既是天意,也是由于他"任数殖情,果敢雄断",貌似赞扬的词句不过是阴谋残忍的同义语,很清楚地说明他在感情上是同情北齐的。文中说到周武帝"天性严忍,果于杀戮,血流盈前,无废饮啖。行幸四方,尤好田猎,从禽于外,非夜不还,飞走之类,值无免者",则比史传所载尤为具体。隋朝由北周"禅让"而得天下,这些批评不能等同于对"胜国"之君的谴责,如果不是有充分的事实根据,是不能这样直书无讳的。

他的《劳生论》取《庄子·大宗师》中"大块载我以形,劳我以生"为名,以自己一生中仕途经历为线索,假设主客答问,对当时士大夫的趋炎附势、诈伪反复作了深刻的揭露和讽刺。文中写到那些士大夫谄事权贵以求仕进的种种丑态时说:

朝露未晞,小车盈董石之巷;夕阳且落,皂盖填闾窦之里,皆如脂如韦,俯偻匍匐,啖恶求媚,舐痔自亲。美言谄笑,助其愉乐;诈泣佞哀,恤其丧纪。近通旨酒,远贡文蛇①。艳姬美女,委如脱屣;金铣玉华,弃同遗迹。

这种情景已十分丑恶,而作者进一步写到权贵一旦失势,则以前的胁肩谄笑之辈的表现就更加不堪入目:

及邓通失路,一簪之贿无余;梁冀就诛,五侯之贵将起。向之求官买职,晚谒晨趋,刺促望尘之旧游,伊优上堂之夜客,始则亡魂褫魄,若牛兄之遇兽;心战色沮,似叶公之见龙。俄而抵掌扬眉,高视阔步,结侣弃廉公之第,携手哭圣卿之门。华毂生尘,

---

① "文蛇"二字颇费解。《文选》张协《杂诗》李注引苏武书曰:"越人衣文蛇。"但越人之衣似非中原所贵。《文苑英华》卷七五八作"文驰",或为"文驼"之误。疑与《酉阳杂俎》"明驼"义近。然亦猜测之说。《后汉书·种暠传》载永昌太守冶铸黄金为文蛇,以献梁冀。据此,"文蛇"当为珍奇之重贿。

来如激矢;雀罗暂设,去等绝弦。

那些平日趋奉权贵的人,当冰山一倒,初则惊慌失措,继则摇身一变,有的弃旧交而不顾,有的还要趁火打劫。一贵一贱,交情乃见,世态炎凉,历来为道义所不容。从《史记》中的《孟尝君列传》、《廉颇蔺相如列传》、《魏其武安侯列传》到扬雄的《解嘲》,对这种市侩面目都有很精彩的描写,但总体上比较委婉含蓄。南北朝文中,刘峻的《广绝交论》和这篇《劳生论》则远较前人为尖锐,指斥不留余地。张溥评论这两篇文章时说:"刘孝标伤任昉诸子流离,著《广绝交论》,痛言五交三衅,世路险巇,过于太行孟门。子行自慨蹇产,诋斥物情,荣瘁冰炭,足使五侯丧魂,六贵饮泣。文人之笔,鬼魅牛马皆可画也。"(《卢武阳集》题辞)这两篇文章戟指怒骂而又刻画入微,对张溥的赞誉确可当之无愧。

第三节 薛道衡

薛道衡(540~609),字玄卿,河东汾阴(治今山西万荣一带)人。少孤,好学。十三岁时就写过《国侨赞》,赞美子产治理郑国,引起过北齐文人的注意。入仕后为重臣杨愔所赏识,当时人誉为"郑公业不亡","关西孔子"再见于世①。武成帝高湛为相,引以为记室。高湛

---

① 郑泰,字公业;杨震,字伯起,人称"关西孔子",《后汉书》均有传。但郑泰以智略称,杨震以儒学称,可见北齐的上层人物并不仅仅视薛道衡为文人。后来文名渐高,论者就多看到他的文学才能。平陈之役,薛道衡对高颎分析必胜之理,头头是道,使高颎在佩服之余惊叹说:"本以才学相期,不意筹略乃尔!"

即位后，薛道衡与儒生修定"五礼"，并与卢思道、李德林齐名友善。曾接待陈使傅縡，傅縡想显示自己的文学才能，赠诗五十韵，薛道衡不甘示弱，有和诗，"南北称美"。魏收为此曾讥笑傅縡做法是"以蚓投鱼"。北周伐齐，薛道衡和颜之推都向后主建议募兵河外及南逃入陈，未被采纳。北齐亡，入仕于周。隋文帝开皇初，以散骑常侍的身份聘陈①。开皇八年随同高颎伐陈，断言必胜，平陈后授吏部侍郎。因事流放岭南。当时杨广任扬州总管，钦佩薛道衡的文才，派人劝他取道扬州南下，以便上奏留用。但他不愿追随杨广，改由江陵南下，由此为杨广所忌恨。在岭南数年，又召入为内史侍郎，文名更高，又与太子杨勇交好。开皇二十年（600），杨广阴谋得逞，被立为太子，四年后即位，是为隋炀帝。薛道衡不附杨广而附杨勇，至此乃上表求解襄州刺史致仕，并上《高祖文皇帝颂》。炀帝以为是借思念文帝而讽刺自己，表面仍授他为司隶大夫，不久就借机把他下狱，赐自尽②。有集七十卷，佚。明张溥辑有《薛司隶集》。

薛道衡历居高官，在隋代文名高出于卢思道，《北史》本传称其

---

① 薛道衡出使陈，据《隋书·高祖纪》上，为开皇四年十一月。至于河间王弘征突厥，据《隋书·河间王弘传》："及上受禅，拜大将军，进爵郡公。寻赠其父为柱国、尚书令、河间郡公。其年立弘为河间王，拜右卫大将军。岁余，进授柱国。时突厥屡为边患，以行军元帅，率众数万，出灵州道，与虏相遇，大破之，斩数千级。赐物二千段，出拜宁州总管，进位上柱国。"据此则河间王弘伐突厥当在开皇三年。今据《高祖纪》上，开皇三年四至五月，卫王爽、李晃、窦荣定等屡破突厥。河间王伐突厥有功，当亦此时，故其年六月以弘为宁州总管。《薛道衡传》以为从河间王弘征伐与使陈为同年事，似不确。

② 《隋书》本传载，薛道衡上《高祖文皇帝颂》，炀帝看后不悦，"顾谓苏威曰：'道衡致美先朝，此《鱼藻》之义也'"。按《毛诗序》："《鱼藻》，刺幽王也。言万物失其性，王居镐京，将不能以自乐，故君子思古之武王焉。"

"世擅文宗,令望攸归"。他写作诗文往往殚精竭虑,《隋书》本传说他"每至构文,必隐坐空斋,蹋壁而卧,闻户外有人便怒,其沉思如此"。这种构思习惯,与后来的王勃颇相类似。

薛道衡生活经历较丰富。例如他的《出塞》二首和杨素,作于开皇后期,当时他已从杨弘到过北方边塞,因此写战场景色比卢思道《从军行》更多亲身感受:

> 边庭烽火惊,插羽夜征兵。少昊腾金气,文昌动将星。长驱鞮汗北,直指夫人城。绝漠三秋暮,穷阴万里生。寒夜哀笛曲,霜天断雁声。连旗下鹿塞,叠鼓向龙庭。妖云坠虏阵,晕月绕胡营。左贤皆顿颡,单于已系缨。绁马登玄阙,钩鲲临北溟。当知霍骠骑,高第起西京。(之二)

"绝漠"以下四句,已颇近盛唐边塞诗人之作,形象具体,这和取资于汉乐府和《汉书》而写诗的情况不同。薛道衡诗中,像这一类作品还有《渡北河诗》。以边塞为题材的诗歌,齐梁以来尽多文人拟作,但除了吴均以外,多无实际的感受,诗材来自间接经验。及至西魏破江陵,隋一统南北,南方诗人入北者多带去了几代人的艺术积累,加上作者的亲身感受,边塞诗才渐臻成熟。薛道衡和杨素之作,和南朝文人已有不同,但他们足迹所及,也仅在今漠南北一带,后来高、岑之作所以奇丽过人,则因为他们曾远至今新疆及中央亚细亚,眼界更广,感受更深,因而时代精神更强烈,艺术素养更深厚。但他们从隋代诗人的创作里得到有益借鉴,也是不可忽视的原因。

薛道衡年岁略小于卢思道,但年寿较高,作品中有不少作于卢思道去世以后,因此所接受的南方文学影响较卢为深,更多地沾染了梁陈文人靡丽纤弱的文风。他作品中像《出塞》那样比较清刚之作为数

不多。他较为有名的诗如《昔昔盐》,其风格就颇近梁陈:

> 垂柳覆金堤,蘼芜叶复齐。水溢芙蓉沼,花飞桃李蹊。采桑秦氏女,织锦窦家妻。关山别荡子,风月守空闺。恒敛千金笑,长垂双玉啼。盘龙随镜隐,彩凤逐帷低。飞魂同夜鹊,倦寝忆晨鸡。暗牖悬蛛网,空梁落燕泥。前年过代北,今岁往辽西。一去无消息,那能惜马蹄①!

荡子远行,思妇悲叹,《玉台新咏》中不少作品都有类似的内容。此诗所写的思妇形象则更近于萧绎的《荡妇秋思赋》和庾信的《荡子赋》。诗中名句"空梁落燕泥"最为传诵,后人认为隋炀帝杀薛道衡,就由于妒忌他这一名句②。其实"暗牖悬蛛网,空梁落燕泥"两句,前人已多指出是从张协"青苔依空墙,蜘蛛网四屋"(《杂诗》之一)化出。这种艺术上的渲染、暗示,在南朝作品中也不时可以发现,薛道衡这两句尽管工巧自然,却很难说有多大新意。其成为名句,或许正是炀帝的

---

① 这首诗的诗题前人多以为不可解,实则洪迈已经论证了"然则歌诗谓之'盐'者,如吟、行、曲、引之类云"(《容斋续笔》卷七),也有人以为"盐"即"艳"字的异写。"昔"有"夜"的意思。《左传》庄公七年"夏四月辛卯,夜",《穀梁传》"夜"作"昔",释云"日入至于星出谓之昔"。"昔"、"夕"同部,可通。夕、夜意近。《昔昔盐》意即"夜夜曲"。

② 薛道衡的死因,如本节所述,主要是亲近太子杨勇,得罪炀帝杨广。另外他和杨素过于亲密,而杨素晚年又与炀帝之间矛盾很深。刘餗《隋唐嘉话》卷上曾有两条记载,一条是:"炀帝善属文,而不欲人出其右。司隶薛道衡由是得罪。后因事诛之,曰:'更能作"空梁落燕泥"否?'"另一条则是本章第五节中关于王胄被杀一事。王胄被杀与炀帝的嫉忌无关,薛道衡之死的记载是否也出附会,已难确考。但对照炀帝的性格,这两件事和他的嫉忌联系在一起,恐也是事出有因。

忌恨在客观上起了宣传作用。由此,全诗也随之而为人传诵。唐代赵嘏有《昔昔盐》五律二十首,即以此诗二十句的每句为题。

薛道衡另一首名作为《人日思归》:

> 入春才七日,离家已二年。人归落雁后,思发在花前。

唐刘𫗧《隋唐嘉话》卷上记此诗作于聘陈时,前二句方出,南方人认为并无佳处,及见后二句,才赞叹说"名下固无虚士"。此诗所以传诵,确实有赖于后二句。因为前二句不过是说他离家的时间,后二句以极新巧的构思,把人和自然作时间上的对比,形象地写出思乡之情,使前二句顿时随之活动。这种以拙衬巧,以巧带拙的技巧常常为后人所模仿。

作者曾致力于学习南朝诗人的技巧,还可以在《敬酬杨仆射山斋独坐》一诗中看出:

> 相望山河近,相思朝夕劳。龙门竹箭急,华岳莲花高。岳高嶂重叠,鸟道风烟接。遥原树若荠,远水舟如叶。叶舟旦旦浮,惊波夜夜流。露寒洲渚白,月冷函关秋。秋夜清风发,弹琴即鉴月。虽非庄舄歌,吟咏常思越。

诗风比较素淡轻隽,不似梁陈而近于永明体。"遥原"二句,命意上承谢朓"天际识归舟,云中辨江树"(《之宣城郡出新林浦向板桥》),字面则用梁戴暠"今上关山望,长安树如荠"(《度关山》),由此下开孟浩然的"天边树若荠,江畔洲如月"(《秋登万山寄张五》)。从全诗看来,虽然有谢朓的影响,但像"岳高"二句和"露寒"二句,已与南朝人所写景色不同,正如《重酬杨仆射山亭诗》中"吹旌朔气冷,照剑日光寒"等句,都是以南朝的辞藻写出了北朝的风光,形成新鲜的风格。这些诗已与唐代王维、孟浩然、高适、岑参的某些作品颇为接近。他的《和许给事善心戏场转韵诗》是一首叙事诗,排比铺张,陈述隋代百戏,具有一定的史料价值。

薛道衡的文多系应用文字,如《高祖文皇帝颂》、《老氏碑》等都写得比较典雅庄重,但并无突出的长处。

第四节 孙万寿和由北齐入隋的文人

隋代文人除卢思道、薛道衡外,还有一些人也来自北齐。其中声望较高的有孙万寿、李孝贞(元操)、辛德源、元行恭等。在这些人中,现存作品较多的是孙万寿。

孙万寿,字仙期,信都武强(今属河北)人。生卒年不详,大约卒于隋炀帝大业初,年五十二。他的父亲孙灵晖是北齐的学者,曾任国子博士。孙万寿早年曾受学于著名学者熊安生,在北齐时,为奉朝请,时年十七。隋文帝代周后,曾为滕王杨瓉文学,后因衣冠不整失仪,配防江南,过京口、金陵等地,曾入行军总管宇文述幕,典掌军书。仁寿初,任豫章王杨暕长史。杨暕改封齐王,又为齐王文学。因当时藩王的属官多遭杀害,告病免官。后来又任大理司直,卒于官。有集十卷,今仅存诗九首。

孙万寿在北齐颇受上层人物重视,入隋后沉沦下僚,因此他的诗中常流露出对北齐的怀念,如《和周记室游旧京诗》、《行经旧国诗》等。他最著名的作品则为《远戍江南寄京邑亲友》,摘引如下:

贾谊长沙国,屈平湘水滨。江南瘴疠地,从来多逐臣。粤余非巧宜,少小拙谋身。欲飞无假翼,思鸣不值晨。如何载笔士,翻作负戈人。飘飘如木偶,弃置同刍狗。失路乃西浮,非狂亦东走。晚岁出函关,方春度京口。石城临兽据,天津望牛斗。牛斗盛妖氛,枭獍已成群。郗超初入幕,王粲始从军。裹粮楚山际,被甲吴江濆。吴江一浩荡,楚山何纠纷。惊波上溅日,乔木下临云。系越恒资辩,喻蜀几飞文。鲁连唯救患,吾彦不争勋。羁游岁月久,归思常搔首。非关不树萱,岂为无杯酒。数载辞乡县,三秋别亲友。壮志后风云,衰鬓先蒲柳。

这首诗很长,凡八十二句,四百一十字。全诗基本上是对偶句,已近于后来的排律。从体制来说,梁代的陆倕和刘孝绰相赠答的诗,就是这种几乎全用对仗的长诗。但刘、陆之作绮丽而比较平板,不像北诗自然流畅。诗中一些句子,似对唐代诗人也有影响,如"江南瘴疠地,从来多逐臣",显系杜甫《梦李白》中"江南瘴疠地,逐客无消息"所本。像这样的长篇巨制,难免使用典故,雕琢辞藻,但作者的气势足以驾驭全篇,读来有一气呵成之感。但同一个孙万寿,也能写一些漂亮的诗句,如他的《东归在路率尔成咏》:

学官两无成,归心自不平。故乡尚千里,山秋猿夜鸣。人愁惨云色,客意惯风声。羁恨虽多绪,俱是一伤情。

又如《行经旧国》中的"日斜山气冷,风近树声秋",《别赠诗》的"酒随彭泽至,琴即武城弹",也都是很见工力的对偶。至于为《文苑英华》和《诗纪》所录入的《早发扬州还望乡邑》,从题目到内容都像是南方人的作品,疑非孙万寿之作。

除孙万寿以外,隋代诗人中受到史家重视的是李孝贞,时称"一代俊伟"。他本名元操,因避隋文帝祖先杨元寿讳,改以字行,赵郡柏人(今属河北)人。生卒年不详,约卒于开皇间,年五十余。有集二十卷,今仅存诗七首,已经很难看出特色,仅《巫山高》中"天寒秋水急,风静夜猿哀"二句较有情致。

和李孝贞大体同时的辛德源,字孝基,祖籍陇西狄道(治今甘肃临洮)人。北齐文宣帝时起家奉朝请。齐亡仕周。隋初隐居林虑山,被疑为有异志,强令从军征南宁。岁余归,经牛弘的推荐,修国史。后为蜀王掾,转谘议参军,卒官。《隋书》本传记其有集二十卷(《经籍志》作三十卷)。今存诗十一首,多为乐府。其中如《芙蓉花》、《东飞伯劳歌》等,体近艳歌,但《星名诗》"素羽麾全月,朱旗引半虹。虎落惊氛敛,龙城宿雾通"则颇有气势。

鲜卑族文人元行恭,北齐时曾为省右户郎,待诏文林馆。入隋,因事徙瓜州,卒。他的诗今仅存二首,《秋游昆明池诗》是与江总、薛道衡唱和之作。《过故宅》则颇有兴亡之感:

> 颓城百战后,荒宅四邻通。将军树已折,步兵途转穷。吹台有山鸟,歌庭聒野虫。草深斜径没,水尽曲池空。林中满明月,是处来春风。唯余一废井,尚夹两株桐。

写战乱之后的荒残景色,诗风亦较苍劲,不失北朝文人的质朴之气。

第五节　隋代的南方文人

隋代文人中出身南方的以诸葛颖、许善心、虞世基、王胄等为最著。其中诸葛颖年辈最高,侯景之乱时由梁入北齐,历齐、周入隋,和萧悫、颜之推等同时,只是卒于隋炀帝时期,所以被视为隋人①。他的诗现存六首,都是奉和炀帝及应教之作。其中偶有佳句,如"遥村含水气,远浦澄天色"(《奉和出颍至淮应令》),"月色含江树,花影覆船楼"(《春江花月夜》)等,都沿袭齐梁诗风。如前面所说到的,萧悫入北齐,有"芙蓉露下落,杨柳月中疏"之句,诸葛颍与"卢思道之徒"的看法就很有不同。这个例子很有代表性,说明了颜、萧、诸葛这些自南入北的文人,正如《三国典略》引用这段故事时的评论:"箕、毕殊好,理宜固然。"(《太平御览》卷五八六引)

许善心(558~618),字务本,祖籍高阳北新城(今河北蠡县)人。祖许懋、父许亨均为梁、陈著名文人。许善心十五能属文,为徐陵所称赏。陈后主祯明二年(588),为通直散骑常侍使隋。遇隋伐陈,遂留于长安。陈亡,授通直散骑常侍,直门下省。开皇间,作《神雀颂》,为文帝所赏。曾整理秘藏图籍,仿阮孝绪《七录》,编成《七林》。炀帝立,官主礼部侍郎。隋炀帝至江都,许善心从行。大业十四年,宇文化及杀炀帝,许善心也同时被害,年六十一。著有《灵异志》十卷,续成其父许亨所撰《梁史》五十三卷(本传作五十八卷)。今存诗四首,诗风不像别的南方诗人着意雕彩。如《于太常寺听陈国蔡子元所校正声乐诗》:

维阳成礼乐,治定昔君临。充庭观树羽,上帝仰搉金。既因

---

① 诸葛颍卒年,逯钦立据《隋书》本传"后从驾北巡,卒于道",定为大业十一年(615)。据《隋书》记其卒年七十七,则应生于梁武帝大同五年(539)。但《隋书》本传又明白记载他做过邵陵王萧纶的记室,侯景之乱,奔齐。而依逯说,台城失陷时,诸葛颍年十一,无出仕之理。所以本传所谓"北巡",当非指隋炀帝为突厥所围事,而可能指大业七年幸涿郡事。设诸葛颍卒于此年,则当生于大同元年,至台城之陷,年十五,虽出仕似亦过早,然较逯说稍近情理,姑存疑。

钟石变,将随河海沉。湛露废还序,承风绝复寻。衮章无旧迹,韶夏有余音。泽竭英茎散,人遗忧思深。悲来未减瑟,泪下正闻琴。讵似文侯睡,聊同微子吟。钟奏殊南北,商声异古今。独有延州听,应知亡国音。

据《隋书》本传载,陈亡时,作者曾号哭三日,所以听到了陈国音乐,不免有黍离之感。在这首诗中,用典甚多,类似徐、庾体诗风,只是由于内容的要求,所以很少使用华丽的辞藻。

和许善心同时被害的虞世基(552? ~618),字茂世,会稽余姚(今属浙江)人。他早年曾被徐陵称为"当今潘、陆"。在陈代官至尚书左丞,曾作《讲武赋》。陈亡入隋,为通直郎,直内史省。炀帝即位,极受宠信,官至金紫光禄大夫。随从隋炀帝至江都,当时各地纷纷爆发起义,虞世基目睹炀帝的荒淫无法谏阻,因此阿谀顺旨,讳言事实。及宇文化及杀炀帝,虞世基也一起被杀。他的诗今存十八首,其中多为选家注目的是《出塞》、《入关》等几首:

> 上将三略远,元戎九命尊。缅怀古人节,思酬明主恩。山西多勇气,塞北有游魂。扬桴上陇坂,勒骑下平原。誓将绝沙漠,悠然去玉门。轻赍不遑舍,惊策骛戎轩。懔懔边风急,萧萧征马烦。雪暗天山道,冰塞交河源。雾烽黯无色,霜旗冻不翻。耿介倚长剑,日落风尘昏。
>
> ——《出塞》之二

《出塞》两首为和杨素之作,内容偏重歌颂杨素的勋业,用语重而典,像"上将"、"懔懔"、"耿介"诸联,以及另一首中的"庙堂千里策,将军百战威。辕门临玉帐,大斾指金微",已经出现了后来杜甫诗中的某

些气象。但这种题材究竟非其所长,他的几首写去国怀乡的小诗或许正是他的本色:

敛策暂回首,掩涕望江滨。无复东南气,空随西北云。
——《初渡江》

陇云低不散,黄河咽复流。关山多道里,相接几重愁!
——《入关》

向日晚飞低,飞飞未得栖。当为归林远,恒长侵夜啼。
——《晚飞乌》

前两首写自陈入长安途中的心情。后一首大约作于入隋之初,《隋书》本传所谓"贫无产业,每佣书养亲,怏怏不平,尝为五言诗以见意,情理凄切,世以为工,作者莫不吟咏",应当正是指这一类诗。后来写《赋昆明池一物得织女石》,就完全不是这种风味了。

另一位南方诗人王胄(558~613?),字承基,梁代诗人王筠之孙。祖籍琅邪临沂(今属山东)人。陈时官至太子舍人,东阳王文学。陈亡,杨广引为学士。炀帝时官著作佐郎,后为朝散大夫。与杨素子玄感交好。杨玄感起兵反隋失败,王胄亡匿江南,被捕诛死,年五十六。他为人恃才傲物,在仕途上很不得志,因此诗中颇多愁苦及牢骚,如《赋得雁送别周员外戍岭表诗》:

旅雁别衡阳,天寒关路长。行断由惊箭,声嘶为犯霜。罹缴无人悯,能鸣反自伤。何如侣泛泛,刷羽戏方塘。

此诗借雁比喻周员外,兼以自比,感伤身世,情真意切。这种以"赋得"为题的咏物诗,梁陈以来数量很多,但像这样深刻地表现作者内心感情的却极少见。他还有两首篇幅较长的诗《白马篇》和《言反江阳寓目灞涘赠易州陆司马》,都写到了长安的游侠。前者用曹植旧题,但落到征三韩之役,显然是写实。诗中的游侠少年,意气风发,在吴均以后,这样的少年形象在诗歌中还很少出现。《隋唐嘉语》载:"炀帝为《燕歌行》,文士皆和,著作郎王胄独不下帝,帝每衔之。胄竟坐此见害,而诵其警句曰:'"庭草无人随意绿",复能作此语耶?'"王胄被杀原因,《隋书》本传说得很清楚,此说自属附会。而且王胄被杀于江南,炀帝当时并不在南方。但"庭草无人随意绿"确是好句,传情细腻,已近晚唐五代词,可惜原诗已佚,无从见到全貌。王胄之兄王慎,也能诗,今存《七夕》两首,"月落移妆镜,浮云动别衣"、"长裙动星佩,轻帐掩云罗"诸句,虽属常见的服饰描写,但用之于织女,就显得特别贴切。两诗的结句"犹将宿昔泪,更上去年机","旧愁虽暂止,新愁还复多",也都清新轻巧。

第六节　杨素和隋炀帝杨广

在东魏和西魏分裂之初,关陇地区的文化远不足与南方及黄河中下游相比。经过江陵陷落,庾信、王褒入关和周武帝的灭北齐,这一地区的文化得到迅速发展。到了隋代,原来北周统治区也产生了一些文人,其中最有代表性的是隋代的重臣杨素和隋炀帝杨广。

杨素(?~606),字处道,弘农华阴(今属陕西)人。父杨敷,北周汾州刺史,为北齐所俘,死于邺。杨素早年有大志,不拘小节,善属文,工草隶。北周武帝时,大冢宰宇文护引为中外记室。在周武帝平齐及破陈将吴明彻的战役中并有功勋。隋文帝杨坚为丞相时,杨素深自结纳。隋平陈之役,领兵自三峡顺流而下,以功拜荆州总管,封越国公。后又平定江南豪族叛乱,击退突厥南侵。隋文帝仁寿初,为尚书左仆射。杨广阴谋夺嫡,由于杨素的积极策划和支持而得遂。乃文帝临终,想重立杨勇而废杨广。杨素封锁后宫,文帝的意图不得实现而卒。炀帝立,加官至尚书令,权倾朝野,愈益骄恣,以此颇为炀帝猜忌。大业二年(606),病卒。

杨素是一个武将和权臣,历来史家对他的为人多加贬斥,但他的诗则颇受论者称赞。《隋书·经籍志》记其有集十卷,今存诗六首(其中《赠薛播州》一首凡十四章,《行经汉高陵诗》仅存二句),大部分是与薛道衡相赠答唱和之作。其中《山斋独坐赠薛内史》二首尤为出色:

> 居山四望阻,风云竟朝夕。深溪横古树,空岩卧幽石。日出远岫明,鸟散空林寂。兰庭动幽气,竹室生虚白。落花入户飞,细草当阶积。桂酒徒盈樽,故人不在席。日暮山之幽,临风望羽客。
> 岩壑澄清景,景清岩壑深。白云飞暮色,绿水激清音。涧户散余彩,山窗凝宿阴。花草共荣映,树石相陵临。独坐对陈榻,无客有鸣琴。寂寂幽山里,谁知无闲心。

这两首诗写山中景色幽静秀丽,极尽刻画之能事,其观察细致,色彩绮丽近于张协和谢朓之作;表现山林寂静气氛,则又近似左思《招隐诗》与郭璞《游仙诗》。这两首诗对景怀人,写出了从朝至暮的山色,远景近景、动态静态,无一不是独坐者眼中所见,就自然绾合到"故人不在席"。沈德潜说:"武人亦复奸雄,而诗格清远,转似出世高人,真不可解。"(《古诗源》卷十四)其实这并不奇怪,诗歌和道德本来不是一回事,风格与人格常常可以分离,而人的思想又是复杂的多元体。弘农杨氏在北朝本是大族,杨素从小好学,文化修养比较高,后来又有多方面的生活经历。诗中体现的气格,正是位极人臣之后思想中另一侧面的表现。"富贵闲人"的恬适、悠远,在熟练技巧的驱使下,作品就呈现出这种一般隐士都达不到的境界。

杨素诗虽仅存六首,却有幽美和壮美两种风格,他的《出塞》之二:

汉虏未和亲,忧国不忧身。握手河梁上,穷涯北海滨。据鞍独怀古,慷慨感良臣。历览多旧迹,风日惨愁人。荒塞空千里,孤城绝四邻。树寒偏易古,草衰恒不春。交河明月夜,阴山苦雾辰。雁飞南入汉,水流西咽秦。风霜久行役,河朔备艰辛。薄暮边声起,空飞胡骑尘。

这首诗作于他击退突厥入侵以后,情怀景象,都不是无病呻吟或向壁虚构。诗中借鉴了前人许多辞汇和构思,如"汉虏"句出自鲍照《拟古》,"握手"句出自"苏李诗","慷慨"句则暗用汉乐府《战城南》的"思子良臣"意,"水流"句用《陇头水》意。古人写诗常有这种情况,所贵在于"浑化无迹",即诗人的感情和才力足以驾驭前人创造的语言素材。《赠薛播州》十四章,每章十句,从天下纷争写起,写到一统以后自己与薛道衡的游处,再写到薛的出守播州,最后写离别之思,大篇巨制,章法井然。诗的情调慷慨而宛转,在对薛道衡的同情中透露出自己暮年的悲凉。当时杨素的烜赫虽然有增无已,但炀帝对他"外示殊礼,内情甚薄",又使他难以自安,所以才有这种复杂的感情。《隋书》本传说:"素尝以五言诗七百字赠播州刺史薛道衡,词气宏

拔,风韵秀上,亦为一时盛作。未几而卒。道衡叹曰:'人之将死,其言也善,岂若是乎!'"例如诗的末章:

> 衔悲向南浦,寒色黯沉沉。风起洞庭险,烟生云梦深。独飞时慕侣,寡和乍孤音。木落悲时暮,时暮感离心。离心多苦调,讵假雍门琴!

这就不仅是"其言也善",而且是"其鸣也哀"了。如果不先说明作者,很难想象这样的作品会出自一位大将权臣之手。撇开旧的道德尺度,可以发现杨素和曹操的气质不乏有趣的相似,差别在于异代不同时,所以表现的形式也各有自己的特殊性。除诗以外,杨素的骈文也写得不错,《谢炀帝手诏问劳表》、《柳弘诔》(残篇),都有可读之处。

隋炀帝杨广(569~618),是一个历来视为昏暴而文学上却有一定成就的皇帝。他是隋文帝次子,一名英,小字阿㦖。他在平陈之役中任统帅,建立过功勋,又善于伪装恭俭,取得了隋文帝和独孤皇后欢心,终于废太子杨勇而立他为太子,四年后弑父自立①。他即位后穷奢极欲,曾多次发动对西域和高丽的战争,还开凿运河,乘龙舟游江都,以致民不聊生,到处爆发农民起义,他自己也被部将宇文化及所杀,死于江都。

《隋书·文学传》说:"炀帝初习艺文,有非轻侧之论,暨乎即位,一变其风。其《与越公书》、《建东都诏》、《冬至受朝诗》及《拟饮马长城窟》,并存雅体,归于典制。虽意在骄淫,而词无浮荡,故当时缀文

---

① 此事《隋书》、《北史》及《通鉴》皆无异说。近人吕思勉《隋唐五代史》(上册第26页)则认为不可信。

之士,遂得依而取正焉。所谓能言者未必能行,盖亦君子不以人废言也。"张溥对这一段话还特意作了说明:"余疑其谀,比观全集,多庄言,简戏谑,似史评,非诬也。"(《隋炀帝集》题辞)对于这一现象,可以作两方面的理解:第一,炀帝和南朝的几个亡国之君不同,并非生于深宫之中,长于妇人之手。开皇元年(581),十三岁即出镇并州(郡治在今山西太原),封晋王,《隋书》本纪称其"沉深严重",辅导他的又是以刚毅著称的王韶、李彻。后来历经戎马,建功立业,即位后又"慨然慕秦皇、汉武之事",可见他的性格中具有进取奋发的一面。同时,文帝崇节俭,禁奢靡,独孤皇后又"性忌妾媵",炀帝在文帝生前不蓄声伎,不听音乐,即位之初还下诏"卑宫菲食",不论是巧于自饰,还是严于自律,总之在他前期的诗文里体现的"人君之度",是可以理解。只是由于他后期的荒淫无度,滥用民力,再加上笔记、小说的渲染,在后人心目中的形象才变得十分恶劣。第二,炀帝青年时期就爱好文学,柳䛒、诸葛颖、虞世南、王胄等人都是晋王府中学士。《隋书·柳䛒传》记载他诗文初学庾信体,在和柳䛒接触以后,"文体遂变"。柳䛒自后梁入隋,今存文四篇,诗五首,从这仅存的作品中难于确定他的总体风格,因此炀帝的文体究竟循着什么轨迹变化,也不能从这四个字的记载中得出结论。不过在炀帝今存的四十余首诗中,确实存在刚健和轻侧两种不同风格。从他的生活经历来看,平陈后久居江南是他沾染华靡的转折点①。不过由于隋文帝还在,他大概不会公开写作艳诗。及至即位后,久被压抑的精神和物质欲望乃无限扩张,一方面向往"秦汉之规模",一方面又溺于享乐无度而不能自拔。这两种因素在作品中此起彼伏,所以既有《冬至乾阳殿受朝诗》、

---

① 炀帝于开皇九年平陈后又回并州总管任。十年,江南高智慧等反,乃徙镇扬州,事当在开皇十一年,时年二十三岁。

《饮马长城窟》、《云中受突厥主朝宴席赋诗》这样的"雅音",也有《四时白纻歌》一类"郑声"。

《饮马长城窟》题下有注"示从征群臣",显系征高丽时所作。这次战役纯属穷兵黩武,但这首沿用乐府旧题的诗作却写得颇为劲健,像"山川互出没,原野穷超忽。拟金止行阵,鸣鼓兴士卒。千乘万骑动,饮马长城窟。秋昏塞外云,雾暗关山月"诸句,气势轩昂,可以想见其骄盈之状。《白马篇》当是同时之作,比王胄的同题之作要更加壮丽:"文犀六铠属,宝剑七星光。山虚弓响彻,地迥角声长","集军随日晕,挑战逐星芒。阵移龙势动,营开虎翼张。冲冠入死地,攘臂越金汤。尘飞战鼓急,风交征旆扬",就诗论诗,都不失为好句。沈德潜所谓"边塞诸作,铿然独异,剥极将复之候也"(《说诗晬语》),也应当指这些诗而言。不论作为最高统治者如何昏暴,但他诗里所呈现的气度格局却远非南朝的君主所能比拟。这种不同更明显地体现在《云中受突厥主朝宴席赋诗》里:

> 鹿塞鸿旗驻,龙庭翠辇回。毡帷望风举,穹庐向日开。呼韩顿颡至,屠耆接踵来。索辫擎膻肉,韦鞲献酒杯。如何汉天子,空上单于台!

大业三年,炀帝至榆林北巡,企图向突厥、吐谷浑、高昌等显示国威,穷极奢侈,宴享各部酋长三千五百人,旋又抵达突厥启民可汗居住的地方,写下了这首诗。当时正是隋代统一后国力最充实的时期,这首诗并不算出色,但踌躇满志,口气阔大,为两晋至梁陈三百多年间所未见。所以陆时雍说:"陈人意气恹恹,将归于尽。隋炀起敝,风骨凝然。"(《诗镜总论》)以前各章中经常提到南朝从谢朓以来下开唐音,主要是从风韵、格律着眼所作的论述;真正在气格上可以作为闳丽壮阔的唐音前奏,还只能是这个昏暴之君的作品。

炀帝的一些写景诗也颇工于刻画。如:

故年秋始去,今年秋复来。露浓山气冷,风急蝉声哀。鸟击初移树,鱼寒欲隐苔。断雾时通日,残云尚作雷。

——《悲秋》

夏潭荫修竹,高岸坐长枫。日落沧江静,云散远山空。鹭飞林外白,莲开水上红。逍遥有余兴,怅望情不终。

——《夏日临江》

两诗的中间两联都可推为名句。例如"鹭飞"一联,树色青翠、水光潋滟,用色调的对比反差显出了红、白不同寻常的鲜明,在技巧上丝毫不较南朝作家逊色①。至于他那些被目为"郑声"的作品,则近于陈后主等人之作。这些诗多属乐府。《隋书·音乐志下》:"(炀帝)大制艳篇,辞极淫绮。令乐正白明达造新声……掩抑摧藏,哀音断绝。帝悦之无已,谓幸臣曰:'多弹曲者,如人多读书。读书多则能撰书,弹曲多即能造曲,此理之然也。'"但尽管如此,他的侧艳之歌有一些还没有完全丧失应有的气派,如《春江花月夜》两首:

---

① 另外还有一首小诗"寒鸦千万点,流水绕孤村。斜阳欲落处,一望黯销魂",见胡仔《苕溪渔隐丛语》后集卷三三引《艺苑雌黄》云:"'寒鸦万点,流水绕孤村'之句,人皆以为少游自造此语,殊不知亦有所本。予在临安,见平江梅知录云:'隋炀帝诗云:"寒鸦千万点,流水绕孤村。"'少游用此语也。"秦观词好用成句,但炀帝此诗,意境词语均不似唐以前作品,也有可能是宋人据秦观词改作。姑存疑。

暮江平不动,春花满正开。流波将月去,潮水带星来。

夜露含花气,春潭瀁月晖。汉水逢游女,湘川值两妃。

此歌原为陈后主所创,歌辞已佚。炀帝两首,浑厚宏亮,陈后主不能到达这一境界。其他像《喜春游歌》、《江都宫乐歌》之类,则是毫不足取的靡靡之音。《通鉴》载唐太宗曾一直以隋炀帝的覆亡为鉴,把他和梁武帝、陈后主并提,说明为人主不在文章,患无德政的道理(《通鉴》卷一九二),但也称赞炀帝"文辞奥博"(卷一九二)。今天来论述炀帝的诗文和在文学发展史上的作用,也应该采用不以人而废言的客观态度。

除了杨素和杨广以外,由周入隋的文人还有陈政、弘执恭等人。陈政存诗一首,比较质朴。弘执恭存诗四首,《和平凉公观赵郡王伎》作于北周,平凉公即元亨,庾信有《和赵王看伎》,二诗写作时间应当相近。弘执恭还有《奉和出颖至淮应令》,则作于隋炀帝大业初。陈、弘的诗作都大量用典,风格上也明显有摹仿庾信的痕迹。

第七节　民歌和农民起义的诗文

隋炀帝的暴虐统治,激起了全国各地的农民起义。在这些起义中曾出现不少民歌。写出了人民在暴政下的痛苦和纷起反抗的斗志。如炀帝在大业十年掠江都时,据说在夜半曾听到有人作歌云:

我兄征辽东,饿死青山下。今我挽龙舟,又困隋堤道。方今天下饥,路粮无些小。前去三十程,此身安可保。寒骨枕荒沙,幽魂泣野草。悲损门内妻,望断吾家老。安得义男儿,烂此无主尸。引其孤魂回,负其白骨归。

这首民歌出于唐人小说《海山记》所载,本事不一定可靠,但这首诗确系下层劳动者在虐政下诉说痛苦之词,语言很质朴,纯用白描手法,个别词句也许经过文人加工。像这种激愤的民歌,历来很少被收集记载,因此是诗歌史上很值得重视的作品。

如果说这首民歌反映了民不聊生的惨状,那么《大业长白山谣》就是起义者奋起反抗的战歌:

长白山前知世郎,纯著红罗绵背裆。长矟侵天半,轮刀耀日光。上山吃獐鹿,下山吃牛羊。忽闻官军至,提刀向前荡。譬如辽东死,斩头何所伤。

这里的"长白山",在今山东邹平县南,是农民起义首领孟让起兵之地。这次起义开始于大业九年,当时隋炀帝正征发人丁,再次进攻高丽,所以民歌说"譬如辽东死,斩头何所伤"。诗的语言尤近口语,对揭竿而起的农民表示了态度鲜明的赞扬。

除了这些民歌以外,农民起义军首领李密(582~618),也作有一些诗文。李密本是周隋旧臣之后,早年曾师事学者包恺,尤精兵书,曾为杨玄感谋主。杨玄感失败后,李密被捕,途中脱逃。后投入瓦岗农民军翟让部,因定计击溃官军,取得翟让信任,别领一部。后杀翟让,并拥有翟让的部下,和隋将王世充相持于洛阳一带,兵败降唐。最后又想叛唐,为唐将盛彦师所杀。他的诗现存一首,见宋洪迈《容斋四笔》卷十一引刘仁轨《行年河洛记》:

金风荡初节,玉露垂晚林。此夕穷途士,郁陶伤寸心。平野葭苇合,荒村葵藿深。眺听良多感,徙倚独沾襟。沾襟何所为,怅然怀古意。秦洛既未平,汉道将何冀。樊哙市井屠,萧何刀笔吏。一朝逢时会,千载传名谥。寄言世上雄,虚生真可愧。

据洪迈说,此诗当为李密参加杨玄感之乱失败后变姓名于逃亡中所作。从诗的内容看来,似近事实。诗的气格则慷慨刚劲,不事雕采。

当李密在洛阳一带与王世充相拒之际,曾拥有很大的实力。原来北方士大夫有不少人归附过他,其中包括后来唐代的名臣魏征等。他在军中的移檄,亦有一些流传至今,像祖君彦所作《为李密檄洛州文》(见《旧唐书·李密传》及《文苑英华》卷六四六)尤为骈文名篇。祖君彦是北齐大臣祖珽之子,大业后期曾为东平郡书佐,后从翟让,李密任为记室。李密为王世充所败,祖君彦被俘遇害。他的《为李密檄洛州文》历数隋炀帝罪恶,颇多警句。如指责炀帝大兴土木:

广立池台,多为宫观。金铺玉户,青琐丹墀,蔽亏日月,隔阂寒暑。穷生人之筋力,罄天下之资财。使鬼尚难为之,劳人固知不可。

指责炀帝的苛税剥削说:

课税繁猥,不知纪极,猛火屡烧,漏卮难满。头会箕敛,逆折十年之租;杼轴其空,日有万金之用。父母不保其赤子,夫妻相弃于匡床。万邦则城郭空虚,千室则烟火断绝。西蜀王孙之室,翻同原宪之贫;东海麋竺之家,俄成邓通之鬼。

这不但都是隋末的真实写照,而且义正辞严,确有很强烈的号召作用。文中"罄南山之竹,书罪未穷;决东海之波,流恶难尽"二句,尤为著名。我国长期封建社会中,爆发过很多大大小小的农民起义,其有关文献多数已经散佚,存者亦少为文人所重视。唯有这篇檄文,却成为千余年来传诵之作。

从《隋书·文学传》看来,像祖君彦和南方文人孔德绍等都曾为李密、窦建德等农民军首领写过檄文,这说明了隋末的农民大起义确曾有广泛的社会阶层参加。其中李密、窦建德等人,其起义的地区都在北方。吕思勉说:"隋末,群雄剧战,皆在北方。若南方,则虽有若萧铣、杜伏威,据地较广,兵力较强者,迹不逾时而定。可见其时政治之重心,实在北方也。"(《隋唐五代史》上册第 60 页)现在留存的起义军文献,也多出于北方地区,这说明梁亡以后,文化中心已逐步北移。所以到了唐代,著名文人也以北方为多。这种情况,在隋代已可略见端倪。

第二十七章 南北文风的融合

第一节 南北文风的区别

南北朝的长期分裂,造成了南方文化与北方文化的显著区别,这在上面的有关章节中已作了简略的论述。形成这种区别的原因是多方面的。经济、政治状况的不同,文人的社会地位、生活习惯的不同,文化传统以至地理环境的不同,年深月久就会形成人们气质上的差异。反映在文学艺术中,就形成了各自不同的特色。

从南北朝的文人队伍来说,不论南方或北方,其主要成员几乎都出身于高门士族。这是当时的经济条件决定的。因为在那个社会中,只有高门士族才拥有可能接受文化教育的优越条件,也只有他们才最有闲暇去从事文艺创作。然而由于南北两个政权的性质不同,高门士族在不同政权下的处境也很不一样。南方的政权,从晋元帝司马睿建立东晋开始,就是依靠从中原南渡的王、谢等高门和江南本地的高门如朱、张、顾、陆等士族的支持而维持其统治的。据《晋书·王导传》:"及(晋元)帝登尊号,百官陪列,命导升御床共坐。"由于王导固辞而未成事实,但说明了皇帝对高门士族的依赖,所以当时有"王与马,共天下"(《晋书·王敦传》)的谚语。晋元帝不但优礼从北方来的高门,对南方的士族,也同样迁就。《世说新语·言语》载,晋元帝甚至对顾荣说过"寄人国土,心常怀惭"的话。《晋书·周处附孙勰传》载,周勰曾密谋起兵反对朝廷,晋元帝虽然了解这件事,"以周氏奕世豪望,吴人所宗,故不穷治,抚之如旧"。朝廷对高门士族的宽容忍让,在刘宋以后并没有太大的改变。《南史·王僧达传》载,王僧达曾当面慢侮宋孝武帝母亲路太后的侄孙路琼之。太后发怒,告诉孝武帝。尽管后来成为王僧达被杀的原因之一,但孝武帝当时却说:"僧达贵公子,岂可以此加罪乎?"又,《江斅传》载,齐武帝宠臣纪僧真求作士大夫,齐武帝说:"由江斅、谢瀹,我不得措此意,可自诣之。"纪僧真去见江斅,却碰了钉子,只能说:"士大夫故非天子所命。"所以《颜氏家训·涉务》有"晋朝南渡,优借士大夫"之语。其实东晋、南朝还不仅是"优借"(优待),而是很大程度上"依仗"高门士族的支持,而高门士族对王朝的更迭,关心的程度远不及家族利益的得失。

北方士族的处境与南方大不相同,他们是在少数民族的统治下生活。当刘聪、石勒初起时,"得公卿人士,多杀之"(见《晋书·刘琨附子群传》)。鲜卑慕容氏、拓跋氏对待士族的态度虽与前、后赵有所不同,多少能任用一些汉族士人,然而这种任用,也只是使这些人为自己服务,绝不容许他们自诩门第,和鲜卑贵族分庭抗礼。所以《北史·崔逞传》载,崔逞因为对北魏道武帝奏对时有讥刺的嫌疑,就被借故杀死。同书《王慧龙传》载王慧龙由南入北,自称太原王氏,崔浩因此夸他为"贵种",使鲜卑人长孙嵩大为不满,连带引起了魏太武帝发怒,使崔浩不得不"免冠陈谢"。后来崔浩又因修史,直书北魏早年事迹,招致鲜卑贵族的忌恨而被杀。《宋书·张畅传》载,宋文帝元嘉二十七年(450),宋魏交战,张畅与李孝伯在阵前对话,李孝伯说:"长史,我是中州人,久处北国,自隔华风,相去步武,不得致尽,边皆是北人听我语者,长史当深得我。"这很能说明北朝前期士人的处境。

南北士人由于社会地位不同,生活状况也迥异。南朝的商业经济比较发达,在侯景之乱以前,社会生活尤其是上层士人的生活相当安定,所见所闻都是《南史·循吏传》中所说的歌舞升平气象。《颜氏家训·涉务》称:"江南朝士,因晋中兴南渡江,卒为羁旅,至今八九世,未有力田,悉资俸禄而食尔。假令有者,皆信僮仆为之。"生活优闲,以致"治官则不了,营家则不办"(同上)。北朝初年情况则与此相反,历经混战,生产力遭到很大破坏。《北史·高允传》载,当魏文成帝时,"时百官无禄,允恒使诸子樵采自给"。即在上层人士,经济上非自立也不足以自存,政治上则需要在民族矛盾之中求得发展,所以《颜氏家训·慕贤》中列举有政治才能的人物有羊侃、杨愔、斛律光、张延隽等,其中杨愔、斛律光、张延隽都是北朝士大夫;羊侃虽在梁朝做官,却是由北朝入梁的。这种区别表现在著述方面,就是南朝的诗赋数量大大超过了北朝;但像《水经注》、《齐民要术》等比较质朴的散文,经世致用的著作,却出于北人之手。

在生活方式上,也因当时的政治状况而有很大不同。从中原迁到南方的士族,多系避难南逃,虽然也携带家属和部曲,但毕竟不是举族迁徙。当他们到达江南以后,由于要避免和当地土著冲突,不能不分散到比较空旷的土地上去建立自己的庄园。这种情况多少削弱了他们的宗族观念。据《抱朴子》等书记载,东晋时南方士族,大抵仿效北来士人,这就使南方士人在宗族观念上相对来说也比较淡薄。北方则处于各族混战之下,当地汉人为了避遭劫掠与屠杀,往往聚族而居,结为"坞堡"以自固。这种生活状况,使族姓观念更为加强。《宋书·王懿传》:"北土重同姓,谓之骨肉,有远来相投者,莫不竭力营赡。若不至者,以为不义,不为乡里所容。仲德(懿字)闻王愉在江南,是太原人,乃往依之,愉礼之甚薄。"这种观念之间的不同,直到南北朝后期，还依然如此。北魏后期的《怀令李超墓志铭》称：李超"本字景宗，后承始族叔在江左者悬同，故避改云"。而在东晋末年陶渊明《赠长沙公诗序》却说："余于长沙公为族祖，同出大司马。昭穆既远，以为路人。"陶渊明和曾祖陶侃的后代在五服之内，竟疏远得"以为路人"，这和北人强烈的族姓观念确实已有很大的不同。北朝人重族姓，实际上是人们需要依仗宗族的力量。宗族间聚居，势必需要一定的礼制加以协调和巩固。因此北朝重礼学。再加上在永嘉之乱前，玄谈之风只是在京城洛阳及黄河以南一带盛行。江南和河北，还依然笃守汉儒的"经学"。永嘉之乱中，河南名士很多南逃，而河北士族则因道路被阻而困居乡里。北方士族中最有地位的莫过于崔、卢、李、郑四姓。清河、博陵崔氏，范阳卢氏，赵郡李氏，本是河北高门；荥阳郑氏是河南士族，在西晋末迁至河北。这些士人既不像南渡名士那样念念不忘于"正始余音"，他们的祖先又都像刘琨那样"困于逆乱，国破家亡"，较多地认为"聘周之为虚诞，嗣宗之为妄作"（刘琨《答卢谌书》）。南方士人标榜放诞狂傲，宅心事外，正如《文心雕龙·明诗》所称"嗤笑徇务之志，崇盛亡机之谈"。最典型的例子，如《世说新语·简傲》所记王徽之作桓冲的骑兵参军。而不知自己做什么官，做什么事。《南史·王裕之传》所记王官居尚书仆射而读不懂公文。北方士人与此不同。例如高允所作《征士颂》，讲到北魏初所征卢玄等四十二人，大抵"钻道据德，游艺依仁"，"摄齐升堂，嘉谋日陈"；有的"蹈方履正，好是绳墨"；有的"率礼从仁，罔愆于式"；还有的则具有政治才能"刑以之中，政以之平"，"移风易俗，理乱解纷"。从这些习用的颂扬之词中可以说明北方士人所重视的是守礼和从政的才能，而不像南朝士人之以摆脱世务为清高。

由于南北士人的社会地位及生活状况的不同，他们的学风也相应有所不同。皮锡瑞在《经学历史》中认为北朝经学胜于南朝是"由于北人俗尚朴纯,未染清言之风,浮华之习"(《经学分立时代》)。这种议论不背事实而流于一偏。由于南人重玄而北人重儒,因此南人偏重于务虚和风流潇洒,北人偏重于务实和力学笃行。这种风气对学术的直接影响之一,就是南方人写作哲学论文的数量很多,而北方从僧肇死后,这类论文就很少见。像梁代范缜和曹思文等人关于"神灭"、"神不灭"的争论,说理透辟,而北方则只有邢劭、杜弼之间辩论过这个问题,而其思辨的深度远不如南方文人。至于像东晋鲍敬言的《无君论》、陶渊明的《桃花源记》这样在一定程度上否认君权存在的思想,在北方更没有产生过。但北方人对政治盛衰的关心则远远超过南方。例如卢思道的《北齐兴亡论》、《后周兴亡论》这样总结一代盛衰原因的史论文章,在南方除了裴子野等史家曾有所论述外,其他也很少见,且立论的剀切较之卢思道也有所逊色。

由于同样的原因,南北士族的不同风气和好尚对文学的影响尤其显而易见。在南方,高门士族爱好文学,帝王大臣纷纷羡慕和效法,这在第一章第二节中已经作了论述,下面还可以举几个例子。东晋简文帝喜清谈,《世说新语·言语》记:"简文入华林园,顾谓左右曰:'会心处不必在远,翳然林水,便自有濠濮间想也,觉鸟兽禽鱼,自来亲人。'"当时的权臣桓温也写作玄言诗,《诗品》说他的诗"平典似《道德论》"。甚至出身军人的刘裕,也不免附庸风雅。《宋书·郑鲜之传》:"高祖少事戎旅,不经涉学,及为宰相,颇慕风流。时或言论,人皆依违之,不敢难也。鲜之难必切至,未尝宽假,要须高祖辞穷理屈,就后置之。高祖或有惭恶,变色动容,既而谓人曰:'我本无术学,言义尤浅。比时言论,诸贤多见宽容,唯郑不尔,独能尽人之意。'甚以此感之。"又《刘穆之传》载:"高祖书素拙。穆之曰:'此虽小事,然宣彼四远,愿公小复留意。'"由于书法的进步很不容易,刘穆之就给他出了"一字径尺"以便藏拙的主意。北方士人在帝王心目中的地位与此相反,即使像崔浩这样的名士,起初也只是"道武以其工书,常置左右"(《北史·崔宏附子浩传》)。甚至到东魏、北齐间,魏收在文学上已经成名,以行为轻薄,仍然遭到高澄和杨愔的指责和嘲弄;北齐时卢思道这样出身高门的文人,也会遭受"笞辱"。这种情形在南朝就很难想象。南北朝统治者对文人的态度不同大大影响了文学发展的面貌。在南方尤其是从刘宋后期起,"每有祯祥,及幸宴集,辄陈诗展义,且以命朝臣,其戎士武夫,则托请不暇,困于课限,或买以应诏焉。于是天下向风,人自藻饰,雕虫之艺,盛于时矣"(裴子野《雕虫论》)。"世俗以此相高,朝廷据兹擢士,禄利之途既开,爱尚之情愈笃。于是闾里童昏,贵游总丱,未窥六甲,先制五言"(李谔《上书正文体》)。南朝士人热中于诗歌创作,钟嵘《诗品》中也有生动的论述。这种社会风尚,促进了南朝诗歌的兴盛,数量上远远超过了北方。当时南方有许多人从事诗歌创作,探索诗歌技巧,而且互相切磋,"江南文制,欲人弹射,知有病累,随即改之"(《颜氏家训·文章》),所以在诗的声律、对仗、炼字、琢句等形式和手法方面作出了不少贡献,而使北方文人纷纷歆羡和效法。但到梁中叶以后,士大夫们更习于逸乐,"皆尚褒衣博带,大冠高履,出则车舆,入则扶持","未尝目观起一墢土,耘一株苗,不知几月当下,几月当收,安识世间余务乎"(《颜氏家训·涉务》)。远离社会实践越来越严重,诗歌的内容就必然空泛贫乏,作家的美学理想也难免趋绮丽轻浅。相反,北方士人在早期虽因统治者的不重视文学而很少致力于诗赋创作,但他们在散文方面积累有长期的创作经验,并且他们的生活实践比南朝士人丰富,正如《颜氏家训·治家》所说:"今北土风俗率能躬俭节用,以赡衣食。江南奢侈,多不逮焉。"他们不但能治家,而且对社会现实也比较关心。北朝人现存文章,大抵以议朝政及制度者为多。因此北朝初期的文学作品,虽远较南朝为粗糙,而当北魏孝文帝大力提倡汉化之后，文学很快得到繁荣，中间经历了一个竭力仿效南朝的阶段，但到后期，思想、生活和技巧逐渐融化，而南方的文学创作却在走下坡路，已经很难再说南高于北了。

由于社会生活的差别，文学作品的内容也各具特色。大体说来，南人之作多长于闲适及儿女之情，例如南朝大量的写景作品和仿效民歌所作的情诗，北朝作品中就出现得很少，即便有几首情歌，也是大胆直率，与南朝的缠绵委婉大异其趣。至于战争的题材，一般来说，北朝诗中的生活气息要真实、浓厚得多，而南朝文人由于缺乏亲身体验，往往只是搬用《汉书》等古书的典故，除了鲍照、吴均的一些作品外，其他都显得肤浅，不像北朝卢思道等人的作品能给读者以比较深刻的感受。

南北文人在精神状态方面的某些区别也在作品中得到反映。例如他们关于鬼神的幻想，就颇为不同。在南朝文人心目中，鬼神虽有加祸于人的一面，但有时也通人情，可以与人相恋爱、交朋友。试看《幽明录》所载勾章人与女鬼陈阿登及费升与狸精谈情，《续齐谐记》所载青溪女神与赵文韶谈情赠诗，鬼神的形象富有人情而可亲近。《南史·萧思话传》记载吴兴项羽庙中项羽的神灵，虽有横暴的一面，但一被萧琛据理斥责，也就销声匿迹。北朝人笔下的鬼神，则多带佛教色彩，如《洛阳伽蓝记》中的几段故事，有的讲阎罗王对死人的惩罚，有的讲阴间发兵，都相当恐怖。其中较有人情味的故事像关于樊元宝为洛水神送信，似乎和《搜神记》中胡母班为河伯送信同出一辙，可是又出现了以溺死小儿之血作酒待客的情节。对鬼神的这种不同描绘，正如南朝佛教徒之重讲经，谈色空、辩论佛经中的哲理，而北朝佛教徒则重坐禅、诵经，僧人好作讨魔檄文一样，都曲折地反映了文人对待世事的不同观感。

南朝和北朝的文艺作品不但由于社会经济、政治、思想等的不同而有很大差别,地理环境和风土人情的各异,也造成了艺术面貌的明显差别。大体上说,南方文人多数集中在山清水秀的江浙一带,《世说新语·言语》载,著名画家顾恺之描述会稽山川之美说:"千岩竞秀,万壑争流,草木蒙笼其上,若云兴霞蔚。"大书法家王献之说:"从山阴道上行,山川自相映发,使人应接不暇。若秋冬之际,尤难为怀。"水道纵横,峰峦棋布,再加上树木的繁茂,人们的视角和审美情趣自然地转入曲折、幽深和精巧。《世说新语·言语》载:"宣武(桓温)移镇南州,制街衢平直。人谓王东亭(王珣)曰:'丞相(王导)初营建康,无所因承,而制置纡曲,方此为劣。'东亭曰:'此丞相乃所以为巧。江左地促,不如中国。若使阡陌条畅,则一览而尽。故纡余委曲,若不可测。'"这里所包含的实际上不止限于建筑上的美学观,而是一种整体文学艺术的审美情趣。所以,像谢灵运、谢朓的那些山水名句,固然是江南自然风光的客观反映,但不可忽视,它们又是诗人美学情趣的形象体现。北方的河北一带是广袤的华北大平原,平城附近则是辽阔的草地,人们的视野宽广,极目千里,"天似穹庐,笼盖四野"(《敕勒歌》);而气候的寒凉,又使"土气寒凝,风砂恒起,六月雨雪"(《南齐书·魏虏传》),所以南朝的王肃投奔北魏,写出的就是"阴山常晦雪,荒松无罢风"(《悲平城》)。当时的北方文士对大自然的体察,不可能像南方诗人有多年积累的细腻的艺术敏感,加上北国的平野秋风、陇头流水,在这里缺乏产生谢灵运式山水诗的基础。

第二节 南北文风的融合过程

在长期的封建社会中,由于交通不发达和自然经济占主导地位,即使在统一的政权下,全国各地区的人们从生活习惯到心理素质的许多侧面都有某些区别。这些因素自然会影响到各地的文学风尚。这种差异在南北朝时期两个政权对峙的局面下,情况更显得清楚。但是,这种差异绝不是凝固不变的,从总的趋势来说是在交融渗透,其原因主要有:一、边境上的通商互市、行旅往来。二、某些士人和家族的迁徙,如南朝历次政治斗争中不少失败者逃奔北方,江陵陷落后大批士人被俘入北。北朝尔朱荣之乱后不少士人南投梁朝①。三、战争中南北疆域的变更,如刘宋中期以后,今山东及淮河以北一带地区即为北魏占领②。而最主要的,以汉族为主体的中华民族,在秦汉以来已经形成了共同的民族心理状态和语言文字,从根上促使南北文风由异趋同而不是由同变异。

　　宋、齐、梁、陈四代,军事上北方占有优势,最终由北方的隋代统一中国;但是在文化上却始终是南方文化占主导地位,所以隋炀帝才感慨:"自平陈之后,硕学通儒,文人才子,莫非彼至。"(《敕责窦威·崔祖濬》)这句话也许不完全和事实相符,因为隋及唐初的著名学者、文人中有不少人生长在北方。但仔细推究,他们的学说和文风仍然多半受过南方的影响,例如唐代孔颖达、贾公彦虽为北人,但他们对儒家经典所作的疏释,却多取南方学者之说;隋代作家如卢思道是邢劭的弟子,而邢劭的文风即取法南朝的沈约。如前所论述,这是因为从西晋亡后,中原的文人学者多数流亡南方,而北方经历了十六国的混战和拓跋魏早期轻视文化,北方文化大大地落后于南方。不过在当时的北方士族中,仍有一部分家族世代相传着汉代以来的经术和

---

① 南北朝时家族的南北互迁,一般是由于政治原因。有些家族,如太原祁县王氏,据说由宋入魏,但究系逃奔或被俘,已难究知。
② 北朝有名的士人如刘芳、崔光、房法寿等,都是在魏将慕容白曜攻占青州时由南入北的"平齐户"。

文学活动①，竭力保持汉以来礼俗。《南齐书·王融传》说："前中原士庶，虽沦慑殊俗，至于婚葬之晨，犹巾褠为礼。"

当时南方士族对北方文化和北方人士常常表示轻视。如南齐张融听到北魏使者李道固说"张融是宋彭城长史张畅子不"时，"嚬蹙久之，曰：'先君不幸，名达六夷'"（《南齐书·张融传》）；当北魏孝文帝实行汉化之际，由南朝投奔北魏的褚绪，竟作诗讥刺（见《梁书·陈伯之传》）。形成这种思想的原因，正如《洛阳伽蓝记》卷二所载梁陈庆之所说："自晋宋以来，号洛阳为荒土，此中谓长江以北，尽是夷狄。"相反，北方士族在北魏初年，大抵都向往南朝文化。到了北魏孝文帝迁洛前后，朝野人士，更大都把南朝文化当作学习的楷模。当时不但北朝士人对南齐王融的《曲水诗序》极为欣赏，以致房景高、宋弁出使南朝时为此对王融大加推崇；甚至当时雕塑的佛像，也大抵带有南方人清癯的神情，即所谓"秀骨清像"。当然，北魏的某些鲜卑贵族在竭力效法南方文化的同时，口头上还是要维持自身的优越感而不愿为"吴子"所屈（《魏书·祖莹传》）。

随着北方文化的逐步提高，北方士人在南方人心目中的地位终于逐步提高。北魏末年文人温子昇的作品曾得到梁武帝的称赞（《魏书·温子昇传》）；邢劭的名声传到南方，被称为"北间第一才子"（《魏书·邢劭传》）；李骞的出使梁朝，曾以"萧萧风帘举"之句为南方文人明少遐所称赏（《酉阳杂俎·语资》）；魏甄琛作《磔四声》反对梁沈约的"四声八病"说，沈约曾撰文答辩，说明南朝的文学宗师已不

---

① 请参看陈寅恪《隋唐制度渊源略论稿》第 105 页；唐长孺《读〈抱朴子〉推论南北学风的异同》，见《魏晋南北朝史论丛》第 356 页。关于北朝早年士人的文学活动，史阙有间，但如《魏书·崔玄伯传》也记载过崔宏（玄伯）就有诗作，可惜都早已亡失。

能忽视北朝文人的意见(《文镜秘府论·天卷·四声论》);后来隋薛道衡出使陈朝,更以《人日思归》一诗为南人所称服(《隋书·薛道衡传》)。这说明北朝文学的水平在不断提高,并且最后赶上了南朝,但这种提高,显然得力于向南朝的学习借鉴。这样的事例俯拾即是,最著名的像北齐的著名文人邢劭就最钦佩沈约,而魏收则最爱慕任昉,以致同时人祖珽说"任、沈之是非,乃邢、魏之优劣也"(《颜氏家训·文章》);南朝诗人何逊的集子刚传入北方时,不但普遍受到赞赏,有些人且以能背诵此书而得到称赏(《北史·元文遥传》)。

北朝人学习南方文风,就整体而言,并非单纯的亦步亦趋,因为北朝的文化传统和生活方式与南朝毕竟同中有异。这种差异,近人刘师培曾作《南北学派不同论》,对南北方学术、文艺的不同作了论述,但他把产生这种差别的原因仅仅归结为水土等自然条件,就未免颠倒了主次关系。首先,北朝士族多聚族而居于农村;南朝士族则多居于建康、江陵等大城市中(参看万绳楠整理《陈寅恪魏晋南北朝史讲演录》第325~330页)。由此而来的生活状况和礼俗也产生了相当的差异,这在《颜氏家训》中《治家》、《涉务》诸篇中有过某些实录。形成这些不同的生活状况和礼俗,同时又和南北二地的政治条件有密切关系,这也是在以前有关章节中分别论述过的。其次,北朝文化之不同于南朝也跟一些士族的聚居地域与传统有关。北朝的高门大族,一般推崔(清河与博陵)、卢(范阳)、李(赵郡与陇西)、郑(荥阳)诸姓。在这些家族中除陇西李氏是北魏平凉州后迁居平城以及后来迁居洛阳外,崔、卢和赵郡李氏均居今河北及山东北部一带;郑氏则自西晋永嘉之乱时已避地冀州,长期生活在黄河以北的地区。这一带在魏晋时代本是保存汉儒学说较多而受玄谈影响甚浅的地区。加上崔氏是东汉崔骃之后;卢氏是东汉卢植之后,继承经学家法,"世禅雕龙"(《后汉书·崔骃传》),再加上汉末大儒郑玄晚年依附袁绍,卒于河北,对那里的士人影响很深。魏晋以来,河朔士人的经学大抵宗尚郑氏。这和魏晋都城洛阳及玄谈名士聚居的汝、颍一带的学风很不一样。《世说新语·文学》:"褚季野(裒)语孙安国(盛)云:'北人学问渊综广博。'孙答曰:'南人学问清通简要。'支道林(遁)闻之曰:'圣贤固所忘言,自中人以还,北人看书如显处视月,南人学问如牖中窥日。'"刘峻注:"然则学广则难周,难周则识暗,故如显处视月;学寡则易核,易核则智明,故如牖中窥日也。"褚裒是河南阳翟(今禹州)人,孙盛是太原人,所以这里所谓"南北"本指黄河南北之别。但由于永嘉末年刘聪、石勒的战乱,逃奔南方的士人大抵是黄河以南的琅邪王氏、陈郡谢氏等族,而河北士族不但没有南迁,而且自然升格,成了北方士族的楷模。北朝学者如崔灵恩、卢广、孙详、蒋显等均投奔梁朝,聚徒讲说。《梁书·儒林传》称崔"解经析理,甚有精致,京师旧儒咸称重之",卢"言论清雅",为徐勉所赏。这说明北朝自孝文帝提倡汉化之后,河朔儒学再次得到重视和发展,他们一方面发扬了汉儒以来的传统,另一方面也吸收了魏晋南朝的新学说,使文化和学术得到了新的发展。从有关北朝的史籍中可以发现北魏自孝文帝以后,出使南朝的官员,在文化教养方面,往往具有很高的水平,足以和南朝文人学者相颉颃。如《魏书·李彪传》载李彪出使南齐时曾受齐明帝的优礼;《北史·李崇附李谐传》载李谐、卢元明出使梁朝,梁武帝称之为"劲敌"。同书还说当时"既南北通好,务以俊乂相矜,衔命接客,必尽一时之选,无才地者不得与焉。"这时北方的文化和学术其实已有一些方面足以与南朝并驾齐驱,甚至南人也为之向往。《洛阳伽蓝记》卷二记陈庆之自洛阳南归后,"钦重北人,特异于常","羽仪服式悉如魏法,江表士庶竞相模楷,褒衣博带,被及秣陵",这些话可能有夸大,但当非尽出虚构。

北朝文化除大力吸取了南朝文化和保存发扬了汉代以来的传统

文化以外，还充分吸收了种种外来文化的成分。当时中外的陆路交通还比海运发达，南方和印度的交通，虽然有海路可通，东吴的朱应、东晋的法显等人早已从海上和印度及东南亚交通，但相比之下，还不像北方僧人从陆上进入印度取经的人数众多。而且北朝和波斯、东罗马等国也有经济和文化交往①。从东晋以来，南方佛教的传布往往还是借助于北方人作媒介。《世说新语·假谲》："愍度道人始欲过江，与一伧道人为侣，谋曰：'用旧义往江东，恐不办得食。'便共立心无义。既而此道人不成渡，愍度果讲义积年。后有伧人来，先道人寄语云：'为我致意愍度，无义那可立。治此计权救饥尔，无为遂负如来也。'"支愍度所主张的"心无义"是否全属捏造，可置勿论，但至少说明当时南方人对北方僧人传来的新说是乐于接受的。十六国时代到达中国的名僧鸠摩罗什及其汉族弟子僧肇，不但对佛学有精湛的研究，而且精通汉文。晋末南方僧人慧远及居士刘遗民都与他们有书信来往。僧肇所作《肇论》，由南朝梁陈间人结集成书。齐梁间南方的僧朗，曾到长安学习鸠摩罗什的学说，回南后把这一学说传给周颙，周颙因此作《三宗论》，并以此向西凉道人智林请教，得到赞赏（《南齐书·周颙传》）。同样，在美术和音乐方面，随着中印交通的发达，印度的影响也在北方甚至南方都有所表现。例如留存到今天的文化瑰宝敦煌艺术和大同云冈的佛教雕塑中，就明显地接受了印度艺术的影响。但这种外来的影响又和中国传统文化不断地融合。云冈石窟中最早的石窟是北魏初凉州僧人昙曜所凿，窟中雕像受印度甚至希腊的影响都比较明显；稍后的雕像则清瘦如南方顾恺之、陆探微所绘画的人像；更后的人像又显丰满，风格和南朝梁张僧繇的画像颇为相近，而张僧繇的没骨画法，又曾受到印度的影响。再深入追

---

① 据近年来考古发现，北朝墓葬中曾出现过这些国家的钱币和艺术品。

究,顾、陆、张等画家所受影响,又多少是以北朝艺术为媒介的。在音乐方面,据《隋书·音乐志》记载,印度的"天竺"乐和西域各族的音乐,自十六国的前凉时代已传入中国,北魏灭北凉,又传入黄河中下游。这些交融了西域和北方少数民族音乐的"胡乐",也为南方的音乐家所吸收而成为南方音乐的一个组成部分。

北朝的碑刻和南朝的法帖,从外貌上看有许多明显的差别,但据现代书法家的研究,在用笔方面实际同是取法东晋王羲之、献之父子的。南朝碑刻甚少,但像《瘗鹤铭》的结构、笔意,仍和北方郑道昭的《郑文公碑》一脉相通,《梁始兴王萧憺碑》则和北魏碑刻尤为类似。隋代的《龙藏寺碑》、《启法寺碑》更进一步,实际上已开唐初欧阳询、褚遂良的先河。

总起来说,南朝在文学创作特别是诗歌等方面较北朝繁荣,而在儒学、佛学以及音乐、美术等方面则各有所长。《颜氏家训·涉务》中讲到北朝士人的风气比较务实,能更好地从政和治生。同书《文章》中又记北齐士人席毗,自比"千丈松树",而比文人为"须臾之玩"的"荣华"。但他却又承认既有务实的"秋实"又有文章的"春华",是应该称许的。这说明北朝一些士人并不完全满意南朝文化,即使一些文人虽然努力向南朝文人学习诗文的技巧,却很少模仿他们那些艳歌和咏物诗。因为在一些北方士族看来,这些绮艳的诗作是"亡国之音",是促使梁陈乱亡的原因之一①。至于在碑志等应用文字方面,由于实际生活中使用未间断,所以始终有它的特色。《北史·温子昇传》记载梁武帝称赞温子昇的作品,恐怕主要是指骈体文;唐人笔记如《朝野佥载》、《酉阳杂俎》等记载庾信称赞温子昇的《韩陵山寺碑》

---

① 请参看牟润孙《唐初南北学人论学之异趣及其影响》,见《注史斋丛稿》第363~400页。

和魏收所作一些碑文的事,其事实未必可信,但至少说明在唐人心目中,也认为北朝人的应用文字并不比南方逊色。其实北人之重视务实,而南人之不太关心政治及生产,归根结底在于不同社会地位和不同的政治局面。北方的长期战乱和魏初鲜卑统治者对汉族士人的歧视,促使他们对社会现实和生产实践等方面的注意;南方士人在长期承平和历朝帝王优礼的情形下,生活偏于逸乐。更因为南朝士人多居城市而北朝士人多居家乡。因此尔朱荣之乱中死者多系北魏宗室大臣,对士人极少影响;南方的侯景之乱和江陵的陷落,则使许多士人丧生和被俘入北,南朝文学明显地衰落;北朝到后期,由于士人学习和掌握了南方文人所创造的技巧,正如《文镜秘府论·天卷》引隋刘善经所说:"及从宅邺中,辞人间出,风流弘雅,泉涌云奔,动合宫商,韵谐金石者,盖以千数。"由于在生活实践的广度上优于南方,因此他们的作品更富于刚健之气。所以唐卢照邻称卢思道的作品"往往高飞";近人刘师培则称"卢思道长于歌词,发音刚劲,嗣建安之逸响"(《南北学派不同论》)。稍后杨素、薛道衡的一些诗中,已经明显地出现了唐音的前奏,充分显示出南北文风融合的趋向。所以唐代魏征等人在《隋书·文学传论》中提到南北文风各有短长之后,主张"若能掇彼清音,简兹累句,各去所短,合其两长,则文质斌斌,尽善尽美矣"。魏征等人所以能提出这种主张,实际上也对自北魏直到隋代北方许多文人的创作和理论的经验总结。在此之前,北魏中叶,就有祖莹提出"文章须自出机杼,成一家风骨,何能共人同生活也"(《魏书》、《北史》本传)。北齐邢劭提出"江北江南,意制本应相诡"(《萧仁祖集序》,见《全北齐文》卷三)。到了北齐卢询祖、魏收及卢思道等人才在理论上明确主张对南方文学既应有所吸取,也应有所批评(如《颜氏家训·文章》中记他们对王籍、萧悫的态度),这种融合的大趋势是文学史上的规律,不以任何人的意志为转移,而且不论是北方后期的创作水平已经赶上甚至超过了南方,也不论唐初人如何在理论上批评南朝文学的丽靡,但在作家们的心灵深处,仍然倾倒于南方的文风。所以卢照邻在《南阳公集序》中还认为"北方重浊","南国轻清";并在《五悲·悲穷通》中自称"挥翰则江左莫敢论其诗"。杨炯在《王勃集序》中,批评当时诗人一些缺点,也说"已逾江南之风,渐成河朔之制"。魏征他们的议论,在当时可以算得清醒而公允,不过两种文风的融合,不能像水乳之间的交融那么简单,"各去所短,合其两长"必须是"化合",而不是"混合"。这个"化合"的过程相当漫长而且复杂,如果从隋代政治上的统一开始算起,一直要到初盛唐之际,前后一百多年才正式完成。这种融合的结果,加上其他条件,就形成了中国文学史上最辉煌灿烂的"盛唐之音"。从本书以前分散于各章的论述以及本节的总结中,可以得出这样的结论,这种融合是以北为"体",以南为"用"的产儿,而其催生者则是生长于北方而能真正吸取南方文学英华精粹的北方文人。

后 记

这部文学史的撰写,始于一九八一年。后来因为各种原因,时辍时续,一九八六年底始得全力以赴,至一九八八年秋而全部脱稿。撰写的情况是,在确定全书构想和拟定章节后,由我们两人分别执笔,每章撰写前和撰写中都作认真的讨论,完成后又交换阅读,互相反复修改。因此,虽然在分工中曹道衡偏重北朝,沈玉成偏重南朝,但最后的定稿则是我们共同劳动的结果。不言而喻,书中的论述不当乃至错误,也应由我们共同负责。

本书的断限上起刘宋,下迄隋代。其中"十六国"文学大部分产生于东晋,陶渊明的不少重要作品则在刘裕代晋以后。为了叙述上的方便,经编委之间协商,决定把"十六国"文学划归本书,陶渊明划归《魏晋文学史》。

本书第二十一章《水经注》和《洛阳伽蓝记》两节,特约对古代散文研究有素的谭家健同志执笔,经我们作了一点体例文字上的统一,全稿承南京大学周勋初同志、北京大学倪其心同志、本所徐公持同志审阅,并提出了宝贵中肯的意见;交稿后,又承人民文学出版社刘文忠、戴鸿森、宋红同志作了认真细致的审读加工;本所张奇慧同志协助我们校录。谨在此一并表示衷心的谢意。

撰写过程中,我们曾尽可能地参考了前代和当代学者的研究成果,凡所引用吸收,除随文或在注释中说明者以外,为避免烦琐,不再一一交代,谨此说明。

曹道衡　沈玉成
1989 年 3 月于文学研究所